Für Jane

1. Kapitel

Die Vergewaltigung des Sicherheitssystems

In Sankt Petersburg, das vor gar nicht so langer Zeit noch Leningrad hieß, war es zwanzig Minuten vor Mitternacht.

Zwei Männer gingen an der Eremitage vorbei, die viele der schönsten russischen Kunstschätze beherbergte. Äußerlich wirkten sie gelassen und ruhig, aber ihr Puls raste. Der Einsatz, um den sie spielten, entsprach in etwa der Staatsverschuldung eines Landes wie Bulgarien.

Im Mondschein war der Himmel von einem gelblichen Grau. In weißen, festen Flocken fiel träge etwas Schnee. Doch die Bürgersteige waren trocken. Straßenlampen säumten die breite Straße.

»Hier riecht's nach Schaschlik. Nach gegrilltem Schaschlik«, sagte der Kleinere auf russisch. Beide trugen über ihren Aeroflot-Uniformen graue Mäntel.

»Quatsch. Das ist bloß Holzkohle.«

»Ich weiß, aber unter dem Schaschlikgrill ... Komm schon, riech doch mal. Ich kenn' den Geruch.« Der Kleinere reckte die Nase in den Wind wie ein Jagdhund.

»Das ist Holzkohle. Hast du den Digitalcode im Kopf?«

»Ja.«

»Und den C-30 400?«

»Selbstverständlich.«

»Bloß zur Erinnerung. Du hast vierunddreißig Sekunden Zeit, sobald ich Zugang zum Computer habe. Ich zähle, und wenn ich die Scheibe berühre, heißt das, es wird Zeit abzuhauen.«

»Und wenn du noch mal an die Scheibe faßt, muß ich raus aus dem System.«

»Und du mußt dabei den Code verwenden, null, Backslash, dann das Dollarsymbol und viermal das Gartenzaunzeichen.«

»Es wird schon alles klappen. Übrigens, das ist doch Schaschlik.«

»Moschet bit«, erwiderte der Größere. »Vielleicht hast du recht.«

»Natürlich hab' ich recht. Diese Nase hier hat ein fabelhaftes Gedächtnis ...«
Sie kamen zur Ecke der Uliza Kormoranskaja, als zwei schlanke junge Frauen auf sie zukamen. Die eine trug einen Trenchcoat, die andere eine pelzbesetzte grüne Jacke, die vorteilhaft auf Figur geschnitten war. Vielleicht hatte sie eine Spur zuviel Rouge auf den aristokratischen Wangenknochen.
»Hallo, Jungs«, sagte die Blonde im Trenchcoat. »In welchem Hotel wohnt ihr?«
Der Kleinere, der sich Arkadi nannte, lächelte und hob bedauernd die Schultern. Der Größere, der an diesem besonderen Abend den Namen Jewgeni benutzte, steckte die Hände tief in die Manteltaschen und sah den beiden Mädchen auf eine Weise in die Augen, die ihnen plötzlich angst machte, wie sie sich später gegenseitig versicherten.
»Aeroflot zahlt nicht so gut, als daß wir uns so was wie euch leisten könnten«, sagte er. Sein durchdringender Blick wirkte nun fast traurig.
Die Jüngere spielte mit ihrem schulterlangen Haar. »Wir sind nicht teuer«, erklärte sie sachlich. Sie ließ die dunkelbraunen Mandelaugen auf Jewgeni ruhen.
»Verdammt noch mal, das solltet ihr aber«, sagte er leise. »Euer Zuhälter muß blind sein ...« Er zog die Schultern hoch und schickte sich an, die Straße zu überqueren. Arkadi warf einen flüchtigen Blick auf die beiden Mädchen, zuckte zum Abschied mit den Achseln und eilte hinter seinem Begleiter her.
»Sentimentaler alter Narr«, sagte er und schüttelte amüsiert den Kopf. »Die armen Dinger. Das ist schon 'ne merkwürdige Art, seinen Lebensunterhalt zu verdienen.«
»Mir ist gar nicht aufgefallen, daß du ihnen Geld gegeben hast.« Arkadi sah zu seinem Kollegen auf.
»Ich verdiene mein Geld schließlich mit harter Arbeit ...« Das kam ausgerechnet von einem Mann, der zu diesem Zeitpunkt, in dieser Sankt Petersburger Nacht, achtundzwanzig Millionen Dollar in harter Währung, ungemünztem Edelmetall und übertragbaren Inhaberobligationen besaß – alles gestohlen. Gestohlen bei einer Serie ausgeklügelter Betrügereien, zu denen immer auch Fälschungen in der einen oder anderen Form gehört hatten. Und nach der Arbeit von heute nacht wäre diese Summe bloß ein Taschengeld.

Die beiden Männer traten von der Uliza Kormoranskaja in die Halle des Hotels Newski. Das Newski, ein prächtig eingerichtetes, geräumiges Haus, sollte demnächst im *Guide Michelin* für Rußland, einem ziemlich dünnen Band, mit zwei Sternen ausgezeichnet werden. Es war früher ein Palast gewesen. Erbaut im siebzehnten Jahrhundert von einem Nachfahren Alexander Newskis, den Sergej Eisensteins historischer Monumentalfilm berühmt gemacht hatte. Nach der Revolution von 1917 hatte Felix Dserschinski, der Gründer der Tscheka, deren direkte Nachfolgeorganisation die GPU gewesen war, in dem Palast sein Leningrader Hauptquartier eingerichtet, samt Gefängnis und Verhörzentrale der Geheimpolizei.
Zur Zeit Breschnews wurde das Newski-Gebäude mit seinen Zwiebelkuppeln und Minaretten zum sowjetischen Kulturdenkmal erklärt und zur Renovierung der Eremitage-Verwaltung übergeben. Im letzten Jahrzehnt des kalten Krieges verwahrloste das Gebäude, bis Michail Gorbatschow 1987 ein Geschäft zwischen dem Oberbürgermeister von Leningrad und Armand Hammer, einem russophilen Amerikaner, zustande gebracht hatte, das die Firma des milliardenschweren Unternehmers dazu verpflichtete, Geld für den Newski- Palast zur Verfügung zu stellen und ihm mit Hilfe der besten russischen Handwerker wieder zu seiner alten Pracht zu verhelfen.
Die UdSSR brach auseinander. Hammer starb. Und in seinem Firmenlabyrinth konnte niemand die Newski-Verträge ausfindig machen. Die Mittel wurden gestrichen, und der zur Hälfte restaurierte alte Palast lief Gefahr, eine Bauruine zu bleiben. Schließlich fügte der neue Oberbürgermeister sich einem Referendum, das Leningrad seinen alten Namen aus zaristischer Zeit wiedergab, und schloß ein Geschäft mit einer multinationalen US-Bank: Er verpachtete der Bank das Newski-Gebäude unter der Bedingung, daß Hammers Vorhaben verwirklicht und der Palast zu einem erstklassigen Hotel umgebaut wurde, das einem Vergleich mit dem Georges Cinq in Paris, dem Plaza in New York und dem Connaught in London standhielt.
Das Kreditinstitut hatte Wort gehalten, und mittlerweile gehörte das Newski in Sankt Petersburg zu den ersten Häusern am Platz. Die Köche waren Franzosen und Russen, ausgebildet in den besten Hotels Europas. Es war erstaunlich, was in den paar Jahren seit dem Zusammenbruch der UdSSR geleistet worden war.

»Ich hab' früher mal hier gearbeitet«, gestand Jewgeni, als sie durch die riesige Halle schlenderten. Sie hatten die Mäntel abgenommen, und auf den Schulterstücken ihrer Uniformen kamen nun die weißen Tressen der Aeroflot-Piloten zum Vorschein.

Ein kleines Orchester spielte leise Tschaikowsky.

»Muß Spaß gemacht haben.« Arkadi war angespannt. Das war die siebte Operation, die er und der Mann, der sich Jewgeni nannte, gemeinsam durchführten. Nach dem Gesetz der Serie konnte ihr Glück nicht ewig währen.

Die beiden Männer standen schweigend in dem polierten, rosenholzgetäfelten Aufzug. Eine kyrillisch beschriftete Messingplatte informierte die des Russischen Mächtigen über den Namen des Herstellers – Otis Pifre. In einer Ecke lehnte ein amerikanischer Geschäftsmann, der mit einem ermutigenden Lächeln die schlanke Hand eines heimatlos wirkenden jungen Mädchens drückte. Sie erinnerte Arkadi an die beiden, die Jewgeni untypisch sanfte Worte entlockt hatten.

Die lange Fahrt nach oben endete mit einem kaum wahrnehmbaren Seufzer. Siebter Stock. Mit einem scheppernden Geräusch, das die bis dahin lautlose Fahrt zu einer Farce machte, öffneten sich schwerfällig die Gittertüren.

»Dobri vetscher«, sagte der Amerikaner höflich zu den beiden Piloten, als sie die Aufzugkabine verließen.

»Spokoinoi notschi«, erwiderte Arkadi, ohne sich umzusehen. Das metallische Scheppern ließ keinen Zweifel daran, daß sich die Aufzugtür wieder geschlossen hatte.

Die beiden Männer gingen über einen mit pflaumenblauem Teppichboden ausgelegten Flur zu einer hohen, massiven Tür. *Komnata Tschetirje*, in kyrillischer Schrift, sagte ihnen, daß sich dahinter Zimmer vier verbergen mußte.

Jewgeni klopfte leise an die Tür. Ein durchtrainierter Mann, etwa Mitte Dreißig, öffnete ihm. Seinem Anzug nach zu urteilen, hatte er sich bei Armani oder Versace eingekleidet. Am Handgelenk trug er eine Rolex aus rostfreiem Edelstahl. Was ihn verriet, war die Makarow im Schulterhalfter, dachte Arkadi. Warum konnten die Typen vom KGB – Berichtigung: Typen von der russischen Abteilung für Sicherheit, die sich als ehemalige KGB-Leute ausgaben und jetzt auf privatem Gebiet tätig waren – keine anständigen Knarren auftreiben? Die Makarow war eine Gangsterpistole, die Waffe eines Killers.

Arkadi zuckte mit den Achseln und erwiderte den professionellen Blick des Wächters, der ihm die Instruktionen gab. Vielleicht war er ja nur voreingenommen. In seinem Becken steckte immer noch ein Bleisplitter aus einer Makarow. Aus der Zeit, als er noch einen anderen Namen benutzt und recht zufrieden vom Gehalt eines höheren Offiziers im besten Spionagedienst der Welt gelebt hatte.

Aber das war vor seiner Verbrecherlaufbahn gewesen ...

Der Wächter musterte die Ausweise, die Jewgeni und Arkadi in Schulterhöhe hielten, damit er sie inspizieren konnte.

»Wozu die Uniformen?« fragte er, und sein Blick huschte von den Ausweisen der Männer zu ihren Gesichtern und wieder zurück.

»Sie wissen, daß wir erwartet werden. Die Uhr läuft«, sagte Jewgeni, und seine kühl blickenden Augen verengten sich leicht, nahmen denselben eisigen Ausdruck an, der den beiden jungen Prostituierten auf der Straße einen Schauer über den Rücken gejagt hatte.

»Okay ...« Der Wächter trat beiseite und ließ sie ein. Arkadi hörte, wie das elektronische Türschloß hinter ihnen einschnappte.

Sie befanden sich nicht in einem Zimmer, sondern in einem Flur. Der Teppichboden war graublau, die Wände mit grauen Schallisolierungsplatten getäfelt. Nach zwei Rechtsabbiegungen und einer nach links, einem lautlosen Fußmarsch von etwa fünfzehn Metern und einer weiteren Rechtsbiegung kamen sie wieder zu einer Tür. Als Arkadi zurückschaute, sah er, daß zwei andere Wachmänner den ersten ersetzt hatten. Beide trugen teure europäische Anzüge, verunstaltet durch die allgegenwärtigen Makarows, die in billigen Schulterhalftern aus dickem Leder steckten.

»Sie wundern sich vielleicht, warum wir wie Aeroflot-Piloten gekleidet sind«, sagte Arkadi, dem ihr unheilverkündendes Schweigen allmählich auf die Nerven fiel.

»Das ist mir scheißegal«, erwiderte der schnauzbärtige Wächter mit den tartarischen Wangenknochen.

Der Flur endete vor einer kahlen Wand. Als sie dicht davorstanden, glitt die Wand auf, und hinter ihr kam eine Panzerglastür zum Vorschein. Auf der anderen Seite stand ein Mann in Levi's und einem Sweatshirt mit dem Aufdruck »Nervous Records of New York« auf der Brust. Der Mann grinste breit. Er trug eine Nickelbrille und hatte einen Pferdeschwanz.

Die Panzerglastür glitt nach oben und verschwand in der Decke. Da-

hinter lag eine Reihe von Großraumbüros, die durch Glaswände unterteilt waren. Jede Menge elektronische Geräte vom Feinsten standen dort.
»Gawaritje pa-Angljiski?« fragte der Brillenträger mit amerikanischem Akzent.
»Klar«, erwiderte Arkadi, der lange in New York gelebt hatte. »Ich schon. Er nicht.«
»Nemnoschko ...« entgegnete Jewgeni verletzt. Immerhin konnte er ein paar Brocken Englisch.
»Vielleicht ein bißchen. Mein Partner sagt, ein bißchen Englisch kann er.«
Sie standen mitten in dem Areal aus Großraumbüros, das nur schwach beleuchtet war und durch die winzigen, flackernden Computerlichter wie eine Großstadt aus einem Flugzeug beim Anflug aussah.
»Sind Sie sicher, daß Sie das Ding reparieren können?« fragte der Amerikaner, der sich ihnen nach ein paar Begrüßungsfloskeln als Mike vorgestellt hatte.
»Keine Ahnung, Mike. Wie Sie wissen, hat uns die Bank aus Paris einfliegen lassen. Wir haben das neue Sicherheitssystem von Narodni installiert.«
»Maschine ausgebucht«, warf Jewgeni hilfsbereit ein und zeigte mit einem breiten Grinsen auf die Aufschläge und das Pilotenabzeichen seiner Uniformjacke.
»Nicht schlecht. Deshalb also die Uniformen! Die Sicherheitsabteilung versteht wirklich was davon, Beziehungen spielen zu lassen.« Mike führte sie in den Bürobereich. Er kratzte sich staunend am Kopf, was Arkadi beunruhigte, denn er wußte, daß US Credit Express für die Betreuung seiner internationalen Geldtransportgeschäfte in der Regel keine Trottel engagierte. Was hatte also diesen Mike gebissen, daß er sich wie ein liebenswürdiger Vollidiot benahm?
Arkadi lächelte und sah sich um, als hätte er die letzten drei Wochen nicht in einer perfekten Nachbildung dieses Büros verbracht, in einem Modell in Originalgröße, identisch bis hin zu den Falten im schlampig verlegten Teppichboden.
Die beiden Schlägertypen waren ebenfalls im Büro, lehnten an der Wand. Gelangweilt. Aber mit diesen beschissenen Makarows. Arkadi spürte ein Stechen in der Beckengegend.
»Das hier ist der Problembereich.« Mike führte sie durch eine Schiebe-

tür aus Glas in einen Raum mit acht hochkomplizierten IBM-Computern, einer Reihe von Datensicht-Terminals und summenden und flakkernden elektronischen Geräten.
»Lassen Sie's noch mal für mich durchlaufen, Mike. Machen Sie das?«
Mike lehnte sich gegen einen Schreibtisch. Die bunten Anzeigelichter der Geräte spiegelten sich in seinen Brillengläsern wider. »Ich sag' Ihnen was, Arkadi. Lassen Sie doch einfach durchlaufen, was Sie von der Situation begriffen haben ...«
Arkadi lächelte kalt. Dieser Mike ließ sich von niemandem zum Narren halten.
»Im wesentlichen scheinen wir es mit einer Interface-Fehlfunktion zu tun zu haben. Die Anlage, die Satellitenausstrahlungen in die Intertel-9-Sprache übersetzt, deutet ein bestimmtes Geräuschsegment als Signal, das System zu blockieren. Eine vertrackte Geschichte, denn jedesmal, wenn das passiert, muß man die Fehlerquelle ermitteln und die gesamte Sicherheitsidentifizierung durchlaufen lassen, damit die elektronischen Geldtransferwege in diesem Büro wieder frei sind.« Arkadi sah sich im Raum um und schaute über die Glastrennwände hinweg in sieben ähnliche Räume. »Und diese Quelle könnte in Los Angeles, Hongkong, London oder ... sonstwo sein.«
»Und Ihr Auftrag?« Mikes Nickelbrille funkelte, spiegelte stecknadelgroße Lichter wider, die ständig die Farbe wechselten.
»Mein Partner und ich dringen in das hiesige Programm ein, wo der Fehler lokalisiert worden ist, und werden ihn ... hoffentlich beheben.«
»Sie glauben, das können Sie?« Gott sei Dank, Mike hatte sich entspannt. »Ich meine, die Macken im Intertel-Programm könnten das ganze US-Credit-Express-System abstürzen lassen, und das könnte uns Millionen kosten.« Er lächelte entschuldigend. »Und ich bin der Typ vom Dienst.«
»Schöne Scheiße«, äußerte Arkadi mitfühlend. Er wandte sich Jewgeni zu und sprach russisch. »Es dürfte relativ schnell gehen. Falls wir es nicht mit dem koreanischen Virus zu tun haben.«
Mikes Blick war deutlich anzusehen, daß er Russisch bestens verstand. Was ins Bild paßte, dachte Arkadi, sonst hätte er in Sankt Petersburg nicht die Nachtschicht gehabt.
»Okay«, sagte er, »fangen wir an.« Er zog die Aeroflot-Jacke aus und

warf sie lässig über einen Stuhl. Dann setzte er sich an einen Schreibtisch und ließ mit geübter Hand das umfangreiche Programm-Inhaltsverzeichnis auf dem Bildschirm erscheinen.
Jewgeni knöpfte sich die Jacke auf und lockerte seine Krawatte. Er zog ein dickes, dreifach gefaltetes Bündel Notizen aus der Innentasche und breitete die Seiten auf der Schreibtischplatte aus. Auf dem Briefkopf stand *US Credit Express, Abteilung für Sicherheitsermittlungen*, und das Blatt trug den Stempel GEHEIM – EINSICHT NUR AfS GESTATTET. Mike sollte einen Blick darauf werfen, um seine restlichen Bedenken zu zerstreuen. Jewgeni, der den Amerikaner in einer Glastrennwand beobachtete, stellte fest, daß der Schachzug offensichtlich funktioniert hatte. Er merkte, daß ihm kalter Schweiß über den Rücken lief, und brachte seine Atmung bewußt unter Kontrolle, wie er es vor vielen Jahren beim GRU-Lehrgang an der Uliza Dolgobrodskaja in Minsk gelernt hatte.
Schweigen. Nur das gedämpfte Summen hochtechnologischer elektronischer Geräte war zu hören, das Flackern Hunderter von winzigen bunten Lichtern zu sehen.
Arkadi arbeitete mit ruhiger Professionalität. Er verschaffte sich Zugang zum komplizierten Sicherheitsprogramm Intertel 9, das darauf zugeschnitten war, jedermann daran zu hindern, in die tiefsten Geheimnisse von US Credit Express einzudringen und den Zugang zu den größeren Kapitalfonds zu unterbinden. Größere Fonds – das waren Summen von über dreißig Millionen Dollar, oft nur für ein paar Stunden zugänglich, ehe sie transferiert wurden, um vom ständig wechselnden Weltmarkt zu profitieren.
Einer der ehemaligen KGB-Wachmänner seufzte draußen auf dem Flur jenseits des mit Glaswänden unterteilten Raums. Arkadi und Jewgeni waren so angespannt, daß ihnen das Geräusch wie ein Windstoß in einem Tunnel erschien. Mike Berkowitz, der amerikanische Geschäftsführer des USCE-Büros in Sankt Petersburg, hielt ihre beherrschte Anspannung der Tatsache zugute, daß im Intertel-Programm immerhin das koreanische Virus lauern konnte. Computerviren, manchmal von Hackern eingeschleust, manchmal von Konkurrenten oder Erpressern, waren die Geißel der Branche. Sie konnten jahrelange Programmiererarbeit in Sekundenschnelle aus einem System löschen und verspotteten die Opfer häufig mit obszönen Botschaften auf den Bildschirmen der Datensichtgeräte.

Kein Wunder, meinte Berkowitz, daß die beiden Experten angespannt waren.
Es gehörte zu seinen Pflichten, den Bildschirm im Auge zu behalten und zu beobachten, was der Mann namens Arkadi Paninow machte. Denn Mike war ein bestens ausgebildeter Benutzer, wenn auch kein Experte für Systemanalyse. Das Tempo aber, mit dem der kleine Techniker ans Werk ging, machte es fast unmöglich, den Ereignissen auf dem stets wechselnden Bildschirm überhaupt noch zu folgen. Außerdem war Mike Berkowitz seit halb sieben Uhr morgens wach. Sein kleiner Sohn bekam den ersten Zahn und wollte, daß der ganze Westen Rußlands davon erfuhr. Berkowitz warf einen Blick auf eine Wanduhr hinter zwei Glastrennwänden: Die Zeiger standen auf 0.18 Uhr. Ihm wurde bewußt, daß er hundemüde war. Das sich ständig schnell verändernde Display auf dem Bildschirm ergab für ihn wenig Sinn.
Nicht weiter schlimm. Ein spezielles Sicherheitsband zeichnete schließlich alle elektronischen Vorgänge auf.
»Ich glaube, ich habe es gefunden«, murmelte Arkadi auf russisch. Jewgeni beugte sich vor. »Es ist kein Problem mit der Software«, fuhr der kleinere von beiden fort. »Wo ist der Datenübertragungsblock? Hier drin?«
Jewgeni wandte sich Mike zu. »Hier durch. Im nächsten Raum.«
»Zeigen Sie ihn Jewgeni, ja, Mike? Das Problem könnte sich leichter lösen lassen, als wir geglaubt haben.«
»Mein Gott, falls es ein Staubkorn ist...« Mike schüttelte wehmütig den Kopf und führte Jewgeni durch eine gläserne Schiebetür in den nächsten Raum, in dem noch mehr solide elektronische Geräte standen.
Vierunddreißig Sekunden, dachte Arkadi, während er ruhig und exakt arbeitete. Aber schnell. Er nahm nichts wahr außer dem Bildschirm vor ihm. Vierunddreißig Sekunden, bis Mike zurückkam. Sechsunddreißig Sekunden, bis das hundertprozentig fehlersichere System von Intertel 9 bemerkte, daß jemand illegal in das Geldtransferprogramm eingedrungen war. Daß es vergewaltigt worden war. Penetriert. Arkadis Lippen teilten sich zu einem freudlosen Grinsen, als er aus dem Gedächtnis den digitalen Zugangscode eingab, in das Tokioer Terminal des internationalen Systems eindrang und mit Hilfe des dortigen fehlersicheren Codes signalisierte, es sei völlig in Ordnung, Konto Nummer 0011357 aufzulösen.
Arkadi, dessen Finger über die Tastatur rasten wie die eines Konzert-

pianisten, schaltete diese Instruktion auf Pause und verschaffte sich Zugang zum hundertprozentig gesicherten Fehlerkontrollsystem von Intertel 9, indem er einen streng geheimen Wartungscode benutzte, der das System achtundzwanzig Sekunden lang lahmlegte. Zurück zu Konto 0011357 in der Tokioer Zentrale.
Und wie ein vertrauensvolles Kind ließ es Konto 0011357 zu, daß im Bruchteil einer Sekunde 157 Millionen Dollar abgehoben und auf das Konto M-142 der Mafia-Metropole Palermo transferiert wurden.
In den vier Sekunden, die ihm noch blieben, tilgte Arkadi jede Möglichkeit, den Empfänger des US-Credit-Express-Geldes in Palermo aufzuspüren, und eine halbe Sekunde bevor Intertel 9 »Haltet den Dieb!« gerufen hätte, stieg er aus dem Programm aus. Sein Gesicht war schweißnaß, als Mike und Jewgeni wieder hereinkamen.
»*Tam wsjo normalno ... Schto budem delat?*« Jewgenis Auftreten war der Inbegriff von Selbstbeherrschung. Da drüben ist alles in Ordnung, hatte er gesagt. Was machen wir jetzt?
»Ich glaube, ich hab' den Fehler gefunden«, erwiderte Arkadi, lehnte sich im Stuhl zurück und zwang seinen Körper auszudrücken: Seht ihr, ich bin ganz entspannt.
»Sie schwitzen«, sagte Mike, dessen hochintelligente Augen hinter der Nickelbrille glitzerten.
»Ja, das würden Sie auch.« Arkadi beobachtete im reflektierenden Glas unauffällig die beiden ehemaligen KGB-Wachmänner. Sie wirkten ziemlich gelangweilt. Desinteressiert. »Hier drin gibt es wohl kein Bier?«
»Nein, aber ich kann von einem der Wächter eins holen lassen, wenn Sie wollen ...«
Jewgeni und Arkadi sagten exakt im selben Augenblick nein. Sehr entschieden, überdeutlich.
»Okay, prüfen wir's nach«, sagte Arkadi.
Das war der schlimmste Teil. Sie hatten eben das größte internationale Kreditkartenunternehmen unwiderruflich um 157 Millionen Dollar erleichtert. Und jetzt mußten sie hier vor dem Sankt Petersburger Geschäftsführer und zwei mit Makarows bewaffneten Schlägertypen beweisen, daß das computergesteuerte Sicherheitssystem der Bank viel besser als vorher arbeitete. Besser als vor der grandiosen Penetration. Natürlich tat Arkadi, das heißt der Mann, der den Namen Arkadi Paninow benutzte, bestätigt von einem hervorragend gefälschten Personalausweis, haargenau das. Und drei Minuten vor ein Uhr morgens

standen er und der Größere in dem lautlosen Fahrstuhl mit dem scheppernden Gitter und stopften die hastig zusammengefalteten Pilotenjacketts der Aeroflot in eine Plastiktüte vom Warenhaus GUM in Moskau.

Die Hotelmusiker packten gerade ihre Instrumente in ramponierte Koffer, als Arkadi und Jewgeni die überwältigende Halle mit den Marmorsäulen durchquerten. Die beiden Männer trugen nun helle Mäntel über weißen Hemden ohne Krawatte.

Als sie auf der Treppe des Palasthotels Newski stehenblieben, fuhr ein blaues Wolga-Taxi vor, und zwei etwas mitgenommen wirkende Männer stiegen aus. Der Kleinere blieb stehen und bezahlte den Fahrer. Arkadi und Jewgeni traten höflich beiseite, als die beiden Fahrgäste die vier flachen Stufen hinaufeilten und das Hotel betraten. Unter ihren Regenmänteln trugen sie eindeutig die Uniformen von Aeroflot-Piloten.

Arkadi und Jewgeni wechselten einen Blick. Den feurigen Blick von Stierkämpfern, die sich eben prächtig geschlagen haben. Mienen, die *hidalgo* ausdrückten, einen wilden, elitären Stolz.

Zum krönenden Abschluß ihres unerhörten Aktes nahmen die Vergewaltiger von Intertel 9 dasselbe Taxi und trugen dem Fahrer auf, sie zum Hafen zu bringen. Sie bemerkten die beiden jungen Frauen nicht, die sich ihnen angeboten hatten und nun vom Ende der Uliza Kormoranskaja aus ihre Abfahrt beobachteten.

Als die Prostituierten ihren Weg auf der breiten Allee fortsetzten, wurden sie – so hätte es zumindest für jeden zufälligen oder weniger zufälligen Beobachter ausgesehen – von einem Mann angesprochen, der einen älteren blauen BMW der Fünferserie fuhr. Sie stiegen ein, nachdem sie für den Fall, daß sie belauscht wurden, einen Preis vereinbart hatten, und das Auto fuhr an.

Im Wagen schüttelte die junge Frau mit den aristokratischen Wangenknochen ihre Frisur zurecht.

»Na ...?« fragte der Fahrer, ein Mann um die Vierzig, mit schütter werdendem braunen Haar, einer ernsten Miene und zwei kleinen Narben auf der rechten Stirnseite.

»Sie haben es eben geschafft«, erwiderte sie.

»Ich bewundere ihre ... Unverschämtheit«, sagte der Fahrer. Und er setzte die beiden jungen Frauen ein paar Straßen weiter ab.

2. Kapitel
Ein Rettungsring aus Zion

In Washington gibt es ein Restaurant namens Le Palm. Es liegt an der P Street und ist ein Lokal von leicht verstaubtem Schick, stark frequentiert von politischen Komparsen, die hoffen, mit den wahren Drahtziehern und Hauptdarstellern im Machtzentrum der USA in Berührung zu kommen.

Ein kantiger Engländer saß allein an einem Tisch in der Nähe der Tür. Er war etwa eins neunzig und hatte eine krumme, nach einem Bruch schlecht gerichtete Nase. Eine schwache Narbe verlief von seinem rechten Wangenknochen bis zum Mundwinkel. Sein Name war David Jardine. Während er ein Glas Eistee mit Zitrone trank und in einem Salat Cäsar herumstocherte, blätterte er in der *Washington Post*, um sich über die aktuelle Lage, vom Capitol Hill aus gesehen, zu informieren.

Als ein Kellner die Reste seines Mittagessens abräumte, schob Jardine die Zitronenscheibe mit einem langen Löffel im Glas herum und ließ seinen trägen Blick durch den Raum wandern. Die *Washington Post* brachte eine Artikelserie über die Gefährdung der Stadt durch Drogen, aber die wahre Droge, das wußte er, ließ Kokain so harmlos wirken wie koffeinfreie Cola. Man konnte sie nicht in Plastiksäckchen an einer schlecht beleuchteten Straßenecke kaufen. Sie war auch nicht auf Rezept erhältlich. Denn die wahre Droge hier in der Hauptstadt der USA hieß: politischer Einfluß. Macht. Sie schien zum Greifen nahe und machte viele, die danach süchtig waren, zu Narren und Tyrannen.

MACHT. Er stellte sich vor, das Wort sei auf jede Stirn in der Stadt gestempelt, denn niemand in Washington entkam ihrem Einfluß, vom Schuhputzer bis zum Präsidenten. Alle waren ihre Meßdiener, ihre Lakaien.

Und geheime Macht ... das war die stärkste Droge überhaupt.

Während David Jardine seinen Blick über die Karikaturen, mit denen die Wände fast zutapeziert waren, schweifen ließ, wurde ihm bewußt –

und er sollte sich später an diesen Augenblick genau erinnern, weil vermutlich just in dem Moment alle Katastrophen, die sich anbahnten, so gut wie unvermeidlich wurden –, daß er zum erstenmal im Leben nicht völlig in seiner Arbeit aufging.
Denn zum erstenmal seit einundzwanzig Jahren und zehn Monaten war der Engländer nicht mehr damit beschäftigt, irgendwelchen Feinden Geheimnisse zu entwenden. Der Euphemismus dafür lautete im Büro »Sperrgebiete«, also Bereiche, in denen seine Agenten streng geschützte Informationen über die Feinde Großbritanniens zu besorgen hatten. Und wo diejenigen, die erwischt wurden, von Glück reden konnten, wenn sie hingerichtet wurden.
Aber seit seiner Beförderung, gegen die er sich bis zuletzt gewehrt hatte, bis denen in der obersten Etage der beschränkte Sinn für Humor ausgegangen war, gehörte Jardine zu den weniger zwielichtigen Gestalten der Firma, pflegte Verbindungen zu ausländischen Geheimdiensten und saß in einer Reihe von Ausschüssen, deren Hauptbeschäftigung es war, sich selbst am Leben zu erhalten; und nichts davon würde je auch nur die geringste Auswirkung auf internationale Ereignisse oder den Verlauf der Geschichte haben. Das waren die beiden Gründe, die ihn dazu veranlaßt hatten, seinen Lebensunterhalt mit Spionage zu verdienen, als er vor vielen Jahren als Mitarbeiter von Reuters angeworben worden war.
Sie können etwas verändern, David, hatte ihm der Schotte versprochen, der ihn angeworben hatte. Wie viele Berufe können Ihnen das bieten?
Er hatte es geglaubt. Und vielleicht hatte er ja bis vor kurzem tatsächlich etwas verändert.
Jardine zuckte gedankenverloren die Achseln, machte den Kellner auf sich aufmerksam und bedeutete ihm, er wolle einen Kaffee und die Rechnung haben.
Vor dem Le Palm, während er noch überlegte, ob er die achthundert Meter zur alten Vietnamesischen Botschaft, wo die CIA zum sechzehnten Treffen des KKAWG einlud, zu Fuß gehen oder ein Taxi anhalten solle, fiel David Jardine ein verwirrter junger Mann auf, der auf dem Trottoir herumlungerte. Er hatte den gleichen dümmlichen Blick wie ein Jagdhund, der sich nicht mehr genau daran erinnern kann, was ihm befohlen worden war.
Das war Tom Crawford, ein noch nicht ganz flügge gewordener Beam-

ter im Geheimdienst Ihrer Majestät, der getarnt als Dritter Sekretär in der Konsulatssektion der Britischen Botschaft arbeitete.
Der Junge sah mit einem Gesichtsausdruck, der Angst verriet, daß Jardine auf ihn zukam. »Sie sehen besorgt aus.«
Crawford errötete leicht. »Es ist nur ... Ich war mir nicht sicher, ob oder ob nicht, äh ...«
Er meinte, er sei sich nicht sicher gewesen, ob er und Jardine zusammen gesehen werden sollten. Das Greenhorn hatte eindeutig schon mit der Muttermilch John le Carré eingesogen.
»Tom, wir sind hier in Washington. Das ist keine Bushaltestelle in Prag, wissen Sie ...« Jardine begriff, daß er sich eben selbst als nicht auf der Höhe der Zeit erwiesen hatte, denn ein heimliches Treffen in Prag war heutzutage nicht besonders gefährlich.
Der arme Tom Crawford wirkte wie am Boden zerstört. David Jardine fragte sich, was mit ihm los sei. Noch vor wenigen Wochen hatte zu seinem beträchtlichen Können die Fähigkeit gehört, jungen Beamten ihre Befangenheit zu nehmen.
»Kommen Sie. Gehen wir ein Stückchen zu Fuß.«
Jardine schlenderte mit Crawford zur Kreuzung an der Wisconsin Avenue und wartete, bis ein Lastwagen mit der Aufschrift Miller Lite vorbeigerumpelt war, ehe er die Straße überquerte.
»Wie geht's Ihrer Schwester?« fragte er und ließ die Gelegenheit verstreichen, einem Stadtstreicher, der herangetorkelt war, einen Dollar zu geben. Der Mann trug ein Pappschild mit der Aufschrift »Nur 1 $, und Sie helfen einem Vietnamveteranen, am Leben zu bleiben« um den Hals. Nach einer flüchtigen Schätzung seines Alters muß er etwa sechs gewesen sein, als der letzte Hubschrauber vom Dach der amerikanischen Botschaft in Saigon abgehoben hatte.
»Bestens, vielen Dank.« Selbst die jüngsten Anfänger in der Firma waren darauf gedrillt, ihre Vorgesetzten nicht mit »Sir« anzureden. Ein derartiger Reflex hätte sich im falschen Umfeld als fatal erwiesen.
»Noch in Jakarta?«
»Ja.« Sie gingen schweigend weiter.
»Und wo liegt das Problem?«
Die Abteilung in Washington hätte niemanden, nicht mal Tom Crawford, auf die Suche nach Jardine geschickt, falls es nicht irgendein Problem gab.
»Hm ... Granatapfel.«

Jardine spürte, daß sein Herz einen Sprung machte. So wie das eines jungen Mannes, wenn der Name einer heimlichen Liebe fällt. Denn Granatapfel war der Deckname für eine Spionin in einer gefährlichen Gegend der Welt, Lichtjahre entfernt vom behaglichen Leben der Geheimdienstler in Washington. Eine Spionin, die darauf bestanden hatte, von David Jardine angelernt zu werden oder gar nicht.

Ihre Identität war nur Jardine bekannt und seinen beiden ... Komplizen, denen er am meisten vertraute. Sie war die Tochter eines ermordeten Beiruter Zeitungsherausgebers, der ein gemäßigter Moslem gewesen war, und mittlerweile eine einflußreiche Agentin. Als David Jardine sie vor zehn Jahren angeworben hatte, war sie Anwaltssekretärin gewesen, doch inzwischen war Granatapfel in der neuesten libanesischen Regierung in die einflußreiche Position als politische Beraterin des Außenministers aufgestiegen.

Irgendwann im Verlauf ihrer Agentenkarriere hatte sich Jardines Spionin, die sein vollstes Vertrauen genoß, auf seinen Rat hin vom irakischen Mukhabarat anwerben lassen, Saddams effektivem Geheimdienst. Durch Granatapfel war Jardine also nicht nur über die Regierung in Beirut im Bilde, sondern auch über bestimmte Vorhaben des Iraks. Vor allem, was Abu Nidal und seine Terroristengruppe anlangte.

Natürlich ahnte Crawford nichts von alledem. Mit den höchsten, am gründlichsten durchleuchteten Mitgliedern des SIS hatte er gemeinsam, nicht einmal zu wissen, daß Granatapfel eine Frau war.

»Was ist mit ihm?« fragte Jardine. Und meinte sie.

»Er braucht Anweisungen. Dringend.«

Jardine kannte – und ein kalter Luftzug wehte um seinen Rücken – die Umstände nur allzugut, die Granatapfel dazu gezwungen haben konnten, ein Signal außer der Reihe zu schicken und um »Anweisungen« zu bitten.

»Sonst noch was?«

»Heute abend um sieben nach unserer Zeit besteht direkter Funkkontakt.«

»Ich werde dasein.«

»Das wär's dann ...« Crawford riskierte einen schnellen Blick auf den großen Mann, der neben ihm herging. Er kannte die Geschichte über die beiden Kugeln in seiner linken Lunge und die Messerstecherei in einer Berliner Nebenstraße. Es hätte David Jardine in tödliche Verlegenheit gebracht, zu wissen, daß er für Tom Crawford so etwas wie ein

Held war. Und David Jardine eine Geheimnachricht bei einem Spaziergang auf einer Straße in Washington zu übermitteln ... das war einfach Spitze.
»Danke, Tom.«
»Okay ...«
Crawford wandte sich mit einstudierter Nonchalance ab, trat über den Bordstein und wollte die Straße überqueren. Er hatte es nur der blitzschnellen Reaktion einer Stadtstreicherin mit stählernem Griff zu verdanken, daß ihn ein vorbeifahrendes Feuerwehrauto nicht zu Hackfleisch machte. Dessen kehlig brummender Motorenlärm war dem jungen Spion völlig entgangen, so sehr hatte ihn der Augenblick in Bann geschlagen ...

Die Tatsache, daß die CIA zum viertägigen Seminar des KKAWG nicht in die Zentrale in Langley eingeladen hatte, war nichts Ungewöhnliches. Die alte Vietnamesische Botschaft, die sich die CIA gelegentlich mit dem eigentlichen Büroinhaber, dem diplomatischen Sicherheitsdienst, teilte, lag schlicht und einfach zentral und war gut zu erreichen, was den Teilnehmern die Unannehmlichkeit ersparte, sich morgens und abends durch den Verkehr Richtung Langley, Virginia, auf der anderen Seite des Potomac mehrere Kilometer außerhalb der Stadt zu quälen.
KKAWG stand für Konzertierter Koordinierungsausschuß der westlichen Geheimdienste. Für Jardine verkörperte der Ausschuß lediglich ein weiteres Sprungbrett in die Vergessenheit. Er fragte sich, ob er beruflich in die Wechseljahre kam.
Der Konferenzsaal war zu einem Raum innerhalb eines Raumes umgewandelt worden. Durchsichtige Plastikschirme auf Fiberglasständern waren an den Wänden und an den Fenstern aufgestellt, was ein Abhören über Mikrowelle unmöglich machte.
In einem Raum nebenan und einem auf der Straße geparkten Lieferwagen arbeiteten die Teams für elektronische Abhörsicherung.
Die Ausschußmitglieder saßen an einem langen Tisch aus Kirschbaumholz.
Die CIA, der britische Secret Intelligence Service, der deutsche BND, der französische DGSE und der israelische Mossad waren allesamt vertreten. Außerdem der neue russische Geheimdienst und die Dienste etlicher ehemaliger Satellitenstaaten der Sowjetunion. Aber letztere wur-

den aus Sicherheitsgründen nicht zu jeder Sitzung eingeladen. Nur für den Fall, daß sich der Gang der Geschichte einen Schritt zurück bewegen sollte.
David Jardine war Realist. Deshalb bildete er sich nicht ein, daß der KKAWG mehr hergeben würde als jedes beliebige Seminar führender Journalisten und Akademiker. Er konnte sich einfach nicht vorstellen, daß irgendeiner der versammelten Meisterzyniker in Sachen Spionage etwas enthüllte, was einem Geheimnis aus den gehüteten Verschlußsachen des jeweiligen Dienstes auch nur annähernd ähnelte.
Nicht hier. Nicht an diesem Tisch.
Er hörte zu, während jeder Sprecher seinen Vortrag hielt, und fing damit an, die Bermudaschlup seiner Träume zu zeichnen, auf der Rückseite eines streng geheimen CIA-Papiers über nationalistische Organisationen in Rußland, die ausgewählte Mitglieder nach Bosnien schickten, damit sie dort an der Seite serbischer Freischärler kämpften.
Im Idealfall sollte das Schiff etwa acht Meter lang sein. Mit einem längeren Boot wäre einer allein nur schlecht zurechtgekommen.
Als aus den Minuten viertel und halbe Stunden wurden, erzeugte das endlose Geleier ein Gefühl der Klaustrophobie in ihm, und Jardine fragte sich, ob es klinisch möglich sei, an derart erhabener und unendlicher Langweile zu sterben.
Vor drei Monaten noch war er Abteilungsleiter beim SIS gewesen, hatte den Bereich West 8 der Firma geleitet, mit der Verantwortung für heimliche Operationen in den Sperrgebieten Karibik, Mittel- und Südamerika. War um die Welt gereist. Hatte andere Identitäten benutzt, die ihm so vertraut waren, daß sie ihm paßten wie Lieblingskleidungsstücke. War in Gefahr geraten. Hatte sein Leben verteidigt.
Ja, sein Leben verteidigt.
Indem er einen Mann umbrachte, der ihm vertraut hatte.
»Du Schwein ...!« hörte er eine Stimme auf einem Friedhof in Bogotá rufen. Kein Tag verstrich, ohne diese Stimme zu hören.
Und auch keine Nacht.
Jardine erschauderte. Er schüttelte den Griff grauenhafter Erinnerungen ab und zeichnete eine lange, tiefe Linie für den Kiel. Er fragte sich, ob sein Boot Stabilisatoren bekommen sollte wie die Jachten, die am America Cup teilnahmen, als ihm bewußt wurde, daß in diesem Moment siebzehn Augenpaare höflich und gespannt auf ihn gerichtet waren.

»... im Hinblick auf einen *jihad*?« Stefan Wydwiroslaw, der polnische Vertreter im Ausschuß, sah Jardine an, einen erwartungsvollen, fragenden Ausdruck im Gesicht.

Jardine erwiderte den Blick nachdenklich.

»Ein *jihad*, Stefan«, erwiderte er aalglatt, und alle hingen an seinen Lippen, um die Worte der Weisheit zu hören, »liegt wie die Schönheit ganz im Auge des Betrachters.«

Es ist noch gar nicht so lange her, Kumpel, dachte er und sah gelassen in die hellblauen Augen des Polen, daß du mit deinen Leuten ein Doppelspiel getrieben und für den alten sowjetischen GRU gearbeitet hast.

»In diesem Fall jedoch ... im übrigen haben Sie Ihre Argumente so gut vorgetragen, daß ich mich frage, ob Sie uns wirklich Ihr ganzes Blatt gezeigt haben ...«

Amüsiertes leises Lachen. Man mußte kaum ein James Jesus Angleton sein, wenn man unterstellte, daß ein Spion in einem Raum voller Fremder, die vor kurzem noch Feinde gewesen waren, etliches für sich behielt.

»In diesem Fall also glaube ich, wir könnten es mit dem ersten echten, vierundzwanzigkarätigen *jihad* seit Anfang des Jahrhunderts zu tun haben.« Jardine klopfte mit dem Füller auf die Tischplatte, lehnte sich im Stuhl zurück und sah sich verschlagen am Tisch um. Die anderen nickten ernst.

Er sprach weiter, mit einer Miene, die ausdrückte, es wäre ihm lieber, wenn er mehr preisgeben dürfte. »Vielleicht sollten wir also in diesem Bereich für einen offenen Warenaustausch untereinander sorgen. Denn liegt das nicht in unserem gemeinsamen Interesse? Berichtigen Sie mich, falls ich mich irre ...«

Zustimmendes Gemurmel. Nur der arme Stefan, der mit einer präziseren Erwiderung gerechnet haben mußte, sah etwas perplex aus.

Nun begann der rotbackige Bob Summers, ehemals Olympiateilnehmer für Kanada als Ruderer, mit einer endlosen Litanei über iranische Pläne, an einen atomaren Sprengkopf zu kommen. Es kam der Peinlichkeit nahe, daß er sich dabei anmerken ließ, wie wenig sein Dienst über die wahren Tatsachen wußte.

Jardine, gelangweilt bis zur Narkolepsie, hielt sich bei Laune, indem er die Mitglieder des KKAWG ausmachte, die aktiven Verrat an den Ländern betrieben, die sie in diesem Ausschuß vertraten, und anderen »befreundeten« Diensten am gleichen Tisch Informationen zuspielten. Dabei merkte er, wie Avriam Eitels, der ranghöchste anwesende Mann

vom Mossad, ihn ruhig beobachtete und, seiner belustigten Miene nach zu urteilen, zweifellos jeden seiner Gedanken las.
Jardine erwiderte Eitels' Blick, und die beiden Männer lächelten. Sie hatten in den rücksichtslosen Geheimkriegen, mit denen beide Männer ihr Leben verbracht hatten, nicht immer auf derselben Seite gestanden, aber sie waren beide eiskalte Profis, die sich gegenseitig respektierten.
Um 16.10 Uhr wurde die Sitzung für eine Pause unterbrochen.
Eitels und Jardine verließen den Raum und standen sich plötzlich auf dem Flur gegenüber, wo CIA-Wachmänner diskret die Umgebung bewachten.
»Wie wär's mit einer Tasse Kaffee? Im Willard«, fragte Eitels, zündete sich eine Zigarette an und schirmte aus Gewohnheit die Flamme des Zippo-Feuerzeugs mit der Hand ab.
Jardine warf einen Blick auf die Armbanduhr. Fast noch drei Stunden bis zum Funkkontakt mit Granatapfel in Beirut.
»Alles, bloß hier raus«, stimmte er zu und ging zum Aufzug, aus dem zwei stirnrunzelnde Damen aus Langley traten, die hergekommen waren, um die diensthabenden Stenographinnen des KKAWG abzulösen. Die laschen Beratungsergebnisse des Ausschusses mußten am Wochenende auf den Schreibtischen eines Dutzends von Geheimdienstchefs liegen. Falls ohne Rücksprache diesen Protokollen gemäß gehandelt wurde, konnte eigentlich nur noch Gott der leidenden Menschheit helfen.

Das Café im Willard-Hotel liegt neben einem breiten Korridor, der von der eleganten und geräumigen Eingangshalle zu einer Ladenpassage führt, in der sich vor allem Geschäfte mit Designerkleidung und Schmuck befinden. Es ist funktional, im kalifornischen Stil eingerichtet, mit einem Hauch New Mexico. Das Personal ist freundlich, und es gibt Nischen, in denen man ungestört essen und trinken kann.
David Jardine und Eitels setzten sich in eine Ecke weit hinten, links vom Eingang, zwei Stufen tiefer. Sie hatten die Tür nicht besonders gut im Blick, sahen auch nicht viel vom Kommen und Gehen der anderen Gäste. Ein Pluspunkt war jedoch, daß sie nur von wenigen Leuten gesehen werden konnten. Es war der gleiche Tisch, an dem Jardine schon oft gesessen hatte, mit anderen Kontaktpersonen der verschiedenen Geheimdienste. Er erinnerte sich daran, daß er während der Iran-Contra-Hysterie mit dem CIA-Verantwortlichen für Geheimoperationen hier

gesessen hatte, und schüttelte im Geist den Kopf über die Art und Weise, wie das US-System seine führenden Agenten behandelte, wenn sie erwischt wurden, obwohl sie genau die Arbeit getan hatten, für die sie bezahlt wurden, oft unter Einsatz ihres Lebens.
»So«, sagte Eitels, nahm seine Nickelbrille ab und hauchte auf die dicken Gläser.
»Zwei Kaffee, schwarz. Und zwei Gläser Eistee«, sagte Jardine zur Kellnerin, die nicht lange auf sich warten ließ.
Er entspannte sich im Sessel und beobachtete Avriam Eitels. Der Israeli lächelte. »Sie haben ein gutes Gedächtnis …«
»Es ist erst zwei Jahre her, Avvy.«
Eitels schüttelte den Kopf. Betroffen darüber, wie schnell die Zeit verging.
»Was gibt's Neues im Century House?«
Jardine runzelte die Stirn, als wäre er eben gefragt worden, wieviel Geld er habe. »Wir ziehen um«, erwiderte er vorsichtig. »In eine neue Monstrosität. Flaschengrün und sandfarben. So eine Art später Bauhausstil. Ein verdammt riesengroßer Steinhaufen. Immer noch auf der Südseite des Flusses. Tolle Aussicht. Kostet ein Vermögen.«
»Wie geht es Ronnie?«
»Welchem Ronnie?« Aber beide wußten, daß Eitels einen Mann meinte, der ein fünfzehnjähriger Freiheitskämpfer gewesen war, als er 1956 nach einem ungleichen Gefecht gegen russische Panzer und mongolische Infanterie aus Budapest geflohen war. Zehn Jahre später hatte Ronnie Szabodo, der inzwischen für den SIS arbeitete, Jardine in Berlin das Leben gerettet.
Seither war der untersetzte Ungar nie allzuweit weg von David Jardines Umkreis. Zu den unfreundlichen Bemerkungen gehörte unter anderem der Spitzname »Renfield« nach Draculas Diener, von dem es hieß, er habe die unappetitlicheren Überreste beseitigt.
»Sie wissen, welchen Ronnie ich meine …«
Jardine sah sich im Café des Hotels Willard um. War es ein Zeichen seines Alters, daß beiläufige Gespräche so viele Erinnerungen wachriefen? Heute abend würde Szabodo den Funkkontakt mit Granatapfel in Beirut herstellen, über das Century House in London in den sicheren Dechiffrierraum der Britischen Botschaft in Washington.
»Oh, Ronnie geht's bestens. Eine Art Überlebenskünstler«, erwiderte er.

Die Kellnerin brachte den Eistee und den Kaffee.
Eitels schüttete ein Zuckertütchen in sein Glas. »Ist Ihnen oder Ihren Leuten zu Ohren gekommen«, fragte er, »daß es eine Reihe großangelegter internationaler Betrugsmanöver gegeben hat, bei denen immer auch Fälschung in irgendeiner Form mit im Spiel war?«
»Das ist eigentlich nicht mein Gebiet, Avvy.«
»Solange es nicht die Größenordnung einer politischen oder strategischen Bedrohung darstellt. Aber genau darüber rede ich, David.«
Jardine war mit den Gedanken sechstausend Kilometer weit weg. Er fragte sich, was für ein Problem Granatapfel haben mochte. Er wünschte, er wäre auf der anderen Seite des Atlantiks. In Beirut oder auf Zypern. Sie glaubte vermutlich, eine ganze Sektion im Century House überwache sie auf Schritt und Tritt. Höre bei ihren Telefongesprächen mit. Sei jederzeit auf Abruf bereit, einzugreifen und die große, beschützerische Pranke des allgegenwärtigen britischen Geheimdiensts auszustrecken. Der sofortige Beistand bei allem, was Granatapfel bedrohte.
Genau in diesem Glauben hatte er sie gelassen, während die schlanke, stets lächelnde junge Frau in den letzten zehn Jahren täglich ihr Leben riskiert hatte. Was war er doch für ein Schwein. Im Dienst von ... was? Seinem Land? Der Demokratie? Der Firma? Des Überlebens?
»Riesensummen«, sagte Eitels gerade. »Zweistellige Millionenbeträge, David. Immer in einem anderen Land. Jedesmal hätte das Opfer völlig ruiniert werden können. Aber jedesmal nehmen sie nur so viel, daß sie richtig reich werden. Steinreich. Und hinterlassen Fußspuren.«
Jardine runzelte die Stirn. Falls hinter diesen Verbrechen keine ausländische Regierung steckte, war das kein Fall für die Firma.
»In verschiedenen Ländern«, fuhr der Israeli fort. »Auf jedem Kontinent. Und jedesmal wird es mehr. Höhere Einsätze. Auf der ganzen Welt.«
»Fußspuren ...?«
»Als wollten sie, daß jemand auf sie aufmerksam wird.«
»Daß wer auf sie aufmerksam wird?«
»Leute wie wir, Sie und ich. Die unsere Regierungen beraten. Kommen Sie schon. Was sagen Sie dazu? Ihr Leute müßt doch wissen, worüber ich rede ...«
Jardine dachte darüber nach. Eitels trank einen Schluck Tee, beobachtete den Engländer wie ein Pokerspieler.

»Avvy. Ich weiß, daß es in Israel anders läuft. Ihr seid eine kleine Nation. Jeder kennt jeden. Deshalb seid ihr alle so gut in diesem Geschäft. Aber ich bin kein Polizist. Ich erfahre erst dann von solchen Sachen, wenn es unsere Außenpolitik betrifft. Oder britische Interessen bedroht.«
Eitels runzelte die Stirn, rückte die Brille auf dem Nasenrücken zurecht. Plötzlich kam er Jardine so vor wie eine jüngere Version von Woody Allen.
»Und wie kriegt ihr dann überhaupt je was auf die Reihe?« Der Israeli wirkte besorgt.
Jardine lächelte. »Das weiß ich auch nicht. Wir bekommen so viele Informationen, die wir nicht brauchen. Und nie genug von dem, was wir brauchen. Jede Menge verschiedene Kunden, zu viele mit dem Sammeln beschäftigte Organisationen. Sie wissen, was ich meine.«
»David, ich möchte Ihnen sagen – Sie haben doch einen Augenblick Zeit ...?«
»Ich kapier' einfach nicht, weshalb internationale Betrugsmanöver ein Fall für den SIS sein könnten ...«
»Ich will versuchen, Sie davon zu überzeugen.«
Jardine trank einen Schluck Kaffee und lehnte sich im Sessel zurück. »Warum nicht ...?«
Eitels dachte einen Augenblick lang nach, suchte nach den richtigen Worten. »Okay. In diesem Augenblick arbeiten die bestimmt irgendwo auf der Welt am Verbrechen Nummer acht. Und in einem Punkt können wir uns sicher sein.«
»In welchem?«
»Daß es um eine größere Summe gehen wird als beim letztenmal. Da haben sie US Credit Express um hundertsiebenundfünfzig Millionen erleichtert, mit Hilfe eines vorgetäuschten Computerfehlers in Sankt Petersburg. Auf jeden Fall wird Fälschung wieder eine Rolle dabei spielen. Wir sprechen also über gigantische Einsätze. Sie werden makellose Arbeit leisten. Professionell. Ohne Anwendung von Gewalt.«
»Genaugenommen sind das drei Punkte«, sagte Jardine. Wie sich herausstellen sollte, behielt Avriam Eitels auf der ganzen Linie recht. Mit einer Ausnahme ...

Etliche Straßenlaternen brannten noch, bleiche, bläulichweiße Halsbänder in der Morgendämmerung. Teile der Corniche waren auf diese

Weise schwach beleuchtet, und die Leerstellen hatten etwas Unheilverkündendes – wie klaffende Zahnlücken.

David Jardine machte es sich bequem mit dem Kissen, das die Passagiere der Business Class bekamen, und schaute durch die Panzerglasscheibe hinunter auf das Mittelmeer an Beiruts Corniche. Er sah die Ruinen des einst schönen Hotels Phoenicia schon unter sich, als die DC 9 der Middle East Airlines sich auf die Landung auf dem Flughafen von Beirut vorbereitete.

Das Triebwerk quietschte und ächzte, als das Fahrwerk ausgefahren wurde. Ein bißchen spät, dachte Jardine, denn zwischen seinem bequemen Sitz, den Steintrümmern und den neu hochgezogenen Bürohäusern unten lagen nur noch etwa hundertfünfzig Meter.

Die grüne Grenzmarkierung, die das christliche Ostbeirut vom moslemischen Teil, der immer noch von den Fanatikern der Hisbollah beherrscht war, trennte, verschwand plötzlich aus dem Blickfeld, als der Backbordflügel sich hob und das Flugzeug sich unter Höhenverlust und dem Anschwellen des Motorenlärms gerade legte.

Zwei arabisch gekleidete Frauen, an deren Fingern Gold und Juwelen glänzten, schlossen halb die Augen, sich an die Armlehnen klammernd, auf eine Bruchlandung gefaßt, die dem öden Schutt aus zwanzig Jahren Bürgerkrieg auf den zerstörten Straßen und Boulevards sechzig Meter unter ihnen noch etwas Schutt hinzufügen würde.

Jardine entspannte sich. Er genoß das Fliegen. Es war eine der wenigen Gelegenheiten, wo niemand seinen Frieden stören konnte. Er freute sich darauf, Alisha zu sehen. Alisha Abdul-Fetteh war die einunddreißigjährige Sekretärin von George Channam, Außenminister in der libanesischen Regierung der Nationalen Einheit. Alishas Deckname in den letzten zehn Jahren war Granatapfel gewesen. Wer die CNN-Berichte gesehen hatte, als die neue Regierung an die Macht gekommen war, mußte überwältigt gewesen sein von der schlanken Schönheit, die sich im Versammlungsraum mit allen möglichen Unterlagen in Channams Nähe aufhielt, während die Fernsehkameras festhielten, wie der zerschlagene Libanon zur Selbstbestimmung zurückkehrte und zu dem, was in diesem Land als Normalität galt.

»Aus welchem Grund besuchen Sie den Libanon, Monsieur Ramseyer?« Der Beamte von der Paßkontrolle musterte gründlich Jardines Foto in dem Schweizer Paß auf den Namen Jean-Pierre Ramseyer, Beruf Archivar. Er hatte französisch gesprochen.

»Ich bin gebeten worden, eine Reihe von byzantinischen Handschriften für die Universitätsbibliothek zu begutachten.«
»Wo werden Sie wohnen?«
»Das steht auf der Einreisekarte.«
Kurze Pause. Der Beamte war ein adrett gekleideter Mann in der Uniform eines libanesischen Polizisten. Er sah die Einreisekarte mit zusammengekniffenen Augen an. Jardine ging durch den Kopf, der Beamte brauche vermutlich eine Lesebrille.
»Rue du Bac einundzwanzig B. Dort wohnt ein Freund. Er unterrichtet an der Universität.«
Der Beamte schien nichts gehört zu haben. Dann stempelte er ein Einreisevisum in den mit vielen Stempeln versehenen Paß, kritzelte etwas über den Stempel, lächelte und reichte Jardine das Dokument. »Einen angenehmen Aufenthalt in Beirut, *Monsieur.*«
»Merci bien.« Jardin griff nach seiner weichen Ledertasche, die er vor langer Zeit auf dem Handwerkermarkt in Bogotá gekauft hatte, und ging an der Zollkontrolle vorbei, bei der dem Anschein nach recht wahllos und routiniert vorgegangen wurde, zum Ausgang der Ankunftshalle und zum Taxistand.
Es war erst neunzehn Stunden her, seit er von Washington zum New Yorker Flughafen La Guardia geflogen war, von dort aus mit dem Hubschrauber zum John-F.-Kennedy-Flughafen, wo er den Morgenflug der Concorde nach Paris noch bekommen hatte. In Paris hatte ihm der zweiundsechzigjährige Jake Douglas (ein Agent im Ruhestand, der sich seinen Lebensunterhalt auf recht flotte Weise verdiente, indem er reiche amerikanische Witwen durch das Quartier Latin führte) einen Umschlag übergeben, der den Paß enthielt, einen Führerschein, Kreditkarten, Diverses aus Zürich wie Streichholzbriefchen, Caféquittungen und eine benutzte Kinokarte, dazu zwei Schweizer Zeitungen und ein Stadtmagazin mit Informationen über Restaurants und Veranstaltungen in Zürich. Außerdem eine Goldrandbrille und eine Armbanduhr von Patek Philippe, 1955 hergestellt, die Jean-Pierre Ramseyer von seinem Vater geschenkt bekommen hatte.
Jardine hatte Douglas einen ähnlichen Umschlag übergeben, in dem alles steckte, was ihn als einen anderen als den Schweizer Archivar, der er jetzt geworden war, hätte verraten können.
In der Rolle fühlte er sich wohl. Er kannte sie gut, und sie hatte ihm sechs Jahre lang ohne jede Panne gedient. Die Sektion zwölf der Firma,

auch bekannt als AGL, Abteilung für Geheimlogistik, die in einem edwardianischen Gebäude am Buckingham Gate arbeitete, kümmerte sich darum, perfekte Tarnlegenden aufzubauen und am Leben zu erhalten. Die AGL verfügte sogar über eine Adresse von Ramseyer und einen Telefonanschluß in Zürich, von dem aus nachweisbar Gespräche geführt wurden, mit Kontaktpersonen, wie sie für einen wissenschaftlichen Archivar typisch waren.

Mehrere Leute in der Schweiz und im restlichen Europa hatten im Lauf der Jahre telefonische Anfragen von Monsieur Ramseyer erhalten und hätten mit Freuden bestätigt, daß es ihn gab. Denn David Jardines Firma überließ nichts dem Zufall.

Das Zimmer hatte sich nicht verändert. Die Strahlen der noch nicht gleißenden Morgensonne spielten auf dem Rosenholztisch, der alten, mit bunten Teppichen belegten Ledercouch und dem Ohrensessel, den David ihr nach ihrem Abschluß an der amerikanischen Universität geschenkt hatte. Sie fielen auf ein altes Klavier, auf dem Alishas Vater früher »Mood Indigo« und »I Can't Get Started« gespielt hatte. Die Schlitze in den Holzrolläden teilten die Sonnenstrahlen, so daß die Atmosphäre in dem Raum einer Einstellung aus einem alten Humphrey-Bogart-Film glich.

Jardine ging behutsam über den großen Berberteppich um den Messingcouchtisch auf Zedernholzbeinen herum. Er ließ Sorgfalt walten, atmete bedächtig, als wäre er in einer kleinen Kapelle.

Da war die Huka, oben auf einem unordentlichen Regal, das vollgestopft war mit Büchern aller Art, von Reiseführern, Sprachführern in einem Dutzend Sprachen zu Romanen, historischen Werken und Kochbüchern.

Alishas Geruch, ihr Aroma, hing in der Luft. Schuldbewußt nahm Jardine zur Kenntnis, daß er vergessen hatte, wie verführerisch Alishas Aura war, ihr schimmerndes Haar, ihre Natürlichkeit und Jugend.

Er ging weiter durch das Zimmer und hielt dann inne, um dem trägen Treiben auf den Straßen Beiruts zu lauschen. Eine Sehnsucht nach für immer vergangenen Zeiten zerrte an Jardines Herz. Das Schlafzimmer war leer. Das Bett war wie immer ungemacht, das oberste Laken umgeschlagen, über die Decke nach unten gezogen. Aus einer gewissen Prüderie, vielleicht auch aus schlichtem Anstand widerstrebte es ihm, die Laken allzu gründlich zu mustern. Aber er tat es trotzdem, weil es zu seinem Job gehörte. Er ärgerte sich über die Erleichterung, die er empfand, weil nichts darauf hindeutete, daß sie in der letzten Nacht mit jemandem geschlafen hatte. Was zum Teufel geht mich das an, dachte er. Noch vor sechsunddreißig Stunden hatte David Jardine vergessen, daß Alisha Abdul-Fetteh überhaupt existierte.

Jetzt hatte ihn die Vertrautheit ihrer Wohnung betört. Himmel, ihre glänzenden Beine, der Bogen ihres Halses, wenn ihr Blick seinem begegnete und, vom Wandspiegel reflektiert, das triumphierende Glitzern, wenn sie sich gegen ihn lehnte und ihn weit, viel zu weit den Freudenpfad entlangführte, ihn, den beherrschten Engländer.

Die Katze auf dem Frisiertisch beobachtete ihn allwissend. Ich bin ja ein schöner Spion, dachte Jardine. Er hatte nicht einmal gemerkt, daß die Katze hier war. Er warf einen Blick auf die Armbanduhr.

Wo zum Teufel war sie? Alisha, Granatapfel, kam normalerweise nie soviel zu spät.

Vor zwei Tagen, nach dem Kaffee im Willard mit Avriam Eitels, war Jardine zu einer weiteren Sitzung des KKAWG in die alte Vietnamesische Botschaft zurückgekehrt.

Um 18.10 Uhr hatte er ein Taxi zur Britischen Botschaft genommen und war direkt in die Büros des SIS gegangen, die sie sich mit drei Beamten vom Security Service teilten, der Öffentlichkeit bekannt als MI5.

Tom Crawford wartete (er hatte die Generalprobe einer Aufführung von *Der Mikado* durch den Botschaftschor versäumt, sehr zum Verdruß seiner jungen Frau), und Punkt sieben war via Century House in London über eine sichere Satellitenfrequenz eine chiffrierte Funkverbindung mit Granatapfel hergestellt worden.

Wenig später stand David Jardine in einer Ecke des fensterlosen Chiffrierraums im Keller und decodierte den Inhalt von Granatapfels Funkspruch.

»GRANATAPFEL an AJAX«, hatte er gelautet. Ajax war Alishas Deckname für David Jardine ...

»GRANATAPFEL an AJAX 0200 1102.

1. Annäherungsversuche von einem Ägypter namens Salim Jaddeh (SJ).

2. STEINBOCK teilt GRANATAPFEL mit, daß SJ Agent für GLÜCKSTAG ist.
3. SJ besucht Beirut als Privatbankier. Wohnt in von Ägyptischer Botschaft gemietetem Haus in Dschunie.
4. Libanesische Sicherheitsakte über SJ verschwunden, aber Rif Daoud (Dienstleiter im Sicherheitsbüro) sagt, SJ wird als Bankier für Abu Nidal geführt.
5. Etwas daran ist faul.
6. Brauche dringend Rat.
7. Ende P 078805.«

STEINBOCK war der Deckname ihres irakischen »Agentenführers«, ein in Bagdad geborener Arzt, der in Beirut arbeitete.
GLÜCKSTAG war die Bezeichnung für den SIS. Soviel zu den unpassenden Benennungen, dachte Jardine.
Der Zahlencode am Schluß bedeutete, daß Granatapfel nicht unter Zwang stand.
Der junge Tom hatte den großen Mann gründlich beobachtet. Er hielt sich im Hintergrund, als Jardine sich setzte und vier Mitteilungen kritzelte, ehe er alle zerknüllte und auf den Boden warf.
Der Direktor der Abteilung für Zukunftsplanung im Century House, der David Jardine durch seine unerwünschte Beförderung geworden war, traf dann eine Entscheidung, die im Rückblick vielleicht überstürzt wirken könnte, aber er war bereit gewesen, jede halbwegs vernünftige Gelegenheit zu ergreifen, um der klaustrophobischen Langeweile des KKAWG zu entkommen.
»Wie schnell kann ich in Beirut sein?« hatte er in den Raum hineingefragt, der leer war bis auf Crawford und Jimmy Bonnar, den diensthabenden Chiffrierexperten des SIS.
»Hm …« sagte Tom Crawford, und Bonnar zog eine Schublade auf und reichte wortlos einen abgegriffenen Flugplan herüber, kein Geheimdokument, aber zusammengestellt von Miss Gresham, der unentbehrlichen – und leider unausstehlichen – Chefsekretärin des Büros, die sich selbst zum »Schatz« ernannt hatte.
»Jimmy«, sagte Jardine zu Bonnar, »geben Sie an Granatapfel durch, daß ich morgen in Beirut bin, um …« Er hatte hinüber zu Crawford geschaut, nicht gerade ungeduldig. Aber auch nicht besonders gelassen.
»Ich organisiere Ihre Reiseroute über Paris«, erklärte Tom Crawford

mit einer Autorität, die sowohl Jardine als auch Jimmy Bonnar verblüffte. »Sie reisen selbstverständlich nicht unter Ihrem Namen. Während Sie fliegen, hat also die Pariser Station Zeit, sich um die notwendige Legende zu kümmern.«
»Ganz recht«, erwiderte Jardine und revidierte seine Meinung von dem jungen Mann.
»Sie fliegen also von hier aus nach La Guardia – Sie können das Flugzeug um fünf Uhr morgens nehmen. Es ist völlig sinnlos, die Abreise zu überstürzen, bevor wir nicht alles richtig geplant haben. Sie können hier schlafen, ich besorge Ihnen ein frisches Hemd und Wäsche. Vermutlich haben Sie Ihren Paß bei sich?«
Tom warf Jardine einen prüfenden Blick zu, und der ranghöhere Mann nickte lammfromm.
»Dann per Hubschrauber von La Guardia zum JFK-Flughafen. Mit der Concorde nach Paris. Ein Treffen mit unserem Mann, der die neuen Papiere bringt. Paris–Rom, Rom–Beirut. Alitalia und Middle East Airlines wechseln sich tageweise ab, morgen ist MEA an der Reihe. Deshalb« – das zu Jimmy Bonnar – »gibt es keine Möglichkeit, daß Ajax im Vollbesitz seiner Gehirnzellen früher in Beirut eintrifft als, sagen wir mal, um acht am Donnerstagmorgen.«
Tom reichte Bonnar seinen sauberen Zeitplan, fuhr im Drehstuhl herum und sah Jardine an.
»Fragen, David ...?«
»Nein. Nein, das klingt alles ganz okay.«
Und Jimmy Bonnar hatte via London, wo der untersetzte Ungar Ronnie Szabodo den Kontakt herstellte, einen Funkspruch an Granatapfel geschickt. Innerhalb von vierzig Sekunden war ihre Antwort da. Als sie dechiffriert war, entnahm ihr Jardine, er solle zu ihrer Wohnung fahren und auf keinen Fall mit einem britischen Paß reisen.

David Jardine beobachtete geistesabwesend die Katze, während seine Sinne wachsam jedes Geräusch registrierten. Einmal hörte er draußen auf der Straße Schritte, die näher kamen. Aber es war nicht Alisha.
Auf dem Elektroherd stand Kaffee. Er war lauwarm.
Als sie sich um zwei Stunden verspätet hatte, fing er damit an, die Wohnung zu durchsuchen.

3. Kapitel
Der Mann, der nett zu seiner Mutter war

Nach ihrem grandiosen Coup hatten die beiden Männer, die sich Arkadi und Jewgeni nannten, ein Taxi zum Hafen von Sankt Petersburg genommen, den Fahrer bezahlt und waren eine halbe Stunde lang spazierengegangen, wobei sie äußerst gründlich nach Beobachtern Ausschau hielten. Dann gingen sie die Gangway der SS *Sumaru* hinauf, die in Glasgow registriert war. Es war ein siebzig Meter langer Frachter mit einer Ladekapazität von nur ein paar tausend Tonnen. Aber das Schiff war sämtlichen Küstenbehörden an der Ostsee als harmlos bekannt, mit einem anständigen Kapitän und unverdächtiger Ladung. In diesem Fall Stolitschnaja-Wodka und hunderttausend russische Holzpuppen, die man ineinanderstecken konnte.

In Wahrheit gehörte die *Sumaru* den beiden Männern unter völlig anderem Namen. Nicht daß jemand besonders auf sie geachtet hätte, denn sie waren Typen, die man leicht vergaß, so perfekt waren sie früher ausgebildet worden, als sie noch kein Leben als Privatunternehmer geführt hatten.

In den folgenden vierzehn Tagen hatte die *Sumaru* einen Teil des Wodkas und alle Puppen gelöscht und holländischen Tabak an Bord genommen, dazu Installationsrohre aus Kupfer und einunddreißig Tonnen Baumaterial: Nägel, Winkelträger, Streben und Winkeleisen.

Der breite, robuste Rostkahn schaukelte jetzt im quecksilberglatten Meer vor dem kleinen Hafen von St. John auf der karibischen Leeward-Insel Antigua.

Danny Dawidow, der sich in Sankt Petersburg Arkadi genannt hatte, rieb sich den kahlen Schädel mit Piz Buin ein, Lichtschutzfaktor acht. Er bleute sich ein, seine Lesebrille erst wieder anzufassen, wenn er sich die fettigen Hände gewaschen hatte.

Manchmal trug er lieber eine Mütze. Aber heute war er in festlicher, sorgloser Stimmung. Die Atlantiküberquerung war scheußlich gewesen, auch ohne den Sturm in der letzten Nacht, der alles noch schlimmer gemacht hatte. (Danny war im Grunde eine Landratte, obwohl sein Stolz ihm verbot, das zuzugeben.) Aber jetzt, vor Anker in den sanfteren, karibischen Gewässern, wo er die Ruinen eines alten britischen Forts auf der Steuerbordseite und die malerischen, pastellgrünen, rosa und gelben Kolonialbauten sah, die wie zufällig die Küste säumten, beobachtete er einen Pelikan, der träge vorbeisegelte. Danny seufzte mit einem Gefühl, das der Zufriedenheit nahekam.

Das Geld, das sie mit Hilfe des Computers von Sankt Petersburg aus gestohlen hatten, war tatsächlich auf ihrem Konto bei der Banco di Calabria in Sizilien angekommen, ohne daß es auch nur einen Sekundenbruchteil lang Probleme gegeben hätte. Hundertsiebenundfünfzig Millionen Dollar. In zwei Tagen würden er und der Mann, der sich Jewgeni genannt hatte, nach Palermo fliegen, die nötigen Papiere unterzeichnen und das Geld in Form von Inhaberobligationen in zwei Schließfächern deponieren. Jeweils fünfundsiebzig Millionen, der Rest war Betriebskapital. Die Schließfächer lagen im unterirdischen Gewölbe einer der sichersten Banken der Welt in der sizilianischen Hauptstadt Palermo.

Die Bank war eine kleine Betonfestung in der Nähe der Piazza di Quattro Canti. Von den Generälen der Geheimpolizei über Politiker und Kunstsammler bis hin zu den reichsten (und deshalb rücksichtslosesten) Mitgliedern der italienischen Mafia, der Cosa Nostra – alle deponierten ihr Vermögen bei dieser Bank. Ihren Namen fand man in keinem Telefonbuch, und ihre fiskalische Existenz bei der Handelskammer von Palermo war nur mit dem Minimum an Fakten belegt, das gesetzlich vorgeschrieben war: mit Namen und Vorstand, der aus einer Riege alter Damen über siebzig bestand, wohnhaft in einer Villa auf den Hügeln oberhalb von Corleone, einer Stadt, in die sich nicht einmal die einheimischen Carabinieri nach Einbruch der Dunkelheit wagten.

Die Tresore der Banco di Calabria kamen einem sicheren Zufluchtsort so nahe wie überhaupt möglich. Die Tresorräume waren neutrales Territorium. Den Gerüchten zufolge traf dort einmal der Innenminister, der ein unbezahlbares, mit Diamanten und Smaragden besetztes Halsband aus dem Schließfach abholen wollte, damit es seine Tochter bei ihrer Hochzeit tragen konnte, im selben schwer bewachten Wartezimmer auf den meistgesuchten Mann Italiens, Giovanni Favorito Noto.

Der Gangster hatte geduldig darauf gewartet, Banktratten im Wert von fünfhundert Millionen im Schließfach zu deponieren, den Erlös aus einem Geschäft mit kolumbianischem Kokain.
Wer wußte schon, was dort vorgefallen war, was sich zwischen den beiden Männern abgespielt hatte? Beide erledigten ihre Geschäfte und waren anschließend getrennte Wege gegangen – jedenfalls wollte es die Legende so.
Danny Dawidow, der auf dem Achterdeck seines keineswegs luxuriösen Schiffes saß und sich in der Sonne von Antigua aalte, empfand also ein Gefühl, das der Zufriedenheit sehr nahekam. Aber das Leben konnte grausam sein. Warum zum Teufel mußte er an Bord eines alten Frachters schmachten, statt sich auf einer der Luxusjachten zu sonnen, mit denen das türkise Wasser in den sandigen Buchten der Insel gesprenkelt war?
Danny Dawidow hatte kein leichtes Leben gehabt. Es war nicht leicht gewesen, der vierte Sohn eines Polizisten in Tel Aviv zu sein, nicht einmal dann, als sein Vater zum Kripochef der Abteilung für Korruptionsbekämpfung aufgestiegen war. Es war nicht leicht gewesen, als sich Rita Goldblat, die älteste Tochter eines millionenschweren Hoteliers, in ihn verliebte, ihm einen Heiratsantrag machte (ja, sie hatte ihm einen Antrag gemacht; das war Ritas Art, denn sie war daran gewöhnt, alles zu bekommen, was sie wollte) und ihn in ein Leben einführte, zu dem Wasserski in Eilat, Taittinger Blanc de Blancs und Designerunterwäsche gehörten.
Es war schwieriger geworden, als Vater Goldblat ihn als Hochzeitsgeschenk zum Direktor des Hotels Mount Carmel in Haifa ernannt hatte. Denn Dan hatte keine Lust, den Rest seines Lebens in der Hotelbranche zu verbringen. Es war eine Tatsache, daß der Israeli Hotels verabscheute. Ihm war in den Dingern immer unbehaglich zumute gewesen, wegen des unpersönlichen Personals und den klugscheißerischen Barkellnern.
Dann hatte Rita, die bezaubernde Rita, die am Gymnasium von Tel Aviv zweimal zur »Miß Persönlichkeit« gewählt worden war, sich als sexuell unersättlich erwiesen. Nicht daß Danny etwas gegen eheliche Freuden gehabt hätte, es war nur so, daß Rita daraus eine (meistens ergebnislose) Jagd nach dem äußersten Mehrfachorgasmus gemacht hatte. Dan hatte in den ersten vier Wochen ihrer Ehe zehn Pfund abgenommen und magerte pro Monat um weitere zwei Pfund ab, als, halleluja,

wie die Gojim gesagt hätten, die ägyptische Armee, gepriesen sei sie, über den vermeintlich unüberwindlichen Suezkanal hinweg zum Angriff überging und in der Wüste Sinai recht überzeugend Blitzkrieg spielte. Sie marschierte direkt auf die israelische Grenze zu und hatte Tel Aviv und Jerusalem im Visier.

Dan war Infanteriereservist gewesen, und er hatte seinen Tornister geschnappt und den Hotelchauffeur Wally Cohen dazu gebracht, ihn direkt zu seiner Meldestelle zu fahren, einem Büro über einem Grapefruitlagerhaus in der Nähe der Küste in Port Haifa.

Ritas Vater, der einflußreiche Hotelier, hatte allerdings dafür gesorgt, daß sein neuer Schwiegersohn im Rang eines Unteroffiziers zum Amt für Presse und Zensur in Haifa abkommandiert wurde. Ein Militäreinsatz, der sicherstellte, daß Ritas erschöpfter Partner bei einem arabisch-ägyptischen Angriff etwa so gefährdet war wie sein Cousin Boaz, der in New York City in der Textilbranche tätig war, achttausend Kilometer weit weg. Und natürlich mit der Absicht, daß Danny nie weit entfernt war von seiner geliebten Frau und dem Mount Carmel Hotel.

Danny, der *Nebesch* (ein Spitzname, den er Ritas amüsanten Schilderungen über seine Aufmachung verdankte, bevor sie den Entschluß gefaßt hatte, seinen Geschmack zu verbessern), hatte jedoch nicht vor, sich diese von Gott geschenkte Gelegenheit entgehen zu lassen, die in dem Krieg lag, den Kairo vom Zaun gebrochen hatte. Also setzte er sich mit seinem Vater, dem Kripochef, in Verbindung, überredete ihn, für eine Versetzung zu einer Panzereinheit zu sorgen, als Funker – wozu er beim Wehrdienst ausgebildet worden war. Innerhalb von vierundzwanzig Stunden holperte er mit der verspäteten Gegenoffensive in einem IDF-Chieftain-Panzer über den Sinai.

Es war nicht leicht gewesen, sich plötzlich bei General Sharons tollkühnem, schnellen, brutalen und ohrenbetäubenden Flankenangriff wiederzufinden. Der Gestank nach Kordit, Dieselöl und brennendem Fleisch setzte sich in seinen Haaren und in seinem Kampfanzug fest. Aber der Angriff schnitt die ägyptische Armee wirkungsvoll von ihrem Heimatland ab, kappte die Nachschublinien und zwang die Ägypter zur Kapitulation.

Dan war verwundet worden – zwei nicht besonders schlimme Fleischwunden von Schrapnellgeschossen –, und wie es der Zufall wollte, saß er gerade im Sand, gegen einen zerstörten T-62 des 173. ägyptischen Panzerregiments gelehnt, Schulter und Hand bandagiert, als auf der

Suche nach seinem Fahrer kein Geringerer vorbeikam als der Divisionskommandeur persönlich, Ariel Sharon.
Der General war stehengeblieben und hatte Dan gefragt, wie er verwundet worden sei. Dan hatte es ihm erzählt, und in diesem Augenblick kam ein Oberstabsarzt dazu und teilte Sharon mit, seinem Fahrer sei eben auf dem Schlachtfeld das rechte Bein amputiert worden, und er werde von der Front evakuiert.
So wurde Dan der Fahrer des Generals, und sie waren sofort Feuer und Flamme füreinander. Dan brachte Sharon zum Lachen mit seinem Gemecker über den millionenschweren Schwiegervater, das Mount Carmel Hotel und Miß Persönlichkeit, seine unersättliche junge Frau.
Das alles führte dazu, daß Feldwebel Dan Dawidow nach dem Jom-Kippur-Krieg eine feste Stationierung beim 23. Fallschirmspringerregiment angeboten wurde. Er nutzte die Gunst der Stunde, obwohl er sich nie als Berufssoldat gesehen hatte. Zwei Jahre später ließ sich Rita wegen eines Marathonläufers, der Mitglied der israelischen Olympiamannschaft war, von ihm scheiden. Vier Monate danach wurde Oberfeldwebel Dawidow vorgeschlagen, sich bei der geheimnisumwobenen Eliteeinheit 101 zu bewerben, einer Fallschirmjägertruppe, die, was in Israel so gut wie niemand wußte, der Schlagarm des israelischen Geheimdienstes war – des Instituts, auf hebräisch *Mossad.*
1983, zehn Jahre nach der wunderbaren ägyptischen Invasion, war Dan siebenunddreißig und Major bei der Einheit 101. Er hatte mit einem Armeestipendium an der Universität von Tel Aviv einen Abschluß in Zeitgeschichte gemacht und war eben von einer viermonatigen Operation in Europa zurückgekommen. Die Operation unter dem Decknamen *»Jajin a Dom«*, Rotwein, war Teil einer Mossad-Aktion zur Liquidierung extremistischer palästinensischer Terroristenführer in Paris, Rom und London. Bis dahin war Dan noch kein Einblick in das empfindliche Zentrum der geheimen Operationen und Pläne des *Mossad* gestattet worden.
Dann setzten sich eines Abends, als Major Dan Dawidow in einem Straßencafé in der Jerusalemer Altstadt auf eine hübsche junge Frau wartete, die im israelischen auswärtigen Dienst arbeitete und die er am Wochenende zuvor auf einer Grillparty kennengelernt hatte, zwei Männer an seinen Tisch. Einen erkannte er – Marty Effriam, stellvertretender Direktor der Mossad-Abteilung für aktive Maßnahmen. Der andere war ihm unbekannt.

»Dan«, hatte Effriam gesagt und ihm väterlich die Hand auf den Arm gelegt, »Sie sind ein guter Junge, und wir glauben, es wird Zeit, daß Sie ins Geschäft einsteigen ...«

Wie also kam es, daß Danny Dawidow nach einer derart steilen Karriere als Patriot und Held wider Willen, daß Danny, ein Mann, der, was für Fehler er auch haben mochte, immer nett zu seiner Mutter gewesen war, wie also kam es, daß Danny Dawidow jetzt auf diesem Rostkahn vor der Insel Antigua saß, wo der Atlantik in das Karibische Meer übergeht?

Weil der israelische Geheimdienstmann – oder besser: der ehemalige Geheimdienstler – inzwischen in einem Dutzend Ländern von der Polizei gesucht wurde. Gemeinsam mit seinem Verbrechenspartner, der an Land gegangen war, um zwei Frauen aufzugabeln. Und die Frauen würden ganz bestimmt nicht gerade toll aussehen. Denn Passagiere auf einem alten Frachter konnten nicht mit *Mazulla* um sich werfen. War es nicht verrückt? Denn Danny und sein Partner hätten vermutlich ganz Antigua aufkaufen können, dazu jedes Hotel, jedes Betthäschen und alle Jachten, die in den idyllischen Häfen ankerten.

Aber Jewgeni hatte auf bescheidenem Auftreten bestanden. Wenn wir bescheiden auftreten, lenken wir keine Aufmerksamkeit auf uns. Bescheidenheit ist keine Zier, dachte Danny; warum soll ich auf einen ehemaligen Schlägertyp vom KGB hören, den sie ausgemustert haben, bloß weil er Pole ist?

Die Antwort war einfach: Weil Jewgeni Semskow, mit richtigem Namen Nikolai Serafimowitsch Kolossow, kein Schlägertyp war, er war ein Genie. Und ohneeinander wäre der größte *Wosmoschnost* in der Kriminalgeschichte nicht möglich gewesen.

Wosmoschnost war das russische Wort für Möglichkeit. Aber in der Unterwelt, in den Vierteln Moskaus, in denen der Schwarzmarkt blühte, wurde es als ironische Untertreibung für einen kriminellen Trumpf benutzt. Einen Coup.

Und mit einem gemeinsamen Vermögen von 323 Millionen US-Dollar, das klugerweise über eine Reihe von diskreten Banken verteilt war, wurde es mit jeder durchgeführten Operation immer wahrscheinlicher, als die größten Meister des Bluffs in die Kriminalgeschichte einzugehen. Ein solcher Ehrgeiz mag bei zwei erwachsenen Männern, die sich beide erst in ihrer Lebensmitte dem Verbrechen zugewandt hatten, merkwür-

dig wirken – aber beide waren recht unkomplizierte leistungsorientierte Erfolgstypen, und beide waren von den Organisationen, deren Lob ihnen viel bedeutet hatte, ausgestoßen worden.
»Wir werden es ihnen schon zeigen«, war ein Aspekt ihrer neuen, einzigartigen Karriere. Dazu gesellte sich die schlichte Befriedigung darüber, bei dem, was sie taten, zu den Besten zu gehören und es nicht für ihre Regierung oder ihr Vaterland zu tun, sondern für sich.
Danny blinzelte in die gleißende, tröstliche Sonne. Ein Radio auf der Brücke war auf einen ostkaribischen Sender eingestellt. Ein Song über Rum und schaukelnde Hüften wurde gespielt. Hüften, die wie Palmen schaukelten.
Er hoffte, daß Nikolai an den Rum dachte.

Jardine kehrte immer wieder in die Küche zurück.
Die Küche rief nicht dieselben Erinnerungen wach, aber irgend etwas war hier. Auch noch, nachdem er sich an den warmen Kaffee und den Toast im automatischen Toaster gewöhnt hatte (und der Toaster hatte tatsächlich automatisch gearbeitet, denn zwei Scheiben handgeschnittenes Brot steckten hart und vertrocknet im Gerät).
Er sah auf die Uhr. Zwei Stunden und neunzehn Minuten, seit er sich Zugang zur Wohnung verschafft hatte. Und auch das war merkwürdig: Die Tür war mit vier komplizierten Schlössern versehen als Ergänzung zu den sonstigen Sicherheitsvorkehrungen gegen Einbrecher oder Schnüffler. Aber die Schlösser waren nicht benutzt worden. Die Person, die als letzte die Wohnung verlassen hatte, hatte lediglich die Tür hinter sich zugezogen.
Jardine hatte die dicke Holztür von innen abgeschlossen. Damit er Zeit hatte, die Wohnung zu verlassen, falls jemand während seiner Suche einzudringen versuchte. Er hatte ein abgeschlossenes Fenster im Schlafzimmer aufgebrochen, mit Blick auf ein Haus mit rosa gedecktem Ziegeldach, das in der von Kugeln durchlöcherten Gasse unter ihm lag. Für alle Fälle. Für den Fall, daß er schnell verschwinden mußte.
Er hatte den Inhalt aller Gläser, Flaschen und Schachteln in der Küche untersucht. Salz, Olivenöl, Tee, Kräuter, Linsen, Kichererbsen, Reis, Paprikaschoten, Wein, Dimple von Haig, Raki, Stolitschnaja-Wodka, Williamsbirnengeist (die einzige ungeöffnete Flasche), Kaffee und Mehl.
Die Küche war ein Saustall. Das Schlafzimmer, das Bad und das Wohnzimmer ebenfalls.

Die große Katze saß auf einem hohen Holzhocker in der Küche, neben dem Wandtelefon und an der Tür, die in eine kleine, asketisch kahle Diele führte. Die Katze beobachtete Jardine, blinzelte hin und wieder ernst, als vertraue sie darauf, er werde in diesem Chaos eine Möglichkeit entdecken, Alisha zurückzubringen.
Das Brotmesser, wie konnte sie das Brot ohne ein Brotmesser geschnitten haben? Da war das Holzbrett und Krümel verschiedener Größe, die in der Morgenhitze vertrockneten. Und die unberührten Brotscheiben im Toaster. Vielleicht waren sie in einer leeren Küche aus dem Gerät nach oben gesprungen?
Ah.
Das Messer war auf den gebohnerten Holzboden gefallen, halb versteckt vom vorragenden Kühlschrank.
David Jardine bückte sich leicht und wollte das Messer aufheben. Das Telefon klingelte schrill. Er zuckte zusammen, machte eine Satz, reckte den Kopf und verzerrte sich einen Muskel, eine Sehne oder sonstwas im Hals. Das würde noch ein paar Tage lang weh tun.
Nach dem sechsten Klingeln war Alishas Stimme deutlich zu hören. Die Klarheit hatte etwas Beunruhigendes.
»Ich bin im Augenblick nicht zu erreichen«, sagte sie auf französisch. »Wenn Sie eine Nachricht hinterlassen möchten, sprechen Sie bitte nach dem Pfeifton. *Au revoir.* Und noch einen schönen Tag ...«
Der Schluß war englisch.
Jardine starrte die Kühlschranktür an und hörte zu, während eine Männerstimme schnell auf arabisch sprach. In seiner Akte war vermerkt, David Jardine spreche fließend eine Unmenge von Sprachen. Mit fließend meinte die Firma, man könne ihn in jede Gegend schicken, in der eine dieser Sprachen gesprochen wurde, und er könne, wenn nicht als Einheimischer, so doch als jemand durchgehen, der lange dort gelebt habe. Außerdem stand in seiner Akte, etliche andere Sprachen beherrsche er leidlich.
Arabisch in seinen verschiedenen Formen und Dialekten gehörte zu den Sprachen, die er laut seiner Akte »fließend« sprach, aber das Tempo und der Akzent des Anrufers erschwerten es Jardine, ihn zu verstehen. Die Laute waren überdurchschnittlich guttural, was auf einen Golfeinfluß hindeutete, vielleicht auf jemenitisch. Aber die wenigen Worte, die er deutlich erkannte, stammten aus dem klassischen Arabisch, das in

den gebildeten Kreisen von Kairo und Alexandria gesprochen wurde. Es ergab keine elegante Mischung.
Der Anrufer fragte Alisha, warum sie die Verabredung zum Mittagessen nicht getroffen habe. Das arabische Wort, das er benutzte, bedeutete »Treffen«, genauer gesagt, ein zwangloses Treffen.
»Shukran«, schloß die Nachricht des Mannes. Danke.
War das die Stimme von SJ? Von Salim Jaddeh, den Alisha in ihrem dringenden Funkspruch an Ajax in Washington erwähnt hatte?
Was hatte sie durchgegeben? »SJ ist Agent von GLÜCKSTAG ...?«
Was im Klartext hieß, Salim Jaddeh ist angeblich ein Agent des SIS.
Im Moment gab es noch keine Möglichkeit, den Wahrheitsgehalt dieser Behauptung nachzuprüfen. So wie die Abteilungen der Firma, die Sektionen und Zellen, operierten, gab es Mitarbeiter, deren Tätigkeit für den Geheimdienst sich ganz und gar abstreiten ließ. Diese illegal Angeworbenen – in der Branche wurden sie »schwarze« Agenten genannt – waren nur einer kleinen Anzahl von SIS-Beamten bekannt. Gelegentlich wußte nur ein einziger darüber Bescheid.
Ob SJ also ein Agent einer Sektion oder eines einzelnen Agentenführers im Century House war, würde sich vielleicht nie herausfinden lassen. Nicht einmal von David Jardine.
Schließlich kannten auch nur drei Menschen Granatapfels Identität.
Während all dieser Überlegungen hatte sich Jardine nicht vom Fleck bewegt. Sein Blick war noch immer auf den Kühlschrank gerichtet, sein Gehör war geschärft, denn mitten in der telefonischen Nachricht hatten seine Sinne registriert, wie die vier Pfoten der Katze weich auf dem gebohnerten Holzboden landeten. Und nachdem sich der Anrufbeantworter abgeschaltet hatte und die Katze fort war, atmete er behutsam und ... lauschte.
Draußen auf der Straße ging jemand vorbei. Von den Bauarbeitern, die er an der Kreuzung zwischen der Rue du Bac und der Avenue Balbek im Schutt eines ausgebombten Gebäudes gesehen hatte, ertönte rauhes Gelächter. Der aufheulende Motorenlärm eines Flugzeugs beim Landeanflug. Das Summen des Kühlschrankmotors. Der schwache, blecherne Klang eines Kofferradios, das Fat'mah Baloush spielte, einen im Libanon und in Nordafrika populären Sänger. Gedämpfte Geräuschkulisse vorbeifahrender Autos und Lastwagen. Spielende Kinder in der Nähe der Kreuzung.

Er nahm all das wahr, wo ein ungeübtes Ohr nur Stille vernommen hätte.
Und keinerlei Mucks von der Person im Schlafzimmer. Die ruhig und vorsichtig hereingekommen war, indem sie sich die Geräusche des Anrufbeantworters zunutze gemacht hatte. Völlig reglos stand sie da. Etwa dreieinhalb Meter von Jardine entfernt. Der fragte sich, ob der Eindringling wisse, daß er hier war. Er war sich nicht sicher, ob es sich um eine ernsthafte Bedrohung handelte oder um einen neugierigen Nachbarn – einen Freund Alishas, Alisha selbst oder einen Dieb, der die Gelegenheit ergriffen hatte, durch das offene Fenster hereinzukommen ... die Polizei, ein Kripomann, der nach dem Rechten sehen wollte ...
Die Zeit verstrich mit nicht enden wollender Langsamkeit.
Nichts rührte sich.
Die Katze war verschwunden.
Jardine konnte jeden seiner lautlosen Atemzüge hören.
Sollte er es wagen, sich umzudrehen? Bildete er sich alles nur ein?
Schön, David, sagte er sich, entweder du bleibst hier stehen wie ein Orang-Utan mit Verstopfung, oder du unternimmst was. Er hatte es abgelehnt, sich von der Beiruter Filiale der Firma eine Schußwaffe geben zu lassen, weil er befürchtete, bei der notwendigen Übergabe beobachtet zu werden. Denn nirgends auf der Welt gab es mehr Spitzel als in Beirut. Selbst eine perfekt organisierte Kontaktaufnahme mit der Beiruter Filiale könnte eine so professionelle Beschattung nach sich ziehen, daß es möglicherweise nicht einmal Jardine aufgefallen wäre. Und schon wäre Granatapfel aufgeflogen. Wo immer zum Teufel sie auch stecken mochte ...
Das unvermittelte Schnurren der Katze klang für seine angespannten Sinne so laut wie eine Kettensäge.
Es kam aus dem Schlafzimmer. Direkt auf der anderen Seite der Wand.
Die einzige verfügbare Waffe war das Brotmesser zu seinen Füßen.
O Gott, dachte er. Ich werde wirklich zu alt für so was. Ich hätte bei dem verdammten Ausschuß bleiben sollen.
Dann lächelte er, nur leicht, um genau zu sein. Schön, Sportsfreund, sagte David Jardine zu Gott, mit dem er in so schockierender Weise kommunizierte, ich habe um etwas Action gebetet, aber ich hoffe, du übertreibst es nicht gleich ...
Dann ließ er sich mit erstaunlicher Beweglichkeit auf ein Knie fallen, griff nach dem Messer, und als er sich wieder aufrichtete, hatte er ein

kaltes, gutaussehendes Gesicht vor sich. Ein junges Gesicht. Es war seinem so nahe, daß er den Knoblauch im Atem des jungen Mannes riechen konnte. Als Jardine mit dem linken Fuß leicht nach hinten glitt, blockte er mit dem linken Handgelenk instinktiv das Zustechen des Messers ab, das er im Bruchteil einer Sekunde gewittert hatte. Seine rechte Hand fuhr mit Lichtgeschwindigkeit nach oben, ließ das Brotmesser fallen und benutzte den Handrücken als Waffe. In diesem Moment spürte er sengend scharf kalten, geschliffenen Stahl links in seinen Bauch eindringen, direkt unterhalb der letzten Rippe. Gleichzeitig schlug er mit seinem rechten Handrücken auf das Kinn des Angreifers und schlug noch einmal zu. Dann klammerte sich seine rechte Hand um den Hals, während er mit dem Knie hochfuhr, das heftig gegen den Kopf des Angreifers prallte, worauf Jardines schnelle und rücksichtslose rechte Faust den Angreifer zu Boden zwang.

Das Ergebnis: ein bewußtloser Jugendlicher von etwa achtzehn auf dem Holzboden, halb gegen den Türpfosten gelehnt. Sein Kopf hing so herunter, daß Jardine sich fragte, ob er den Jungen getötet hatte, bis er in der Halsschlagader des Verlierers einen schnellen, unregelmäßigen, aber kräftigen Puls fühlte. Es war in Ordnung, so, wie es war. Moralische Probleme hatte er mit solchen Auseinandersetzungen nicht. Denn bei derartigen Zusammenstößen gab es immer einen Sieger und einen Verlierer.

David Jardine, atemlos vom Adrenalin, sah nach oben und sagte im Geiste: Danke, Herr.

Er empfand diese Dankbarkeit, wenngleich gewisse Ereignisse in den letzten Jahren ihm die enge, bequeme und tröstliche Nähe zu Gott geraubt hatten, die ihn seit seiner Konversion unter der Anleitung eines weisen alten Priesters der Gesellschaft Jesu in England mit seinem Schöpfer verbunden hatte.

Gott war jetzt weiter weg. Die liebevolle Zwanglosigkeit ihrer früheren Beziehung war ihm vergällt worden. Vergällt durch Dinge, die Jardine getan hatte. Schlimmer als Sünden. Denn Sünden vergab Gott. Aber der englische Spion hatte gegen seinen eigenen überraschend strengen Moralkodex verstoßen. Er wußte, daß ihm nicht einmal die Zeit gestattete, sich selbst zu vergeben. Selbst die Absolution seines früheren Kumpels hätte daran nichts ändern können. Er entschuldigte sich bei seinem Herrn hoch oben für solche ketzerischen Gedanken.

Jardine schüttelte die Gedanken des Augenblicks ab und nahm ein abgegriffenes Fahrtenmesser aus der bewußtlosen Hand. Er zog den

Gürtel des Jungen aus seinen verschossenen Bluejeans und band ihm schnell und nicht gerade sanft die Handgelenke fest zusammen.
Erst dann wurde ihm bewußt, daß seine Flanke und sein linkes Hosenbein vom warmen Blut durchtränkt waren.
Jardine zitterte jetzt, vom Schock und aus Furcht vor dem, was er entdecken würde. Er riß sich das Hemd auf, machte sich nicht erst die Mühe, nach den Knöpfen zu fingern, und preßte ein Geschirrhandtuch vom Abtropfbrett neben der Spüle heftig gegen die Wunde.
Der Junge auf dem Boden hatte eine massive Schwellung an der linken Wange und Augenbraue. Von seinem Auge war fast nichts mehr zu sehen.
Stille.
Von der Katze war nichts zu sehen und zu hören.
Auch von niemandem sonst. Keine Verstärkung für den arabischen Jungen.
Mit hämmerndem Herzen und keuchend wie ein Sprinter lockerte Jardine den Druck des Geschirrtuchs gegen die linke Seite seines Bauchs. Nichts macht einem so sehr seine Sterblichkeit bewußt wie eine Stichwunde.
Ganz behutsam, als ginge es um das zerfetzte Fleisch eines Kleinkinds, löste er das Geschirrtuch und wartete auf das aus einer Arterie spritzende Blut – sei nicht blöd, du Riesenwaschlappen, dachte er mit zitternden Händen bei sich, dort gibt es doch keine Arterien, nicht wahr? Allmählich legte sich die Angst. Der Messerstich war waagrecht eingedrungen, hatte etwa zehn Zentimeter Fleisch aufgerissen, unter dem tröstlicherweise ein Zentimeter Fettgewebe zum Vorschein kam. Er seufzte vor Erleichterung, ausnahmsweise einmal froh darüber, daß ihn die mittleren Jahre zu einem dickeren Kerl gemacht hatten, als er es früher gewesen war.
Der Junge fing an zu stöhnen. Es war das heftige, enervierende Geheul, das oft der Rückkehr aus erzwungener Bewußtlosigkeit vorausgeht.
Sauer darüber, ein doppeltes Problem am Hals zu haben – den Jungen in Schach halten und seine Wunde versorgen –, faltete David Jardine ein sauberes Geschirrtuch und goß den halben Inhalt der Flasche Dimple von Haig darauf. Er tränkte die Baumwolle damit und preßte das Tuch erneut gegen die Wunde.
Der brennende Schmerz, fast wie ein zweiter Messerstich, raubte ihm den Atem.

Das Stöhnen des jungen Arabers hatte aufgehört.
Während sich Jardine das Tuch gegen die Flanke preßte, lehnte er sich an die Arbeitsplatte aus Zedernholz und beobachtete, wie der besiegte Junge allmählich wieder zu Bewußtsein kam. Das war genau der Moment, in dem ein dummer Vernehmungsbeamter hart und grausam zur Sache gegangen wäre. Der ohnehin schon bestürzte Patient reagiert dann so völlig verwirrt, daß es ganz unmöglich ist, auch nur annähernd brauchbare Informationen aus ihm herauszubekommen. Denn das erste, was ein Mensch braucht, der wieder zu Bewußtsein kommt, ist Beruhigung. Das Gehirn ist nicht in der Lage, sich mehr zusammenzureimen als rein atavistische Gedanken. Manchmal minutenlang, manchmal tagelang oder länger.
Das waren David Jardines Überlegungen. Er wußte, daß er in Wahrheit eine Spur zu angeschlagen war, um den harten Vernehmungsbeamten zu spielen. Jardine sah hinunter auf den immer noch benommenen Jungen und schaute sich nach einem leeren Topf um. Er füllte ihn unter dem Hahn mit Wasser und schüttete es über den Jungen.
Einen Augenblick lang schien dieser sich darüber den Kopf zu zerbrechen, was eben passiert war. Dann machte er das unverletzte Auge auf, drehte unter Schmerzen den Kopf und sah zu Jardine hoch. Er wirkte verwirrt. Aber sein Blick erfaßte Jardines verblutetes Hemd.
Jardine wußte, daß er eine Möglichkeit finden mußte, das aufgerissene Fleisch zu nähen, aber es war jetzt einigermaßen sauber, und seine Atmung war wieder normal. Die Geräusche Beiruts kehrten in seine Wahrnehmung zurück. Er fragte sich, ob Alisha Zigaretten in der Küche aufbewahre. Aber er hatte die Küche durchsucht, nicht wahr? Und er wußte, daß keine da waren.
Vielleicht hatte der junge Araber mit dem eindrucksvollen und schlimmer werdenden blauen Auge welche dabei.
»Im Kühlschrank liegt ein Steak«, sagte Jardine. Auf arabisch.
»Was?« sagte der Junge und verdrehte verblüfft das heile Auge.
»Steak. Ein schönes Stück rohes Fleisch. Im Kühlschrank.«
Der junge Araber wiegte den Kopf unter Schmerzen hin und her.
»Danke, ich bin nicht hungrig ...«
Jardine beobachtete ihn und empfand zu seiner Überraschung Mitleid mit ihm. »Für Ihr Auge«, sagte er. »Von rohem Steak geht die Schwellung zurück ...«
Er machte die Kühlschranktür auf und nahm ein Pfund frische Rinder-

lende von einem blutigen Teller. Als er sich umdrehte, das Stück Fleisch in der einen Hand und in der anderen das whiskygetränkte, blutverschmierte Geschirrtuch, begegnete sein Blick dem unverletzten Auge des Jungen, und für einen Moment stand die Welt still.
Der Mund des Jungen verzog sich. Erst glaubte Jardine, vor Schmerz. In Wirklichkeit versuchte er zu lachen. Nicht laut oder heftig. Aber der absurde Anblick, den er vor sich hatte, erheiterte ihn eindeutig, und Jardine lächelte langsam. Herr und Heiland! Verdienten sich erwachsene Männer so ihren Lebensunterhalt?
Die Katze trottete aus der Diele herein, und die Normalität war wiederhergestellt.

»Wo haben Sie das gelernt?« fragte Jardine, die Zähne fest zusammengebissen und lässig wegsehend, nachdem er sich vergewissert hatte, daß der Junge wußte, wovon er sprach.
»Das hier ist Beirut, *Monsieur*«, erwiderte Hassan.
Sie waren von Arabisch zu Französisch übergegangen, denn nachdem sie das rohe Steak auf die Schwellung gepackt hatten und Jardines Wunde gereinigt und näher untersucht hatten, hatten sie sich miteinander bekannt gemacht. Der Junge hieß Hassan Abdul-Latif Rashdan, war achtzehn Jahre alt und ein junger Freund Alishas. Natürlich stellte sich Jardine als Jean-Pierre Ramseyer vor.
Der Engländer hatte Wasser in einem Topf abgekocht und eine lange Nadel, wie sie zum Nähen von Wäsche verwendet wird, samt einer Rolle dicken schwarzen Fadens hineingeworfen.
Nachdem sich beide gründlich die Hände gewaschen hatten, schütteten sie Wodka darüber, und mit Hassans Hilfe verschlossen sie die Verletzung mit langen Heftpflasterstreifen fest.
Jetzt nähte Hassan den Schnitt mit der sterilisierten Nadel und dem Faden. Er nähte an jedem Pflasterstreifen entlang, nahm dann einen nach dem anderen ab und schloß die Lücke mit einem sauberen Stich. Es war offensichtlich nicht das erste Mal, daß er auf diese Weise Erste Hilfe leistete.
Hassan arbeitete mit atemloser Konzentration.
Bisher hatte das Gespräch nicht viel hergegeben: Sie hatten sich einander vorgestellt, und Hassan sagte, er habe Monsieur Ramseyer für einen anderen gehalten.
Keiner von beiden schien daran gedacht zu haben, die Polizei zu rufen

oder auch nur einen Notarzt. Dieses stillschweigende Komplizenschaft schuf einen heiklen Waffenstillstand – wider Willen.
Jardine ächzte vor Schmerzen.
»Tut mir leid.«
Hassan arbeitete schweigend weiter. Irgendwo war die Hupe eines Lastwagens zu hören, etwa drei Straßen weiter.
»Hat sie Sie erwartet?«
»Was meinen Sie damit?« Hassans Miene war schwer zu deuten.
»Hat Alisha gewußt, daß Sie kommen?«
»Ich sehe oft mal rein.« Der junge Mann wich Jardines unvermitteltem Blick aus. Er war auf jeden Fall ein gutaussehender Typ, mit intelligenten, fast femininen dunklen Augen. *Einem* solchen Auge. Jardine vermutete, das linke Auge sei vor seiner Begegnung mit einem Knie aus dem Century House ebenso dunkel und intelligent gewesen.
»Aber heute hatte ich keinen besonderen Grund ...«
Schweigen.
Jardine zuckte die Achseln. Warum dauerte das Nähen nur ewig?
»Und Sie, Monsieur Ramseyer?«
»Sie hat mich nicht erwartet.«
Schweigen.
»Für wen haben Sie mich gehalten, Hassan?« fuhr Jardine fort. »Wen wollten Sie töten ...?«
Hassan war fast fertig. Jardine wurde bewußt, daß es zumindest etwas unkonventionell war, jemanden zu verhören, der einem mit der Nadel am Bauch herumhantierte.
Als klar wurde, daß er nicht mit einer Antwort zu rechnen brauchte, versuchte es Jardine mit einer anderen Taktik.
»Alishas Vater und ich waren eng befreundet.«
Hassan sah unwillkürlich auf und stieß die Nadel unbeabsichtigt in einen empfindlichen Teil der Wunde, daß es Jardine sehr schmerzte.
»Au, *merde*!«
»Pardon.«
»Seine Ermordung war eine Tragödie ...«
Ein Schachzug, der in der Branche als Anbiederungsversuch bekannt war, jedenfalls hatte Ronnie Szabodo ihn vor vielen Jahren bei einem Ausbildungsseminar so genannt, einem Kurs über das Verhalten von Agenten im Einsatz, der in einem umgestalteten Ferienlager am Meer stattgefunden hatte. Dabei war es um das Verhalten bei Geheimauf-

trägen in Sperrgebieten gegangen. Mit der Durchführung von Operationen hatte der Kurs nichts zu tun, das war ein viel theoretischerer Lehrstoff.
Hassan sah Jardine mit einem zusammengekniffenen Auge an. Nachdenklich. In seinem verletzten achtzehnjährigen Gesicht stand mehr Erfahrung als in den Gesichtern vieler Männer um die Vierzig.
»Ich habe ihn nicht gekannt«, erwiderte er. Unverbindlich und schlau.
»Er war ein tapferer Mann. Selbst wenn man politisch anderer Meinung war als er ...« Jardine wich behutsam ein Stück vom eingeschlagenen schnelleren Kurs ab.
»Mein Bruder hat ihn ermordet«, sagte Hassan sachlich. »Mit einem frisierten zweiundzwanziger Colt. Schwächer geladen.«
David Jardine nickte, als grenze eine solche Information ans Banale.
»Damit es so aussah, als wären es die Israelis gewesen ...?«
»Genau, *Monsieur*. Was haben Sie gedacht?«
Die Stichwunde war jetzt eine zehn Zentimeter lange, dunkelrote Naht, aus der dunkles Blut sickerte. Die zwölf schwarzen Stiche waren so sauber wie die einer Schwester in der Ambulanz.
»Sehr schön, vielen Dank«, sagte Jardine, als hätte ihm eben ein Friseur seinen Haarschnitt gezeigt.
Während sich Hassan die Hände wusch, ging Jardine in das durchwühlte Badezimmer und zu dem geöffneten Erste-Hilfe-Kasten, der, wie in den meisten Haushalten im vom Krieg gebeutelten Beirut, einem Sanitäter keine Schande gemacht hätte.
Er zog sich aus, legte die blutverschmierten Hosen, die Unterwäsche und die Socken ab, stellte sich in die Badewanne und wusch sich das Blut ab. Es war die Gelegenheit, den Schweiß einer neunzehnstündigen Reise und des schnellen, heftigen Überlebenskampfes abzuspülen.
Jardine trocknete sich mit einem großen Badetuch ab, bestickt mit dem Wappen des Hotels Gritti Palace in Venedig. Er lächelte, dachte daran, daß Alisha eine zwanghafte Diebin von Wertgegenständen aus erstklassigen Hotels war.
Er wischte die genähte Wunde ab, die an der dunklen Naht entlang jetzt zu einem bleigrauen Striemen anschwoll, und tupfte sie mit sauberem Mull trocken. Legte dann ein zwanzig Zentimeter langes und zehn Zentimeter breites Melolinkissen auf die Wunde und befestigte es mit einem Notverband. Erst da ging ihm auf, daß der Stich nur fünf Zentimeter weiter rechts die Bauchspeicheldrüse oder eine Niere durchbohrt hätte.

Er warf einen Blick auf sein Gesicht im Spiegel. Unter seinen Augen sah er dunkle Ringe, und Überanstrengung lag im Ausdruck, sein Gesicht wirkte fast verhärmt, und ihm wurde klar, daß er außerdem noch unter den Folgen eines Jet-lag litt, mit Gummibeinen und brennenden Augen, kurz, er war leicht desorientiert.
»Was wollen Sie anziehen?« fragte der Junge, der im Türrahmen des Badezimmers stand und das zerrissene Geschirrtuch aufband, mit dem das rohe Steak über dem verletzten Auge festgehalten wurde.
Er entfernte das Fleisch und sah ungerührt ebenfalls in den Spiegel.
David Jardine spritzte sich Wasser ins Gesicht und trocknete es mit einem Handtuch ab, das gefaltet über einem teuren Handtuchhalter aus Edelstahl und imitiertem Elfenbein gehangen hatte und das Wappen des Shepheard's Hotel in Kairo trug.
O Mann, sie mußte es mit allem Zubehör entfernt haben. Er stellte sich Alisha vor, zweifellos bei einer offiziellen diplomatischen Mission, wie sie mühsam in einem der ältesten und teuersten Hotels Ägyptens die Halterung abgeschraubt hatte. Und als er sich das Handtuch an das nasse Gesicht drückte, war da ihr Geruch. Ihr junger, unbekümmerter Duft.
»Ich habe Jeans und ein Hemd zum Wechseln in der Reisetasche«, erwiderte er.
»Gut.«
Und das war auch gut so, denn in der Wohnung war keine Männerkleidung. Jardines Durchsuchung hatte eine Packung mit einem unbenutzten Gillette Sensor ergeben, dazu zwei Ersatzklingen, aufbewahrt zusammen mit drei neuen, noch in den Plastikhüllen steckenden Zahnbürsten im Wandschrank neben dem Waschbecken. In einem mit Schnitzereien verzierten Nachttisch aus Zypressenholz, der neben dem ungemachten Bett im Schlafzimmer stand, lagen ein Päckchen Magentabletten, ein Medikament gegen Schnupfen, eine Schnupftabakdose aus Elfenbein mit etwa fünfzehn Gramm Haschisch, in Alufolie eingewickelt, ein leeres Päckchen Camel Light, zwei Folienstreifen der Pille, eingenommen bis zum Vortag, und vier in Plastik eingeschweißte Kondome.
Aber nichts, was darauf hingedeutet hätte, daß jemand dauerhaft hier willkommen gewesen wäre.
Jardine sah sich im Badezimmer um. Das Problem mit dem warmen Kaffee, die nicht verschlossene Wohnungstür, das ungegessene Brot im

Toaster ... und die Nachricht in gutturalem Arabisch auf dem Anrufbeantworter. Das alles kam jetzt wieder zurück und gab ihm Rätsel auf, jetzt, nachdem die Sache mit dem Fremden im Nebenzimmer sich von selbst erledigt hatte ... dem jungen Araber mit dem Fahrtenmesser und beachtlicher Erfahrung in Erster Hilfe auf dem Schlachtfeld.

Er drückte sich das Handtuch noch einmal an das Gesicht, schnupperte daran, als könnte dieser flüchtige Kontakt mit Alisha ihm dabei helfen, zu erraten, was passiert war. Was hatte sie per Funk durchgegeben? Etwas daran war faul.

Wie verdammt recht du hattest, meine liebe alte Freundin Granatapfel. Aber was ist faul? Ja, sinnierte er und zitierte den Prinzen von Dänemark, da liegt's.

Jardine reichte Hassan das Handtuch, der sich vorsichtig Wasser ins Gesicht gespritzt hatte, und ging ins Wohnzimmer. Die Sonne war weitergewandert, warf ihre Strahlen durch die Rollädenschlitze auf die Wand und die Tür, durch die er sich Zugang verschafft hatte. Und natürlich war das Zimmer durchwühlt wie jeder andere Raum der Wohnung.

Der Chef für Zukunftsplanung öffnete seine ramponierte kolumbianische Reisetasche aus Leder, stöberte darin herum und brachte ein Paar Boxershorts zum Vorschein, bedruckt mit einem Donald-Duck-Motiv und einem in das Gurtband eingenähten Namensschild, auf dem »Andrew Jardine« stand.

Oh, wunderbar. Das ist der Höhepunkt dieses beschissenen Tages, dachte er. Andrew Jardine war sein Sohn, der im letzten Internatsjahr in Dorset war. Andrew war in den letzten anderthalb Jahren aufgeschossen und hatte die eins neunzig seines Vaters erreicht – und so hatte der Meisterspion die falsche Wäsche eingepackt, die mit einem verdammten Namensschild daran.

Soviel zu der makellosen Tüchtigkeit, mit der die Firma Jardine eine makellose Legende von Jean-Pierre Ramseyer geliefert hatte.

Einen Augenblick lang war dieses alltägliche Namensschild der Anlaß für eine Bilderflut in seinem Kopf vom sicheren England, von Ballwürfen beim Rugby, vom Farmhaus und von Dorothys Küche. Und von Andrew und Carol, seiner in Cambridge studierenden Tochter, wie sie sich zum x-tenmal *The Blues Brothers* anschauten. Sie konnten alle Dialoge auswendig.

Aber mit solchen Gedanken überlebt man in diesem Spiel nicht lange,

und Jardine zuckte die Achseln. Als er eben die verschossenen, gut gebügelten Jeans anzog, klingelte das Telefon.
David Jardine und Hassan wechselten einen Blick. Sie warteten, bis das Klingeln wieder von Alishas ruhiger, anziehender Stimme unterbrochen wurde: »Bitte sprechen Sie nach dem Signalton. Ich wünsche noch einen schönen Tag ...«
»Hier ist Jaddeh«, sagte eine gelassene, gebieterische Stimme, und ein Zucken im Gesicht des Jungen verriet Jardine eine ganze Menge. »Mam'selle Abdul-Fetteh mußte dringend weg. Die Leute vom *Deuxième Bureau* sind auf dem Weg zur Wohnung. Ich schlage vor, Monsieur Ramseyer, daß Sie die Wohnung sofort verlassen. Sie haben etwa vier Minuten Zeit, falls das Haus nicht schon überwacht wird.«
Klick.
Ende der Nachricht.
Hassan nahm das Fahrtenmesser vom Boden, wischte das Blut – David Jardines Blut – von der Klinge und steckte es wieder unter den Gürtel. Sie starrten sich schweigend an. Irgendwo in der Ferne fing ein Hund an zu bellen.
»Der«, sagte der Junge.
Jardine nickte und verstand.
»Ich habe Sie für ihn gehalten.«
»Und Sie wollten ihn töten ...«
Hassan kniff das heile Auge zusammen. Er nickte. »Sicher. Wir sollten gehen.«
Und er drehte sich um, ging ins Schlafzimmer und lehnte sich vorsichtig aus dem Fenster.
David Jardine griff nach seiner kolumbianischen Tasche und folgte wachsam.
Der Junge warf einen Blick zurück. »Ich glaube, es ist okay.«
Mehr konnte man in Beirut nicht verlangen.
»Kommen Sie«, drängte Hassan.
Aber der Engländer zögerte. »Wenn Ihr Bruder ihren Vater umgebracht hat ... wie kommt es dann, daß Sie ihr Freund sind?«
»*Allons, Sidi*, gehen wir!«
»Ich glaube, Sie sind ein bißchen in sie verliebt.«
Der Junge beugte sich aus dem Fenster und lauschte wie die Katze. Einen Moment lang glaubte Jardine, er habe ihn nicht gehört. Dann wandte ihm Hassan das zerschlagene Gesicht zu und musterte ihn.

»Ich glaube, da bin ich nicht der einzige.«
Schweigen.
Jardine nickte langsam und begegnete dem Blick des jungen Mannes.
»Ja. Vermutlich stimmt das.«
»Und, *Sidi* ...« *Sidi* war das arabische Wort für »Herr«.
»Was?«
»Ich glaube außerdem, wir sollten wie der Teufel von hier verschwinden.«
»Ja. Das wäre klug.«

Als die Leute vom *Deuxième Bureau* des libanesischen Innenministeriums, das heißt dessen Geheimdienst, die Tür aufgebrochen hatten, begrüßte sie nichts außer einer durchwühlten Wohnung. Mit Blut auf dem Küchenboden und ohne Handtücher im Badezimmer.
Im Anrufbeantworter fehlte das Band.

4. Kapitel
Der andere Tennessee Williams

Die Sonne war gleißend. Selbst der Stahlrumpf dicht an der Wasseroberfläche war zu heiß zum Anfassen. Der ehemalige KGB-Oberst Nikolai Kolossow hielt sich an der Plattform des Niedergangs fest, während das Motorboot in den Wellen schaukelte. Er beobachtete, wie der Mann, der von Caracas nach Antigua geflogen war, mit einem Linienflug der karibischen Fluggesellschaft LIAT, vorsichtig über die Holzplanken ging, sich an den Körben mit frischem Obst und den Kisten mit karibischem Bier vorbei auf das Dollbord zuschlängelte.

Kolossow ging durch den Kopf, daß der breitschultrige, hagere und durchtrainiert aussehende Besucher, dessen makellos gepflegtes Haar länger war, als es im Augenblick der Mode in Europa entsprach, sich auf dem Boot unbehaglich fühlen mußte. Denn alles, was mit Wasser, Wellen und Nautik zu tun hatte, vertrug er nicht. Das kam dem Russen gelegen, denn sein sizilianischer Gast – sein Gast und der des Israelis – hatte einen einschüchternden Ruf.

Die beiden Männer, die den Besucher, der sich Cagliaro nannte, begleiteten, hatten harte Gesichter und olivfarbene Haut. Sie ließen sich kein derartiges Unbehagen anmerken. Der eine trug ein weites Jackett über einem schlichten blauen T-Shirt. Er schwang sich leichtfüßig auf die Plattform, und dabei war eine kurzläufige Mini-Uzi-Maschinenpistole zu sehen. Sein Kollege, ein steinäugiger Nachfahre der maurischen Banditen Südsiziliens, wartete geduldig, mit wachsamem Blick, wirkte aber entspannt.

Cagliaro reichte Kolossow seine lederne Umhängetasche und suchte festen Halt und Schutz in der Nähe des Rumpfes, ehe er linkisch auf die Plattform kletterte. Der Leibwächter im blauen T-Shirt und dem weiten Jackett stützte ihn und behielt dabei ständig den Mann oberhalb der Treppe im Auge.

»Buon giorno, Signore«, rief Danny Dawidow vom Schiffsdeck über dem Niedergang. »Willkommen an Bord ...«
Cagliaro nickte und zog sich mit der Hand am Geländer die Treppe hinauf. Im Schlepptau von Joe Messina, dem Mann mit der Mini-Uzi. Kolossow lächelte grimmig und folgte.
Der zweite Leibwächter, Vito Menfi, warf dem Skipper des Motorboots einen Blick zu, als wäre er enttäuscht, daß es mit ihm keinen Ärger gegeben hatte, und schwang sich auf den Niedergang.
Danny Dawidow schloß die schwere Stahltür und sperrte die beiden widerstrebenden und unglücklichen sizilianischen Leibwächter aus. Kolossow und Cagliaro setzten ich an einem polierten Teaktisch auf die bequeme ledergepolsterte Bank, die sich an drei Wänden der Offiziersmesse auf dem Frachter entlangzog. Die Messe war etwa so groß wie ein Wohnzimmer in einer Durchschnittswohnung. Nur die Decke war viel tiefer und bestand aus Eisen. Der Geruch von Maschinenöl, poliertem Holz und Messing und Essensgeruch aus der Kombüse machten Dawidow und Kolossow nach zwei Wochen auf See nichts mehr aus. Aber das Gesicht des Mafia-Anwalts war eine Nuance blasser geworden.
»So«, sagte Danny, der Eistee aus einem Krug einschenkte, »das ist eine große Ehre für uns. Don Giovannis *Consigliere* persönlich. Glauben Sie ja nicht, wir wüßten das nicht zu schätzen. Stimmt's, Nikky?«
Nikolai Kolossow schloß die Killeraugen halb und neigte kaum merklich den Kopf. Er wünschte sich aufrichtig, das kleine Arschloch, sein Verbrechenspartner, würde ihn nicht Nikky nennen.
»Kommen wir zum Geschäft«, sagte er.
»Sehr gut«, erwiderte Cagliaro, der sich ein Glas Tee einschenken ließ. *»Grazie«*, sagte er und hielt Dannys und Kolossows kaltem Blick stand.
»Wir wollen die beiden besten Fälscher der Welt ausleihen, mieten oder kaufen.« Danny hatte nicht die Absicht, sich bei den Verhandlungen übergehen zu lassen.
»Und wer sind die Ihrer Meinung nach?« Cagliaro stellte sein Teeglas auf dem Couchtisch ab. Er war nicht dumm. Man trank nichts, was einem von gefährlichen Fremden angeboten wurde.
»Zwei Vietnamesen. Großvater und Enkel. Sie heißen Nghi, bitte entschuldigen Sie, wenn ich das falsch ausspreche.«
»Und wie kommen Sie auf die Idee, daß ich Ihnen helfen kann?«
»Signor Cagliaro. Nehmen Sie mich nicht auf den Arm. Was haben Sie

denn hier verloren, so weit weg von Palermo, wenn Sie die Ware nicht liefern können?«
Kolossow hörte zu, während die beiden Männer um das Thema kreisten. Hinter der fast orientalischen Höflichkeit verbarg sich echte Bedrohung. Es überraschte ihn immer wieder, auf wie verschiedenartige Weise der Israeli seiner Arbeit nachging. Dieser Dawidow war gut, daran gab es keinen Zweifel. Wenn er nicht gut gewesen wäre, hätte der ehemalige KGB-Oberst Nikolai Kolossow nicht hier gesessen. Aber während ein in Moskau ausgebildeter *Kontora*-Mann unverblümt und, falls nötig, mit Drohungen vorgegangen wäre, lächelte dieser kleine Kerl und sagte, was gesagt werden mußte, ohne auch nur je die Stimme zu heben. Das war gelegentlich in der Tat wirkungsvoller.
Cagliaro hatte eben gefragt, woher Danny diese Information habe.
»Aber, aber«, sagte Dawidow. »Zwingen Sie mich nicht, Sie anzulügen. Vergessen Sie einfach, daß Sie mich danach gefragt haben. Jedenfalls haben die beiden kleinen schlitzäugigen Fälscher bis zum Oktober letzten Jahres einem gewissen Pablo Envigado gehört, habe ich recht? Aber sein Glück geht zu Ende, und ein Anwalt aus Bogotá, der sich Restrepo nennt, hat einen ganzen Expertenklüngel an die sizilianische Familie verkauft. Ich habe gehört, sie sollen eine Million Dollar in bar gekostet haben, stimmt's, oder habe ich recht?« Danny faßte sich an den kurzen Pferdeschwanz. Auch das gehörte zu den Dingen, die Kolossow an ihm reizten. Ein Pferdeschwanz. Allmächtiger!
»Wozu brauchen Sie die beiden?« Cagliaro sah aus, als brauche er einen Kübel, in den er sich übergeben konnte. Manchen Leuten ging das auf Schiffen so. Dennoch gab es keinen Zweifel daran, daß er ein knallharter Typ war. 1979 war er in seiner KGB-Akte als rücksichtslos und sadistisch bezeichnet worden. Fähig, es weit zu bringen. Und hier war er, die rechte Hand des *Capo di tutti capi*, des Fürsten im Bündnis zwischen Cosa Nostra, Camorra und Mafia: Don Giovanni Favorito Noto. Ein Mann, der den Gerüchten zufolge Verbindungen hatte, die bis in den Vatikan und den italienischen Geheimdienst reichten, ganz zu schweigen von den Justizbehörden, die den Auftrag hatten, Beweise gegen ihn zu finden und ihn einzusperren.
Aber im Augenblick war das Gesicht des Mannes, der die rechte Hand des Mafia-Fürsten war, eindeutig grün angelaufen.
»Für gefälschte US-Dollar«, erwiderte Danny Dawidow mit derart prompter Aufrichtigkeit, daß sich sogar der Russe sekundenlang fragte,

ob sich am Plan etwas geändert habe. So überzeugend konnte der kleine Israeli mit dem Pferdeschwanz sein. »Vier verschiedene Scheine. Und jeweils bis zu hundert verschiedene, wahllos herausgegriffene Seriennummern.«
Cagliaro zuckte nicht mit der Wimper. »Haben Sie eine Ahnung von der Größenordnung der Kosten bei einer solchen Operation?«
»Am teuersten sind die Druckplatten.« Kolossow zündete sich eine Zigarette an. Er meinte damit, daß für jeden Geldschein zwei Messingplatten erforderlich waren, einzeln und mühevoll graviert, damit sie den Originalen bis ins letzte Detail glichen. Das bedeutete mindestens achthundert gefälschte, gravierte Messingplatten.
»Ihre Leute, Ihre Experten ...« Er stieß den Rauch, der sich kringelte, aus seinen Nasenlöchern aus, während sein Blick den Sizilianer fixierte. »Falls Don Giovanni damit einverstanden ist, daß sie für uns arbeiten. Dazu das Material. Auch ohne Ihre Vermittlungsgebühr müssen wir wohl über ... dreißig Millionen Dollar sprechen?«
»Mehr.« Der sizilianische Anwalt wartete auf eine Reaktion. Er schien sich leicht zu entspannen. »Aber vielleicht nicht sehr viel mehr.«
»Und Ihre Vermittlungsgebühr?«
»Kommen Sie nach Palermo. Wir können es dort besprechen.«
Danny und Kolossow wechselten einen Blick.
»O Mann.« Danny breitete die Hände aus. »Palermo ist Ihr Territorium. Für uns ist das zu gefährlich.«
Cagliaro musterte eine Weile sein Teeglas. Eine Kakerlake kroch langsam über den polierten Holztisch. Er hob behutsam den Aschenbecher, in dem Kolossows verkohlende Zigarette lag, und zerquetschte genauso behutsam die Kakerlake.
»Aber die Herren haben dort eine Bankverbindung ...« Er sah beiden Männern ohne Feindseligkeit in die Augen, war sich darüber im klaren, daß er eben die Illusionen zerstört hatte, die sie sich darüber gemacht haben mochten, ihre vertraulichsten Geldgeschäfte geheimhalten zu können. »Warum nutzen Sie das nicht aus für einen Höflichkeitsbesuch? Ich glaube, Sie wollen in zwei Tagen die Banco di Calabria aufsuchen. Falls ich nicht falsch informiert worden bin.«
Danny Dawidow musterte den sizilianischen Anwalt mit amüsiertem Respekt. Das würde ein Spiel nach seinem Herzen werden.
»Sicher. Wir steigen im Palazzo ab«, log er. »Was schlagen Sie vor?«
»Ich melde mich bei Ihnen.« Und Cagliaro stellte sein Glas auf den

Tisch, stand auf und neigte höflich den Kopf, während sich die beiden anderen erhoben.
»Arrivederci«, sagte er. *»Più tarde ...«* Auf bald in Palermo.

Nachdem David Jardine und der junge Araber Hassan Alishas Wohnung durch das Schlafzimmerfenster verlassen hatten, waren sie die Gasse, deren Häuser mit Einschußlöchern übersät waren, entlanggeschlendert, vorbei an einem alten Scherenschleifer, der auf einem uralten runden Stein mit einer Holzachse Klingen schärfte. Der Schleifstein stand auf einem wackligen Karren und wurde mit einem Fußhebel aus Holz bedient. Hassan hatte erzählt, der Alte sei während der Bürgerkriege in der gebeutelten Stadt und der Besatzung durch die Syrer und Israelis ohne Unterlaß seiner Arbeit nachgegangen.
An der Kreuzung zwischen der Rue Balbek und der Rue Wadi Sabra liegt ein Café, inmitten der trostlosen Ruinen einst makelloser Bürogebäude und Einkaufspassagen, zerstört von schwerer sowjetischer Artillerie, abgefeuert aus dem moslemischen Westbeirut, zerstört von israelischen Granatwerfersalven und einem Querschläger von der USS *Wisconsin*. Das Café heißt Le Camel und wird im verschonten Erdgeschoß des zerstörten Bürogebäudes der Banque de Crédit betrieben, das wie eine geschwärzte, ausgebrannte Festung darüber aufragt.
Drinnen wimmelte es von eleganten Libanesinnen und Männern in Geschäftsanzügen und gestärkten weißen Hemden. Auch Studenten von der nahen Universität waren dort, in Jeans und Sweatshirts mit Aufschriften wie »Bob Marley« und »Harvard«. Ein Radio spielte wieder etwas von Fat'mah Baloush.
»Sidi«, sagte Hassan, »hier sind wir an der richtigen Adresse.«
Macht er Witze, fragte sich Jardine. Ich brauche dringend ärztliche Hilfe und er auch. Außerdem kennt jemand namens Salim Jaddeh meinen Decknamen und hat aller Wahrscheinlichkeit nach die hiesigen Spürhunde auf mich gehetzt, während ich Alishas Wohnung durchwühlt habe. In Gottes Namen, das ist nicht der richtige Zeitpunkt für einen Kaffee.
»Hassan, wir sollten von der Straße verschwinden, hier ist einiges los, was wir nicht unter Kontrolle haben.«
Der Junge sah tatsächlich enttäuscht aus, genau wie Andrew, wenn man ihm sagte, er könne sich das Auto nicht ausleihen oder dürfe nicht

zu einer nächtlichen Fete auf dem Flugplatz von Popham. Als er die Schultern hob und den Kopf schief legte, kam sich der englische Spion ziemlich alt vor.
»Wir sind in Beirut, *Monsieur*, nicht in Genf.« Er sah Jardine fragend an. »Hier hat man nie alles unter Kontrolle.«
David Jardine begegnete dem Blick aus dem heilen Auge des jungen Mannes. Er schüttelte grinsend den Kopf. »Sicher. Ich werde alt ...«
Und sie gingen ins Le Camel, unbemerkt von den Gästen, vorbei an der verschnörkelten Musicbox aus den Fünfzigern, unter dem breiten Bogen neben der Serviertheke hindurch, und suchten sich einen Tisch in der rechten Ecke aus. Ein Perlenvorhang hinter ihnen führte, wie Hassan Jardine versicherte, zu den Toiletten und einem Seitenausgang zur Rue Chamoun.
»Keh fahlik.« Ein Kellner in einem weißen Hemd tauchte auf. Wie geht's den Herrschaften, mit anderen Worten. Er wedelte das rot-weiß karierte Tischtuch mit einer rituellen Bewegung sauber, die ihm vermutlich gar nicht bewußt war, und sah an den beiden Männern vorbei zwei sehr hübsche junge Frauen vom hiesigen Fernsehsender an. Jardine hatte auf den Videobändern, die von der Beiruter Filiale an das Century House geschickt worden waren, schon eine von ihnen als Nachrichtensprecherin gesehen.
Hassan bestellte zwei Tassen von dem köstlichen, dicken schwarzen Schlamm, der hier der Kaffee war. Und zwei Gläser Eiswasser.
»Wer ist der Mann, den Sie umbringen wollten?« fragte Jardine ruhig, als der Kellner gegangen war.
»Er heißt Salim Jaddeh.«
Hier ist Jaddeh, hatte die Stimme am Telefon gesagt.
»Erzählen Sie mir von ihm.«
Der junge Mann sah sich im Café um. Niemand schien sich für sie zu interessieren. »Wer sind Sie, *'fendi?*«
»Ein Freund von Alisha. Wie Sie.«
Der Junge sah nachdenklich aus. Er hob langsam die Hand und faßte sich an sein übel verschwollenes Gesicht. Jardine fühlte sich miserabel. Um Himmels willen, David, dachte er, der kleine Mistkerl hat versucht, dich umzubringen. Ja, schön, aber er hat dich mit einem anderen verwechselt. Gut, dann geht es in Ordnung. Tatsächlich? O Gott, ich werde tatsächlich senil.

»Alishas Familie hat meinem Bruder Rache geschworen, nachdem er Monsieur Abdul-Fetteh getötet hatte. Ihren Vater.«
»Na ja, das war kein Wunder. Wir sind in Beirut ...«
»Außerdem mir und meinen beiden Brüdern. Und meinem Vater und seinen drei Brüdern. Wir gehörten zu einem feindlichen Clan, verstehen Sie?«
»Was Sie nicht sagen, das überrascht mich aber«, sagte David Jardine ironisch.
»Als sie mich holten, war ich in der Schule. Eben waren die amerikanischen Marineinfanteristen in die Luft gejagt worden. In der Stadt ging es so übel zu wie selten, die Leute drehten durch. Die Hisbollah schoß auf Danny Chamouns Soldaten. Arafats Leute ergriffen die Gelegenheit, auf die Hisbollah zu schießen und die Schuld den Israelis in die Schuhe zu schieben. Auf einen Schuljungen mehr kam es da nicht mehr an ...«
»Wie alt waren Sie?«
»Acht. Sie haben mich in einem Auto weggefahren, an der Corniche entlang. Es war wie in *Mad Max, 'fendi.* Ich war im Kofferraum. Aber er hatte vier Einschußlöcher, und ich konnte etwas sehen.«
Und atmen, dachte Jardine, und sein Herz zog sich zusammen, als er begriff, daß die Erinnerung an diesen schrecklichen Tag Hassan zurück in seine entsetzliche Kindheit brachte, in die gewalttätigste Stadt der Erde – bis Sarajevo kam.
»Der Boulevard führte über ein Viadukt. Und darunter waren Bögen, wie Gewölbe. Dort luden die Christen immer die Leichen ab. Sie hätten sie sehen sollen, wir haben auf dem Heimweg nach der Schule immer hinuntergeschaut. Nach einer Weile wurden sie wie Wachs. Sie sind geschmolzen, wissen Sie. In die Erde hinein. Und ineinander. Irgendwie war es schön. Als ob da so etwas wäre wie ... Kontinuität.«
Heilige Muttergottes. Was haben wir Kindern wie dem hier angetan ...? Und ich bin ein Christ. Jardine sah in das heile Auge des Jungen.
»Was ist passiert ...?« fragte er ruhig.
»Ein Motorrad. Ich habe ein Motorrad gehört.« Hassan war dort, wieder in dem Kofferraum. Mit vier – nicht drei, nicht fünf –, mit vier Einschußlöchern. »Das war sie. Sie war wütend. Sie hat sie angeschrien: ›Und ihr wollt Männer sein!‹ Sie hatte einen Revolver. Eine Skorpion. Gott weiß, wo sie den herhatte. ›Das Kind ist acht Jahre alt! Ihr großen, tapferen Scheißkerle. Warum vergewaltigt ihr ihn nicht, wo ihr schon mal dabei seid? Los, holt eure Schwänze raus! Zeigt mir, was für tapfere

Kämpfer ihr seid. Aber fesselt den Jungen vorsichtshalber vorher. Falls er versucht, sich zu wehren. Ihr seid zum Kotzen.‹ Genau das hat sie gesagt ...«
Und David Jardine konnte Alisha das schreien hören. Es gab nichts zu sagen. Er beobachtete den Jungen und wartete.
Hassan wurde kurzatmig. War wieder im Kofferraum. Richtete den Blick in die Vergangenheit. »›Bringt mich zuerst um‹, hat sie zu ihnen gesagt. ›Denn ich könnte nicht leben mit dem Andenken an meinen Vater, der so gut war, so ehrenwert, so scheißtapfer ... Ich will nicht mehr leben, wenn das Andenken an ihn so in den Dreck gezogen wird ...«
Eine Träne lief über Hassans Wange. Er schüttelte den Kopf. Der Kellner stellte zwei Tassen Kaffee und zwei Gläser Wasser ab. Er schien den Anblick weinender Männer gewöhnt zu sein.
»Sie haben Sie also nicht umgebracht«, sagte Jardine schlicht.
»Nein ...« Hassan seufzte, einen langen, tiefen, bebenden Seufzer. David Jardine brauchte nicht zu fragen, was aus seinen älteren Brüdern geworden war.
»Und Sie werden sie mit Ihrem Leben verteidigen.«
»Selbstverständlich.«
Jardine legte eine Hand auf den Arm des Jungen. Hassan war etwa ein Jahr jünger als Andrew. Der die *Blues Brothers* liebte und auf ziemlich rührende Weise in ein Mädchen aus einem benachbarten Mädcheninternat verknallt war, die inoffiziell mit einem englischen Rugbyspieler aus der Nationalmannschaft verlobt war, der sein letztes Jahr in Cambridge absolvierte.
»So gehört es sich auch«, sagte er. »Wie ich dir, so du mir.«
Dann, bevor er sentimental wurde, lachte David Jardine kurz auf. »Ich verzeihe Ihnen also, daß Sie mir das gottverfluchte Messer in den Leib gerammt haben.«
Hassan sah etwas fröhlicher aus und lächelte, mit strahlendem Auge. »*Sidi*, Sie waren wirklich schnell. Werden Sie mir solche Sachen beibringen?«
»Ich hab' nicht vor, so lange hierzubleiben, daß ich Ihnen irgend etwas beibringen könnte.«
»Okay.«
»Erzählen Sie mir also von Salim Jaddeh ...«
Und bei mehreren Tassen des belebenden, süßen schwarzen Kaffees tat Hassan Abdul-Latif Rashdan genau das.

Der Rhythmus war hartnäckig und ansteckend. Drei Jamaikaner in ausgebeulten Hosen, überweiten Tanktops, Rastazöpfen, verkehrt herum aufgesetzten Mützen und riesigen, knöchelhohen Sportstiefeln nahmen den Bürgersteig in Beschlag, tanzten im Takt zum markerschütternden Rhythmus von Bob Marleys »Exodus«, der aus einem Radiorecorder tönte. Die rhythmischen Bewegungen schlugen die Passanten in den Bann, sie traten vom Bürgersteig, sahen lächelnd hin und entspannten sich. Sogar die beiden uniformierten Cops vom siebzehnten Revier, die auf der anderen Seite der Mercer Street vorbeischlenderten, vorbei an Popolinos Spaghettikneipe, auf dem Weg zum Washington Square, schienen sich leicht zu wiegen und sahen über den Verstoß gegen ein halbes Dutzend von Verkehrsregeln hinweg, nach denen das Trottoir für Fußgänger freizuhalten sei und so fort.
Ein überdurchschnittlich großer Mann mit einem Gesicht wie Granit, dessen Urgroßvater, ein freigelassener Sklave, Steinschleifer im Mississippidelta gewesen war, saß an einem Fenstertisch bei Popolino, rührte mit dem Löffel in seinem Cappuccino herum und beobachtete die Jamaikaner auf dem Trottoir. Widerwillig bewunderte er den Mumm dieser Typen, die verdeckt für die Rauschgiftfahndung der New Yorker Polizei ermittelten. Außerdem konnten sie tanzen. Das war mehr, als Elmore Williams in seiner Zeit als V-Mann geleistet hatte. Für das vierzehnte Revier, ein Stück weiter oben in Manhattan, in Midtown South. Williams konnte sich daran erinnern, als ob es gestern gewesen wäre, die Überwachung von Crackdealern, das lange, kalte Warten in Liefer- oder Lastwagen. Die Kastaniengruppe in der 43. West, die er gemeinsam mit dem kräftigen Itaker-Cop überwacht hatte, wie hatte der doch gleich geheißen? Ja, Lucco. Eddie Lucco. Ehe Eddie zum Sergeant befördert und zur Mordkommission versetzt worden war. Junge, Junge, wie lange das her war. Und dann war Elmore Williams aus dem Polizeidienst ausgestiegen.
Und was war jetzt aus ihm geworden? Er fragte sich, was der bärenstarke Steinschleifer von dem allen gehalten hätte.
Elmore trank einen Schluck Kaffee und sah weiter durch das Fenster auf das Trottoir. Ein Junge, vermutlich ein Student – denn hier um den Washington Square herum wohnten viele Studenten von der New York University –, stürzte plötzlich aus irgendeiner Nebenstraße, rannte um den Platz und faßte im Vorbeirasen alle möglichen Dinge an, Laternenpfähle, Hydranten, alles. Wer wußte schon, was das sollte; vielleicht

war es eine Wette, vielleicht eine Mutprobe, vielleicht stand der Kerl auch unter Drogen. Wie auch immer – das war eben New York.
Der schiefergrüne Oldtimer glitt wie ein Haifisch die Straße entlang und hielt gleich hinter der Kreuzung Waverley Street.
Elmores Puls schaltete in einen höheren Gang. Instinktiv drückte er den Rücken durch und hob die Schultern, dann lockerte er die Anspannung, die ihn gepackt hatte. Er legte zwei Dollarscheine auf den Tisch und schlenderte hinaus, nickte der jungen Italienerin an der Kasse neben der Tür zu. Seine Smith & Wesson fühlte sich in seiner rechten Hosentasche unter einem weiten Jackett beruhigend und leicht erreichbar an. Er widerstand der Versuchung, sie zu tätscheln, als er auf die Straße trat.
»Wo hast du denn rumgetrödelt?« Harry Cardona fuhr langsam Richtung Washington Square, weg von den drei V-Männern der Polizei, die immer noch zur Musik aus dem Radiorecorder tanzten.
»Ich hab' nicht getrödelt, Mann. Man wird doch wohl noch einen Kaffee trinken dürfen, oder?«
Cardona antwortete nicht. Er fuhr Richtung East Broadway und bog rechts ab.
»Und wo ist die Ware?« erkundigte sich Williams.
»Im Kofferraum. Sammy die Nase ist an Ort und Stelle. Ich hab' ihn zeitig hingeschickt.«
»Im Ernst? Scheiße, warum hast du das gemacht?«
»Weil ich hier das Scheißsagen hab', deshalb.« Cardona hupte und kurvte um einen Lincoln Town Car herum, der sich verfahren zu haben schien.
Elmore Williams sah mißmutig auf den Verkehr hinaus. Es war drei Uhr nachmittags. Falls Cardona die Wahrheit sagte, und das konnte man in diesem Geschäft nie wissen, waren im Kofferraum des Oldtimers zwei Samsonite-Koffer mit acht Millionen gefälschten Dollar, in Hundertern und Fünfzigern. Der Straßenpreis für qualitativ gute Fälschungen lag bei etwa vierhunderttausend Dollar in echtem Geld. Und dieses Geschäft war für heute geplant.
»Erzähl mir von O'Dowd und Trupiano.« Er suchte nach einer Zigarette. Die Namen, die er genannt hatte, waren die der Käufer, falls sie die vierhundert Riesen auftreiben konnten.
»Das Geschäft in Atlantic City hat geklappt«, erwiderte Cardona. »Tino Lucchese kennt sie aus Vegas.«

Gier ist etwas Schreckliches, dachte Elmore. Dieser Harry Cardona würde zwanzig Riesen einstecken, sobald das Geschäft abgeschlossen war. Elmores Anteil belief sich auf zwölf Riesen, weil er Cardona mit Sammy Hubbard zusammengebracht hatte, auch bekannt als Sammy die Nase, weil sie ihm bei einer Schlägerei im Trakt B von Joliet abgebissen und im Gefängnislazarett wieder angenäht worden war. Sie sah nicht mehr wie früher aus, aber Sammy war eine Spur verrückt, und das Kunststück bestand darin, ihn nicht anzustarren.

Sammy war im Knast auf die Füße gefallen, und er war gut im Geschäft mit einer Fälscherbande, die von Unbekannten geleitet wurde und Florida und New York City mit Unmengen fast perfekten Falschgelds überschwemmte.

Harry Cardonas Aufgabe war es gewesen, Käufer zu finden. Es stellte sich heraus, daß es sich dabei um Joe O'Dowd und Angelo Trupiano handelte, zwei Geschäftspartner, die an gewisse Casinos gezinkte Karten verkauften, vor allem in Atlantic City und an der Westküste. Vier Treffen waren mühselig und heimlich vereinbart worden, drei in Las Vegas und eines, erst am Vorabend, in Atlantic City, bei denen die Akteure sich gegenseitig beschnuppert hatten, Namen von Mafia-Ganoven fallenließen, die ihnen gemeinsam bekannt waren, sich überlegten, ob es ungefährlich sei, weitere Schritte bei dem Geschäft zu unternehmen.

Cardona hatte Elmore Williams vor zwei Jahren kennengelernt, wo Williams unter dem Namen Jake T. mit Gangstern von der kolumbianischen Mafia herumgezogen war. Cardona hielt ihn für einen ehemaligen Cop der New Yorker Polizei, der wegen Korruption und Erpressung aus dem Dienst hinausgeworfen worden war. Dann war er ihm vor erst vierzehn Tagen in Las Vegas wieder über den Weg gelaufen, und Harry Cardona hatte diesen Jake T. angeheuert, als Aufpasser und damit er seine alten Polizeikontakte auffrischte und überprüfte, ob verdeckte Ermittler versuchten, sich in das Falschgeldgeschäft einzuschleusen. Harry Cardona hatte das Gefühl, es sei recht schlau von ihm gewesen, diesen Jake T. zu engagieren; das würde dem großen Boß, wer er auch sein mochte, zeigen, daß Harry ernsthaft ins Geschäft einsteigen wollte.

»Und was genau macht Sammy dort?« erkundigte sich Elmore.

Cardona warf Jake einen Seitenblick zu, als er rechts vom Broadway abbog. »Der soll bloß aufpassen, Jake. Soll einfach verdammt gut auf-

passen, daß wir nicht in 'ne Falle tappen. Okay?« Er grinste gewinnend. Man mußte dem vierzigjährigen Ganoven lassen, daß er Charme versprühen konnte. Er konnte sogar ganz sympathisch sein.
Elmore Williams' Puls war etwa auf hundertzwanzig, als der Oldtimer in der 43. West hinter einem Michelob-Bierlaster hielt, gegenüber vom Algonquin-Hotel. Das war in jedem Fall eine heikle Sache. Vierhunderttausend Dollar und acht Millionen Blüten, bei denen man nur zuzugreifen brauchte, und keiner kannte den anderen wirklich, und es konnte so oder so ausgehen.
»Hier kannst du das Auto nicht lassen«, sagte er.
»Noch nichts geschnallt, Bruder? Ich hab 'nen St.-Pat's-Sticker.« Cardona meinte damit einen sechseckigen Aufkleber an der Windschutzscheibe mit einem grünen Kleeblatt darauf, über das eine Zehn gestempelt war. Das hieß, der Fahrer habe am letzten St.-Patricks-Tag tausend Dollar für die Witwen und Waisen der New Yorker Polizei gespendet. Wie alles andere an Harry war auch der Aufkleber falsch.
Elmore kniff die Augen zusammen. Er konnte es nicht leiden, wenn sich seinesgleichen untereinander »Brüderchen«, »Bruder« oder »Kumpel« nannten, selbst wenn man das Gefühl hatte, das sei cool, wirke verbindend. Aber daß ein Weißer wie Harry Cardona ihn so nannte ... Er ignorierte die Bemerkung, stieg aus und sah sich mechanisch auf der Straße um, checkte die Umgebung.
Abgesehen von dem Bierlaster waren zwei gelbe Taxis da, zwei Typen, die an einem Stand warme Doughnuts verkauften, und drei Lieferwagen. Einer war von einem Blumenladen, einer alt und verbeult. Der dritte lud vor einem Geschäft in der Nähe Lebensmittel aus.
»Was meinst du ...?« fragte Harry besorgt. Denn er vertraute Jakes Urteil.
Elmore dachte einen Moment lang nach, dann nickte er. »An die Arbeit, Mann«, sagte er und ging, ohne sich nach Cardona umzuschauen, über die Straße und zielstrebig auf ein baufälliges Gebäude zu, mit einem Friseur und einem Schreibwarengeschäft im Erdgeschoß.
Cardona zuckte die Achseln, machte den Kofferraum auf und hob zwei Samsonite-Koffer heraus. Er sah sich ein letztes Mal um und folgte.
Das Treppenhaus im vierten Stock der 43. West Street 1246 war kahl und mit Linoleum ausgelegt, das nach Staub und Üblerem roch. Der wackelige Aufzug war ins Erdgeschoß zurückgefahren. Vom Flur gin-

gen drei Türen ab. Eine führte angeblich zum Büro einer Theateragentur, auf der anderen stand nur die Nummer 23, und die dritte trug auf einem Holzschild die Aufschrift »M & T, Zubehör für Spielautomaten«.
Drinnen führte ein vollgestopftes Vorzimmer in das Büro. Am engen Flur dazwischen lag ein Klo. Das Mobiliar war spärlich und billig. Im Büro standen zwei Schreibtische, zwei doppelsitzige Sofas und drei Holzstühle.
Elmore und Cardona blieben an der Tür stehen. Ein hagerer, langgesichtiger Mann in einem locker sitzenden italienischen Jackett, ausgebeulten Hosen und einem weißen Hemd mit einer am Kragen gelockerten Krawatte saß auf einem Sofa. Die lila Naht, die wie eine schwache Tätowierung um seine spitze Nase herum verlief, verriet ihn als Samuel L. Hubbard, Sammy die Nase, der erschnüffeln sollte, ob die Luft für die Transaktion rein war.
Die beiden schweren Samsonite-Koffer mit acht Millionen in gefälschten Hundertern und Fünfzigern standen auf Holzstühlen in einer Art Niemandsland zwischen den drei Männern und ihren Gastgebern, den Kunden.
Einer der Kunden, O'Dowd, stand hinter einem der beiden Schreibtische, gegen die abblätternde Wand gelehnt, die Schulter an einem schmierigen Fenster. Er war groß, trug ein teures Jackett aus einem grauen Seiden-Woll-Gemisch und eine Solariumbräune, die geradezu nach Las Vegas schrie.
Trupiano war klein und drahtig mit kalten Augen, die das alles schon zu oft gesehen zu haben schienen. Er trug ein bis zum Hals zugeknöpftes weißes Hemd ohne Krawatte und einen italienischen Designermantel, der offenstand und zu lang für ihn war.
»Möchten die Herren ein Bier oder sonst was?« fragte O'Dowd. »Vielleicht eine Tasse Kaffee?«
»Der Kaffee schmeckt beschissen«, bemerkte Trupiano, ohne zu lächeln.
»Dann reich' ich mal die beschissenen Kröten rüber«, sagte Harry, und alle lachten, um die beklommene Spannung zu brechen.
Schweigen. Dann, ein Stück entfernt auf der Avenue of the Americas, das heisere Geheul eines Feuerwehrautos.
»Wollen Sie es nachzählen?« Trupiano griff nach einem Aktenkoffer neben dem Schreibtisch und legte ihn neben Sammy die Nase auf das

Sofa. Falls alles nach Plan lief, enthielt der Aktenkoffer vierhundert Riesen in echtem Geld.
Sammy warf Elmore einen Blick zu, der meinte: Du bist der Ex-Cop, was meinst du?
Elmore nickte. »Sicher.«
Sammy öffnete den Aktenkoffer und zählte schnell und profihaft die dicken Bündel aus Hundertdollarscheinen. Während sie warteten, hörte man in einem anderen Teil des Gebäudes das Klingeln eines Telefons. Sammy, zufrieden darüber, daß die volle Summe vorhanden war, nahm wahllos fünf Scheine heraus und legte sie auf den Deckel eines Samsonite-Koffers. Er klemmte sich eine Uhrmacherlupe ins Auge wie ein Monokel und nahm aus seiner rechten Tasche drei Fläschchen mit Augentropfen.
Das Telefon hörte auf zu klingeln.
Sammy träufelte Tropfen aus jedem der drei Fläschchen auf fünf wahllos herausgesuchte Scheine. Er vergewisserte sich, daß er für sein Falschgeld nicht mit gefälschten Dollars bezahlt wurde.
Trupiano und O'Dowd wechselten einen Blick. Einen Sekundenbruchteil lang wirkten sie amüsiert, als wollten sie sagen: Ist es denn zu fassen, was der Kerl da macht? Was für ein beschissener Fehler, dachte Elmore. Dann klopfte Sammys rechter Fuß leicht auf den Boden wie im Takt einer lautlosen Musik.
Cardona und Elmore sahen sich mit Absicht nicht an. Denn das war das Zeichen dafür, daß etwas oberfaul war.
Und falls Sammy sich an die besprochene Vorgehensweise hielt, würde er jetzt erklären, das Geschäft sei geplatzt. Er sollte das echte Geld zu den beiden Käufern zurückschieben, und Elmore sollte seine Knarre ziehen und ihnen bei ihrem schnellen Abgang Deckung geben. Als Sammy die Nase also gelassen nickte und erklärte: »Alles bestens«, den Aktenkoffer auf den Boden legte, auf neutrales Terrain, und lässig einen der Samsonite-Koffer zu sich heranzog, damit er ihn öffnen konnte, zwang sich Elmore, so auszusehen, als wäre er total entspannt, nickte, lächelte leicht und trat zurück, damit er den Raum im Auge behalten und die Tür versperren konnte.
Sammy die Nase ließ den Koffer aufschnappen und hob den Deckel etwa fünf Zentimeter an. In seinem Blick lag etwas, was Elmore beunruhigte. Denn Sammys Gewalttätigkeit war bestens bekannt, und Elmores Instinkt sagte ihm, der Mann sei möglicherweise ausgeflippt.

»Meine Herren, ich glaube, Sie werden feststellen, daß damit alles in Ordnung ist«, sagte er, und das Geratter von einem Dutzend Neun-Millimeter-Kugeln kam sogar für Elmore völlig überraschend. Die Kugeln durchschlugen den Deckel des Samsonite-Koffers, und O'Dowd erschauerte, als die Salven ihn trafen, seinen rechten Arm, der gegen das Fenster prallte und die berstende Scheibe mit rotem Blut bespritzte.

Elmore Williams war nicht der schnellste Schütze im Osten, und es schien tausend Jahre gedauert zu haben, bis er seine Waffe zog, um sich an der Schießerci zu beteiligen. Aber seine Reflexe waren vermutlich besser, als es sich sein ängstliches, Adrenalin pumpendes Herz vorstellte. Noch während er schoß, merkte er, wie heiße, ausgeworfene Patronenhülsen aus Sammys Mini-Uzi gegen seine Hände prallten, und Sammy Hubbard war plötzlich ein Brei aus Haaren und Brombeergelee, denn jeder von Elmores fünf schnellen Schüssen hatte ihn am Kopf getroffen, und einen Augenblick lang saß er einfach so da. Tot wie ein Stein.

BUMM! Tagliatelli, oder wie auch immer sein Scheißname lauten mochte, war in der klassischen, zweihändigen Schießstellung in die Hocke gegangen, und was auch immer er in den Händen halten mochte, der Lärm war für alle ohrenbetäubend. Gips prasselte aus der schmuddeligen Wand. Elmore stand unter Strom wie bei einem Autounfall, und alles spielte sich wie unter Wasser, in Zeitlupe, ab. Die Gipsstücke waren einzeln erkennbar – oh, SCHEISSE!

Trupiano war ganz leicht nach links herumgeschwenkt, und Elmore konnte tatsächlich sehen, wie die Kupferkugel im Lauf einer Waffe glitzerte, die ein vierundvierziger Magnumrevolver sein mußte. Beim nächsten Schuß warf sich Elmore auf Harry Cardona, und die beiden Männer schlugen gegen die Wand. Elmores linker Arm hatte den Gangster im Schwitzkasten; er benutzte Cardonas Körper als Schutzschild.

Trupianos Vierundvierziger folgte der Bewegung, und Elmore sah immer noch in die Mündung, in der eine weitere grausige Kupferkugel steckte.

Aber Elmore Williams war jetzt ruhig. Auf diese Weise verdiente er sich seinen gottverfluchten Lebensunterhalt. Er duckte sich hinter Cardonas Kopf, der nach fettigem Haar roch, nach billigem Gel und Schweiß, und sah nach O'Dowd, der in der Ecke zusammengesackt war und hinter dem Schreibtisch hervorragte. Er war dort wie in einem *Tom-und-*

Jerry-Comic an der Wand hinuntergerutscht, und sein Blut sickerte in breiten Schwaden auf das billige Linoleum. Aber sein Blick verfolgte, was sich tat, und er versuchte, mit der unverletzten Hand sein Schulterhalfter zu erreichen.

Okay. Das war's.

Elmore holte tief Luft und schrie, sehr laut, aber mit einer gewissen kalten Autorität: »Bundesagent! Bundesagent! Feuer einstellen!«

»Bundesagent, da lachen ja die Hühner. Laß die Knarre fallen, Arschloch!« Trupiano gab sich immer noch die größte Mühe, Elmore ins Visier zu bekommen, entschlossen, ihm die Kupferkugel zu verpassen.

»Tony di Corvo!« schrie Elmore. »Tony di Corvo und Frank Clancy! Herzbube, verflucht noch mal, Herzbube ...!«

Auf der Stelle trat Ruhe ein. Denn Trupiano und O'Dowd waren tatsächlich die Sonderagenten Tony di Corvo und Frank Clancy vom New Yorker Einsatzbüro des amerikanischen Secret Service, beauftragt mit der Operation, den drei Fälschern eine Falle zu stellen. Und natürlich waren sie einen Augenblick lang aus der Fassung, als einer der Ganoven ihre richtigen Namen brüllte und den Decknamen der Operation, der Herzbube lautete.

Elmore holte wieder tief Luft, sprach ein Stoßgebet. Welcher Schutzheilige auch immer V-Agenten bei der Ermittlung gegen andere V-Agenten beistand. Er hielt seine Neun-Millimeter-Pistole hoch, mit offenen Händen, und ließ sie auf den Boden neben dem Sofa fallen, wo es Sammy der Nase groteskerweise nicht gelungen war, umzukippen, wie man das im Film immer sieht. Er saß immer noch da, die Mini-Uzi fast züchtig auf dem Knie. Nur sah das, was von seinem Kopf übrig war, so aus wie eine Szene aus *Nightmare – Mörderische Träume*.

Trupiano richtete den Revolver weiterhin auf Elmore und Harry Cardona. Vertrauensselig war er eindeutig nicht.

Elmore hielt den sich wehrenden Cardona fest im Griff. »Ich mache keine Witze, meine Herren. Ich heiße Elmore Williams. Vom United States Secret Service, genau wie ihr. Euer Deckname für das hier lautet Herzbube, stimmt's?

»Leck mich, Kumpel!« keuchte Harry Cardona, dem aufging, es sei vielleicht ein Fehler gewesen, Elmore die Geschichte zu glauben, er sei ein abgehalfterter Cop.

»Arschlecken, und zwar kreuzweise, du Schleimscheißer.« Elmore nahm Cardona wieder in den Schwitzkasten.

»Den Ausweis.« Trupiano war eiskalt. Ganz eindeutig der Mann, der das Sagen hatte. Im Stockwerk darüber waren Schritte zu hören, gingen Türen auf. Von dort aus mußten sie den Zugriff, mit dem die beiden New Yorker beauftragt gewesen waren, mitgeschnitten haben. Bis die Schießerei anfing.

»In meiner Socke.«

Schweigen.

Trupiano hatte es nicht eilig, seine Position der Überlegenheit aufzugeben und Elmore auch nur die geringste Bewegung zu gestatten. Sonderagent Frank Clancy, der sich O'Dowd genannt hatte und stark blutete, übernahm die Klärung der Situation, als schon Schritte auf den Stufen zum Treppenabsatz im vierten Stock zu hören waren.

»Wer ist der ELSA in Seattle ...?« ächzte er. ELSA bedeutete Einsatzleiter der Sonderagenten.

»Tom Harrison«, erwiderte Elmore.

»Wo war er vorher im Einsatz?«

»In New Orleans. Als Stellvertreter von Bobby Delaware. Bobby hat eine Tochter namens Ginny, die eben die Ausbildung hinter sich gebracht hat.«

»Im Ernst? Was ist ihr erster Auftrag?« Obwohl Clancy schwer verletzt war, schien ihn das zu interessieren. Er mußte unter Schock stehen.

»Das darf ich Ihnen nicht sagen.«

Draußen wurde der Verkehr stärker. Die Autohupen klangen aggressiver. Es muß auf fünf Uhr zugehen, dachte Elmore. Trupiano nickte langsam. Er sicherte seinen vierundvierziger Colt; seine Feindseligkeit war allenfalls noch tödlicher als vorher. Elmore merkte, daß sein Hemd vorn, hinten und an den Ärmeln durchgeschwitzt war.

»Wer bist du Scheißkerl eigentlich?« fragte Trupiano.

»Elmore Williams«, wiederholte Elmore, und Harry Cardona zuckte vor Wut zusammen. »SELSA. Im Büro für Inspektionen.« SELSA bedeutete stellvertretender Einsatzleiter der Sonderagenten.

»Na, wunderbar.« Trupiano trat vor, griff nach Harry Cordona und riß ihn aus Elmores freiwillig gelockertem Griff.

Trupiano warf ein Paar Handschellen auf den Boden. »Okay, Elmore, übernimm du die Honneurs ...«

Williams ging in die Knie, zog Cardonas Handgelenke hinter seinen Rücken und legte ihm fachmännisch die Handschellen an. Er stand auf, ignorierte den Revolver, den Trupiano immer noch in der rechten

Hand hielt, und schlug seine Ausweishülle auf, die er sich im Knien aus der Socke gezogen hatte.
»Bitte sehr ...«
»Scheiß drauf«, erwiderte Trupiano.
Die ganze Verwirrung war dadurch entstanden, daß eine verdeckte Ermittlung, ein Coup der New Yorker Abteilung des US Secret Service, danebengegangen war und daß sich einer der drei Ganoven als ein weiterer V-Mann entpuppt hatte, der von Washington aus arbeitete und deshalb – daran gab es nichts zu rütteln – in ihrem Revier gewildert hatte. Das war ein Verstoß gegen die Vorschriften und die Disziplin des Service.
Der US Secret Service war eine Abteilung des amerikanischen Finanzministeriums. Er hatte die Aufgabe, das Leben des Präsidenten zu schützen und den amerikanischen Dollar vor Fälschung und Betrug zu bewahren. Seine Einsatzbüros waren über die ganzen Vereinigten Staaten verteilt, und seine Attachés arbeiteten in Botschaften im Ausland. Die Abteilung für Inspektionen glich der Interpol bei der Polizei. Ihre Mitarbeiter hatten die Aufgabe, die Effektivität und Ehrlichkeit einzelner Sonderagenten und ganzer Einsatzbüros zu überprüfen, manchmal routinemäßig, manchmal aufgrund von Informationen.
Es war nicht der beliebteste Einsatz im Polizei- und Geheimdienst.
Trupiano nahm Williams den Ausweis ab und überprüfte betont die Echtheit des Dokuments. Dann warf er ihm das Papier wieder zu, genau in dem Augenblick, als die Tür zum Vorzimmer aufflog und eine Reihe von Agenten des New Yorker Einsatzbüros hereinstürmten – mit schußbereiten Waffen. Sie trugen kugelsichere Westen, auf denen vorn und hinten BUNDESAGENT stand.
Als erster war Joe Pearce im Raum, ein großer, kräftiger Mann Anfang Fünfzig, dessen rotblondes Haar zum keltischen Gesicht typisch für viele Männer im Dienst der amerikanischen Justizbehörden war. Er musterte Williams gründlich, dann schüttelte er den Kopf. Das Leben steckte immer noch voller Überraschungen.
»O Mann, Elmore ...«
»Hi, Joe«, sagte Williams. Er hatte gewußt, daß dieser peinliche Augenblick kommen mußte, seit er in der Nacht davor die Entscheidung getroffen hatte, Sammy und Harry nach New York zu begleiten.
»Ich hab' dich auf dem Bildschirm gesehen. Scheiße, das ist doch Elmore, hab' ich zu mir gesagt. Das kann doch gar nicht sein ...« Joe

Pearce sah sich um, bemerkte, daß Trupiano dabei war, ärztliche Hilfe zu rufen, während sich zwei ausgebildete Agenten um den Verletzten auf dem Boden kümmerten.
»Frank, wo hat's dich denn erwischt?« Pearce tarnte seine Sorge mit Schroffheit und beugte sich über Clancy.
»Der Scheißarm, Chief. Zwei Kugeln.«
»Hast du 'ne Weste an?«
»Natürlich. Aber der Arm ist gebrochen, glaub' ich. Vielleicht krieg' ich jetzt endlich mal frei.«
»Red keinen Unsinn«, erwiderte Pearce. »Wir haben noch Platz im Büro, genau wie für alle anderen Verwundeten, die noch laufen können.« Joe Pearce drehte sich um und musterte den grotesken Leichnam von Sammy. »Die Visage von dem Kerl hat dir offenbar überhaupt nicht gefallen ... Du hast dem armen Kerl die Nase weggeschossen.«
»Vielleicht war sie ja nicht richtig angenäht«, bemerkte ein Agent, und alle im Raum lachten, nur um zu zeigen, daß sie das fast kopflose Monster auf dem Sofa nicht aus der Fassung brachte. Alle bis auf Harry Cordona und Elmore Williams, der begriff, daß er kein Recht hatte, sich mitten in dieser Gruppe von Gefährten, die einander vertrauten, aufzuhalten.
Wenn Bundesagenten (was nicht nur für das FBI gilt, sondern für alle mit der Verbrechensbekämpfung befaßten Bundesbehörden) in einen gewaltsamen Tod verwickelt werden, ist dafür automatisch sofort die Mordkommission vor Ort zuständig. In diesem Fall die vom vierzehnten Revier, das heißt von Midtown South in Manhattan.
Elmore Williams hatte als der Agent vom Secret Service, der Sammy die Nase getötet hatte, bereits, wie es üblich war, seine Waffe abgegeben. Der erste am Tatort war ein Ermittler vom vierzehnten Revier – namens Eugene Wharton. Bald gesellte sich ein Arzt zu ihm, dessen Atem leicht nach Kentucky-Bourbon roch. Dr. Henry Grace.
Williams erkannte Grace nicht wieder, aber Grace erinnerte sich an ihn. »Na, so was, Tennessee«, bemerkte er, bückte sich leicht und betrachtete die Leiche, als wäre sie eine Skulptur im Museum of Modern Art, »was zum Teufel haben Sie denn hier verloren?«
Die anderen Männer vom Secret Service hielten inne, drehten sich um und starrten Elmore Williams an, mit Blicken, die alles andere als freundlich waren.
»So haben wir ihn immer genannt«, erklärte Grace. »Tennessee war bei

der Rauschgiftfahndung vom vierzehnten Revier. Bei dem Revier hier. Wie lange ist das her, zehn Jahre ...?«
Williams wurde die Feindseligkeit im Raum bewußt.
»Tennessee ...«, sagte Joe Pearce leise.
»Williams, verstehen Sie. Nach dem Dramatiker.« Der Arzt zog eine Nickelbrille mit schiefem Gestell aus der Brusttasche und setzte sie auf.
»Tennessee Williams ...«
»Genau.« Dr. Henry Grace bückte sich noch tiefer und musterte mit beruflichem Interesse jenen Teil von Samuel Hubbard, wo das Riechorgan gewesen war.
»Der Mann hat seine Nase schon einmal verloren«, sagte er in den Raum. »Sicher. Der andere Tennessee Williams, so haben wir ihn immer genannt. Junge, Junge. Natürlich war das in der Zeit, als ich noch Sinn für Humor hatte ...«
Die New Yorker Agenten wechselten kalte Blicke, ignorierten Elmore und gingen wieder an die Arbeit.
Joe Pearce legte väterlich einen Arm um Williams' Ellbogen und führte ihn ins Vorzimmer. Inzwischen hatte ein Notarztteam den verwundeten Agenten Frank Clancy weggebracht.
»Raus hier«, teilte Pearce zwei Agenten im Vorzimmer gutmütig mit. Dann machte er beide Türen zu und setzte sich auf den Empfangstresen. Er deutete mit einem Nicken auf eine Couch. »Steh dir nicht die Beine in den Bauch ...«
Williams sackte auf die Couch und merkte, daß er seine ganze Energie verausgabt hatte. Und seine Hände zitterten.
»Willst du einen Kaffee?«
»Alles zu seiner Zeit, Joe. Sag, was du zu sagen hast.«
Joe Pearce kratzte sich den großen irischen Schädel mit dem rotblonden Haar. »Elmore, was ich dir sagen muß ... wie sollen wir hier vorgehen? Wenn du einer meiner Agenten wärst, müßte ich dich vorübergehend vom Dienst suspendieren, du kennst die Vorschriften. Bis zum Ergebnis der Mordermittlungen, die hier laufen. Aber du bist keiner von meinen Agenten. Offen gesagt, niemand im New Yorker Einsatzbüro hat auch nur gewußt, daß du in der Stadt bist, und schon gar nicht, daß du mit Harry Cardona zusammengesteckt hast.«
Er machte eine Pause und trommelte mit den Fingern auf den Tisch, auf dem er saß. Trotz seiner liebenswürdigen Selbstbeherrschung war deutlich, daß er eine Sauwut wegen Williams' Regelverstoß hatte.

»Joe, erstens ist das hier deine Stadt ...«
»Na, so was, vielen Dank, Elmore.« Pearce versuchte nicht, den Sarkasmus aus seiner Stimme herauszuhalten.
»Du solltest also Washington empfehlen, daß ich suspendiert werde. Dem stellvertretenden Direktor von Sid Longstreet in der Abteilung für Inspektionen. Dort arbeite ich jetzt.«
»Im Ernst? Na ja, ich muß gestehen, daß ich das nicht gewußt hab'. Und weißt du auch warum? Weil ich voller Stolz sagen kann, daß mein Einsatzbüro noch nie einer internen Ermittlung unterzogen worden ist. Nicht, seit ich der Chef bin.«
Die beiden Männer sahen sich an. In solchen Augenblicken wünschte sich Elmore Williams inbrünstig, ihm wäre ein anderer Einsatz zugeteilt worden.
»Außerdem«, fuhr Pearce fort, »ist da noch das Problem der internen Disziplin. Ich muß dich jetzt also fragen, arbeitest du offiziell oder inoffiziell hier in New York? Falls es inoffiziell ist – sagen wir mal, du bist in den Fall, an dem du verdeckt gearbeitet hast, so tief hineingeraten, daß keine Zeit mehr war, den korrekten Dienstweg einzuhalten und mein New Yorker Einsatzbüro über dein Hiersein zu informieren –, okay, vermutlich könnten wir dich dann decken. Immerhin hast du zwei Agenten von mir das Leben gerettet.«
Williams griff in sein Jackett, holte ein Päckchen Camel Filter heraus und versuchte seine Hände ruhig zu halten. Er war noch immer angeschlagen von der Schießerei. Er ließ sich von Pearce die Zigarette anzünden, mit einem Zippo, das ihm der Präsident persönlich überreicht hatte, und inhalierte tief.
Als ihm der Rauch aus der Nase stieg, begegnete Elmore Williams dem Blick des großen Iren. »Joe, es tut mir wirklich leid. Die Sache ist offiziell. Es geht um eine Ermittlung, mit der ich vor ein paar Wochen angefangen habe.«
Der kräftige, ehrliche, verläßliche Joe Pearce sah aus, als bliebe ihm die Luft weg. Als hätte es ihn umgehauen, dachte Williams.
»Joe, was kann ich schon dazu sagen. Es ist ein gottverfluchter Auftrag ... Ich hatte volle Deckung.« Er zuckte die Achseln. »Und dann hat sich gestern nacht in Atlantic City zehn Minuten vor Mitternacht alles geändert.«
»Wie das eben so geht.« Pearce ließ Williams nicht aus den Augen.
»Genau. Sie haben das Geschäft um drei Tage vorverlegt. Ich hab' mich

dafür entschieden, D. C. zu informieren und an dem Fall dranzubleiben.«
Das war ein schwerer Schlag für Joe Pearce, der geglaubt hatte, in seiner Domäne laufe alles richtig. Nach einem langen Schweigen fragte er: »Ist das eine Routinesache? Irgendeine Routinesache?«
»Ich darf nicht darüber sprechen.« Elmore wußte, daß er nicht autorisiert war, das Blütengeschäft allein durchzuziehen. Es war eine strenge Vorschrift, daß kein V-Agent, und auf keinen Fall einer aus der Inspektionsabteilung, dessen Weste weißer als weiß war, sich ohne Unterstützung derart in Gefahr (und in Versuchung) bringen durfte.
Aber Joe Pearce machte sich größere Sorgen um den Ruf des eigenen Teams. »Okay. Geht es ...? Geht es ... um Verfahrensfragen, um Verfahrensfehler? Oder«, Pearce zwang sich, das Wort auszusprechen, »geht es um Korruption?«
»Laß mich in Ruhe, Joe. Bitte.«
»Und bist du zu einer Schlußfolgerung gekommen?«
»Ja, bin ich ...«
Und es stimmte, daß Elmore Williams verpflichtet war, über das Thema kein Wort mehr zu sagen, bis er seinen Bericht bei seinem Chef in Washington abgeliefert hatte.
»Ist es ein schlimmes Ergebnis? Ist es eine schlechte Nachricht für uns hier?«
Auf einem billigen Tisch tickte eine Uhr. Joe Pearce sah unendlich trostlos aus. Und Elmore Williams war im Verlauf der letzten Wochen zu der Schlußfolgerung gekommen, daß das Einsatzbüro sauber war, daß die nachteiligen Informationen falsch gewesen waren oder daß etwas Schlimmeres dahintersteckte. Also musterte er den Rauch, der von seiner Zigarette aufstieg, und begegnete Pearces ängstlichem Blick.
Ohne ein Wort zu sagen, steckte der ermittelnde Agent aus Washington den Daumen aus der geballten Faust nach oben und lächelte.
Joe Pearce stieß einen langen Seufzer der Erleichterung aus.
»Gib mir auch 'ne Zigarette«, sagte er.
»Hier.« Williams grinste und reichte ihm das Päckchen. »Wann hast du aufgehört?«
»Neunzehnhundertfünfundsiebzig«, erwiderte der kräftige Mann, fuhr sich mit dem Arm über die Stirn und wischte sich kalten Schweiß ab.

5. Kapitel
Salim Jaddeh

David Jardine hatte aufmerksam zugehört, während ihm Hassan Abdul-Latif Rashdan erzählte, was er über Salim Jaddeh wußte. Oder – um genau zu sein – was er über ihn sagen wollte. Denn Information ist Geld. Man sollte nicht alles auf einmal ausgeben.

Die Gäste im Café Le Camel kamen und gingen, allesamt von dem Engländer beobachtet und eingeschätzt. Und während er zuhörte, ging ihm keinen Augenblick lang aus dem Kopf, daß Hassan ihn möglicherweise in eine Falle gelockt hatte.

Zwei Frauen kamen herein, sorglos und elegant, als wäre das Beirut draußen unverändert. Als wäre es, wie es gewesen war, bevor der Wahnsinn eine Stadt zerstört hatte, die seit Jahrhunderten das kulturelle, wirtschaftliche und militärische Bindeglied zwischen Südosteuropa und Asien einerseits, Ägypten, Arabien und Afrika andererseits gewesen war.

Jardine erinnerte sich an ein Beirut voller Suks, Cafés, Museen und schicken Restaurants, mit einem geschäftigen Seehafen und einer atemberaubenden Architektur, die die Einflüsse des prunkvollen byzantinischen und maurischen Stils sowie der militärischen Eleganz der französischen Kolonialzeit widerspiegelte. Dazwischen einige Anklänge des Glitzers der New Yorker Architektur. Und mit den herrlichsten Frauen aller oben erwähnten Kontinente.

Er wußte nicht, wer die Frau mit dem Hermès-Schal und der dunkelblauen Lederhandtasche von Gucci war. Aber als die beiden Frauen einen Tisch fanden und sich setzten, war er erleichtert, daß die eine elegante und olivenhäutige junge Frau ihm den Rücken zukehrte. Er konnte sich zwar nicht an ihren Namen erinnern, aber sie war die Tochter eines früheren Kellners in einem wunderbaren kleinen Restaurant am Suk Tawileh. Phalangistischer Beschuß hatte es in Schutt verwandelt. Jardine versuchte mühsam, sich an den Namen des Lokals zu erinnern. Er hatte mit A angefangen ... Al Ajami, richtig. Und jetzt war sie hier – eine Überlebende der ständigen, entsetzlichen Gefahren – und in teure Markenklamotten gekleidet. Sie hatte das unverkennbare Auftreten einer Frau, die Beziehungen zu jemandem hatte, der sie beschützen konnte, hier in Beirut. Und so jemand war nicht leicht zu finden. Dazu gehörte Einfluß.

Vielleicht hatte ihr Vater, der angenehme Kellner mit dem echten Lächeln und den müden Augen, der jetzt um die Fünfzig sein mußte, die grausigen Zeiten des Gemetzels und der Folter überlebt und war als einflußreicher Mann daraus hervorgegangen.

Natürlich konnte sie auch einen Liebhaber haben. Mitglied eines der Familienklans, die immer noch über Teile der Stadt und die fruchtbare Küstenregion des Libanons herrschten wie feudale Kriegsherren. Sie war vierzehn oder fünfzehn Jahre alt gewesen, als David Jardine Stationschef des SIS in Beirut gewesen war, und sie hatte im Restaurant ausgeholfen, Tische abgeräumt und Rechnungen addiert.

Und wenn er sich an sie erinnerte, so sehr sie sich auch verändert hatte, gab es keinen Grund, warum sie sich nicht an ihn erinnern sollte. Und das würde Probleme geben, denn damals hatte Jardine unter dem Namen Jeffries für eine britische Bank gearbeitet, die Geschäfte mit den vielen libanesischen Banken machte, die nicht nur während der ganzen Vergewaltigung der Nation und des Gemetzels weiter ihren Geschäften nachgegangen waren, sondern den Wert der libanesischen Währung sogar um vierzig Prozent gesteigert hatten.

»Das also ist er, *'fendi* ... Im Namen des gnädigen Gottes, das ist wirklich alles, was ich weiß.«

David Jardine wußte, daß Hassan das arabische Kürzel für Herr, *'fendi*, wegen ihrer unerfreulichen Auseinandersetzung benutzte. Als Jardine über den Zwischenfall hinweggegangen war, als wäre so etwas an der Tagesordnung.

»Danke für Ihre Offenheit«, sagte er ernst und hob die Hand, um den Kellner daran zu hindern, daß er noch mehr dicken arabischen Kaffee auf den Tisch stellte. Drei Tassen waren für ihn mehr als genug.

Er trank einen Schluck aus einem Glas Eiswasser und lauschte der Stimme eines algerischen Sängers aus der Musicbox, die auf französisch sang. Jardine dachte an die verschwundene Alisha.

Hassan hatte ihm gesagt, Salim Jaddeh sei ein kalter Mann mit grausamen Augen und dem Mund eines Folterers. Nichts, was vor Gericht

Beweiskraft gehabt hätte, dachte David Jardine, aber wenn ein achtzehnjähriger Junge das sagte, der selbst Augen hatte wie ein Mann von vierzig, der mit angesehen hatte, wie seine Mutter und seine Schwester von den Helden der PLO vergewaltigt und verstümmelt, wie sein Vater und seine Brüder von den tapferen Männern der christlichen Phalangisten ermordet worden waren, dann mußte dieser Salim Jaddeh etwas an sich haben, daß er einen solchen Eindruck hinterlassen hatte.

Hassan hatte ihm außerdem erzählt, Alisha habe in der Gesellschaft des Mannes gewirkt, als wäre ihr unbehaglich zumute. Obwohl sie gemeinsam zu Mittag gegessen, die Wohnung einer Freundin Alishas ausgeräumt und dann in ihrer Wohnung Jazzplatten gehört hatten (Jardine wußte auch ohne ausdrückliche Erwähnung, daß Hassan vermutlich ganz in ihrer Nähe gewesen war – wenn nicht gerade im Nebenzimmer, so doch bestimmt nicht weit weg), und obwohl es gewirkt hatte, als kämen sie sich näher, ohne verliebt ineinander zu sein, war es, als hätte er etwas an sich, was ihr angst machte.

Jardine stellte das Wasserglas ab und zog die eben gekauften Zigaretten heraus, dann steckte er sie mechanisch wieder weg. Er versuchte, sich auf drei Zigaretten am Tag zu beschränken.

»Sie sind ihm gefolgt, nicht wahr?«

Nach einem Augenblick nickte der junge Mann.

»Und wohin ist er gegangen?«

Hassan wußte, daß er über eine wertvolle Information verfügte. Der Sinn fürs Kalkül in ihm sperrte sich dagegen, sie unentgeltlich weiterzugeben. Aber David Jardines Beruf war es, geschützte Informationen zu erwerben, mit allen Mitteln, die angemessen wirkten.

»Hören Sie, Hassan. Wie würde es Ihnen gefallen, für mich zu arbeiten? Nur einen Tag lang oder zwei?« Jardine kam in die Gänge, reagierte intuitiv wie eine Nutte beim Rascheln eines Hundertdollarscheins.

»Und was soll ich tun, *Sidi*?«

»Ihre Wohnung im Auge behalten. Sagen Sie mir, wer kommt und geht. Überprüfen Sie, ob Jaddeh noch in seinem Büro ist …«

»Aber Sie wissen nicht, wo das ist …« Hassan ließ sich von niemandem etwas vormachen.

David Jardine lächelte. Der Junge wirkte vielversprechend.

»Aber Sie wissen es«, erwiderte er. Und legte vier Hundertdollarscheine auf den Tisch.

In der Karibik war es 9.18 Uhr, während Danny Dawidow im Flughafen von Antigua inmitten seines chaotischen Dauerzustands geduldig darauf wartete, zwei Rückflugtickets für den British-Airways-Flug nach London um 10.45 Uhr zu kaufen. Er würde bar, mit US-Dollar, bezahlen. Weder er noch Nikolai Kolossow hatten die Absicht, das Tikket für den Rückflug zu benutzen. Aber die Erfahrung hatte ihn gelehrt, daß man keine Gelegenheit versäumen sollte, die Gegenseite zu verwirren.
Während er zwei einheimische Familien beobachtete, die ihre Sprößlinge und ihr unordentliches Gepäck zusammensuchten und ein unüberwindbares Hindernis zwischen ihm und dem Ticketschalter bildeten, schlenderten zwei große Polizisten in makellos gebügelten, lehmfarbenen Uniformen und mit schwarzen Mützen durch das Gewimmel der Passagiere.
Draußen heulten die Motoren einer Propellermaschine der LIAT Richtung Himmel die Startbahn entlang. Ähnlich wie ich, dachte der Israeli. Und er fragte sich zum tausendstenmal, warum er diese Odyssee fortsetzte. Er hatte doch bewiesen, was er hatte beweisen wollen? Er hatte die acht Betrugsmanöver genossen, die er und der Russe reibungslos durchgezogen hatten. Er besaß Millionen, aber andererseits hatte er schon einmal Millionen gehabt – doch das war eine andere Geschichte – und eine Stinkwut auf das System und vor allem auf den Mossad, als er in dieses Spiel eingestiegen war. Der Schmerz hatte nachgelassen. Diese Fassungslosigkeit darüber, von den eigenen Leuten verbannt worden zu sein, in die Diaspora verstoßen ... das war vorbei.
Fast.
Nein, verdammt noch mal, das war nicht vorbei. In seinem Bewußtsein tauchte kristallklar die Erinnerung an sein letztes Treffen mit dem Memouneh, dem Chef des Mossad, und mit Avriam Eitels auf, der damals Sicherheitschef gewesen war, und plötzlich empfand er wieder die ganze Wut. Er wußte genau, daß er der einzige Sabra gewesen war, den sie je aus Israel verbannt und dem sie die Todesstrafe angedroht hatten, falls er zurückkehre, dem untersagt worden war, den eigenen Namen zu benutzen, den Namen, unter dem er vor dreiundvierzig Jahren in Tel Aviv geboren worden war.
Danny Dawidow merkte, daß er rot anlief, als er sich an diese Schande erinnerte. Bei Gott, er würde es ihnen zeigen. Was für ein Gedanke, daß er noch vor wenigen Sekunden fast weich geworden wäre.

»Entschuldigung«, sagte er zu den durcheinandergeratenen Familien zwischen ihm und dem Ticketschalter, »aber es gibt Leute, die ihr Flugzeug bekommen müssen.« Und er drängelte sich durch.

Es war schwerer gewesen, als David Jardine erwartet hatte, aus Hassan herauszubekommen, warum er Salim Jaddeh töten wollte. Aber im Verlauf von eineinhalb Stunden im Le Camel war es ihm mit seinem beträchtlichen Geschick als undurchsichtiger, geduldiger und auf ruhige Weise unerbittlicher Verhörer gelungen, Hassan zu entlocken, daß er Jaddeh als einen der beiden Männer identifiziert hatte, die vor zehn Jahren in die Wohnung der Familie in der zerstörten Rue Georges Picot gekommen waren und seinem Vater sowie seinen älteren Brüdern ruhig und dringlich erklärt hatten, warum der Herausgeber einer bestimmten Beiruter Tageszeitung ermordet werden sollte.
Hassans Familie, die Rashdani, waren drusitische Moslems. Die Drusen gehörten zu den berechenbarsten und gleichzeitig zu den gefürchtetsten Akteuren im makabren Totentanz des Libanons. Die beiden mächtigsten Flügel oder Familienklans waren die sogenannten »sozialistischen« Drusen, angeführt von Wahlid Jumblatt (sie standen vermutlich weniger links als ein durchschnittlicher Anhänger der amerikanischen Demokraten), und die »Konservativen«, angeführt vom Arselan-Klan.
Die beiden Männer, die eines Nachts in die Wohnung gekommen waren, hatten Briefe von Karim Jumblatt, dem Kommandeur der drusitischen Miliz, bei sich gehabt, die sie autorisierten, in seinem Namen Befehle zu erteilen. Damals waren Geheimtreffen, Kennwörter und verschlüsselte Einführungsschreiben an der Tagesordnung.
Der damals achtjährige Hassan hatte auf einer Couch im Nebenzimmer geschlafen. Er hatte so viel mitbekommen, daß er wußte, sein ältester Bruder solle aus politischen Gründen, die Hassan nicht verstand, einen Zeitungsherausgeber umbringen. Aber ausdrücklich auf Befehl eines hochrangigen und respektierten Führers der Drusenmiliz.
Sein Vater war besonders beunruhigt gewesen, hatte die Männer immer wieder ausgefragt, hatte genau wissen wollen, warum ein derart eindeutig ehrbarer Mann, der nur das Beste für den Libanon wollte, sterben müsse.
Dann waren die Stimmen leiser geworden, und so angestrengt Hassan auch gelauscht hatte, die Worte waren für ihn unverständlich gewesen.

Aber an der Begründung, die der Mann, von dem Hassan jetzt wußte, daß er Salim Jaddeh war, den Protesten seines Vaters entgegensetzte, gab es nichts zu rütteln.
Eine Woche später war Yussef Abdul-Fetteh, Alishas Vater, der Zeitungsherausgeber, auf dem Heimweg von einem Squashspiel auf dem Laban-Squashplatz in der Nähe der ausgebombten Fakuri-Apotheke erschossen worden.
Die Folgen dieser Tat waren Jardine schon erzählt worden. Dic unausweichliche Rache, die von den Angehörigen und Anhängern des Ermordeten an Hassans Vater und seinen Brüdern verübt worden war, und Hassans Rettung durch die Tochter des Herausgebers, Alisha.
Grund genug für Hassan Abdul-Latif Rashdan, den Überbringer der Botschaft umzubringen, den drusitischen Einflüsterer, der jetzt irgend etwas mit Alisha im Sinn hatte, obwohl sie Angst vor ihm zu haben schien. Hinzu kam, was geschehen war, als Hassan Karim Jumblatt beschuldigt hatte, sein Befehl, den Zeitungsherausgeber zu ermorden, habe seinen Vater und seine Brüder das Leben gekostet. Karim hatte auf den Koran geschworen, er habe keineswegs den Tod des Mannes gewünscht, sondern ganz im Gegenteil seine furchtlosen Leitartikel bewundert und befohlen, ihm nichts anzutun. Wenngleich seine spitze Zunge mit den Drusen hart ins Gericht gegangen war und sie ebensowenig verschonte wie alle anderen, die sich an der Orgie der Selbstzerstörung in Beirut beteiligten, dem sogenannten Bürgerkrieg.
Falls er Hassan Glauben schenken konnte, war Salim Jaddeh also ein *Agent provocateur* gewesen, der sich als Geheimagent der sozialistischen Drusen ausgegeben hatte. Mit perfekt gefälschten Empfehlungsschreiben, allen korrekten Kennwörtern und Parolen. Nur ein weiteres alltägliches Vorkommnis im Durcheinander der Zeit. Seine Absicht? Verwirrung zu stiften und einen blutigen Konflikt zwischen ehemaligen Verbündeten auszulösen.
Nicht schlecht gemacht, dachte David Jardine, wenn man es professionell betrachtete. Die Frage war nur: Wer zum Teufel ist Salim Jaddeh, und für wen arbeitet er wirklich?
Jardine bezahlte und sagte dem Jungen, er solle gehen und sich um die Angelegenheit kümmern, für die er ihm vierhundert Dollar bezahlt hatte.
Hassan hatte begriffen, daß es vielleicht besser sei, Jaddeh noch eine Weile am Leben zu lassen. So konnten sie gemeinsam herausbekom-

men, wer er war und für wen er arbeitete. Vielleicht ergab sich daraus die Chance, statt der Marionette den Drahtzieher selbst auszuschalten. Natürlich hatte David Jardine nicht das geringste Interesse daran, Hassan bei der Erfüllung seines Rachegelübdes zu helfen, aber das brauchte er ihm ja nicht auf die Nase zu binden. Wenn man jemanden anheuerte, so wie jetzt Hassan ein bezahlter Agent Jardines und dadurch auch des SIS geworden war, durfte er nur das unbedingt Erforderliche wissen, damit er effizient war. Jardine, der jetzt starke Schmerzen im verletzten Unterleib hatte, war darauf gefaßt gewesen, seinen neuesten Rekruten eine halbe Stunde lang mit den Regeln der heimlichen Kommunikation vertraut machen zu müssen, mit toten Briefkästen, Kontakten im Vorübergehen, fünfsekündigen Lockrufen von einer Telefonzelle zur anderen und so weiter.

Aber er hatte nicht gewußt, wie clever Hassan war, der nicht einmal fünf Minuten brauchte, bis er Jardines Instruktionen, sich nicht zu melden, sondern zu bestimmten Zeiten an einem bestimmten Ort erreichbar zu sein, und einige andere Details der Agentenarbeit begriffen hatte.

David Jardine wartete eine Weile, dann ging er in aller Ruhe zur Herrentoilette. Als er herauskam, verschwand er durch den Lagerraum auf der linken Seite auf die Rue Wadi Sabra, wo frisches Gemüse und Reis aus einem Lastwagen ausgeladen wurden.

Einen Moment glaubte er, Halluzinationen zu haben. Aus einer Nebengasse, gesäumt von ausgehöhlten Fassaden, Gebäudeskeletten, in denen sich Gott weiß welche Greuel abgespielt haben mochten, tauchten vier makellos gepflegte und gezäumte Vollblutpferde auf, und auf jedem saß ein Jockey in voller Rennausrüstung, mit Satinblouson in leuchtenden Farben und dazu passender Jockeymütze.

Die Pferde trabten aus der Gasse auf die Straße, ohne es besonders eilig zu haben.

Ein zerlumpter Bettler, der beschwerlich vor Jardine herging, schien dieses surrealistische Bild nicht zur Kenntnis zu nehmen. David Jardine schüttelte den Kopf. Heiland, diese Stadt. Sie war eine Lektion im Überleben.

Die Sonne war grell und heiß. Als Jardine unter einer rot-weißen Markise hindurchging, drehte sich der schlurfende Bettler um, hob mit einem Grinsen, das überraschend saubere und gesunde Zähne zeigte, seinen dreckigen Burnus und brachte eine tschechische Skorpion-7,65-mm-Maschinenpistole mit Schalldämpfer zum Vorschein.

»Guten Tag, Mr. Jardine. Ich bin Salim Jaddeh, vielleicht haben Sie von mir gehört ...«
Und eine metallische Mündung bohrte sich hart in Jardines Rücken. Ein BMW, der mit einem leisen Surren neben einem geparkten Fiat-Lieferwagen angehalten hatte, löste im Verkehr dahinter empörtes Hupen aus. Die Hintertür ging auf, und im Fond war ein weiterer bewaffneter Mann zu sehen.
»Bitte, beeilen Sie sich«, sagte der Bettler. »Ich parke in der zweiten Reihe ...«

Den BMW fuhr ein hagerer, braungebrannter junger Mann mit schütterem rabenschwarzen Bart und Augen, denen nichts entging. Er trug ein sauberes weißes Hemd, ohne Kragen, schwarze Hosen und eine Rolex. Auf seiner linken Seite ragte der Kolben eines fünfundvierziger Automatikcolts aus seinem Gürtel.
Neben Jardine im Fond saß ein älterer Mann, kräftig gebaut, mit grauem, kurzgeschorenem Haar, der ein dunkelgraues Leinenjackett über einem weißen Hemd ohne Krawatte trug. Am Ringfinger seiner rechten Hand steckte ein schwerer goldener Siegelring. Über seinem Schoß lag ein polnisches AKS-Sturmgewehr ohne Schaft, nur mit einem Pistolengriff. Die Mündung war auf David Jardine gerichtet.
Als das Auto über die Place Dunant fuhr und die Rue Beni Maruf entlang nach Osten, schüttelte Salim Jaddeh den zerlumpten Burnus ab und wickelte sich den schmutzigen Turban vom Kopf. Er hob ein hellbraunes Polohemd vom Boden auf, zog es über und strich sich das Haar glatt. Jardine stellte fest, daß er Mitte Vierzig war, ohne eine Spur Fett an Hals und Oberkörper. Sein Gesicht war mager und hatte die glatte Haut eines Mannes, der hart daran arbeitet, in Form zu bleiben. Vielleicht war es ein Glück für Hassan gewesen, daß er sich nicht mit ihm angelegt hatte, trotz des Fahrtenmessers.
Jardine zuckte zusammen, als ein stechender Schmerz von der Messerwunde durch seinen Unterleib fuhr. Er beobachtete im Vorbeifahren die Straßen und staunte nicht zum erstenmal über die Unverwüstlichkeit der Bewohner dieser verwüsteten Stadt, Menschen aller Religionen und politischen Gruppierungen. Hier war der Neuaufbau in vollem Gang, neue Bürohochhäuser und Hotels erhoben sich aus dem Schutt. Es war, als hätte jemand ein Hologramm von Manhattan über die Trümmer im Nachkriegsberlin projiziert.

So grotesk das möglicherweise war, er fühlte sich entspannt und gefaßt, bis auf die schmerzende Stichwunde. Er saß nicht zum erstenmal mit bewaffneten Fremden in einem Auto, und es würde vermutlich auch nicht das letzte Mal sein. Er fragte sich, ob seine Einstellung nicht verantwortungslos sei, und begriff, wie sehr er sich während der Monate in dem verdammten Ausschuß von der Realität seines Berufs entfernt hatte.

Schweigen. Auch als der Fahrer auf der Bechara el Khuri nach Süden abbog, dann wieder nach Osten, auf die von Einschußlöchern übersäte Place du Musée und auf die Grüne Linie zu, war David Jardine nicht dazu aufgelegt, etwas zu äußern.

Sobald sie die Grüne Linie überquert hatten und in dem Teil Beiruts waren, den die Phalangisten beherrschten, fuhr der BMW weiter in Richtung einer Serpentinenstraße durch Pinien- und Zedernwälder in die Metn-Berge hinauf. Dann durch Brummana, wo vor dem ganzen Wahnsinn hervorragend besetzte internationale Tennisturniere ausgetragen worden waren, und weitere neun Kilometer zu einer ruhigen und idyllischen Kleinstadt namens Duer-El-Chuer.

Zwei Kilometer hinter der Stadt erreichten sie auf einem schmalen Weg durch die Pinien eine Villengruppe. Jedes Haus war mit einer hohen Mauer und einer Überwachungskamera gesichert. Das war typisch für die Zufluchtsorte in den Bergen, in denen sich die Bankiers und die Machthaber des Libanons verschanzten.

Der BMW bog auf ein solches Grundstück ein, und das Tor aus Eisen und Holz glitt hinter ihm zu. Mit ruhiger Autorität sagte Jaddeh zum Fahrer, er werde erst später wieder gebraucht. Sie sprachen gebildetes Arabisch mit Kairoer Akzent.

»Bitte, steigen Sie aus, Mr. Jardine«, sagte Salim Jaddeh auf englisch. »Ich hoffe, Sie wissen Überraschungen zu schätzen ...«

Die Villa war geräumig, mit dicken Wänden und gebohnerten Fußböden, im traditionellen Stil der Gegend mit vielen Teppichen ausgelegt. Die Wände waren größtenteils weiß, die Möbel aus Zedernholz, die Sitzecke aus weichem Leder. Antike Karten und Ölgemälde der Kleinstadt Duer-El-Chuer, der Metn-Berge mit ihren Schluchten und verschiedener Küstenstädte in der Gegend von Dschunie und Beirut hingen an den Wänden, außerdem eine Sammlung von Gebetsteppichen und Kameldecken.

David Jardine hatte den Eindruck, guter Geschmack und ein gewisses Maß an Bildung waren hier zu Hause. Außer den Kunstwerken standen auch Bücher da auf arabisch, französisch und englisch, Bücher über die Geschichte des Libanons, dazu Literatur und Lyrik, bis zurück zur Zeit der Phönizier.
Es gab jedoch keine Uhren oder Fotos an den Wänden. Auf den ersten Blick wurde so nicht deutlich, ob das hier lediglich ein gut ausgewähltes konspiratives Haus war oder ob jemand hier wohnte. Jardine erinnerte sich an Granatapfels Funkspruch, den er in der Washingtoner Station der Firma empfangen hatte; da hatte sie erwähnt, SJ – Salim Jaddeh – wohne in einem Haus, das ihm die Ägyptische Botschaft zur Verfügung gestellt habe. Aber das war in Dschunie gewesen, einer Küstenstadt, weit entfernt von diesem Versteck in den Bergen.
Er ignorierte den Mann mit dem AKS-Sturmgewehr, der neben der Tür aus Teakholz saß. Aus einem anderen Zimmer konnte er Jaddehs Stimme hören, vermutlich am Telefon. Er sprach mit ruhiger Autorität.
Eine schlanke Frau in den Vierzigern kam herein und stellte ein Tablett mit einer versilberten Glaskaraffe, gefüllt mit süßem Pfefferminztee, auf einem niedrigen Tischchen neben ihm ab. Sie neigte den Kopf und ging rückwärts aus dem Zimmer.
Schön, falls ich entführt worden bin, dachte Jardine, ist es nicht allzu unangenehm ... Bis jetzt.
Und immer noch empfand er keinerlei ernsthafte Besorgnis. Was stimmt nicht mit mir, fragte er sich. Warum ist das hier interessanter als alles, was in den letzten vier Monaten passiert ist? Ich meine, wer ist dieser Jaddeh, der für den Tod von Alishas Vater gesorgt hat? Für den Tod des Vaters meiner Agentin. Und der dabei gewußt hatte, daß auch die Killer ausradiert werden würden. Der fähig gewesen war, sich derart überzeugend gegenüber schwer mißtrauischen drusitischen Untergrundkämpfern zu verstellen.
Und wußte Alisha Abdul-Fetteh nicht, daß genau dieser Mann hinter der Ermordung ihres Vaters steckte? Und falls sie es wußte, hätte sie das doch bestimmt in ihrem Funkspruch erwähnt. Dem Funkspruch, der David Jardine dazu bewogen hatte, sofort von der Konferenz des KKAWG in Washington aus nach Beirut zu fliegen, in eine Welt der Gewalt, des Verrats und des Doppelspiels.
»Ich bedaure sehr, daß ich Sie warten lassen mußte, Mr. Jardine ...« Salim Jaddeh hatte sich umgezogen, trug jetzt bequeme alte graue Hosen

und ein verschossenes blaues Baumwollhemd. Seine Füße steckten in uralten Pantoffeln. Er ging durch den Raum und machte es sich auf einer Couch unter einem schiitischen Gebetsteppich bequem, der an der weißen Wand hing.

Gleichzeitig stand der Mann mit dem AKS auf, ging hinaus, ruhig die Flügeltür aus geschnitztem Holz hinter sich schließend.

Das Aroma des süßen Pfefferminztees setzte David Jardine zu. Und er merkte, daß er dringend diese erfrischende Nässe brauchte, die Wärme, diese ... arabische Süße.

Jaddeh beobachtete ihn einen Augenblick lang, gefaßt, entspannt und eine Spur freundlich amüsiert. An wen erinnerte ihn Jardine so stark?

Der Engländer war sehr müde. Es war ein fürchterlicher Tag gewesen. Und draußen wurde es eben erst dunkel.

»Hören Sie, bitte verzeihen Sie mir. Aber ich werde Sie David nennen. Ist das okay ...?«

David Jardine warf seinem Entführer einen kalten Blick zu, mit ausdruckslosem Gesicht. Er hatte nicht die Absicht, sich am Spiel dieses Mannes zu beteiligen, was für ein Spiel es auch sein mochte. Salim Jaddeh hob ganz leicht die Schultern. Als wollte er sagen: Wie lästig. Aber der Ausdruck seiner Augen signalisierte: Warten wir's ab ...

Jardine neigte den Kopf, beugte sich vor, während ihm der Wundschmerz stechend durch die linke Seite fuhr, und goß sich mit ruhiger Hand ein Täßchen Pfefferminztee ein. Du bist also immer noch ein zäher alter Mistkerl, dachte er bei sich.

»Gut, David, ich möchte Ihnen etwas vorspielen. Es ist eine Tonbandaufnahme, und ich glaube, Sie haben das Recht, sie zu hören.«

Jaddeh griff nach einer Fernbedienung und richtete sie auf eine in glänzendem Schwarz und Silber gehaltene Stereoanlage von Bang & Olufson, die auf einem mit Schnitzereien verzierten Regal stand.

Die Stimme war unverkennbar. Und David Jardine wußte sofort, warum ihn sein Entführer gefragt hatte, ob er Überraschungen zu schätzen wisse.

Denn es war die Stimme von Sir Steven McCrae, seinem Chef. Generaldirektor des Secret Intelligence Service Ihrer Majestät. Und er sprach eindeutig im Glauben, das Gespräch sei abhörsicher. Die leicht blecherne, überdeutliche Aufnahme war für Jardine ein Hinweis darauf, daß der Mitschnitt von einer elektronischen Mikrowellen-Abhöranlage mit niedriger Frequenz stammte.

»David ...?« sagte McCrae. »In der neuen Weltordnung kann ich wirklich keine Zukunft für David sehen. Ich meine, er hat die Frau des Mannes tatsächlich gevögelt.«

»Sie wollen doch nicht unterstellen«, das war die Stimme von Tim Lewin, dem Personalchef der Firma, »daß er ihren Mann deshalb auf Corrida angesetzt hat ...?«

Die Operation Corrida war das entsetzlichste Erlebnis im Leben von David Jardine gewesen. Er hatte sich in die Frau eines Offiziers beim britischen Special Air Service verliebt, der dazu überredet worden war, den Dienst zu quittieren und einen Einsatz für die Firma zu übernehmen. Bei dem Einsatz war es darum gegangen, Pablo Envigados kolumbianisches Kokainkartell zu infiltrieren.

Harry Ford, dieser Offizier, hatte hervorragende Arbeit geleistet. Als Halbargentinier, der perfektes südamerikanisches Spanisch sprach, war es ihm gelungen, sich von Pablo anwerben zu lassen, und weil er dem Drogenbaron bei einem blutigen Hinterhalt das Leben gerettet hatte, war er zum Sicherheitschef von El Grupo ernannt worden, wie das Kartell in Kolumbien hieß.

Bedauerlicherweise hatte sich der Junge korrumpieren lassen. Und David Jardine war nach Bogotá geflogen, um die Situation zu klären.

»Du Schwein! Das war *meine* Frau!« Selbst in diesem Bergversteck oberhalb von Beirut konnte sich David Jardine nicht von der Erinnerung an diesen grauenhaften Tag befreien. Auf einem Friedhof in Bogotá. Siebeneinhalbtausend Kilometer weiter westlich. Manchmal schien es ihm unendlich lange herzusein. Und manchmal schien es erst gestern gewesen zu sein.

Er ließ sich keinerlei Emotion anmerken, während Salim Jaddeh, entspannt und ganz Herr der Lage, jede seiner Bewegungen beobachtete.

»Lassen wir die Geschichte mit Corrida ruhen.« Steven McCraes weltläufige Stimme, erworben in den Korridoren der Macht. Jardine konnte ihn vor sich sehen, vermutlich in seinem Büro im obersten Stock des Century House. Nicht in der allerletzten Etage, denn dort war ein Penthouse mit allen möglichen elektronischen Kommunikationsausrüstungen. Das Büro des Chefs lag ein Stockwerk darunter.

Steven hatte den Rat der Spionageabwehrabteilung der Firma nicht befolgt, seine Büros in die fensterlose Mitte des riesigen, achtzehn Stockwerke hohen Glaskastens am St. George's Circus im Süden Londons zu verlegen. Das Gebäude hatte ein lange vergessener Architekt aus den

fünfziger Jahren entworfen, der vermutlich darauf aus gewesen war, eine seiner Marotten zu verewigen.
Wenn er die Büros von C, wie der Chef des SIS kurz genannt wurde, in die Mitte des Gebäudes verlegt hätte, wäre Sir Steven ein ziemlich eindrucksvoller Blick über die Dächer von Lambeth hinweg auf Big Ben, Whitehall und die Parlamentsgebäude verlorengegangen. Und das wäre auf keinen Fall in Frage gekommen. Denn Steven McCrae war bewußt, wie wichtig ein angenehmer, harmonischer Arbeitsbereich war. Schließlich war er Stationschef in Hongkong gewesen, und dort war er auf solche Dinge aufmerksam geworden, bis hin zum genauen Standort seines Schreibtischs, seiner Gummibäume, seiner gerahmten Fotos und seiner Besuchersessel.
Diese Kunst wurde auf kantonesisch *fung shaou* genannt, und es hatte viele Fälle gegeben, in denen abgehärtete, praktisch veranlagte Manager einen totalen Umschwung ihres Schicksals erlebt hatten, indem sie sich der Hilfe eines *fung-shaou*-Mannes bedienten.
Deshalb hatte Sir Steven darauf bestanden, sein Büro mit der prachtvollen und harmonischen Aussicht zu behalten. Mit dem Ergebnis: Er war der Abhörung durch hochentwickelte, teure Mikrowellenanlagen auf niedriger Frequenz nicht entgangen. Anlagen, wie sie die Technikgenies der Firma, die in ihren Büros im Post Office Tower mit den besten Köpfen der Kommunikationszentrale der Regierung zusammenarbeiteten, mit viel Aufwand an Geld, Intelligenz und Mühe auszuschalten versuchten.
Im Grunde war David Jardine nicht überrascht.
»Ich gebe zu, daß David ein beträchtlicher ... Pluspunkt für die Firma war. Im Lauf der Jahre.« Mein Gott, McCrae konnte ein aufgeblasenes Arschloch sein, wenn er es darauf anlegte.
»Was er mit der Frau des Mannes auch getrieben haben mag, Steven, bei Corrida hat er jedenfalls die Kastanien aus dem Feuer geholt. Wie er seinen Ersatzagenten in das Zentrum des Kartells eingeschleust hat, das war ...«
»Brillant. Unbedingt. Nein, nein, da bin ich ganz Ihrer Meinung.«
Es folgte Schweigen, während dessen – Jardine wußte das aus ähnlichen Gesprächen mit dem Chef – Steven McCrae darauf wartete, eine wie tiefe Grube Tim Lewin sich grub, indem er David Arbuthnot Jardine, C. M. G., verteidigte.
Jaddeh begegnete seinem Blick, las, wie es schien, seine Gedanken und

hob wieder die Schultern. Dieses Mal, als wollte er sagen: Glauben Sie mir, so ist es überall auf der Welt.
»Die Entscheidung ist damals natürlich getroffen worden, Steven, wie Sie es formuliert haben ...« Das Geräusch eines über den Boden kratzenden Stuhls. Ein Glas wurde gefüllt. Es war bestimmt Buchanan's. McCrae betonte immer wieder, für so ein Gebräu wie Malzwhisky habe er nichts übrig. Tatsächlich hatte seine Schwester in eine Whiskydynastie eingeheiratet, und Jardine wußte, daß er Buchanan's zwei- bis dreimal im Jahr kistenweise erhielt. Lewins Stimme sprach weiter:
»... um David eine Sprosse nach oben zu befördern. Damit er die Gelegenheit bekommt, einen Blick von der Brücke zu werfen. So haben Sie sich ausgedrückt, soweit ich mich erinnere.«
Na, so was. Tim kämpfte tatsächlich in Jardines Ecke.
»Habe ich das gesagt? Aha. Eine nautische Metapher.«
Nautisch, da lachen ja die Hühner, du ungebildeter Schwachkopf. *Blick von der Brücke* ist von Arthur Miller. Was haben sie dir in Cambridge denn eigentlich beigebracht? Ah ja. Den Peloponnesischen Krieg. Und was sonst?
»Einen Blick von der Brücke, ja?« McCraes leicht blecherne Stimme fuhr fort. »Schön, warten wir's ab. Machen wir keine Staatsaffäre daraus, Tim. Ich habe nicht gesagt, ich sei nicht aufgeschlossen für eine Alternative.«
Schweigen.
David Jardine trank einen Schluck Pfefferminztee. Seine linke Seite fühlte sich an, als hätte ihn ein Pferd getreten.
»Ich habe nur das Gefühl, er ist, äh ...« Das war Lewin.
»Vergeudet ...?«
»Im KKAWG.«
»Vergeudet, Timothy? Vielleicht legt er sich dort auch nicht richtig ins Zeug.« Die letzte Bemerkung war eine Feststellung, und natürlich wußte Jardine mit einem schlechten Gewissen, daß Steven McCrae recht hatte. Der ganze KKAWG war keine Aufgabe für ernsthafte Männer, für ernsthafte, erstklassige Geheimdienstmitarbeiter. Aber selbst Aufträge, die einen zu Tode langweilten – das hatte ihn Alice Hanson gelehrt, ein sechzigjähriges, hochverehrtes Vorbild auf dem Gebiet der Infiltration und der Geheimkommunikation, die dem achtundzwanzigjährigen David Jardine beigebracht hatte, wie man ein Spion wird, wie ein Spion denkt –, selbst solche Aufträge erforderten Leistung, Konzentration,

Mitarbeit. Alices Worte. Sie war vor vier Jahren bei einer Bergwanderung auf dem Matterhorn ums Leben gekommen. Im Alter von neunundsiebzig. Ihr kleiner Ranzen mit Sandwiches, Bier, Zeichenblock, Pinseln und Farben hatte sich über das Edelweiß ergossen. Es war genau die Art, wie sie sich von der Welt verabschieden wollte, dachte Jardine. Und selbst in seiner augenblicklichen, recht mißlichen Lage spürte er immer noch einen Kloß im Hals, wenn er an Alice dachte.
»Ich habe einfach das Gefühl, daß wir ihm verpflichtet sind. Der Mann ist der beste Agentenführer im Geschäft. Verzeihen Sie mir bitte, wenn ich das sage, Chef, aber ich weiß wirklich nicht, warum Sie ihn in den KKAWG geschickt haben. Das wäre ideal für die junge Kate Howard gewesen. Sie sagen doch immer, wir sollten eine Generation überspringen und den Jüngeren eine Chance geben.«
»Sie wird die Nachfolgerin von Alan Prendergast.«
Da wurde ja der Hund in der Pfanne verrückt. Alan Prendergast leitete die Sicherheitsabteilung des SIS. Die sogenannte Schüleraufsicht. Für einen ernsthaften, mit Agenteneinsätzen befaßten Geheimdienstmitarbeiter war das kein idealer Schritt auf der Karriereleiter – ein bißchen ähnelte es dem KKAWG, war allenfalls noch etwas öder –, aber die junge Kate war von Oxford aus in die Firma eingetreten und hatte sich mit einer rücksichtslosen Entschlossenheit, die eines Machiavelli würdig gewesen wäre, zur wichtigsten und geheimsten Position in der Personalabteilung hochgekämpft, der Auswahl von »schwarzen« Agenten, ehe sie eine begehrte Stelle in der Abteilung für Operationen in London ergattert hatte. Angeblich kümmerte sich die Abteilung nur um die Sicherheit und den Schutz konspirativer Häuser und das Wohlergehen verhörter Überläufer, die sich dazu entschlossen hatten, in Großbritannien zu leben, aber Jardine zweifelte nicht daran, daß es Kate inzwischen gelungen war, diese ziemlich nebensächliche Arbeit als etwas Wichtiges und ungeheuer Sinnvolles darzustellen.
Und jetzt die Sicherheitsabteilung! Das war die Stelle eines stellvertretenden Direktors. Im Rang entsprach sie der eines Colonel bei der Army. Und Kate Howard konnte keinen Tag älter sein als einunddreißig.
David Jardine ertappte sich dabei, daß er auch die Schultern hob. Und als sein Blick dem Salim Jaddehs begegnete, lächelte er wehmütig.
»Sie haben also doch noch Reaktionen auf Lager ...« sagte Jaddeh mit einem humorvollen Augenzwinkern.

Er schaltete das Tonband ab und legte die Fernbedienung weg.
»Mein richtiger Name ist Reuven Arieh. Ich weiß nicht, ob Ihnen das etwas sagt.«
Das hier war auf alle Fälle interessanter als das verdammte Washington. Der Name Reuven Arieh war nur Leuten bekannt, die intime berufliche Kenntnis von den internen Geheimnissen des israelischen Geheimdienstes hatten, Leuten, die eine solche Information, falls sie nicht zu den führenden Mitarbeitern des Mossad gehörten, nur illegal erworben haben konnten. Und genau darin bestand natürlich David Jardines Aufgabe.
Reuven Arieh war einer der besten schwarzen Agenten des Mossad. Soviel wußte der Engländer. Dem Israeli wurden etliche besonders eindrucksvolle Coups im aggressiven Geheimdienstkrieg gegen die Feinde seines Landes zugeschrieben. Auch sein Rang entsprach dem eines Colonels. Wie verrückt die Welt doch war. Der SIS war zum erstenmal 1972 auf Arieh aufmerksam geworden, nach dem Massaker an elf israelischen Sportlern bei den Olympischen Spielen in München, verübt von Terroristen aus Jasir Arafats Al-Fatah-Flügel der PLO. Die Killer hatten sich unter Berufung auf den Schwarzen September, in dem König Husseins zähe und professionelle Armee zwei Jahre zuvor die PLO aus Jordanien vertrieben hatte, zu dem Gemetzel bekannt.
Der Mossad war von Premierministerin Golda Meïr beauftragt worden, die Verantwortlichen für diese Greueltat aufzuspüren und sie zu liquidieren, ganz gleich, in welchem Teil der Welt sie sich aufhielten, damit schonungslos klar wurde, wie der Staat Israel in Zukunft auf Terrorakte gegen seine Staatsangehörigen reagieren würde.
Und ungefähr um diese Zeit waren die für politische Aktionen und Sonderprojekte Zuständigen in der Firma auf den Namen Reuven Arieh gestoßen. 1972 hatte es noch keine eigene Terrorabwehrabteilung beim SIS gegeben. Aber sie war bald entstanden, als Ergebnis der verstärkten internationalen Zusammenarbeit nach dem Massaker von München, nach den Anschlägen der Baader-Meinhof-Gruppe in Deutschland, den Roten Brigaden in Italien, der japanischen Roten Armee und einer Vielzahl von propalästinensischen Banden, die einen Hang zu Flugzeugentführungen hatten und gern Abflughallen von Flughäfen unter Maschinengewehrbeschuß setzten.
Vier Jahre später, 1976, hatte Jardine mehrere illegale Operationen für eine Sektion der Terrorabwehr geleitet, an denen Mitglieder des Special

Air Service der britischen Armee mitgewirkt hatten. Im Verlauf dieser Einsätze hatte Jardine selbst mitbekommen, mit welchem Können und mit welcher Geduld der Mossad auf demselben Gebiet arbeitete.
O ja. Der Name Reuven Arieh sagte ihm etwas. Aber – und das war ein Tribut an den Mossad und an den Mann – obwohl der SIS bestens versteckte, geheime Quellen im israelischen Geheimdienst hatte, wußte er im Grunde nicht viel mehr als das.
Hier war er also. David Jardines Entführer, der ihm Aufnahmen vorspielte von Jardines Chef, der über einen Karriereplan sprach, der alles andere als vielversprechend klang.
Vielleicht war es an der Zeit, sein Schweigen zu brechen.
»Leider sagt mir der Name Arieh gar nichts. Abgesehen davon, daß es kein alltäglicher Name für einen Ägypter zu sein scheint.«
Jaddeh sah Jardine an. Es war ein kühler, nicht unfreundlicher Blick. Eher abschätzend.
»Selbstverständlich bin ich kein Ägypter, Sir. Ich bin ein Mitarbeiter des Instituts.«
»Das könnte jeder behaupten, der an Ihrer Stelle hier im Zimmer säße«, erwiderte Jardine auf hebräisch.
»Interessant.« Jaddeh lächelte und sprach in mühelosem israelischen Hebräisch weiter. »In Ihrer Akte steht nirgends, daß Sie unsere Sprache sprechen.«
»Ich will darauf hinaus«, fuhr Jardine fort, dem die hundertachtzig Worte Hebräisch, die er sich als blutjunger, in Tel Aviv stationierter Spion vor langer Zeit selbst beigebracht hatte, schnell ausgingen, »daß Sie sagen können, was Sie wollen, und ich könnte Ihnen trotzdem nicht glauben ...«
»Im Ernst? Versuchen Sie's mal damit.« Zu Jardines Erleichterung war Jaddeh wieder zu Englisch übergegangen. »Vor zwei Tagen haben Sie mit einem Kollegen von mir im Coffee-Shop des Hotels Willard in Washington, D. C., Kaffee getrunken. Er heißt Avriam Eitels. Sie sind beide Mitglieder in einem Ausschuß zur Koordinierung der Geheimdienste namens KKAWG. Avvy sagt, Sie haben sich zu Tode gelangweilt.«
Das konnte ganz interessant werden.
»Wenn ich mich recht erinnere«, sagte Jardine, »hat mir Eitels ein Kompliment gemacht. Worauf hat es sich bezogen?«
Jaddeh runzelte die Stirn. Durchforschte sein Gedächtnis. »Ich weiß es nicht. Ich kann es herausfinden. Fragen wir ihn danach.«

Jardine überlegte. Entweder wich der Mann der Frage aus, oder die Antwort war ehrlich. »Schön. Sie sind ein Profi. Das belegt die Tonbandaufnahme. Die konnte nur von einem sehr tüchtigen Geheimdienst beschafft werden. Aber alles, was Sie sagen, um mich davon zu überzeugen, daß Sie beim Mossad sind, könnten höchstwahrscheinlich auch Informationen sein, die sich meine Firma beschafft hat, illegal oder durch sorgfältige ... Recherchen. Und das gilt für jeden anderen guten Geheimdienst auch. Sie könnten also den ganzen Abend lang Hava Neguila singen, tanzen oder die Thora rückwärts rezitieren, und das alles könnte nur bedeuten, daß Sie ein guter Schauspieler sind. Und was wollen Sie darstellen? Einen Israeli, einen Ägypter, einen Syrer, einen Iraner oder einen Adventisten des Siebten Tages? Ich werde gegen meinen Willen festgehalten, und Sie haben die Waffen. Spucken Sie's also aus, Salim oder Reuven oder wie Sie auch heißen, verdammt noch mal. Was für ein Blatt haben Sie im Ärmel?«

»Wie bitte?«

»Was treiben Sie für ein Spiel? Was haben Sie mit mir vor?«

Jaddeh begegnete David Jardines feindseligem Blick. »David, wir haben uns diese ganze Mühe nicht umsonst gemacht. Avvy hat Ihnen eine Geschichte über kriminelle Akte auf der ganzen Welt erzählt. Dabei war immer eine Form von Fälschung im Spiel. Entschuldigen Sie, die Antwort auf Ihre letzte Frage lautet, im Augenblick habe ich mit Ihnen nur vor, daß Sie ... einfach meinen Gedankengängen folgen. Tun wir so, als wäre ich tatsächlich Reuven Arieh ...«

Jardine neigte den Kopf. Allmählich glaubte er es.

Der Mann, der sich Salim Jaddeh nannte, oder vielmehr der Mann, der sich Salim Jaddeh genannt hatte und jetzt behauptete, er sei Reuven Arieh, schien zu spüren, daß sich David Jardines berufliche Skepsis legte. Seine Erleichterung war ungespielt, und er stand von der Couch auf und ging zu einer alten, mit Schnitzereien verzierten Holzkommode hinüber. Sie hatte drei Schubladen, jede mit einem geschnitzten Schild verziert. Jedes Schild trug dasselbe Motiv: Ein Balken teilte das Schild in zwei Hälften, und oben waren zwei fünfzackige Sterne zu sehen, unten ein Vogel. Wenn man genau hinschaute, war noch zu erahnen, daß das Holz früher mit bunten Farben bemalt gewesen war.

Auf der Kommode standen eine Reihe von Schnapsflaschen und etwa zehn Gläser in verschiedenen Größen.

»Wissen Sie, was das ist?« fragte Jaddeh.

»Für mein ungeschultes Auge sieht es nach einer Ritterkommode aus den Kreuzzügen aus. Das Holz ist jedenfalls alt, und hier ist der richtige Teil der Welt für so etwas.« Derart unbezahlbare Antiquitäten waren im Libanon noch zu finden, genau wie die Trümmer aus den Konflikten in jüngerer Zeit.

»Es ist eine Nachbildung.«

»Da haben Sie's«, sagte Jardine. »Ich bin kein Fachmann.« Das sagte ein Mann, der am Magdalen College mittelalterliche Geschichte studiert und der seine Doktorarbeit über die Kreuzzüge mit *Summa cum laude* gemacht hatte.

Jaddeh lächelte. Er goß zwei kräftige Schüsse Lagavullin-Malzwhisky in zwei massive Kristallgläser.

David Jardine fragte sich, ob es bloßer Zufall war, daß Lagavullin, eine ziemlich seltene, um nicht zu sagen ausgefallene Marke, auch Jaddehs Lieblingswhisky war. Mit einem kleinen Schuß Mineralquellwasser. Zur Freisetzung des Aromas.

Jardines Entführer goß sorgfältig Mineralwasser in beide Gläser. Genau die richtige Menge. Natürlich.

»Ein libanesischer Tischler namens Daud hat sie im sechzehnten Jahrhundert kopiert. Er wird in mehreren literarischen Werken erwähnt.«

Jaddeh ging zu David Jardine hinüber und reichte ihm ein Glas. »Das Original gehörte einem Ritter namens de Caumont …« Er hob sein Glas und prostete seinem Gefangenen schweigend zu.

»Verschonen Sie mich damit«, sagte David Jardine. »Ich glaube, Sie werden feststellen, daß das Zeitalter der Ritterlichkeit vorbei ist.« Und er nahm einen Schluck Whisky.

Danke, lieber Gott. Das ist genau das, was mir der Arzt verschrieben hat.

Und David Jardine ließ die wunderbare, rauchige Flüssigkeit in seinem Mund kreisen und schluckte sie leicht widerstrebend.

Er hob den Blick und sah einen erfreuten Ausdruck, zufriedene Erleichterung in Salim Jaddehs Gesicht.

»*L'chaim* … Sportsfreund.« Jardine begegnete Jaddehs Blick. »Sie schenken großzügig ein.«

Jaddeh prostete Jardine mit seinem Glas zu und trank einen Schluck. »Ich wollte Ihnen gute … Gastfreundschaft erweisen.« Und er sank wieder auf die weiche Ledercouch, seinen Drink in beiden Händen.

Am liebsten hätte David Jardine das Glas geleert und die Hand ausgestreckt, damit ihm nachgeschenkt wurde. Aber Geschäft war Geschäft, und er hatte das Gefühl, es könne eine lange Nacht werden. Also schnupperte er am Rand des Glases nach dem Aroma, und in diesem Augenblick ging eine der dunklen Teaktüren auf, und sie kam herein, sah ihn etwas verunsichert an, ihren ehemaligen Liebhaber und jetzigen Agentenführer, dann suchte sie sich mehrere Kissen an der Wand als Sitzplatz aus, unter einer Kameldecke, die wegen ihres kunstvollen Musters in Rostrot, Lila und Dunkelblau dort hing.

Sie trug ein Baumwollkleid in irgendeiner neutralen Farbe. Jardine konnte sich später nicht mehr genau daran erinnern, was für eine Farbe es gewesen war, denn in diesem Augenblick sah ihn Alisha Abdul-Fetteh, Agentin Granatapfel des britischen SIS, direkt und unpersönlich an und sagte: »Er hat dich zu deinem Gedächtnis beglückwünscht, David. Ich habe eben mit Avriam gesprochen, in Washington ...«

»Mein Gedächtnis ...« Jesus, Maria und Mahatma Gandhi, was ist hier los? Jardine setzte sein ganzes *Know-how* ein, um in seiner Miene und Körpersprache jedes Zeichen des Überraschung zu unterdrücken. Es wird Augenblicke verblüffender Schocks geben, hatte Alice vor vielen Jahren gewarnt, als der Grünschnabel den Beruf der Spionage erlernt hatte. Das, hatte sie gesagt, unterscheidet die Männer von den Jungen und die Schnellen von den Toten.

David Jardine gelang es also, so auszusehen, als wäre es völlig normal und belanglos, daß er am Ende eines entsetzlichen Tages, an dem auf ihn eingestochen und er entführt worden war, feststellen mußte, daß seine hochgeschätzte und bewunderte Agentin, das Juwel seines Netzes im Libanon, so geheim, daß nur drei Menschen im Century House ihre wahre Identität kannten, so ungeheuer wichtig, daß er auf die bloße Andeutung eines Problems hin von Washington hierhergeflogen war – daß seine wertvolle und vermeintlich schutzlose Agentin Granatapfel, deren Bettwäsche er geschmackloserweise noch heute morgen auf Spermaspuren untersucht hatte, eindeutig ein vollbezahltes Mitglied einer Zelle des Mossad war, geführt von dem Mann, der nach den Worten des Jungen Hassan für die Ermordung ihres Vaters gesorgt hatte. Aha, Alice, dachte er. Das haben Sie also vor so vielen Jahren gemeint ...

»Im Café im Willard. Ich habe eben mit Avvy Eitels telefoniert. Er sagt, er habe dich dazu beglückwünscht, daß du dich daran erinnert hast, wie gern er Eistee trinkt. Und dazu Kaffee. Erst trinkt er den Eistee. Danach

läßt er sich mit dem Kaffee Zeit.« Dann wandte sie sich Reuven Arieh zu und sagte in schnellem Hebräisch: »Avvy sagt, wenn du sonst noch etwas willst, sollst du einen Funkspruch an die Botschaft schicken. Es hat ihm nicht gefallen, daß ich direkt in Washington angerufen habe.«
Ein langes Schweigen breitete sich aus. Alisha versuchte, Jardine dazu zu bewegen, als erster wegzuschauen. Nicht auf eine aggressive Weise, eher wie eine Lieblingstochter, die ihren Vater trotzig dazu herausfordert, ihr wegen ihrer letzten Eskapade Vorwürfe zu machen.
Nach einer Weile wurde ihr Blick unruhig. David Jardine leerte sein Glas Lagavullin und streckte es zum Nachschenken aus.
»Dieses Mal nicht soviel Wasser«, sagte er zu Salim Jaddeh, Reuven Arieh oder wie der verdammte Kerl auch heißen mochte.
Dann überwältigten die Ereignisse des Tages den britischen Meisterspion, und er empfand es als unsterbliche Blamage, besinnungslos zu werden, das leere Glas auf eine antike ottomanische Brücke fallen zu lassen und von der Couch zu kippen. Ein blutgetränktes Hemd kam zum Vorschein, denn mehrere Stiche waren aufgegangen.
Er sollte nie erfahren, daß Alisha seinen Namen rief, zu ihm hinlief und bei ihm war, noch bevor er auf dem Boden aufschlug.
Das war etwas, was Reuven Arieh nie vergaß. Und etwas ärgerte ihn, ein völlig ungewohntes Gefühl, das seiner persönlichen Erfahrung bisher fremd gewesen war.
Es war Eifersucht.

6. Kapitel
Mambohut

Palermo kann so gefährlich sein wie sein Ruf. Normalerweise verfügt die Stadt über eine Art träge Vitalität. Vielleicht ist es die allgegenwärtige Möglichkeit von Gewaltakten, die einen das Leben mit einer ruhigen Dringlichkeit genießen läßt, die es in prosaischeren Großstädten wie New York oder Mailand nicht gibt.
Danny Dawidow zündete sich eine Zigarette an und betrachtete das Straßentreiben um sich herum. Er stand im Schatten der Kirche La Martorana an der Via Maqueda, einem Teil der Hauptverkehrsader, die vom geschäftigen, modernen Stadtzentrum, der Piazza Castelnuovo, über die jahrhundertealte Piazza di Quattro Canti zur Altstadt und zum Hafen führte.
Er beobachtete, wie die große, hagere Gestalt seines Partners geruhsam die andere Straßenseite entlangschlenderte. Von Zeit zu Zeit versperrten ihm vorbeifahrende Autos und Lastwagen die Sicht. Die Laster waren in fröhlichen Primärfarben lackiert, und auf einem Schild oben im Fahrerhaus, dort, wo bei Bussen normalerweise das Fahrziel angegeben ist, konnte man den Namen eines Schutzheiligen lesen. Gelegentlich kamen Minikonvois aus gepanzerten Lancia-Limousinen und Autos mit Allradantrieb vorbei, die Fensterscheiben geschwärzt und unheilverkündend, flankiert von surrenden japanischen Motorrädern, deren Fahrer junge Männer in Jeans und Lederjacken waren, die verschiedene Typen von Maschinenpistolen über der Schulter oder in Spezialhalterungen an den Motorrädern bei sich trugen.
Dawidow wußte, daß es sich bei etlichen dieser Konvois um Polizisten und Beamte des Innenministeriums im Einsatz gegen die Mafia handelte. In anderen fuhren Chefs der Geheimpolizei oder führende Mitglieder der Cosa Nostra, polizeilich gesuchte Männer, die niemand aufzuhalten wagte, weil das den sicheren Tod bedeutet hätte. Nicht hier. Nicht auf der Via Maqueda. Nicht um diese Tageszeit.

Nichts davon schien Dannys Partner Nikolai Kolossow zu beunruhigen, der sich wohl in seiner Haut fühlte, in Schaufenster sah und hin und wieder schönen Sizilianerinnen zunickte, die seinen Weg kreuzten. Danny Dawidow fragte sich zum tausendstenmal, was Kolossows Triebfeder sein mochte. Der Mann war ein umwerfender Profi. Er hatte alle Eigenschaften, die den genialen Agenten auszeichnen, sichere Intuition, gepaart mit der Fähigkeit, sofort auf veränderte Umstände zu reagieren. Bis jetzt hatte er das mit unfehlbarer Präzision getan.

Aber trotzdem ... obgleich Danny Kolossow mit all der Hintergrundermittlung und Sorgfalt ausgewählt hatte, die er in zwanzig Jahren beim Institut gelernt – und gelehrt – hatte, gab es immer noch vieles im Kopf seines Komplizen, was trotz aller Versuche, weitere Häute von der Zwiebel abzuschälen und das Rätsel zu lösen, das ihm Nikolai Sergejewitsch Kolossow war, verborgen vor ihm blieb.

Das seltsame Bündnis zwischen den beiden Männern ging direkt auf den grauenhaften Tag zurück, an dem Dawidow vom Institut den Laufpaß bekommen hatte. An einem verhängnisvollen Septembermorgen in Tel Aviv war er in seinem Büro vor den Augen seiner Mitarbeiter verhaftet und in die Wohnung gebracht worden, die zum Verhör von Staatsverrätern benützt wurde.

Dort hatte der Memouneh ihm eine Frist von vierundzwanzig Stunden gestellt, das Geld zurückzugeben, ein paar Millionen Pfund Sterling, die er auf privaten Bankkonten überall in der Welt versteckt hatte, und ihm befohlen, seinen Paß abzugeben. Er mußte ein streng geheimes, aber legales und bindendes Dokument unterschreiben, in dem er schwor, nie in das Land seiner Geburt zurückzukehren, das Land, in das sein Großvater die Dawidows 1928 aus Kiew gebracht hatte. Seinen letzten Tag in diesem Land, das er liebte und zu dessen sicherer Zukunft er soviel beigetragen hatte, verbrachte er mit einer Eskorte der Sicherheitsabteilung des Mossad, die ihn sogar aufs Klo begleitete.

Es war ein Tag, der ihn ohne Unterlaß verfolgte, sogar bis in den Schlaf und seine Alpträume hinein. Und es war der Tag, an dem er mit ungeheurer Klarheit begriffen hatte (er nannte es sein Damaskuserlebnis), was er mit dem Rest seines Lebens anfangen wollte.

Danny Dawidow mußte, wenn er sein neues Leben wahrmachen wollte, einen Partner anwerben, zuverlässig, fähig und geistig ausgeglichen. Einen Menschen mit Erfahrung in der Welt der Spionage, Erfahrung mit Infiltrationsoperationen. Jemanden, dessen Persönlichkeitsprofil

dem seinen glich. Einen Spitzenagenten aus einem ausländischen Dienst, gleichermaßen verletzt und wütend, weil er von den Leuten, für die er sein Leben riskiert hatte, verstoßen worden war.
Ausgestattet mit einer neuen Identität als südafrikanischer Geschäftsmann (die er sofort ablegte, als er aus dem Flugzeug stieg, das ihn in die Diaspora transportiert hatte), verließ Dawidow Israel. Er war froh darüber, in seinen loyalen Dienstjahren eine kleine »Versicherung« beiseite gebracht zu haben. Eine Sammlung von einundvierzig 3,5-Zoll-Computerdisketten, die ihm Zugang zu den meisten streng geheimen Akten des Instituts in Tel Aviv verschafften. Er bewahrte sie tiefgefroren in Schweinefleischfertiggerichten in der Tiefkühltruhe einer Wohnung auf, die er von der Witwe eines Filmproduzenten in Mailand gemietet hatte.
Der Israeli – der ehemalige Israeli – hatte acht Wochen mit der mühseligen Rekrutierung verbracht, erst auf seinem IBM-Computer in Mailand, dann in einer Reihe von europäischen Ländern, bis er seinen idealen Komplizen gefunden hatte.
Und am Schwimmbecken im Sportgelände ein Stück vom Prospekt Mitschurinski entfernt, das bei den Olympischen Spielen von 1980 in Moskau das Olympische Dorf gewesen war, hatte Danny Dawidow mit Oberst Nikolai Kolossow Kontakt aufgenommen.
Selbst zwei Jahre später, hier in Palermo, waren sie sich immer noch relativ fremd. Aber auf ihrer gemeinsamen Odyssee zu ihrem Ziel wurden sie auf geradezu absurde Weise reich. Zu ihrem Ziel, das in die Geschichte eingehen würde als der größte Schlag, den zwei *Nebishes*, zwei Niemande, je gegen die mächtigste Nation der Erde geführt hatten.
Gelegentlich ging Danny Dawidow durch den Kopf, daß er möglicherweise ausgerastet sei. Daß ihn die Scham und die Wut darüber, von seiner geliebten Heimat wegen ein paar läppischer Millionen Pfund verstoßen worden zu sein, geistesgestört gemacht haben könnte. Aber nach eingehender Selbsterforschung, im wesentlichen auf hebräisch, hatte er erkannt, daß die Wahrheit viel einfacher war. Daniel Dawidow, Sohn eines Kripodirektors in Tel Aviv, war der geborene Kriminelle. Es war mehr als eine charakterliche Verirrung. Für Danny war es eine Lebensaufgabe. Sogar eine Berufung.
Als er zwei Priester mit flachen schwarzen Hüten beobachtete, denen nur die schwarzen Schläfenlocken der orthodoxen Juden fehlten, damit er sich ganz wie zu Hause hätte fühlen können – Gott, wie ihm Jerusa-

lem fehlte –, bemerkte er, daß Kolossow die Tür eines imposanten Gebäudes aus dunklem Stein erreicht hatte. Es war nur vier Stockwerke hoch und hatte eine leicht geschwungene, hochglänzende Eingangstür, genau viereinhalb auf dreieinhalb Meter.
Kein Schild auf der Fassade zeichnete das Gebäude als etwas Besonderes aus. Und trotzdem war es das Depot der 157 Millionen Dollar, die Danny Dawidow und Nikolai Kolossow in Sankt Petersburg vor genau drei Wochen auf so elegante Weise dem fehlersicheren Intertel-9-Computersystem direkt unter der Nase weggeschnappt hatten.
Das hier war die Banco di Calabria, ihre Handelsbankfiliale in Palermo.
»*Buon giorno*, Signor Muhler«, grüßte der stellvertretende Geschäftsführer der Bank. Seine graue Seidenkrawatte, das makellose weiße Hemd, der dunkle Anzug, die polierten schwarzen Schuhe und die dezente Krawattennadel mit Perle erzeugten eine bedrohliche Ausstrahlung, die vermutlich ganz und gar nicht einstudiert war. Vielleicht lag es an dem lackschwarzen Schnurrbart oder an den kühlen, lächelnden Augen, die verrieten: Ich habe schon alles erlebt. Ich habe die reichsten Männer und Frauen Italiens mit Diskretion bedient. Ich werde geschätzt. Und beschützt. Erlaubt euch also keine Spielchen mit mir.
Er lächelte höflich und sprach Deutsch mit italienischem Akzent. »Alle notwendigen Papiere sind vorbereitet. Vielleicht darf ich Ihnen zunächst etwas anbieten? Ein Glas Sherry? *Un petit coup de champagne ...*«
»Nein danke«, erwiderte Nikolai Kolossow und warf einen etwas ungehobelten Blick auf die Uhr.
»Ich hätte gern eine Tasse Kaffee«, sagte Danny, den der stellvertretende Geschäftsführer für einen gewissen Bernard Muhler hielt beziehungsweise durchgehen ließ, der den Paß eines luxemburgischen Geschäftsmanns benützte.
»Dann lasse ich Kaffee kommen.« Der stellvertretende Geschäftsführer, ein Mann namens Alfredo Buonatempora, deutete auf zwei Stühle auf der anderen Seite des polierten Tischs aus dem achtzehnten Jahrhundert und setzte sich. Er musterte kurz eine Reihe von Papieren, die den Prägestempel der Bank trugen, in dunkelblauer, verschnörkelter Schrift.
Buonatempora schob die Papiere befriedigt über den Tisch, drehte sie um, damit Dawidow und Kolossow sie lesen konnten.
Einunddreißig Inhaberobligationen, ausgestellt auf die First National

Bank of Boston, jede fünf Millionen US-Dollar wert. Und eine zwei Millionen Dollar. Solche Obligationen waren genau wie Bargeld, und wenn man beispielsweise eine auf der Straße verlor, konnte jeder, der sie fand und sie bei einer seriösen Bank vorlegte, den vollen Betrag in der jeweiligen Währung abheben.
»Zweiunddreißig Inhaberobligationen, meine Herren. Im Wert von hundertundsiebenundfünfzig Millionen Dollar, wie gewünscht. Sie brauchen Sie nur noch zu bezahlen ...« Er deutete mit dem Kopf auf einen einzelnen Scheck, ausgestellt auf die Banco di Calabria. In eleganter, wie gestochener Schönschrift hatte ein Bankangestellter sorgfältig die Worte »einhundertsiebenundfünfzig US-Dollar« geschrieben und daneben die Zahlen sauber eingetragen: »$ 157.000.000«.
Danny Dawidow sah den Scheck mit einer Mischung aus Demut und Stolz an. Er erinnerte sich an den Adrenalinstoß in jener Nacht in Sankt Petersburg, als er und Nikolai das fehlersichere und komplizierteste Computersicherheitsprogramm geknackt hatten, das die größte internationale Kreditkartenbank hatte entwickeln können.
Die gemeinsamen Inhaber des Kontos M-142 bei der Banco di Calabria waren Bernard Muhler und Pierre Jacques-Stiguer, deren Unterschriften bei der Bank hinterlegt waren. Das heißt, sie standen auf zwei weißen, in durchsichtige Plastikfolie eingesiegelten Blättern, die neben der rechten Hand des stellvertretenden Geschäftsführers lagen.
Danny warf dem Russen einen Blick zu. Selbst Kolossow wirkte beeindruckt. Er nickte ruhig und hob den Blick, sah Buonatempora an.
»Wenn alles in Ordnung ist, meine Herren ...« Buonatempora deutete auf zwei Federkiele auf einem Elfenbeingestell neben zwei Tintenfässern.
»Was ist mit Ihrer Provision? Der Bankgebühr für diese Transaktion, Herr Buonatempora?« Kolossows Deutsch war ausgezeichnet. Er beherrschte das Hochdeutsch im Gegensatz zu Dawidow, denn er hatte Anfang der Achtziger vier Jahre lang illegal in Deutschland gearbeitet.
Der stellvertretende Geschäftsführer lächelte, als hätte ein kleines Kind eben gefragt, ob Gott immer barmherzig sei. »Unsere übliche Bearbeitungsgebühr. Es liegt im Wesen der Einrichtungen, die wir zu bieten haben, daß wir nur Bargeld akzeptieren.«
»Wieviel?« fragte Danny.
»Lediglich fünf Prozent. Nehmen Sie Milch zum Kaffee?«
Ein Mann, der ein makellos weißes Jackett und weiße Handschuhe

trug, war mit einem Servierwagen, auf dem Kaffee, Milch, Zucker und ein Krug Saft standen, hereingekommen.
»Das sind fast acht Millionen Dollar.« Nikolai Kolossow gefiel das überhaupt nicht.
»Sieben Komma acht fünf.« Buonatempora lächelte. »Nur eine andere Form von Raub, ich verstehe Ihren Standpunkt ...«
Der Diener, der die hohen Wangenknochen und die erbarmungslosen Augen der meisten alteingesessenen Sizilianer vom Bergland hatte, schenkte allen drei Männern Kaffee ein, dann zog er sich in eine Ecke an der Tür zurück. Er hatte es eindeutig nicht eilig hinauszugehen. Dawidow bemerkte, daß der Mann die Pistole vorn auf der linken Seite trug, im Gürtel. Und daß die unteren Knöpfe des weißen Jacketts offenstanden. Damit er schneller ziehen konnte.
Buonatempora sah seine beiden Kunden an. »Bitte, glauben Sie mir, wir erheben keine Gebühr für die Verwaltung des Geldes. Es war einzig und allein Ihr Wunsch, diese Transaktion durchzuführen.«
Danny goß sich Milch in den Kaffee, rührte um und trank einen Schluck. Er wandte sich seinem Partner zu. »Pierre?«
Kolossow zuckte die Achseln. »Wieviel Zinsen hat das Geld eingebracht, seit es hierhertransferiert wurde?«
Der stellvertretende Geschäftsführer rechnete es rasch mit einem Taschenrechner aus. »Eins Komma fünf sieben Millionen«, sagte er.
Schweigen.
Dann griff Danny nach einem Federkiel und tauchte ihn in die Tinte. »Wie wäre es, wenn Sie das behalten, dazu eine Inhaberobligation über fünf Millionen ...?«
Buonatempora sah ihn liebevoll an. »Aber dann würden dem Vorstand eins Komma zwei acht Millionen fehlen.« Er lächelte, ohne die Lippen zu öffnen, als wollte er sagen: Ach, du liebe Zeit, ein kleiner Rechenfehler.
»Und was können Sie dann für uns tun, Herr Buonatempora ...?« fragte Kolossow, dessen Blick kurz den sizilianischen Schlägertyp im weißen Jackett streifte. Danny erinnerte sich später daran, daß die Art und Weise, wie Buonatempora ihn abtreten ließ, eine ziemlich frostige Atmosphäre im Raum hinterließ.
Buonatempora hielt Kolossows eisigem Blick stand, aber nicht lange. Er zuckte die Achseln. »Weil Sie geschätzte Kunden sind, meine Herren, und weil es zweifellos nicht das letzte Geschäft dieser Art mit Ihnen sein

wird ...« Seine beiden Kunden erwiderten seinen Blick ausdruckslos. »... glaube ich, daß mein Vorstand in diesem Ausnahmefall mit, sagen wir ... einer runden Summe von sieben Millionen Dollar einverstanden sein wird.«

»Raub am hellichten Tag«, erwiderte Dawidow, aber er kritzelte die Unterschrift von Bernard Muhler über den Bankscheck.

Nach einem Augenblick, der endlos schien, tat es ihm Kolossow nach.

»Wir hätten gern drei Titaniumkassetten mit Kombinationsschlössern.« Danny deutete auf die Inhaberobligationen, die Kolossow zu zwei Fünfzehnerstapeln aufschichtete, wobei zwei übrigblieben.

»Selbstverständlich«, sagte Buonatempora und drückte auf einen Knopf der Gegensprechanlage.

Kolossow schob Buonatempora eine Obligation über fünf Millionen Dollar und die eine über zwei Millionen über den Tisch zu.

Die sieben Millionen Bearbeitungsgebühr der Bank. In bar.

»Und wir möchten ein sicheres Depot dafür mieten, in Ihrem unterirdischen Tresorgewölbe.«

»Das ist uns eine Ehre.« Der stellvertretende Geschäftsführer strahlte. »Wie möchten Sie über die Zinsen verfügen, die eins Komma fünf Millionen, die auf Ihrem gemeinsamen Konto verblieben sind?«

»Lassen Sie sie auf dem Konto stehen. Ziehen Sie von Zeit zu Zeit die Mietgebühr für das Schließfach davon ab.«

»Ihr Vertrauen schmeichelt uns.«

»Wir gehen davon aus, daß Sie vorsichtig sind«, antwortete Kolossow gelassen, aber seine Miene ließ keinen Zweifel daran, was jemandem zustoßen würde, der leichtfertig mit seinem Geld umging. Selbst hier in Palermo, einer Stadt, die ihn nicht besonders einzuschüchtern schien.

»Und jetzt«, sagte Danny Dawidow, ohne auch nur eine Spur rot zu werden, »möchten mein Kollege und ich uns gern davon überzeugen, daß Ihr Tresorgewölbe tatsächlich ein sicherer Ort ist.«

Der stellvertretende Geschäftsführer musterte seine beiden Kunden. Soviel wußte er: Die riesigen Summen auf ihrem Konto waren nicht mit normalen, legalen Geschäften verdient worden. Sonst wären die beiden nicht hier gewesen. Aber sie waren bereit, der Bank hundertfünfzig Millionen Dollar in übertragbaren Obligationen anzuvertrauen. Vermutlich war es verständlich, daß sich solche Männer vergewissern wollten, ob die Bank tatsächlich einbruchsicher war.

Vielleicht hätte Signor Buonatempora an jenem Morgen in der italienischen Tageszeitung *La Stampa* das Horoskop für sein Sternzeichen, Löwe, konsultieren sollen. »Seien Sie vorsichtig«, hatte es gelautet, »schenken Sie Fremden kein Vertrauen ...«

Nancy Lucco beugte sich leicht über das Waschbecken, putzte sich die Zähne und fuhr sich im Kreis über das Zahnfleisch, wie es ihre Mutter ihr als Kind beigebracht hatte. Es war eine Gewohnheit, von der sie nie abgewichen war, und sie grinste, wobei sie Zahnpastaschaum ins Gesicht bekam, als sie daran dachte, wie Eddie sie beobachtet und auf seiner Armbanduhr die Sekunden gestoppt hatte, während sie sich sechsunddreißig Sekunden lang dem Oberkiefer und sechsunddreißig Sekunden lang dem Unterkiefer widmete. Sie hatten in einer vollgestopften Zweizimmerwohnung in Queens, New York City, gelebt, aber sie waren glücklich gewesen. Eddie war Lieutenant bei der Mordkommission der New Yorker Polizei und arbeitete für das vierzehnte Revier.

Und sie war eine zähe und ehrgeizige Anwältin gewesen, hatte in einer Woche manchmal mehr verdient, als der kräftige Itakercop in einem Monat nach Hause gebracht hatte. Die Tatsache, daß es sich um eine der größten Liebesgeschichten der Welt handelte, war ihr nie in den Sinn gekommen. Aber wer merkt das schon selbst?

Sie spülte sich den Mund aus und trocknete sich das Gesicht ab. In letzter Zeit brauchte sie sich nicht mehr darum zu kümmern, welches Handtuch ihres war. Denn Nancy Lucco war Witwe. Eine Scheißwitwe, dachte sie. Wer hätte sich das träumen lassen?

Als Eddie verschwunden war, war das zwar ernst genommen worden, hatte aber keine besondere Panik bei der New Yorker Polizei ausgelöst. Er hatte tief in einer verdeckten Ermittlung gesteckt, war, was sein Chef im vierzehnten Revier nicht wußte, vom Chef der Drogenfahndungsbehörde und vom amerikanischen Finanzministerium angeworben worden, damit er vier Millionen Dollar Bestechungsgeld vom kolumbianischen Drogenkartell annahm, das Pablo Envigado leitete. Das war gewesen, bevor Envigado sich damit einverstanden erklärt hatte, ein paar Jahre im Gefängnis zu verbringen, ein Handel, dem er in geheimen Absprachen mit Vertretern des kolumbianischen Präsidenten Caesar Gaviria zugestimmt hatte. Und noch bevor Envigado den Gedanken an eine Inhaftierung leid geworden war, hatte er sein Gefängnis selbst entworfen, in einer angenehmen Gegend mit Blick auf seine Heimatstadt Sabaneta in der Umgebung von Medellín, der gefährlichsten Stadt Kolumbiens, ja Südamerikas.

Eddie hatte an einem Sonntag den diensthabenden Polizisten im vierzehnten Revier angerufen und ihm gesagt, er fliege nach Bogotá, um eine Ermittlung weiterzuführen, an der er gerade arbeite.

Aus den Tagen des Schweigens danach waren Wochen geworden. Und als niemand etwas von Eddie hörte, hatte sich Nancy Lucco mit Dan Mather in Verbindung gesetzt, dem leitenden Sonderagenten im New Yorker Einsatzbüro der Drogenfahndung, dem Mann, der Eddie mit Washingtons Billigung angeworben hatte. Denn außer einer Handvoll von Leuten bei der Drogenfahndung und im Finanzministerium waren Nancy und Eddies Partner Sam Vargos die einzigen beiden Menschen, die Eddie in sein Geheimnis eingeweiht hatte.

Mather hatte ihr gesagt, die amerikanische Drogenfahndung und andere US-Dienste hielten Ausschau nach Eddie, aber bis jetzt gebe es keinen Anhaltspunkt für seinen Aufenthaltsort.

Sechs Wochen waren verstrichen bis zu jenem grauenhaften Moment, als Nancy das Telefon in ihrem Büro klingeln hörte und ihre Sekretärin sehr leise sprach, ehe sie den Anruf durchstellte. Schon beim ersten Klingeln hatte sie es instinktiv gewußt: Ihr Geliebter war tot.

Die Leiche hatte in einer Leichenhalle in Bogotá gelegen seit dem Tag, an dem er vom internationalen Flughafen in Miami aus dort angekommen war. Er war in einem Abwasserkanal gefunden worden, ausgeraubt und erschossen. Ausweis und Geld verschwunden. Ein John Doe, wie nichtidentifizierte Leichen im Polizeijargon genannt werden.

Es war eine große Beerdigung gewesen, mit dem ganzen bewegenden Repertoire würdevoller Trauer, das die New Yorker Polizei für die eigenen Leute aufbot. Die Drogenfahndung hatte allerdings diskret alle Spuren des Heldentums ihres toten Mannes verwischt, Nancy aber mitgeteilt, falls sie Hilfe brauche, solle sie sich melden.

Und hier war sie, anderthalb Jahre später. Arbeitete für das Finanzministerium. Der Lohn, den sie in Anerkennung von Eddie Luccos Beitrag zu Recht und Ordnung von einer dankbaren Regierung erhalten hatte? Von wegen! Die Regierung hatte ein kälteres Herz. Die Stelle war Nancy auf Empfehlung eines Richters namens Almeda angeboten worden, eines Richters in New York City, den beeindruckt hatte, wie engagiert die junge Anwältin einen unschuldigen jungen Bankangestellten verteidigt hatte, dem sein patrizischer Arbeitgeber, Absolvent einer

Eliteuniversität, die Schuld an einem schiefgegangenen Insidergeschäft in die Schuhe geschoben hatte.

Der Bankangestellte war freigesprochen worden. Richter Almeda (der nichts davon ahnte, daß er so etwas wie ein Held für den verstorbenen Mann der jungen Frau gewesen war, weil er sich sein Jurastudium finanziert hatte, indem er nachts im Algonquin Hotel in der 43. West Street Klavier spielte) hatte aus der Gerüchteküche von Anwältin Luccos Verlust erfahren und ihre Nervenstärke, ihre auf raffinierte Weise wachsame Intelligenz und ihre offensichtliche Integrität einem Kollegen gegenüber erwähnt, der im Lauf der Jahre zum Leiter der Rechtsabteilung im Finanzministerium aufgestiegen war. So war Nancy zu einem Gespräch mit diesem hohen Regierungsbeamten eingeladen worden, um über eine Karriere beim Finanzministerium zu reden. Sechs Wochen später, während sie ein Mitglied des Gambino-Klans verteidigte, einer führenden New Yorker Mafia-Familie, das wegen Anstiftung zu Mord und Erpressung angeklagt war, hatte Nancy einen Brief vom Finanzministerium bekommen, in dem ihr eine Stelle als juristische Beraterin in Washington angeboten wurde. Ihr wurde ein ordentlicher, wenn auch nicht üppiger Zuschuß zu den Umzugskosten vorgeschlagen und mitgeteilt, der Dienstrang sei höher als sonst bei Bewerbern üblich, aber ihr Alter und ihre Erfahrung seien berücksichtigt worden.

Alter und Erfahrung! Mit vierunddreißig wurde Nancy Lucco daran erinnert, daß ihre Zwanziger, die wunderbaren Zwanziger mit ihrem großen Kindskopf von einem Ehemann, lange vorbei waren. Sie besprach das Angebot mit ihrer Mutter und mit Richter Almeda, den sie zum Abendessen ins Algonquin eingeladen hatte – eher eine Geste des Andenkens an Eddie –, wo der ehrwürdige ehemalige Jazzpianist ihr gesagt hatte, was für Aufgaben sie erwarteten, daß die Bezahlung nie astronomisch sein würde, die Arbeit aber seiner Meinung nach für Nancy sehr befriedigend wäre. Dann hatte er sich zum Lester-Wilmington-Trio gesetzt und »Mood Indigo« und »Night Train« gespielt.

Am nächsten Tag hatte Nancy Lucco zurückgeschrieben und das Angebot angenommen.

Washington war ein vertrautes Terrain, weil sie dort schon bei einem Dutzend großer Fälle vor Gericht als Anwältin gearbeitet hatte. Sie fand eine hübsche Wohnung in der 34th Street, westlich von der Wisconsin Avenue in Georgetown, nicht weit von der Universität entfernt, und vergrub sich in ihrer Arbeit. Lernte einen ganz neuen Beruf.

Denn die juristische Arbeit im Finanzministerium umfaßte alles von den Gesetzen über Fälschungen bis hin zu Insidergeschäften mit Wertpapieren der Regierung, von fiskalischen Vorgängen bei der Finanzierung von Regierungsbehörden wie dem FBI oder den Streitkräften und der CIA.

Die Sicherheitsüberprüfung dauerte ein paar Monate und erstreckte sich auf verschiedene Gebiete; vor allem aber ging es um ihre Zuverlässigkeit und die Fähigkeit, mit Geheiminformationen umzugehen, mit streng geheimen Informationen und den verschiedenen Geheimhaltungsgraden darunter.

Nancy Lucco war in Justizkreisen eine bekannte Größe. Ihr verstorbener Mann war ein hochgeachteter Kriminalpolizist gewesen, und beide waren (ohne es geahnt zu haben) in den letzten Monaten von Eddies Leben, als er verdeckt für die Drogenfahndung gearbeitet hatte, einer umfassenden Sicherheitsüberprüfung unterzogen worden.

So kam es, daß Nancy, sieben Monate nachdem sie im Finanzministerium angefangen hatte, ein hochrangiger Sicherheitsstatus bescheinigt und sie zur juristischen Beraterin des US Secret Service ernannt worden war. Nach einem weiteren halben Jahr, das die Personalabteilung des US Secret Service als Assimilationsphase bezeichnete, wurde sie zum Ausbildungskurs des Service für Agenten geschickt, weil dem Direktor Jim Farley ihre Einstellung und ihr Temperament gefielen und er eine große Karriere für sie voraussah.

Farley hatte Nancy erklärt, sie solle den Kurs machen, damit sie die Agenten verstehe, die sie in juristischen Dingen vertrete. Aber natürlich war sein Motiv ein anderes gewesen, und als die Anwältin Nancy Lucco durchtrainiert von der Agentenausbildung zurückkam, wurde sie zur Leiterin der Verbindungsstelle zwischen CIA, dem FBI, der Drogenfahndungsbehörde und weiterer bundesstaatlicher Dienste ernannt. Sie gehörte außerdem zu den drei Beratern, die für die Verbindungen zum Außenministerium und zu ausländischen Justizbehörden zuständig waren.

Alles in allem, meinte Nancy, als sie aus der Duschkabine kam und durch die Dampfschwaden ihren schlanken, straffen Körper im hohen Spiegel hinter der Badezimmertür musterte, war es kein schlechter Karriereschachzug gewesen. Sie hatte eine faszinierende Aufgabe, die ihren außergewöhnlichen Intellekt herausforderte. Es gab immer wieder etwas Neues und Unübliches. Und bis jetzt hatte sie keinen Mist gebaut.

Außerdem lenkte es ihre Gedanken von ihrem verstorbenen Mann ab, der in einem schönen, prächtig verzierten Sarg, den die kolumbianische Polizei aus der Wohltätigkeitskasse ihres Sportklubs bezahlt hatte, aus Bogotá zurückgekommen war.
Während sie sich anzog, dachte Nancy Lucco an den Tag, der vor ihr lag. Das New Yorker Einsatzbüro hatte eine formelle Beschwerde wegen einer verdeckten Untersuchung eingereicht, die das Büro für Interne Ermittlungen gegen es geführt hatte. Es wurde behauptet, der betreffende Agent, Elmore Williams, habe illegal gehandelt und das Leben von Agenten in New York City aufs Spiel gesetzt. Ganz zu schweigen von unschuldigen Zivilisten und einem Gangster namens Harry Cardona.
Elmore Williams …
Warum kam ihr der Name bekannt vor?

Zwischen Washington und Beirut besteht ein Zeitunterschied von sieben Stunden, und etwa um die Zeit, als Nancy Lucco am Vorabend daran gedacht hatte, ins Bett zu gehen, ungefähr gegen zehn Uhr abends, lag David Jardine zwischen weichen, sauberen Leinenlaken in einem Schlafzimmer im ersten Stock der Villa oberhalb von Dhuer-El-Chuer im Tiefschlaf.
In seinem Traum war er wieder in Alishas Wohnung, nicht weit entfernt von der Rue Georges Picot. Es war früher Abend, und der Sonnenuntergang warf ein warmes, rotgoldenes Licht durch die Rolladenschlitze ins Wohnzimmer. David Jardine lag ausgestreckt auf der bequemen Couch, über deren Lehne ein farbenfroher Berberteppich aus gewebter Wolle gefaltet war und in deren Ecke sich Beduinenkissen stapelten. Während er sah, wie das goldene Sonnenlicht geometrische Muster auf das Bücherregal und die weißen Wände warf, streichelte er Alishas langes seidiges Haar, das über seinen nackten Bauch fiel, und bog vor Wonne den Rücken, während ihre Zunge seine Männlichkeit langsam und zart leckte.
Es war ein ruhiger Abend in Beirut. Draußen auf der Gasse gelegentlich leise Stimmen, die arabisch sprachen. Und Ziegen. Irgendwo waren Ziegen – oh, an einer solchen Wonne konnte ein Mann bestimmt sterben … Die Ziegen waren ganz in der Nähe, und noch näher war eine Fünfzig-Kubik-Velocette, die mit stotterndem Motor in den Garten eingefahren war.

In welchen Garten? In der Nähe von Alishas Wohnung gab es keinen Garten.
Er sah sich träge im Zimmer um. Es war jetzt dunkler. Und hinter dem Bücherregal erstreckte sich, was ihm nicht unlogisch vorkam, eine sanft abfallende Wiese, auf der eine Ziegenherde graste.
Ein Junge, es war Hassan, kam ruhig und schweigend auf einer Fünfzig-Kubik-Velocette herein und hielt auf dem Teppich neben der Couch an. Als er sich umdrehte und Jardine anlächelte, war es schwer, sein Gesicht zu erkennen, denn es hatte sich in das von Salim Jaddeh verwandelt.
Ein Traum.
Es war ein Traum. Und allmählich erinnerte sich David Jardine an die Ereignisse des Tages und des Abends davor, erst vage, dann immer genauer.
Er hatte immer noch eine Erektion, fast schmerzhaft, und sie fühlte sich lebendig an, als hätte sie einen eigenen Willen, und nur widerwillig entzog er sich Eros' festem Griff und ließ seinen Verstand in die Realität zurückkehren.
Jardine lag reglos da, machte die Augen auf und schüttelte blinzelnd den Schlaf ab. Es war dunkel, mit einem rosenroten Schimmer des ersten Morgenlichts, das durch die geschlossenen Fensterläden ins Zimmer sickerte.
Die völlige Klarheit, mit der er sich an jede Einzelheit des Vorabends erinnerte, an den entsetzlichen gestrigen Tag, bis hin zu dem Augenblick, in dem er den Arm mit dem Glas in der Hand ausstreckte, um sich Lagavullin-Whisky nachschenken zu lassen, stellte sich gleichzeitig mit dem Klang leiser, aber gebieterischer Stimmen ein – die Stimme eines Mannes und die einer Frau – und dem metallischen Geräusch eines Schlüssels in einem großen, geölten Schloß. Die Tür ging auf, und Alisha Abdul-Fetteh kam herein. Sie trug ein verschossenes rosa Baumwollhemd, sauber gebügelt, und braune Cordjeans, dazu abgetretene, bequeme Turnschuhe. Und sie hatte eine kleine Nierenschale in der Hand, mit frischen Verbänden und einem Fläschchen mit rosa Flüssigkeit.
Sie blieb einen Moment an der Tür stehen. David Jardine musterte sie kalt, als sie an sein Bett neben dem Fenster mit den geschlossenen Läden kam, ein Thermometer aus der Hemdtasche nahm und es ihm in den Mund stecken wollte.
Jardine drehte den Kopf weg. »Das brauche ich nicht.«

Alisha zuckte die Achseln. Mit einer geschäftsmäßigen Bewegung hob sie das Laken hoch, das den Engländer zudeckte, schlug es zurück und entblößte ihn. Sie lächelte.

»Manche Dinge ändern sich nie«, sagte sie ruhig.

Dann überprüfte sie sehr professionell den frischen Verband, der, wie Jardine feststellte, um seinen Unterleib gewickelt war.

»Wie ist das passiert ...?« fragte sie.

»Genau das wollte ich dich auch fragen«, erwiderte er, in Anbetracht der Umstände, in denen er sich befand, überraschend weltläufig.

Er langte nach unten und zog sich das Laken fast prüde über die Lenden. Sie schien es nicht zu bemerken, während sie den Verband mit einer Chirurgenschere durchschnitt, die wie aus dem Nichts aufgetaucht war. Jardine fühlte sich an einen Zaubertrick erinnert.

»Wir hatten keine Ahnung, daß du verwundet bist.« Sie sprach auf französisch.

»Eine Verwundung würde ich es nicht nennen.«

»Dann eine Verletzung. Eine Schnittwunde.«

Schweigen.

Sie schälte den Verband ab und sah sich die geschwollene Naht an. Jardine schnüffelte instinktiv und roch zu seiner Erleichterung nicht den süßlichen Geruch einer Sepsis, nur das beruhigende, beißende Aroma von Jod und einem Antiseptikum auf Alkoholbasis.

»Wenn wir es gewußt hätten, dann hätten wir dich sofort behandelt. Reuven ist ein ausgebildeter Arzt, weißt du.«

»Dann sollte er sich schämen.« Während sie seine Wunde auswusch und reinigte, sah Jardine ein gerahmtes Foto von einem Berghang im Bikatal an, auf dem knallrote Blumen einen Patchworkteppich mit dem Weizen bildeten. Er wußte, daß es Mohnblumen waren. Und daß aus ihren Fruchtkapseln Heroin gewonnen wurde, zum Verkauf in London, Rom und Marseille. Damit wurden die vielen Privatarmeen und fundamentalistischen Terroristengruppen finanziert, die allesamt wie Schlangen unter Steinen darauf warteten, ob der jüngste Versuch, im gequälten Libanon wieder Normalität und Wohlstand herzustellen, fehlschlagen würde. Genau wie alle anderen.

»Ich habe dich nie für einen Heuchler gehalten, David«, murmelte Alisha. Sie hatte ihn mißverstanden.

»Der Mann war an der Verschwörung zur Ermordung deines Vaters beteiligt, muß ich das buchstabieren ...?«

Alisha hielt inne. Sie starrte ihn an. Erstaunt. »Wer hat dir so etwas erzählt ...?«
David Jardine drehte sich um und sah ihr in die Augen. Jetzt arbeitete er. Verdiente sich seine Brötchen. Alle persönlichen Gefühle waren völlig verschwunden.
»Wir wissen es. Seit einiger Zeit«, log er. Und merkte sofort, daß er einen bloßliegenden Nerv getroffen hatte.
»Ihr habt euch geirrt. Du hast dich geirrt, und es ist unglaublich blöd, daß du so etwas sagst. Falls ihr beim SIS solchen Informationen Glauben schenkt, kann ich nur Gott danken, daß ich mich nicht auf euch verlassen habe. Damit ihr auf mich aufpaßt.« Sie tupfte verärgert mit dem rosa Antiseptikum an seiner leicht blutenden, genähten Schnittwunde herum und zwang ihn als Reaktion darauf, zwischen zusammengebissenen Zähnen nach Luft zu schnappen.

»Wie fühlen Sie sich, David?« fragte Reuven Arieh.
Sie saßen an einem Tisch auf der Terrasse mit Blick auf die Bergstraße, die sie gestern heraufgekommen waren, etwa zwei Stunden von Beirut entfernt. Die arabische Dienerin hatte eine frische Kanne mit starkem Kaffee gebracht, die sie auf den Tisch stellte, dann zog sie sich zurück und nahm den leeren Teller mit, auf dem vorher Rührei, Kichererbsen, frischgebackenes Pittabrot und gefüllte Weinblätter gelegen hatten. Jardine hatte alles verschlungen, denn er brauchte Energie, ganz gleich, was für Motive sein Entführer haben mochte.
Sein Gespräch mit Alisha war etwa eine Stunde her. Im Grunde war nichts dabei herausgekommen. Sie glaubte nicht, daß Reuven Arieh, Salim Jaddeh oder wie auch immer sein richtiger Name lautete, an der Verschwörung zur Ermordung ihres Vaters beteiligt gewesen war.
Darüber hinaus spürte er, daß ihre Scham über ihr Doppelspiel beim Verrat Jardines, ihres Anwerbers und Agentenführers vom SIS, echt war. Aber bei seinen Versuchen, herauszufinden, wann, warum und wieviel Granatapfel dem SIS geschadet hatte, indem sie ihn mit irreführenden Informationen abspeiste, war er gegen eine Mauer gelaufen.
Gott sei Dank hatte er sich gegen alle Versuche der Nahostabteilung gewehrt, Alisha von Rom oder Zypern aus zu führen. Das hätte unausweichlich dazu geführt, daß sie die Identität etlicher Mitglieder der

Beiruter Station herausgefunden hätte. Und mit der Fähigkeit und Erfahrung des Mossad im Rücken (denn Jardine zweifelte nicht mehr daran, daß Jaddeh tatsächlich Reuven Arieh war) hätte das dazu geführt, daß das Netz infiltriert und manipuliert worden wäre. Verraten, falls es dem Mossad gerade ins Konzept gepaßt hätte – mit einer Unausweichlichkeit, die so trostlos wie gewiß war.
So hatte sich der Schaden wenigstens in Grenzen gehalten, beschränkte sich auf die Agentin Granatapfel.
»Mir geht es bestens.« Jardine sah Reuven Arieh dabei zu, wie er zwei Tassen Kaffee einschenkte. »Ersparen wir uns den Small talk.«
»Sicher.« Das Gespräch wurde auf englisch geführt, das Arieh mit einem leichten amerikanischen Ostküstenakzent sprach. Er fuhr fort: »Tatsache ist, David, daß Sie hierhergelockt worden sind. Ich war die Person am anderen Ende der Funkverbindung zwischen Beirut und dem Chiffrierraum Ihrer Botschaft in Washington. Avvy Eitels hatte den Auftrag, Sie zu beobachten und zu melden, was für eine Einstellung Sie zu Ihrem neuen Job haben. Und wie Ihre Gemütsverfassung aussieht.«
»Meine Gemütsverfassung?«
»Sie haben sich zu Tode gelangweilt. Das sind Ihre eigenen Worte, glaube ich.«
Arieh schenkte sich Kaffee nach. »Es war also vorauszusehen, daß Sie nach Granatapfels vermeintlichem Funkspruch die Gelegenheit ergreifen und hierherfliegen würden, um den Spion zu spielen. Es war wirklich vorauszusehen ...«
Er war über den Tisch gezogen worden. Wie David Jardines amerikanische Kollegen gesagt hätten. Er goß sich frisch gepreßten, verdünnten Limonensaft aus einem Krug ein, in dem ein Pfefferminzzweig schwamm. Neben der Säure der Limonen schmeckte er eine Spur Honig. Das war die wirkliche Kultur des Libanons, die übriggeblieben war, trotz der jahrhundertelangen Massaker und mörderischen Konflikte. Dieses Getränk, uralt wie die Zeit in diesem Land, das einst Ägypten mit Mesopotamien verbunden hatte; die alten Bücher mit arabischer Lyrik im Wohnzimmer der Villa, die Nachbildung von Nompar de Caumonts Feldkommode aus dem sechzehnten Jahrhundert. Jetzt war sie zu einem Barschrank umfunktioniert worden. Vielleicht war damit alles gesagt.
Er sah Arieh an und hielt den Blick des Israelis fest. »Worauf wollen Sie

hinaus, Mr. Jaddeh? Ich weiß, daß Ihre Organisation den SIS nicht gerade abgöttisch liebt. Aber angeblich haben wir ein paar gemeinsame Ziele. Ich kann mir nicht vorstellen, daß diese kleine Episode die Kooperation zwischen uns fördert.«

Reuven Arieh schüttelte ungläubig den Kopf. »Kooperation? Über welche Kooperation sprechen Sie? Ihr gottverfluchtes Außenministerium – glauben Sie im Ernst, die haben Lust, mit den Juden zu kooperieren? Lawrence von Arabien, Glubb Pasha, Gordon von Khartum, verschonen Sie mich mit dem ganzen Quatsch. Ihr Außenministerium hätte die Zerstörung Israels ein dutzendmal, seit wir Sie aus Palästina hinausgeworfen haben, mit Freuden hingenommen, und Sie wissen es.«

»Wir haben Saddam Hussein daran gehindert, euch mit Scud-Raketen zu überschütten ...« Jardine kniff die Augen zusammen. Zum erstenmal seit Monaten war er wütend. Verdammt wütend. Für wen hielt ihn dieser Geheimagent vom Roten Meer eigentlich?

»Wir hätten Saddam aufgehalten, und das wissen Sie.« Reuven Arieh, der zum Zeichen seiner Entspanntheit seine Beine übereinandergeschlagen hatte, faßte sich an die Spitze seines schwarzen Slippers. Dann wandte er den Kopf und begegnete Jardines Blick. »Sie wissen, daß wir bereit waren, Bagdad mit Atomwaffen zu bombardieren ...?«

»Wir haben unseren Teil der Abmachung eingehalten. Britische und amerikanische Sondereinheiten haben seine Scud-Abschußbasen effektiv außer Gefecht gesetzt.«

»Sicher, das haben Sie getan.« Ein Schweißtropfen lief an Ariehs schöner Nase englang. Er sah wirklich eher arabisch als jüdisch aus. »Damit die unbequemen Juden sich aus dem Krieg heraushalten. Damit Sie Ihre Kumpels, die Saudis, bei Laune halten konnten; bringen Sie mich nicht zum Kotzen. Bitte, erzählen Sie mir nicht, Großbritannien habe das getan, um Israel zu beschützen oder auch nur einen einzigen Israeli. Wir wissen es besser ...«

Endlich war er nicht mehr Herr seiner Emotionen – wie oft am Tag er sie wohl in seiner Rolle als Salim Jaddeh unterdrücken mußte? –, hatte die Souveränität eingebüßt. Er holte tief Luft.

»Verzeihen Sie mir. Das ist schlechte ... Gastfreundschaft.«

Jardine entspannte sich. Es hatte nicht lange gedauert, seinen Entführer in ein menschliches Wesen zu verwandeln. Das war die Rolle, wie er instinktiv witterte, in der sich der israelische Spion am unwohlsten fühlte.

Nachdem er so den Boden für dieses kleine Gefecht neu bereitet hatte, war Jardine wohler zumute. Er machte mit mehr Vergnügen weiter.

»Sagen Sie mir, was dieser ganze Schwachsinn soll, Reuven.«

»Ah, wir können also endlich reden.«

»Wir sind beide erwachsen. Fangen Sie schon an, ich muß ein Flugzeug erreichen.«

Reuven Arieh sah Jardine mit einem Blick an, der an Respekt grenzte, denn als Gefangener war der Mann kaum in der Lage zu gehen, wann er wollte, und ein Taxi zu rufen.

»Okay. Ihre Zukunft beim SIS ist unsicher. Sie können mir glauben, wenn ich Ihnen sage, daß Sir Steven McCrae Sie nicht an Bord haben will. Ich glaube, wir im Institut glauben, daß es vielleicht etwas Persönliches ist. Ich meine, es ist fast so, als ob Sie beide dieselbe Frau gevögelt hätten ...«

Jardine blieb ausdruckslos. Aber vor dem geistigen Augen sah er sofort einen gewissen Badezimmerschrank über dem Waschbecken einer gewissen jungen Frau vor sich – einer gewissen ehrgeizigen jungen Frau. Und dort, im Schrank, auf dem obersten Brett, fast zu hoch, als daß ein Mann, der nicht wie David Jardine eins neunzig war, hätte hinauflangen können, waren ein Männerrasierapparat, Rasierschaum, tuntiges Eau de toilette aus der äußerst schicken Parfümerie Diphyque am Boulevard Saint-Germain im fünften Arrondissement in Paris. Und ein Paar Herrenmanschettenknöpfe. Aus blauer Jade und Gold, die Jardine kannte, weil McCrae dafür gesorgt hatte, daß jeder seiner Kollegen wußte, der Chef, »C« oder Charlie im Bürojargon, habe sie sich eigens anfertigen lassen, als er Stationschef in Hongkong gewesen war. Von King Antiques im Swire House in Kowloon.

Ja, sie hatten sich – sehr kurz – eine Frau geteilt.

»Wie auch immer«, fuhr Arieh fort, »indem er Sie beförderte, hat McCrae Ihnen einen Tritt nach oben verpaßt, weg von den Operationen und in die allgemeine Richtung der Bedeutungslosigkeit.«

Jardine sah hinunter über das Tal hinweg, an Dhuer-El-Chuer vorbei Richtung Bikatal, wo die mörderische und fanatische Hisbollah immer noch die Stellung hielt. Er hatte Bill Buckley gekannt, den Stationschef der CIA, den sie entführt und bei lebendigem Leib gehäutet hatten. Sie hatten seine Schreie auf Video aufgezeichnet und das Band nach Langley geschickt, wo einer der jungen Analytiker, deren Pflicht es war, solche Greuel zu betrachten, sich umgebracht hatte, indem er mit hundertfünfzig Stundenkilometern durch eine Mautschranke und gegen einen Überführungspfeiler gerast war.

Bei der Autopsie war in seiner Leiche keine Spur von Alkohol, Betäubungsmitteln oder Stimulantien gefunden worden.

»Kommen Sie zur Sache«, sagte er.

»Sie haben sich so gelangweilt, daß Sie auf die bloße Andeutung hin, Granatapfel könne Schwierigkeiten haben, alles stehen- und liegengelassen haben und hierhergeflogen sind. Ein paar Stunden nach Ihrer Ankunft sticht ein Straßenjunge auf Sie ein, und Sie werden fast vom Deuxième Bureau verhaftet. Lieber Himmel, Jardine, das paßt ins Bild. Ein leitender Geheimdienstmitarbeiter, übergangen, der seine beste Zeit hinter sich hat, sich langweilt und das Gefühl hat – ehrlich gesagt, ich erwarte nicht, daß Sie uns zustimmen –, er werde von der Hierarchie seiner Firma schlecht behandelt und nicht geschätzt.«

In seinem Inneren wußte David Jardine, daß der Mossad die Lage richtig einschätzte. Ein Volltreffer, verdammt noch mal. Aber falls sie glaubten, das mache ihn zu einem potentiellen Rekruten, bereit, sein Land zu verraten, dann war klar, daß sie einen Scheißdreck über David Jardine wußten.

Auf der Straße vom Tal her schlängelten sich zwei Range-Rover nach oben, einen weißen Kombi im Schlepptau, dessen Marke nicht auszumachen war.

Bitte, lieber Gott, laß es keinen Rettungsversuch der Beiruter Station sein. Das wäre der Tropfen gewesen, der das Faß zum Überlaufen gebracht hätte.

»Okay«, sagte Reuven Arieh, »das ist meine Eröffnung. Mit allem Respekt, Sir. Und voll autorisiert vom Mamounieh.«

Jardine lächelte grimmig. Der gegenwärtige Mamounieh, der Direktor des Mossad, und er hatten früher einmal die Klingen gekreuzt. Denn David Weissman hatte eine illegale israelische Operation in Großbritannien geleitet, als Jardine noch ein Grünschnabel gewesen war, um die Zweiunddreißig, und als das eingesetzt worden war, was die Schreibtischbeamten der Firma einen Straßenkämpfer nannten. Die Londoner Station war eine Einsatztruppe des SIS, die sowohl mit grauen Agenten (deren Identität anderen Geheimdiensten bekannt war, aber nicht der Öffentlichkeit) als auch mit schwarzen Agenten (deren Existenz Verschlußsache und abstreitbar war) arbeitete. Was die alte Behauptung Lügen strafte, der Auslandsgeheimdienst operiere nicht in Großbritannien.

Weissmans Operation war im Grunde recht simpel gewesen. Sie bestand darin, Agenten von Jasir Arafats Al-Fatah, George Habbashs Volksfront zur Befreiung Palästinas und Abu Nidals in Moskau ausgebildete Mörderbande daran zu hindern, in Großbritannien Nachschubbasen und politische Zellen aufzubauen.

Und Weissman hatte gute Arbeit geleistet.

David Jardine hatte den Auftrag gehabt, Weissman im Auge zu behalten, dafür zu sorgen, daß er bei seinem unbefugten Aufenthalt auf britischem Boden nicht zu arrogant wurde, und Kontakt zu halten mit dem Security Service (MI5) und dem Sonderkommando der Londoner Polizei, die beide (was legal und korrekt war) versessen darauf waren, Weissman und sein Team zu verhaften und als *Persona non grata* aus England auszuweisen.

Reuven Ariehs Eindruck, in der britischen Regierung habe es immer proarabische Elemente gegeben, denen Israel weniger am Herzen lag, war im wesentlichen richtig, damals wie heute. Jardine war an einem Nachmittag im Mai vom damaligen Chef – einem rundlichen, eulenhaften Mediävisten mit persönlicher Erfahrung in nahöstlichen Winkelzügen und keinerlei Sympathie für Terroristen – angewiesen worden, sein Bestes zu tun, damit die Araberfreunde in der Firma und im Außenministerium nichts von diesem gräßlichen Weissman und seinen unerhörten illegalen Machenschaften erfuhren.

Mit anderen Worten, sein Chef persönlich hatte den jungen David Jardine damit beauftragt, den Mossad-Agenten machen zu lassen, aber ihn in Schach zu halten, lassen Sie um Himmels willen nicht zu, mein Lieber, daß er glaubt, er werde nicht gejagt. Und beim kleinsten Anzeichen dafür, daß es zu einer Eskalation kommen könnte, übergeben Sie den ganzen Haufen der Box, wie der Security Service genannt wurde, und lassen Sie sie nach Jerusalem zurückschaffen oder woher auch immer sie gekommen sind.

Weissman war also gestattet worden, mehrere extremistische arabische Zellen davon »abzubringen«, sich in Großbritannien einzunisten, und als der junge David Jardine nach eigener Einschätzung der Meinung gewesen war, die Situation könne außer Kontrolle geraten, waren die Mossad-Teams – zwei Sechsergruppen – im Europa-Hotel im Londo-

ner Stadtteil Mayfair und im Odeon Cinema in Manchester, wo sich ein Team *Stoßtrupp Gold* angesehen hatte, verhaftet worden.
Innerhalb von zehn Stunden waren sie auf dem Rollfeld des Flughafens Heathrow einem Beamten der israelischen Botschaft übergeben und noch in Handschellen an Bord eines El-Al-Flugzeugs nach Tel Aviv gebracht worden.
Jardine konnte sich, als wäre es gestern gewesen, an den Augenblick erinnern, als der kleine, drahtige David Weissman, der als letzter an Bord gegangen war, am Fuß der Gangway stehenblieb und ihm scharf in die Augen schaute.
»Eines Tages, mein Junge«, hatte er zu Jardine gesagt, »werden Sie feststellen, daß sich das Blatt gewendet hat.«
David Jardine lächelte grimmig und lauschte dem Geratter eines Mopeds, das aus dem Garten neben der Villa tuckerte und sich die schmale Straße hinunter nach Dhuer El-Chur schlängelte. Dem, der warten kann, dachte er, fällt alles in den Schoß. Vielleicht war jetzt Weissman am Zug.
Reuven Arieh sah tiefer ins Tal hinunter, beobachtete den kleinen Konvoi, der unaufhaltsam weiter bergauf fuhr. »Wir wollen Sie in keiner Weise kompromittieren«, sagte er. »Mein Direktor hat mich ausdrücklich damit beauftragt, Ihnen das zu sagen.«
Ja, und vielleicht fliegen mir Affen aus dem Hintern, dachte Jardine. Es war ein Satz aus dem Film *Wayne's World*, den sein Sohn und seine Tochter oft zitierten. Er trank einen Schluck Limonensaft mit dem leichten Honiggeschmack und dem Hauch Minze.
»Kommen Sie zur Sache.«
Arieh holte tief Luft. »Wir haben ein echtes Problem am Hals. Und wir glauben, wenn wir Ihnen ein paar Informationen geben, die Sie bei Ihrem Dienst wieder ins Geschäft bringen, können Sie uns helfen. Indem Sie sich selbst helfen.«
Reuven Arieh lehnte sich zurück. Jetzt war er wirklich angespannt. Eine Vene an seiner Schläfe pulsierte.
David Jardine lächelte.
»Ich muß gestehen«, sagte er, »ich bin gespannt.«

Eine kleine Prozession Obdachloser wurde von drei berittenen Polizisten und sechs Cops auf Streifendienst Richtung Pennsylvania Avenue manövriert, nicht weit entfernt von der Zentrale des US Secret Service.

Es schneite leicht, und auf den Gehwegen und Rinnsteinen bildete sich Matsch. Vor vierzehn Tagen hatte der Schnee fast zweieinhalb Meter dick gelegen, und Elmore Williams hatte sich ein Paar Gummiüberschuhe gekauft, damit seine braunen Halbschuhe keine Schnee- und Salzflecken bekamen.

Obwohl der Himmel eine gräuliche stumpfe Farbe angenommen hatte und die Temperatur bestimmt unter den Gefrierpunkt gesunken war, versicherte sich Williams, der Schnee werde nicht liegenbleiben. Stand der Frühling denn nicht schon vor der Tür, gottverflucht noch mal? Du blöder Optimist, Elmore, sagte er zu sich. Das Wort »myopisch« drängte sich ihm auf. Er war sich nicht hundertprozentig sicher, was myopisch bedeutete, aber es schien das treffende Wort zu sein. Myopischer Optimist, das beschrieb ihn gut, dachte er. Denn an jenem Morgen mit dem bleigrauen Himmel, als er an dem Häufchen von Habenichtsen vorbeiging, mit ihren Wollmützen und den lumpigen Filzhüten, dreckig von Gott weiß was, mit ledernen Armymützen für den Winter, deren Ohrenschützer lose herunterhingen, als wäre ihnen alles gleichgültig, und in schichtweise übereinandergetragenen fadenscheinigen, mit Kordel zusammengebundenen Mänteln, an jenem Morgen hatte Elmore Williams keinen Grund, sich besonders gut zu fühlen.

Er hatte seine Frau auf die Wange geküßt, seine Tochter Melanie umarmt und war zu seinem zweiundneunziger Chevy gegangen, als plagte ihn nicht die geringste Sorge. Er war aus Gewohnheit zur Tiefgarage des Willard-Hotels gefahren. Denn obwohl Elmore Williams vom Dienst suspendiert war, bis zum Ermittlungsergebnis der New Yorker Mordkommission über seinen Anteil an den zweiundsechzig Gramm Blei und Kupferhülsen im Kopf von Samuel J. Hubbard, und in der Garage des Secret Service hätte parken können, war Elmore Williams mit Leib und Seele verdeckter Ermittler, und alte Gewohnheiten wurde man nur schwer los.

Und jetzt, als er am Sharper Image vorüberging, dessen Luxusartikel für die Familie des Raumfahrtzeitalters zu dem buntgescheckten Grüppchen demonstrierender Stadtstreicher paßten wie die Faust aufs Auge, schüttelte Williams den Kopf über seinen angeborenen Optimismus und überlegte sich, was er in ein paar Minuten zu dieser Justizkanone sagen sollte, der juristischen Beraterin des Service. Denn Elmore Williams war nicht nur ein Optimist und einer der langsamsten Schützen an der Ostküste, er verfügte auch über eine Art Hellsicht, einen sechsten Sinn, der im Verlauf der letzten dreizehn Jahre mehrere Male seine Haut gerettet hatte. Und er hatte so eine Vorahnung, der Termin bei Anwältin Lucco werde nicht nur darin bestehen, daß die Eliminierung eines Ganoven mit einem amtlichen Stempel abgesegnet werde.

»Agent Williams«, sagte die schlanke, dunkelhaarige Frau, von der sich herausgestellt hatte, daß sie Anwältin Lucco war, »der ELSA in New York City hat eine Eins-fünf-vier gegen Sie eingereicht. Wissen Sie, was einc Eins-fünf-vier ist?«

»Ja, Ma'am«, erwiderte Williams. »Und ob ich das weiß ...«

Eine Eins-fünf-vier war eine förmliche Beschwerde wegen eines schweren Verstoßes im Dienst, der den Service in Verruf brachte. Sie konnte nur von einem Einsatzleiter für Sonderagenten eingereicht werden und mußte von der Zentrale ratifiziert und bestätigt werden, die daraufhin den beschuldigten Beamten suspendierte bis zum Ergebnis der Ermittlungen und einer disziplinarischen Anhörung. Das Ergebnis konnte Mangel an Beweisen sein, eine Art von Bußgeld, zum Beispiel eine Gehaltskürzung, eine Degradierung, eine Suspendierung auf Zeit oder die Entlassung. In Fällen, bei denen Illegales im Spiel war, konnte außerdem eine Anklage vor einem Geschworenengericht die Folge sein.

Scheiße.

»Haben Sie zum gegenwärtigen Zeitpunkt etwas zu sagen? Denken Sie daran, daß Sie alle üblichen bürgerlichen Rechte haben, Sie können also die Aussage verweigern und so weiter, und so fort.« Sie sprach mit einem unverkennbaren New Yorker Akzent. Ihre Augen waren intelligent und gütig wie zwei Eispickel. Eine knallharte und attraktive Frau.

»Ja, Ma'am. Sind Sie zufällig mit einem Sergeant Eddie Lucco verwandt, der früher auf dem vierzehnten Revier in Manhattan gearbeitet hat?«

»Ich habe ihn geheiratet.«

»Im Ernst? Wie geht's ihm denn ...?«

»Er hat es zum Lieutenant gebracht.«

»Junge, Junge. Die Welt ist ungerecht.« Williams grinste, zeigte rosa Zahnfleisch und weiße Zähne. Er freute sich für Eddie.

Nancy Lucco sah ihn an. Sie wußte jetzt, wo sie den Namen schon gehört hatte. Elmore Williams war Cop auf dem vierzehnten Revier gewesen; sie erinnerte sich daran, daß Eddie manchmal über ihn gesprochen hatte, mit Respekt. Die beiden hatten, ein paar Jahre bevor sie

Eddie kennengelernt hatte, gemeinsam als verdeckte Ermittler bei der Drogenfahndung gearbeitet. Er hatte Williams »Mambohut« genannt, weil das damals ein Bestandteil von Elmores Kleidungsstil gewesen war. Es war eindeutig, daß der Agent vom Secret Service nicht wußte, daß Eddie tot war. Die Leute verloren den Kontakt zueinander. Das war typisch. Und sie gingen immer davon aus, sie könnten an die alte Beziehung wieder anknüpfen. Einfach mit einem Anruf.
Sie berührte die Papiere auf ihrem Schreibtisch. Elmore Williams' Personalakte, die Berichte über die Aktion gegen eine Fälscherbande in der 43rd Street, die mit einer Schießerei geendet hatte, Joe Pearces kalte und sorgfältig formulierte Beschwerde gegen Williams und verschiedene Notizen vom Chef des Agenten, die nicht deutlich, nicht kategorisch konstatierten, Williams habe die Operation gegen die Fälscherbande auf direkten Befehl seiner Vorgesetzten infiltriert und ebenfalls auf Befehl das New Yorker Büro nicht über seine Anwesenheit informiert.
Ihr Blick wanderte zu dem gerahmten Foto eines lachenden Paars an einem Tisch im Barolo, einem italienischen Restaurant in Manhattan, mit Tischen, die umgeben von Sandsteinhäusern in einem Garten hinter dem Lokal standen. Dort gab es Bäume mit Lampions in den tieferen Zweigen. Lucco hatte sich die Krawatte, die er wie immer gelockert trug, mit offenem Hemdkragen, mit Sauce Bolognese bekleckert.
Sie merkte, daß keiner von beiden seit ein paar Augenblicken etwas gesagt hatte. Der suspendierte Agent musterte sie aufmerksam.
»Es ist ein ganz schön schlechter Zeitpunkt, es Ihnen zu erzählen«, sagte Nancy ruhig, während ihr Blick dem seinen begegnete. »Eddie ist tot.« Sie hob die wohlgeformten Schultern.
Elmore Williams starrte sie an. Sie erwiderte seinen Blick, dann sah sie das Telefon an, als rechnete sie halb damit, wie er später dachte, daß es klingelte und daß der große Itakercop am anderen Ende der Leitung war.
»Oh, Mist ... es tut mir leid ...« Und es war ihm peinlich, daß ihm Tränen aus den trägen braunen Augen rollten. Der beinharte, durch nichts zu erschütternde Mann vom Secret Service fuhr sich mit der großen Pranke über das Gesicht und schniefte.
Er holte tief Luft und wollte etwas sagen, aber die Worte blieben ihm im Hals stecken.
Er fing noch einmal an. »Wir waren Kumpel. Eddie und ich waren Part-

ner. Haben in Midtown South gearbeitet. Drogenfahndung ... Es ist zehn Jahre her, aber es ist, als wäre es gestern gewesen.«
Auf einer großen Uhr an der Wand ging tickend eine weitere Minute in ihrem Leben vorbei.
»Ich weiß ...«, sagte Nancy ruhig. Sie klopfte auf den Aktenstapel auf ihrem Schreibtisch.
»Wann ...?« fragte Williams. »Wie ...?«
»Vor zwei Jahren. Er ist ermordet worden, in Bogotá. In Kolumbien. Sie haben sechs Wochen gebraucht, bis sie ihn identifizieren konnten.«
Elmore Williams nickte. Eddie Lucco war der Beste gewesen. Der Typ war ein echter Held. Manchmal zweimal in der Woche. Er konnte sich daran erinnern, wie furchterregend es gewesen war, mit ihm zu arbeiten. Der Mann kannte keine Angst.
»Bilden Sie sich bloß nicht ein«, sagte Anwältin Lucco, »daß sich dadurch auch nur das geringste ändert, verdammt noch mal ...«
Und ihr Blick begegnete seinem. Und sie meinte es ganz ernst.
»Ja.« Williams nickte. Wischte sich mit dem Knöchel des Zeigefingers der linken Hand die Nase ab. »Anders hätte er es auch nicht gewollt.«
Eine kurze Pause entstand. Dann erklärte Elmore Williams ernst: »So ein Scheißkerl, hat sich umlegen lassen ...«
Nancy Lucco sah auf ihre Fingernägel, wie Frauen das manchmal tun. Eine Art von Ersatzhandlung.
»Ja«, sagte sie. »Der blöde Itaker ...«
Dann schlug sie den ersten Aktendeckel auf und fing damit an, Elmore Williams so umfassend und gnadenlos durch die Mangel zu drehen, wie es ihm in seiner ganzen Laufbahn noch nie passiert war.

7. Kapitel
Weniger nett

David Jardine saß auf dem Beifahrersitz eines widerlich grünen Mercedes 500 SEL, gefahren von dem älteren der beiden Mossad-Schlägertypen Reuven Ariehs. Der Jüngere mit einem schütteren schwarzen Bart saß hinten, eine entsicherte Skorpion-Maschinenpistole mit Schalldämpfer auf dem Schoß, deren Automatik auf einzelne Salven geschaltet war.

Sie näherten sich nach der langen Fahrt von Ariehs Bergvilla aus dem Viertel Furn El-Chebbak von Ostbeirut.

Ihnen folgte ein Dodge mit Vierradantrieb, in dem drei Männer zur Unterstützung saßen, die so etwas wie Begleitschutz geben sollten. Zumindest war es ein deutliches Signal für die verschiedenen marodierenden Banden, die nach wie vor zur bedrohlichen Atmosphäre in Beirut beitrugen – allesamt schwer bewaffnet und geübt in alltäglichen Gewaltakten –, daß dieser kleine Konvoi jemanden transportierte, der Einfluß und Zugang zu den beiden einzigen Dingen hatte, die hier eine Rolle spielten: Geld und Macht.

Es war keine wasserdichte Methode, Scherereien aus dem Weg zu gehen, aber sie verleidete den Banden aus jungen, bewaffneten Störenfrieden beliebige Gewalttätigkeiten aus Lust oder Langeweile.

Als der Mercedes rechts von der Avenue Pierre Gemayel in die Avenue Sami El Solh einbog, tätschelte Jardine ein Päckchen Winston-Zigaretten, das ihm Alisha in die Jackentasche gesteckt hatte, und sah, wie der zerstörte Place Omar Beyhum immer näher kam. Die einst prachtvollen Gebäude waren schon vor langer Zeit von Granaten und Panzerabwehrraketen zu Trümmern zerschossen worden, und die Ruinen waren übersät mit Einschußlöchern von den schweren Schnellfeuergeschützen der israelischen Panzer und denen der syrischen Friedensstifter.

Dieser Platz lag direkt auf der Grünen Linie, die Ost- von Westbeirut trennte. Früher wäre es riskant gewesen, ihn zu überqueren, selbst für die schwerbewaffneten Minikonvois mit einflußreichen Männern. Aber die Zeiten hatten sich geändert, und es bestand eine reelle Chance, daß der neue Ministerpräsident, selbst ein Multimilliardär, der in großem Umfang in den Wiederaufbau und die Zukunft der einst prächtigen Stadt investierte, wieder eine gewisse Normalität und (relative) Ruhe herstellte.

Er wurde von Syrien unterstützt, dessen starke militärische Präsenz – militärische »Hilfe« – in Beirut dafür gesorgt hatte, die mörderischen rivalisierenden Flügel in Schach zu halten.

Sein israelischer Entführer hatte Jardine eine sichere Eskorte zum Flughafen versprochen, und er hatte nicht widersprochen. Wie hätte er sonst von den Metn-Bergen herunterkommen sollen? Er hatte jedoch nicht die Absicht, sich in eine derart streng überwachte Gegend von diesem Schlägertrupp fahren zu lassen. Denn jeder einheimische wie ausländische Nachrichtendienst mußte glauben, er gehöre zur geheimnisvollen Gruppe um Salim Jaddeh, der sich enger Beziehungen zu Abu Nidal und Saddam Hussein erfreute.

Als sie deshalb über den vom Krieg zerstörten Place Omar Beyum fuhren, unter den Augen der Besatzung eines Panzerschützenwagens der libanesischen Armee, unterstützt von einem T-62-Gefechtspanzer der achten Panzerbrigade der syrischen Armee, hatte David Jardine zweierlei im Sinn. Im Moment vordringlich war die Frage, wie er aus dem scheußlichen grünen Auto herauskommen und entschlüpfen konnte. Die zweite Angelegenheit warf eine Menge Probleme auf, und dabei ging es im wesentlichen um eine verblüffende Geheiminformation, die ihm Reuven Arieh geliefert hatte, untrennbar verbunden mit einer Bitte, die der Mann vom Mossad geäußert hatte. Eine Bitte, die mit mehr als nur einer Andeutung von Erpressung vorgetragen worden war, eine Bitte um Jardines Hilfe, indem er seinen Einfluß (was davon übrig war) beim britischen Geheimdienst geltend machte.

Er mußte über die Information und über die Bitte noch gründlich nachdenken, ehe er beides richtig einschätzen konnte. Aber Arieh und sein Chef, der Mamounieh, mußten glauben, das Spiel sei den Einsatz wert. Indem sie einen leitenden SIS-Beamten entführt hatten und gleichzeitig preisgaben, daß Jardines Agentin Granatapfel eine israelische Spionin und »Salim Jaddeh« ein bestens getarnter Agent des Mossad war, waren sie ein gewaltiges Risiko eingegangen. Großes Theater im Spionage-

spiel, das Jardine davon überzeugen sollte, daß er zwar selbst angeschlagen, aber immerhin noch ein vertrauenswürdiger Mann war.
Warum aber hatten sie ihn ausgesucht? Weil er in das Bild eines empfänglichen, desillusionierten Agenten paßte? Weil er weder für noch gegen den Mossad war? Weil immer noch einiges in ihm steckte? Würde sich das als richtige Einschätzung erweisen ...?
Oder war er eine Figur in einem größeren Spiel? Wurde er für einen israelischen Schachzug gegen die Firma benützt? Gegen britische Interessen im Ausland?
Und falls es so war, was bedeutete das dann für Jardine?
Würde er so schlau, so raffiniert und so ... verschlagen sein, seinen verletzten Stolz zu schlucken und Reuven Ariehs »Eröffnung« dazu zu benützen, seine Karriere voranzutreiben? Nein, stellen wir uns der Wahrheit, David, dachte er, um seine Karriere vor einem unerwarteten Ausflug in die Wüste zu retten, und zwar auf einer Einbahnstraße.
Er konnte immer noch Steven McCraes kultivierte Stimme hören: »In der neuen Weltordnung kann ich wirklich keine Zukunft für David sehen ...«
Große Einsätze, und man stelle sich vor, noch vor zweiundsiebzig Stunden hatte er sich in Washington bis zur Verzweiflung gelangweilt, während er sich die endlosen und im wesentlichen wertlosen Ausführungen im KKAWG anhörte.
Es war immer noch eine verrückte Welt. Gott sei Dank.
Und was war mit dem Päckchen Winston-Zigaretten? Er kam immer noch nicht dahinter, warum Alisha es ihm in die Tasche seiner alten Leinenjacke gesteckt hatte.
Zu den Zigaretten hatte sie das ramponierte Zippo-Feuerzeug aus Messing gesteckt, das er ihr vor etwa sieben Jahren geschenkt hatte.
Vielleicht war es ein irrationaler Impuls gewesen, um den Verrat zu lindern. Vielleicht hatte sie es auch auf Befehl ihres Zellenkommandanten getan, Reuven Arieh alias Salim Jaddeh.
Etwas an der Geste paßte überhaupt nicht zu allem anderen, was sich in Ariehs Villa abgespielt hatte.
Was fragten sie einen heutzutage bei der Gepäckkontrolle auf dem Flughafen? Haben Sie Ihre Koffer selbst gepackt, Sir? Denn es war seinen Gastgebern durchaus zuzutrauen, daß sie beschlossen hatten, ihn während des Flugs in die Luft zu jagen. Oder schon hier im Auto, auf

dem Weg zum Flughafen. Vielleicht waren die beiden Männer, die ihn eskortierten, entbehrlicher Überschuß.
Jardine nahm das Zigarettenpäckchen aus seiner Tasche und öffnete es behutsam. Darin steckten, immer noch in der Cellophanverpackung, zwanzig Winstons. Sie wirkten harmlos.
Er holte vorsichtig das Zippo heraus und ließ es mit einer Alles-oder-nichts-Haltung aufschnippen. Sofort sprang eine saubere Flamme an. Also doch Paranoia.
Der Fahrer klopfte gegen ein Kunststoffschild auf arabisch, das an dem widerlich grünen Armaturenbrett klebte. Übersetzt stand dort: »Wir sind Ihnen dankbar, wenn Sie das Rauchen unterlassen.«
David Jardine erwiderte etwas Unfreundliches, worauf der Mann mit einer vulgären Geste antwortete, und löste die Cellophanverpackung.
Der Fahrer sah in den Rückspiegel und beobachtete zwei Trail Bikes, beide mit zwei Männern besetzt, die sie überholen wollten. Der Typ mit dem schütteren Bart hatte sich nach links gewandt, um sie im Auge zu behalten, und packte die Skorpion etwas fester.
Jetzt wäre eine gute Gelegenheit gewesen, die Tür mit der Schulter zu öffnen und sich seitlich aus dem Auto zu rollen. Das hatte der Unteroffizier vom SAS, Spike Hoe, ihnen vor vielen Jahren beigebracht, als der SIS noch eine eigene Kampftruppe hatte und sich die erfahrenen Ausbilder mit den knallharten, körperlich gestählten Männern vom zweiundzwanzigsten SAS-Regiment in der Kaserne in Hereford teilten. Das hatte sich als zweischneidige Sache erwiesen, denn die Leitung des SAS, die ihre Büros in Whitehall hatte, benützte ihren politischen Einfluß dazu, eine eigene Rolle bei Kampfeinsätzen für sich einzuklagen.
Es war jedoch etwas ganz anderes, sich auf einer sicheren walisischen Landstraße oder auf einem Flughafenrollfeld aus einem Auto zu rollen, als auf den Straßen Beiruts, die von syrischen und libanesischen Soldaten mit den Fingern am Abzug gesäumt waren.
Dazu kam noch seine Verwundung. Vermutlich wäre die Naht wieder aufgerissen.
Die beiden Trail Bikes donnerten vorbei und zogen davon, legten sich erst nach rechts und dann nach links, als sie um den Rond-Point Chatilla herumfuhren, Richtung Südwesten zum Flughafen. Der Mercedes bog in den Kreisverkehr ein, aber statt den Motorrädern zu folgen, bog er rechts in die Avenue du 22 Novembre ab, die nach Norden in das

Viertel El Horj und ziemlich schnell zu den Zugangsstraßen in die Hisbollah-Sperrgebiete Sanayeh und Al Zarif führte.
»Das ist nicht der Weg zum Flughafen«, sagte Jardine und fragte sich, ob er das Zippo und das Zigarettenpäckchen zu einem Ablenkungsmanöver benützen könnte.
Der Fahrer lächelte, anscheinend befriedigt über das Unbehagen des Engländers, und riß das Lenkrad nach links herum, direkt in den Weg eines riesigen Lastwagens. Die Hupe des Lastwagens ertönte so laut wie das Nebelhorn eines Schiffes, und der Mercedes kam ins Schleudern, als er bremste und in der Rue El Fidayeh zum Halten kam, wo Planierraupen und Teermaschinen damit beschäftigt waren, den Belag einer Straße wiederherzustellen, die unter dem Schutt aus fünfzehn Jahren Bürgerkrieg fast ganz verschwunden war.
Am Rinnstein, auf der anderen Straßenseite – ein weiteres Beispiel für das surrealistische Beirut. Dort war noch immer der Scherenschleifer mit seinem wackligen Holzkarren, auf den Hassan Jardine aufmerksam gemacht hatte, als sie Alishas Wohnung verließen. War das wirklich erst gestern gewesen? Oh, mein Gott!
Gegenüber stand sauber in Reih und Glied eine Taxischlange. Limousinen von Mercedes, Peugeot und Fiat, insgesamt fünf. Die Fahrer steckten auf dem Trottoir die Köpfe zusammen, auf dem, was im neuen Beirut einmal ein Trottoir sein würde, und plauderten, wie es Taxifahrer auf der ganzen Welt tun.
Hinter ihnen tauchte plötzlich der große Dodge mit Vierradantrieb auf und hielt bedrohlich nahe an dem grünen Mercedes. Das könnten meine letzten Augenblicke auf Erden sein, dachte Jardine. Er kannte diese Stadt. Er hatte die zusammengesackten Leichen gesehen, Überbleibsel der einen oder anderen beglichenen Rechnung in der »Perle des Libanons«, wie der Fremdenverkehrsverein unglaublicherweise Beirut während des ganzen Wahnsinns weiterhin genannt hatte.
Der Fahrer neben ihm schaltete den Motor aus und lehnte sich entspannt zurück, selbstgefällig, wie es den Anschein hatte.
Vom Rücksitz kam ein metallisches Scheppern. Zweifellos die Skorpion des Mannes mit dem schütteren Bart. Im Seitenspiegel gingen die Türen des Dodge auf, und drei junge, kräftige Männer sprangen heraus, zwei mit AKS-Sturmgewehren, der dritte mit einem verchromten fünfundvierziger Colt. Sie sahen sich nach allen Seiten um und kamen in grimmiger Zielstrebigkeit auf den Mercedes zu.

Jardine ärgerte sich über sich selbst. Es tat ihm leid, daß er sich Dorothy gegenüber so beschissen verhalten hatte, obwohl er sie mehr liebte als sich selbst – und das wollte was heißen. Es tat ihm leid, daß ihm nicht die Absolution erteilt wurde, aber tief im Innern glaubte dieser konvertierte Katholik im Grunde nicht, daß er sie verdient hatte. Er beobachtete die Männer, als sie an seine Tür kamen. Jardines Herz hämmerte, und er starrte ihnen der Reihe nach in die Augen. Würden sie ihn aus dem Auto zerren? Welcher würde zuerst schießen? Er ertappte sich bei dem Gedanken, daß sie eigentlich ganz nett wirkten, diese Männer mit ihren kalten, ernsten Mienen und ihren langen, schlampig geschnittenen Haaren.

Und es überraschte ihn, daß er trotz seines heftig pochenden Herzens keine Bedrohung empfand, keine richtige Angst.

Der mit dem Colt beugte sich hinunter und sah ihn an. Musterte Jardines Züge gründlich. Zweifellos, um sich zu vergewissern, daß er den richtigen Mann abknallte.

Der Fahrer löste die Zentralverriegelung des Autos. Die heiße Beiruter Luft verwandelte das klimatisierte Autoinnere in schwüle Feuchtigkeit.

»Monsieur Ramseyer«, sagte der Mann mit dem Colt, *»je ne pense pas que vous veuilliez débarquer à l'aéroport avec des voyous commes nous. Voilà un taxi. C'est pas dangereux ...«*

Jardine nickte, als hätte er erwartet, genau das zu hören. Ich glaube nicht, daß Sie auf dem Flughafen mit Schlägertypen wie uns gesehen werden möchten, hatte der junge Mann mit dem Colt eben gesagt. Nehmen Sie ein Taxi, es ist ungefährlich.

David Jardine nickte und stieg aus dem Mercedes. Einer der Männer mit einem AKS öffnete die Hintertür und nahm von dem Kerl mit dem schütteren Bart Jardines ramponierte Ledertasche aus Bogotá entgegen.

Der Mercedes war abgefahren, ehe Jardine auch nur auf halbem Weg zu den wartenden Taxis war. Und als er den ausgebleichten blauen Peugeot-Kombi an der Spitze der Schlange erreichte, heulte der Motor des Dodge auf, und der Wagen fuhr ebenfalls davon.

Plötzlich kam sich Jardine sehr einsam vor, auf einer halb reparierten Straße mitten in der Innenstadt von Beirut, auf der falschen Seite der Grünen Linie.

»*'fendi* ...« sagte einer der Fahrer, ein Mann zwischen vierzig und sechzig und zeigte dort, wo wichtige Zähne hätten sein sollen, schwarze Lücken.

»Zum Flughafen. Möge es Gottes Wille sein«, sagte Jardine auf arabisch. Der Fahrer nickte und machte die Hintertür seines Peugeot auf, kratzte sich den Kopf, ohne die flache Mütze abzunehmen, die schräg auf seinem grauen Haar saß.
»Möge es sein Wille sein«, erwiderte er mechanisch, und so verließ David Jardine nach nicht gerade ereignislosen achtundvierzig Stunden Beirut, machte nur noch eine Pause, um vom Flughafen aus zwei Telefongespräche zu führen.

In Palermo war es sieben Uhr morgens. Die beiden Büroputzfrauen in den Vierzigern, eine eindeutig bäuerlicher Abstammung, die andere in Sciacca an der Südwestküste geboren, halb maurisch, halb sizilianisch, hatten eben den Teppich auf der Treppe vom Erdgeschoß zum Keller in der sicher bewachten und teuer ausgestatteten Handelsfiliale der Banco di Calabria gesaugt.
Lucita, die Frau aus Sciacca, rollte das Elektrokabel des Staubsaugers auf. Ihre Freundin, Bella, hatte den Schrank aufgemacht, in dem Eimer und Zubehör für das Putzen der Keramikfliesen des Kellerbodens standen. Sie plauderten zwanglos darüber, welche der beiden Marken von Babynahrung, für die im italienischen Fernsehen geworben wurde, ihr Geld wert sei, als der stellvertretende Geschäftsführer, Signor Alfredo Buonatempora, aus den sicher geschützten Verwaltungsbüros herunterkam. Er sah nervös aus und trug einen grauen Pullover, ein Sportjackett und dunkle Hosen, die erstbesten Sachen, die ihm in die Hände gefallen waren.
Denn Buonatempora hatte im Bett seiner Geliebten gelegen, der siebenundzwanzigjährigen Frau eines Bankangestellten, den er zu einer dreitägigen Buchprüfung nach Licata am Mittelmeer geschickt hatte. Sein Mobiltelefon klingelte, als er noch bei seiner Freundin war, und die einheimische *Polizia* meldete, um 4.10 Uhr an jenem Morgen seien zwei Männer, beide in den Vierzigern, gesehen worden, die durch einen Hintereingang die Bank verlassen hatten. Es hatte ihn gewaltig geärgert, daß die *Polizia* so lange gebraucht hatte, diese Meldung zu erstatten. Denn zusätzlich zu acht bewaffneten Wächtern, die rund um die Uhr auf dem Grundstück Dienst taten, und einem umfassenden Alarm- und Überwachungssystem, das jeden Raum, Flur, jede Tür, jeden Schrank und Aufzug erfaßte, bezahlte die Banco di Calabria der einheimischen *Polizia* an die sechzigtausend US-Dollar pro Jahr für

besondere Kooperation beim Schutz von Siziliens einbruchsichersten Tresorräumen.
Die diensthabenden Wächter hatten Buonatempora jedoch versichert, keinerlei Alarm sei losgegangen und die Videoüberwachung aller Teile der Bank habe die ganze Nacht lang funktioniert. Also war die Meldung vermutlich falsch. Um vier Uhr morgens konnte man in Palermo leicht eine Hintertür mit der anderen verwechseln.
Kurz nachdem der stellvertretende Geschäftsführer damit angefangen hatte, die elektronisch versperrten Türen zum Souterrain und den Tresorräumen zu überprüfen, hörte er auf der Treppe zum Stock darüber, dem Erdgeschoß, aufgeregte Stimmen, und ein Wächter kam herunter, wich einem von Lucita aufgestellten Eimer aus.
»*Signore*, oben sind zwei Kunden. Sie verlangen, sofort mit Ihnen zu sprechen.«
Zwei Kunden? Morgens um fünf nach sieben?
»Wer sind sie?« fragte der stellvertretende Geschäftsführer.
»Einer heißt Muhler, und der andere hat einen französischen Namen. Jacques Dingsbums ...«
Jacques Stiguer. Und Bernard Muhler. *Porca madonna*, dachte Buonatempora. Das hat mir gerade noch gefehlt! Zwei Großkunden, die erst gestern hundertfünfzig Millionen Dollar in Inhaberobligationen in Titaniumkassetten im Tresorraum deponiert hatten. Denen ein paar von den umfassenden Sicherheitsmaßnahmen der Bank gezeigt worden waren. Die hochentwickelten elektronischen Überwachungsgeräte, Bewegungsmelder und Alarmsysteme, die eigens gesicherten fünf Tresorräume unterhalb von den sieben banküblichen Tresorräumen im Souterrain, deren Wände und Böden mit einem Keramikkunststoff versiegelt waren, viermal so resistent gegen Sprengstoffe, Hitze, Laser- und Diamantbohrer wie Titanium, eines der härtesten dem Menschen bekannten Metalle.
Muhler und sein schweigsamer Begleiter hatten beruhigt über die Sicherheitsvorkehrungen gewirkt, zu denen auch ein lähmendes, geruchloses Gas und Vorrichtungen gehörten, die das ganze Gebäude abriegelten, so daß Eindringlinge, die so tollkühn waren, an den elektronischen und mechanischen Schließvorrichtungen zum Schutz der Tresorräume herumzuspielen, in der Falle saßen.
Und hier waren sie, zwei Fremde in Palermo. Was konnten sie um diese Zeit am Morgen schon wollen, wenn es nicht darum ging, das Gerücht

zu überprüfen, vor erst drei Stunden sei in die Bank eingedrungen worden?

»Herr Muhler.« Buonatempora strahlte, als er in die Halle im Erdgeschoß kam, mit ihren Rauchglaswänden, den antiken Spiegeln, dem Marmorboden und Granitsäulen, den schweren Ledersesseln und viel poliertem Chrom. »*Buon giorno.* Guten Morgen. Was kann ich für Sie tun? Darf ich Ihnen Kaffee anbieten?«

»Nein.« Jacques Stiguer sprach englisch, fast akzentfrei. »Wir bedauern, Sie stören zu müssen, *Signore,* aber unsere Zeit in Palermo ist begrenzt, und wir wünschen Zugang zu unseren Kassetten in Ihren sicheren Tresorräumen ...«

Hatte es sich Buonatempora nur eingebildet, oder hatte der Mann vor dem Wort »sicher« gezögert?

»Entschuldigen Sie, meine Herren.« Buonatempora ging so flüssig von Deutsch zu Englisch über, wie sich das für den kosmopolitischen Manager einer kosmopolitischen Bank gehörte. »Das ist leider nicht möglich. Ich habe Ihnen gestern erklärt, daß unsere Tresorräume elektronisch gesichert sind, mit einem Zeitschalter.« Er breitete die Arme aus. »Es gibt Sicherheitsvorschriften. Die eingehalten werden müssen. Bitte, kommen Sie, sagen wir, um neun zurück. Ich werde Sie persönlich begleiten. Sie sind selbstverständlich ... ganz besondere und geschätzte Kunden.«

Danny Dawidow alias Bernard Muhler musterte Buonatemporas ehrliche und doch ganz und gar nicht hilfsbereite Miene. Er hatte unter einem riesigen Ölgemälde gestanden, das Garibaldi darstellte, Italiens heldenhaften Revolutionär, und Dawidow winzig wirken ließ. Der massive vergoldete Rahmen wirkte irgendwie fehl am Platz in der verchromten und verspiegelten Halle. Dann nickte Danny, drehte sich um, die Hände tief in den Hosentaschen, und schlenderte wortlos zur Panzerglastür mit Blick auf die Via Maqueda und die Welt aus Fröhlichkeit, Armut und gewaltsamem Tod – die Welt Palermos.

»*Signore* ...?« Der stellvertretende Geschäftsführer ging zu dem Mann hinüber, den er als Muhler kannte.

Als Danny Dawidow sprach, war seine Stimme ruhig, aber auf selbstbewußte Weise tödlich. »Ich kann mir nicht vorstellen, daß um diese Tageszeit«, er sah auf seine Armbanduhr, »um sieben Uhr dreiundzwanzig, ich kann mir nicht vorstellen, daß jetzt schon viele Leute, Kunden Ihrer Bank, gehört haben, daß Ihre einbruchsichere ... das ist das Wort,

das Sie gestern benützt haben … daß um zehn nach vier heute morgen zwei Männer beim Verlassen Ihrer einbruchsicheren Bank gesehen worden sind … So lautet meine Information. Wir sind seriöse Männer, *Signore*. Und gut informiert. Glauben Sie mir.«
Das schwache Dröhnen des Staubsaugers drang klagend wie ein griechischer Chor aus dem Keller herauf.
Alfredo Buonatempora breitete die Hände aus, ohne die Ellbogen zu bewegen. »Gerüchte. Ich war eben unten in den Tresorräumen. Glauben Sie mir. Dort sind keine Eindringlinge gewesen.«
Lieber Gott, gib, daß ich recht habe, betete er. Aber im Augenblick war der Ruf der Bank wichtiger als die Wahrheit.
»Ich bin ja überzeugt davon«, fuhr Danny Dawidow fort, »überzeugt davon, daß unsere hundertfünfzig Millionen Dollar in Sicherheit sind. Und sobald mein Kollege und ich festgestellt haben, daß dem so ist, lassen wir Sie in Ruhe.«
Der Größere trat zu ihnen, der Mann mit dem falschen französischen Namen und dem wölfischen Blick.
»Falls wir jedoch von hier weggehen, ohne unsere Kassetten inspiziert zu haben«, murmelte Kolossow und musterte sein leicht verzerrtes Spiegelbild in der blaßgolden und rosa getönten Glaswand, »wird ganz Sizilien erfahren, daß die Handelsfiliale verwundbar ist.« Er warf seinem Freund einen Blick zu.
Danny Dawidow nickte. »Wie würde das dem Landwirtschaftsminister gefallen?« fragte er und schaute auf seine Uhr.
Danny und Kolossow wußten, daß der Landwirtschaftsminister etwa sechshundert Millionen in bar und in Kokain in den Tresorräumen der *Banco* deponiert hatte. Sie hatten acht Monate und 1,4 Millionen Bestechungsgelder darauf verwendet, alle Einzelheiten über viele anonyme Kunden der Bank in Erfahrung zu bringen.
»Oder Don Giovanni …?« fügte Danny hilfsbereit hinzu und meinte den *Capo di tutti capi*, den Fürsten der Mafia, Giovanni Favorito Noto höchstpersönlich.
Alfredo Buonatempora wurde plötzlich schwindlig, während das Blut in seinen Adern pulsierte. Die *Stranieri*, die beiden reichen Ausländer, hatten ihn in die Klemme gebracht. Entweder konnte er stur bleiben und einen blöden Skandal riskieren – denn gefühlsmäßig war er sich sicher, daß es keinen Einbruch gegeben hatte –, oder er konnte gnädig nachgeben und diesen weltgewandten und gefährlichen Männern erlau-

ben, nach ihren in den Tresorräumen eingeschlossenen Inhaberobligationen zu sehen, und dann versuchen, aus diesem höllisch aufregenden Tag noch das Beste zu machen.
Buonatempora zwang sein unwilliges Gesicht zu einem höflichen Lächeln. »Bitte, entschuldigen Sie mich einen Augenblick«, sagte er und ließ die beiden an der Panzerglastür stehen.
In seinem Büro war sein polierter Lederdrehsessel für Alfredo Buonatempora ein wahrer Zufluchtsort, und er sank in das weiche Leder, während er den Hörer des grünen Telefons abnahm und eine Nummer eintippte, die er auswendig konnte, aber nur selten benützte. Es war der Privatanschluß eines gewissen Dr. Dante Giuliano Corso, Präsident der Banco di Calabria.
Buonatempora war noch nie auf dem legendären Gestüt im abgelegenen südöstlichen Hinterland Italiens gewesen, wo der Präsident, *Il Dottore*, Poloponys züchtete und seine erlesenen Sammlungen europäischer alter Meister und chinesischer T'ang-Keramik aufbewahrte, dazu Bugattis und museale Flugzeuge. Aber er hatte ein Video vom hundertjährigen Jubiläum der Bank gesehen, bei dem sein Chef zu den fünfzig leitenden Mitarbeitern gehört hatte, die mit ihren Familien zur dreitägigen Gala geladen gewesen waren. Das Anwesen sah aus wie aus einem Hollywoodfilm.
Als das Freizeichen kam, konnte er sich vorstellen, wie *Il Dottore* auf der Terrasse seiner prächtigen Villa englischen Tee trank, mit der Aussicht auf über tausend Hektar gepflegtes Weideland und sandige Wälder, ein Gelände, das sich wellig hinunter erstreckte bis zum See Cecita und den malerischen Dörfern La Mula und Giardino di Neto. In der Villa gab es bestimmt Diener in weißen Jacken und geschmeidige *Contadini*, junge Hausmädchen, die er nach Lust und Laune vögeln konnte.
»Si«, meldete sich die Stimme eines gebildeten Mannes, eine Stimme, aus der Macht sprach, was Buonatempora schon diesem einen Wort entnehmen konnte.
»Padrone«, fing der stellvertretende Geschäftsführer an und nahm in seinem Lederdrehsessel eine aufrechtere Haltung an, »hier ist Alfredo Buonatempora, stellvertretender Geschäftsführer der Handelsfiliale in Palermo.«
»Hoffentlich haben Sie einen guten Grund«, erwiderte Dante Giuliano Corso, »so früh am Morgen anzurufen.«

»Dottore Presidente«, fuhr Buonatempora fort und erklärte ruhig und geschäftsmäßig sein Dilemma. Berichtete, Eindringlinge seien gemeldet worden, eine gründliche Suche habe jedoch keinerlei Hinweise ergeben. Und von den beiden schwierigen Kunden, die verlangten, außerhalb der Geschäftszeit eingelassen zu werden, um ihr Geld zu zählen, das sich in Inhaberobligationen auf insgesamt hundertfünfzig Millionen US-Dollar belaufe.

Als er seinen Bericht abgeschlossen hatte, den er so unaufgeregt und sachlich vortrug, wie es allen leitenden Angestellten dringend nahegelegt wurde, weil es die einzige Methode sei, beim Chef, *Il Dottore*, einen guten Eindruck zu machen, entstand ein Schweigen in der Leitung. Ein so tiefes Schweigen, daß Buonatempora sich einbildete, er könne das Kabel zwischen seinem Ohr und dem des Präsidenten vor sich sehen, der fast fünfhundert Kilometer Richtung Nordosten von ihm entfernt war.

»Was haben Sie gesagt, wieviel haben diese Herren bei uns deponiert ...?« fragte Corso mit trügerischer Sanftheit.

»Einhundertfünfzig Millionen US-Dollar in Inhaberobligationen, *Signore.*«

»Und wie lange sind sie schon Kunden bei uns ...?«

»Seit etwas über neunzehn Monaten. Nach dem, was sie sagen, ist einer Franzose, der andere ein Schweizer. Sie haben mit siebenhunderttausend angefangen, und ihr Konto ist ständig beträchtlich angewachsen. Anfang des Jahres haben sie einundvierzig Millionen auf eine Handelsbank auf den Cayman-Inseln transferiert, wonach auf ihrem Konto bei uns nur noch hunderttausend übrig waren. Dann, drei Wochen später, wurden hundertsiebenundfünfzig Millionen elektronisch von einer japanischen Bank transferiert. Auf ihr gemeinsames Konto.«

»Sind irgendwelche Erkundigungen von ... Außenstehenden über die beiden eingeholt worden?«

»Nein, *Dottore.*«

»Und die Referenzen ...?«

»Makellos. Darunter auch eine von Scheich Fadlallah.« Scheich Fadlallah war ein iranischer Religionsgelehrter und Politiker, der Hunderte von Millionen des Barvermögens seines Landes rund um die Welt auf Banken wie die Banco di Calabria transferiert hatte – Banken, die keine Fragen stellten.

»Alfredo«, sagte eine Stimme, die durchklingen ließ: Ich bin diesen Unsinn jetzt leid. »Lassen Sie die Männer in den Tresorraum. Schließlich ist es ihr gottverfluchtes Geld.«

»Selbstverständlich, *Presidente*. Ich habe es nur für klug gehalten, nachzufragen … Selbst falls …«

»Öffnen Sie den Tresorraum, Signor Buonatempora. Danke für den Anruf.«

Und die Leitung war tot.

Buonatempora kam sich ein bißchen vor wie ein *Ottuso*, ein Dämlack. Ein bescheuerter Vollidiot. Öffnen Sie den Tresorraum, hatte der Chef gesagt, und lassen Sie die Herren ihr Geld zählen.

Der stellvertretende Geschäftsführer legte den Hörer auf und seufzte. Er zuckte die Achseln und ging hinaus, jetzt leichtfüßiger. Denn die Entscheidung lag nicht mehr bei ihm. *Il Presidente* hatte sie getroffen, der große Boß, auf seiner großen verdammten Luxusranch, weit entfernt von der eigentlichen Arbeit.

Che magnifico …! Einfach großartig.

Muhler und Jacques Stiguer waren immer noch in der Halle und erhoben sich aus den Sesseln im Wartebereich. »Meine Herren, bitte verzeihen Sie mir. Ich habe beschlossen, den Zeitschalter außer Kraft setzen zu lassen.«

»Oh, das können Sie?« rief der Kleinere von beiden, Herr Muhler.

»Wir sind hier nicht in der finstersten Provinz, mein Herr.« Alfredo Buonatempora lächelte dünn. »Bitte folgen Sie mir …«

Siebzehn Minuten später standen Danny Dawidow und Nikolai Kolossow im Tresorraum Nummer drei unterhalb des Souterrains mit den fünf Tresorräumen, in denen die Schätze von Leuten aufbewahrt wurden, die gerade einmal Millionen besaßen.

Buonatempora hatte einen Notfallcode eingegeben, der die Zeitschalter lahmlegte, und zwei ihm untergeordnete vertrauenswürdige Manager hinzugerufen, die früh zur Arbeit erschienen waren, weil sie gehört hatten, wie sich so etwas nun einmal in Palermo herumspricht, in der Bank gehe irgend etwas nicht mit rechten Dingen zu. Es war ihnen nur zu dritt möglich, die elektronischen Codes und die Schlüssel zu beschaffen, die den Keller und den Tresorraum mit den hundertfünfzig Millionen der beiden Männer öffneten.

Vor dem Tresorraum standen drei bewaffnete Männer mit dem Rücken zur Wand. Eine schwere Tür glitt auf, und Buonatempora führte die beiden Kunden hinein.

Innen trennte sie eine Panzerglasscheibe mit einer Tür aus Panzerglas und Titanium von den Schließfachreihen, die den größten Teil der restlichen drei Wände einnahmen.
»Wie ich Ihnen gestern erklärt habe, meine Herren«, sagte Buonatempora mit lobenswerter Höflichkeit in Anbetracht der Rücksichtslosigkeit, mit der er gezwungen worden war, die beiden Kunden außerhalb der Geschäftszeit einzulassen (aber andererseits war derlei in Palermo auch nicht völlig unüblich), »sind die Wächter zu Ihrem Schutz anwesend und werden vor der Tür warten, während Sie Ihre Schließfächer öffnen. Die Tür zum Tresorraum wird versperrt. Wenn Sie gehen wollen, drücken Sie einfach auf die beiden Knöpfe auf der linken Seite der Tür. Sie müssen gleichzeitig gedrückt werden. Ich hoffe, das ist klar?«
Kolossow nickte. »Wir haben alles verstanden. Danke, Herr Buonatempora ...«
Danny Dawidow sagte: »Ja. Besten Dank.«
Buonatempora warf Dawidow einen Blick zu. »Ich begebe mich ins Büro nach oben.« Er sah sich mit einer Mischung aus Erleichterung und Stolz um, musterte die Wände aus schiefergrauen Schließfachtüren in verschiedenen Größen. »Wie Sie sehen können, ist hier nicht eingebrochen worden.«
»Ich kann Ihnen gar nicht sagen, wie sehr das meinen Kollegen und mich beruhigt, *Signore.*« Der Größere von beiden lächelte, jetzt, nachdem er seinen Willen durchgesetzt hatte, entspannt und geduldig.
Und etwa um dieselbe Zeit, als Buonatempora in den Fahrstuhl stieg, der ihn zwei Stockwerke höher in das Erdgeschoß der Handelsfiliale der Banco di Calabria brachte, half ein gewisser Salvatore E. Betancourt, ein Stimmenimitator aus Cinecittà, der fast jede süditalienische Männerstimme so perfekt nachahmen konnte, daß selbst ein Stimmendetektor (der bei der Polizei und bei den Geheimdiensten als ein so gutes und sicheres Beweismittel galt wie ein Fingerabdruck) darauf hereingefallen wäre. Dieser Salvatore E. Betancourt half also einem Techniker vom ehemaligen jugoslawischen Geheimdienst dabei, nicht einmal eine Kreuzung weit von der Bank entfernt in einem Zugangstunnel für Notfälle seine illegale Telefonabfanganlage abzubauen.
»Wirklich beeindruckend. Dabei habe ich schon oft mit Künstlern zusammengearbeitet«, bemerkte der Supertechniker.
»Viel Geld für wenig Mühe«, erwiderte Betancourt. Und er sprach mit

der Stimme, die Alfredo Buonatempora während seines Telefongesprächs am anderen Ende der Leitung gehört hatte.
Tatsächlich sollte Buonatempora einen Eid darauf schwören, es sei die Stimme von Dr. Dante Giuliono Corso gewesen. Und bedauerlicherweise verursachte das seinen vorzeitigen Tod an dem, was die Gerichtsmedizin in Palermo Bleivergiftung nennt.
Aber man kann, wie Danny Dawidow gegenüber Nikolai Kolossow bemerkte, kein Omelett braten, ohne Eier aufzuschlagen.

Ronnie Szabodo wartete im Terminal zwei, als die Erste-Klasse-Passagiere des Swissair-Flugs aus Genf in die Halle kamen. Jardine fing seinen Blick auf und stellte fest, daß der untersetzte ehemalige Ungar sogar sein Gebiß eingesetzt hatte. Bei einer Schlägerei mit einem amerikanischen Matrosen in Saigon war Szabodo vor vielen Jahren ein Vorderzahn ausgeschlagen worden, aber die Teilprothese war ihm unbequem, und er nahm sie nur bei besonderen Anlässen aus der Jackentasche und steckte sie in den Mund, zum Beispiel wenn er in die Buchhaltung gerufen wurde, um seine Spesen auf Kosten der Regierung zu erklären, oder wenn er eine Verabredung mit einer Dame hatte, die ihm ins Auge stach. Im Augenblick war die betreffende Dame die Frau des Barkellners in seinem British-Legion-Club. Eine schmächtige Vierzigjährige mit Haaren, die vom häufigen Färben knisterten. Aber Liebe macht blind, und die Dame hielt Ronnie für wunderbar, was immerhin ein guter Anfang ist. Und auf seine Weise, dachte Jardine, als sie das Terminal durchquerten und sich dem alten Jaguar XJU-6 näherten, der im Parkverbot vor dem Ausgang stand, war Ronnie ja auch wunderbar. Szabodo bedachte eine Politesse, die er angeworben zu haben schien, damit sein Auto nicht abgeschleppt wurde, mit einem unendlich charmanten Lächeln, und sie wurde tatsächlich rot, als er die Hintertür aufmachte, damit Jardine seine ramponierte kolumbianische Reisetasche abstellen konnte.
Sie sagten nichts, bis der Jaguar gemächlich den Flughafen verlassen hatte und auf der Straße beschleunigte, die Heathrow mit dem Motorway M4 verband.
David Jardine suchte im Handschuhfach nach Zigaretten. »Ronnie, ich weiß nicht, ob es eine gute Idee ist, direkt zum Büro zu fahren.«
Ronnie nickte. »Warum bin ich wohl mit dem eigenen Auto gekommen, was meinen Sie?«

Jardine warf einen Blick auf seine Uhr. Eine imitierte Rolex Oyster, die er für fünfundsechzig Dollar in Singapur gekauft hatte. »Wir müssen reden.«
»Sicher.« Ronnie Szabodo bog bei Ausfahrt drei von der Autobahn ab, und zwanzig Minuten später, nach der Fahrt über eine Reihe von Nebenstraßen, die einem Taxifahrer Ehre gemacht hätte, gingen sie in Barnes am Treidelpfad entlang. Zwei Mannschaften ruderten auf der Themse. Vierer. Und ein kleines Holzboot mit Außenbordmotor schoß geschäftig zwischen ihnen hin und her, ein Trainer mit einem Megaphon, der den Ruderern Ratschläge und Anweisungen erteilte.
Jardine hatte Szabodo alles erzählt, angefangen mit seiner Ankunft in Beirut, von den Messerstichen, seinem Gespräch im Café Le Camel mit Hassan, seiner Entführung durch Salim Jaddeh, von dem sich herausgestellt hatte, daß er der legendäre schwarze Mossad-Agent Reuven Arieh war, von der Tatsache, daß Granatapfel seit etlichen Jahren, vielleicht von Anfang an, als Doppelagentin für die Israelis gearbeitet hatte, von dem Bandmitschnitt des Gesprächs zwischen Steven McCrae und dem Personalchef über Jardine bis zu dem Augenblick auf der Terrasse mit Blick hinunter auf Dhuer El-Chuer, als Reuven Arieh gesagt hatte, er habe einen Vorschlag zu machen.
Szabodo nickte, als hörte er derart absurde Geschichten jeden Tag. Na ja, vielleicht nicht jeden Tag, aber jedenfalls nicht gerade selten. Er steckte die Hände tief in die Taschen und schaute mit hochgezogenen Schultern hinüber zu den Ruderbooten und dem geschäftigen Motorboot, von dem aus schwache Ermahnungen über die träge Themse schallten, mit ihrem schlammfarbenen Wasser, dem Treibholz und gelegentlich mit einem toten Hund. »Worum geht es, David? Bei dem Vorschlag?«
Und David Jardine erzählte es ihm.
Und als er es ihm erzählte, war er wieder dort, roch Orangenbäume und Zedernholzrauch, schmeckte die melancholische Andeutung von Honig in dem frischgepreßten Limonensaft mit dem Pfefferminzzweig, Erinnerungen an Gerüche und Geschmacksempfindungen, wie es sie nur im Libanon gab.
Reuven Arieh hatte Jardine von einem international bekannten Mann erzählt, einem Multimillionär namens Robert Maxwell, der auf mysteriöse Weise ums Leben gekommen war. In der Nähe der Kanarischen Inseln war er vom Heck seiner Luxusjacht gefallen. Wie sich der tsche-

chische Verleger und Zeitungsmagnat vor zwanzig Jahren an den Mossad gewandt und damit angefangen hatte, Informationen weiterzugeben, die der israelischen Nation von Nutzen sein könnten. Im allgemeinen waren es unwichtige Einzelheiten aus Wirtschaft und Politik gewesen, und der Mann war mehr bei Laune gehalten als respektiert worden. Aber das Institut hatte angenommen, Maxwell sei auf dem Weg zu Macht und riesigem Reichtum, und sie hatten ihn in Watte gepackt, ihm sogar einen Führungsoffizier aus der Abteilung für politische Informanten zur Verfügung gestellt.
Robert Maxwells Deckname war »William« gewesen, so prosaisch, daß es fast schon banal war. Das kleine Team in der Abteilung für politische Informanten hatte ihm den Spitznamen Malvolio verpaßt, nach dem Haushofmeister in Shakespeares *Was ihr wollt*, der so aufgeblasen ist von seiner Wichtigkeit, daß er sich, als er sich in eine Frau verliebt, dazu überreden läßt, in lächerlichen gelben Strümpfen und kreuzweise gebundenen Kniegürteln herumzustolzieren, überzeugt davon, das werde die Aufmerksamkeit der Dame erregen und ihre Leidenschaft wecken.
Aber Maxwell, die Witzfigur, brachte es tatsächlich zu Reichtum und internationaler Bedeutung. Und selbst als er an wahrem Status gewann, hielt er an seiner leicht absurden Illusion fest, seinem Geheimnis – tatsächlich ein Agent des Mossad zu sein.
David Jardine und Ronnie Szabodo verstanden diese jämmerliche Geschichte, denn die Realität der Spionagewelt war dem Rest der Menschheit so gut wie unbekannt. Die einzigen Blicke, die andere auf das verborgene Firmament erhaschten, boten manchmal die Riesenpannen oder Memoiren abgehalfterter Agenten, Trivialromane und Filme oder »Enthüllungsgeschichten« von Reportern, die aus unerfindlichen Gründen nie zu begreifen schienen, wie das Spionagegeschäft funktionierte. Selbst diejenigen unter ihnen, die geschmiert worden waren und dadurch ihre journalistische Integrität eingebüßt hatten, schienen nicht in der Lage zu sein, die wahre Witterung der kaltblütigen, in höchstem Maße rücksichtslos professionellen Jagd aufzunehmen, die die Geheimdienstarbeit war.
Trotz ihrer notwendigen Ahnungslosigkeit waren Außenseiter immer wieder fasziniert von Andeutungen, von etwas, das einem Freibrief, im patriotischen Dienst der Nation illegal und skandalös handeln zu können, gleichkam. Wie auch immer sie die Geheimdienstarbeit wahrneh-

men mochten, vielen normalen, sonst vernünftigen und praktisch denkenden Menschen erschien sie anziehend und gefährlich. Sie bildeten sich ein, sie verleihe denjenigen, die an ihren Kabalen mitwirkten, eine Art von Aura.

Was für ein Schwachsinn, dachte David Jardine. Und er fuhr mit seiner Geschichte fort.

Laut Arieh war »William« seit 1987 vom stellvertretenden Operationsdirektor (West) des Mossad geführt worden, einem ehemaligen Teamkoordinator bei der Operation »Zorn Gottes«, bei der Mitglieder des aktiven Diensts und der Einheit 101 einen illegalen und mörderischen Krieg gegen palästinensische Terroristengruppen im Nahen Osten und in Europa geführt hatten. Der stellvertretende Direktor war ein ehemaliger Offizier bei den israelischen Fallschirmspringertruppen namens Danny Dawidow.

»Ich erinnere mich an ihn«, sagte Ronnie Szabodo. »Kleiner, schmächtiger Kerl. Hat Stumpen geraucht. 1986 war er auf Zypern. Operation Parsifal. Er war der Israeli im Team. Sid mit der nassen Aussprache war der Yank.«

Jardine lächelte. Ronnie benützte Wendungen wie Yank, ohne rot zu werden. Ohne es zu merken, ruinierte er mit seinen magyarischen Konsonanten einen Sprechstil, von dem er sich einbildete, es handle sich dabei um die lakonische Blasiertheit der Absolventen von Oxford und Cambridge, die noch das Rückgrat des SIS gebildet hatten, als er direkt nach dem Ungarnaufstand 1956 angeworben worden war. Szabodo war ein Budapester Teenager im letzten Oberschuljahr gewesen, und er hatte wild in den verzweifelten, zum Scheitern verurteilten Straßenschlachten gegen eine ganze sowjetische Panzerarmee und Divisionen mongolischer und tatarischer Infanterie gekämpft, die auf Rat von Botschafter Juri Andropow nach Ungarn geschickt worden waren, weil sie im Ruf standen, gewissenlos zu vergewaltigen, zu plündern und zu töten. Denn das sowjetische Spiel hieß Terror.

Ronnie hatte einem jungen britischen Journalisten das Leben gerettet, der für Reuters arbeitete und ein Agent der Firma war. Und der SIS hatte schnell reagiert, als der sechzehnjährige Ungar eines Abends gegen elf in der Britischen Botschaft vorsprach, ausgerechnet in Warschau.

Er hatte zu essen bekommen und war, als er sich ausgeruht hatte, mit einem Diplomatenpaß nach London gebracht worden. Nach der Beurteilung war er sofort wieder als Agent hinter den Eisernen Vorhang zurückgeschickt worden, ohne Garantien oder eine Rückkehrmöglichkeit für den Fall, daß er gefaßt wurde oder aufflog.

Zwei Jahre später war Ronnie Szabodo aus dem Ostblock herausgeschleust und wieder nach England gebracht worden. Er war noch nicht einmal zwanzig, als seine Heldentaten ihm den Respekt der hochgebildeten Herren eingetragen hatten, die in jenen glücklichen Tagen das Sagen hatten. Der Schatten von Burgess und Maclean hatte im Grunde keine Spuren hinterlassen, Harold Adrian Russell Philby galt immer noch als zuverlässig und arbeitete als Journalist getarnt in Beirut, und der SIS hatte immer noch die Aura des Elisabethanischen Hofes, durchsetzt mit ein bißchen Draufgängertum.

Der junge Szabodo hatte nach entsprechender Nachhilfe die Studienzulassung geschafft und war auf das St. Antony's College in Oxford geschickt worden. Im Bewußtsein der großen Chance, die ihm zuteil geworden war, hatte er gewissenhaft studiert. Nachdem er sich drei Jahre lang beim Büffeln die Nächte um die Ohren geschlagen hatte, bestand er mit einer Drei minus in slawischer Geschichte mit knapper Not die Abschlußprüfung.

Die Firma schloß ihn jedoch in die Arme, und obwohl Ronnie Szabodo nie Gewaltiges vollbringen sollte, erwarb er sich einen Ruf als fähiger und zuverlässiger Mann im Außeneinsatz. Und im Laufe der Jahre war er zu einer festen Institution geworden, arbeitete nie in den Broadway Buildings oder später im Century House, dem scheußlichen Glaskasten am St. George's Circus, sondern immer als Straßenkämpfer.

Es war Ronnie Szabodo gewesen, der den jungen Jardine vor langer Zeit angeworben hatte und sein Mentor gewesen war. Als David Jardine dann ein richtiger Geheimagent geworden war, hatte er gewissenhaft auf ihn aufgepaßt und ihn in den Hintern getreten, wenn es sein mußte. So war es während Jardines ständigem Aufstieg, auf seinem Weg durch die Vorhöfe der geheimen Macht, immer geblieben. Kein Wunder, daß die Kollegen ihn Renfield nannten, den Diener Jardines in seiner Rolle als Graf Dracula.

»Wie auch immer«, fuhr Jardine fort, »eines Tages tauchte Maxwell bei dem Mossad-Chef für Geheimoperationen, der damals in Paris stationiert war, zu Hause auf.

Robert Maxwell war damals Alleinherrscher über das riesige Imperium der Pergamon Press, mit dem er so gut wie alles machen konnte, was er wollte. ›Ich weiß‹, sagte Maxwell, ›was jeder Geheimdienst mehr als alles andere braucht.‹

›Und was ist das?‹ fragte Nathan Zamir. Sie erinnern sich an ihn …?«

Szabodo nickte. Er erinnerte sich an Zamir.

»›Geld‹, erwiderte Maxwell. Sie sehen, er wußte Bescheid. Er hatte begriffen, worin die Achillesferse eines echten Geheimdiensts besteht: Er muß seinen politischen Herren Rechenschaft über seine finanziellen Mittel ablegen.«

»Und die kommen und gehen«, bemerkte der Magyar, »und möglicherweise wollen sie sich einmischen.«

Jardine fuhr fort: »Andererseits hat jeder Geheimdienst, der etwas taugt, seit vielen Jahren seinen Etat zu hoch angesetzt. Und weil viele besonders kostenintensive Arbeitsgebiete zu heikel sind, als daß detailliert über sie abgerechnet werden könnte, ist es möglich, einen ziemlich hohen Geheimetat anzulegen, über den keine Rechenschaft abgelegt werden muß.«

»Schwierig für die Israelis.« Ronnie Szabodo kramte in der Tasche seines makellos geschnittenen Tweedjacketts herum. »Ihr Dienst hat von Anfang an pausenlos ackern müssen. Er ist eine kleine Firma in einer kleinen Nation, da ist es schwer, viel auf die Seite zu bringen. Für Notzeiten.«

Das Jackett sah zu neu aus. Und das Hemd mit dem Tattersallkaro, aus dem dicken Flanell, der eingeht und am Hals scheuert, wirkte für einen Treidelpfad in einem Londoner Vorort eine Spur zu ländlich.

Jardine fuhr mit seiner Geschichte fort. »›Ich kann Ihnen Millionen zur Verfügung stellen‹, bot Maxwell an. ›Direkt auf Konten im Ausland oder in bar, die Währung können Sie sich aussuchen.‹ Und er unterstrich deutlich, das Geld sei einzig und allein für den Mossad bestimmt. Damit sie einen Geheimfonds anlegen könnten.

Nathan Zamir holte sich Rat. Sie arbeiteten ein paar Tests aus, ein paar Spielchen, wie wir es manchmal auch machen, Ronnie, und stellten fest, was er sonst auch sein mochte, und sie konnten den Mann wirklich nicht die Bohne leiden, Robert Maxwell war hundertprozentig diskret und hundertfünfzig pro Mossad.«

»Im Gegensatz zu proisraelisch«, bemerkte Szabodo, zog aus der Jackentasche eine Bruyèrepfeife von Peterson heraus und musterte sie, als könnte er sich gar nicht daran erinnern, sie eingesteckt zu haben. »Pro Mossad. Er hielt sich für einen Mossad-Mitarbeiter. Der Mann

war besessen von der Idee, er sei einer von ihnen. Ein vollbezahlter Agent.«
»Der rein zufällig«, Ronnie begriff sofort, »eine Glückssträhne erwischt hatte und ein milliardenschwerer Verleger geworden war. Und ein Inkubus des Hochadels, der Präsidenten ...«
Jardine glaubte, Ronnie meine *Intimus*, aber er stieß mit der Schuhspitze nach einem Stein auf dem Pfad und pflichtete bei. »Genau. Und etwa zwölf Jahre lang war Robert Maxwell die wichtigste Finanzquelle für Operationen, von denen das Institut in Tel Aviv seinen politischen Herren nicht zuviel erzählen wollte.«
»Das heißt, überhaupt nichts erzählen wollte ...?«
»Stimmt genau«, erwiderte Jardine. Es war plötzlich sehr still. Der Außenbordmotor des kleinen Holzboots war stotternd zum Stillstand gekommen, und Jardine war nicht bewußt gewesen, wieviel Hintergrundlärm der Motor verursacht hatte, bis Schluß damit war.
Zwei Möwen schrien, die über ihnen kreisten.
»Es wird regnen, meinen Sie nicht auch?« sagte Jardine.
»Wie kommen Sie darauf?« wollte Szabodo wissen.
»Möwen. Sie kommen nicht oft so weit landeinwärts ...«
»Und das heißt, daß es regnen wird?«
Sie beobachteten die Vögel, die ziellos zu fliegen und herunterzustoßen schienen.
»Ehrlich gesagt«, erwiderte Jardine, »ich habe nicht die geringste Ahnung.« Und er grinste.
Ronnie Szabodo bedachte ihn mit einem langen Blick. »Versuchen Sie nicht, mir etwas vorzumachen, David. Irgend etwas hat Sie bis ins Mark erschüttert.«
»Wie auch immer«, David Jardine ignorierte Szabodos hellsichtige Bemerkung, »Danny Dawidow war Maxwells Agentenführer.«
»Und er hat in die Kasse gelangt ...« Ronnie nickte. Das war eine alte Geschichte.
»Sie waren fuchsteufelswild. Sie hatten ihm vertraut, verstehen Sie. Marty Effriam hatte ihn persönlich ausgesucht.«
»Wieviel ...?«
»Nun ja, Maxwell alias ›William‹ ist von dem verdammten Boot gefallen, und sie haben ihn auf dem Ölberg beigesetzt. Dafür hatte er weiß Gott bezahlt. Zweistellige Millionenbeträge an die israelische Regierung, dazu sein heimlicher Schmiergeldfonds für den Mossad. Laut

Arieh hat die Buchhaltung in Tel Aviv eine Buchprüfung durchgeführt. Sie machten sich Sorgen. Vorher hatten sie sich zwar keine Gedanken darüber gemacht, woher das Geld stammte, aber jetzt wurden Gerüchte über einen Diebstahl in schwindelerregender Höhe aus der Pensionskasse der Zeitungsverlage laut. Sie hatten angenommen, Maxwell sei schlicht und einfach stinkreich.«

Ronnie Szabodo stopfte frischen Tabak in den Pfeifenkopf und kniff die Augen zusammen, während er so tat, als verstünde er, was die Rudermannschaften machten. »Also wieviel?«

»Maxwell hat heimlich veranlaßt, daß der Mossad oder, genauer gesagt, Ronnie, falls meine Vermutung zutrifft, das, was er für den Mossad hielt, etwa dreiundsiebzig Millionen Pfund Sterling bekam. Das kam bei der Buchprüfung heraus. Aber nicht alles war verbucht.«

Der Ungar musterte Jardine fragend, als wüßte er schon, was jetzt kam.

»Haben Sie Feuer?«

»Sicher.« Und David Jardine reichte ihm das Messingzippo, das er Alisha geschenkt hatte, zu einer Zeit, als er sich eingebildet hatte, er habe seine Arbeit im Griff.

»Das ist ein hübsches Feuerzeug. Sieht aus, als hätte es schon viel erlebt.« Szabodo zog und paffte, wie das Pfeifenraucher tun. Er legte die Hand über die Flamme.

»Ihr Tabak wird nach Benzin riechen«, sagte Jardine.

»Ich mag den Geruch.«

Jardine dachte an den sechzehnjährigen Ungar, der Molotowcocktails in die Geschützrohre russischer T-54-Panzer geworfen hatte.

»Dawidow hatte etwa sieben Millionen Pfund Sterling in die eigene Tasche gesteckt«, sagte er. »Beim damaligen Wechselkurs waren das etwa elf Millionen Dollar.«

»Was Danny Dawidow nicht gerade zum heißesten Hit des Monats machte«, bemerkte Szabodo und probierte eine der modischen Wendungen aus, die er gern in seiner krakeligen Schrift in einem kleinen blauen Notizbuch festhielt.

»Seine Chefs steckten in der Klemme. Nach Reuven Ariehs Version der Ereignisse wußten nicht viele Leute beim Mossad über die finanziellen Vereinbarungen mit ›William‹ Bescheid. Es war ein streng gehütetes Insidergeheimnis, sagt er. Was für Möglichkeiten standen ihnen offen?«

Jardine warf seinem Kollegen einen Blick zu.

»Sie konnten ihn kaum vor Gericht stellen, nicht einmal unter Ausschluß der Öffentlichkeit, falls das, was sie getan hatten, ebenfalls ein Verstoß gegen die Verfassung und illegal war. Ich nehme an, sie hätten ihn abknallen können ...« Das war die Möglichkeit, über die bei den meisten demokratischen Geheimdiensten niemals gesprochen wurde. Aber es wäre unrealistisch gewesen, sich vorzumachen, es gebe sie nicht.

»Schwierig«, sagte Jardine, »in einem kleinen Land wie Israel. Mit der Zeit spricht sich das herum. Miserable Werbung. Mütter wollen nicht, daß ihre Söhne in eine Organisation eintreten, die ihre eigenen Leute umbringt. Ehefrauen ... Schwestern.«

»Ihn hinauswerfen und schwören lassen, daß er den Mund hält ...?«

»Sehr schwach, Ronnie. Wenn ich an ihrer Stelle gewesen wäre, hätte ich ihn zu einem Einsatz nach Bosnien oder Südamerika geschickt. Und dafür gesorgt, daß er ein Kriegsopfer wird.«

Ronnie Szabodo sah den großen Mann neben ihm an. Er wußte, daß Jardine keinen Scherz gemacht hatte. »Und wie haben sie das Problem gelöst?«

David Jardine erklärte, wie Dawidow durch Tel Aviv in das sichere Haus gebracht worden war, in dem Staatsverräter und Terroristenführer verhört wurden. Wie ihn seine Gefängniswärter nicht aus den Augen gelassen hatten, bis er elektronisch Kontakt mit einer Reihe von Auslandskonten aufgenommen und fünf Millionen Dollar zurückgegeben hatte. Er hatte behauptet, den Rest habe er in fehlgeschlagene Devisengeschäfte investiert, und Papiere vorgelegt, die das bewiesen.

»Sie haben ihm förmlich die israelische Staatsangehörigkeit aberkannt und ihm eine neue Identität besorgt«, sagte er.

»Südafrikaner oder Belgier?« erkundigte sich Szabodo, der kein Waisenknabe auf dem Gebiet neuer beziehungsweise falscher Identitäten war.

»Südafrikaner. Aber er ist es nicht lange geblieben.«

»Sie sehen beschissen aus, David. Warum hinken Sie?«

»Das ist jetzt nicht wichtig. Abgemacht war folgendes: Danny sollte verschwinden wie ein braver kleiner wandernder Jude und den Kopf einziehen. Das mußte er auf die Thora schwören.«

»Hier ist eine Bank. Gönnen wir unseren Füßen eine Pause.«

Jardine setzte sich auf die Bank. Er fühlte sich tatsächlich erschöpft. Aber das war nichts im Vergleich zum Vorabend, als er einfach ohnmächtig geworden war. Er faßte sich instinktiv mit der rechten Hand an

die linke Seite. Zum Teufel. Wieder feucht. Und bildete er es sich nur ein, oder roch es auch seltsam?
»Aber er«, fuhr Szabodo fort, »hat den Kopf nicht eingezogen ...«
»Ganz im Gegenteil. Erst war es, als wäre er vom Erdboden verschluckt worden. Dann, wiederum laut Arieh, haben sie ihn zweimal zu sehen bekommen, in Delhi und in Sydney in Australien.«
»Ich weiß, wo Sydney liegt, David.«
»Die Interpol Tel Aviv hat dafür gesorgt, daß ein Mann vom Mossad die Lokale abklappert, in denen diese Leute einen zur Brust nehmen, was auch immer das bedeuten mag.« Jardine zuckte die Achseln.
»Schließlich brachten sie bestimmte internationale Finanzverbrechen mit Dannys Vorgehensweise in Verbindung. Er hatte sich seinen Ruf durch Täuschungsmanöver und Operationen mit Falschinformationen erworben. Etliche grenzten an das Geniale. Es war also keine Überraschung, als sich herausstellte, daß die Papiere, die beweisen sollten, daß er sechs Millionen Dollar auf den Kopf gehauen hatte, gefälscht waren. Dawidow selbst war gar kein solcher Könner. Aber er hatte über den Computer überall auf der Welt Leute an der Hand, von denen er wußte, daß er sie kaufen konnte, Meister ihres Fachs. Fälscher. Computerhakker. Spezialisten für Dokumente. Stimmenimitatoren. Das ganze Spektrum.«
Die beiden Ruderboote glitten glatt durch das Wasser, in perfekter Harmonie. Das Motorboot trieb in Sichtweite, etwa zweihundert Meter entfernt, schaukelte ziellos in der Strömung und wurde von drei kreisenden Möwen verhöhnt.
Jardine fuhr fort: »Die Verbrechen im Stil Dannys, wie Reuven Arieh sie nennt, wurden immer ehrgeiziger und verwegener. Und die Geldbeträge, um die es jetzt ging, waren überhaupt nicht mehr komisch. Einhundertsiebenundfünfzig Millionen aus Tokio via Sankt Petersburg. Und heute hat er wieder zugeschlagen, Ronnie. Falls ich Arieh glauben kann, sind um die Zeit, als ich Ariehs Haus verlassen habe, über zweitausend Millionen aus den Tresorräumen einer Bank in Palermo verschwunden. Dazu gehört wirklich Mumm.«
»Ich hätte gedacht, so etwas behält eine Bank für sich«, warf Szabodo ein.
»Sie glauben, daß sie es für sich behalten haben. Die Israelis haben durch jemand im italienischen Landwirtschaftsministerium Wind davon bekommen.«

Ronnie zog mit einem widerlichen Schmatzgeräusch an den Tabakresten in der Pfeife. Irgendwann im Verlauf des Spaziergangs hatte er das Gebiß in die Tasche gesteckt.
»Ich will mich ja nicht in Ihre faszinierende Geschichte einmischen, David. Aber bis jetzt haben Sie mir nicht einmal annähernd erzählt, warum Sie Reuven Arieh die Geschichte nicht ganz abnehmen. Nicht einmal, was für einen Vorschlag er Ihnen gemacht hat oder wie er Sie rumgekriegt hat.«
Während des folgenden Schweigens hätte David Jardine liebend gern mit den drei Trotteln getauscht, die auf der Themse gestrandet waren und vergeblich versuchten, den mit Wasser vollgelaufenen Außenbordmotor anzuwerfen.
»Was also ist passiert? Wollen Sie erst Ihre Schnittwunde ärztlich versorgen lassen?« Ronnie Szabodo entging nichts.
Jardine nahm eine Zigarette aus dem Päckchen und steckte sie in den Mund. Er ließ das Zippo aufschnippen.
»Woher haben Sie die Winstons?«
»Von Alisha. Granatapfel.« Und ehe Jardine die flackernde Flamme an die Zigarette halten konnte, nahm ihm Szabodo das Ding aus dem Mund.
»Vielleicht sollten Sie es mal mit einer anderen Marke probieren. Die hier möchte ich gern im Labor untersuchen lassen …«
»Ist das nicht ein bißchen übertrieben vorsichtig?«
»Gelegentlich, David, wenn auch sehr selten, kann in diesem Job übertriebene Vorsicht angebracht sein.«
»Ach, wirklich«, erwiderte Jardine ironisch.
»Wie hat er Sie also weichgekriegt?« hakte der Ungar nach. »Wie hat Sie das verändert? Denn schon jetzt, nach einer Stunde, kann ich Ihnen versichern, David, es hat Sie verändert …«
Jardine seufzte. Es lief immer wieder auf sein Faible für einen bestimmten Frauentyp hinaus. Gutes Aussehen, lange Beine, Intellekt, eine gewisse Unnahbarkeit und natürlich eine latente, leichte Verruchtheit, die sich nur den wenigen mit derselben Wellenlänge vermittelte.
Ronnie konzentrierte sich darauf, das Zigarettenpäckchen in ein blaues Seidentaschentuch zu wickeln, das er vermutlich in einem Nobelladen in der Jermyn Street gekauft hatte, um sein Selbstbild als englischer Gentleman aufzupolieren, während er darauf wartete, daß sein Vorgesetzter ihm antwortete.

»Indem er mir gezeigt hat«, sagte Jardine, »indem er mir ziemlich klar demonstriert hat, daß Alisha seit etlichen Jahren keine Perle in meiner Krone ist, wie ich mir das voller Stolz eingebildet habe, sondern in der Krone des Mossad. Arieh hat mich in eine Lage gebracht, in der er, ohne es auszusprechen, so vulgär war er nicht, stillschweigend andeutete, niemand müsse es erfahren. Falls ich ihr Angebot annehme und mich mit den Geheiminformationen des Mossad über Danny Dawidow befasse, damit ich ihnen dabei helfen kann, ihm das Handwerk zu legen, bevor er für den Mossad zu peinlich wird, dann braucht es niemand im Century House zu erfahren.«
»Und dem Anschein nach würden Sie Granatapfel weiterhin führen als Ihre unschätzbare Informantin innerhalb der libanesischen Regierung ...«
Jardine nickte. Er fragte sich, was in dem Winston-Päckchen steckte. Eine Nachricht, sie sei dem SIS gegenüber immer noch loyal? Eine Liebeserklärung? Einzelheiten über Dawidow und seine Verbrechen? Hinweise auf zukünftige Aktionen des abtrünnigen Israeli? Zyankali? Oder war es nur ein Päckchen Zigaretten? Er votierte immer noch dafür.
»Wie auch immer, Ronnie, ich habe mich nach Beirut locken lassen, weil ich als Agent nicht mehr so auf Draht bin wie früher.«
»Schwachsinn.«
»Nett, daß Sie das sagen. Auf mich hat ein Teenager eingestochen, weil ich nicht mal auf Draht war, als ich wieder gearbeitet habe.«
»Das hätte jedem passieren können.«
»Und weil er es mir überlassen hat, was ich in meinem Bericht erwähne, wissen die jetzt, daß ich auf ewig ihre Marionette bin, wenn ich irgend etwas weglasse. Denn das haben wir auch schon gemacht. Sie und ich haben das mit Menschen gemacht. So betreiben wir unser Scheißgeschäft, nicht wahr?«
»Und haben Sie etwas weggelassen?« Der Ungar hielt sich den Pfeifenkopf unter die Nase und schnüffelte daran, als interessierte er sich im Grunde nicht für die Antwort.
»Keine Einzelheit.« Jardine hatte in seinen frühen Berichten über Granatapfel sogar den Tag erwähnt, an dem er und die Agentin ein Liebespaar geworden waren.
»Und trotzdem kommen Sie sich kompromittiert vor. David, das verstehe ich nicht.«

David Jardine bog den schmerzenden Rücken durch. Seine Verletzung fühlte sich dumpf und wund an. Er fragte sich, ob er Ronnie unterbewußt erlaubt hatte, ihn hierherzubringen und ihn zu verhören. Um seinen Bericht zu testen, ehe er ihn im Büro abstattete.
»Sie verstehen es ganz genau.«
Szabodo schloß halb die Augen. Dachte einen Augenblick lang nach. Dann nickte er. »Sie haben sich für diesen ... ungewöhnlichen Annäherungsversuch jemanden ausgesucht, der in ein bestimmtes Bild paßt. Jemand, der über alle Mittel eines anderen Dienstes verfügen kann, um das Ergebnis zu erzielen, das sie wollen. Jemand, der das Gefühl hat, von den eigenen Leuten nicht geschätzt zu werden. Der verätzt ist.«
»Vergrätzt.«
»Jemand, dem sie das Gefühl geben können, ihn wiederaufzubauen, den sie mit Respekt behandeln und ihm einen Weg zeigen, seinen Ruf zurückzugewinnen, indem er was tut? Danny Dawidow daran hindert, ein paar Milliarden Dollar zu stehlen?« Szabodo runzelte die Stirn. »Kommen Sie schon, alter Junge, Sie sind viel zu erwachsen, darauf hereinzufallen.«
»Sie haben den Fall mit einem Team aus Psychologen und Psychiatern besprochen«, erwiderte Jardine, »die Zugang zu Dannys Agentenlaufbahn hatten. Das hat zu einer Voraussage geführt, der ich eigentlich zustimme. Unter der Voraussetzung, daß Dawidow über einen verschlagenen, hochintelligenten, kriminellen Verstand verfügt.«
»Ist das in unserem Geschäft denn kein Vorteil, David?«
Jardine ignorierte die Bemerkung. Vielleicht kam sie der Wahrheit zu nahe. »Sie glauben, daß er sein endgültiges Ziel bald erreichen wird. Sie geben zu, daß die Zeit nicht auf ihrer Seite ist. Übrigens hat er von ›unserer‹ Seite gesprochen.«
»Und was hat der verlorene Spion also vor? Daß sie sich in die Hosen machen?«
»Eines seiner Fachgebiete – er hat jahrelang innerhalb des Mossad Unterricht darin gegeben – ist die Destabilisierung von Devisenmärkten. Durch falsche Informationen, Täuschungsmanöver und Fälschungen. Es wäre keine verwegene Voraussage, daß er plant, eine internationale Leitwährung bis in die Grundfesten zu erschüttern. Den Yen, das Pfund, den Dollar.«
»Mit welcher Absicht?« fragte sein alter Mentor. Wie immer ohne jede Überraschung.

»Erpressung. Sie glauben, daß er plant, das Bäumchen zu schütteln, es aber stehen zu lassen, wenn er mit ein paar tausend Millionen abgefunden wird, was Milliarden bedeutet, Ronnie, in Sterling oder Dollar.« Jardine zuckte die Achseln. »Vielleicht in D-Mark. Ich weiß es nicht. Zur Prognose gehört auch, daß Danny Dawidow eine Spur hinterlassen wird, die nach Tel Aviv zu führen scheint.«

»Das muß ihnen Sorgen machen ...«

»Hinter dem eisigen Verhalten dieses Mistkerls habe ich eine gewisse Verzweiflung gespürt. Er war so nervös, daß ich ... neugierig geworden bin. Ein Staragent wie Reuven.«

Ronnie Szabodo schien das Gebiß in seiner Jackentasche zu befingern. »Nehmen wir einmal an, Reuven Arieh leitet die Operation mit dem Auftrag, Danny Dawidow zu finden und ihm das Handwerk zu legen. Ist das bis jetzt okay?«

»Ja.«

»Versetzen Sie sich an seine Stelle, dann ist es ein Alptraum. Danny Dawidow wird vermutlich ein Ausrutscher passieren, und dann wird er sowieso gefaßt. Nationen und Großbanken lassen sich so etwas nicht gefallen, David. Und wie soll der Mossad erklären, daß er saubere Hände hat? Völlig unmöglich. Und niemand wird Israel verzeihen, daß sie so etwas zugelassen haben. Aber warum hat er es Ihnen erzählt? Warum *uns*?«

»Vielleicht erzählen sie es ein paar Leuten. Damit sie nachher sagen können: Seht uns nicht so vorwurfsvoll an. Wir haben versucht, euch alle zu warnen.«

Der Ungar trat nach einem Stein auf dem Treidelpfad. Als ob er versuchte, eine Angewohnheit nachzuahmen, die er eben bei dem durch und durch englischen Jardine beobachtet hatte. Manchmal erinnerte Jardine ihn an eine tödliche Version von Pu der Bär.

»Wenn Sie mich fragen«, sagte Szabodo, »hat das nichts mit dem Mossad zu tun. Das ganze ... Spektrum des Geheimdiensts der israelischen Regierung wäre zweifellos dazu in der Lage gewesen, Danny eins auf die Finger zu geben, bevor es so weit gekommen ist. Außerdem, David, hätten sie diskrete Warnungen verbreitet. An befreundete Dienste.« Ronnie wählte seine Worte sorgfältig. »Es muß ein Privatunternehmen sein, das schiefgegangen ist.«

Und das war es.

Auf Ronnie war Verlaß; er wußte besser als die meisten, daß zu den

vielfältigen Gefahren bei der Geheimdienstarbeit das heimliche Wachstum noch geheimerer Organismen innerhalb der Organisation gehört. Die dort in aller Ruhe Wurzeln schlagen, unbemerkt von ihren Wirten.
Jardine beobachtete, wie das Motorboot von der willkommenen Sicherheit einer baufälligen Mole wegtrieb, wie ein Mann im Bug vergeblich nach einem Bootshaken aus Messing griff.
»Der böse Bube, David. Im Dienst in Tel Aviv. Wer ist es? Wer genau?«
»Natürlich Reuven Arieh. Gemeinsam mit seinen Leuten im Nahen Osten. Danny Dawidow ... Avvy Eitels, der mich in Washington angesprochen hat.«
»Nathan Zamir«, fügte Szabodo hinzu, »der Mann, an den Robert Maxwell zuerst herangetreten ist. Damals Leiter der Operationen. Ein ganz schön mächtiger Haufen.«
»Und sie haben das Geld nicht für sich selbst benützt.« Jardine sah ein winziges Fünkchen Hoffnung vor sich. Vielleicht, nur vielleicht waren die Ereignisse nicht völlig seiner Kontrolle entglitten. »Denn es hat keine Unterschlagung gegeben, sonst wären sie nicht so empört gewesen, als Dawidow in die Kasse gelangt hat ...«
Szabodo dachte darüber nach. »Ein Geheimagent. An Verstellung gewöhnt. Leute, die sich nie die Mühe gemacht haben, die Männer an der Spitze ihres Diensts zu fragen, ob es erlaubt sei, Maxwells Unmengen von Geld zu nehmen.«
»Diese ganzen Männer, Ronnie«, durch Jardines Kopf raste alles, was er über sie erfahren hatte, was die Firma im Lauf der Jahre über sie herausbekommen hatte, »diese ganzen Männer sind Falken. Sie haben alle bei schwarzen Operationen mitgearbeitet, um die terroristische Bedrohung ihres kleinen, gefährdeten Landes auszumerzen. Sehen Sie es einmal mit ihren Augen. Maxwells Millionen waren ein Geschenk für sie. Damit sie unbehelligt den eigenen, heimlichen Terminplan einhalten konnten.«
Er reichte dem Ungarn das Zippo-Feuerzeug. Szabodo hatte mit seiner Pfeife ungefähr soviel Glück wie die drei Männer im Boot mit dem Anschmeißen des Motors.
»Danke, David.« Ronnie zog und paffte. »Aber was die mit Ihnen gemacht haben, war ... unerhört.«
Wem sagen Sie das? dachte Jardine. Aber die Antwort lag auf der Hand, und Arieh hatte sie eindeutig durchdacht. »Nur wenn ich mich beschwere«, sagte er.

»Ja...« Szabodo begriff. »Und dann würden Sie dastehen wie ein dummer Ausguß.«
David Jardine stand auf, mit leichten Schmerzen, mit steifen Muskeln, mit Halsweh, durstig und dem dringenden Bedürfnis zu pinkeln.
Er wußte, daß Szabodo einen dummen August meinte, aber er war nicht in der Stimmung, ihn zu verbessern.
»Genau«, erwiderte er.
»Und haben Sie sich schon eine Methode überlegt, das zu Ihrem Vorteil auszunützen?«
Jardine lächelte. Sein Blick begegnete dem Szabodos. »Das liebe ich so an Ihnen. Sie haben mehr Glauben als Mutter Teresa.«

Alisha ging in ihrer kleinen Wohnung von Zimmer zu Zimmer, trat über den Müll, den Jardines gründliche und professionelle Durchsuchung hinterlassen hatte. Herausgezogene Nachttischschubladen, deren Inhalt auf dem Boden verstreut war. Sehr persönliche Dinge. Kleidungsstücke, herausgezerrt aus dem großen alten Schrank, den sie auf dem Suk hinter der Rue Georges Picot gekauft hatte, sogar aus ihrem Wäschekorb. Baumwollblusen, die sie sorgfältig gebügelt hatte, lagen zerknittert und zerknüllt auf den Berberteppichen, die sie vor sechs Jahren von der Konferenz in Fes mitgebracht hatte.
Alisha Abdul-Fetteh war eine kampferprobte Überlebende der schlimmsten Augenblicke der chaotischen Jahre in Beirut. Sie hatte Dinge gesehen und Greuel erlebt, die Soldaten mit Schubladen voller Ordensbänder erspart geblieben waren. Sie hatte die Anspannung und die Gefahren der Arbeit als Spionin für nicht nur einen, sondern für drei verschiedene rücksichtslose Geheimdienste ausgehalten. Aber in erster Linie war sie eine Frau, und angesichts des heillosen Durcheinanders in ihrer durchwühlten Wohnung, ihres Zuhauses, stiegen ihr die Tränen in die Augen.
Ihr fiel auf, daß nur die Bücher ihres Vaters von Jardine mit einer Andeutung von Respekt behandelt worden waren.
Als sie die Katze musterte, die auf der Kommode saß und sie trauervoll beobachtete, erschien der stämmige und auf seine träge Weise mitfühlende uniformierte Polizeihauptmann, der zwanzig Minuten nach ihrer Rückkehr von den Metn-Bergen eingetroffen war, vom winzigen Flur aus auf der Schwelle.
»In der Küche ist Blut«, sagte er.

Sie nickte, mit der kalten Leere, die sie angesichts eines völlig unerwarteten Einbruchs empfunden hätte.
»Und im Bad.«
»Ich weiß.«
Sie hob eine herausgezogene Nachttischschublade auf und schob sie behutsam in die Gleitschienen zurück. Wer in aller Welt hatte die Polizei alarmiert? Reuven war es bestimmt nicht gewesen.
»Ich muß Sie leider danach fragen, aber das Blut war vorher noch nicht da?«
»Was?«
»Ich meine, Sie haben sich nicht verletzt, ehe Sie weggefahren sind? Oder hat sich ein Freund verletzt? Ein Dienstbote?«
Alisha begriff, worauf er hinauswollte. Sie schüttelte den Kopf. »Völlig ausgeschlossen.«
»Glauben Sie, daß ein Kampf stattgefunden hat?« Er gehörte zu den zu klein Geratenen. Nicht unangenehm. Mit einem kleinen schwarzen Schnurrbart, der sich so sträubte, daß man sich vorstellen konnte, sein Besitzer könne durchaus andere Saiten aufziehen.
Alisha sah sich in dem Chaos um, hielt Ausschau nach einem Päckchen Zigaretten. Wenn Jardine dagewesen wäre, hätte er ihr die Zeit ersparen können.
David Jardine. Das war eine Seite an ihm, die sie nie erlebt hatte. Wie er ihre Wohnung durchwühlt hatte, zeugte von kalter Genauigkeit. Eine deutliche Methode, die sie von Profi zu Profi durchschaute.
»Ich weiß es wirklich nicht«, sagte sie. »Sie sind der Polizist.«

In Washington war es vier Uhr nachmittags. Nancy Lucco diktierte ihrer Sekretärin Toni Briefe und Aktennotizen. Toni war eine attraktive junge Frau Anfang Zwanzig aus Tucson in Arizona, die das Abendgymnasium besuchte, mit der Perspektive, an der Georgetown University zu studieren.
»Das erledige ich sofort.« Toni schlug den Stenoblock zu und stand auf. Dann fragte sie: »Brauchen Sie die Akte von Inspector Williams noch? Heute muß doch über den Fall entschieden werden, wenn ich mich recht erinnere?«
»Nein danke.« Nancy runzelte die Stirn. Es war dumm von Elmore Williams gewesen, mit Sammy der Nase und Harry Cardona zusammenzubleiben, nachdem klargeworden war, daß seine Verstärkung es

nicht zum Treffen in der 43rd Street schaffen würde. Elmore verteidigte sich damit, er hätte den Coup des New Yorker Einsatzbüros verpfuscht, wenn er ausgestiegen wäre.
Diese Typen – hatte Elmore gesagt – seien ohnehin schon hypernervös gewesen. Außerdem hätte er das Nötige veranlaßt, sich an die Regeln gehalten, indem er in der Nacht davor angerufen und den diensthabenden Beamten im Inspektionsbüro informiert hatte. Er hatte ein Team aus Washington angefordert, ein Team mit unbekannten Gesichtern, das nach New York kommen und auf ihn aufpassen sollte.
Es sei nicht seine Schuld gewesen, versicherte Williams, daß die Typen von der Inspektion in einem gottverfluchten Verkehrsstau steckengeblieben waren.
Die Vorschriften hätten nicht deutlicher sein können. Abgesehen davon war für den Service klar, daß Ermittlungen gegen Fälscher das Leben eines Agenten nicht wert waren, und kein verdeckter Ermittler war autorisiert, ohne mindestens einen Partner zu arbeiten. Jede Ermittlung durch Sonderagenten erforderte die förmliche Zustimmung des Verantwortlichen der Inspektionsabteilung, außerdem umfassende Unterstützungsmaßnahmen, um sicherzustellen, daß die Ermittlung von solchen Beschwerden verschont blieb, wie sie Joe Pearce gegen Inspector Williams eingereicht hatte. Die Beschwerde lief darauf hinaus, Elmore sei nachlässig und undiszipliniert gewesen, indem er sich eingebildet habe, ein derart später Telefonanruf verleihe seinem eigenmächtigen Vorgehen Glaubwürdigkeit und segne es ab.
Aber Nancy hatte Williams durch die Mangel gedreht und glaubte ihm, daß er erstens aus guten Gründen so gehandelt hatte und sich zweitens der Zeitpunkt und die Umstände gegen ihn verschworen hatten.
Joe Pearce war völlig im Recht gewesen, als er gegen Williams eine Beschwerde eingereicht hatte. Aber Nancy Lucco meinte, obwohl Joe zu den ausgeglichensten, nettesten Männern gehörte, die sie beim Service kennengelernt hatte, könnten bei der empörten Reaktion des ELSA verletzter Stolz, ein angeschlagenes Ego und Wut über einen Schandfleck auf der makellos weißen Weste seines kostbaren Einsatzbüros eine Rolle gespielt haben.
Und das, obwohl Elmore Williams Sammy die Nase erschossen und zwei Sonderagenten das Leben gerettet hatte.
»Toni, wir empfehlen dem Direktor, Agent Williams bis zu einer Über-

prüfung des New Yorker Büros und einem Gespräch mit Pearce hier in Washington auf Eis zu legen.«

Toni schob sich das Haar aus dem Gesicht. Sie erinnerte Nancy an die Hauptdarstellerin aus dem Film *Das Schweigen der Lämmer*, wie hieß die noch gleich? »Sie meinen, wenn Joe Pearce schikaniert wird, zieht er die Beschwerde vielleicht zurück?«

»Joe ist Ire, Toni. Nichts wird ihn daran hindern, bis zum Ende durchzuhalten. Aber wenn er das nächstemal Lust hat, die Räder in Bewegung zu setzen, wird er es sich vorher gründlich überlegen.«

Toni lächelte und ging hinaus.

Nancy berührte das gerahmte Foto ihres toten Mannes zärtlich. Mach dir keine Sorgen, Eddie, dachte sie. Ich geb' deinem Partner für dich Rückendeckung ...

»Allah-ha Akbar ...« Der Ruf des Muezzins schallte über die Dächer von Nordbeirut, pflanzte sich fort von Minarett zu Minarett oder von den behelfsmäßigen Aufbauten, die solange als Moscheeminarette dienten, bis die Türme eines Tages wieder aus der zerstörten, von Minen und Kugeln zerschossenen Stadt ragten.

Gott ist groß, riefen sie, und es gibt keinen Gott außer Allah.

Alisha fragte sich, wie viele Christen wußten, daß Jesus in ihrer Religion als Prophet galt.

Sie stand am offenen Fenster und bügelte ihre Baumwollhemden und Seidenblusen. Das einzige weitere Geräusch war das schwache Dröhnen der Waschmaschine in ihrer kleinen Küche. Bis auf das Schnurren ihrer Katze, die sich offenbar darüber freute, daß sich alles wieder normalisierte.

Der auf träge Weise mitfühlende Polizeihauptmann war gegangen, und wie alle Opfer von Einbrüchen auf der ganzen Welt bezweifelte Alisha, daß sie je wieder etwas von ihm hören würde.

Die Küche und das Bad mußten noch saubergemacht werden, obwohl sie das Blut von der Kühlschranktür und von den Becken in Küche und Bad abgewaschen hatte. Er hatte geduscht und – das sah David überhaupt nicht ähnlich – sich nicht die Mühe gemacht, die Wanne sauber zu machen. Die Spuren seines Bluts hatten sich auf den Terrakottafliesen ihres Küchenbodens eingraviert. Wie Stigmata.

Aber das alles war nicht besonders wichtig für Alisha Abdul-Fetteh, denn während sich der persönliche Affront gegen ihre Gefühle und der

Schock über ihre verwüstete Wohnung legten, konnte sie sich nicht von der Erinnerung an das befreien, was er zu ihr gesagt hatte, während sie seine häßliche Wunde versorgt hatte.
»Der Mann war an der Verschwörung zur Ermordung deines Vaters beteiligt ...«, hatte er gesagt.
Und: »Das ist uns bekannt. Schon seit einer ganzen Weile.« So ähnlich.
Sie hatte aufgehört zu bügeln, stellte das Dampfbügeleisen aufrecht hin, um ein minzgrünes Hemd nicht zu versengen.
»Allah-ha Akbar ...«, riefen die Muezzins.
Der Mann – er meinte Reuven – *war an der Verschwörung zur Ermordung deines Vaters beteiligt. Wir wissen es schon seit einer ganzen Weile.* Nein, *seit einiger Zeit.* Das hatte er gesagt. Das waren seine genauen Worte gewesen. Alisha hatte das Gefühl, daß es eine Lüge war. Es war eine Lüge gewesen. *Wir wissen es.* Es war eindeutig eine Lüge. Denn mit diesem Mann hatte sie geschlafen, sie kannte ihn. Ein Mann, dessen Zärtlichkeit und phantasievoller ... Hunger sie so erregt hatten, daß er ihr noch Jahre später Züge an ihr bewußtmachte, die sie insgeheim zum Erröten brachten.
Und weil er der erste Mann gewesen war, der diese Seite in ihr erweckt hatte, wäre es ehrlich – wenn vielleicht auch peinlich oder ein Spur ärgerlich, aber ehrlich –, zuzugeben, daß er der erste Mann war, den sie je geliebt hatte.
Und genau, wie sie wußte, daß David Jardine gelogen hatte, spürte sie instinktiv, daß er wirklich glaubte, Reuven sei auf irgendeine Weise an der Ermordung ihres Vaters beteiligt gewesen.
Sie konnte sich nicht vorstellen, daß er es erfunden hatte, um Zwietracht in der stärksten Zelle des Instituts im Nahen Osten zu säen. Warum also in aller Welt hatte er einen solchen Unsinn geglaubt? Er mußte es also vor kurzem erfahren haben. Wann? Nach seiner Ankunft im Libanon? Oder bei der Vorbereitung auf seinen kurzen Besuch?
Gedankenverloren bügelte Alisha weiter. Beobachtet von Buster, ihrem übergroßen Straßenkater, den sie aus dem Schutt der Amerikanischen Botschaft gerettet hatte, nachdem ein selbstmörderischer Bombenleger mit einer Wagenladung hochexplosiven iranischen RDX-Sprengstoffs an den Wachen der amerikanischen Marineinfanterie vorbei in das Gebäude hineingefahren war. Auf seinem abgescheuerten Lederhalsband hatte auf einer angelaufenen Messingplakette der Name Buster gestanden, und so war er Buster geblieben.

Sie ertrug es nicht, an das zu denken, was David Jardine so ruhig unterstellt hatte. Alisha ging durch den Kopf, während sie ständig die wenigen Worte wiederholte, die den weiteren Verlauf ihres Lebens verändern sollten, daß ihn die Erkenntnis, sie wisse über dieses vernichtende Detail noch nicht Bescheid, geradezu … umgeworfen hatte.

Und er hatte die Bombe fallen lassen. Das war typisch für David. Er war rücksichtslos, durch und durch. Sicher. Aber tief in ihm steckten Reste von Anstand, sogar Güte. Es waren diese Dinge in ihm, die sie entdeckt hatte und die ihr Bedürfnis nach ihm in Verlangen verwandelt hatten, in die Sehnsucht nach seiner Nähe. Seiner Liebe.

Sie wußte, daß er es auch gewußt hatte. Und David, weil er nun einmal David war, hatte ihre Gefühle ausgenützt, um sie für das alles andere als zärtliche britische Spionagenetz im Nahen Osten anzuwerben.

Reuven hatte sie auch ausgenützt. So hatte sie noch nie darüber nachgedacht, aber jetzt vermutete sie, daß sie dem Mossad nur in die Arme gefallen war, weil es sie tief verletzt hatte, daß Jardine nicht begriff, daß sie bereit gewesen war, für ihn zu sterben, nicht etwa für den verdammten SIS.

Dann war ihr Vater ermordet worden. Ihr Clan hatte die Familie der Mörder dezimiert. Und es war Reuven gewesen, der ihr zu Hilfe gekommen war, der viele Stunden damit verbracht hatte, sie zu trösten und sie zu beraten. Gemeinsam hatten sie die besten Passagen gelesen, die ihr Vater für die Zeitung geschrieben hatte. Denn bis zu seinen letzten Stunden hatte er hart dafür gearbeitet, den Wahnsinn zu bekämpfen, der Beirut und den Libanon zerriß.

Und es war Reuven Arieh gewesen, der Alisha überredet hatte, sich ihm anzuschließen, heimlich für eine neue, freie und kultivierte Nation zu arbeiten, die sich aus der Asche erheben und wieder die Perle am Kreuzweg zwischen Osten und Westen werden konnte.

Ihr gefror das Blut in den Adern. Unvermittelt. Die minzgrüne Bluse zischte unter dem Dampfbügeleisen. Was dachte sie da? Es war nicht Reuven Arieh gewesen, dem sie sich verpflichtet hatte. Damals nicht. Da war er noch Salim Jaddeh gewesen …

Das schlimmste nach dem Coup bei der Banco di Calabria war gewesen, bis zum Nachmittag in Palermo zu bleiben, denn der Anwalt von

Giovanni Favorito Noto, der Mann, der sich Franco Cagliaro nannte, hatte ein Treffen dort vereinbart, um die Dienste der beiden vietnamesischen Fälscher zu besprechen.
Manchmal fragte sich Kolossow, ob sein winziger israelischer Partner nicht unter einer milden Form von Hybris leide, denn der eigene Instinkt hatte ihm geraten, Palermo, ja Italien zu verlassen, sowie der Job erledigt war. Es gab einen Morgenflug von Palermo nach Pisa und von dort aus nach London.
Aber Danny hatte seine Entscheidung begründet. Was sie aus dem sichersten Tresorraum der Bank hatten mitgehen lassen, war ihrem vertrauenswürdigen dreiköpfigen Team – Danny nannte es natürlich im Geheimdienstjargon seine »Zelle« – übergeben worden, das an Bord eines Boots der Carabinieri aus dem alten Hafen von Palermo ausgelaufen war. Der Polizeikapitän war mit zwanzigtausend Dollar bestochen worden, mit der Aussicht auf weitere zwanzigtausend, und im Augenblick befanden sie sich auf dem Weg zu ihrem Treffen mit dem Frachter *Elsinore*, dem Schwesterschiff der *Sumaru*, fünfundsechzig Meilen Westsüdwest von der Insel Gozo entfernt, die zu den Maltesischen Inseln gehört.
Falls Danny und sein Partner sofort abgereist wären, wäre möglicherweise der Inhalt des Tresorraums überprüft worden, und der korrupte Carabinierikapitän des schnellen Polizeiboots hätte mitbekommen können, über wieviel Geld seine drei Passagiere tatsächlich verfügten.
Es war also klüger, wenn auch nervenaufreibender, so zu tun, als wäre nichts gewesen.
Vertrau dem Juden, dachte Kolossow. Du mußt es ihm überlassen.
In der Altstadt, nicht weit von der Piazza di Quattro Canti entfernt, gibt es ein Restaurant mit Bar namens Café Rosita. Dort hatten Danny Dawidow und Nikolai Kolossow mit Cagliaro zusammengesessen und den Preis der Mafia für das Geschäft besprochen, das ihnen etliche Wochen lang die Dienste der Vietnamesen sichern sollte, des Großvaters und Enkels Nghi.
Cagliaro hatte eben zehn Millionen US-Dollar vorgeschlagen.
»Das ist unerhört«, sagte Danny. »Wenn Sie in Antigua eine solche Summe genannt hätten, wäre schon dort Schluß mit den Verhandlungen gewesen.«
Cagliaro hob die Schultern, als wollte er sagen: Sehen Sie mich an, mir kommen gleich die Tränen. »*Signore*, das ist der Preis. Die beiden sind sehr wertvolle *Uomini*.«

»Nach dem, was ich gehört habe, wird Ihr *Padrino* Don Giovanni nicht mehr Don genannt, nicht einmal mehr von seinen Landsleuten in Kalabrien.« Kolossow winkte einem Kellner in der Nähe und zeigte auf sein leeres Mineralwasserglas. Alle Welt wußte, daß Giovanni Favorito Noto mit dem Rücken zur Wand stand.

Täglich wurden in Sizilien und auf dem Festland weitere Mafiosi verhaftet. Die großen Fische wurden nach Rom geflogen und von dort aus in ein ausbruchsicheres Gefängnis auf einer schwer bewachten Insel vor der Nordküste gebracht, im Westen von Genua. Trotz zwei gewaltiger Minenexplosionen, bei denen zwei ranghohe Regierungsmitglieder hintereinander ermordet worden waren, trotz verheerender Bombenanschläge, die unschätzbare Werte des kulturellen Erbes der Nation in Florenz, Mailand und Rom zerstört hatten, zog sich das Netz enger zusammen, und Notos Kriegserklärung an das italienische Parlament wurde allgemein als ungeheuer töricht eingeschätzt. Denn die kriminelle Cosa Nostra war nicht die einzige Mafia in einem Land, dessen Wurzeln zurückreichten zu den Medici, zu Julius Caesar und den heidnischen Imperien.

Eine Gruppe aus Geschäftsleuten, Bankiers und rivalisierenden Mafia-Führern hatten ein Kopfgeld auf Noto ausgesetzt. Buchmacher nahmen Wetten darauf an, daß er Ende des Jahres tot oder auf der Festungsinsel sein würde. Aber wie bei einer Kobra konnte Giovanni Favorito Noto so lange nicht als ungefährlich eingeschätzt werden, bis sein Kopf auf dem Rost brannte.

»Mein ... Arbeitgeber genießt weiterhin den allerhöchsten Respekt der Sizilianer und von Millionen Italienern, *Signore*. Es wäre äußerst unklug, wenn Sie das vergäßen.« Cagliaro warf dem Kellner einen Blick zu, der darauf wartete, daß er Kolossows Mineralwasserbestellung absegnete. Er nickte. Der Kellner setzte sich in Bewegung.

»Okay, sieben Millionen, mehr nicht. Das ist unser letztes Angebot.« Das kam von Danny. Er vermutete, selbst Favorito Noto wäre froh über vier Millionen, während er immer enger umzingelt wurde.

Franco Cagliaro strich sich über das Kinn. »Wenn Sie die beiden Vietnamesen verlieren, steht viel auf dem Spiel.«

»Und zwar was?« erkundigte sich Nikolai Kolossow, dessen graue Augen sich ruhig in Cagliaros Gehirn bohrten. Ausnahmsweise wirkungslos, denn dieser *Consigliere* des mörderischsten *Capo* in Italien, den

sogar die fünf Familien in New York City fürchteten, war bis zum Überdruß an derart tödliche Blicke gewöhnt.
»Ihr Leben, meine Herren.«
»Leck mich, Kumpel. Mein Angebot ist eben auf vier Millionen heruntergegangen.« Danny Dawidow mochte es nicht, wenn man ihm drohte. Es war in seinen diversen Karrieren äußerst selten vorgekommen, und er war immer noch da.
»Zehn ist die Summe, sie steht nicht zur Verhandlung. Aber verstehen Sie mich recht, meine Herren, Sie garantieren mir mit Ihrem Leben dafür, daß wir unser Eigentum unbeschädigt zurückbekommen.«
»Sie kriegen es zurück«, sagte Kolossow.
»Vier. Schubsen Sie uns nicht herum, Signor Cagliaro.« Dawidows Augen hatten sich verengt.
»Oder das Geschäft ist geplatzt«, fügte Kolossow mit echter russischer Aggression hinzu. Besten Dank, Partner, dachte Danny. Wir brauchen diese Vietnamesen wirklich. Außerdem hätte ich nichts dagegen, wenn mein Schwanz beim Verlassen Palermos noch an Ort und Stelle und mir nicht in den Mund gestopft worden ist, zusammen mit den *Cojones*, die sogar die Ehe mit der bezaubernden, unersättlichen Rita überlebt haben. Denn das war die einheimische Methode, Mißbilligung auszudrücken.
Cagliario sah den Kellner an, als er Kolossow ein frisches Glas Mineralwasser brachte. »*Grazie*«, sagte er mit ruhiger Autorität. Der Kellner ging, vorbei an den rot-weiß karierten Tischtüchern, allesamt mit einer Blume in einer Weinflasche geschmückt.
»Don Giovanni«, sagte er, »wird mit acht Millionen Dollar einverstanden sein. Im voraus.«
»Schwachsinn«, erwiderte Dawidow. »Vier jetzt. Vier in einem Monat und zwei, wenn wir die Vietnamesen zurückgeben.«
Das lange Schweigen wurde von disharmonischen Musikakkorden begleitet, da eine *Paesano*-Kapelle für die abendliche Unterhaltung ihre Instrumente stimmte. Der ehemalige KGB-Mann glaubte, er könne Fetzen der Melodie erkennen, die in dem Film *Der Pate* bei Sonnys Hochzeit gespielt worden war. Die Musik verfügte jedenfalls über eine gewisse schwungvolle Bedrohlichkeit.
Cagliaro neigte schließlich den Kopf. »Bargeld …«
Danny Dawidow sagte: »Inhaberobligationen. So gut wie Bargeld. In vielerlei Hinsicht vermutlich sicherer.«

»Nicht so unhandlich«, steuerte Kolossow bei.
»Ausgestellt auf welche Bank?« fragte Cagliaro.
»Die First National Bank of Boston«, sagte Kolossow ausdruckslos. Im Bewußtsein, daß dem stellvertretenden Geschäftsführer sehr bald der Arsch auf Grundeis gehen würde, wenn herauskam, daß Inhaberobligationen im Wert von zweitausend Millionen Dollar, erlesene, seltene, ungeschliffene Smaragde und Diamanten und unbezahlbare Papiere, Briefe und Fotos, die etwas mit der Kunst der Erpressung zu tun hatten, heimlich in den Korsetts unter der locker sitzenden Kleidung von den Herren Muhler und Jacques-Stiguer weggeschafft worden waren, ersetzt durch hervorragende Fälschungen.
Aber perfekt waren die Fälschungen nicht, sonst hätte die Bank vertuschen können, wie makellos das Manöver durchgeführt worden war, und Danny hatte die Absicht, die Welt zum richtigen Zeitpunkt wissen zu lassen, wie grandios sein Coup gewesen war.
Sogar das Herz des Russen schlug jetzt schneller. Schließlich waren die Millionen, um die sie feilschten, ebenfalls gefälscht. Denn die beiden Meisterdiebe hatten sogar die eigenen hundertfünfzig Millionen gegen tadellos gefälschte Inhaberobligationen der First National Bank of Boston ausgetauscht. Es war der Höhepunkt einer Operation, die vor Monaten angefangen hatte.
Cagliaro nickte. Sein Spitzelnetz, so effektiv und so finanzstark wie der Geheimdienst vieler kleinerer Staaten, hatte ihn über Dawidows und Kolossows Transaktion am Nachmittag davor informiert, so daß er wußte, Geld war für sie kein Problem.
»Mein Honorar für das Zustandekommen des Geschäfts beträgt drei Millionen.«
»Gütiger Gott«, sagte Danny.
»Eine«, sagte Kolossow.
»Zwei«, sagte Cagliaro.
»Abgemacht«, sagte Danny Dawidow, und sie schüttelten sich die Hände.

8. Kapitel
Der Mann, der von Möwen träumte

Kate Howard schlug die Beine übereinander und schob sich die Schildpattbrille zurecht, die ein wenig schief saß. Sie saß in dem alten, abgewetzten ledernen Ohrensessel auf der einen Seite des flakkernden imitierten Kaminfeuers. David Jardine lümmelte sich im Lehnsessel gegenüber, einem großen, bequemen Möbel, das er vor etwa zwanzig Jahren bei Tulleys in der Fulham Road gekauft hatte. Der Sessel war einmal neu bezogen worden, aber der graubraune Stoff hatte schon bessere Tage gesehen.

Jardine hatte sich umgezogen. Er trug jetzt alte Cordhosen und ein marineblaues Polohemd. Ronnie Szabodo hatte die Messerwunde gereinigt und verbunden, die von Alisha fachmännisch neu genäht worden war. Die Wunde war zwar leicht entzündet, aber nicht infiziert, und würde, abgesehen davon, daß sie eine schiefe Narbe hinterlassen würde, gut verheilen.

Der stämmige Ungar saß auf einem Küchenstuhl an dem Tisch, den Jardine als Schreibtisch benützte. Den Tisch füllten bis zum Rand Nachschlagewerke, eine alte Remington-Schreibmaschine, ein kleiner CD-Player mit zwei kleinen, aber starken Lautsprecherboxen, ein Gestell mit diversen Weinflaschen, Henkelbecher mit Kugelschreibern und Bleistiften und eine Ansammlung von Post und Zeitschriften.

»Reden Sie weiter«, sagte Kate und griff nach dem halb leeren Glas mit rotem Bordeaux auf dem Beistelltisch. Neben einem Foto von Dorothy Jardine und David, der einen Cut trug und neben seiner großzügig proportionierten Gattin ziemlich schlank aussah. Sie standen vor dem Buckinghampalast, und er trug seinen Orden – Companion of St. Michael und St. George –, den ihm die Königin eben verliehen hatte.

Der C. M. G. war im Büro ein Zeichen für gesellschaftlichen Aufstieg. Die nächste Stufe, K. C. M. G., war mit einem Adelstitel verbunden. Der arme David würde ihn nicht bekommen, dachte Kate. Dagegen sprach diese traurige Geschichte, daß ihn die Israelis, um das mindeste zu sagen, in eine peinliche Lage gebracht hatten. Dagegen sprach Steven McCraes Sicht von Jardines Zukunft, wenn das Band des Mossad echt war.

»Das ist eigentlich schon alles.« Jardine drehte ein geschliffenes Kristallglas mit Jack-Daniels-Bourbon in den Händen. Er hatte seinem Lieblingswhisky Lagavullin entsagt, seit Reuven Arieh in den Metn-Bergen im Libanon Spielchen damit getrieben hatte. »Arieh hat mich nach Beirut zurückfahren lassen, und sie haben mich an einem Taxistand abgesetzt. Ich habe vom Flughafen aus angerufen, damit Granatapfel ein rotes Fähnchen verpaßt bekommt. Und jetzt sind wir hier.«

Er warf Szabodo einen Blick zu, der auf einem DIN-A4-Block vor ihm herumkritzelte, dann aufsah und nickte.

»Das ist genau das, was Sie mir gesagt haben«, sagte er zu Jardine, aber es war für Kate bestimmt.

Kate Howard trank einen Schluck vom Wein, damit sie Jardine nicht ansehen mußte. Sie wußte, daß Steven nie ein Fan des Hünen gewesen war. Kate hatte in Oxford einen Abschluß in Verhaltenspsychologie gemacht und war ursprünglich für die Personalabteilung der Firma angeworben worden, in der sie sich einen eindrucksvollen Ruf erworben hatte. Sie hatte ihren ziemlich rücksichtslosen Ehrgeiz gut verborgen, wie sich das für eine junge Frau gehörte, die am Cheltenham Ladies' College und am Somerville College studiert hatte. Eine junge Dame, deren Vater Karrierediplomat war. Aber der Ehrgeiz war trotzdem da, und Kates Ziel war es gewesen, in eine mit Operationen befaßte Abteilung versetzt zu werden, was beim SIS für eine Frau ausgesprochen schwierig war. Falls sie nicht, wie die Spötter sagten, mit jemandem schlief, der das arrangieren konnte.

Kate hatte das erste Ziel ihres Ehrgeizes erreicht und zwei Jahre bei der Londoner Station verbracht, mehr oder weniger mit Operationen befaßt. Sichere Häuser und Überläufer.

Dann hatte der Sicherheitschef während eines Spiels auf dem Squashplatz einen schweren Herzinfarkt erlitten, und Steven hatte ihr die Stelle angeboten. Sie erinnerte sich mit kalter Klarheit an den Augenblick. Es war ein Donnerstag abend, und sie hatte rittlings im Bett in ihrer kleinen Wohnung mit Blick auf den Battersea-Park auf ihm gesessen. Er war in sie eingedrungen, felsenhart und schlüpfrig wie üblich, und sie hatte ihr Becken kreisen lassen, wie er es mochte, als er aus heiterem Himmel ge-

sagt hatte: »Katherine« – er nannte sie immer Katherine, Steven McCrae war der einzige Mensch, den sie kannte, der um so förmlicher wurde, je näher er jemandem kam –, »du weißt, daß die Pumpe vom lieben alten Bunter schlappgemacht hat?«
»Ja«, hatte sie gemurmelt, weiter kreisend, sie wisse es.
»Ich habe mit Tim gesprochen« – Tim Lewin war der Direktor der Personalabteilung –, »und wir haben beide das Gefühl, es wäre von Vorteil für das Büro, eine Generation zu überspringen und jemand Jüngerem, der etwas spielerischer denkt, die Stelle zuzuschanzen.«
Kate hatte auf ihn hinuntergestarrt. Es war, als vögelte sie mit einem Mann mit zwei Köpfen. Wie in aller Welt konnte er dabei weitermachen und gleichzeitig ein Gespräch über Personalpolitik führen?
»Ach, wirklich ...?« hörte sie sich flüstern.
»Und vermutlich werden wir die Stelle dir anbieten.«
Kate hatte Sir Steven als erfahrenen Liebhaber unterschätzt. Denn ihr unstillbarer Ehrgeiz war wie der erotische Knotenpunkt, der bei jedem Menschen verschieden ist, und als sie die Nachricht in sich aufnahm, bog sie den Rücken durch und hatte eine Reihe von Mehrfachorgasmen, die Danny Dawidows Exfrau verblüfft hätten.
Sie bekam also die Stelle des Sicherheitschefs, und weil sie einen Sinn für Schicklichkeit hatte, war das das letzte Mal gewesen, daß sie bereit gewesen war, mit dem Chef ins Bett zu gehen.
Während Kate einen Schluck Wein trank und sich entspannte, mit dem Weinglas spielend, musterte sie David Jardine, der ihr gegenübersaß. Auf der anderen Seite des Kaminläufers, auf dem er sie einmal, vor sehr langer Zeit, mit mehr Leidenschaft, mit mehr erotischem Einfühlungsvermögen und vielversprechender geküßt hatte, als es sich der verdammte Steven McCrae je hätte träumen lassen.
Eifersüchtig.
»Steven war immer eifersüchtig auf Sie, David«, sagte sie und sah ihm in die Augen. Ronnie Szabodo, dem nie auch nur das geringste entging, wandte den Blick ab und schüttelte langsam den Kopf.
»Er ist eifersüchtig, weil Sie tatsächlich im Außeneinsatz waren und sich mit Typen vom KGB, der IRA und den Kolumbianern herumgeschlagen haben.« Sie sah ihn weiter an.
Jardine wußte, worauf der kleine Scheißkerl McCrae nach Kate Howards Meinung sonst noch eifersüchtig war. Er lächelte müde und neigte den Kopf, dankbar für das kleine Kompliment.

»Es gibt jedoch«, fuhr sie fort, »keinen Zweifel daran, daß Reuven Arieh – Sie sind überzeugt davon, daß er es war ...?«
»Völlig.«
»Es gibt keinen Zweifel daran, daß er Sie tatsächlich sehr sorgfältig ausgesucht hat. Das hat vermutlich Monate gedauert. Und damit ist eine winzige Sorge verbunden. Ich meine, ich habe Sie zwar nie so gesehen, aber er hat recht. Sie passen ins Bild, wie Sie es eben selbst umrissen haben. Sie passen tatsächlich genau ins Bild. Ein Geheimdienstler, der anfällig ist für einen Annäherungsversuch.«
»Ich muß schon sagen!« protestierte der loyale Renfield.
»Ronnie, sie hat recht.« Jardine hob eine müde Hand, und der Ungar verstummte.
»Aber ich weiß, Sie wissen es«, fuhr sie fort, »und Ronnie weiß es auch, daß Sie lieber sterben als die Firma kompromittieren würden, David.«
»Meinen allerbesten Dank.«
»Aber.« Kate stellte das Glas ab und sah mit Absicht, ganz die Verhaltenswissenschaftlerin, das Foto von Jardine und Dorothy an. »Natürlich weiß ich zu schätzen, daß das hier ein außerdienstliches Gespräch ist. Sie haben beide von Anfang an die Grundregeln klargemacht. Vielleicht wäre es aber eine gute Idee, um uns alle zu schützen, wenn Sie einfach alles, was Sie mir heute abend erzählt haben, schriftlich auf ein paar Seiten zusammenfassen. Und unterschreiben Sie es, David. Sie haben mein Wort darauf, daß es sofort in meinen persönlichen Safe eingeschlossen wird und niemand es je zu sehen bekommt.«
Unter der Voraussetzung, meinte sie, wie Jardine wußte, daß das, was auch immer die Israelis vorhaben mochten, ihnen nicht ins Gesicht explodierte.
Außerdem wäre es etwas, was sie bis zum Ende aller Tage gegen ihn in der Hand hätte.
»Selbstverständlich«, erwiderte er so beiläufig wie irgend möglich, »morgen liegt es auf Ihrem Schreibtisch.«
Kate lächelte nett und strich sich ihren Rock über dem Knie glatt. Sie war einfach immer noch unglaublich ... hör auf damit, ermahnte sich Jardine.
»Hören Sie«, sagte sie leise, »bringen wir es doch gleich zu Papier. Solange Sie es noch frisch in Erinnerung haben ...«

Zehn Minuten vor zwei Uhr morgens machte David Jardine die Tür hinter Ronnie Szabodo und Kate zu. Hinter der massiven Eiche hörte er das Geräusch eines Dieselmotors, ein Taxi, das auf der mondbeschienenen Straße vorbeifuhr und am Europa-Lebensmittelladen an der Kreuzung hielt. Zu dieser späten Stunde hatte wohl selbst der stoische pakistanische Besitzer seinen Laden geschlossen.
Kate war als Sicherheitsdirektor eine gute Wahl gewesen, dachte er. Er fragte sich, ob die sklavische Anpassung an die scheußliche Atmosphäre politischer Zurückhaltung, die sich gespenstisch wie Ektoplasma über die Schwelle zur Downing Street Nummer zehn verbreitete, dazu geführt hatte, daß eine Frau den Posten einnahm, oder ob es eine ehrliche Entscheidung gewesen war.
Kleinliches Denken oder Kleingeisterei gehörten nicht zu Jardines vielen Fehlern, und er bildete sich keine Sekunde lang ein, persönliche Verpflichtungen hätten den Chef bei seiner Entscheidung beeinflußt, Kate Howard mindestens drei Sprossen auf der Karriereleiter zu befördern. Er wußte ganz genau, daß Sir Steven, der Chef, K. C. M. G., zwei bis drei Jahre lang ein Verhältnis mit ihr gehabt hatte.
Er wußte es, denn er hatte Stevens Manschettenknöpfe und sein Rasierzeug in ihrem Badezimmerschrank gesehen, als er nackt und sehr selbstzufrieden vor etwa zwei Jahren dort gestanden hatte. Es war das einzige Mal gewesen, daß ihn und Kate die unausgesprochene gegenseitige Anziehung bis in ihr köstliches Bett geführt hatte.
Er hatte immer noch den Verdacht, und ihre Taktik ließ ihn nicht unbeeindruckt, sie habe die Manschettenknöpfe mit Absicht dort gelassen oder sich zumindest nicht die Mühe gemacht, sie zu verstecken. Eine subtile Methode, ihm zu vermitteln: Es war ja wirklich hübsch mit uns, aber das Brot ist auf der anderen Seite gebuttert.
Und damit war der Fall erledigt gewesen.
Jardine seufzte. Frauen! Es war wirklich überraschend, daß seine Schwäche für sie nicht zu seinem Verderben wurde. Er lächelte ironisch. Vielleicht war es ja längst geschehen …
Er hatte kaum noch die Energie, der Tür den Rücken zu kehren und die Treppe hinaufzusteigen. Oben fiel er auf das Bett, noch im Hemd, und als er die Decke über sich zog, war sein Kopf voll von lebhaften Erinnerungen an die Vergangenheit. Genauer gesagt, an Alisha. So schön, so vertrauensvoll. Ihre intelligenten, belustigten grünbraunen Augen. Er erinnerte sich daran, wie sein Herz schneller geschlagen hatte, wenn er

auf dem Weg zu der kleinen Wohnung die Rue Bliss entlanggegangen war. Das war vor ungefähr zehn Jahren gewesen. Die Vorfreude auf ihren Körper ... und die längerfristige Aussicht, eine Agentin tief in das Chaos der libanesischen Politik einzuschleusen. Eine Regierung konnte man das ja kaum nennen.

Und er hatte sich völlig geirrt. Alisha hatte sich nicht als die ganz und gar vertrauensvolle, vertrauenswürdige Jüngerin erwiesen, die er mühelos angeworben hatte. Er hatte die sexuelle Komponente ihrer Beziehung als Vögeln für die Firma gesehen. Zumindest hatt er sie in seinen Berichten so gerechtfertigt.

Was für ein Gedanke, daß Alisha den Spieß umgedreht hatte. So müde er war, Jardine spürte sein Gesicht erröten, als ihm diese Überlegung durch den Kopf ging: Wie oft hatte er denselben Fehler noch gemacht? Als er endlich wegdämmerte, in jenen benommenen Augenblicken vor dem richtigen Schlaf, fragte er sich, ob Alisha vielleicht ein unausweichliches Element in dem unvorhersehbaren Gewebe seines Schicksals war. Die Griechen hatten es, wie er sich aus dem Unterricht fast vergessener Tage erinnerte, *Moira* genannt. Nur von Gott erwählten Königen war erlaubt, ihre Moira, ihr Schicksal, im voraus zu kennen, vor allem, wie sie sterben würden, und David Jardine gelang schließlich, als der Schlaf ihn überkam, ein schwaches Lächeln. Es war eindeutig, daß die Götter ihn nicht zum König ausersehen hatten, auch nicht dazu, daß er sein Schicksal kannte. Im Grunde glaubte er, der ganze Gedanke sei unsinnig.

In Washington gibt es in Georgetown eine Bar namens Nathan's. Es ist ein langes Lokal mit einem Holzboden, einem Tresen entlang der linken Wand, Fenstern zur Straße und einem Durchgang zu einem kleinen Restaurant gleich daneben, mit rot-weiß karierten Tischdecken und Kerzen in Weinflaschen. Die Kneipe ist immer rappelvoll, und sie ist ein guter Ort zum Trinken, sofern man sich etwas aus Bier macht, aus Rockmusik und Gesprächen mit den jeweiligen Nachbarn am Tresen. Die Bedienung besteht überwiegend aus Footballspielern oder anderen Sportlern von der Georgetown University, die nachts arbeiten. Was vermutlich völlig falsch ist, aber Elmore Williams war es immer so vorgekommen. Er nickte Fletch zu, einem großen jungen Mann mit irischem Aussehen, der gegen sechs kam und nach seinem Glas griff.

»Dein Mick vom Faß, kommt sofort.« Fletch nahm einen sauberen Bierkrug vom Gestell.
»Wie ist es gelaufen …?« hörte Williams hinter sich die leise Stimme seiner Frau.
»Da macht sich schon wieder eine an dich ran, Joe«, witzelte der Barkellner. Denn Elmore Williams arbeitete seit fünf Jahren als verdeckter Ermittler in Washington, und alle, die ihn zu kennen glaubten, hielten ihn für Joe Marcus.
»So lala.« Er wünschte sich, er hätte bessere Neuigkeiten, als er die große Pranke auf Marthas Schulter legte und ihr einen Kuß auf die Wange gab. In diesem Augenblick hatte jemand die Musicbox eingeschaltet, die meistens ab 18.30 Uhr lief. Sie spielte eine Nummer von Percy Sledge, »Stand By Me«. Die Musik war so laut, daß sie offen reden konnten.
»Sie legen mich weiter auf Eis. Bis zum Ergebnis weiterer Ermittlungen …«
Martha Williams sah ihren Mann an. Sein hageres, ledriges Gesicht war seit der Schießerei in New York und den schlimmen Dingen, die danach gekommen waren, gealtert.
Elmores Suspendierung traf ihn mehr, als er zugeben wollte. Aber die Personalabteilung hatte ihn als Ausbilder abgestellt, für einen Auffrischungskurs im VIP-Schutz, wo er die Stunden seines Arbeitstags damit verbrachte, blitzschnell auf jeden denkbaren bewaffneten Angriff auf den Präsidenten zu reagieren; dabei verbrauchte er wenigstens eine Menge von seinem frustrierten Adrenalin.
»Was möchten Sie trinken, Mrs. Marcus?« fragte Fletch.
»Ein Glas Rotwein.«
»Kommt sofort …«
Und als Fletch den Wein holte, riß Elmore Williams auf für ihn typische Weise die Augen auf wie ein Bühnenschauspieler. »Was schaust du mich denn so an?«
Martha lachte. »Du verrückter Kerl. Hast du denn gar keine Angst um deinen Job?«
»Hör mal, wenn sie mich aus dem Job rausschmeißen, find' ich 'nen anständigen mit vernünftiger Arbeitszeit, wart's nur ab.» Sein Blick wurde ernst, und er hob den Bierkrug. Er schaute hinein, und seiner Frau schmolz das Herz. Sie wußte, daß der Secret Service beruflich das Beste war, was ihm je im Leben passiert war. Im Herbst 1983 hatte er bei einer Drogenermittlung, ein Fall, in den ein Anwalt der amerikanischen

Regierung bei den Vereinten Nationen verwickelt war, einen Mann vom Secret Service kennengelernt.
Williams hatte Eindruck auf den Agenten gemacht, und drei Wochen später hatte Elmore eine Einladung bekommen, einen Besuch im Büro des Secret Service in Washington zu machen. Er war hingefahren, im Glauben, es handle sich nur um eine höfliche Geste wie den anderen Polizisten gegenüber, die an dem Fall mit dem UN-Diplomaten mitgearbeitet hatten, aber als er ankam, wurde er zum Personalchef gebracht, einem großen, intelligenten Mann mit geduldigen Augen, dem es immer noch gelang, den Eindruck zu vermitteln, er lasse sich nicht zum Narren halten. Und er hatte Williams einen Platz angeboten, ihm eine Tasse Kaffee servieren lassen und mit ihm geredet und ihn reden lassen, und als die vierzig Minuten um waren, hatte der Personalchef dem Kriminalpolizisten aus New York eine Stelle beim Service angeboten. Nach der Ausbildung sollte er als verdeckter Vermittler arbeiten, überall, nur nicht in New York City.
Elmore Williams hatte es als Privileg empfunden, zum vierzehnten Revier zu gehören, und es hatte ihn reifliche Überlegung gekostet, ehe er den Absprung wagte. Im Grunde war es sein Captain gewesen, Joe Bell der Dritte, ein irischer Hüne mit einer polnischen Frau, der ihm den besten Rat seines Lebens gegeben hatte.
»Elmore, mein Junge«, hatte Joe Bell gesagt, »mit dem Secret Service kommst du in den ganzen USA herum. Du wirst Bundesagent, ohne deshalb einem miesen Verein wie dem FBI beitreten zu müssen. Du wirst Auslandsreisen machen, und sie behandeln sich untereinander wie Brüder, genau wie wir. Hör also auf den Sirenengesang des Schicksals«, Joe Bell redete immer so, weil er Ire war, »und ergreif die Gelegenheit mit beiden Händen, mit den ehrlichen Händen eines freien Mannes ... Nimm es als Gottesgeschenk, und viel Glück. Sie haben uns schon nach dir ausgefragt, und ich hab' gesagt, du bist gar nicht so übel. Für einen Mann vom Festland.«
Für Joe war jeder Amerikaner vom Festland, der nicht auf der Insel Manhattan geboren war. Elmore hatte seinen Rat beherzigt, und an dem Tag, an dem er vom Ausbildungsseminar in Washington seine Marke als Sonderagent verliehen bekommen hatte, um 15.14 Uhr an jenem Nachmittag, als die Kapelle »Camptown Races« spielte, starb Captain Joe Bell auf der Stelle, von vier Kugeln aus einem Colt im Gesicht und im Oberkörper getroffen. Der Schütze war ein kleiner Crackdealer na-

mens Alvin Lightfoot, der behauptete, er habe indianische Vorfahren, aber das war gelogen. Er war aus Sligo.
Elmore Williams trank einen Schluck Bier, er trank nie im Exzeß, und lächelte kalt.
»Es kommt in Ordnung. Wart's nur ab ...«

Zum Beispiel das Paon Rouge, dachte Alisha. Früher war es der einzige sehenswerte Nachtklub gewesen. Nadia Gamal hatte dort getanzt, die begabteste und attraktivste Bauchtänzerin im Libanon. Wird das je zurückkommen?
Sie war wieder im sicheren Haus des Mossad, in der Villa bei Dhuer El-Chuer, saß auf der Couch, von der David Jardine gekippt war, als er vor fünf Tagen zusammengebrochen war. Im Fernsehen brachte man als Füller zwischen Nachrichten einen munteren Film darüber, wie der Neuaufbau Beirut aus der Asche erhob. Der auf beleidigende Weise beruhigende Ton des amerikanischen Sprechers vermittelte hartnäckig – geradezu hirnrissig, wie es Alisha vorkam – den Eindruck, das sei in wenigen Wochen ein Urlaubsort für die ganze Familie, so ungefährlich wie ... was zum Beispiel, fragte sie sich. Sarajevo? Mogadischu?
Und der Suk Narrieh, würde er sich je wieder vom Töten durch die Drusen, die PLO, die Israelis erholen? Selbst wenn sie die engen Gassen wiederaufbauten und das Blut abwuschen, würde der Suk je wieder wie früher sein? Mit seinen Büchern, seinen Weidenkörben, den ganz gewöhnlichen Tellern und Löffeln.
Sie erinnerte sich an Davids Erheiterung, als sie ihm vor zehn Jahren einen Satz aus einem Prospekt der amerikanischen Botschaft über die Stadt vorgelesen hatte, verfaßt unmittelbar vor dem Ausbruch des Wahnsinns: »Schnäppchen sind möglich, aber es wird heftig gerangelt!«
Und während sie das vorlas, mußte sie schreien, denn draußen vor dem Haus feuerte ein Ford-Lieferwagen der Phalangisten mit zwei auf der Ladefläche verschweißten ASU-23-Flugabwehrkanonen Salven zwischen die gepflegten, einst begehrten Mietshäuser (die inzwischen fast alle kein Dach mehr hatten), und gelegentliche Explosionen blindlings abgeschossener RPG-7-Panzerabwehrraketen erschütterten das Zimmer, so daß die Klaviersaiten erregt klirrten und Bücher auf den Regalen umfielen, literarische Kriegsopfer.
Sie lächelte immer noch, als Reuven Arieh hereinkam. Er wirkte gedankenverloren, und nachdem er einen Blick auf den Bildschirm geworfen

hatte, ging er zu der imitierten Kreuzfahrerkommode und goß sich ein Bier ein.
»Meinst du, er kauft es uns ab?« fragte Arieh auf arabisch, zu beiläufig, als er sich in einen großen, mit Baumwolle bezogenen ägyptischen Sessel fallen ließ.
»Wer kauft uns was ab?« Alisha wußte, daß er Jardine meinte.
»Dein Engländer.«
»Es ist nicht mein Engländer, Reuven.« Sie wandte ihm die braunen Augen zu. Haselnußbraun, grün gesprenkelt.
»Sag mir, was er deiner Meinung nach machen wird.«
Alisha richtete die Fernbedienung auf den Fernseher und brachte den erbarmungslos idiotischen Kommentar zum Schweigen. Aber sie sah sich weiter Aufnahmen von der Wiedergeburt des »vom Krieg zerrissenen Beiruts« an. Es könnte durchaus eine Totgeburt werden, dachte sie bei sich.
»Er hat einen vollständigen Bericht abgeliefert. Daran gibt es keinen Zweifel.«
»Und was hat er ausgelassen ...?«
Daß ich ihn einmal geliebt habe, hoffe ich.
»Gar nichts. Er ist nicht blöd.«
»Hast du sein Gesicht gesehen?«
»Natürlich habe ich es gesehen, wie hätte ich sein Gesicht nicht sehen sollen?«
»Du weißt, was ich meine.«
»Reuven, ich weiß sehr selten, was du meinst ...«
Arieh hielt mit dem Glas auf dem Weg zum Mund inne. »Soll heißen ...?«
»Warum hast du meinen Vater ermorden lassen?« Sie hatte blitzschnell den Blick vom Fernseher abgewandt, sah Arieh eindringlich in die Augen und durch sie hindurch, wie es schien, bis zu seinem Hinterkopf.
In diesem Augenblick wußte sie es. Alisha Abdul-Fetteh hatte schon vieles überlebt. Und Reuven Arieh war vielleicht die Perle in der Krone des Mossad, seine Primadonna der schwarzen Operationen, aber die Lüge war den Bruchteil einer Sekunde lang da, oh, nur den Bruchteil eines Sekundenbruchteils. Aber nur wenige Männer können eine Lüge vor einer Frau, mit der sie geschlafen haben, verheimlichen. Wenn auch viele Frauen häufig den Lemmingen darin ähneln, diese Gabe, diesen

Instinkt zu ignorieren. Denn manchmal wäre die Alternative das Ende, und darüber denken sie lieber nicht nach.
»Ich habe mich schon gefragt, wann das aufs Tapet kommt.« Der Israeli sah wirklich ganz traurig aus. Er hatte auf hebräisch geantwortet, die Sprache, die den vertraulichen Einsatzbesprechungen und dem Bettgeflüster mit ihr vorbehalten war.
»Reuven, tisch mir bitte keinen Schwachsinn auf.« Sie nannte ihn selten bei seinem richtigen Namen. Falls Reuven Arieh tatsächlich sein richtiger Name war.
Arieh musterte sie über den Rand des Glases hinweg. Er hatte nichts Feindseliges an sich. Er stellte das Bier weg, eine zuvorkommende Geste, die ihr das Recht auf seine volle Aufmerksamkeit zugestand. Alisha ertappte sich dabei, wie ihr auffiel, es sei eher die Geste eines Arabers als die eines Israelis. Und möglicherweise würde er deshalb das, was auch immer er als nächstes sagen würde, in seiner Rolle als Araber sagen. In seiner falschen Identität.
»Es hat damals Gerüchte gegeben, daß Außenstehende den Mord an deinem Vater arrangiert haben, um die Drusen und die Phalangisten aufeinanderzuhetzen.«
»Das weiß ich.«
Reuven breitete die Hände aus, mit den Handflächen nach oben. »Gut. Ein Gerücht lautet, das Institut in Tel Aviv habe dahintergesteckt. Und weil ich damals das Nahostnetz des Mossad geleitet habe …« Er zuckte die Achseln. »Etliche … schlechtinformierte ausländische Nachrichtendienste haben meinen Namen in Zusammenhang mit den Gerüchten gebracht. Es überrascht mich, daß es so lange gedauert hat, bis du davon gehört hast.«
Du bist sehr gut, Reuven, dachte sie. In den Sekunden, seit ich dich damit konfrontiert habe, hast du völlig begriffen, wer die Saat gelegt hat – David –, und du hältst dir alle Möglichkeiten offen, bis du genau herausbekommen hast, was ich gehört habe.
»Sag mir nur, warum. Bitte, sag mir, warum das für nötig gehalten wurde. Der Mord an einem der wenigen Männer, die vielleicht den Libanon wieder hätten stabilisieren können.«
»Das wäre natürlich ein Faktor gewesen, der den Mord an ihm zu einer praktischen Lösung für uns gemacht hätte. Ein stabiles Beirut lag damals nicht in unserem Interesse.«
Alisha Abdul-Fetteh war levantinische Politik in Fleisch und Blut über-

gegangen, seit sie hören konnte. Sie nickte, ließ ihn keinen Moment lang aus den Augen. Als Salim Jaddeh, der er damals gewesen war, ihr schließlich eröffnete, sie arbeite nicht für eine irakische Terroristengruppe – ironischerweise hatte David Jardine sie heftig ermuntert, sich anwerben zu lassen –, sondern sei, ohne es zu wissen, Schlüsselmitglied einer israelischen Geheimdienstzelle geworden, hatte er Alisha überzeugende Beweise geliefert, Überwachungsfotos, Tonbandmitschnitte und Briefe in der unverkennbaren Handschrift ihres Vaters. Sie bewiesen zweifelsfrei, daß ihr geliebter, ermordeter Papa über sechzehn Jahre lang mit dem Mossad zusammengearbeitet hatte (nicht für den Mossad; Arieh hatte immer ein Gespür dafür, was für seine Rekruten akzeptabel war und was nicht). Die Briefe und Bandaufnahmen belegten, daß er geglaubt hatte, nur wenn der Libanon von den palästinensischen Parasiten und den tollwütigen, fundamentalistischen Verbrechern befreit werde, könne die goldene Brücke zwischen Europa und dem Nahen Osten wiederaufgebaut werden, wie früher in Frieden, Harmonie und Freiheit.

Alisha hatte diese politischen Überzeugungen ihres Vaters gekannt. Und er hatte in seiner Zeitung viele Spalten in diesem Sinne gefüllt, während er Israel gleichzeitig drängte, der PLO Gebiete zu überlassen, mit ihr Frieden zu schließen und so weiter. Es war dennoch unvorstellbar, daß er enge Kontakte zum Mossad vor ihr hätte verheimlichen können. Sie dachten oft dieselben Gedanken, verstanden sich ohne Worte. Wie es Menschen mit großer Liebe füreinander im Herzen manchmal können.

Aber Reuven war behutsam in sie gedrungen, neben ihr im Bett in ihrer kleinen Wohnung, beide feucht vom Schweiß, und hatte gefragt, ob sie ihrem Vater je gesagt habe, daß sie für die Briten spioniere? Und sie hatte nein gesagt.

Siehst du, hatte er gesagt. Und in der Trauerzeit über den Verlust ihres Vaters und weil sie sich im Stich gelassen fühlte von ihrem großen englischen Liebhaber mit dem intimen Verständnis für die Bedürfnisse einer Frau, hatte sich Alisha dem Israeli mit dem grausamen Mund und dem steinharten Körper ausgeliefert.

Sie hatte sogar Hebräisch gelernt. Gütiger Himmel, wie schwachsinnig sie gewesen war.

»Beleidige mich nicht«, sagte sie.

»Wie auch immer, ich war damals nicht im Land. Ich war in Frankreich im Gefängnis. Sie haben mich für Abu Daoud gehalten.« Abu Daoud

war der PLO-Terroristenführer, der für das Massaker bei den Olympischen Spielen in München verantwortlich gewesen war, zu dem sich der Schwarze September bekannt hatte, ein Geisteskind Arafats.
»Ich kann es herausfinden«, sagte Alisha, die nicht nur über viele Talente verfügte, sondern der auch der Chef des syrischen Auslandsgeheimdienstes aus der Hand fraß.
Reuven Arieh lächelte. »Bitte, tu das.«
Er stand auf, als plage ihn nicht die geringste Sorge. »Es tut mir leid, daß dich dieser Unsinn beunruhigt hat. Ich nehme es Jardine nicht übel, daß er versucht hat, den Fuchs im Hühnerstall loszulassen.« Das sagte er auf englisch, eine Sprache, in der er, weil Alisha sie fließender sprach, weiger unfehlbar wirkte. Als läse er ihre Gedanken, ging er wieder zu Arabisch über. »Jetzt spiele ich Tennis mit Abdul, dann sollten wir darüber sprechen, wie wir einen Informanten in der Geistlichkeit der Hisbollah finden. Nasser Latif ist heute nachmittag auf der Treppe seines Minaretts gefunden worden. Mit durchschnittener Kehle. Die Augen in den Anus gestopft. Vergiß nicht, daß du mit General Oufkir zu Abend ißt, Marokkos führendem Sammler von kleinen Jungen und Haschisch.« Und er war fort, hatte das Bier unangerührt stehenlassen, als hätte er den Verdacht, es sei vergiftet.
Alisha starrte das bernsteinfarbene Glas an. O nein, für dich ist so etwas Schnelles nicht das Richtige, Reuven.

Eine Woche war verstrichen, seit David Jardine aus Beirut zurückgekehrt war, und seine Schnittwunde heilte bestens. Er war an ein paar Abenden zeitig zu Bett und jeden Tag von der Tite Street in Chelsea aus zu Fuß zur Arbeit gegangen, zur Südseite der Vauxhall-Brücke, wo sich der scheußliche sandfarbene und dunkelgrüne Batman-Turm (wie Leute im Büro das neue SIS-Gebäude inzwischen nannten) drohend am Themseufer erhob, durch Nebenstraßen in der Nähe von Lambeth Walk zum Imperial War Museum und weiter zum St. George's Circus und dem großen Glaskasten, der das Century House war, das Zuhause der geheimsten Abteilung des britischen Außenministeriums.
Irgendwer hatte irgendwo mal geschrieben, das Century House stinke nach abgestandenem gekochten Kohl und anderen Gerüchen, die an zweitklassige Internate erinnerten. Jardine schnupperte, als er im siebten Stock aus dem Aufzug stieg, und zog seinen Sicherheitsausweis aus der Brieftasche. Keine Spur von Kohl. Das Aroma setzte sich zusam-

men aus gebohnerten Gummifliesen, Holz und Menschen, die sich in der Gesellschaft der anderen wohl fühlten.

Nach all den Jahren, in denen er über diese Scheußlichkeit aus den Fünfzigern gemault hatte, mit ihren verspiegelten Glasfenstern, die schließlich durch stumpfe, sprengstoffsichere, durchsichtige Panzerscheiben aus Plastik ersetzt worden waren, wurde David Jardine bewußt, wie sehr er sich daran gewöhnt hatte.

Erst jetzt, wo der Umzug in das lächerliche Bauwerk am Thames Embankment unmittelbar bevorstand, empfand er eine irrationale Zärtlichkeit für den großen Glaskasten. Er schob die Plastikkarte in den dafür vorgesehenen Schlitz und drückte in einer bestimmten Reihenfolge etliche Knöpfe. Ein Klicken, und er stieß eine Holztür auf, trat in einen kleinen Verschlag mit einer Metallgittertür auf der anderen Seite. Dahinter lag ein Flur, von dem mehrere Büros abgingen, etliche mit offenen Türen.

Jardine betätigte die notwendigen Schalter für das »Sesam, öffne dich«, und das Metallgitter ging auf, mit einem kräftigen Scheppern.

»Guten Morgen, Sir. Die Protokolle vom KKAWG sind angekommen, die CIA hat sie vom Grosvenor Square hergeschickt.« Heather, seine schottische Sekretärin, schob sich das Haar aus der Stirn und lächelte, als er vom Flur aus hereinschaute.

»Mein Schreibtisch ist bereits voll und läuft über«, erwiderte Jardine todernst. Heather grinste. Sie liebte alles an der Arbeit in der geheimen Welt und hegte, was vermutlich irrational war, den Traum, eines Tages werde ihr erlaubt, an geheimen Operationen, an wirklicher Geheimdienstarbeit im Ausland mitzuwirken.

Heather, die mit achtzehn direkt vom Mar College in Troon in Schottland aus angeworben worden war, hatte wenig Chancen, einen solchen Aufstieg zu schaffen, weil sie keinen Universitätsabschluß hatte. Was hieß, überlegte Jardine, daß Heather in etwa fünfzehn Jahren vermutlich mehr über die tatsächlichen Vorgänge im SIS wissen würde als der Chef, wer auch immer das dann sein mochte, und bitte, lieber Gott, gib, daß es nicht die verdammte Kate Howard sein wird.

Das Büro, in das er nach seiner »Beförderung« umgezogen war, lag an einer Gebäudeecke mit Aussicht über die Dächer von South Lambeth auf die Tower-Brücke und die Kuppel von St. Paul.

Auf den von Wand zu Wand verlegten Teppichfliesen im Regierungsgrün lag ein großer Kelim aus Afghanistan; hier standen sein schwarzer

Teakholzschreibtisch, den er aus seinem Büro in West 8 mitgebracht hatte, zwei Ledersessel, ein Kunstledersofa und verglaste Bücherschränke aus dem Inventar der Firma, die offenbar seinen Aufstieg signalisieren sollten. Denn vorher hatte man ihm lediglich offene Bücherregale gestellt, aus diesem scheußlichen Preßspanholz, das nicht einmal brannte. Auf einem kleinen Bücherregal hinter seinem Schreibtisch unter einem Fenster stand eine georgianische Pendüle, die seine Frau Dorothy Jardine zum dritten Hochzeitstag geschenkt hatte. David Jardines Großvater mütterlicherseits war Uhrmacher gewesen, und aus Zuneigung zu dem alten Mann hatte er ein enzyklopädisches Wissen über alte Uhren erworben.

Dorothys Geschenk war ein echter klassischer Mischling, mit einem Uhrwerk von Thomas Mudge und einem Gehäuse von Christopher Pinchbeck. Jardine wußte, daß Dorothy sich die zweihundert Pfund für die Uhr nicht hatte leisten können, und deshalb liebte er sie um so mehr. Und wo auch immer er arbeitete, die Uhr von Thomas Mudge bekam einen Ehrenplatz.

Während David Jardine in seinem grünen Ledersessel saß und stirnrunzelnd den Stapel aus rosa Aktendeckeln auf dem Tisch musterte, kam Heather ruhig herein und stellte einen Becher Kaffee vor ihn, dazu einen Teller mit einem Croissant und einem Butterstückchen.

»Was ist denn das?« fragte er.

»Probieren Sie.« Sie trat zurück und beobachtete ihn gespannt.

»Selbst gebacken?« Jardine faßte das Croissant an. Es war angenehm warm. Er brach ein Stückchen ab und schnupperte, steckte es in den Mund. Kaute. »Mmm ... köstlich.« Er griff zum Messer und strich Butter auf ein weiteres Stück.

»Wirklich? Schmeckt es wirklich gut?«

»Umwerfend. Wirklich.«

Heather freute sich wie ein Schneekönig.

»Haben Sie es selbst gebacken?«

»Nein, natürlich nicht. An der Waterloo Station gibt es eine neue Patisserie. Nicht übel. Wenn Sie mögen, kann ich Ihnen jeden Morgen ein paar Croissants mitbringen.«

Jardine tätschelte sich den Bauch. »Sie haben einen schlechten Einfluß auf mich.«

Sie lächelte, hatte vor Jardine sowenig Angst wie sein Labrador im Haus in Wiltshire.

»Mrs. Jardine hat angerufen. Sie kommt heute abend aus Zagreb zurück; das Flugzeug landet um acht. Soll ich einen Wagen hinschicken?«
Heather meinte einen Leihwagen, denn das Büro stellte keine Fahrzeuge für Ehepartner zur Verfügung. Dorothy produzierte für die BBC eine Sendung über aktuelles Zeitgeschehen.
»Nein, ich hole sie selbst ab. Ich fahre gleich mit ihr weiter aufs Land.«
»Was für ein aufmerksamer Ehemann.«
»O ja«, sagte Jardine.
»Ich hoffe, ich werde es eines Tages auch so gut treffen wie Ihre Frau.«
»Das hoffe ich auch.« David Jardine lächelte die schwatzende Törin sanft an. »Das Croissant ist köstlich.«
»Noch eins?«
»Nein.«
»Ich habe wieder ganze Wagenladungen aus dem Zeitungsarchiv bekommen.«
»Braves Mädchen.«
»Und ein Bill Childless hat angerufen. Von Scotland Yard.«
»Verbinden Sie mich mit ihm, ja?«
»Selbstverständlich.« Und Heather ging mit federndem Schritt. Jardine beneidete sie um ihre Jugend, ihren Glauben an die Zukunft und ihre Unschuld.
Die Wagenladungen waren zwei Drahtwägelchen mit Zeitungsausschnitten, Video- und Tonbandmitschnitten von Nachrichtenmeldungen aus der ganzen Welt, mit umfassenden Berichten über alle großen Betrugsfälle seit 1991, bei denen Fälschungen in irgendeiner Form eine Rolle gespielt hatten und elektronischer Sachverstand. Betrugsfälle, bei denen den Opfern, die ein solches Verbrechen durchaus hätte ruinieren können, zwar riesige Summen gestohlen worden waren, aber immer nur gerade so viel, daß eine Einzelperson schwerreich wurde.
Jardine überflog eine ganze Woche lang diese Berichte, sonderte diejenigen aus, die ihn besonders interessierten, und ordnete sie chronologisch. Auf einer großen Weltkarte in einem Holzrahmen an der Wand brachte er bunte Nadeln und Fähnchen an, brachte etliche Verbrechen mit anderen in Verbindung.
Jardines Büro hinter dem Vorzimmer, in dem Heather Wache hielt wie ein ägyptischer Hundegott vor einem Grab, war jetzt allen verschlossen bis auf ein paar Kollegen des Chefs für Zukunftsplanung.

Im Verlauf dieser Woche hatte sich David Jardine, dessen Konzentrationsfähigkeit – wenn er Lust dazu hatte – legendär war, sein vage umrissenes offizielles Aufgabengebiet zunutze gemacht, um jeden wachen Augenblick damit zu verbringen, sich ein Bild von Danny Dawidows Serie Meisterverbrechen zu machen.
Er hatte die Unmengen an Material, die er aus jeder erdenklichen Quelle schöpfte – Scotland Yard, das Betrugsdezernat, Interpol, der Nachrichtendienst der Bank von England, verschiedene Kontaktpersonen bei der Presse –, dazu benützt, durchsickern zu lassen, daß er sich für das Thema interessierte. Allmählich bekam er – immer mit Kate Howards und Ronnie Szabodos Wissen – Antworten auf jede gezielte Frage über Dawidows eskalierende Verbrechen. Antworten darauf, in welchen Fällen und auf welche Weise die Beweise darauf hindeuteten, daß eine westliche Hauptwährung das Zielobjekt sei.
David Jardine hatte außerdem bemerkt, daß sich im Verlauf jener ersten Woche nach seiner Rückkehr jemand auf Schritt und Tritt an seine Fersen heftete. Und obwohl Kate schwor, sie habe sein Geheimnis wie versprochen für den Augenblick gewahrt, wußte er, daß es nur der eigene Dienst sein konnte oder auf jeden Fall ein britischer Dienst ... aber wer? Er erwähnte sein Gefühl, beobachtet zu werden, Ronnie Szabodo gegenüber, der sein Team von Pflastermalern darauf ansetzte, und obwohl sie nichts Bestimmtes feststellen konnten, schien allein ihre Anwesenheit, so professionell und diskret sie sich auch verhielten, für Abhilfe zu sorgen.
Wenigstens, dachte Jardine, blieb das Leben interessant. Während die Tage verstrichen, während jede Einzelheit in dem Puzzle, das er zusammensetzte, dazu beitrug, die Pläne und die Methoden des Israelis Danny Dawidow bloßzulegen, wußte er, daß ihm die Umstände möglicherweise, wie der loyale Ronnie gemeint hatte, eine Chance boten, seine peinliche Zwangslage zu seinem Vorteil zu nutzen.

»David. Wie geht's Ihnen?« Bill Childless war ein junger und ehrgeiziger Chief Detective vom Kriminalnachrichtendienst bei Scotland Yard. Er war spezialisiert auf Computerverbrechen, internationalen Raub mit elektronischen Methoden und den Zugang zu Computersystemen durch das Überlisten der Sicherheitsvorkehrungen.
Sie waren in einem Büro in der City, das Scotland Yard gemietet hatte. Childless leitete eine verdeckte Ermittlung gegen eine Gruppe von japa-

nischen Unternehmern und ließ sich über die Einzelheiten der Operation nur vage aus. Dem Kriminalpolizisten, der immer gut gelaunt war, der immer aufrichtig lächelte, wenn er aalglatt eine Halbwahrheit auftischte oder auswich, war nicht bewußt, daß Jardine ihn als möglichen Rekruten für den SIS im Auge hatte, denn er hatte Talent und sprach fließend japanisch und mandarinchinesisch. In Verbindung mit seinem Geschick im Umgang mit Computern war das ein echter Pluspunkt für seine Karriere.

»Was haben Sie für mich?« fragte Jardine.

Childless fuhr im grauen Plastikdrehstuhl herum und griff in das weiße Metallregal hinter ihm. Er hob einen zerbeulten Schuhkarton herunter und stellte ihn vor sich auf den Schreibtisch. Er enthielt um die zwanzig 3,5-Zoll-Floppydisketten. Er ging sie durch und wählte drei aus. Er schob eine in seinen IBM-Computer und die anderen beiden über den Schreibtisch Jardine zu.

»Ich zeige es Ihnen gleich. Hier ist alles drauf. Es waren eindeutig acht Fälle, von denen mein Baby hier mir sagt, daß es immer der gleiche Mann war. Ein kleiner, hm, Schluckauf. Aber darauf kommen wir noch zurück. Wie steht's in South Lambeth?«

»Wir haben viel zu tun« erwiderte Jardine.

»Immer zugeknöpft ...« Childless lächelte, als könnten ihm seine Computer alles sagen, was er wirklich wissen wollte. Jardine betete, er irre sich, denn die Sicherheitsüberprüfung der Firmencomputer hatte im letzten Jahr etliche furchterregende Löcher im angeblich wasserdichten System ergeben. Was ein Grund dafür war, daß er die eigenständigen Geräte benützte, mit denen dieser junge Polizist so tüchtig umging.

»Okay.« Childless' Finger rasten mit einer Geschwindigkeit über die Tastatur, wie sie David Jardine sonst nur noch bei seinem Sohn Andrew gesehen hatte, der ab dem Alter von fünf Jahren wie ein Zauberer mit diesen Dingern umgehen konnte. »Ziehen Sie sich einen Stuhl hierher.«

Jardine wuchtete seinen klobigen Stuhl hinter den Schreibtisch, damit er sich setzen und dem Kriminalpolizisten über die Schulter schauen konnte.

Childless hatte eine Datei angewählt, die er PRO#1 genannt hatte.

»Da haben Sie Ihre klassischen exaltierenden Verbrechen«, sagte er. David Jardine nahm zur Kenntnis, daß der Computerexperte nicht auf der Höhe seiner sonstigen Fähigkeiten war, was die Fremdwörter an-

langte. »Er hat 1990 angefangen, mit einer simplen Kreditkartenoperation, wunderschön in ihrer Schlichtheit. Haben Sie gewußt, daß manche Fluglinien ihr Kerosin mit Plastikgeld bezahlen?«
»Nein ...« erwiderte Jardine.
»Das tun sie aber. Stellen Sie sich nur vor, wieviel in einen Jumbotank hineingeht.«
»Und sie bezahlen mit Kreditkarte?«
»Bei manchen Lieferanten. Das läuft natürlich auf Vereinbarung. Jedenfalls hat unser Freundchen mit makellos gefälschtem Plastikgeld von Cathay Pacific innerhalb von sechs Tagen mehrere Millionen Liter Benzin ergaunert, bis zum Gehtnichtmehr. Im Wert von acht Komma zwei Millionen Dollar.«
»Und das Benzin hat er dann verkauft, vermutlich mit Rabatt?« fragte Jardine, und der Polizist sah ihn mit einem Blick an, der dem Mitleid nahekam.
»David, dabei hat kein Flugbenzin den Besitzer gewechselt. Es lief alles auf der Basis, ein paar Flughafenangestellte zu bestechen, natürlich ohne Spuren zu hinterlassen ...« Er tippte auf ein Dutzend Tasten. Der Schirm des Sichtgeräts zeigte ein rätselhaftes Diagramm. Hellgrün auf Schwarz.
»Sehen Sie, wie er es gemacht hat ...?« Childless war entzückt von der Schönheit eines Betrugsmanövers, das für David Jardine etwa so verschlossen war, als wäre es in chinesischen Schriftzeichen dargestellt.
»Faszinierend«, sagte er.
»Und etwas ganz Besonderes. Dazu gehört eine spezielle Kenntnis der Satellitenkommunikation und der menschlichen Natur. Das hat mir auf die Sprünge geholfen. Als ich erst einmal wußte, wonach ich suchen muß, sind mir die anderen geradezu in die Augen gesprungen, die anderen Exaltationen. Das ist äußerst professionelle Arbeit, ausgeführt von einem sehr erfahrenen und professionellen Kopf.« Childless nahm die Nickelbrille ab, drehte sich um und sah Jardine in die Augen. »Das ist doch nicht etwa einer von unseren Leuten, der jetzt krumme Dinger dreht, oder?«
Jardine lachte leise. »Wenn wir nur ein paar solche Leute hätten ...« Aber Childless stimmte nicht in seine Erheiterung ein. Er ließ mehrere Diagramme durchlaufen, die dem Geheimdienstmann allesamt nichts sagten. »Die Coups werden größer. Sehen Sie. Brunei. Der hier hat den Sultan neunzehn Millionen gekostet, in Sterling. Er hatte sie schon als

Beutegut von radikalen islamischen Fundamentalisten abgeschrieben, die in seinem winzigen Königreich mitmischen wollen, aber dann ist ein kleiner Beamter in seinem Finanzministerium dahintergekommen.«
»Wie ist das gemacht worden?« fragte Jardine und gab es auf, so zu tun, als verstünde er den Computerschirm.
»Da ist sich niemand ganz sicher. Perfekt gefälschte Bankermächtigungen. Außerdem Zugang zum sicheren Kommunikationsnetz des Finanzministers.«
»Über Satellit?« Jardine holte auf.
»Ja.« Für Childless verdiente die Frage kaum eine Antwort. »Er, und das bringt mich wieder auf den Schluckauf, von dem ich gesprochen habe, konnte die verschiedenen unentschlüsselbar codierten Programme des Sultans entziffern.«
Geliefert, dachte David Jardine, von der staatlichen Kommunikationszentrale Großbritanniens, als Teil des ständigen und immer ergebnisloseren Liebeswerbens der Regierung Ihrer Majestät um das kleine, ölreiche Königreich im Südchinesischen Meer.
»Sind Sie sicher, daß es keiner von Ihren Kollegen ist? Irgendein Spion, der als Privatunternehmer sehr schnell sehr reich werden will?«
Nicht übel für einen vierunddreißigjährigen Cop, nicht einmal für einen, der Japanisch und Mandarin beherrscht, dachte Jardine.
»Ich weiß es wirklich nicht, Bill«, log er. »Aber mein Instinkt sagt nein. Wir kennen die wenigen von unseren Leuten, die so etwas tun könnten. Und sie wären rein physisch gar nicht dazu in der Lage gewesen, dazu sind sie zu beschäftigt mit anderen Dingen ...«
Childless ließ es dabei bewenden. Er wußte, daß die Zusammenarbeit mit dem SIS eine Einbahnstraße war. Er schaltete das Gerät ab und holte die Diskette heraus, schob sie Jardine zu.
»Möchten Sie was Warmes trinken? Ich könnt' 'nen Kaffee vertragen.«
»Erzählen Sie mir von dem Schluckauf.«
»Na ja ...« Childless lehnte sich im Stuhl zurück und verschlang die Hände hinter dem Kopf. David Jardine wuchtete seinen Stuhl auf die andere Seite des Schreibtischs zurück.
»David, mein Gehirn, mein persönlicher Computer«, er tippte sich an den Kopf, »sagt mir, weil ich für so was einen besonderen Riecher hab', daß da nicht bloß ein Typ dahinterstecken könnte.«
»Ja, natürlich«, erwiderte Jardine. »Die verschiedenen Fachgebiete, die Fälscher, die Quellen für das Plastikgeld, der Kommunikationshokus-

pokus und so weiter. Unser Mann hat genug Geld, das wissen wir, fachmännische Hilfe zu bezahlen.«

Childless runzelte die Stirn. Er zog eine Schublade auf und nahm ein Päckchen Marlboro heraus. David Jardine prägte sich ein, dem Labor bei der Untersuchung von Alishas Päckchen Winston und des Zippo-Feuerzeugs Beine zu machen.

»Es ist mehr als das. Natürlich braucht man bei solchen Betrugsmanövern Helfershelfer. Klar.« Er zündete die Zigarette an und inhalierte genüßlich. »Aber ... und das ist nicht nur so ein Gefühl von mir, denn ich habe eine Analyse gemacht, ohne dem blöden Ding hier«, er tippte zärtlich gegen den Computer, »zu sagen, was ich von ihm wissen will, und er hat dieselbe Antwort geliefert. Verstehen Sie, bei jedem kriminellen, überhaupt bei jedem berechneten und phantasievollen Vorgehen kann man immer ein sensibles Leitelement identifizieren und bis zu einem gewissen Maß beschreiben. So kommen wir den Arschlöchern auf die Schliche. So kann SO 12« – er meinte die Sondereinheit der Londoner Polizei – »Planer und Führer der IRA identifizieren, auch wenn das vor Gericht nicht als Beweis anerkannt wird, weil es noch keine unfehlbare Wissenschaft ist.«

»Und Ihr blöder Computer hat mehr als ein intelligentes Leitelement ermittelt ...« Jardine wußte zwar möglicherweise wenig über Computer, aber er war schnell von Begriff.

Childless nickte, ließ Rauch aus seinen Nasenlöchern kräuseln. Hätte David Jardine Fachidioten gehaßt, dann hätte er den Kriminalpolizisten jetzt vielleicht erwürgt, aber in Wahrheit hatte er eine gewisse Schwäche für Menschen, die echte Experten in ihrem Beruf waren.

Endlich sagte Bill Childless etwas. »Zwei.«

»Irgendwelche Anhaltspunkte?«

»Ich weiß überhaupt nichts über Ihr Geschäft, David, aber ich kann vorschlagen, daß Sie nach zwei völlig verschiedenen Einzelpersonen suchen. Einer ist gerissen und berechnend, verschwiegen und hat ... ich nehme an, auf seine korrupte Weise einen gewissen Weitblick, sein krimineller Verstand denkt, sagen wir mal, global und taktisch, also über die Kirchturmspitze hinaus.«

»Und der andere?«

»Ich glaube, der andere ist vermutlich ein Schachspieler. Ich glaube, der andere hat ein dickes, schwarzes Buch, in dem alles darüber steht, wie sie an die Leute herankommen, die sie zu ihrer ... Unterstützung brauchen. Solche Listen sind ziemlich persönlich und werden im Lauf von Jahren angelegt, deshalb ist er oder sie vermutlich etwas älter als der geniale Kopf.«

Jardine sah Childless an. In seinem Kopf herrschte wenig Zweifel daran, daß sie diesen jungen Mann Scotland Yard bald wegschnappen mußten. Es war wie ein Besuch bei einer Wahrsagerin gewesen.

»Sonst noch was ...?«

»Sicher«, Childless schnippte Asche in den Abfalleimer, »und das ist eine wilde Vermutung meinerseits. Aber es hat nichts damit zu tun, daß das Material von Ihnen kam, so voreingenommen bin ich nicht. Mir kommt es so vor, David, als wären sie im selben Geschäft wie Sie, oder wären es zumindest gewesen.«

Jardine erwiderte nichts. Bill Childless lächelte, und wie alle guten Polizisten ließ er das Schweigen für sich sprechen. Draußen war ein Polizeilautsprecher zu hören, der vor einer Bombendrohung warnte. Aber im Gebäude war nicht viel Betriebsamkeit auszumachen. Die Londoner langweilten sich schnell, und die Bombendrohungen, sogar die Bomben selbst, hatten an Schärfe verloren. Die arme IRA war vermutlich die einzige Terroristengruppe der Welt, die bis zur Bedeutungslosigkeit ignoriert wurde.

Schließlich nickte der Kriminalpolizist Richtung Computerschirm. »Wir haben ein Programm, das die verschiedenen Eigenschaften unterschiedlicher Nationalitäten ausmachen kann. Hier in der City brauchen wir das. Auf dieser Quadratmeile haben wir achtunddreißig Nationalitäten, die mit Billionen arbeiten.«

»Und?«

»Laut Bo-Peep – das ist das Programm – könnte Ihr genialer Verbrecher Jude sein. Hebräisch geschulter Intellekt.«

»Und der Schachspieler?«

Childless lächelte. »Dieser blöde IBM behauptet: ein Pole. Polnisches Erbe in den Gedankengängen. Hören Sie, es ist nur ein Computer. Vermutlich suchen Sie nach einer isländischen Eisprinzessin und einem australischen Buchmacher.«

David Jardine lächelte und stand auf. »Bill, Sie sind hier vergeudet.«

»Glauben Sie das ja nicht«, erwiderte der Cop. »Ich werde gut bezahlt, und kein Mensch versteht, was zum Teufel ich eigentlich mache ...« Er streckte die Hand aus, ohne aufzustehen, und seine Körpersprache vermittelte: Spiel mir gegenüber bloß nicht den Meisterspion, Kumpel, denn wenn du das allein rausgekriegt hättest, wärst du nicht zu mir gekommen.

Der Frieden in Beirut war eine zerbrechliche Blume, und viel tödliches Unkraut drohte den Garten wieder in den einstigen verwilderten Zustand zu verwandeln. Mord war noch keine solche Seltenheit, als daß die polizeilichen Ermittlungen gleich angelaufen wären, es sei denn, es hätte sich um klar umrissene Fakten gehandelt. Ausgenommen natürlich die großen politischen Gruppierungen, die in aller Ruhe alte Rechnungen beglichen, vielleicht eine unvermeidliche Folge von zwei Jahrzehnten des brutalen Wahnsinns.

Das deutlichste Zeichen einer Rückkehr zu zivilisierten Normen bestand darin, daß die Straßen und Suks nicht mehr mit aufgeblähten Leichen übersät waren. Das war wenigstens etwas. In jeder Morgendämmerung machten Milizstreifen und Transporter der Leichenhallen die Runde zu den üblichen Abladeplätzen und beseitigten alle Spuren, die bei den Verhandlungen über Millioneninvestitionen durch ausländische Banken und Geschäftsleute peinlich gewesen wären, weil sie dem Bild vom Phönix, der sich aus der Asche der zerstörten Hauptstadt erhob, widersprochen hätten.

Deshalb dauerte es etliche Wochen, bis die Leiche eines jungen Arabers identifiziert wurde. Sie war im Kofferraum eines BMW 730 gefunden worden, mit auf dem Rücken gefesselten Händen, getötet mit zwei 7,65er Kugeln, die aus etwa zehn Zentimetern Entfernung vom rechten Ohr abgeschossen worden waren. Von der linken Kopfhälfte war nicht viel übrig, aber das Gesicht war intakt. Im Leichenschauhaus wurde festgestellt, daß der Verstorbene mehrere Tage vor seinem Tod verletzt worden war. Denn das linke Auge, der linke Wangenknochen und die linke Augenbraue waren angeschlagen und verfärbt.

Außerdem gab es Hinweise auf Folter an den Fußsohlen und im Genitalbereich, wo Brandwunden, vermutlich durch Elektroden, zu sehen waren.

Der stämmige Polizeihauptmann mit dem sich sträubenden Schnurrbart, der in Alishas Wohnung gekommen war, war nicht ganz so oberflächlich, wie sie ihn eingeschätzt hatte. Er hieß Teufik Rassi und nahm seinen Beruf ernst. Er hatte außerdem ein hervorragendes Gedächtnis für Gesichter und die Art von Einzelheiten, die den meisten Menschen bedeutungslos erschienen wären.

Er hatte Mademoiselle Abdul-Fettehs durchwühlter Wohnung selbst einen Besuch abgestattet, nicht nur, weil sie eine geachtete Regierungsbeamtin, Beraterin des Außenministeriums war und das Protokoll es nahelegte, sondern weil man nie wissen konnte, wann ein solcher Kontakt, wie unpersönlich auch immer, von Nutzen sein konnte – ihm zum Beispiel in der Zukunft Zugang zu einer mächtigen Person verschaffte. Und als er erst einmal dort gewesen war, hatte sein erstaunliches Gedächtnis instinktiv gearbeitet und alle möglichen Dinge gespeichert.
Als er deshalb in einer anderen Angelegenheit das Leichenschauhaus aufsuchte, Ausschau hielt nach der Leiche eines Kriminalpolizisten, der seit acht Tagen vermißt wurde, kam ihm das Gesicht des ermordeten jungen Arabers bekannt vor.
Rassi fand seinen vermißten Kriminalpolizisten an jenem Tag nicht, aber das angeschlagene Gesicht des Jungen ließ seinem Gedächtnis keine Ruhe. Erst auf der Heimfahrt, die Rue Hamra entlang, fiel ihm wieder ein, wo er das Gesicht schon einmal gesehen hatte. In der Wohnung der Abdul-Fetteh.
Als Teufik Rassi scheinbar träge durch die Wohnung gegangen war, waren zwei Dinge klar gewesen. Die Wohnung war äußerst professionell durchsucht worden. Und es hatte ein kurzer, aber brutaler Kampf stattgefunden. Die Blutspritzer an der Küchenwand gegenüber dem Kühlschrank waren für sein geschultes Auge ein Hinweis dafür, daß ein Messer benützt worden war. Vermutlich war auf einen Gegner eingestochen worden. Die liegengelassenen Verbände, die Nähnadel und die mit Alkohol getränkten Geschirrtücher bedeuteten, daß jemand sofort Erste Hilfe geleistet hatte, fast wie bei der Erstversorgung auf einem Schlachtfeld.
Und in einem Fotoumschlag von Kodak, mit dem Stempel der Mdina-Drogerie darauf, war ein Bild von Alisha und einem grinsenden Jungen mit strahlenden Augen gewesen, wie sie in einem Café saßen, es hätte das Le Camel gewesen sein können, und Coca-Cola tranken und Eis aßen. Er lächelte, als er sich daran erinnerte, daß der Junge Eiskrem an der Nasenspitze gehabt hatte.
Ja. Das war derselbe Junge.
Teufik Rassi warf einen Blick auf seine Armbanduhr, eine goldene Rolex, die er von einem Mullah angenommen hatte als Dank dafür, daß er dem Mann ermöglicht hatte, ein übel beleumundetes Haus ohne einen Makel auf seinem Ruf zu verlassen. Er schaute in den Spiegel und riß

das Lenkrad herum, schnitt empörten Autofahrern den Weg ab und fuhr zum Außenministerium. Mademoiselle Abdul-Fetteh war bestimmt noch dort. Er erinnerte sich daran, daß ein Kollege gesagt hatte, sie und der Minister arbeiteten dienstags meistens bis acht.

Alisha fröstelte in dem eisigen Raum des Leichenschauhauses, wußte schon, ehe der Aufseher die grüne Plane hob, was sie zu sehen bekommen würde.

Trotzdem. Selbst nach all den Toten, all den Leichen, die für jemanden, der die Jahre des Wahnsinns miterlebt hatte, so normal wie welkes Laub im Herbst waren, war es dennoch grauenhaft, das im Tod leere Gesicht von Hassan Abdul-Ratif Rashdan zu sehen.

Die Austrittswunde war mit einem Gazepflaster verdeckt. Das linke Auge war halb zugeschwollen.

Sie nickte, streckte die Hand aus und berührte das strähnige, jetzt spröde Haar des Jungen. Vor erst zwei Monaten hatte sie ihn an seinem achtzehnten Geburtstag ins Le Camel eingeladen.

Hauptmann Teufik Rassi war ernst und mitfühlend. Das schien sein Markenzeichen zu sein. »Also, Mam'selle ...?«

»Das ist – war – Hassan Rashdan.« Alisha schien es zu widerstreben, sich von dem Anblick zu lösen. Als könne ihre Anwesenheit die erbarmungslose Uhr zurückdrehen und dem Jungen seine überschäumende Vitalität zurückgeben.

Rassi beobachtete sie voller Interesse. Jeder in Beirut wußte, daß der Rashdani-Clan Alisha Abdul-Fettehs Vater ermordet hatte. Und daß ihre Angehörigen seine Mörder und ihre Verwandten umgebracht hatten.

»Mam'selle ...« murmelte er sanft und hielt ihr die Tür aus dem Leichenraum auf.

Aber Alisha sah weiter in Hassans lebloses Gesicht. So, dachte sie. So ist es also für dich zu Ende gegangen.

»Gott segne ihn«, sagte sie ruhig, drehte sich um, ging hinaus, den Polizisten und den Leichschauhaus-Aufseher ignorierend. Sie ging durch die Tür auf einen grün und cremefarben gefliesten Korridor und hinaus auf den sonnenbeschienenen Parkplatz.

In ihrem unauffälligen grauen Fiat – das klügste Privatauto in Beirut – steckte Alisha den Zündschlüssel ins Schloß und ließ den Motor an. Sie mußte eine Weile dagesessen haben, verloren in das Gefühl der Hilflosigkeit angesichts des Chaos in ihrem Land, angesichts der Leichtigkeit, mit der ihre Landsleute dazu fähig waren, sich gegenseitig umzubringen, als es leise an das Autofenster klopfte, und da stand Teufik Rassi.

Alisha ließ das Fenster herunter. »Können wir die Formalitäten später erledigen? Hassan war ein Freund von mir.«

Rassi nickte. Vielleicht war er gar nicht so übel, denn in seinem Blick lag Mitleid. Er legte einen Arm auf das Autodach, bückte sich, nahm einen Umschlag aus der Uniformjacke und ließ ihn auf ihren Schoß fallen. »Es ist eine sehr ernste Sache, Beweismaterial zurückzuhalten. Vor allem, wenn es um Mord geht. Sie sollen wissen«, sagte er, während sein Blick überprüfte, ob sie beobachtet wurden, »daß ich nicht die Absicht habe, den Informationen in diesem Brief nachzugehen. Einigen wir uns darauf, daß ich ihn nie gesehen habe.«

Alisha runzelte die Stirn, weil sie immer mißtrauisch war, ihr könne eine Falle gestellt werden. »Was steht darin?«

»Ihr Vater war ein guter Mann. Viele von uns haben sich von ihm und seinesgleichen erhofft, daß sie uns vor unseren Feinden retten. Vor uns selbst. Das mit dem Jungen tut mir aufrichtig leid. Bitte, rechnen Sie nicht mit einer besonders gründlichen Ermittlung. Sagen wir, er war ein weiteres Opfer unseres ... des Normalisierungsprozesses. Der Wille Allahs.« Und er richtete sich auf, zog seine Uniformjacke zurecht und ging davon.

Sie hielt auf der Straße an der Corniche entlang zwischen Schutthaufen, die früher Boutiquen gewesen waren, mit Blick auf das Mittelmeer. Während hoch über ihr Möwen schrien, öffnete Alisha den Umschlag. Darin steckte ein Brief, einst zusammengeknüllt, jetzt geglättet. Gott allein wußte, wo Hassan ihn versteckt hatte.

Und in seiner sauberen Schuljungenschrift erzählte er genau die Geschichte, die Jardine von ihm gehört hatte. Daß Salim Jaddeh ohne jeden Zweifel der Mann gewesen war, der seinen Vater und seine Brüder besucht und sie so wortgewandt überredet hatte, im Namen der drusischen Miliz Yussef Abdul-Fetteh zu ermorden.

Sie brauchte ihn nicht immer wieder zu lesen. Einmal reichte. Und schnell. Jetzt war die letzte Vermutung beseitigt, er könne unschuldig sein. Salim Jaddeh, ihr Herr bei der Spionage und im Bett, mit richtigem Namen möglicherweise Reuven Arieh, Agent des Mossad, war der Verursacher ihrer Trauer. Der Mistkerl hatte sie sogar getröstet, als sie

um ihren verlorenen Vater geschluchzt hatte, nackt, im Bett, in den Armen seines Mörders.
Während sie auf die Bucht schaute und im Grunde, ohne etwas zu sehen, einer Motorjacht hinterhersah, wich Alishas benebelter Zorn einer durchdringenden Klarheit. Sie hatte nicht den geringsten Zweifel daran, was sie als nächstes tun würde.

Der ältere der beiden vietnamesischen Fälscher saß an einem Tisch, der auf dem Achterdeck des Frachters *Sumaru* für ihn aufgestellt worden war, und hatte kein Auge für die sanfte atlantische Brandung, während das gedrungene kleine Schiff mit einer stetigen Geschwindigkeit von zehn Knoten Kurs auf den Isthmus zwischen Marokko und Spanien nahm, die Pforte zum Mittelmeer.
Seine volle Aufmerksamkeit galt der Fotografie eines Briefs, der vor fast zweihundert Jahren geschrieben worden war. Der alte Mann hieß Huynh Tan Nghi. Er hatte die typischen Gesichtszüge eines Gelehrten aus der Hue-Region, in der die Tet-Offensive des Vietcong 1969 während des Kriegs mit den Amerikanern eine blutige Botschaft vermittelt hatte: Ihr könnt nicht gewinnen.
Die Nghi waren seit Generationen eine Familie von Fälschern, und ihre Meisterschaft in dieser Kunst reichte zurück bis in das achte Jahrhundert des vietnamesischen Kalenders. Die CIA hatte fünf Familienmitglieder angeworben und an einem sicheren Ort in Saigon untergebracht, wo sie den gesamten Krieg damit verbrachten, mit heldenhaftem Geschick nordvietnamesische, chinesische und russische Pässe, Papiere und vor allem Banknoten zu fälschen, denn das ist die schnellste Methode, die Wirtschaft eines Landes zu ruinieren – indem man es mit wertlosem Geld überschwemmt.
Als der Krieg zu Ende war, waren etliche Mitglieder des Nghi-Clans in aller Stille nach Hanoi zurückgekehrt, wo sie von der nordvietnamesischen Regierung mit Orden für ihre Arbeit als Geheimagenten ausgezeichnet wurden. Andere versuchten ihr Glück in den USA, wo ihr besonderes Talent sicherstellte, daß ihnen das Geld nie ausging.
Der Boß der Bosse im kolumbianischen Kokainkartell war damals der machtsüchtige Gangster Pablo Envigado gewesen. Envigado verdiente am Kokain zwei Millionen Dollar im Jahr, und er konnte es sich leisten, seine Geschäfte zu führen wie ein kleiner Staat, mit hochkalibrigen Beratern auf politischem, wirtschaftlichem, wissenschaftlichem Gebiet

und in Fragen der Sicherheit. Er hatte von den Nghis erfahren und zwei von ihnen eingestellt, damit sie mehr oder weniger dasselbe taten wie für die CIA.

Anfang der neunziger Jahre verschworen sich die kolumbianische Regierung und diejenigen Drogenbarone, die sich weniger auf die Gewalt verließen, um Envigado und seine brutale *Grupo* zu vernichten.

Giovanni Favorito Noto, der die Fühler von Palermo aus nach so weit auseinanderliegenden Orten wie Saigon und Bogotá ausstreckte, schickte daraufhin Franco Cagliaro in den Dschungel von Antioquia in Kolumbien zu Envigados Notverkauf. Dort hatte Cagliaro unter anderem die Nghis erworben. Bezahlt worden war mit massiven Goldbarren, die ein gechartertes C-130-Hercules-Transportflugzeug auf eine kolumbianische Lichtung brachte.

Huynh Tan Nghi war der Großvater des Jüngeren, der in seiner Nähe auf einem Kissen saß, an die Reling gelehnt, und dasselbe Foto musterte. Auch er trug kieseldicke Brillengläser, aber ihm fehlte der schüttere Ziegenbart des alten Mannes. Er hieß Lee Xuan Nghi, und vermutlich war er der beste Fälscher westlicher Kalligraphie auf der ganzen Welt. Wäre er es nicht gewesen, hätte Don Pablo bestimmt denjenigen engagiert, der es tatsächlich war.

Danny Dawidow trat aus einer Tür unter dem Steuerhaus und sah seine beiden Neuerwerbungen an. Er lehnte sich gegen das Schott neben dem älteren Vietnamesen.

»Okay, ich kann es Ihnen eigentlich gleich sagen«, sagte er. »Ich habe Sie mir in Wahrheit nicht von Don Giovanni ausgeliehen, damit Sie Dollarscheine fälschen ...«

Nach einem langen Augenblick sah Huynh Tan zu ihm auf, ohne mit der Wimper zu zucken.

»Natürlich nicht«, erwiderte er.

Dreitausendeinhundertunddreiundsiebzig Kilometer weiter nordöstlich spazierten David und Dorothy Jardine in der Spätnachmittagssonne zu einem kleinen Friedhof auf einem Hang oberhalb ihres Farmhauses. Die Brise zerzauste seine Haare und bauschte ihren Rock auf.

Fotheringham Manor stand auf etwa anderthalb Hektar Weideland im Süden von Wiltshire, am Rand eines ausgedehnten Jagdgebiets. Es war im Norden und Osten von Birkenwäldern umgeben, und nach etwa neunzig Metern verwandelte sich sein parkähnlicher Rasen in eine Wiese, gesprenkelt mit Apfel- und Kirschbäumen, die nach Westen sanft zum Obstgarten hin abfiel. Jardine gefiel es, daß das Haus so abgelegen war, und er genoß es, ungestört zu sein, wenn er nicht in der Stadt war. Er und Dorothy hatten 1973 gerade so viel Geld zusammenkratzen können, wie das Anwesen kostete, mit dem Erlös aus dem Verkauf ihrer Vierzimmerwohnung in Highgate und Davids Erbe väterlicherseits.

Das Haus war 1638 für den Gutsherrn gebaut worden, einen Baronet namens Sir Richard Fotheringham. Sechs Jahre später verlor sein neunzehnjähriger Sohn Guy am Clay Hill während der Schlacht von Newbury durch eine Kanonenkugel der Rundköpfe ein Bein. Diener der Familie hatten den Jungen nach Hause gebracht, und an einem schönen, aber stürmischen Frühlingsmorgen ein paar Tage später starb Fotheringham auf dem gepflasterten Hof des Guts an den Stichwunden von acht Kavallerieschwertern aus deutschem Stahl, das Breitschwert mit dem Korbgriff in der Hand, während er einem Trupp schottischer Reiter auf der Suche nach seinem verwundeten Sohn, der auf dem Heuboden versteckt war, Widerstand leistete.

Danach war das Haus von Cromwells Reitern geplündert und in Brand gesteckt worden, und der junge Fotheringham, in jenen letzten Sekunden Sir Guy, war in der Scheune niedergemetzelt worden. Aber erst nachdem er drei seiner Angreifer erledigt hatte – zwei mit seiner Pistole und einen mit einer durch die Scheune geschleuderten Kavallerieaxt.

Vater und Sohn lagen auf dem alten, winzigen Gutsfriedhof begraben, und an jedem Jahrestag des tapferen Todes von Sir Richard und Guy Fotheringham legten die Jardines Blumen auf ihre Gräber, und David Jardine sprach, was seiner Familie zutiefst peinlich war, ein Gebet, in denen er die beiden Gott befahl und die Kraft erflehte, ähnlichen Mut zu finden, falls es erforderlich sein sollte.

David und Dorothy kamen zum Tor aus Weidengeflecht und betraten den alten Friedhof. Sie blieben an dem Doppelgrab mit den beiden langen Grabplatten und einem gemeinsamen Grabstein stehen, mit der kaum noch leserlichen Inschrift: »Hier liegen Sir Richard Fotheringham und sein Erbe Sir Guy. Gestorben für den König am 19. April 1644. *Requiescant in pace.*«

Verwelkte Überbleibsel der Sträuße, die Jardine und seine Familie erst vor fünf Wochen dort niedergelegt hatten, waren noch auf den langen, bröckelnden, verwitterten Steinplatten zu sehen.

Dorothy warf ihrem Mann einen Blick zu, während er hinunterschaute auf die verwelkten Narzissen, Maiglöckchen und Vergißmeinnicht.

Ein komplizierter Mann? Nicht für sie. Sie hatte immer gewußt, von dem Augenblick an, in dem ihr bewußt geworden war, daß sie dazu verurteilt war, ihn zu lieben, daß ihr Leben so werden würde, wenn es wirklich glücklich sein sollte. Eine tiefe, liebevolle Freundschaft, zusammengehalten von einer starken, unerschütterlichen Loyalität.

Als sie sich kennengelernt und miteinander geschlafen hatten, vor so vielen Jahren, in seinem Zimmer hinter dem Crickettpavillon am Ufer der Isis, war es ihr nicht so wichtig vorgekommen, daß sie mit einer Weisheit weit über ihr Alter hinaus wußte, daß ihre Liebe ... platonisch werden würde. Aber im Rückblick konnte sie die Stationen jenes Wegs vor sich sehen. Zwei kluge und ehrgeizige Menschen – sie mit ihrem Aufstieg in der Welt des Fernsehjournalismus, er mit seinen Spionen und dem Bedürfnis nach Gefahr –, von denen die Jahre ihren Tribut gefordert hatten. Sie hatte ihm weiß Gott genug zugemutet: zwei lächerliche Affären innerhalb von zwei Jahren ihrer Ehe. Als sie noch eine schlanke Schönheit war und die Männer wahnsinnig machte. Dann die Phase der Arbeitssucht, dann das Trinken. Der liebe alte Junge hätte mehr als einmal Grund gehabt, das Handtuch zu werfen. Und doch ... hier waren sie.

Er drückte ihre Hand, während er die Grabsteine musterte. Als spürte er ihre Gedanken. Und das machte natürlich seinen Erfolg in seinem Beruf aus, mutmaßte sie. Weil er sich gut darauf verstand, die Gedanken anderer Menschen zu erfassen.

Er war nur hier zu Hause, das wußte sie. Vermutlich mehr als sie. Denn alle wußten, daß Dorothy Jardine so knallhart und praktisch denkend war wie ... jedenfalls lautete ihr Spitzname bei der BBC Frau aus Eis, während David im Grunde ein Romantiker war.

Sie wußte auch, daß sie ein fester Bestandteil seines Zuhauses war. Von David Jardines emotionalem Mauseloch. Und es gefiel ihr so. Es war angenehm.

Dorothy hatte sich mit seiner angeborenen Sturheit abgefunden, mit seiner scheinbaren Arroganz, die ein natürliches Mitgefühl versteckte. Und das hatte er weiß Gott, denn es war David gewesen, der ihr, ohne sie je zu verurteilen, über die tiefe Hoffnungslosigkeit hinweggeholfen hatte, als sie dem Alkoholismus nahe gewesen war. Er hatte sie verstanden und nie tyrannisiert, er hatte sie getröstet und zugehört. In der grauenhaften Zeit des Trockenwerdens hatte er bei ihr gesessen und darauf bestanden, daß sie »diese Scheißsache« besiegte; er hatte ihr aus der Finsternis zurück in ein normales Leben geholfen, zu dem jetzt ein gelegentliches Glas Wein gehörte. »Sonst wärst du mir eine langweilige Begleiterin in meinen alten Tagen.«

Und sie hatte von anderen in seinem äußerst verschwiegenen Beruf gehört, daß Jardine hoch geschätzt wurde, daß er ein tapferer Mann war, tapfer und furchtlos.

Sie lächelte, wenn seine Kollegen das sagten. Sie hatten nicht mitten in der Nacht neben ihm gelegen und gespürt, wie er mit den Dämonen rang, mit hämmerndem Herzen, schweißnaß. Niemand war ohne Furcht. Aber dem großen Kindskopf gelang es, sie in Schach zu halten, jedenfalls meistens. Und dazu gehörte eine verfluchte Menge mehr Mut, als ihn diejenigen hatten, denen Angst oder Selbstzweifel überhaupt fremd waren.

Stille war eingetreten. Es war die Zeit der Schwebe zwischen Spätnachmittag und Dämmerung. Dann trug die Brise die Rufe der Schafe nach ihren Lämmern zu ihnen her und die leisen, unschuldigen Stimmen der antwortenden Lämmer.

»So«, sagte Jardine, »was gibt's zum Abendessen?«

»Ich habe ein paar Leute eingeladen«, erwiderte Dorothy. »Die Samsons aus Tisbury. Und das neue junge Paar aus dem Dorf. Du wirst begeistert von ihnen sein – er ist Finanzbuchhalter und kandidiert bei der nächsten Nachwahl.«

David Jardine machte ein leidendes Gesicht. »Herr und Heiland, das soll wohl ein Witz sein ...«

»Natürlich ist es das. Es gibt Makkaroni mit Käse. Und matschige Dosentomaten.«

»Mögen Gott und seine Engel deinen geheiligten Thron bewachen ...«

Und sie hielten Händchen wie Teenager, als sie vom Friedhof zum Haus zurückgingen.

Um zwei Uhr an jenem Morgen wachte Dorothy auf und stellte fest, daß ihr Mann nicht mehr im Bett war. Die leichte Delle auf seinem Platz auf der Matratze war kalt. Verblüfft stand sie auf, warf sich den Morgenrock über die Schultern und ging leise auf den Flur.

Die Treppe knarrte, als sie auf Zehenspitzen in die steingeflieste Diele hinunter und zur Bibliothek ging, wo ein warmer, goldener Lichtschein die geschlossene Tür einrahmte.
Jardine saß an dem großen Refektoriumstisch, auf dem Akten und Papiere lagen und eine Kaffeetasse stand. Er schaute lächelnd auf, als die Tür sich sacht öffnete.
»Was ist denn …?« fragte sie leise.
»Ich versuche, ein Rätsel zu lösen.« Er lehnte den Kopf gegen ihre Taille, als sie neben ihm stand und ihm über das Haar strich.
»Knurrt da etwa dein Magen?« fragte er verschmitzt.
»Soll das heißen, du hast Hunger?«
»Ich hätte nichts gegen ein Sandwich.«
»David, verdammt noch mal, es ist zwei Uhr morgens.«
»Du hast mich gefragt …«
»Gekochter Schinken mit eingelegten Gürkchen?«
»Wunderbar.«
In der Stille knarrte das alte Haus, und das stetige Ticken alter Uhren klang beruhigend.
»Ist alles in Ordnung? Im Büro?«
»Warum?«
Dorothy zuckte die Achseln, sah ihm bei der Arbeit zu. »Ich glaube, irgend etwas macht dir Sorgen.«
»Nichts Besonderes. Bestimmt.« Er lehnte sich zurück und bog den schmerzenden Rücken durch, preßte das Rückgrat gegen die harte Stuhllehne.
Beim Abendessen hatten sie über Dorothys zehn Tage in Zagreb gesprochen. Sie hatte von dort aus einen Livebericht gesendet und Interviews mit etlichen der Hauptakteure des Alptraums, der sich im ehemaligen Jugoslawien abspielte. Jardine hatte sich im Century House einen Videomitschnitt besorgen lassen und einen kurzen Blick darauf werfen können, so daß er wußte, worum es im wesentlichen ging.
»Tut mir leid, daß es in Zagreb so scheußlich war«, sagte er und dachte schon an sein Sandwich.
»Die sind wild entschlossen zu einer Katastrophe. Ein durch und durch mieses Pack, die meisten von denen. Senf?«
»Ja bitte …« Und David Jardine lächelte, als seine Frau Richtung Küche hinausstapfte. Er gab Jugs, dem schwarzen Labrador, der zu seinen Füßen schlief, einen Stups. Dorothy war schon eine Marke. Durch und

durch mieses Pack? Das faßte die Horrorgeschichte auf dem Balkan ziemlich zutreffend zusammen.
Er wandte seine Aufmerksamkeit wieder den Notizen und Kritzeleien vor sich zu. Er hatte versucht, aus Bill Childless' Analyse von Danny Dawidows eskalierenden Verbrechen schlau zu werden.
Bo-Peep, das Computerprogramm des Kriminalisten, hatte gemeint, ein zweites intelligentes Leitelement sei im Spiel. Ein Verbrechenspartner. Das Programm hatte sogar eine Nationalität vorgeschlagen – die polnische. Und so viele andere Details stimmten mit Reuven Ariehs Informationen und anderem recherchiertem Material genau überein; deshalb hatte es der Computer verdient, ernst genommen zu werden. Aber alles, was das Büro über den polnischen Geheimdienst hatte ausgraben können, schien Jardine immer weiter wegzuführen von der Fährte, die er vor ein paar Tagen im Büro von Bill Childless in der City aufgenommen hatte.
Da hatte es so gewirkt, als wäre des Rätsels Lösung direkt in seiner Reichweite. Denn wenn zwei Männer hinter diesen Verbrechen steckten, von denen der Mossad ernsthaft befürchtete, sie könnten zur Bedrohung für eine westliche Leitwährung werden, hatte Arieh das entweder gewußt und es für sich behalten, oder er und der Mossad wußten es nicht. Wenn Bo-Peep also recht hatte, konnte David Jardine vielleicht doch noch etwas aus den Resten seiner Karriere und seines Stolzes retten.
Aber polnisch …?
Er seufzte und schlug das Notizbuch zu. In der Küche konnte er Dorothy hören.
Trautes Heim, Glück allein. Er schloß die Augen und versuchte, sich Danny Dawidows Zuhause vorzustellen. Wo der ehemalige Agent im Augenblick wohl sein mochte? Aber soviel Mühe er sich auch gab, er bekam kein Gespür dafür. Vielleicht hatte er seinen Instinkt verloren.
Als Dorothy mit dem Schinkensandwich und den Mixed Pickles zurückkam, war David Jardine auf dem Stuhl eingeschlafen. Sie berührte ihn behutsam, und er wachte auf, blinzelte und lächelte.
»Wovon hast du geträumt?« fragte sie.
Jardine runzelte die Stirn.
»Von Möwen …« sagte er.

9. Kapitel
Die Moskauer Mafia

In Georgetown war es heiß. Es war seltsam, daß an einem Tag noch der Frosthauch eines wirklich kalten Winters in der Luft liegen konnte, obwohl die Sonne schien, und daß es einen Tag später plötzlich Frühling geworden war. Der Frühling kam mit Verspätung, Ostern war bei trostlosem Regenwetter vergangen, aber jetzt war er da. Temperaturen, hatte es im Radiowetterbericht geheißen, über fünfundzwanzig Grad. Das war gut.

Nancy Lucco hatte leichte Kopfschmerzen. Sie verzog das Gesicht, als sie nach dem Glas Wasser neben dem Bett griff und sich fragte, ob sie Aspirin nehmen sollte. Aber danach fühlte sie sich den ganzen Tag lang immer ziemlich mies.

Ihre Kleider lagen auf dem Bettvorleger. Sogar der Rock von Pierre Cardin. Neben einem weggelegten Buch von Robert Persig. *Lila*, hieß es, *Eine Studie über Moral.*

Was hätte Eddie, der große Itaker, von der Moral seiner Witwe Nancy gehalten?

Eine Frau mußte doch ihr Leben leben, auch wenn sie weder mannstoll noch leichtlebig war. Nancy aber war nicht bereit, wieder zu heiraten oder sich auch nur auf eine feste Beziehung einzulassen. Der Grund war der große Itakercop mit seiner Zärtlichkeit, seinem Mumm und seiner unverblümten, todernsten Einstellung zu seinem Job bei der Mordkommission und seiner Ehe. Er hatte sie für jeden anderen verdorben, der ihr über den Weg lief. *»There will never be another you«*, hieß es in einem Song, und genauso war es, was Nancy Lucco und feste Beziehungen anlangte.

Sie schob sich im Bett hoch und trank Wasser, trank dann wieder Wasser, bis das Glas leer war. Neben ihr schlief der junge Staatsanwaltschaftsassistent aus Tony Facciopontis Büro in Manhattan friedlich mit sorglosem Gesicht.

Sie schüttelte reumütig den Kopf. So etwas kam ganz selten vor, und sie hatte nicht die Absicht, es auf den Southern Comfort zu schieben, obwohl sie diesen Likörwhisky normalerweise nicht anrührte.
Er schnarchte nicht einmal. Lucco hatte geschnarcht. Sie hatte ihn auf die Seite drehen müssen, was ganz schön anstrengend gewesen war. Aber dieser ... Junge, er war genauso alt wie Nancy, das hatten sie festgestellt, aber er wirkte fünf Jahre jünger, dieser junge Kerl lag einfach da, schlief tief und atmete friedlich.
Vielleicht war ein Nasenspray die Lösung. Damit sich der Dunst des Southern Comfort aus ihren Nebenhöhlen verzog.
Sie faßte sich behutsam an den Nasenrücken, schob die Decke weg, schwang sacht die Beine über den Bettrand und setzte sich langsam auf. »Verdammter Brummschädel ...« murmelte sie. Schade, daß das Wasserglas leer war.
Es war eine angenehme Nacht gewesen. Ein paar Drinks in Smith's Jazzbar, ein Spaziergang die Wisconsin Avenue entlang, Abendessen bei Paolo, dann zurück in Smith's Riverside-Jazzklub. Das war ein Fehler gewesen. Als gute Anwältin kreiste sie bald die kritischen Augenblicke ein. Und Jed Berenson war so aufmerksam und so ein angenehmer Begleiter gewesen, vielleicht lag es an der Mischung aus einem schönen Abend außer Haus, den weichen Klängen des Spike-Henry-Quartetts und dem Frühlingsanfang ...
Komm mir nicht so, Nancy, sagte sie sich, es waren der gottverfluchte Whisky aus dem Süden und Jeds gepflegter junger Körper. Und die Tatsache, daß du eine Frau bist und gegen kein Gesetz verstößt.
Und jetzt ein halber Liter Wasser, dann ein halber Liter Orangensaft, dann Pfannkuchen mit Ahornsirup und frischen Kaffee ... aber erst mal pinkeln, danach der halbe Liter Wasser, danach eine Dusche, eine wunderbare, genüßliche Dusche und ...
Der Junge war aufgewacht. Er streckte die Hand aus und berührte ihren Rücken. »Morgen ...«
»Hi. Möchtest du Orangensaft? Eine Tasse Kaffee ...?«
»Soll das ein Witz sein ...?« Jed Berenson grinste und zerrte sanft an ihrer Hand, zog Nancy zu sich heran.
»Ehrlich, ich brauch' ein Glas Wasser«, sagte sie, als es ihm gelang, sie über sich zu ziehen. »Und mein Atem muß beschissen riechen.«
Er legte behutsam die Arme um sie. Es war ein angenehmes Gefühl. Tröstlich. Als sein Blick ihrem begegnete, war er gar nicht mehr so jung.

Nicht um acht Uhr morgens. Gott sei Dank. Sie hatte sich eingebildet, sie habe einen Minderjährigen vergewaltigt.
»Reuegefühle, Frau Rechtsanwältin?«
Sie lag da. Entspannt. Sein warmer Körper fühlte sich fest an und ... und es wirkte aufrichtig und selbstverständlich, das hier zu tun.
Sie sah auf ihn hinunter, und ihr Herz schlug schneller. »Was ist mit meinem Atem? Soll ich was lutschen?«
»Mit deinem Atem ist alles in Ordnung«, sagte er leise. Und sie küßten sich.

Die *Sumaru* hatte eben den dreißigsten Breitengrad bei seiner Kreuzung mit dem dreißigsten Längengrad überquert und war damit etwa sechshundert Meilen südlich von den Azoren und siebenhundertzehn Meilen westlich von den Kanarischen Inseln. Mit anderen Worten, der afrikanisch-europäischen Seite des Atlantiks näher als der amerikanischen Küste.
Nachdem Danny Dawidow und Nikolai Kolossow den Nghis erklärt hatten, was sie tatsächlich fälschen sollten, waren die beiden kaum von ihren Plätzen auf dem Achterdeck gewichen und zogen sich nur zum Schlafen in ihre winzigen Kabinen zurück.
Sie hatten dagesessen und die Bewegungen des kleinen, gedrungenen Schiffs und die Schreie eines halben Dutzends Möwen ignoriert, die das Heck einer Fregatte der russischen Marine verlassen hatten, in der Hoffnung, ein paar Brotbrocken von der *Sumaru* zu erhaschen, während sie sich dem Land näherte.
Danny Dawidow lehnte an der Brücke neben dem Steuerhaus und beobachtete die beiden Fälscher. Sie schienen nur dazusitzen und die sieben Handschriftproben zu mustern, zwei Briefe, zwei Tagebuchseiten, zwei Seiten aus einem Manuskriptentwurf und ein gestochen scharfes, sauber abgezogenes Farbfoto von mehreren Mustern derselben Unterschrift.
Alle Proben waren in Plastikfolien eingeschweißt.
Dawidow hatte die Vietnamesen am ersten Tag auf See, von Antigua aus, wohin er und Kolossow sie mit einem Charterflugzeug aus Bogotá hatten einfliegen lassen, darum gebeten, die eingeschweißten Papiere gründlich zu studieren. Er hatte nicht damit gerechnet, daß es so lange dauern würde.
Er hörte das übliche Stapfen der Füße des Russen, als er rund um das

Deck herumlief, Leitern und Niedergänge hinauf und hinunter, in der pausenlosen Mission, seinen geradezu unanständig hohen Fitneßstandard aufrechtzuerhalten.
Schließlich konnte er seine Neugier nicht länger beherrschen. Dawidow stieg von der Brücke herunter und ging hinüber zu Großvater Nghi, der mit seinem schütteren weißen Ziegenbart eine gespenstische Ähnlichkeit mit Ho Chi Minh hatte.
»Wie läuft's?« fragte er.
Der alte Mann dachte lange nach. Dann klopfte er gegen eines der versiegelten Dokumente auf seinem kleinen Tisch. Es war ein alter, verblaßter Brief, den jemand in altmodischer Schönschrift geschrieben hatte. Und oben auf dem Briefpapier war ein Weißkopfadler eingeprägt.
»Wie ... ernst ist es Ihnen? Mit einem perfekten ... Faksimile?« fragte er. Danny war aufgefallen, daß die beiden Männer nie das Wort Fälschung benutzten, ebensowenig wie Spione so gut wie nie von Spionage, Geheimdienst oder Spitzeln reden.
»Kumpel, wir haben Millionen für Ihre Dienste bezahlt. Sie sind die Besten, die es gibt. Ihr reizender Arbeitgeber hat uns auf die Seele gebunden, daß uns bei lebendigem Leib die Haut abgezogen wird, falls wir Sie verlieren. Wir meinen es absolut ernst. Glauben Sie mir.«
Huynh Tan Nghi nickte nachdenklich. Oder nachdrücklich. Vermutlich beides. Er schob die eingeschweißten Proben auf die Mitte des Tisches, war fertig mit ihnen.
»Falls mein Enkel und ich tun sollen, was Sie verlangen«, sagte er, und die hellgrauen Augen hinter den kieseldicken Brillengläsern blickten traurig drein, »müssen wir die echten Papiere sehen. Die Originale. Von diesem Mann geschrieben. Wir sind seriöse Profis, Monsieur Muhler. Wenn wir die Handschrift eines solchen Mannes nachahmen sollen, brauchen wir die Druckstellen, die Pausen mitten in den Worten, den Schriftfluß. O ja.«
»Wollen Sie damit sagen, Sie wollen die Papiere aus den Plastikhüllen herausnehmen? Tun Sie das. Das geht in Ordnung. Tun Sie das gleich ...«
Nghi hob die Schultern, als wollte er sagen, werfen Sie mich über Bord, und opfern Sie Ihre Haut, aber es ist so und nicht anders.
»Das hier sind ausgezeichnete ... Faksimiles.«
»Es ist die echte Ware, Kumpel. Sie stammen aus ... Es macht mir nichts aus, es Ihnen zu sagen, nur damit Sie beruhigt sind. Es sind Origi-

nalbriefe, authentisiert von Archivaren am Jesse Bradbury Museum und an der Smithsonian Institution in Washington.«

Huynh Tan Nghi breitete die sieben in Plastik eingeschweißten Handschriftproben aus, musterte jede einzelne. Er schüttelte den Kopf.

»Meine Familie macht diese Art von Arbeit seit über achthundert Jahren. Die hier sind sehr, sehr gut. Aber wenn Sie sie genau studieren, worin meine ... Arbeit besteht, ist der Querstrich beim Buchstaben ›t‹ zu gleichmäßig. Die Unterschiede bei den Buchstaben ›r‹ und ›b‹. Der gleichbleibende Druck, wie die Feder vom Papier abgesetzt wird. Es ist dieselbe Handschrift. Desselben ... Fälschers.«

»Aber das Alter des Papiers. Die chemische Analyse der Tinte ... Die Daten sind auf ihre Echtheit überprüft worden. Zweihundert Jahre alt.«

»Vielleicht sind sie vor zweihundert Jahren angefertigt worden.« Nghi sah verschlagen auf. »Ist das eine Prüfung? Habe ich bestanden?«

»Es ist keine gottverfluchte Prüfung.«

Der alte Vietnamese seufzte.

»Lee Xuan ist meiner Meinung.« Er deutete auf seinen Enkel, der zuhörte, die Schulter an die Reling gelehnt. Lee Xuan nickte. »Mit denen hier ... könnten wir nur perfekte Reproduktionen von ... Fälschungen anfertigen.« Nghi klopfte gegen die verworfenen Briefe und schüttelte den Kopf. »Sie bekämen nicht das Ergebnis, für das Sie soviel bezahlen.«

Danny Dawidow starrte die beiden an. Er war ein guter Menschenkenner, witterte es, wenn ihm Sand in die Augen gestreut werden sollte. Er glaubte, daß sie die Wahrheit sagten. Ihre fachmännische Meinung. Und bei ihrem Ruf mußten sie recht haben.

Das ärgerte ihn, denn die Information über die Nghis stammte von Nikolai Kolossow, und den Kontakt zu Cagliaro hatten kriminelle Kontaktpersonen Kolossows aus der ehemaligen UdSSR hergestellt. Es war Kolossow gewesen, der die Dokumente besorgt hatte, erworben von einem ukrainischen Antiquar mit Sitz in New York.

Gottverflucht noch mal, was für eine Zeitverschwendung. Hier waren sie, saßen fest mit zwei Männern, für deren Dienste sie sich von Millionen getrennt hatten, und den beiden fehlten die wichtigsten Voraussetzungen für ihren Auftrag.

»Wir wissen, daß es wichtig für Sie ist, Sir«, sagte Nghi mit ernster Höflichkeit. »Deshalb hat es so lange gedauert, bis wir uns schlüssig geworden sind.«

Phantastisch. *Maseltow.*

Aber Danny Dawidow hatte verdeckte Einsätze für den Mossad in Europa und im Nahen Osten nicht überlebt, ohne eine verblüffende Flexibilität zu erwerben. Er nickte. »Schön ... schön. Und wenn Sie Zugang zu den Originalen hätten, könnten Sie es machen?«

»Selbstverständlich.«

Dawidow kratzte sich den Kopf. »Gut. Wir sind hier nicht am Ende der Welt. Sagen wir mal, Sie können sie sehen, dürfen sie aber nicht berühren ...?«

Nghi warf seinem Enkel einen Blick zu. Lee Xuan nickte.

»Das wäre möglich«, erwiderte Nghi.

»Okay. Das kriegen wir schon hin.«

Und in diesem Augenblick trabte Nikolai Kolossow um ein Schott herum, Schweiß auf Gesicht und Schultern, mit einem Handtuch um den Hals und in ein Sweatshirt gepackt. Er strahlte die selbstgefällige Aura widerwärtig durchtrainierter Menschen aus.

»Was ist denn los?« fragte er Dawidow auf russisch.

»Nichts Besonderes. Sag dem Kapitän, er soll sofort umkehren. Wir fahren in die USA zurück.«

Kolossow starrte ihn an. Und die verworfenen Briefe. »Hast du ein besonderes Ziel im Auge?«

»Den Potomac River in Washington.«

»Unter welcher Legende?« fragte Kolossow, der allmählich begriff. »Was erzählen wir den Hafenbehörden? Der Küstenwache?«

»Laß du nur das Schiff wenden. Ich denk' mir was aus.«

Und Danny Dawidow starrte Nghi an. »Ich hab' doch gewußt, daß ihr Ärger macht. Gottverfluchte Primadonnen.«

Und Großvater und Enkel Nghi erwiderten seinen Blick.

Unergründlich.

Es war, als hätte sie ihn nie mit den Gerüchten über seine Beteiligung am Tod ihres Vaters konfrontiert. Reuven Arieh verhielt sich, als wäre die Angelegenheit zur Sprache gekommen, diskutiert und vergessen worden. Vielleicht glaubte er, sie lasse sich tatsächlich so leicht täuschen. Aber Alisha Abdul-Fetteh stammte von Berbern und Drusen ab, und es wäre klüger gewesen, wenn sich der strahlendhelle Stern am Firmament von Tel Aviv daran erinnert hätte. Denn die Drusen lassen niemals locker, bis sie die Wahrheit über ein Unrecht herausgefunden haben,

und die Berber lassen genau wie ihre Vettern maurischer Abstammung in Sizilien niemals zu, daß ein Unrecht ungerächt bleibt.
Alisha hatte die Absicht gehabt, ihn noch in jener Nacht umzubringen, an jenem Tag, als ihr Hauptmann Teufik Rassi Hassans Brief gegeben hatte, einen Brief, der in jeder Einzelheit so exakt war, daß in ihrem Kopf kein Raum mehr für Zweifel blieb. Reuven Arieh alias Salim Jaddeh hatte den Mord so organisiert wie jedes andere Teilstückchen seiner damaligen Arbeit. Die darin bestand, die Drusen und die Phalangisten aufeinanderzuhetzen.
Sie war entschlossen gewesen, ihm in jener Nacht im Schlaf die Kehle durchzuschneiden.
Er hatte sich gefreut, als sie ihn anrief, das heißt Salim Jaddeh anrief, und ihm sagte, sie werde ihn in seiner Wohnung im Beiruter Raouche-Viertel besuchen, oberhalb der neuen Bäckerei Chez Paul mit Tearoom. Sie hatten etwas Arrak getrunken und bescheiden zu Abend gegessen – Felafel mit Hummus und Babaganuj. Das Gespräch war sporadisch und diskret verlaufen. Es war eine begründete Annahme, daß in der Wohnung gelegentlich Wanzen installiert wurden, weil von Jaddeh bekannt war, daß er mit Abu Nidal und den iranischen Illegalen der Hisbollah Kontakt hatte, die von der fundamentalistischen Bastion in Westbeirut aus operierten.
Nachdem sie auf eine Weise, die Reuven liebte, miteinander geschlafen hatten, waren sie auf seiner Couch weggedämmert. Alishas Puls wurde langsamer, und sie griff träge nach unten, griff nach ihrer Handtasche, die schon offen war, und legte die Finger auf den Elfenbeingriff des Rasiermessers, das als Werkzeug beim Tod des Mörders ihres Vaters dienen sollte.
Er hatte noch nie geweint, und zunächst begriff Alisha nicht, daß es Tränen waren, die aus seinen Augen auf ihre Brust und Schulter tropften, wo sein Kopf lag. Sie ließ das Rasiermesser los, um die warme Nässe wegzuwischen, und er drehte sich um und sah sie an. Tränen liefen ihm unkontrollierbar aus den Augen, und sein Mund war wie der eines untröstlichen Kindes.
Der Mutterinstinkt kann sich in den unpassendsten Augenblicken regen. Sie ertappte sich dabei, daß sie sagte: Liebster, Liebster, die Tränen wegstreichelte und die Arme um den schluchzenden Meisterspion schlang. Ist ja gut, ist ja gut ...
Reuven Arieh hatte kurz vor ihrer Ankunft an jenem Abend erfahren,

daß sein jüngster Bruder, Reservist bei einer Fallschirmspringereinheit, die an der libanesischen Grenze Dienst tat, in der vorigen Woche gefangengenommen worden und seine Leiche vor achtzehn Stunden in einer zerstörten Tankstelle gefunden worden war, mit abgehackten Händen und Füßen.

Vielleicht lag es an ihrem Erbe von den Drusen und den Berbern, vielleicht war es derselbe Teil in Alisha, der Hassan vor zehn Jahren vor der Ermordung gerettet hatte, aber sie hatte Arieh getröstet, war die Nacht über bei ihm geblieben, und als er in einen unruhigen Schlaf fiel, machte sie ihre Handtasche zu und verschob die Rache auf einen späteren Zeitpunkt.

Und jetzt, drei Wochen später, beleidigte jeder Augenblick, in dem er atmete, das Gedenken an ihren Vater. So paradox ist das Geschäft der Rache.

»Ich verstehe nicht, warum wir nicht alle miteinander essen können«, sagte David Jardine. »Wie im Augenblick. Im Century House.«

»Offiziere und niedere Ränge, David. Höchste Zeit, daß wir den Unterschied deutlich machen.« Steven McCrae ging um eine lange, in Plastikfolie eingewickelte Rolle Elektrokabel herum, im Inneren der postmodernen Architekturmonstrosität, in die das Büro demnächst umziehen würde.

Der Lärm ständigen Bohrens und Hämmerns kam aus allen Richtungen, von oben und unten. Es war wie in Sarajevo kurz vor Kriegsausbruch, dachte Jardine, der dorthin geschickt worden war, um die politische Lage einzuschätzen, und keinen Dank für seinen Bericht geerntet hatte – die einzige Politik, die möglicherweise diesem Grauen ein Ende machen könne, bestehe im Einsatz von Marschflugkörpern, und da die Pax Europa, die es ohnehin im Grunde nicht gebe, seines Wissens weder den Willen noch die moralische Motivation habe, mit solchen Mitteln einzugreifen, werde es in den Balkanstaaten weiterhin schwären, bis Griechenland, Rußland und die Türkei aufeinander losgingen.

»Bei uns gibt es keine niederen Ränge, Steven«, sagte er. »Wir sind ein kleiner Dienst, dem theoretisch nur gebildete Leute angehören.«

»Dann eben Vorgesetzte und Untergebene. Seien Sie nicht pedantisch, mein lieber Junge, Sie wissen, was ich meine.«

Sie kamen zu einer weit geöffneten Fahrstuhltür ohne Fahrstuhl. Aus dem dunklen Loch hallte furchterregendes Windgeheul.

»Und ich habe seit einer Ewigkeit kein Fenster mehr gesehen. Wer hat den verdammten Kasten denn entworfen? Bella Lugosi?«
»Aquarien«, erwiderte McCrae munter.
Jardine sah die anderen Mitglieder des Neubaukomitees an, die anwesend waren. Tim Lewin, Personaldirektor, Gerry Blake, Planungsdirektor, und Marietta Delice, »Delitschi« ausgesprochen. Marietta war die Firmenversion von Dorothy. Stämmig gebaut, um die Fünfzig, Kettenraucherin, starke Trinkerin, unermüdlich bei der Arbeit und sehr, sehr gerissen. Sie hatte die meisten aufregenden Dinge geleitet, Operationen in der Sowjetunion, Terrorabwehr, politische Aktionseinsätze (über die niemand sprach) und die Ostblockabteilung.
Marietta war übrigens die erste Wahl für den KKAWG gewesen, aber sie hatte abgelehnt. Sie hätte es gut gemacht, dachte Jardine, sie interessierte sich immer noch genauso für alles, was mit der Branche zu tun hatte, wie vor zwanzig Jahren, als sie sich beide auf Kosten des britischen Steuerzahlers bei heimlichen Operationen in Berlin und auf Zypern äußerst schlecht benommen (das heißt illegal gearbeitet) hatten. Sie hatte seinen ungläubigen Blick aufgefangen. »Aquarien, Steven?« fragte sie und tat, als ignorierte sie Jardine, was bedeutete, falls sie ihn ansähe, hätte sie beide hilfloses Gelächter geschüttelt.
»Aquarien«, erwiderte McCrae steif. »Das war Pollys Idee.« Polly war seine neue Frau, die siebenundzwanzigjährige Tochter eines Handelsbankiers. Jardine fragte sich, warum er McCrae so sehr verabscheute. Vielleicht war es sexuelle Eifersucht. Dann fiel ihm das verdammte Tonband in Reuven Ariehs Villa in den Bergen über Beirut wieder ein.
»In der neuen Weltordnung kann ich wirklich keine Zukunft für David sehen ...« Das hatte der schmierige Mistkerl gesagt. In fast genau demselben selbstbeherrschten Ton, in dem er eben das Wort »Aquarien« ausgesprochen hatte.
»Aquarien anstelle von Fenstern ...?« fragte David Jardine ernst.
»In Japan ist das sehr beliebt. Viele psychologische Studien empfehlen es. Sie. Empfehlen Aquarien.«
»Na, toll.« Jardine setzte sich von den anderen ab und ging über den Schutt, vorbei an dem, was er für die Baustelle einer riesigen Tiefgarage gehalten hatte, bis ihm erklärt worden war, das sei die Kantine für die niederen Dienstgrade.
»Wer hat das hier eigentlich entworfen?« fragte er Marietta, die sich vom Komitee getrennt und ihm angeschlossen hatte.

»Jemand namens Farrell. Terry Farrell. Zusammen mit einem Komitee. Ursprünglich sollte es ein Einkaufszentrum werden, mit Wohnungen, mit Blick auf Plätze oder auf den Fluß. Außerdem mit Büroräumen.«

»Und wie haben wir es bekommen?«

Sie kamen zu einem Aufzug, der funktionierte, aber von grauem Betonstaub verdreckt war.

»Diskret, nehme ich an«, sagte Marietta ausdruckslos und trat in den Aufzug. Jardine folgte ihr.

Die Fahrt zum obersten Stockwerk war so schnell, daß man davon fast Nasenbluten bekam. Jardine und Marietta verließen den Aufzug, kichernd und leicht benommen. Zu ihrer Überraschung führten Kate Howard und ihre Sicherheitsabteilung eine Art Gruppeninspektion durch. Das erinnerte Jardine an die Touristenhorden, die man in Westminster sehen kann, angeführt von einem Schwachkopf, der als Orientierungspunkt einen Regenschirm in die Luft hält.

Jardine setzte zu einem Begrüßungslächeln an, aber Kate signalisierte ihm: Ich bin mit meinen Musterschülern viel zu beschäftigt, als daß ich bürgerliche Höflichkeiten austauschen könnte.

Als Kates Gruppe weitergegangen war, traten David Jardine und Marietta an eines der sehr hohen, postmodernen Fenster, in einem vorkragenden Halbkreis angeordnet, und sahen hinunter auf die Themse, die Tate Gallery und etliche Zeilen winziger alter Reihenhäuser, die irgendwie dem tödlichen Zugriff des Fortschritts entgangen waren.

»Ich habe gehört, Sie haben nach Polen beim russischen Geheimdienst gefragt«, sagte Marietta.

»Stimmt«, sagte Jardine.

»Aber Sie, erwachsen, wie Sie sind, sollten doch wissen, daß der russische Dienst« – sie meinte den KGB – »nie einen Polen in seiner Mitte dulden würde. Vermutlich war der ›Eiserne‹ Felix der letzte.«

Der »Eiserne« Felix Dserschinski war der Gründer des ersten nachrevolutionären Sicherheitsapparats im bolschewistischen Rußland gewesen. Er war gebürtiger Pole und hatte bildende Kunst studiert, ehe er sein Leben damit verbrachte, ein überdimensionales Terrorgemälde zu schaffen.

»Trotzdem ...« sagte Jardine.

Sie beobachteten einen Schlepper, der ein paar Kähne stromaufwärts zog, Spielzeugschiffe tief unten.

»Vor ein paar Jahren bin ich auf einen sehr ehrgeizigen Kerl aufmerksam

geworden. Den Gerüchten nach beim Dienst A. Dann ist er einfach von der Bildfläche verschwunden.« Sie zuckte die Achseln.
»Und er war Pole?«
»Nur ein Gerücht.« Marietta zog die Schultern hoch und nahm ein Päckchen Winston aus der Tasche. Sie bot Jardine eine an.
»Wo haben Sie die her?« fragte er.
»Aus einem Laden. In der Halle des Hotels Churchill. Warum?«
Er nahm eine. Marietta zündete seine Zigarette und die ihre an.
»Sie sind schwer aufzutreiben.« Er hatte einen Bericht von Ronnie Szabodo bekommen, der das Päckchen Winston und das Zippo-Feuerzeug hatte untersuchen lassen, auf alles von Mikrofotos bis zur Beulenpest. Die Antwort hatte gelautet, es seien lediglich Zigaretten.
Und das Zippo? Nur eine schwache Spur eines italienischen Eau de Cologne, Alishas Lieblingsmarke.
»Hm.« Jardines Blick begegnete dem Mariettas. »Wissen Sie seinen Namen?«
»Nur daß er ein Überflieger im Dienst A war. Das ist die Abteilung, die Papiere fälscht. Fälschungen jeder Art anfertigt.«
»Und er war Pole?« Jardine fiel es schwer, das zu glauben.
»Sprechen Sie mit Sergej. Er weiß mehr, als er sagt. Ich hatte zumindest das Gefühl, als ich ihn gefragt hab'.« Sie lächelte, blies Rauch aus dem Mund wie ein Drache. »Aber er mag Sie. Sie haben an ihn geglaubt ...«
Es war, als hörte er das Echo eines lange vergessenen Walzers, ein Echo aus der Zeit, als David Jardine ein strahlendheller Stern bei offensiven Geheimdienstoperationen gewesen war, respektiert im Service und widerwillig bewundert von den Rivalen und Feinden seines Landes.
Er war ein unvergleichlicher Agentenführer gewesen. Und als Sergej Rodionowski schließlich nach England gekommen war, nach dreizehn Jahren entsetzlich gefährlicher Arbeit als KGB-Agent im ersten Hauptdirektorat, war es Jardine gewesen, der den Opportunisten in der Firma entgegengetreten war, Männern und Frauen, die sich nie nasse Füße geholt hatten. Es war David Jardine gewesen, der seine Karriere aufs Spiel gesetzt hatte, indem er behauptet hatte, Rodionowski sei echt. Er hatte recht gehabt. Und Steven McCrae hatte ihm das nie verziehen.
»Mach' ich«, sagte er. Und er warf die Zigarette auf den Boden und trat sie aus. Die Lethargie und die Selbstzweifel verflüchtigten sich so schnell wie eine Erkältung an einem schönen Tag, plötzlich weg, verschwunden samt allen Symptomen.

Darauf hatte er gewartet. Nur Pessimisten merken es nie, wenn ihnen ein Rettungsring hingehalten wird.

Der Garten eines Vororthauses nicht weit von Tring, in Hertfordshire, war Sergejs Stolz und Freude. Als David Jardine ihm dabei zuschaute, wie er die knospenden Teerosen exakt zurückschnitt, war es schwer, sich vorzustellen, daß dieser schüchterne Teddybär von einem Mann, in seiner abgetragenen, grauen Strickjacke und den alten Hosen von einem abgelegten Anzug, illegale KGB-Agenten in den USA, Europa und Großbritannien so reibungslos, mit solchem Augenmerk für Einzelheiten und so makelloser Rückendeckung geführt hatte, daß es unmöglich gewesen wäre, sie aufzuspüren, wäre Sergej nicht durch die Gnade Gottes gleichzeitig als Doppelagent für den großen Glaskasten tätig gewesen. Er war Jahre zuvor von der Firma in Dänemark angeworben worden.

Der junge Sergej Rodionowski war zwei Jahre vor dem Annäherungsversuch als potentieller Überläufer aufgefallen. Erst dann war das Manöver durchgeführt worden wie ein kompliziertes Menuett, ausgeklügelt von einem gerissenen Schotten (der übrigens auch Kate Howard bei einem Abendessen im Magdalen College in Oxford angeworben hatte), der schon damals ein ranghoher SIS-Mitarbeiter war.

Als die geplante Anwerbung näher rückte, war es, wie es in solchen Fällen manchmal vorkommen kann, Sergej gewesen, der den ersten Schritt getan hatte, zur Verblüffung aller, denn sie fragten sich, ob er Wind von ihren sorgfältigen Plänen bekommen hatte und nun versuche, den Spieß umzudrehen.

Aber Qualität, Quantität und die Regelmäßigkeit seiner Lieferungen verursachten dem Sowjetimperium und seinen geheimen Kriegsplänen gegen den Westen – die tatsächlich ernsthaft beabsichtigt waren – großen Schaden und verblüfften selbst die größten Skeptiker. Der Major und spätere Oberst Sergej Rodionowski war dreizehn Jahre lang eine Perle in der Krone des SIS, bis ihm schließlich die Wildhüter der Abteilung S aus dem ersten Hauptdirektorat in Moskau auf die Schliche kamen. Sergej, Deckname Amsel, wurde an einem regnerischen Junitag unter der Nase seiner Möchtegerninquisitoren aus Moskau herausgeschleust und nach Großbritannien gebracht.

Jardine wußte, daß Sergej nach seiner Rekrutierung finanziellen Lohn abgelehnt und auf die Frage, was er im Austausch gegen geheime KGB-

Informationen wolle, deren Kenntnis sowjetische Pläne für einen Blitzkrieg in Europa und einen Atomangriff auf die USA zunichte machten, geantwortet hatte: »Eines Tages möchte ich ein Bürger in einem freien und demokratischen Land sein. Das ist alles.« Denn Sergej war genaugenommen kein Überläufer, sondern ein leidenschaftlicher russischer Patriot. Und er hatte sich entschlossen, an der Zerstörung des kommunistischen Systems zu arbeiten, das sein Volk versklavt hatte.

David Jardine war bei der kleinen Feier im Buckinghampalast anwesend gewesen, als Sergej, nachdem die Amsel vier Jahre lang verhört und befragt worden war, von Ihrer Majestät der Königin zum Tee eingeladen wurde. Als die kleine Gruppe sich eben verabschieden wollte, hatte die Königin mit dem für sie typischen Augenzwinkern gesagt: »Oh, Mr. Rodionowski, ich habe gehört, Sie haben sich immer gewünscht, Bürger einer demokratischen Nation zu sein ...«

Sergej, schüchtern, wie er war, war rot geworden und hatte gesagt, das stimme. Und die Königin, die neben ihm winzig wirkte, hatte von einem Silbertablett auf einem Beistelltischchen neben der Tür einen hellbraunen Umschlag genommen und ihn Sergej gereicht.

»Das ist Ihr britischer Paß«, sagte sie und dann: »Danke.« Und so, wie sie seine Hand ergriff, meinte sie das ernst.

Jardine hatte sich nicht vorstellen können, den Russen je mit Tränen in den Augen zu sehen.

»Ein Pole ...«, sagte Sergej, beugte sich über seine Hortensien und untersuchte sie auf wilde Triebe. »Sie würden einem Polen nie erlauben, in den KGB einzutreten.«

»In der Zentrale haben doch bestimmt ein paar Nichtrussen gearbeitet?« sagte Jardine. »Ich meine im Lauf der Jahre, Sergej.«

»Vielleicht in den Dreißigern. Vielleicht ein paar Offiziere aus den Satellitenstaaten, ja. Damals vielleicht. Aber 1937 hat Stalin sie beseitigt.«

»Und das war alles, ja? Seitdem hat es keine Nichtrussen mehr gegeben?«

Rodionowski richtete sich auf. Er sah Jardine an. »Wissen Sie noch, wann ich das hier angepflanzt habe ...?«

»Die Hortensien?«

»Den Garten.«

»Ja, ich weiß es noch. Ich sehe, daß Sie jetzt auch Gemüsebeete angelegt haben.«

David Jardine und Szabodo hatten an drei Wochenenden hier gearbeitet, gegraben und gepflanzt und Sergej Rodionowski dabei geholfen, aus dem Haus ein Zuhause zu machen. Ein pensionierter Lieutenant Commander hatte es der Nation vermacht, der bei der Landung in Dieppe gekämpft und 1944 Konvois nach Murmansk eskortiert hatte, als die Überlebenschancen bei etwa fünfzehn Prozent lagen.
Das Finanzministerium hatte es dem Verteidigungsministerium angeboten, das in der Gegend keine Quartiermöglichkeiten für das Militär brauchte und sich in einer Zeit, in der die Hauspreise einen Tiefstand erreicht hatten, nicht mit einem kleinen Anwesen belasten wollte. Deshalb boten sie es der Firma an, die sich mit Freuden ein sicheres Haus schenken ließ.
Das war vor etwa vier Jahren gewesen. Jetzt war das Haus dem unbezahlbaren Überläufer – nein, dem Dissidenten, dem unbezahlbaren Dissidenten – übereignet worden, mit einem Grundbucheintrag und anderen Besitzurkunden auf seinen neuen Namen Peter Walter Martens.
»Sie haben Wunder bewirkt. Sehen Sie sich nur die Teerosen an. Die könnten Sie ausstellen.«
»Sobald Ihr Büro damit fertig ist, mich wie eine Zwiebel zu häuten, habe ich das auch vor.«
»Machen Sie sich keine Sorgen, daß bestimmte Leute Ihnen etwas antun könnten?«
Jardine meinte das erste Hauptdirektorat des alten KGB, das mit ein paar Personalveränderungen in den oberen Rängen und in der Kommandostruktur zum *Sluschba Wneschnej Raswjedki* geworden war, zum Auslandsnachrichtendienst. Unter Gorbatschow und dann unter Boris Jelzin war der Dienst vom KGB getrennt und direkt dem russischen Parlament und Präsidenten unterstellt worden. Wie der neue, nachkommunistische Name auch lauten mochte, Spionageprofis sahen keinen dringenden Grund, diese Abteilung nicht mehr das erste Hauptdirektorat zu nennen, kurz EHD.
Innerhalb des EHD gab es eine Abteilung für Direkteinsätze, die Abteilung acht des Direktorats S, deren Aufgabe es war, außerhalb der ehemaligen UdSSR geheime, illegale Aktionen durchzuführen, darunter Mord. Obwohl islamische Fundamentalisten und ausländische Agitatoren in Staaten mit Unabhängigkeitsbestrebungen wie Georgien und Aserbaidschan inzwischen wahrscheinlichere Ziele waren als Personen

im Westen, war es eine Tatsache, daß es nach wie vor eine Organisation gab, die Staatsfeinde töten konnte.
Der SIS wußte, daß dem Überläufer Sergej Rodionowski immer noch der Tod drohte, denn seine verratenen Herren hatten seine Flucht in den Westen überhaupt nicht komisch gefunden. Das neue Rußland rieb sich in Machtkämpfen auf. Machtkämpfe zwischen denjenigen, die wie Jelzin die alten Methoden hinwegfegen und sich dem Kapitalismus und der Demokratie öffnen wollten, und denjenigen, vor allem im militärisch-industriellen Milieu, die sich nach der Rückkehr der Zeiten unter Breschnew, sogar unter Stalin sehnten. Als David Jardine von »bestimmten Leuten« sprach, meinte er illegale KGB-Killer, von denen niemand ganz sicher wußte, wen sie unterstützten oder wer sie finanzierte.
»Ich gaube nicht, daß sie Blumenausstellungen besuchen«, erwiderte Rodionowski.
»So, Sergej. Was ist mit diesem Polen?«
Der ehemalige KGB-Mann runzelte die Stirn. David Jardine wußte, daß ihm immer wohler zumute war, wenn er die erwünschte Antwort kannte. Nicht weil Rodionowski so erpicht darauf gewesen wäre, es immer allen recht zu machen, sondern weil er angesichts des Horizonts, den viele seiner Befrager hatten, festgestellt hatte, daß es das Leben leichter machte.
»Warum fangen Sie immer wieder damit an?«
»Weil ich ein Gerücht über einen polnischen Offizier gehört habe, der bei der Zentrale in Ungnade gefallen sein soll.«
Rodionowski seufzte, berührte die Blütenblätter seiner Hortensien, als wäre der Umgang mit ihnen viel einfacher. Hortensien gaben einem keine Rätsel auf.
»Es gab etliche Juden«, rang er sich schließlich ab, »bis etwa 1973 ... aber das waren russische Juden.«
Jardine unterließ es, auf die Uhr zu sehen. »Ich bin also falsch informiert worden ...?«
»Bei uns gab es keine Polen.« Der Russe ging weiter zu einem Streifen Heidekraut, der unvermittelt am Zaun seines Nachbarn endete.
»Falls er nicht ...?«
Rodionowskis Stimme war gedämpft. Er schien die Information dem Gebüsch mitzuteilen. Jardine ging hinüber und stellte sich neben ihn.
»Ich habe Sie nicht gehört.«
»Falls er nicht gelogen hat, was seine Nationalität anlangt, David.«

Rodionowski richtete sich auf und streifte die Gartenhandschuhe ab. Er grinste. »Wenn man die korrekte Frage stellt, bekommt man die korrekte Antwort. Wenn ein Kandidat Kästchen fünf ausgefüllt hat, auf dem Bewerbungsformular, jeder beim KGB kennt die Nummer, Kästchen fünf, dort wird die Staatsangehörigkeit eingetragen. Sagen wir mal, er wäre gebürtiger Pole gewesen. Aber ...«
»Adoptiert? Halleluja!«
Rodionowski nickte, als wäre David Jardine ein schrecklich begriffsstutziger Schüler. »Ja. Nehmen wir mal an, er wäre während des Kriegs adoptiert worden, gegen Ende des Kriegs. Von einem hohen Offizier der Roten Armee auf der Fahrt durch Polen Richtung Deutschland, vom Donbass aus ... rein hypothetisch.«
Er nickte, während Jardine das verarbeitete. »Vielleicht«, fuhr er fort, »*moschet bit*, hat er nicht einmal gewußt, daß er gebürtiger Pole ist. Jedenfalls nicht, als er ein junger Kandidat für den KGB war.«
»Mit einem hohen Offizier der Roten Armee als Vater ... Das kann ich mir vorstellen«, sagte Jardine beiläufig, und die ganze Zeit forderte sein ungeduldiger Kopf: Den Namen, sag mir den verdammten Namen, Sergej, du treibst mich zum Wahnsinn.
Rodionowski sah Jardine an, las seine Gedanken, wie es schien. »Also«, wollte er wissen, bis zum Schluß der Pädagoge, »über wen spreche ich ...?«
Jardine lächelte, ließ das kleine Schachspiel weitergehen. »Sie sprechen über den Sohn von wem? Einem Obersten? Einem General? Der sich von Stalingrad oder vom Donbass aus durchgeschlagen hat, damals vermutlich in den Vierzigern war und in den – ich weiß nicht, in den Trümmern irgendeines zerbombten Dorfs oder einer Kleinstadt ein Kleinkind gefunden hat. General und Frau wünschten sich schon lange vergeblich ein Kind. Also wird das Baby eingewickelt und nach Rußland geschickt, Kriegswirren und so weiter. Das Kind besucht Schulen für Privilegierte. Die Universität. Dann KGB. Natürlich schreibt er ›russisch‹ in das Kästchen fünf des Bewerbungsformulars. Denn damals glaubt er, daß er tatsächlich Russe ist.«
»Nicht übel. Es kommt dem, was ich gehört habe, sogar sehr nahe. Gerüchte. Als ich hier beim EHD war, in der Londoner Botschaft.«
»Wie heißt er ...?« Gott im Himmel, genug ist genug.
»Ein Name ist nie gefallen.«
»Das ist nicht Ihr Ernst.«

»Und es hat mich nie so interessiert, daß ich versucht hätte, den Namen herauszufinden. Solche Klatschereien sind beim KGB an der Tagesordnung. Wie bei Frauen, die zum Friseur gehen.«
Allzu schwer sollte es nicht sein, dachte Jardine. Unter der Voraussetzung, daß an den Gerüchten etwas Wahres gewesen war.
»Ihr Büro kann ihn aufgrund dieser Informationen identifizieren«, sagte Rodionowski. »Das erledigt der Computer innerhalb von ein paar Stunden. Bleiben Sie zum Tee?«
David Jardine sah ihn an. »Liebend gern. Haben Sie damit aufgehört, ihn mit verdammter Marmelade zu süßen?«
Und beide lachten.
»Ich spreize jetzt sogar den kleinen Finger ab.« Der Russe machte es vor. »Lapsang oder Lord Grey?«
Lord Grey sei bestens, erwiderte Jardine. Er wußte, daß Sergej Rodionowski Earl Grey meinte. Die englischste aller Teesorten.
Im Büro gab es Gerüchte, Sergej habe sogar aufgehört, Stolitschnaja zu trinken, den besten Wodka der Welt, und bevorzuge jetzt einen trockenen Sherry vor dem Abendessen. Jardine hoffte inbrünstig, dem sei nicht so ...

Auf den Fluren im Century House war David Jardine mehrmals aufgefallen, daß Steven McCrae ins Gespräch vertieft war mit Tim Lewin, dem Personalchef. Und bildete er es sich ein, oder hatte McCrae tatsächlich jedesmal mitten im Satz abgebrochen und bei Jardines Anblick ausweichend gewirkt?
Diesen Eindruck hatte der verdammte Reuven Arieh auf mich gemacht, dachte Jardine. Es war heimtückisch, als hätte er ein Virus eingefangen. Aber jetzt hatte er einen guten Riecher dafür, wie er sich wieder ins Rampenlicht spielen konnte, wenn er mit dem Ball lief, den Arieh und der Mossad in sein Feld geschlagen hatten – Danny Dawidows giftiger Rachefeldzug und die Bedrohung, die er für eine noch nicht identifizierte westliche Währung darstellte –, ganz gleich, was die wahren Motive dafür gewesen sein mochten. Ins Rampenlicht, was seine Stellung beim SIS und seine Zukunft anlangte.
Es fiel auf, daß David Jardine nicht mehr in der Gemeinschaftskantine im Century House zu Mittag aß, und Heather bemutterte ihn mit Sandwiches von Marks & Spencer und Baguettes aus der neuen Patisserie an der Waterloo Station. Abends arbeitete er lange in seinem Eckbüro im

siebten Stock. Und es wurde beobachtet, daß in seiner Wohnung in der Tite Street bis zum frühen Morgen Licht brannte.

Zu Kate Howards Ehre muß gesagt werden, daß sie Wort hielt; der unterschriebene Bericht Jardines über seine Entführung und die Ereignisse, die als Kompromittierung durch den Mossad hätten interpretiert werden können, blieb in einem versiegelten Umschlag im Safe mit Kombinationsschloß hinter ihrem Schreibtisch in ihrem Büro. Sie mochte David, und sie wußte, daß er nach dem Verlust eines Vertragsagenten, Harry Ford, in Kolumbien und Jardines freiwilligem Eingeständnis, er habe mit der Frau des Agenten ein Verhältnis gehabt, bereits von ihrem Vorgänger einer gründlichen und unerbittlichen Sicherheitsüberprüfung unterzogen worden war.

Sie hatte den Verdacht, daß Steven McCrae, so ernsthaft er auch beteuert hatte, er wünsche sich nichts so sehr wie einen lupenreinen Persilschein für David, nicht gerade das Herz gebrochen wäre, wenn die Sicherheitsüberprüfung Jardines Status als absolut zuverlässig untergraben hätte. Denn ohne diesen Status war für niemanden Platz in der Firma. Das hätte nicht im nationalen Interesse gelegen. Sogar ein früherer Chef, Sir Maurice Oldfield, war nach der Aberkennung seines Sicherheitsstatus noch am selben Tag entlassen worden, nach lebenslangem, selbstlosem und fehlerlosem Dienst. Denn das gemeinsame Baden mit Kellnern und das Masturbieren mit Chorknaben war nicht vereinbar mit seiner Arbeit.

David dagegen war heterosexuell und alles in allem gar nicht sonderlich promiskuitiv. Es war nur so, wie Kate allzugut wußte, und die Erinnerung daran bereitete ihr immer noch heimliches Vergnügen, daß David Jardine, wenn er etwas wollte, nicht zögerte wie moralischere (schüchternere, weniger attraktive?) Männer. Er nahm es sich, auf seine ruhige, aber entschlossene Weise.

Sie war von den Schandmäulern, wie Ronnie Szabodo die Ermittler der Sicherheitsabteilung nannte, befragt worden und hatte unschuldig versichert, der damalige Bereichsleiter West 8 sei im Umgang mit ihr stets ein höflicher, perfekter Gentleman gewesen. Nein, er habe ihr niemals einen unanständigen Antrag gemacht. Kate hatte das Gefühl, mit dieser Aussage hätte sie einen Lügendetektortest bestehen können, denn als David Jardine mit ihr ins Bett gegangen war, war er perfekt gewesen. Und zärtlich. Und er hatte ihr keinen unanständigen Antrag gemacht, weil es ihre Idee gewesen war.

Die Sicherheitsüberprüfung dauerte Monate, und die ganze Zeit hatte Jardine geduldig und klaglos weiter Dienst getan, West 8 geleitet und Pablo Envigados *Grupo* ein zweites Mal infiltriert, dieses Mal mit einem jungen Vertragsagenten, den er von der Staatsanwaltschaft der Krone angeworben hatte. Der Agent, Halbargentinier mit schottischen Vorfahren, war sogar mit Envigado ins Gefängnis gegangen und war im Augenblick, soweit Kate Howard wußte, immer noch bei ihm, jetzt auf der Flucht und in großer Gefahr, weil sich das Netz der Jäger enger zusammenzog. Das war größtenteils dem Erfolg zu verdanken, den Jardine bei der Anwerbung und der Einschleusung seines Agenten gehabt hatte, der Malcolm Strong hieß.

Die Inquisitoren meldeten auch nicht den Schatten eines Beweises dafür, daß David Jardine etwas anderes als ein loyaler, fähiger und hochrangiger Beamter gewesen wäre; sie erwähnten die Achtung, die alle Profis, mit denen sie gesprochen hatten, vor ihm empfanden, sogar diejenigen, die ihn nicht besonders mochten. Wenn es um das Geschäft der Agentenführung und der offensiven Informationsbeschaffung ging, kam Jardine so gut wie niemand gleich.

Blieben noch die profaneren Bereiche einer Sicherheitsüberprüfung. Abgesehen von einer an Feindseligkeit grenzenden Verachtung für die meisten Politiker, gleich welcher Richtung, hatte Jardine keine starken politischen Neigungen. Er war heute römisch-katholisch, ehemals Atheist und 1979 konvertiert. Er galt als kreditwürdig und hatte ein kleines Privateinkommen aus Anlagen, die er von seinem Vater geerbt hatte. Keine Schulden. Er spielte nicht und trank mäßig. Er war ungeheuer diskret, ohne übertrieben geheimnistuerisch zu sein, was in den Augen der Firma ein eindeutiger Makel war.

Wie auch immer, alle Erkenntnisse über ihn waren positiv, Jardine hatte überlebt und seinen Sicherheitsstatus zurückgewonnen, der ihm Zugang zu den heikelsten Geheiminformationen verschaffte.

Aber sein Verhältnis mit der atemraubenden Elizabeth Ford, das dem Anschein nach unglücklicherweise mit dem Tod ihres Mannes zusammenfiel, arbeitete gegen ihn. Jedoch nicht so verheerend, wie es hätte sein können, denn nur David Jardine war an jenem entsetzlichen Nachmittag auf dem Friedhof an einem Hang oberhalb von Bogotá dabeigewesen, und das Geheimnis, wie Harry Ford den Tod gefunden hatte, würde Jardine zu seinem Schöpfer mitnehmen.

Steven McCrae hatte Jardine in seiner Weisheit aus West 8 nach oben befördert und ihm die Direktorenstelle in der Planungsabteilung gegeben, die von allen SIS-Abteilungen am wenigsten Personal und den kleinsten Büroraum hatte. Die Abteilung hatte den allgemeinen Aufgabenbereich, Verbindung zu ausländischen Nachrichtendiensten zu halten, und natürlich gehörte dazu ein Sitz im KKAWG und direkter Zugang zum Chef.

Kate redete sich ein, Jardines möglicherweise gefährlicher Bericht über Beirut und Granatapfel könne durchaus in ihrem Privatsafe liegenbleiben. Denn in der Arbeitsplatzbeschreibung für den Chef der Planungsabteilung hieß es: »Offizielle und inoffizielle Verbindungen mit allen ausländischen Nachrichtendiensten, mit ausdrücklicher Ausnahme derjenigen, mit denen sich die Nation im Kriegszustand befindet, die ihre Feinde sind oder eine Bedrohung für sie darstellen.«

Großbritannien befand sich nicht im Kriegszustand mit Israel, und von einer Bedrohung konnte ebenfalls keine Rede sein. Falls es hart auf hart kommen sollte, ließe sich also behaupten, das Debakel in Beirut sei eine »inoffizielle Verbindungsaufnahme« gewesen.

So kann uns das Glück helfen, wenn wir es am wenigsten verdient haben, vielleicht gerade dann. Und David Jardine hatte tatsächlich Glück, daß er in Kate Howard eine Freundin hatte, die seine Geheimnisse wahrte und ihm diskret den Rücken freihielt.

Eine Suspendierung, selbst bei vollen Bezügen, ist genau das, was das Wort sagt. Keine Arbeit, abgeschnitten vom Alltag mit den Kollegen, eine Art Schwebezustand. Wie das Fegefeuer, weder Himmel noch Hölle. Nicht schuldig und dennoch nicht unschuldig. Abhängig von einer Entscheidung, die vermutlich irgendwo ganz unten in einem Aktenstapel liegt. Aus den Augen, aus dem Sinn.

Es ist eine teuflische Strafe, schwer zu verbüßen wegen des Wartens und der Ungewißheit.

Wenn Elmore Williams an so etwas dachte, und Gott weiß, daß er es tat, ließ er es sich jedenfalls nicht anmerken, nicht einmal Martha und den Kindern gegenüber. Aber Martha wußte Bescheid.

»Elmore, der Sommer kommt«, fing sie an, und Williams lächelte sein langsames Lächeln.

»Ach, wirklich?«

»Deshalb hab' ich gedacht ...«

»Mhm ...?«

»Na ja, vielleicht könntest du den Rasensprenger reparieren.«
Elmore Williams drehte sich am Küchentresen um, wo er den Henkel einer Emaillekaffeekanne wieder anschweißte, die seine Frau kurz nach ihrer Hochzeit in New Orleans gekauft hatte.
»Den Rasensprenger?«
»Es wird draußen wirklich sehr trocken.«
Elmore Williams legte den Schweißbrenner vorsichtig weg und ging zu seiner Frau hinüber, die das Geschirr vom Mittagessen in die Spülmaschine räumte.
»Du versuchst doch nicht etwa, mich auf andere Gedanken zu bringen, oder?«
»Geh wieder auf deine Seite der Küche, Elmore Williams, ich kenn' diesen Blick ...«
»Ich kann mir selber was ausdenken, was mich auf andere Gedanken bringt.«
»Sei nicht albern, Elmore, es ist heller Tag. Die Kinder könnten zurückkommen.«
»Die Kinder sind in der Schule.«
»Das Schlafzimmer ...«
»Halt mich nicht zum Narren, Frau.«
Zum Glück schaltete sich der Schweißbrenner nach ein paar Minuten von selbst ab. Und abgelenkt, wie sie es waren, bemerkten weder Martha noch Elmore Williams das Knattern eines Suzuki-Motorrads, als es an dem kleinen Reihenhaus mit dem gepflegten Rasen und dem ungesprengten Gras vorbeifuhr.
Und selbst wenn sie es bemerkt hätten, wenn Elmore es bemerkt hätte, hätte er sich etwas dabei gedacht? Vielleicht, denn normalerweise hatte er einen sechsten Sinn für solche Dinge.

Nach elf Tagen gründlicher Recherche bezüglich jeder Einzelheit der Informationen über das erste Hauptdirektorat des KGB und seine Offiziere und Agenten, über die der SIS verfügte, entdeckte David Jardine schließlich ein Schnipselchen, einen winzigen Hinweis auf die Identität der Kriegswaise, über die es Gerüchte gab und die vielleicht unwissend beim Ausfüllen des Bewerbungsformulars in Kästchen fünf, wo eine Antwort auf eine simple Frage – Staatsangehörigkeit? – verlangt wurde, dem KGB ihre polnische Abstammung vorenthalten hatte.
Der Mann war Oberst im ersten Hauptdirektorat gewesen, jetzt der

russische Nachrichtendienst. Laut eines Agentenberichts an den SIS, von einer Putzfrau im Jassenow-Komplex am südlichen Stadtrand von Moskau, wo die Moskauer Zentrale des KGB untergebracht war, hatten ihn Kollegen unter den stellvertretenden Direktoren aus Neid denunziert, und das hatte zu seiner Suspendierung und Entlassung geführt.

Drei Tage nachdem er diesen einen ehemaligen KGB-Offizier eingekreist hatte, nahm Jardine den Hörer eines der drei schwarzen Telefone auf seinem Schreibtisch ab und rief über eine sichere Leitung Ronnie Szabodo an, der verdeckt von einem Büro aus ermittelte, getarnt als Importagentur für Autostereoanlagen, in einer Nebenstraße der Brixton High Street.

»Ronnie, treffen wir uns irgendwo auf einen Drink in aller Ruhe«, war alles, was er sagte.

»Wie wär's mit dem Phene?« erwiderte Szabodo.

Das Phene war ein Pub in Chelsea, mit einem Garten. Ideal für diskrete Gespräche, vor allem bei unfreundlichem Wetter.

»Wir treffen uns dort. Um sechs?«

Bestens, sagte Ronnie Szabodo. Er fuhr fort: »Ist das mit Avvy nicht ein Jammer?«

»Mit Avvy wem?«

»Avriam Eitels. Tel Avivs Mann im KKAWG.«

»Was ist mit ihm?«

»Paris. Raubüberfall an der École Militaire.«

Die École Militaire war eine Métrostation.

»Ist er okay?«

»Nein. Sie haben ihn heute morgen begraben. Schlag in den Hals. Gegen den Adamsapfel.«

»Der arme alte Avvy. Wenn sie nur damit aufhören würden, Gangstern Karateunterricht zu geben.«

»Schließt das nicht auch Sie aus? Denken Sie darüber nach.«

Jardine lächelte, als er auflegte. Was für ein beschissener Abgang. Er dachte an Eitels' witzige Art der Konversation, daran, wie ihn der Mann vom Mossad immer an Woody Allen erinnert hatte.

Später an jenem Maitag saßen die beiden Männer im Garten des Phene in Chelsea, wo es kalt und stürmisch war, doppelte Kentucky-Bourbons in der Hand, die Jackenkragen hochgeschlagen, und David Jardine erklärte genau, was der stämmige Ungar tun sollte.

Es kommt gelegen, dachte er auf dem Rückweg zu seiner Wohnung in der Tite Street, daß wir (wir, das war die Firma, der SIS, der große Glaskasten) uns keine Sorgen um die Moneten zu machen brauchen, wenn es um die Finanzierung von illegalen Operationen in Sperrgebieten geht. Denn er hatte soeben eine völlig ungenehmigte Informationsbeschaffungsoperation in Moskau in Bewegung gesetzt, mit Hilfe von Leuten, von denen im Century House niemand wußte, daß sie überhaupt existierten. Das Anzapfen von Leitungen, das Abfangen von Post, ein bißchen Einbruch, die ganze Palette.
Szabodo brauchte etwa eine Woche, alles zu arrangieren, und innerhalb von vierzehn Tagen liefen die Ergebnisse bei Jardine ein.
Am Tag nach seinem Drink mit Ronnie Szabodo hatte David Jardine Sir Steven McCrae und Kate Howard, Sicherheitsdirektorin, konsultiert, ohne sie darüber aufzuklären, daß er die Hand im Spiel hatte, und sich ihre Zustimmung gesichert, eine schon lange vorliegende Einladung zu einem Verbindungsbesuch beim *Sluschba Wneschnej Raswjedki* anzunehmen, dem russischen Nachrichtendienst.
Danach benachrichtigte er die Moskauer Station der Firma, die halb verdeckt, was man einen grauen Status nannte, von der Botschaft aus arbeitete, und neunundzwanzig Tage später ging er an Bord des British-Airways-Flugs BA 872 nach Moskau, als VIP-Gast des SWR, stationiert in einem Gebäudekomplex in Jassenewo, entworfen von einem finnischen Architekten und 1972 fertiggestellt, etwa sechzehn Kilometer südwestlich vom Kreml, der in mehr als einer Hinsicht das Herz Moskaus war.

Ein schwarzes Mercedes-500-SEL-Coupé glitt über das Rollfeld und hielt an der Treppe am Hinterausgang der 747 der British Airways aus London Heathrow.
»Welche Überraschung! David Jardine. Ich hätte nie geglaubt, daß ich den Tag erleben würde, an dem wir, Sie und ich, als Kameraden zusammenarbeiten. Das ist ein ganz besonderer Tag. Junge, Junge.«
David Jardine lächelte höflich und gab dem enthusiastischen Russen die Hand, der aus dem Fond des Autos gesprungen war und ungeduldig am Fuß der Treppe auf den einzigen Passagier wartete, der dort ausstieg. Alle anderen waren zur Treppe am Vorderausgang dirigiert worden. Jardine fühlte sich leicht gekränkt, weil der SWR einen grünen Jun-

gen von etwa siebenunddreißig geschickt hatte, bis er seinen Namen hörte.

»Verzeihen Sie mir.« Das Englisch des Offiziers vom SWR klang wie das von John Belushi. »Ich bin Anatoli Andrejewitsch Dserschinski. Ich habe gedacht, wir könnten auf die VIP-Lounge verzichten, in der mein Dienst normalerweise Gäste des *Kontora* begrüßt.« Russische Spione nannten ihren Dienst das *Kontora*, es bedeutet »Büro«.

Jardine wußte alles über diesen Anatoli Andrejewitsch; Großneffe eines der meistgefürchteten Bolschewiken in der Geschichte – Felix Dserschinski. Gründer der Tscheka. Und sein Nachfahre war dem SIS als führendes Mitglied der Moskauer Mafia bekannt, das es im Alter von nur achtundzwanzig Jahren zur Zeit Gorbatschows zum KGB-Oberst gebracht hatte.

Als der Mercedes auf der Leningradskoje-Schnellstraße Richtung Moskau und zum EHD-Komplex auf der anderen Seite der Stadt raste, entspannten sich beide Männer und tauschten Höflichkeiten darüber aus, wie wunderbar die Demokratisierung Rußlands sei und die Möglichkeit, nun endlich, nach dem Ende des kalten Kriegs, bei bestimmten Projekten zusammenarbeiten zu können.

Jardine hatte sich aufs laufende gebracht über den internationalen Drogenschmuggel, die Gefahr, die von dem riesigen Atomwaffenarsenal, das als Überbleibsel des kalten Kriegs zurückgeblieben war, ausging und Terroristen reichliches Material bot, sowie über die Bedrohung Europas und der Weltordnung durch den unaufhaltsamen Aufstieg des islamischen Fundamentalismus, der sich von Iran in die Südstaaten der russischen Föderation ausbreitete. Denn offiziell war er in Moskau, um diese Themen zu besprechen.

»Hören Sie, David, wir stellen Ihnen eine Villa auf dem Jassenewo-Grundstück zur Verfügung. Sie bekommen einen Passierschein, der Ihnen mit einem Begleitoffizier Zutritt in unser Direktionsrestaurant verschafft. Der stellvertretende Direktor des *Sluschba* ist diese Woche hier. Außerdem der Planungsdirektor und mehrere Verantwortliche unserer verschiedenen Abteilungen.«

»Danke«, sagte Jardine, »ich werde bestimmt bestens untergebracht sein.« Das war für beide Geheimdienste eine Premiere. Noch nie war ein SIS-Beamter eingeladen worden, als Gast des Auslandsnachrichtendienstes, ehemals bekannt als erstes Hauptdirektorat, in der Zentrale zu wohnen.

Wie sich die Zeiten geändert hatten. Jardine hatte vorgehabt, in der britischen Botschaft zu wohnen, wie es üblich war, aber der Abteilungsleiter der Firma für den ehemaligen Ostblock hatte ihn gedrängt, die Einladung anzunehmen. Denn seit dem Zusammenbruch des kalten Kriegs war der Etat der Abteilung Ostblock drastisch gekürzt worden, und jede Information, die David bei einer solchen Gelegenheit aufschnappen konnte, war herzlich willkommen.

»Es überrascht mich, daß Sie keinen Adjutanten mitgebracht haben«, bemerkte Dserschinski beiläufig, als der Mercedes die dreißig Kilometer lange Fahrt durch Moskau bis zum südwestlichen Stadtrand bei Jassenewo antrat.

»Die Botschaft stellt mir zwei Adjutanten zur Verfügung«, erwiderte Jardine, »einen Dolmetscher und den stellvertretenden Stationsleiter Jimmy Melrose. Es hat geheißen, sie erwarten mich in der Zentrale.«

»Ah. Dann sind sie vermutlich dort.«

Jardine lächelte vor sich hin. Selbstverständlich waren sie dort. Falls sie nicht mit dem nächsten Flugzeug nach England zurückgeschickt werden wollten.

»Wissen Sie, David – oder wäre es Ihnen lieber, wenn ich Sie mit General anredete ...?«

»Wie in aller Welt kommen Sie auf eine solche Idee?«

»Sie sind Direktor beim SIS. Abteilungsleiter. Beim KGB, das wir jetzt Ministerium für Staatssicherheit nennen, entspricht das dem Rang eines Generalleutnants.«

»Nein, bitte, wirklich nicht, David ist mir recht.« Für dich immer noch Mister Jardine, du aalglatter Einfaltspinsel, dachte David Jardine. Aber er entspannte sich und nickte beruhigend.

»Der KGB ist jetzt gespalten zwischen den Anhängern Jelzins und denjenigen, die sich nach den schlimmen alten Zeiten zurücksehnen«, erklärte Dserschinski unaufgefordert. Es war wie eine Botschaft bei einer Séance. »Die einzigen Auslandsposten sind die innerhalb der ehemaligen Sowjetunion und gelegentliche Sicherheitseinsätze in den Botschaften. Glauben Sie mir, David, nur im Auslandsnachrichtendienst tut sich etwas.«

»Es fasziniert mich ungeheuer, was sich in den beiden Diensten alles verändert hat«, erwiderte Jardine wahrheitsgemäß.

»Ich habe«, fuhr Dserschinski fort, »eine wunderbare Wohnung in einer Nebenstraße des Mitschurinski-Prospekts am Südhafen.«

»Sehr begehrt, habe ich gehört. In der Nähe des olympischen Dorfs, nicht wahr?« Das ehemalige olympische Dorf, erbaut für die Olympischen Spiele 1980, für das keine Kosten gescheut worden waren, damit es Eindruck auf ausländische Besucher machte, war ein beliebtes Domizil für Moskaus Aufsteiger.

»Nur ein paar Straßen davon entfernt. Sie sind herzlich eingeladen, als mein Gast und der meiner Frau dort zu wohnen.«

Jardine lächelte. Kein Wunder, daß der Kerl ein großes Tier bei der Mafia war. Er hatte die Chuzpe eines illegalen Losverkäufers in Brooklyn.

»Danke, Anatoli«, sagte er, »aber die Villa ist mir recht. Ich kann Ihnen gar nicht sagen, wie aufregend es für mich sein wird, dort zu wohnen. Und im Offizierskasino zu essen. Meine Kollegen sind grün vor Neid.«

Im unbefangenen Schweigen, das folgte, sah Jardine hinaus auf die tristen Wohnblöcke und die ärmlich gekleideten Menschenschlangen des neuen Rußland vor trostlos aussehenden Geschäften oder Lebensmittelläden. Er fragte sich ketzerisch, ob es ihnen unter dem eisernen Regime des sowjetischen Sozialismus nicht bessergegangen sei.

»Grün vor Neid, eh?« Dserschinski lächelte zynisch. Er hatte beobachtet, wie Jardine die grauen Straßen seiner Hauptstadt und ihre meanchoische Bevölkerung musterte. »Wie auch immer, ich hoffe, wir können Sie wenigstens an einem Abend zum Ausgehen verlocken. Kosten Sie die Wonnen der Freiheit für die wenigen Moskowiter, die ein paar Dollar in der Tasche haben.«

Dir ist wirklich alles egal, Anatoli, nicht wahr, dachte David Jardine.

»Das würde ich mir um nichts auf der Welt entgehen lassen«, erwiderte er und meinte jedes Wort ernst.

Wie es nun einmal so geht, wenn sich die Dinge zu Fußnoten der Geschichte entwickeln, waren inzwischen auch anderen Geheimdiensten die unerhörten Verbrechen in immer größerem Umfang aufgefallen, bei denen stets Fälschung mit im Spiel war, einmal im Fernen Osten, dann in Europa, dann in Südamerika.

In den letzten zwei Monaten waren Nancy Lucco unter den nicht abreißenden, geheimen Informationen, die über ihren Schreibtisch und den anderer leitender Mitarbeiter des US Secret Service wanderten, zwischen vertraulichen Hausmitteilungen aus dem Finanz- und Außenministerium Berichte aufgefallen, in denen festgestellt wurde, die eine oder andere ausländische Polizeibehörde ermittle erfolglos wegen dieser Verbrechen und versuche mit sogar noch weniger Erfolg, die Täter zu identifizieren.

»Wann«, hatte ein FBI-Mitarbeiter in sauberer Handschrift am Rand der neuesten Hausmitteilung vermerkt, bei der es um den Raubüberfall per Computer in Sankt Petersburg ging, »werden diese Witzbolde über die USA herfallen?«

Gute Frage, dachte Nancy. Und bei der Lektüre eines Berichts, der vom Petersburger Geschäftsführer der US Credit Express stammte, verblüfften sie die Raffinesse und der beträchtliche Planungsaufwand, der in das Verbrechen investiert worden sein mußte.

Nur vierunddreißig Sekunden Zeit, bis das Intertel-9-Sicherheitsprogramm weltweit das gesamte Credex-Computersystem blockiert hätte. Und es hatte drei Wochen gedauert, bis der Vorfall in Sankt Petersburg mit dem Verlust von 157 Millionen Dollar im Büro der Credex in Tokio in Verbindung gebracht worden war.

Genial.

Aber warum hatten sie nicht in den USA zugeschlagen?

Noch nicht, lautete die naheliegende Antwort. Und weil Analytiker behaupteten, das Ziel der Bande sei ein letzter Coup in Milliardenhöhe, war es vielleicht eine gute Idee, wenn ein kleines Team den Auftrag bekam, diese Gruppe sogenannter Meisterverbrecher zu überwachen und ihr das Handwerk zu legen, indem es ihr zuvorkam.

Also drückte Nancy Lucco auf einen Knopf ihrer Gegensprechanlage.

»Ja, Miss Lucco?«

»Toni, könnten Sie bitte hereinkommen?«

Toni kam herein und setzte sich Nancy gegenüber.

»An Andy Hernandez, Ermittlungsabteilung ...«, und Nancy diktierte ein Memo und schlug vor, daß der Secret Service eine Akte über diese Typen anlegte und versuchte, ihnen einen Schritt voraus zu sein.

»Nur für den Fall«, sagte sie zu Toni, »daß niemand mit dem Finger auf uns vom Service zeigen kann, wenn die Kacke am Dampfen ist.«

Toni nickte. Die Bemerkung war ihr vermutlich entgangen, weil sie mit den Abendkursen beschäftigt war. »Kopie ans FBI?«

»Ich glaube nicht. Wir wollen den Teufel nicht an die Wand malen.«

Aber als Toni ging und Nancy Lucco sich an dringendere Arbeit machte, ließ sie der Gedanke an diese unverfrorenen Verbrechen nicht los. Ihr Ziel waren ganz bestimmt die USA.

Der Direktor, der seine Gründe dafür gehabt hatte, Nancy zu den Anfänger- und Fortgeschrittenenkursen für Sonderagenten zu schicken, wäre stolz gewesen. Denn sie hatte gelernt, zu denken wie ein Polizist, wie ein Ermittler, nicht nur wie eine Anwältin.

Und genau das hatte der Direktor für seinen Secret Service gewollt. In allen Abteilungen und auf allen Ebenen. Nach demselben Prinzip wie bei der Infanterie: Ob einer nun Koch ist oder Büroangestellter, sobald die Kugeln fliegen, muß man sich auf das Wesentliche konzentrieren – gegen den Feind zu kämpfen.

Und es war Nancys Memo zu verdanken, daß das System sich an eine bestimmte Adresse wenden konnte, sobald das Thema auf den Tisch kam, was unweigerlich der Fall sein würde. Denn ein schäbiges Trampschiff, die SS *Sumaru*, registriert in Glasgow, Schottland, erbat im selben Augenblick über Funk die Erlaubnis, am Handelshafen des Potomac River anlegen zu dürfen, per Luftlinie etwa sechsundvierzig Kilometer entfernt von den Büros der Rechtsabteilung des US Secret Service in Washington.

Während die *Sumaru* unauffällig eine Anlegeerlaubnis bei der Potomac-Hafenbehörde einholte, wurde 7790 Kilometer nordöstlich davon der Mercedes 500 SEL auf der Schnellstraße langsamer und bog in der Nähe des Vororts Jassenowo in eine Ausfahrt ein.

David Jardine sah aus dem Fenster und war sich bewußt, daß er vor noch fünf Jahren zweifellos ganz andere Gefühle gehegt hätte, wenn er neben dem Großneffen von Felix Dserschinski auf einem Autorücksitz gesessen hätte und sich dem hohen, verdreckten, einst cremefarbenen Maschendrahttor, dem Westeingang zu dem weitläufigen Betonkomplex, der früher das Hauptquartier des ersten Hauptdirektorats des KGB gewesen war, genähert hätte. Jetzt umgetauft in *Sluschba Wneschej Raswjedki*, Auslandsnachrichtendienst.

Die Wächter am Tor waren wie Wachmänner überall auf der Welt. Sie lächelten nicht, als sie den Passierschein des Fahrers musterten, obwohl ihnen sein Gesicht bestens bekannt war, und sie überprüften Dserschinskis Fahrer gründlich, ehe sie salutierten und das Auto durchwinkten.

Der Komplex umfaßte etwa dreißig Hektar am Stadtrand von Moskau, und das Auto fuhr weiter, vorbei an Spaziergängern, die ins Gespräch vertieft waren, an Sekretärinnen in Eile und Boten auf schwarzen Fahrrädern mit abblätterndem Lack. Eine frische Brise wehte, und die Sekretärinnen lachten, als ihnen die Haare um die Köpfe flogen und der Wind in ihre Röcke fuhr.

Jardine hatte das Gefühl, er sei auf außerirdischem Territorium. Wie Luke Skywalker in dem Film *Krieg der Sterne.*

Und doch hatte der Ort eine beklemmende Normalität an sich.

»Wie finden Sie die Zentrale?« fragte Anatoli Dserschinski.

»Gewaltige geschwungene Schiffe. Aus Glas und Beton«, sagte Jardine auf russisch. Ein Zitat aus einem Gedicht, das er vor Jahren gelesen hatte. Er glaubte, es sei von Jewtuschenko, konnte sich aber nicht ganz sicher sein. »Ziellos unterwegs in einem Meer aus Gras und Asphalt ...«

»Sehr poetisch. Manche sagen, sie sei wie Langley.« Der SWR-Mann weigerte sich, sein Englisch fahrenzulassen. Jardine ging durch den Kopf, Dserschinski sehe auch aus wie John Belushi als Elwood in den *Blues Brothers.* Er fragte sich, ob eine Sonnenbrille die Ähnlichkeit perfekt gemacht hätte.

»Was meinen Sie ...?«

»Wie bitte?«

»Langley. In Virginia. Meinen Sie, es ist wie Langley?«

Jardine überlegte, sah sich um. Er dachte an die Kälte des CIA-Hauptquartiers, dieselben geschäftigen Sekretärinnen, die beim Spazierengehen über die riesigen Flächen aus Gras und Asphalt ins Gespräch versunken waren. Die riesigen, langen Klötze aus Beton und Glas, leicht ellipsenförmig angeordnet, genau wie hier.

»Nein«, erwiderte er, »es ist nicht im geringsten wie Langley.«

Vielleicht, dachte er, hoffte er, vielleicht eines Tages, falls beim schwierigen Griff eures Landes nach der Demokratie alles klappt. Vielleicht. *Moschet bit.*

»Ah.« Dserschinski wirkte leicht geknickt.

Aber seine Lebensgeister hatten sich von diesem kleinen Dämpfer erholt, als der Mercedes vor dem Nebeneingang zu Sdanije Wossiem hielt, Gebäude acht.

Falls das der Nebeneingang ist, dachte David Jardine, muß der Haupteingang wie eine Filmkulisse von Metro-Goldwyn-Mayer sein, denn die Treppe war aus rosa Granit, und die eindrucksvolle Tür bestand aus Stahl und Glas.

In der Halle wartete eine höfliche junge Frau mit prachtvollen Beinen und guter Figur, die durch das biedere Kattunkleid und die Strickjacke

nicht völlig verdorben wurde. Sie lächelte und trat einen Schritt vor, als Dserschinski Jardine hineinführte.
»David, das ist Elena Konstantinowna«, sagte er und sprach zum erstenmal russisch.
»Es ist mir ein Vergnügen, Sie kennenzulernen.« Elena Konstantinowna streckte kurz die Hand aus. Sie war kühl und ... freundlich.
Jardine lächelte in sich hinein. Nicht einmal du, David, dachte er, bist derart blöd. Und amüsiert wich er dem Blickkontaktspiel aus, mit dem Elena Konstantinowna angefangen hatte, als sie beiseite trat und den beiden Männern den Vortritt in den Fahrstuhl ließ.
»Ist sie nicht schön, David? Wie eine kleine, perfekt geformte Ballerina.« Dserschinski schnitt der jungen Dame eine Grimasse, die ihm die Zunge herausstreckte. »Für ein winziges Provinztheater.« Dserschinskis Russisch war kultivierter als sein Englisch. Er hatte eindeutig eine Nomenklaturaschule in Moskau besucht, reserviert für die damaligen Herrscher der Sowjetunion und ihre Kindeskinder.
»Gadkij«, murmelte Elena Konstantinowna leise. »Widerlich, ungezogen ...«
Anatoli Andrejewitsch sah weg, ignorierte sie.
»Gad'juka«, flüsterte er und blickte auf ein Rauchverbotsschild in der Fahrstuhlkabine. Das Wort bedeutet Viper und war einer Dame gegenüber extrem beleidigend.
Die Zeiten hatten sich tatsächlich geändert. Jardine dachte an das Jahr, das er bei einer weißrussischen Familie in Paris verbracht hatte, vor vierundzwanzig Jahren.
»Gadkij! Gadosti! Gadaljuka!« Diese Worte hatten der sechsjährige Graf Nikki und seine achtjährige Schwester Prinzessin Katarina im Kinderzimmer des großen Hauses mit eigenem Hof geschrien, in einer Nebenstraße der Rue Napoléon in Saint-Germain.
Glückliche Erinnerungen. Aber daß sich zwei Geheimdienstoffiziere des SWR zu solchen ... Albernheiten hinreißen ließen ...
Sehr interessant.
»Willkommen, Mr. Jardine.« Generalmajor Juri Semskow streckte die kräftige Hand aus und winkte Jardine zu einem Stuhl.
Dserschinski und Elena Konstantinowna traten vorsichtig ein, jetzt viel erwachsener, und Anatoli Andrejewitsch machte die Tür leise zu.
»Sie haben Anatoli Andrejewitsch und Major Elena Konstantinowna Ratanskaja schon kennengelernt ...«

»Allerdings.« Jardine mochte diesen Mann. Juri Serafimowitsch Semskow hatte alle Umwälzungen im alten KGB überlebt. Er war 1971 bei der Massenausweisung von hundertfünf sowjetischen Spionen aus Großbritannien abgeschoben worden, als er erst siebenundzwanzig war und als Presseattaché getarnt bei der russischen Botschaft in Kensington Park Gardens gearbeitet hatte.
Er hatte einen Riesenerfolg beim Führen vier verschiedener illegaler Agentennetze in den USA und in Kanada gehabt und drei Jahre in Kabul überlebt, wo er während des sowjetischen Kriegs in Afghanistan das KGB-Büro geleitet hatte.
Nach seiner Rückkehr in die UdSSR hatte Semskow begriffen, wie sich die Dinge entwickelten, und als einer der ersten auf Gorbatschow gesetzt. Es ist eine wenig bekannte Tatsache, daß Juri Andropow, Chef des KGB, ehe er als Herrscher über die UdSSR Breschnews Nachfolger wurde, Gorbatschow als erster den Weg zur Macht ebnete.
Und Andropow hatte empfohlen, Juri Serafimowitsch Semskow zum stellvertretenden Sicherheitsdirektor der Leibgarde Gorbatschows zu befördern, dem Schutzdienst, der früher als neuntes Direktorat bekannt war.
Nur KGB-Offizieren, denen man wirklich vertrauen konnte, wurde erlaubt, über das Leben und die Sicherheit der Landesherrscher zu wachen, und Semskow stellte sicher, daß seine Agenten das Privatleben und jede Bewegung Michail Gorbatschows und aller anderen Chefs des Politbüros in- und auswendig kannten.
»Es ist wirklich schön, daß wir uns unter diesen Umständen begegnen, meinen Sie nicht auch?« sagte der Generalmajor.
Jardine warf einen Blick auf ein Porträt, das an der Wand hinter Semskows Schreibtisch hing. Es zeigte Felix Dserschinski mit Lederjacke und Arbeitermütze, dessen Kopf eine heroisch flatternde rote Fahne einrahmte, mit einer Andeutung von Flammen im Hintergrund.
»O ja«, sagte Jardine höflich. »Es ist wunderbar, daß sich soviel verändert hat ...«

Während David Jardine im sicheren Bereich der Moskauer Zentrale im Büro eines russischen Geheimdienstgenerals saß, köpfte Elmore Williams in einem Vorort Washingtons vorsichtig ein Ei, das seine Tochter Melanie gekocht hatte.
»Es ist okay, ich hab's genauso gekocht, wie du's magst.«

»Ich laß mir Zeit, Mädchen, denn als du das letzte Mal ein Ei für mich gekocht hast, ist es über den Eierbecher auf meinen Teller gelaufen, und bis ich es aufgetunkt hatte, war es kalt.«
»Das ist nicht wahr.«
»Todsicher ist das wahr.«
»Ist es nicht.«
»Ist es doch.«
»Du willst bloß jedem Freund erzählen, den ich nach Hause mitbringe, daß Melanie nicht mal ein Ei kochen kann.«
»Freund? Was soll das heißen, Freund, du bist zehn Jahre alt, gottverflucht noch mal.«
»Fluch nicht, wenn du mit deiner Tochter redest, Elmore, das gehört sich nicht.« Martha kam mit der Morgenpost und der Washingtoner Tageszeitung in die Küche.
»Er ist ein Cop, Mom. Cops fluchen dauernd.«
Williams lachte. Martha ging die Umschläge durch, hielt Ausschau nach etwas anderem als einer Rechnung oder einer Postwurfsendung und sagte: »Siehst du ...?«, wie es Ehefrauen so an sich haben.
»Was ist denn in der Post?« fragte er und tauchte den Löffel in das geköpfte Ei.
»Ein Brief von den Bells. Wann kommen wir sie in Wyoming besuchen?«
»Antwort?« Williams mampfte den Löffel Ei und war sich darüber im klaren, daß Melanie ihn aufmerksam beobachtete.
»Nicht in *diesem* Jahrhundert ...« Martha grinste, setzte sich und griff nach der Kaffeekanne.
»Mom, möchtest du ein Ei?«
Martha begegnete Elmores Blick. Er schüttelte kaum merklich den Kopf.
»Im Augenblick passe ich, Schätzchen.«

Elmore Williams lachte leise, als er sein Pontiac-Firebird-Coupé rückwärts aus dem überdachten Abstellplatz neben seinem kleinen Fünfzimmerhaus in Alexandria, Virginia, fuhr. Es war eine ruhige Gegend, und obwohl die Nachbarn im großen und ganzen zurückhaltend waren, hatte man immer ein freundliches Wort füreinander, was für ein angenehmes Nachbarschaftsklima sorgte.
Der Firebird war Williams' Stolz und Freude. Es war ein neunundsiebziger Modell, und er hatte zwischen V-Einsätzen liebevoll an dem Wa-

gen gebastelt. Und jetzt, seit ihm der Service bis zur Entscheidung über seine Suspendierung den Chevy abgenommen hatte, benutzte Elmore Williams den Pontiac regelmäßig.
Als er beim Zurücksetzen des Autos den Kopf herumdrehte, konnte er gerade noch einen Blick auf Martha und Melanie erhaschen, die aus dem Haus kamen. Die erste Kugel traf das Kind unten am linken Schienbein. Den Bruchteil einer Sekunde lang glaubte Williams noch, Melanie sei lediglich gestolpert, denn sie wankte. Dann erbebte Marthas Körper, als wäre sie gegen eine unsichtbare Wand gerannt, und Williams wußte genau, daß das ein Treffer war. Er trat das Gaspedal durch, riß die Hinterräder herum, und als das Auto einen Satz rückwärts machte, riß er das Lenkrad nach links und brachte den Wagen so als Schutz vor den Kugeln vor seiner Frau und Tochter in Stellung. Der große Cop stieß mit der Schulter die Fahrertür auf, rollte sich mit der Neun-Millimeter-Glock-Automatikpistole in der Hand auf den leicht abfallenden Rasen und schaute in alle Richtungen, um zu sehen, woher die Schüsse kamen. Auf der Straße hielten zwei Suzuki-Motorräder. Auf jedem saß ein schwarzbehelmter Fahrer und ein Kerl dahinter. Die Typen hinter den Fahrern schossen aus MAC-10-Ingrams, geräuschlos, weil die Waffen Schalldämpfer hatten. Aus dem trockenen Gras um Williams herum spritzte Erde hoch. Als die Kugeln um ihn herumflogen und Glas an seinem Pontiac Firebird zu Bruch ging, dann größere Glasscherben aus dem Wohnzimmerfenster fielen, nahm er das Ziel zur Linken ins Visier und schoß zwei Salven ab. Er fuhr mit einem Minimum an Bewegung herum, und nahm Ziel Nummer zwei ins Visier, schoß zweimal, dann Motorradfahrer Nummer zwei, schoß zweimal, Motorradfahrer Nummer eins, wieder zweimal: allesamt gut getroffen. Er ging auf die vier Männer am Boden zu. Der Motor eines Motorrads donnerte mit einer toten Hand am Gashebel. Der Mann vom Secret Service schwenkte seine Pistole mit beiden Händen und hielt Ausschau nach weiteren Angreifern. Es waren keine mehr da. Ein Stück weiter entfernt auf der sonst ruhigen Straße hörte er einen stark aufheulenden Motor und quietschende Reifen.
Die beiden Typen auf der einen Suzuki regten sich schwach. Williams schoß beiden direkt durch die schwarzen Helme, hielt die Glock immer noch mit beiden Händen, jetzt lockerer. Später sollte er aussagen, nach seinem Urteil als Polizist hätten sie nach wie vor eine eindeutige Gefahr dargestellt.

Und keiner seiner Nachbarn dachte auch nur daran, ihm zu widersprechen.
Dann machte er dasselbe mit den beiden auf dem anderen Motorrad, den beiden, die sich nicht mal rührten. Er schaltete den heulenden Motor ab, atmete schwer, sein Herz pochte wild.
Stille.
Dann, überdeutlich, das Schluchzen einer schwerverletzten Frau: Martha.
Elmore Williams rannte entsetzt auf sein von Kugeln durchlöchertes Auto zu. Ihm graute davor, was er dahinter auf der Vordertreppe seines Hauses finden würde. Er lief geduckt um das Auto herum. Da waren sie: Das Kind blutete stark, und Martha lehnte halb sitzend, halb liegend an der zerborstenen Glastür. Wo sie seitlich weggerutscht war, waren scharlachrote Blutspuren zu sehen. Ihr Gesicht war tränenüberströmt, und aus den vier kleinen blauen Löchern liefen Rinnsale von ihrer rechten Schulter zur linken Brust.
Melanie lag zitternd da, im Schock. Vermutlich war ihr Bein gebrochen. Williams sah das Blut. Er riß sich den Gürtel ab und legte direkt unter dem linken Knie eine Aderpresse an. »Alles wird gut, Baby, alles wird gut ...«
Er sah nach, ob Marthas Lunge perforiert war, hielt Ausschau nach dem verräterischen schaumigen Blut auf ihren Lippen, und endlich kam das Sirenengeheul von zwei Streifenwagen und einem Notarztwagen näher.
Seit den ersten Schüssen waren elf Minuten vergangen. Die Schreie und der Krach der berstenden Scheiben hatten die Nachbarn der Williams alarmiert.

Die ehemalige UdSSR hatte sich schneller verändert als Sanddünen in der Wüste Gobi, und politische Beobachter waren verwirrter, als sie, die Klugscheißer von Berufs wegen, zugeben wollten.
Rußland hatte sich auf eine freundschaftliche Normalisierung seiner Beziehungen zum Westen zubewegt, vor allem mit Europa, um zukünftige Partner im Handel und in der Diplomatie zu finden. Es hatte ein paar Fehlstarts gegeben; am schlimmsten war der konterrevolutionäre Putsch 1991 gewesen, von dem etliche unterstellten, Raissa Gorbatschowa hätte ihn geplant. Der ursprüngliche Mangel des amerikanischen Präsidenten Clinton an außenpolitischer Erfahrung verschaffte

Moskau einen diplomatischen Vorteil im mörderischen Bürgerkrieg in Bosnien. Rußland hatte keine Zeit verloren und war eine engere Beziehung zu Großbritannien und Frankreich eingegangen, um eine gemeinsame Front in der Balkanfrage zu bilden.

Im Verlauf des vergangenen Jahres war Jardine deshalb durch seine Arbeit mit einer Reihe hochrangiger Mitarbeiter des Moskauer Auslandsnachrichtendiensts in Kontakt gekommen. Vor allem mit den Abteilungsleitern, die für Terrorabwehr, Atomwaffenhandel und Rauschgift zuständig waren, außerdem mit Stationschefs, *Residentij*, des SWR in London, Washington, Paris, Bogotá und auf Zypern. Zusätzlich hatte er Geheimverhandlungen mit russischen Agentennetzen im ehemaligen Jugoslawien, im Irak und Iran geführt.

David Jardine wußte, wie brüchig die Reformen und der demokratische Anstrich waren, denn unter der Oberfläche der neuen Freiheit Rußlands lauerte ein schreckliches, ruheloses, nur mit Mühe zu bändigendes Ungeheuer. Die alte KP weigerte sich, einfach den Geist aufzugeben. Und zwischen den entmachteten Apparatschiks, den Herren über die Industrie, die ihren Parteistatus und ihre Privilegien verloren hatten, den Offizieren der Roten Armee, die zusammen mit ihren Panzern und Raketen auf den Schrotthaufen geworfen worden waren, und den reaktionären Kommunisten aus dem ehemaligen KGB waren eine Reihe von starken Bündnissen geschmiedet worden.

Etliche, deren Loyalität der Partei gegenüber ungebrochen war, waren aus den Geheimdiensten und der Armee entlassen worden, aber die meisten Angehörigen der Basis hatten sich in die neuen Organisationen hinübergerettet. Enttäuschte Offiziere hielten engen Kontakt zu Jelzins ehemaligem Bundesgenossen und jetzigem Hauptrivalen um die Macht, Alexander Ruzkoi, und dessen Anhängern im ungewählten Deputiertenkongreß, einem Überbleibsel aus kommunistischen Tagen. Hand in Hand mit Enttäuschten aus militärisch-industriellen Kreisen bereiteten sie sich auf die Rückkehr zu Breschnews Zeiten vor.

Obwohl ihm das alles bewußt war, überraschte es Jardine, welches Interesse und welchen Informationsfluß seine Anwesenheit in der Moskauer Zentrale auslöste.

Hohe SWR-Offiziere, darunter Generalmajor Semskow und Dserschinski, dessen Aufgabengebiet nie ganz deutlich wurde, gaben ihm vom ersten Tag an wertvolle Informationen. Über die Ergebnisse russischer Geheimoperationen in Bagdad, Belgrad und Südamerika beispielsweise bis zu Vorschlägen für weitere Gemeinschaftsprojekte nach ihrer erfolgreichen gemeinsamen Infiltration aller Seiten im bosnischen Bürgerkrieg, der eine potentielle Bedrohung für die Stabilität Europas und Rußlands war.

Sie sprachen offen aus, daß die »rot-braune« Allianz aus entmachteten Kommunisten und extremen Nationalisten den beeinflußbaren Ruzkoi zu einem zweiten Putsch verleiten wollte, zum Sturz Jelzins und zur Umkehrung vom Demokratisierungsprozeß. Das Weiße Haus, Moskaus prächtiges Parlamentsgebäude, wurde zum Heerlager und Stützpunkt der Verschwörer.

Der SWR schien erpicht darauf zu sein, sich Europa und dem Westen anzunähern, Pläne zu machen gegen die spürbare Bedrohung durch den Islam, die Balkanstaaten und – in naher Zukunft – die Volksrepublik China.

Jardine fiel bei den Vorhersagen und Einschätzungen zukünftiger Weltereignisse und Bedrohungen eine gewisse Naivität auf; aber sein Geschäft bestand im Sammeln aller Informationen. Deshalb schluckte er den Köder, den sie auswarfen. Jeden Abend wurde er durch den Moskauer Verkehr zur Britischen Botschaft gefahren, wo er mit Jimmy Melrose, dem stellvertretenden Stationschef, an einer Tageszusammenfassung arbeitete. In sicherer Form wurde diese vom Chiffrierraum aus an das Century House geschickt.

Sein Besuch in Moskau führte zu so wertvollen Ergebnissen für die Firma und für die zukünftige britische Außenpolitik, daß David Jardine wenig Zeit für seinen Geheimplan fand – die Suche nach dem KGB-Offizier polnischer Abstammung, der gezwungen worden war, den Dienst zu quittieren, und dessen Identität er im Augenblick strikt für sich behalten wollte.

Dserschinski hatte nach drei Tagen sein Angebot, einen Abend in der Stadt zu verbringen, nicht wiederholt, und Jardine fragte sich schon, wie er eine Ausrede erfinden könne, sich aus der Zentrale und von seinen Kollegen in der Botschaft zu entfernen, ohne ihr Interesse oder ihre Neugier zu erregen.

David Jardine frühstückte meistens im exklusiven Kasino, und er beobachtete amüsiert die Reaktionen einiger Sluschba-Offiziere auf die Anwesenheit des ersten SIS-Mannes, auf seine Anwesenheit.

Die Konversation verlief manchmal gestelzt und förmlich, oder er wurde von ehemaligen Feinden, die eindeutig konservativer waren als

Semskow oder der gut eingeschleuste Mafia-Lackaffe Dserschinski, ignoriert.
Dann wieder setzten sich offenere, freundlichere Offiziere absichtlich neben ihn und verwickelten ihn entweder auf russisch oder in fließendem Englisch in Gespräche. Vom englischen Fußball ging es über zu amerikanischen Filmen bis zu zögerlichen Witzeleien über Präsidentin Clinton und ihren Ehemann Bill.
Alles in allem war es eine Erfahrung, von der Jardine wußte, er würde sie nie vergessen. Und doch war er als Mensch, der im Geist des kalten Krieges aufgewachsen war, nicht fähig, die Feindseligkeit abzuschütteln. Dreiundzwanzig Jahre lang hatte er auf Nebenstraßen von Berlin bis Saigon gegen diesen Feind gekämpft. Er wußte, was sie ganzen Dörfern in Afghanistan angetan hatten, und er war nicht im geringsten beeindruckt von dem abschließenden Refrain: »Wir sind doch alle im selben Geschäft.«
Als er am vierten Morgen das Kasino verließ, ging Jardine auf die Herrentoilette und erleichterte sich. Anschließend spritzte er sich Wasser ins Gesicht, und während er sich abtrocknete, merkte er, daß Anatoli Andrejewitsch hereingekommen war.
»*Sdrawstwui*, David.« Er grinste. »Guten Morgen. Haben Sie heute einen freien Vormittag?«
»Nein.« Jardine trocknete sich das Gesicht an einem sauber gefalteten, frisch gewaschenen Handtuch ab, das neben dem Waschbecken lag. Es erinnerte ihn an die Herrentoilette im exklusiven Hotel Connaught im Londoner Stadtteil Mayfair. »Heute bin ich mit Direktor Rogatschew verabredet. Wir wollten über die Einfuhr von Crackkokain und die Ausfuhr von Heroin reden. Wir essen in der Rauschgiftdirektion 72 zu Mittag.«
Direktion 72 der Rauschgiftabteilung war der Angelpunkt des eskalierenden, umfassenden Kriegs Rußlands gegen den Import und Export von Drogen, ein Phänomen, das entsetzliche Auswirkungen auf einen Teil der Arbeitskräfte in der Föderation hatte.
»Direktor Rogatschew bedauert, wir haben eben einen großen Kokainring gesprengt, und der Direktor ist nach Nowastopol geflogen. Er bittet Sie, auf ihn zu warten, morgen kommt er zurück.«
»Ich verstehe, Anatoli Andrejewitsch. Ehrlich gesagt, ich könnte einen Tag brauchen, an dem ich mich nur in Moskau umschaue.« Hier war die Gelegenheit, auf die er gewartet hatte.

»Natürlich, Sie sind ja noch nie unter Ihrem eigenen Namen hiergewesen ...« Dserschinski gluckste.
Jardine setzte weiterhin ein Pokergesicht auf, war sich der Ironie seiner Lage bewußt. »Vielleicht könnten wir zusammen zu Mittag essen«, sagte er. »Ich komme auf Ihr Angebot zurück, mir von Ihnen die Stadt zeigen zu lassen.«
Dserschinski zuckte die Achseln. »Ach, zum Teufel, wenn ich das nur könnte, mein Freund. Heute zwingt mich der Sluschba, mir meinen Lebensunterhalt mit Arbeit zu verdienen. Aber ich könnte Elena Konstantinowna den Tag freigeben. Sie hat ein Auto.«
»Nein danke. Ich lasse mich von der Botschaft abholen. Dort gibt es jede Menge Arbeit ...«
Dserschinski sah ihn an. Er lehnte mit dem Rücken an der Tür. Dann, weniger selbstsicher, als David Jardine ihn je erlebt hatte, fuhr sich der Großneffe des Eisernen Felix mit der Hand in die Tasche, und Jardine bekam auf dem Rücken eine Gänsehaut. Adrenalin strömte durch den Herzmuskel.
Ein Sekundenbruchteil der Vorahnung.
Und tatsächlich, Anatoli Andrejewitsch Dserschinski brachte aus seiner Tasche ein ramponiertes Zippo-Feuerzeug zum Vorschein, identisch mit dem, das Alisha in Jardines Tasche gesteckt hatte. Das Feuerzeug, das er ihr geschenkt hatte, als sie ein Liebespaar geworden waren.
Knisterndes Schweigen in diesem Augenblick.
Dserschinskis Blick begegnete dem Jardines. Auf seiner offenen Handfläche lag das Feuerzeug. Dann flüsterte er auf hebräisch Worte, die bedeuteten: nächstes Jahr in Jerusalem ...
Und eine Träne lief ihm über die Wange.
Eine Träne? Von Anatoli Andrejewitsch Dserschinski ...?
Jardine sah den Russen mit steinernem Gesicht an. Behielt sich ein Urteil darüber vor. Schauspielerei oder ein Augenblick echten Gefühls?
»Ich könnte mir natürlich heute auch freinehmen und mir mit Elena Konstantinowna die Sehenswürdigkeiten anschauen«, sagte er.
Dserschinski nickte. Das gehe in Ordnung, erwiderte er. Und er faßte sich und spritzte sich Wasser ins Gesicht.
David Jardine reichte ihm ein sauberes Handtuch, und sie verließen den Waschraum der Abteilungsleiter, mitten im russischen Auslandsnachrichtendienst am Stadtrand von Moskau.

10. Kapitel
Sturmvögel

Es war drei Wochen her, seit die SS *Sumaru* an Pier acht im Hafenbecken von Washington Harbor angelegt hatte, per Luftlinie etwa acht Kilometer vom Capitol Hill und vom amerikanischen Finanzministerium entfernt.

Danny Dawidow saß in einer Bar in der 6th Street, südlich von der zweigeteilten Schnellstraße zwischen der E und der G Street, nicht weit vom Tidal Basin entfernt. Es war fünf Uhr am Nachmittag, und im Lokal war es ruhig. Zwei Arbeiter in mittleren Jahren, deren Gespräch, welch absurder Zufall, darauf hindeutete, daß sie in der Gravieranstalt in der 14th Street ein paar Kreuzungen entfernt arbeiteten, saßen in einer Ecke unter einem verblichenen Foto des Boxers Gene Tunney. In der staatlichen Gravieranstalt wurden die Dollarnoten hergestellt, und das Gespräch der beiden Arbeiter war gespickt mit Fachwörtern. Auf die meisten Leute hätte das wie Kauderwelsch gewirkt, aber für Dawidow war das der Stoff, dem er in den letzten beiden Jahren viele Gespräche und Recherchen gewidmet hatte.

Denn alle Anstrengungen des ehemaligen Israelis hatten einem einzigen Ziel gegolten. Die Psychologen und Psychiater des Mossad hatten recht gehabt.

Danny Dawidow hatte vor, am Baum des allmächtigen Dollar zu schütteln. Es ist seltsam, wie intelligente Köpfe von einer Obsession gepackt werden können, aber es ist eine bestens belegte Tatsache. Der US-Dollar war das Lebensziel des Israelis – des ehemaligen Israelis. Und er hatte mit seinen bis ins letzte Detail ausgeklügelten Aktionen triumphal bewiesen, daß es in seiner Macht lag, es zu erreichen.

Jene erste Operation, bei der es um den fiktiven Einkauf per Kreditkarte von Flugbenzin im Wert von 8,2 Millionen Dollar und die anschließende klaglose Zahlung durch eine große internationale Fluglinie gegangen war, war die Spritze gewesen, die er und sein angeworbener Partner

Nikolai Kolossow gebraucht hatten. Sie war wie ein Uhrwerk abgelaufen, und Danny war ungeheuer erleichtert gewesen. Er wußte, daß er seinen Partner, den ehemaligen KGB-Mann, nicht bei der Stange hätte halten können, wenn das ganze Betrugsmanöver nicht reibungslos abgelaufen wäre.

Dawidow warf einen Blick auf die Armbanduhr und hob einen Finger, als er den Blick des Barkellners auffing.

»Noch mal dasselbe, Buddy?«

Danny nickte. Das hier war eine von den kleinen Innenstadtbars, in denen der Barkeeper sich vorstellt: »Hi, ich bin Jerry.« Man fühlt sich verpflichtet, zu sagen, wer man ist. Danny Dawidow hatte deshalb gesagt, man nenne ihn Morry, in den USA ein sehr jüdischer Name, die Abkürzung von Morris.

Jerry, der Barmann, schien eine gewisse Hörschwäche zu haben, und hatte Buddy verstanden. Seither nannte er ihn immer Buddy. Und das waren immerhin schon vier Wochen. Denn diese verrückten vietnamesischen Fälscher hatten die ganze Zeit damit verbracht, jedes Museum und Haus unter Denkmalschutz zu besuchen, vom Geburtshaus des Mannes, dessen Handschrift sie originalgetreu nachahmen sollten, bis zur Smithsonian Institution, wo viele Briefe und Tagebücher des großen Mannes für die Nachwelt aufbewahrt wurden, sicher geschützt in Glasvitrinen.

Abends schrieben Huynh Tan Nghi und sein Enkel Lee Xuan dann akkurat aus dem Gedächtnis genau mit der Handschrift, in der Schönschrift des schon lange verstorbenen größten Amerikaners aller Zeiten: Abraham Lincolns.

Und am nächsten Tag gingen sie wieder hin, sahen sich stundenlang die Briefe und Tagebücher an, benutzten die achthundert Jahre Fälschertradition, die ihnen im Blut lag, um ihre Arbeiten mit der echten Ware zu vergleichen und sich jede Kerbe, jeden Kringel, jedes Komma, jede Druckstelle einzuprägen, wo die Feder das Papier berührt und wo sie es verlassen hatte.

Das war alles, was sie seit fast vier Wochen getan hatten.

Dawidow und Nikolai Kolossow hatten sich bei der Begleitung ihrer ausgeliehenen Fälscher abgewechselt. Und wenn sie in das schäbige Hotel in der Innenstadt von Washington zurückkehrten, in dem sie sich eingemietet hatten, aßen Danny Dawidow und der Russe bescheiden, eine Ironie, die ihn, den Milliardär, allmählich wahnsinnig machte, und

bereiteten in aller Ruhe ihre weiteren, möglicherweise lebenswichtigen Pläne für ihren letzten Coup vor, den ganz großen.
Denn der Brief von Abe Lincoln war tatsächlich lediglich ein Test – der ältere Nghi hatte intuitiv recht gehabt –, um sicherzustellen, daß ihre entscheidende Fälschung, vielleicht etwas banaler, aber hundertmal authentischer, die Experten überzeugte oder mindestens so in die Irre führte, daß sie den einen fatalen Ausrutscher machten, den Danny brauchte, nur diesen einen, damit er in die geheimsten Abwehranlagen der amerikanischen Finanzstruktur eindringen konnte.
Danny warf einen Blick auf die Uhr, als der Barkeeper Jerry ein Michelob vom Faß vor ihn hinstellte.
»Bitte schön, Buddy.«
»Danke, Jerry«, erwiderte Danny, und die Tür ging auf, und Kolossow kam herein. Der dem Barmann erzählt hatte, er heiße Harry Kolvik.
»Hi, Barry ...«, intonierte Jerry aufgeräumt.
Kolossow und Danny Dawidow wechselten einen Blick. Alles in allem war diese Kneipe ein idealer Ort, die Zeit totzuschlagen.
»Club-Soda?« fragte Jerry. Kolossow trank vor acht Uhr abends selten Alkohol.
»Wodka«, sagte Kolossow. Und er schüttelte den Kopf, als er sich auf einen Barhocker setzte. »Diese gottverfluchten Kerle ... sie stehen immer bloß herum und glotzen. Den ganzen gottverfluchten Tag lang. Ganz gleich, wohin wir gehen. Manchmal setzen sie sich. Sie sagen nie etwas, gehen nie aufs Klo ...«
»Sie sind die Besten.« Danny starrte verdrossen in sein Bier.
»Sie treiben mich zum Wahnsinn«, erwiderte Kolossow und kippte den Wodka augenblicklich runter.
Einer der Arbeiter aus der staatlichen Gravieranstalt schaute herüber und grinste. Danny und Kolossow waren Stammgäste in der Bar geworden. »Harter Tag?« fragte er. Er hieß James Fenwick.
»Ja. Mies«, erwiderte Danny. »Kann ich euch Jungs ein Bier spendieren?«
»Klar doch. Ich trink' 'n Mich vom Faß. Mein Kumpel steht auf Corona, spanisches Gebräu, stimmt's?«
»Kommt sofort«, rief Jerry zuvorkommend.
Danny und Nikolai Kolossow gingen also durch die Bar und setzten sich zu den beiden anderen in eine ruhige Ecke, unter das Foto von Gene Tunney, dem Boxchampion.

Der Barmann hätte es nicht geglaubt, wenn er erfahren hätte, daß die beiden Arbeiter bei der Gravieranstalt vor sieben Monaten von einem ehemaligen FBI-Sonderagenten angeworben worden waren, der sich vorzeitig hatte pensionieren lassen, um Leiter des Washingtoner Netzes einer Operation namens Medusa zu werden – von der er ehrlich glaubte, sie sei eine streng geheime Aktion der amerikanischen Regierung.

In Wahrheit war Operation Medusa das Geistesprodukt von Danny Dawidow, und er und Kolossow hatten viele Millionen Dollar in ihren Aufbau investiert und daran gearbeitet, bis sie funktionierte wie eine Schweizer Präzisionsuhr.

Medusa bestand aus insgesamt sechsundvierzig ahnungslosen Rekruten, die allesamt glaubten, eine streng geheime Arbeit für ihr Land oder ihr politisches Ziel zu leisten. Und keine »Zelle«, die jeweils aus vier Agenten bestand (denn das waren sie geworden, ohne es zu wissen), wußte etwas von der Existenz der anderen.

Medusa arbeitete international. Manche Agenten waren Bankangestellte, andere kleine Ministerialbeamte, Wirtschaftsjournalisten bei Zeitungen, Börsenmakler und unzufriedene Mitarbeiter von Sicherheitsbehörden und Geheimdiensten.

Als Kolossow zu Dawidow gestoßen war, hatte er Tausende von Akten auf 3,5-Zoll-Computerdisketten mitgebracht und außerdem eine unvergleichliche Liste von Kontaktpersonen, frühere Agenten des ersten Hauptdirektorats des KGB, aus dem Dienst A im Direktorat S. Jener KGB-Abteilung, die verantwortlich für das illegale Einschleusen von Agenten ins Ausland war (manchmal waren es ganze Familien) und für Fehlinformationen, zu denen auch das Fälschen von Korrespondenz zwischen Staatsoberhäuptern oder hochgestellten Personen aus Politik und Verwaltung gehörte.

Aus der Kartei des EHD hatte Kolossow die Namen diverser Fälscher, Telefonanzapfer, Computerprofis und Imitatoren abgeschöpft, die sich bei den Operationen in Sankt Petersburg und der Ausplünderung der Banco di Calabria auf Sizilien als so wertvoll erwiesen hatten.

Dawidow hatte wesentliche und phantasievolle eigene Beiträge geleistet, und gemeinsam hatten die beiden Verbrecher sechs sich überschneidende Geheimnetze aus jeweils sechs Zellen aufgebaut, die nichts voneinander wußten.

Deshalb konnte keine Rede davon sein, daß das amerikanische Finanzministerium es demnächst lediglich mit zwei selbstbewußten und vom Glück verwöhnten ehemaligen Spionen zu tun bekommen würde, die sich, allenfalls mit der Unterstützung von ein paar Pflastermalern und Betrügern, ein riesiges Vermögen ergaunerten. Vielmehr war der zukünftige Gegner ein kleines, aber professionell organisiertes und geleitetes Geheimdienstnetz mit einem Etat, nach dem sich viele staatliche Dienste die Finger geleckt hätten.

Die sechs Netzleiter waren ehemalige kalte Krieger, abgeschobene oder degradierte Mitglieder einer Reihe von Geheimdiensten. Es ist relativ einfach, das menschliche Bedürfnis, gebraucht zu werden, auszunutzen. Man überzeugt die jeweilige Person davon, die Sicherheitsbehörde habe ihn dazu auserwählt, eine geheime und wichtige Rolle im Dienst der nationalen Sache oder eines politischen Ziels zu spielen.

Manchmal dachte Danny Dawidow mit Wehmut an seinen früheren Dienst, das Institut in Tel Aviv, den Mossad. Es wäre schön, wenn sie ihm auf die Schulter geklopft und ihm das Gefühl gegeben hätten, er sei wichtig, werde gebraucht und könne einen Beitrag zur Sicherheit seiner Nation leisten. Ihm gesagt hätten, alles sei verziehen, vielleicht hätten sie ihn zu hart verurteilt. Er hätte alles stehen- und liegenlassen und wäre mit dem nächsten Flugzeug nach Israel zurückgekehrt.

Deshalb verstand er, als Mensch und Profi, daß das ganze Drum und Dran, Codewörter, flüchtige Kontakte im Vorübergehen, Erkennungszeichen, das Abschütteln von Beschattern und die persönlichen Sicherheitsmaßnahmen für diese armen, abgehalfterten Spione so lebensnotwendig war wie Essen und Trinken. Dawidow hatte sie so sorgfältig ausgewählt, daß kein einziger gegenüber Liebespartnern, Familienangehörigen oder Beichtvätern auch nur ein Wort über seine Geheimaktivität hätte verlauten lassen.

Außerdem wurden sie bestens bezahlt.

Zwischen den Netzleitern und den beiden Chefs von Medusa, Dawidow und Kolossow, gab es zwei weitere Ebenen: Netzcontroller, zwei an der Zahl, und zwei Operationsdirektoren. Die Netzcontroller mußten die Sicherheit und die Effektivität von drei Netzen – aufgeteilt in zwei Globalregionen – gewährleisten, Befehle weitergeben, Meldung über die Zuverlässigkeit der Netzleiter erstatten sowie Infiltrationen durch neugierige Sicherheitsdienste verhindern.

Die Operationsdirektoren überwachten jedes Netz und stellten seine Sicherheit und Zuverlässigkeit auf die Probe.

Schließlich gab es noch einen Operations-Generaldirektor, dessen Aufgabe darin bestand, die anderen Direktoren und die Controller zu überwachen und Bericht über sie zu erstatten.

Nur dieser Mann hatte Zugang zu Danny Dawidow, und nur er wußte Bescheid über das riesige Ausmaß des weltweiten kriminellen Unternehmens. Wenn er sich die Zeit genommen hätte, darüber nachzudenken, hätte er vielleicht erkannt, daß es keine Stellung mit großer Zukunft war.

Wie auch immer, hier waren sie in einer Bar in der Innenstadt von Washington, Danny Dawidow und der Russe. Und zwischen mehreren Bieren und dem allgemeinen Geplauder über die Meisterschaftsspiele im Baseball, Gerüchte über einen Filmstar, dem angeblich eine Wüstenspringmaus im Anus steckengeblieben war, und Schmähreden auf den Präsidenten, die ein nationaler Zeitvertreib geworden waren, gelang es Danny und Kolossow, ihren beiden Agenten im Apparat des amerikanischen Finanzministeriums Anweisungen für ein Unternehmen zu erteilen, das ihnen ermöglichen würde, in den Sicherheitsbereich der Archive des Finanzministeriums einzudringen. Dort, wo Aufzeichnungen über die Finanztransaktionen während des Bürgerkriegs aufbewahrt wurden.

Als die beiden Männer zu ihrem billigen Hotel zurückgingen, war Kolossow in Hochstimmung.

»Hey, Nikkischätzchen, erzähl mir bloß nicht, deine russische Seele hat da unten in der Tundra ein kleines Glück gefunden ...« Nach ein paar Bieren redete Danny so.

Kolossow grinste wie ein sibirischer Tiger. *»Malinko«*, sagte er, was Kleiner heißt, »weißt du, ich glaube, wir sollten tatsächlich einen draufmachen.« Er holte tief Luft, ruderte mit den Armen und rief: »Hey, Washington, nimm dich in acht. Wir kommen ...!«

Und sie bogen von der Straße ab, die sie direkt zu ihrem heruntergekommenen Hotel geführt hätte, und nahmen ein Taxi zu einer Bar in Georgetown namens Nathan's. Wo es zu einem jener Augenblicke im Leben kam, die Jung »Synchronizität« und alle anderen Zufall nennen: Sie saßen in derselben Bar wie eine gutaussehende Frau, die mit zwei Kriminalpolizisten aus New York, die Freunde ihres verstorbenen Mannes Eddie gewesen waren, und wegen eines Prozesses in Washington waren, einen Drink nahm.

Nancy Lucco, Danny Dawidow und Nikolai Kolossow ahnten weder, daß sie alle drei im selben Lokal saßen, noch etwas davon, daß es in Zukunft eine Schnittstelle in ihrer aller Leben geben sollte.

Elena Konstantinownas Auto war ein eingestaubter viertüriger Moskwitsch, der aussah, als hätte er schon einige Jahre auf dem Buckel. Er hatte verbeulte Kotflügel, und das linke Rücklicht war kaputt.
Die Sitze waren mit Stoff im Schottenkaro neu bezogen worden. Und auf dem Armaturenbrett, das leicht abgerutscht war, saß ein flauschiger Teddybär, Maskottchen der Moskauer Olympischen Spiele.
David Jardine hatte sich umgezogen und trug Freizeitkleidung. Ein Paar alte, verschossene Jeans, dazu Schuhe, Hemd und eine importierte hellbraune italienische Wolljacke. Alles gekauft in dem Laden innerhalb der Anlage, in der ihm der SWR eine komfortable Villa zur Verfügung gestellt hatte, mit eigener Minibar und täglichem Zimmermädchenservice. Mit der neuen Kleidung sah er einigermaßen russisch aus, jedenfalls nicht britisch; aber die Qualität der Kleidung zeigte unaufdringlich: Hier ist ein Mann mit den richtigen Verbindungen in Moskau. Mit einem gewissen Maß an *Wlijanije*, an Einfluß.
Er trug eine Krawatte und zu den Jeans einen verschossenen Ledergürtel mit dem Muster, wie ihn während des Afghanistanfeldzugs der Sowjetunion die Mitglieder der *Spetsnas* getragen hatten, einer Sondereinheit der Truppen.
Sie waren vom SWR-Komplex aus nach Moskau gefahren, näherten sich der Stadt auf dem Wernadskogo-Prospekt. Elena Konstantinowna war still gewesen und etwas nachdenklich.
Jardine war es zufrieden, den Dingen ihren Lauf zu lassen. Nach ernsthafter Überlegung hatte er keinen Zweifel mehr daran, daß Dserschinski ein Mossad-Agent war – in den Akten der Moskauer Station war vermerkt, seine Mutter sei geborene Jüdin, habe aber ihren Glauben bei der Heirat mit Alexander Grigorewitsch, dem Neffen des Eisernen Felix, abgelegt. Das war 1957 gewesen, genau um die Zeit, als der israelische Dienst in die Gänge gekommen war, mit einem hervorragenden Team, das in enger Zusammenarbeit mit Premierminister David Ben Gurion ein Netz aus bestens getarnten Maulwürfen in der UdSSR, in Europa und Amerika aufgebaut hatte.
Er glaubte nicht, daß es eine andere Erklärung für das Zippo-Feuerzeug gab, bis zur letzten Delle und Schramme identisch mit dem Alishas. Deshalb hatte sie es ihm in die Tasche gesteckt. Es war ein Erkennungs-

symbol, das keinerlei Worte oder absurde Gesten erforderlich machte. Nur Jardine und Alisha Abdul-Fetteh wußten etwas über dieses Feuerzeug.

Und falls jemand ein perfektes Duplikat zum Vorschein brachte, gab er sich als Geschöpf des Mossad zu erkennen. Und, sofern Jardines Theorie korrekt war, als heimlicher Komplize eines ungenehmigten Einsatztrupps, der illegal die Millionen des Zeitungsmagnaten Robert Maxwell für eigene, verborgene Pläne benutzt hatte, ohne daß die Mossad-Chefs in Tel Aviv etwas davon wußten.

Jardine war überhaupt nicht wohl angesichts dieser heiklen, explosiven Einzelheiten, die diese abtrünnige israelische Einheit ihm, dem Beamten einer rivalisierenden, nicht immer ins Vertrauen gezogenen Organisation, offenbarte. Und dazu noch einem Goj. Er fühlte sich, als gäbe es für ihn keine Zukunft mehr, wenn er erst einmal die Drecksarbeit erledigt hatte.

Und weil er ein Profi war, machte die rücksichtslose Zielstrebigkeit ihrer Planung allmählich Eindruck auf ihn.

Als sie auf die Lusnikowski-Brücke zufuhren, in Südwestmoskau, auf der rechten Seite der U-Bahn-Station Leninski Gori, stoppte ein Milizionär den Verkehr, damit zwei große Limousinen über eine Kreuzung rasen konnten. Jardine glaubte, eines der Gesichter zu erkennen, das eines kleinen Funktionärs im ehemaligen KGB. Er sagte, ohne sie anzusehen: »Elena Konstantinowna, da ist eine Sache, auf der ich unbedingt bestehen muß ...«

Die junge Frau warf ihm mit unsicherer Miene einen Blick zu. Die Ungeheuerlichkeit, mit einem Mitglied des britischen SIS unterwegs zu sein, schien sie einzuschüchtern.

»Und zwar auf was ...?«

Jardine machte eine Pause, dann sagte er: »Keine Museen, keine Theaterproben, keine Kunstgalerien, kein Leninmausoleum und vor allem kein verdammter Gorki-Park und kein ennuyierender Zoo.«

Sie fuhr schweigend weiter. Dann gewann ein breites Lächeln die Oberhand, verwandelte ihr ernstes Gesicht.

»Was heißt ennuyierend?«

»Langweilig. Verzeihen Sie mir, aber ich bin ein miserabler Tourist. Wissen Sie, daß ich noch nie im Londoner Tower war?«

Elena Konstantinowna zuckte die Achseln. »Und wo fahren wir dann hin?« In der Art, wie sie das sagte, wie sie die Beine bewegte, während

sie auf das Brems- und das Gaspedal trat, lag ein gewisses Etwas. Sie trug ein bedrucktes Kattunkleid, das sich oberhalb der Hüften eng an ihren Körper schmiegte und einen Faltenrock hatte. Jardine sah weg, musterte die vorbeiziehenden Straßen.
Ein paar Soldaten gingen auf den Trottoirs spazieren, mit dem verlorenen Ausdruck, den uniformierte Soldaten beim Ausgang haben. Er merkte, daß ihm Elena Konstantinownas Geruch nach frischer Seife in die Nase gestiegen war. Laß das, David, dachte er. Ist dein Spatzenhirn verrückt geworden?
»Gehen wir in ein Café«, sagte er auf russisch. »In ein kleines ohne Touristen.«
Sie fuhren also in die Moskauer Innenstadt und gingen in ein halbleeres Café, nur ein paar Straßen vom Stanislawski- und Nemirowitsch-Dantschenko-Theater entfernt, in dem die anderen Gäste junge Leute mit einer gewissen Ernsthaftigkeit waren. Jardine nahm das erfreut zur Kenntnis. Auf dieser Reise hatte es in Moskau bis jetzt noch nicht viel zu lachen gegeben.
»Ist es hier in Ordnung?« fragte Elena Konstantinowna.
»Ja.« David Jardine sah sich um. Das Café hatte eine niedrige Decke, einen Bartresen und Tischchen mit Marmorplatten auf Schmiedeeisenbeinen. An einer Wand hingen verschnörkelte Spiegel. In einem alten Goldkäfig saß ein Vogel. »Es erinnert mich an ein Café in Venedig.«
»Viele Innenräume im alten Moskau wurden von Bove entworfen«, sagte sie ernst auf, »der nach dem Großbrand von 1812 den Wiederaufbau geplant hat. Er hat außerdem viel in Venedig entworfen, zum Beispiel das berühmte Café Florian.«
»Wirklich?« sagte Jardine. »Das habe ich nicht gewußt.«
»Es ist auch nicht wahr.« Elena Konstantinowna grinste. »Aber es steht immer noch in meinem Reiseführer von 1974. Ein bißchen sozialistischer Schwachsinn.«
Sie hielt seinen Blick fest. »Wie alles andere ...«
»Glauben Sie das wirklich?«
»Hmm.« Sie verstummte. Es war immer noch schwierig, einem Moskowiter eine ehrliche politische Meinung zu entlocken. Denn vielleicht wehte der Wind demnächst wieder aus einer anderen Richtung.
Eine junge Kellnerin stellte einen Teller mit Baklava, ein süßes, klebriges türkisches Dessert aus dünnem Blätterteig, Honig und Pistazien, auf

den Tisch und lächelte Elena Konstantinowna zu. Dann warf sie Jardine einen flüchtigen Blick zu und ging.
»Eine Aufmerksamkeit des Hauses?« fragte Jardine, den eine derartige Großzügigkeit in einer Stadt mit Lebensmittelknappheit überraschte.
»Ich bin als Ballettschülerin oft hiergewesen. Diese Kellnerin war damals noch ein Kind. Hat ihrer Schwester an den Wochenenden beim Saubermachen geholfen.« Elena Konstantinowna senkte den Kopf. »Sie weiß, daß ich ein Süßmaul bin. Baklava mag ich am liebsten.«
Auf dem Teller lagen zwei Gabeln. Sie drehte den Griff einer in Jardines Richtung.
»Sie waren also wirklich Ballerina ...?« Er probierte von der Köstlichkeit.
Elena Konstantinowna nickte. »Bis ich sechzehn war.«
»Und dann?«
Sie sah aus, als hätte eben eine Wolke einen Schatten auf sie geworfen. Nur einen Augenblick lang. Sie zuckte die Achseln. »Die Pflicht rief ...«
Sie wich seinem Blick aus.
Jardine glaubte zu verstehen. Schöne, zu zierliche Ballerinen, die nicht die vom Bolschoi-Theater verlangte Mindestgröße erreichten, waren manchmal als Vertragsagentinnen auf niederer Ebene vom KGB angeworben und in den Künsten der Verführung ausgebildet worden. Im allgemeinen waren sie auf ausländische Diplomaten, wichtige Geschäftsmänner oder Journalisten angesetzt worden. Manchmal war das Ziel Erpressung, manchmal war es nur eine Methode, den Überwachten im Auge zu behalten.
Auf russisch wurden solche Mädchen *Lastotschki* genannt: Schwalben. Aber er hatte nie gehört, daß eine von ihnen je Kaderoffizier geworden, in die KGB-Elite aufgerückt wäre. Und obwohl Jardine das Gefühl hatte, das Leben halte nur noch wenige Überraschungen bereit, kam ihm die Vergangenheit dieser schmächtigen jungen Frau unvereinbar mit ihrem hohen, gegenwärtigen Status vor.
»Und jetzt sind Sie Major.« Er fragte sich, was das zu bedeuten hatte. Chefin aller Schwalben? Oder nur des einen oder anderen Schwarms? Auf alle Fälle erklärte es, warum sie sich ihm nicht schon längst an den Hals geschmissen hatte.
»Ist Major in Ihrem Dienst etwas Ungewöhnliches? Für Frauen in meinem Alter?«

Jardine lächelte. »In welchem Alter?«
»Raten Sie.«
»Ach du liebe Zeit. Hm, vielleicht neunundzwanzig«, sagte der galante Agentenführer. Seine ehrliche Vermutung lag bei etwa zweiunddreißig.
»Gut geraten. Am Sonntag werde ich neunundzwanzig ...«
Jetzt schien wieder die Sonne für sie. In ihrem Lächeln lag eine Andeutung echten Lachens.
»Na ja«, sagte Jardine ernst, »für einen Major ist das in meinem Land eher jung. Obwohl wir in meinem Dienst keine Ränge haben.« Vielleicht gehörte sie zu einer militärischen Einheit der inneren Sicherheit, zum Beispiel zum Grenzschutz, und war in einer Verbindungsfunktion zum SWR abkommandiert worden.
In der Zentrale hatte er etliche Male beiläufig nach dem Aufgabenbereich von Oberstleutnant Dserschinski gefragt. Aber jedesmal war die Frage äußerst höflich ignoriert worden.
Elena Konstantinowna schien mit seiner Antwort zufrieden zu sein. Sie aß nachdenklich vom Baklava. Dann zeigte sie vorwurfsvoll mit der Gabel auf ihn.
»Sie glauben, ich bin eine *Lastotschka.* Oder etwa nicht?«
»Gütiger Himmel, nein.«
Aus ihrem Lächeln wurde ein Grinsen. Manchmal sah sie jünger aus als neunundzwanzig. »Ich war eine, etwa drei Jahre lang. Dann wurde ich in das neunte Direktorat versetzt. Leibwächterin für Michail Ragoschkin.«
Das erklärte ihren Rang. Das neunte Direktorat war ein militärischer Arm des KGB gewesen. Ragoschkin war bis zu dem mißlungenen Putsch Chef des EHD gewesen. Erst vor kurzem war sein Hochverratsprozeß auf unbestimmte Zeit verschoben worden. Aber es erklärte immer noch nicht, wie diese gebildete *Gamine*, nach eigenem Eingeständnis eine ehemalige Verführerin, das Unmögliche geschafft hatte – einen Posten bei der Staatssicherheit. Falls sie sich nicht, überlegte Jardine, nach oben gevögelt hatte.
»Ich habe gehört, daß es drei Mordanschläge auf ihn gegeben hat.« Jardine hatte die von der Moskauer Station eingereichten Berichte gelesen.
»Ich habe einen Schuß abbekommen, hier.« Sie faßte sich mit der linken Hand an die rechten Rippen, direkt neben ihrer kleinen Brust. »Das war Anschlag Nummer fünf. Ein Veteran aus dem Afghanistankrieg,

dessen Mutter vom KGB eingesperrt worden war, weil sie an einer Protestkundgebung in Wolgograd teilgenommen hatte.«
»Worum ging es bei der Kundgebung?«
»Um Pensionen für Veteranen aus dem Afghanistankrieg.«
Jardine nickte. Das EHD hatte nichts mit der inneren Sicherheit zu tun. Ragoschkin mußte einfach ein zufälliges Ziel gewesen sein. Vermutlich der erste KGB-Chef, der dem Möchtegernkiller über den Weg gelaufen war.
»Was ist passiert?«
»Ragoschkin mochte Jazz und ging außerdem gerne aus, ohne erkannt zu werden.« Sie zuckte die Achseln. »Eines Abends wollte er unbedingt ins Sinjaja Ptiza.«
»Was ist das?«
»Ein Jazzklub in der Uliza Medwedewa. Jedenfalls haben wir im voraus drei Agenten hingeschickt. Zwei Männer und eine Frau. Bei der Untersuchung kam heraus, daß einer der Agenten etwas mit einer der Kellnerinnen hatte. Direktor Ragoschkin und vier Begleiter, außerdem drei weitere Agenten, darunter ich, sind gegen zehn nach neun dort angekommen. Ein paar Drinks. Ich bin bei Ginsengtee geblieben.«
»Igittigitt«, sagte Jardine auf englisch.
»Das war so eine Phase, die ich durchmachte. Ragoschkin ist aufs Klo gegangen. Alex, einer aus meinem Team, hat ihn begleitet. Als nächstes sehe ich einen mittelgroßen, drahtigen, nein, klapperdürren Mann. Langes Haar, kahl auf dem Schädel, geht zielstrebig aufs Klo. Um den linken Arm hat er sich eine Jacke gewickelt.«
Sie sah sich um. Jardine kannte diesen Blick. Er kramte in seiner Tasche und holte ein Päckchen Winston heraus.
»Zigarette?«
Elena Konstantinowna lächelte. »Ich rauche nicht. Tun Sie sich keinen Zwang an.«
Jardine zog eine Zigarette aus dem Päckchen. »Und was ist dann passiert?«
»Ich habe versucht, mit Alex zu reden, aber unsere Funksprechgeräte sind Scheiße.«
»Unsere auch. Vor allem in einem Jazzklub ...« Er ließ sein Messing-Zippo aufschnippen und hielt die Flamme an die Winston. Keinerlei Reaktion.
»Vor allem dort. Als ich an die Tür zum Männerklo komme, ist der Ver-

dächtige drin, also gehe ich ihm nach. Dort steht er hinter Ragoschkin, der im Stehen pinkelt und uns beiden den Rücken zukehrt.
Alex kämmt sich das Haar, sieht, wie ich hereinkomme, und begreift. Er langt nach seiner Pistole. Der Verdächtige schießt durch die um seinen linken Arm gewickelte Jacke hindurch und trifft Alex. Meine Pistole ist schon schußbereit, und ich gebe drei Schüsse ab, den ersten durch die Handtasche hindurch. Darin hatte ich die Waffe.«
»Sie haben danebengeschossen.« Das war eine Feststellung. Jardine wußte, daß es ein gewaltiger Unterschied war, ob man bei der Ausbildung oder unter solchen erschwerten Umständen schoß. Die ersten Schüsse gingen immer zu weit nach oben und nach links, wenn man Rechtshänder war.
»Ich habe ihn einmal getroffen. In der rechten Schulter. Daraufhin fuhr er herum. Er hat zweimal geschossen, ich schnell hintereinander viermal. Um die Wahrheit zu sagen, in diesem Augenblick habe ich mich beschützt, nicht den verdammten Michail Sergejewitsch Ragoschkin.«
Jardine konnte es sich genau vorstellen. Elena Konstantinowna war nicht so jung wie Hassan, der, soweit Jardine in seiner Ahnungslosigkeit wußte, immer noch in der Nähe von Salim Jaddehs Büro in Beirut herumlungerte und sich die paar hundert Dollar verdiente, die Jardine ihm bezahlt hatte. Aber sie hatte dieselbe schlaue Art von Unschuld, die sie wie eine geborene Überlebenskünstlerin und gleichzeitig verletzlich wirken ließ.
»Und dieses Mal haben Sie ihn getroffen.«
Sie machte ein grimmiges Gesicht in der Erinnerung an den Augenblick. »Darauf können Sie Gift nehmen.«
»Und er hat Sie getroffen.«
Sie faßte sich wieder an die Rippe, verrenkte den Hals, um einen Blick darauf zu werfen. Unter einer Falte verborgen verlief ein Reißverschluß, nahe an der Stelle. »Genau hier«, sagte sie. »Die Kugel hat zwei Rippen durchschlagen und die Lunge verletzt.« Sie zuckte die Achseln, wie es die Jungen tun, die sich für unsterblich halten. »Jetzt ist wieder alles in Ordnung – das war vor vier Jahren.«
Die Kellnerin erschien mit zwei Gläsern, einer Kanne Tee, einer Untertasse mit Zitronenscheiben und einem Schüsselchen Himbeermarmelade. David Jardine dachte an Sergej und seinen Lord Grey.
Sie tranken den Tee schweigend. Jardine rauchte seine Zigarette.
»Was halten Sie von Moskau?« fragte sie.

»Mir kommt es jetzt seltsam vor. Wenn ich früher hier war, ist mir Moskau weniger ... fremd erschienen als jetzt.«
»Das liegt daran, daß niemand weiß, ob es real ist«, sagte sie. »Die Menschen sind zu verwirrt durch ihre Freiheit. Sie lastet auf ihnen wie der alte Seefahrer.«
»Albatros.«
»Wie bitte?«
Jardine warf einen Blick auf zwei Milizionäre, die eben hereingekommen waren. Sie schlenderten zum Tresen Richtung Laden hinter dem Café und sahen schon von weitem aus wie der Typ Polizist, der bestechlich ist und den man überall auf der Welt finden kann. »Der alte Seefahrer war ein alter Kapitän, und der Albatros war die Ursache seines ganzen Leids. Er hing um seinen Hals, und er konnte sich nicht von ihm befreien.« Er warf einen gezielten Blick auf die beiden Polizisten.
Elena Konstantinowna nickte, sie wußte, was er meinte.
»Das Gedicht ist von einem Russen«, sagte sie mit strenger Autorität.
»Unsinn, es ist von Samuel Taylor Coleridge. Der opiumsüchtig war.«
»Es ist von Sergej Woronzow. Coleridge hat es plagiiert. Das lernt jedes russische Kind in der Schule.«
Jardine starrte sie an. »Sie nehmen mich auf den Arm ...«
Elena Konstantinowna lächelte, ein züchtiges kleines Lächeln. Sie war mit sich zufrieden. »Natürlich«, erwiderte sie.
Nach dem Tee mit Zitrone gingen sie zu ihrem Auto zurück. Jardine blieb stehen, um sich den Schnürsenkel zuzubinden. Ihm fiel ein, daß er vergessen hatte, sein Exemplar der *Iswestija* aus dem Café mitzunehmen. Auf dem Weg zurück ins Café schlug er die falsche Richtung ein, und als er endlich wieder bei Elena Konstantinowna ankam, war sich David Jardine einigermaßen sicher, daß sie keinen interessierten Beobachter hatten, keinen Beschatter. Bis jetzt.
Elena Konstantinowna ließ den Motor an, als Jardine einstieg, und zog die Tür zu. Sie wandte sich ihm zu. »Wohin jetzt? Ich weiß, ich weiß, kein Zoo.«
»Es ist Ihre Stadt, Major.«
»Hören Sie, sagen Sie, wohin.« Elena löste die Handbremse und bog aus einer Nebenstraße mit alten Gebäuden und einer kleinen, prächtigen Kirche, deren rötliches, poliertes Kupfer im Sonnenschein glitzerte, in den Verkehr ein. »Dann können Sie sicher sein, daß nichts von mir geplant ist.«

Sie meinte, daß sie ihn nicht in eine Überwachungsfalle führte. Obwohl sie bis jetzt der gesamte KGB hätte beobachten können; sie hatten nichts auch nur annähernd Verdächtiges getan.
»Schön, biegen Sie links ab, und fahren Sie zum Puschinskaja Ploschtschad.«
Elena Konstantinowna sah ihn an, zuckte die Achseln, sagte »Kein Problem« und lenkte das verbeulte kleine Auto Richtung Puschkinplatz.

Das George Washington Memorial Hospital liegt etwa zweiundzwanzig Kilometer von Elmore Williams' Haus in Alexandria entfernt. Es steht in einer parkähnlichen Anlage; dort sind schon etliche illustre Patienten behandelt worden, aber keiner von ihnen war dem Secret-Service-Agenten so wichtig wie seine Frau und seine Tochter, die in einem Privatzimmer im zweiten Stock lagen, rund um die Uhr bewacht von zwei bewaffneten Agenten von der Secret-Service-Abteilung für Personenschutz.
Bei Melanie war das linke Schienbein gebrochen; die Kugel hatte ihr die Haut zerfetzt und den Knochen zersplittert. Sie hatte etwa anderthalb Liter Blut verloren, bis ihr Vater ihr die Aderpresse angelegt hatte und die Sanitäter sie intravenös mit Plasma versorgt hatten. Der Blutverlust und der Schock hätten sie vermutlich umgebracht, wenn nicht sofort fachmännisch Erste Hilfe geleistet worden wäre.
Martha Williams hatte vier Neun-Millimeter-Kupfermantelkugeln in den Oberkörper bekommen, von der rechten Schulter bis knapp über der linken Brust. Zwei waren glatt hindurchgegangen, hatten Muskeln zerfetzt und das rechte Schulterblatt durchbohrt. Eine Kugel hatte ihre Luftröhre gestreift und verletzt, was ihr starke Schluckbeschwerden bereitete. Die vierte Kugel hatte zwei Rippen durchbohrt und war im linken Schultergelenk steckengeblieben. Die Patientin hatte innere Muskel- und Sehnenverletzungen, die Blutungen und eine Hämatomthrombose verursachten. Außerdem litt sie unter einem Trauma durch den schweren Schock.
Und doch, als der junge jüdische Chirurg, der die beiden Kugeln aus ihrem Körper entfernt und die Wunden gesäubert, genäht und verbunden hatte, erleichtert äußerte, die Kugeln hätten durch die Gnade Gottes alle lebenswichtigen Organe verfehlt, hätte Elmore Williams vor Glück weinen können. Er dankte Gott dafür, daß seine Frau nur vier Kupfermantelkugeln abbekommen hatte, die so schnell gewesen waren, daß

sie sich weder gedreht hatten noch beim Einschlag abgerutscht waren. Denn das wäre tödlich gewesen.
Und jetzt war sie hier, vier Tage später, saß im Bett, trank durch einen Plastikhalm Orangensaft und sah Fernsehen.
»Willst du mir etwas sagen?« fragte Elmore Williams, als er zur Tür hereinschaute, mit einem zusätzlichen Blumenstrauß zu den vielen Sträußen überall im Zimmer und einem tragbaren japanischen Gerät mit Videospielen für Melanie.
»Hi, Babe. Wie ist es gelaufen?«
»Einfach bestens. Die Cops haben alle Aussagen zu Protokoll genommen, die sie im Augenblick brauchen. Mein Einsatzleiter und das FBI haben mit einer gemeinsamen Ermittlung angefangen, und die ganzen letzten drei Tage war ich in der Innenstadt, wenn ich nicht hier gesessen und euch beim Gesundwerden zugeschaut habe. Na, du Klugscheißerchen.« Er küßte Melanie und stellte die Schachtel mit dem Videospielgerät auf ihr Bett.
Melanies Bein war eingegipst und in einem Streckverband.
Aber ihr Teint hatte wieder die blühende, kindliche Farbe, und beim Anblick des Geschenks strahlten ihre Augen.
»Mensch, Dad, ist das toll.«
Williams hatte nicht die Absicht, den beiden zu erzählen, was bei der Untersuchung des Angriffs herausgekommen war. Und er war richtig froh, daß sie wegen ihrer Verletzungen und wegen des zerschossenen Pontiac Firebird, der ihnen die Sicht versperrt hatte, nicht sehen konnten, wie ihr geliebter, sanfter Vater und Ehemann ohne Mitleid oder Reue vier Männer in den Kopf geschossen hatte. Oder daß Anwältin Nancy Lucco, die sich als unglaublich patente Frau erwies, zweimal schreiend mit der Staatsanwaltschaft herumgestritten hatte, weil der Staatsanwalt die Absicht hatte, Williams eine Mordanklage anzuhängen.
Und später an jenem Nachmittag fuhr Sonderagent Elmore Williams mit seinem gemieteten dunkelgrünen Mustang zurück nach Washington und parkte in der Tiefgarage des Secret Service.

Der Direktor persönlich war zu der internen Konferenz über die Schießerei in Alexandria in das Büro des Einsatzleiters für Sonderagenten, Sid Longstreet, gekommen. Der Raum war möbliert mit einem grünen Metallschreibtisch, Aktenschränken, Wandkarten, ein paar spartanischen Stühlen und gerahmten Fotos mit den Präsidenten Bush und

Reagan. Es waren außerdem Tom Roberts, vom Secret Service mit den Ermittlungen betraut, Inspector Dennis McDowell von der Washingtoner Mordkommission, Rechtsberaterin Nancy Lucco und Sid Longstreet anwesend.

Sie saßen alle auf den Stühlen im Raum verteilt und drehten sich um, als die Tür aufging und Elmore hereinschaute.

»Elmore, kommen Sie herein.« Longstreet lehnte sich im Stuhl zurück und faltete die Hände hinter dem Kopf.

Williams, der ein Gespür für Atmosphäre hatte, witterte keine Feindseligkeit. Eher im Gegenteil, wie es schien.

»Wie geht es den Patienten?« fragte der Direktor, Jim Farley.

»Besser. Martha kann flüssige Nahrung durch den Mund zu sich nehmen. Melanie wird schon wieder frech.«

Die anderen lachten. Williams trieb einen Stuhl für sich auf.

»Dennis, sagen Sie es Elmore«, sagte Longstreet.

Williams sah McDowell an. »Was sollen Sie mir sagen?«

Dennis McDowell zeigte auf eine Tafel, an der Fotos von den vier toten Angreifern hingen, die der Pathologe aufgenommen hatte. Die Gesichter waren makaber. Die Wunden, die Elmore Williams' Gnadenschüsse gerissen hatten, waren geflickt worden, damit die Fotos einen Hinweis darauf gaben, wie die Männer vor der Schießerei ausgesehen hatten.

»Ein Hispanic, ein Schwarzer, ein amerikanischer Weißer, ein europäischer Typ. Italienische Zahnbehandlung. Drei haben wir identifiziert. Der hier ...« McDowell, hager und etwa eins fünfundsiebzig, stand auf und klopfte gegen eins der Gesichter. Selbst im Tod sah es brutal und böse aus. Bedrohlich, mit hohen tatarischen Wangenknochen, schmalen Augen und einem hängenden Schnurrbart. Die Nase war mit Wachs nachgebildet worden, aber vermutlich ziemlich originalgetreu.

»Andreas Torres Osorio. Alias Miguel Sanchez. Alter dreiunddreißig. Illegaler Einwanderer, Herkunftsland Kolumbien. Eintreiber beim Ramirez Country Club.« Ramirez Country Club war der Name einer der brutalsten und bestorganisierten Crack- und Kokainbanden in Washington.

»Der hier ... Andrew Maxwell. Alter zweiundvierzig. War beim Schlägertrupp der Hell's Angels, den die Wichita Wiseguys als Ordnungshüter engagiert hatten. Acht Jahre in Marion wegen Angriffs mit einer tödlichen Waffe, 1989 auf Bewährung freigelassen und geflohen. Die Drogenfahndung hat Hinweise darauf, daß er in Dade County, Florida,

als Kopfgeldjäger gearbeitet hat. Von fünf verschiedenen Informanten als Lohnkiller benannt, meistens für Kubaner in Miami, aber auch für die sizilianische Mafia.«
»Was meinen Sie mit sizilianisch?« fragte Williams.
Alle wußten, daß die Mafia eine italoamerikanische Vereinigung organisierter Verbrechersyndikate war, mit Wurzeln in der alten Heimat, vor allem auf Sizilien.
»Ich meine die Cosa Nostra mit Sitz in Palermo, geleitet von Giovanni Favorito Noto, Elmore.«
Elmore nickte. Vor etwa zwei Jahren hatte das Magazin *Time* einen Artikel über den Mann gebracht. Der etwas dramatische Titel des Artikels hatte »Der Fürst des Todes« gelautet.
»Nette Leute«, sagte er.
»Und der hier ...« McDowell berührte das Foto eines Schwarzen mit zwei langen Rastazöpfen, aber sonst rasiertem Schädel. Zwei Stammestätowierungen auf jeder Wange. Eine Augenhöhle war mit Watte ausgestopft. »Abdulla Patrice. New Yorker Crackdealer, einziges überlebendes Mitglied der Familie Patrice – die anderen beiden sind von kolumbianischen Gangstern ermordet worden, die in New York City gewütet haben.«
»Wann war das?« fragte Nancy Lucco.
»Im vorletzten Jahr, April, Mai. Als kluger Mann hat sich Abdulla eine Zeitlang nach Jamaika abgesetzt, und bei dieser Schießerei ist er zum erstenmal wieder in den USA gesehen worden. Der John Doe ist der mit der italienischen Zahnbehandlung.«
Longstreet streckte die Beine unter seinem Schreibtisch aus und verschränkte mit einem knackenden Geräusch die Finger. »Interpol sagt, Favorito Noto habe einen ganzen Haufen Schlägertypen von Pablo Envidado aus Kolumbien übernommen.«
»Wer hat die Motorräder gefahren, und wer hat geschossen?« fragte Nancy.
»Abdulla und Mr. Namenlos haben geschossen«, erwiderte Elmore Williams, und niemand widersprach ihm, denn selbst wenn die Gesichter unter Helmen stecken, vergißt man nicht, wer versucht hat, einen selbst und seine Angehörigen umzubringen.
»Sehen Sie sich dieses Gesicht an.« Direktor Farley zeigte auf das Foto des nicht identifizierten Mannes. Das tote Gesicht war, falls das überhaupt möglich war, noch bedrohlicher als die anderen.

»Ich habe ein Foto an die Botschaft in Rom gefaxt mit Kopien an die Carabinieri und die Anti-Mafia-Kommission in Palermo«, sagte Tom Roberts.
Elmore Williams' Chef Sid Longstreet sah ihn an. »Wen von der Mafia in der alten Heimat haben Sie also vergrätzt?«
»Sie haben doch nicht etwa schwarz für die Drogenfahndung gearbeitet, Elmore?« fragte der Direktor, was ein Scherz sein sollte.
»Eins kann ich Ihnen sagen, diesem Kerl würde ich das ohne weiteres zutrauen«, sagte Longstreet, ohne zu lächeln.
Williams kratzte sich unterhalb des rechten Auges die Wange. »Mann, vergrätzt hab' ich eigentlich so gut wie alle ...«
Er sagte es so sachlich, daß die anderen lächelten.
»Denken Sie gründlich nach«, sagte der Direktor. »Irgendeine Ermittlung, bei der es um Rauschgift ging? Vielleicht nur am Rande?«
»Sir, ich liege auf Eis. Ich ermittle in keinem Scheißdreck mehr. Bei allem Respekt.«
Der kleine Ausbruch wurde mit ausdruckslosen Mienen quittiert. Diese Männer waren nicht von gestern. Aber eine gewisse Wirkung war zu spüren, denn Jim Farley, der Direktor, sagte zu Dennis McDowell, dem Inspector von der Mordkommission: »Danke, Dennis. Danke, daß Sie hergekommen sind. Und danke, daß Sie die Staatsanwaltschaft beruhigt haben.«
»Kein Problem«, sagte McDowell, und weil er einen Wink mit dem Zaunpfahl durchaus verstand, griff er nach Jackett und Aktenkoffer und ging.
In dem Augenblick des Schweigens, der folgte, musterten alle die Fotos an der Tafel.
»Elmore«, sagte Nancy.
»Ja, Ma'am.« Williams begegnete ihrem Blick und lächelte. Er mochte Nancy Lucco.
»Denken Sie an Sizilien. Sie wissen, daß wir eine Menge Fälle haben, an denen Fälscher von der Mafia beteiligt sind.«
»Ja, weiß ich, aber ich war doch an dem New Yorker Fall dran, und ...«
»Es gab keinen New Yorker Fall, Elmore.« Das war Longstreet. »Deshalb drehen Sie ja Däumchen bei vollem Gehalt. Wissen Sie noch?«
Williams ließ seine schneeweißen Haifischzähne aufblitzen. »Wie könnte ich das vergessen?«

»Halten Sie mal die Luft an«, sagte Nancy. »Dieser New Yorker Fall. Sie sind als verdeckter Ermittler nach New York gefahren, weil Sie das Gefühl hatten, vielleicht sei das New Yorker Einsatzbüro ... Frischen Sie mein Gedächtnis auf.«
Sie meinte, sagen Sie es den anderen. Das könnte jetzt eine gute Gelegenheit sein, die Sache ans Licht zu bringen.
»Klar. Dieser durchgeknallte Cardona und Sammy die Nase sind mit einem Informanten von mir in New Orleans ins Gespräch gekommen ...«
»Mit wem?«
»Es ist eine zuverlässige Quelle, und der Betreffende hat mein Wort auf Diskretion.«
»Verscheißern Sie uns nicht, Elmore. Wer?«
»Das kann ich nicht sagen.« Williams kratzte sich am Hals. Vielleicht hatte ihn etwas gestochen.
»Das sind genau die Sachen, mit denen Sie sich dauernd in die Scheiße setzen, Elmore.« Tom Roberts kratzte sich auch. Vielleicht gab es im Büro des Chefs Flöhe.
»Ja, und ob es mich in die Scheiße gebracht hat, wissen Sie, was ich meine?« konterte Williams bissig.
Der Direktor faßte sich an die Nase, verbarg das Grinsen, das er nicht unterdrücken konnte.
»Und dieser Information«, fuhr Roberts fort, »aus einer zuverlässigen Quelle haben Sie ... was entnommen? Was genau?«
»Daß Cardona und die Nase Falschgeld verkaufen wollten und daß sie angeblich einen Draht zum New Yorker Einsatzbüro hatten, von dem sie behauptet haben, er schütze sie vor dem Hopsnehmen. Vor jeder Einmischung. Das war Quatsch, wie wir jetzt wissen.«
»Und wo sind Sie also auf Cardona und Sammy gestoßen? In welchem Zuständigkeitsbereich?« fragte Roberts.
»Atlantic City«, murmelte Elmore Williams. Die anderen seufzten. Atlantic City war New Yorker Territorium.
»Und Sie haben es versäumt, Ihren Einmanneinsatz bei Ihren Vorgesetzten im Büro für Inspektionen zu melden.« Longstreet schüttelte den Kopf, als baumelte die Lynchschlinge schon und er könne nichts dagegen unternehmen.
»Ich hab' hier im Büro angerufen. Ich hab' um Unterstützung und Erlaubnis gebeten. Man hat mir gesagt, die Unterstützung käme an den

Übergabeort. Und falls ich keine Erlaubnis bekäme, sollte ich Bescheid kriegen und die Ermittlung abblasen.«

»Verdammt noch mal, Sie haben mit einer Sekretärin gesprochen.«

»Die Zeit wurde knapp. Jetzt reden wir hier schon stundenlang. Ich schwöre, ich hab' nicht gewußt, daß ich in 'ne Hopsnehmaktion reinplatze.« Williams zuckte die Achseln. »Die beiden Schwachköpfe, mit denen ich zusammen war, haben's auch nicht gewußt ...«

»Na ja, wenn das das Beste ist, was Sie uns zu bieten haben, hab' ich nicht viel Hoffnung«, erwiderte Longstreet.

Nancy musterte ihre Fingernägel. Das war nicht die Richtung, in die sie das Gespräch hatte lenken wollen. Sie sah Jim Farley an, den Mann, der so weitsichtig gewesen war, sie in das Ausbildungsprogramm für Agenten zu schicken. Einen Moment lang begegnete er ihrem Blick, dann schien er sich über etwas schlüssig zu werden. Er räusperte sich, steckte die Hände tief in die Taschen und sah alle der Reihe nach an.

»Nehmen wir einmal an«, sagte er ruhig, »Agent Williams hätte mich informiert.«

Das Schweigen knisterte. Elmore Williams war völlig verblüfft. Aber bemühte sich, ein Gesicht zu machen, als wollte er sagen: O ja, die Geschichte war so heikel, daß ich es nur dem Direktor persönlich sagen konnte. Sicher. Er zwang sich, es zu glauben.

»Wäre es dann«, fragte Farley ruhig, »etwas anderes?«

Longstreet sah verlegen aus. »Was soll das heißen? Daß man mir nicht trauen kann?«

»Das soll nur heißen, wenn ein Agent weiß, daß er sich in eine prekäre Lage bringt, einen schweren Verstoß gegenüber einem grundehrlichen ELSA und dem New Yorker Einsatzbüro begeht, was er getan hat, will er nicht das Risiko eingehen, es sich mit dem Inspektionsbüro in Washington zu verderben, indem er es offiziell macht. Sagen wir mal, bis er sich ein eigenes Urteil gebildet hat. Vielleicht wäre es so gewesen, vielleicht hätte Elmore Williams das getan, und ich hätte ihm erlaubt, seinen Job aufs Spiel zu setzen, damit er seinen Job erledigt. Läge der Fall dann anders?«

Dieser Mann ist einfach Spitze, dachte Williams, als er beobachtete, wie sich Longstreet entspannte und nachdenklich nickte. Falls ihm Sid Longstreet und Nancy Lucco das abkauften, waren alle aus dem Schneider. Mensch, kein Wunder, daß Farley es zum Direktor gebracht hatte. *Capo di tutti capi.*

Nach einem langen Schweigen, während dessen Longstreet Williams nachdenklich musterte, mit gelegentlichen Blicken zu Nancy Lucco, nickte er. »Sicher. Dadurch würde sich alles ändern. Aus der Sicht des Inspektionsbüros zumindest. Mit dieser Erklärung ist die Beschwerde gegen Sonderagent Williams erledigt, und er ist völlig rehabilitiert. Ein klarer Fall …« Er schob ein paar Aktendeckel auf seinem Schreibtisch herum und sagte: »Ich spreche mit Nancy, und vielleicht können wir das Ergebnis, äh«, er warf Nancy einen forschenden Blick zu, »noch heute bekanntgeben?«

Nancy Lucco nickte ernst. »Sicher«, erwiderte sie.

»Okay …« Longstreet zog die Schreibtischschublade auf und entnahm ihr Elmore Williams' Lederbrieftasche mit seiner Marke und seinem Dienstausweis. »Hier.« Er musterte die Fotos der vier Toten. »Irgendwas sagt mir, daß Sie Ihre Dienstwaffe noch haben.«

Er sah sich um, und allmählich entspannten sich auch die anderen.

»Wir sollten wohl jemanden auf die sizilianische Verbindung ansetzen«, sagte Tom Roberts. Er sah Elmore bedeutsam an. »Meine erste Wahl wäre Elmore Williams, aber Sie sind der Mann, der umgebracht werden sollte, deshalb wären Sie einem unnötigen Risiko ausgesetzt.«

»Kann es für mich etwa noch gefährlicher werden? Packen wir's an.«

»Sid …?« fragte der Direktor.

Longstreet runzelte die Stirn. Er sah Elmore an. »Hören Sie, Mann, überlegen Sie sich das gründlich. Wir können auf Ihre Familie aufpassen, aber im Einsatz sind Sie in Gefahr.«

»In Gefahr bin ich doch sowieso. Falls Sie glauben, daß ich der Richtige für den Job bin, habe ich keine Probleme damit.«

Longstreet rieb sich den Hals. »Okay. Abgemacht. Elmore, setzen Sie Ihren Arsch in Bewegung, und gehen Sie wieder an die Arbeit.«

Halleluja. Und Augenblicke später, nach ein paar Förmlichkeiten, gingen Elmore Williams, Nancy Lucco und der Direktor Jim Farley schweigend hinaus, wagten es nicht, auch nur einen flüchtigen Blick zu wechseln.

Moskau war wie ein Spinnennetz aus Straßen, das sich über vier Ringe hinweg ausbreitet. Zwei dieser Ringe umschließen das Zentrum der Stadt nördlich von der großen Schleife des Flusses Moskwa, durch fünf Brücken mit dem Südteil verbunden.

Der erste Ring ist in Wahrheit ein Halbkreis, den eine Reihe von Straßen um den Nordteil des Kreml bilden. Der zweite ist ein weiterer Halbkreis, der Boulevardring, etwa anderthalb Kilometer vom Kreml entfernt, und besteht zum größten Teil aus einer geteilten Schnellstraße, in deren Mitte Moskaus schmalster öffentlicher Park – zwanzig Meter auf acht Kilometer – eingeklemmt ist.

Jardine dirigierte Elena Konstantinowna schließlich nach Twerskaja, ein altes Viertel, das die Jahre der heroisch-trostlosen sozialistischen Moderne weniger verdorben haben als die meisten anderen. Der Boulevardring durchläuft es, und sie parkten das Auto auf einem ungepflasterten Platz. Ein geschäftstüchtiger Zigeuner verkaufte an einem Stand Eiskrem, kein ungewöhnlicher Anblick, aber er hatte eine weitere Delikatesse zu bieten, die angepriesen war als SCHRMAK, russisch für Big Mac.

Bäume säumten die Bürgersteige, die Sonne fiel durch die Blätter, und es schien, als wäre man weit entfernt vom Verkehr auf der anderen Seite. Viele Menschen lebten im Freien, aber besser organisiert und erfinderischer als New Yorker Stadtstreicher oder Londoner Penner. Ein großer Mann in einem langen schwarzen Mantel spielte Bratsche, und Kinder liefen aufgeregt herum, jagten einen riesigen Mischlingshund. In der Luft lag der Geruch von Kirschholzrauch und Fleisch. Es konnte Lamm sein, aber Jardine erinnerte sich daran, daß Hund, richtig zubereitet, ganz ähnlich riechen konnte.

Sie schlossen das Auto ab und spazierten davon. Offenbar fühlten sie sich in der Gesellschaft des anderen wohl.

»Für wie alt halten Sie mein Auto?« fragte Elena. Ihr Blick registrierte jede Einzelheit in ihrer Umgebung.

Jardine musterte sie beiläufig, hatte das Gefühl, er würde es merken, falls sie einen Kollegen beobachtete. Einen Beschatter, vielleicht ein Überwachungsteam, vorausgeschickt von Dserschinski oder von wem auch immer, für den die junge Frau tatsächlich arbeitete. Schließlich hätte das ganze Getue, er könne das Fahrtziel bestimmen, sagen, wo sie anhalten solle, eine Spielart des Fünfkartentricks sein können – und ganz gleich, welches Ziel er gewählt hätte, wären sie der Überwachung nicht entgangen.

Denn genauso hatte er es auch schon gemacht.

»Meine Schätzung nach etwa fünf Jahre?«

»Ausgezeichnet«, erwiderte sie. »Es ist erst vier Monate alt. Nicht ge-

braucht. Neu. Ein neues Auto. Fünftausend Kilometer auf dem Tacho. Fünftausendeinhundertneunundsechzig. Sie haben nicht nachgeschaut.«
»Ich habe nicht nachgeschaut, Elena Konstantinowna.« Er sah zum Auto zurück, nützte den Augenblick, um nach allzu desinteressierten Fremden Ausschau zu halten. Nichts.
»Mit neuen Autos ist das so eine Sache, wissen Sie. Die Leute werden neidisch. Sie schlagen mit Eisenstangen darauf ein. Machen die Windschutzscheibe kaputt. Schlitzen die Reifen auf. Oder klauen es. Auf dem Schwarzmarkt wird gutes Geld für ein neues Auto gezahlt.«
»Sie haben es also selbst demoliert.«
»Genau.« Sie sah äußerst zufrieden mit sich aus. Befriedigt, weil sie den Kriminellen das Handwerk gelegt hatte. Dann blieb sie stehen und sah durch die Bäume den Kindern zu, die mit dem Hund herumtollten.
»Hat Anatoli Andrejewitsch heute morgen Jerusalem erwähnt?«
Da kam's.
»Er hat es erwähnt.«
»Und er hat Ihnen Feuer gegeben? Mit einem Feuerzeug wie Ihrem?«
»Es war ein Zippo. Wie meins.«
Sie zog die Schultern hoch, die Hände in den Taschen der unförmigen grauen Strickjacke, die sie sich über das Baumwollkleid gehängt hatte.
»Und er hat gesagt, Sie sollten den heutigen Tag mit mir verbringen.«
Jardine rieb sich das Kinn; er hatte sich gegen sieben rasiert, und die Haut fühlte sich kratzig an. »Das stimmt. Genauso war es.«
Das Lachen der Kinder war zu hören und das Dröhnen des Verkehrs auf beiden Seiten des Boulevardrings. Nur eine sehr alte Frau, in schwarze Stoffschichten gewickelt und mit einem schwarzen Kopftuch, die mit hochgelegten Beinen auf einer Bank saß, beobachtete sie. Sie war außer Hörweite, und Elena Konstantinowna drehte ihr den Rükken zu.
»David, ich soll herausfinden, warum Sie wirklich nach Moskau gekommen sind.«
»Für wen?«
»Für die Israelis ...« Sie trat mit der Schuhspitze nach einem Stein, und Jardine konnte sich daran erinnern, daß er genau das auf einem Treidelpfad an der Themse getan hatte.
»Anatoli Andrejewitsch ist einer von denen, seit er neunzehn ist.«
Einer von *denen* ...

»Ich verstehe.«
»Seine Mutter war Jüdin, haben Sie das gewußt?«
»Ja.« Jardine hatte oft festgestellt, daß die Wahrheit einfacher war. »Das Lügen sollte einem guten Agenten nicht zur zweiten Natur werden.« Alice Hanson auf der Farm. 1969.
»Wie auch immer«, fuhr Elena Konstantinowna fort, »einer wie Dserschinski braucht immer jemanden, den er verraten kann.«
Ja. Das war Jardine klar.
»Also hat er sich für Rußland entschieden«, sagte sie.
Aha. Und du nicht, Elena Konstantinowna?
»Erzählen Sie mir davon.«
»Na ja, der KGB wollte ihn überprüfen.« Sie wich seinem Blick aus. »Sie können sich vorstellen, wie das erledigt worden ist.«
Indem du mit ihm ins Bett gegangen bist, Elena, die *Lastotschka*, die kleine Schwalbe.
»Selbstverständlich.« Jardine fragte sich, ob er ... prüde geklungen habe.
»Er war sehr gut. Vier Monate lang haben wir gevögelt wie die Zwergfledermäuse. Keinerlei Verdacht, nichts Außergewöhnliches. Das habe ich gemeldet. Die Jagd auf ihn wurde abgeblasen.«
»Weshalb waren sie mißtrauisch geworden?« Eine solche Operation war keine Routinesache. Und Zwergfledermäuse? Er hatte sie eigentlich eher für ziemlich vorsichtige kleine Geschöpfe gehalten.
»Das haben sie mir nie gesagt. Jedenfalls, als die Überprüfung vorbei und er entlastet war, sind wir Freunde geblieben. Anatoli Andrejewitsch hat anziehende Eigenschaften.«
Möglicherweise waren es seine Kumpel von der Mafia gewesen, die ihn hatten überprüfen wollen, überlegte Jardine. Oder einer der wenigen Unbestechlichen, der Dserschinskis Mafia-Kontakte überprüfen wollte. Und eine seiner anziehenden Eigenschaften war eindeutig die, daß er unaufhaltsam aufgestiegen war, den Gesetzeshütern immer einen Schritt voraus.
»Oh, kommen Sie, er muß es gewußt haben, er muß erraten haben, was Sie von ihm gewollt haben.«
»Sicher«, sagte sie. »Ich glaube, er hat es von Anfang an gewußt.«
»Und Sie sind Freunde geblieben ...?«
»Er hat begriffen, wo ich stehe. Und zwar hundertprozentig hinter Boris Jelzin.«

Das war typisch für Rußland. Die Politik machte nirgends halt, weder vor der Küche noch vor dem Schlafzimmer.
»Wann hat er Sie angeworben?« Für den Mossad, meinte David Jardine.
»Erst hat er mich für eine Gruppe angeworben, eine Geheimgruppe, mit Verbindungen innerhalb und außerhalb des Sluschba« – des KGB –, »die entschlossen war, die Reaktionäre aus dem militärisch-industriellen Bereich zu bekämpfen. Die wollen die Uhr um fünfzig Jahre zurückdrehen.«
Es war eine alte Geschichte. Man warb Agenten an, indem man ihnen erzählte, was sie hören wollten. In diesem Fall, daß man zu genau der Gruppierung gehörte, von der sie vermutlich gehofft hatte, sie werde an sie herantreten, denn sie hatte den Ehrgeiz, beim Kampf um Demokratie und Freiheit im neuen Rußland mitzuhelfen.
»Wann haben Sie gemerkt, daß es sich um den Mossad handelte?«
Sie schien nach etwas zu lauschen. Die Kinder und der große Hund waren fort. Dann brachen sie plötzlich mit lautem Gelächter und Gebell durch die Bäume, schrien in derbem Russisch, vor Aufregung fast heiser.
»Als es zu spät war.«
Arme kleine *Korowa*, armes Kälbchen. Durch ihren Patriotismus dazu verleitet, ihr Land zu verraten.
»Elena Konstantinowna, hören Sie mir zu.« Er warf einen Blick auf die Tränen, die ihr über die Wangen liefen, diesem neunundzwanzigjährigen weiblichen Major, der Heldin einer Schießerei im Waschraum eines Moskauer Jazzklubs, von einem rücksichtslosen Mitglied der russischen Mafia und einem Agenten Tel Avivs weit über ihre Fähigkeiten hinaus befördert. Was für eine entsetzliche Lage. »Es ist nie zu spät.«
Sie wischte sich die Nase an der Strickjacke ab und schniefte. Die alte Babuschka in Schwarz sah trauervoll zu. Alle Männer sind Schweine, strahlte ihre Miene aus.
»Das glaube ich auch.« Elena Konstantinowna nickte, plötzlich viele Jahre älter als neunundzwanzig und plötzlich sehr russisch. Sie faßte sich und warf den Kopf zurück, als wollte sie diese Probleme achselzuckend abtun. »Okay. Ich soll herausfinden, was Sie hier machen. Ob es mit jemandem namens Danny zu tun hat. Und falls ja, wie Ihnen dabei geholfen werden kann.«
David Jardine empfand fast das, was sein Sohn einen echten Hammer genannt hätte, denn im Leben eines Spions gehört es zu den wenigen

tief befriedigenden Dingen, wenn unvermittelt etwas Substantielles aus dem Nebel auftaucht. Vor allem dann, wenn man entdeckt, daß man es mit einem schwarzen Agenten eines anderen Diensts zu tun hat. Eine Mossad-Zelle, mitten im neuen SWR und in der russischen Mafia. Damit hatte sich seine Reise gelohnt, auch wenn sonst nichts dabei herauskommen sollte.

»Danny? Ich kann Ihnen nicht ganz folgen. Sagen Sie Dserschinski, ich habe keine Ahnung, was er meint.« Eine Nachricht, die hieß: »Negativ, nein danke. *Maseltow*, du kannst mich mal.«

Sie setzten den Spaziergang fort. Elena Konstantinowna wirkte noch nachdenklicher als üblich. »Anatoli Andrejewitsch ist davon überzeugt, daß Sie hier sind, um wegen irgend etwas namens Danny zu recherchieren. Sonst hätte er diesen Kontakt zwischen uns nicht hergestellt.«

»Ich bedaure, ihn enttäuschen zu müssen.« Was zwei Lügen gleichzeitig waren.

»Ich sage es ihm. Außerdem sage ich ihm, daß ich Ihnen glaube. Die scheinen mich für eine gute Menschenkennerin zu halten.« Sie schob unbefangen den Arm unter seinen Ellbogen. Drückte sich an ihn. Spielte für die Passanten seine Freundin. Ihr frischer Duft nach einer Seife mit Nelkenaroma war reizvoll.

Jardine schaute auf sie hinunter. Ihr Kopf reichte ihm bis zur Schulter.

»Was ist denn?«

»Glauben Sie, daß wir beobachtet werden?«

»Ich glaube, es ist okay. Im Augenblick.«

»Wie lange brauchen Sie?«

David Jardine runzelte die Stirn. »Wozu?«

»Niemand erwartet uns vor sechs zurück. Später, wenn ich Sie an der Britischen Botschaft absetze.«

»Ich habe wirklich keine Ahnung, worüber Sie reden.«

Sie blieb stehen und schaute in die Allee zurück. Niemand interessierte sich auch nur im geringsten für sie, war auch nur in der Nähe.

»Ich könnte Ihnen ein Alibi liefern.« Sie zuckte die Achseln. »Das ist alles, was ich... beitragen kann.« Und sie sah ihn an. »Falls das Ihr Ernst ist. Falls Sie im Ernst meinen, es sei nie zu spät.«

Wow, war Jardines unmittelbare Reaktion. Das war geradezu eine Falle aus dem Lehrbuch.

»Wozu sollte ich denn ein Alibi brauchen?« fragte er.

»Ich bin jetzt seit vier Stunden mit Ihnen zusammen. Irgend etwas geht

Ihnen nicht aus dem Kopf. Hören Sie, vielleicht ist es ganz harmlos. Vielleicht, *moschet bit*, wollen Sie eine Frau. Vielleicht geht es um einen alten Freund oder um irgendein ... *Djelo*. Etwas Geschäftliches. Lassen Sie sich also von mir Deckung geben. Sie gehen. Ich bleibe. Ein ehrliches Angebot. Glauben Sie mir.«

»Warum sollte ich Ihnen glauben?« Er sah sich um, halb darauf gefaßt, in jedem Schatten Mikrophone und Zoomobjektive zu sehen.

»Ich bin für dumm verkauft worden, damit ich für den Mossad arbeite.« Sie sah wütend aus. »Weil ich mich für die Freiheit in diesem Land engagiere. Sie sind Brite. Wie die Amerikaner glauben Sie an die Freiheit, was für Fehler Sie sonst auch haben mögen. Wenn Sie mir schwören können, daß Sie dem nicht schaden werden, wofür ich kämpfe, können Sie mir Ihr Leben anvertrauen.«

Jardine erinnerte sich an die Worte von Sergej Rodionowski. »Ich will nur ein Bürger in einem freien Land sein ...«

»Und wo bleiben Sie?« fragte er.

»Ich suche mir ein ruhiges Plätzchen im Schatten. Und schlafe.« Sie stopfte die Hände in die Taschen ihrer überweiten Strickjacke. Sah ihn an. »Ich weiß schon, wie ich mich unsichtbar mache.«

Alles am Spiel des Mossad bis zu diesem Augenblick, alles an Moskau schrie förmlich: Das ist ein Trick.

Aber wie Alice, eine Autorität auf diesem Gebiet, gesagt hatte, es gibt Augenblicke an der Front, unter Beschuß, in denen ihr zu Maßnahmen greifen müßt, die im kalten Tageslicht äußerst unklug wirken würden. Und in solchen Augenblicken, meine Lieben, liegt die Entscheidung bei euch. Wenn ihr hundertprozentig vorsichtig bleibt, draußen, im Einsatz ... dann haben eure Anwerber und Ausbilder totalen Bockmist gebaut.

Liebe Alice Hanson. Tot mit Edelweiß in der Hand und einem Lächeln auf den Lippen. Er nickte. »Ich treffe mich hier mit ihnen um ...« Er warf einen Blick auf die Armbanduhr. »Um zehn nach sieben. Heute abend.«

Elena Konstantinowna nickte. Dann sagte sie: »David, das ist nicht das Moskau, an das Sie sich aus dem kalten Krieg erinnern.«

Er wußte, weil er es bei jedem Schritt auf diesen einst vertrauten Straßen spürte, daß sie meinte, es sei jetzt viel, viel gefährlicher.

»Früher konnte niemand ohne direkten Befehl vom KGB umgebracht werden.« Sie lächelte nervös. »Und Sie wissen, wie die Bürokratie ist.«

»Und ob ich das weiß.« Warum weckte dieses Gossenkind vom Spionagespielplatz so stark seinen Beschützerinstinkt?
»Jetzt, abgesehen von der ganzen Korruption, der ganzen Gewalt, dem Kampf um das Kapital, das eine andere Form von Macht ist, so korrupt wie die Macht der Bürokratie, bildet sich eine ... zweite Nation. Sie nennt sich«, sie schaute sich beiläufig um, »*Staraja Semlja*, alte Erde, und sie versteckt sich wie ein Krokodil unter der glatten Oberfläche schlammigen Wassers in einem neuen politischen Bündnis aus den meisten Männern, die früher die Macht in Rußland hatten, den Parteizaren, den Herrschern über die Industrie und das Politbüro, der Roten Armee und den Mächtigen vom KGB. Dieses politische Bündnis nennt sich *Nascha Rodina*, unser Heimatland, und es prahlt damit, es müsse sich nicht an Wahlen beteiligen, weil die Demokratie bald der Vergangenheit angehören wird.«
»Meinen Sie Ruzkoi und die Wahrscheinlichkeit eines bewaffneten Staatsstreichs?« Jardine dachte an seine Gespräche in der Moskauer Zentrale.
Sie schüttelte wegwerfend den Kopf. »Ruzkoi ist ein Clown. Natürlich wird er einen Putschversuch machen. Natürlich wird er zum Blutvergießen führen. Und natürlich, David, wird er niedergeschlagen werden, aber nur, wenn der Westen den Mut hat, Jelzin zu unterstützen, und das unseren Armeekommandeuren deutlich zu verstehen gibt. Aber *Nascha Rodina, Staraja Semlja* ...? Die werden sich zurückhalten. Die haben langfristige, tiefgreifende Pläne.« Sie hob die Schultern wie unter einer schweren Last. »Zwangsarbeiterlager, Unterdrückung der Demokratie, Kontrolle über unser Atomwaffenarsenal ... das sind ihre Ziele. Und die meinen es ernst, glauben Sie mir.«
David Jardine spürte, wie ihm in der milden Wärme jenes Moskauer Nachmittags das Blut in den Adern gefror. Wo hatte er das schon einmal gehört? Jede extremistische politische Vereinigung im zwanzigsten Jahrhundert hatte die Demokratie gefürchtet und gehaßt, und jede hatte eine geheime Partei in der Partei – die, sobald sie die Macht an sich gerissen hatte, zu einem geheimen Staat im Staat mutierte. So war es bei den Nazis mit ihrer Gestapo gewesen, bei den Sowjets mit ihrem KGB, den südamerikanischen Diktatoren mit ihrer Geheimpolizei. Es war offensichtlich, daß die Geschichte einen genetischen Fehler hatte, weil sie sich erbarmungslos ständig selbst wiederholte – aber das war ein schwacher Trost.

»Unser Land«, »alte Erde«. Die Parolen des Faschismus, an die sich verbitterte und immer noch mächtige abgehalfterte Kommunisten mit grimmiger Vorfreude auf bessere Zeiten klammerten. Und natürlich würde es zu sinnlosem Blutvergießen kommen.
Das war das wahre Europa, nach zwei Weltkriegen und einem halben Jahrhundert atomarer Abschreckung; Nationen wie die USA und Großbritannien, Länder, deren Männer und Frauen jahrhundertelang für die Freiheit gekämpft und gelitten hatten, waren jetzt heruntergekommen zu verhätschelten Nationen aus mediengläubigen, politisch korrekten, wohlmeinenden Menschen, die es hielten wie der Vogel Strauß. Den Kopf tief in den Sand gesteckt, waren sie fähig, aber nicht willens, die vielen grimmigen Vorzeichen noch vermeidbarer Greuel zu erkennen. Und aus Bosnien und den ehemaligen sowjetischen Satellitenstaaten grinsten höhnisch die vier apokalyptischen Reiter und verkündeten die obszöne Botschaft: »Bald kommen wir auch zu euch.«
»Davon haben Sie noch nichts gehört, David? Diese Namen stehen nicht in Ihren Akten? Im Century House?«
Jardine sah sie an. Er lächelte und schüttelte den Kopf. »Vielleicht ein paar Beobachter, vielleicht die hiesige Botschaft. Aber mir ist es wirklich neu.«
Wieder sah sie sich um.
»In Ihrer Jackentasche«, sagte sie, »steckt ein Streichholzbriefchen.«
Sie mußte es ihm während der Autofahrt zugesteckt haben. »Hinter der Pappe klebt ein winziges Stück Mikrofilm. Alle Einzelheiten, die wir kennen ...«
»Sie und Dserschinski?«
Sie schüttelte den Kopf, tat die Unterstellung ab. »Ich gehöre zu einer kleinen Gruppe innerhalb des SWR, die versucht, etwas für die Zukunft zu tun ...«
Die Frau Major wurde plötzlich rot, vielleicht über ihren Stolz beim Eingeständnis ihres Glaubens.
Jardine hielt ihren Blick fest. »Sie haben es doch noch geschafft, zu diesen Leuten zu stoßen.«
Sie nickte.
Er faßte an seine Tasche, und tatsächlich, da war ein Streichholzbriefchen.
»Alle Einzelheiten«, fuhr sie fort, »über *Staraja Semlja.*« Sie streckte sich, um ihn zu umarmen, ihr Mund streifte seine Wange, ihr Atem war

mild und lieblich, und sie flüsterte: »Der Anführer ist Oleg Kusmin. Oleg Kusmins Flügel ist gefährlich, und aus irgendeinem Grund interessieren sich seine Leute für Sie. Seien Sie ungeheuer vorsichtig.«
Und dann, zweifellos für den Fall, daß sie beobachtet wurden, küßte sie ihn ohne Zurückhaltung auf den Mund. Es war so spontan, so ausgedehnt, daß er sich dabei ertappte, den Kuß zu erwidern und sie eng an sich drückte, ihren Herzschlag an seinem Körper spürte.
Als sie sich voneinander lösten, sahen sie sich an. Vielleicht in einem anderen Licht.
»Das war eine hübsche Überraschung«, sagte er leise.
»Geh jetzt, David Jardine. Wenn du zurückkommst, können wir vielleicht über die Zukunft sprechen.«
Er vermutete, sie meine eine heimliche Zusammenarbeit mit der Firma. Kommt nicht in die Tüte, dachte er bei sich, aber er würde keine zweite Chance bekommen, ein paar Stunden unbemerkt zu verschwinden.
»Auf bald«, sagte er. Und er drehte sich um und schlenderte an den Bäumen vorbei davon.
Elena Konstantinowna sah ihm nach. Und obwohl die Sonne warm war, fröstelte sie.

Die Adresse, die David Jardine so eifersüchtig gehütet hatte, war gar nicht weit von dem Jassenowo-Komplex entfernt, in dem er die letzten Tage beim russischen Auslandsnachrichtendienst verbracht hatte.
Er hatte Elena Konstantinowna Ratanskaja um zehn vor zwölf verlassen und war etwa zwanzig Minuten lang zu Fuß durch eine Reihe von Nebenstraßen in das Sadowaja-Theater-Viertel gegangen, wobei er ständig überprüft hatte, ob er überwacht wurde. An der Kreuzung zwischen dem Sadowaja-Boulevard und der Twerskaja-Straße ging er in die U-Bahn hinunter. Jardine fiel auf, daß sie weniger sauber und gepflegt war als in der schlechten alten Zeit des totalitären Kommunismus.
Er bezahlte seine zehn Rubel und nahm einen Zug der Gorgowsko-Linie. An der nächsten Haltestelle stieg David Jardine in die Kreislinie um, fuhr in einem Bogen bis zur Station Miraprospekt, wo er wieder umstieg – in die Kaluschko-Rischkaja-Linie – und nach drei Haltestellen am Ploschtschad Nogina ausstieg. So wechselte er mehrmals die U-Bahn-Züge und die Richtung, wartete manchmal mit dem Aussteigen, bis die Tür sich fast schon geschlossen hatte.
Zweimal stieg er aus, sowie der Zug gehalten hatte, stand auf dem

Bahnsteig herum und quetschte sich für einen Mann seiner Größe behende wieder in den Zug, um einen möglichen Beschatter abzuhängen oder zu entdecken.
Nach zwei weiteren Busfahrten bezahlte David Jardine noch einmal zehn Rubel für einen U-Bahn-Fahrschein, und vierunddreißig Minuten später führte ihn seine Odyssee schließlich zur Universität am Wernadskowo-Prospekt am Südwestrand der Stadt.
Er kaufte von einem Straßenhändler einen Hot dog und eine Flasche Bier, und während er beides vertilgte, sah er sich wieder gründlich nach einem Verfolger um. Keinerlei Anzeichen. Kein ungutes Gefühl.
Nach etwa zehn Minuten hielt ein Kleinbus, der als Sammeltaxi diente. Zwei dicke alte Frauen stiegen aus, nach ihnen zwei junge Studenten, von denen einer einen ramponierten Gitarrenkoffer dabeihatte.
Jardine stieg ein, und als der Kleinbus in die Nähe der Kreuzung zwischen der Kostojanka- und der Judalkowa-Straße kam, nicht weit vom olympischen Dorf entfernt, war er nur noch sechshundert Meter von seinem Ziel entfernt. Dem Grund für seinen Besuch in Moskau ...

Obwohl er noch nie in der Nähe des Mitschurinski-Prospekts und der hübschen Wohnungen in der Nähe des Samorodinka-Sees und des Flusses gewesen war, wo das Olympiadorf erbaut worden war, war ihm, als erkenne er die Gegend wieder. Denn das hier war der Höhepunkt der wochenlangen mühseligen Ermittlungen, bei denen er streng geheime Akten über die Hierarchie und den Klatsch im ersten Hauptdirektorat des KGB benützt hatte.
Jardine vertraute den Ergebnissen seiner Computerprogramme nicht blindlings. Sie hatten zum großen Teil die Kunst der Schlußfolgerung und die Erfahrungsauswertung abgelöst, die jahrhundertelang die Grundlage gekonnter Spionage gewesen waren. Er wußte, daß viel von der Intuition, die ihm selbst von seinen Feinden lobend nachgesagt wurde, aller Wahrscheinlichkeit nach eher ein geschulter Instinkt war, den er durch langjährige Arbeit in der Branche entwickelt hatte.
Als ein Name aus verschiedenen Berichten, von diversen SIS-Abteilungen und zu unterschiedlichen Zeitpunkten zu den Akten genommen, an die Oberfläche seiner Überlegungen trieb, hatte es sich David Jardine deshalb gestattet, dieser Spur zu folgen. Er hatte immer wieder umgedacht, neu angesetzt und tiefer geschürft, bis plötzlich alles so deutlich

wurde, als hätte sich der Morgennebel gelichtet, und er sich sicher war, daß er gefunden hatte, wonach er suchte: einen aufsteigenden Stern des KGB auf dem Gebiet der Falschinformation, mit Zugang zu der ganzen Palette, die zur Durchführung einer Operation wie der Danny Dawidows nötig war.
Der Betreffende war ein hoher Offizier im Dienst A (Falschinformation) des ersten Hauptdirektorats, der ganz plötzlich aus dem Blickfeld der Kremlbeobachter in der SIS-Abteilung Ostblock verschwunden war. Sein Vater war Generalmajor in Wladimir Tschuikows zweiundsechzigster Armee gewesen, die den deutschen Belagerungsring um Stalingrad durchbrochen und sich nach Berlin und zum Sieg durchgekämpft hatte, durch Polen.
Generalmajor Iwan Nikolajowitsch Kolossow war 1968 gestorben und mit vollen militärischen Ehren bestattet worden, wie das einem Helden aus dem Großen Vaterländischen Krieg zustand. 1990 war sein einziger Sohn Nikolai Iwanowitsch, damals ein Sektionschef beim Dienst A, zum Oberst befördert und zu einem der drei stellvertretenden Direktoren des Diensts ernannt worden. Eine Notiz in der Akte vermerkte, Nikolai Iwanowitsch werde als Nachfolger des stellvertretenden Leiters im ersten Hauptdirektorat in Erwägung gezogen, womit er auf der obersten Sprosse der Leiter angekommen wäre. Damit gehörte er zu den Privilegierten mit Grundstücken auf dem Land für Sommerhäuser, mit Privatschulen für ihre Kinder, in denen von Anfang an Englisch, Deutsch oder Französisch unterrichtet wurde, mit Einkaufsmöglichkeiten in exklusiven Läden und dem Wohnrecht in Datschen der KP oder des KGB in hübschen ländlichen Gegenden weit außerhalb Moskaus.
Kurz gesagt, all das, wofür sich jeder vernünftige KGB- oder Parteiapparatschik den Hintern abwetzte und Schlange stand.
Ein abgefangener Brief des Mannes an seine Frau während eines Besuchs in Hongkong – Grund unbekannt – im Jahr 1989 hatte den Eindruck erweckt, um seine Ehe stehe es nicht zum Besten, und er bot als Anreiz, sie aufrechtzuerhalten, die Aussicht auf seine Beförderung an und führte die gemeinsame Tochter Irenja ins Feld.
Aber sechs Wochen nach dieser Beförderung war der vielversprechende Sohn des verstorbenen Generalmajors während einer Überprüfung seines Sicherheitsstatus vom Dienst suspendiert worden.
Warum?

Der Deckname Kolossows hatte Igel gelautet – seine beiden Kollegen als stellvertretende Direktoren firmierten als Murmeltier und Warzenschwein. Am 4. September 1991 hatte jemand an den Rand des neuesten Berichts über Dienst A gekritzelt: »Wo ist Igel?«, und ein Witzbold hatte als Antwort hingeschrieben: »Vielleicht hat er versucht, eine dichtbefahrene Schnellstraße zu überqueren.«

Wahrscheinlicher war, meinte Jardine, daß Oberst Nikolai Iwanowitsch Kolossow inzwischen bei der Sicherheitsüberprüfung durchgefallen und gezwungen worden war, den Dienst zu quittieren oder sich im Netz des KGB aus »alten Kameraden« neue Arbeit zu suchen.

Und ohne einen Persilschein in Sachen Sicherheit wäre er bei den wenigsten erwünscht gewesen.

David Jardine lächelte bei der Erinnerung daran, wie Elena Konstantinowna auf den alten Seefahrer angespielt hatte. Denn der liebe alte Igel hätte sich zweifellos als Albatros um den Hals eines jeden erwiesen, der versucht gewesen wäre, sich Kolossows besondere Fähigkeiten zunutze zu machen.

Bei den strengen Maßstäben einer Einrichtung wie dem KGB wäre das nicht gegangen.

Er paßte perfekt ins Bild des leicht bescheuerten, wo nicht total übergeschnappten Danny Dawidow. Ein idealer Verbrechenspartner für ihn. Blieb die Frage, warum in aller Welt sollte ein Geheimdienstprofi, der bei Sinnen war, sich auf Gedeih und Verderb dem wahnsinnigen Dawidow ausliefern?

Zwei diskrete Signale an die Moskauer Station, von Ronnie Szabodo von seinem Importgeschäft für Autostereoanlagen in einer Nebenstraße der Brixton High Street aus, hatten die Information ergeben, eine Madame Natalja Kolossowa sei am 3. März 1992 rechtskräftig von Oberst Nikolai Kolossow geschieden worden, und im gegenseitigen Einvernehmen habe sie die Dreizimmerwohnung im fünften Stock des Juri-Gagarin-Blocks in der Nähe des Mitschurinski-Prospekts im olympischen Dorf behalten.

Szabodo hatte vorsichtige Beschattung angeordnet, durchgeführt von seinem persönlichen (und in jeder Hinsicht illegalen) Moskauer Beobachterteam, ein Team, dessen Existenz all jenen unbekannt war, die sich gern einbildeten, sie überwachten aus der tröstlichen, geheimen, verglasten Festung Century House alle Operationen des SIS. Elektronische Abhörmethoden kamen nicht in Frage, denn so nahe beim Nachrichtendienst in Jassenowo mußte man mit regelmäßigen elektronischen Kontrollmaßnahmen zur Spionageabwehr rechnen. Trotzdem war durch abgefangene Post und mechanisches Anzapfen der Telefonleitung herausgekommen, daß Natalja Kolossowa halbtags in einem Moskauer Verlag arbeitete und an Werktagen im allgemeinen zwischen zwei und fünf Uhr nachmittags zu Hause war. Außerdem empfing sie regelmäßig männliche Besucher, die sie abwimmelte, bevor ihre Tochter Irenja aus der exklusiven Privatschule Makarowa nach Hause kam, wo sie Englisch lernte und in Ballett unterrichtet wurde.

Als Jardine an einem von Bäumen gesäumten Park entlangging, erhaschte er einen Blick auf den Samorodinka-See und sah dann zum erstenmal und mit freudiger Erregung die drei Wohnblocks. Er fragte sich, ob sie zu Hause sei.

Ich meine, David, sagte er zu sich, so ein verdammt weiter Weg, und vielleicht besucht sie gerade ihre Mutter in Minsk oder an einem anderen verdammten Ort.

Er hatte einen verbeulten Lieferwagen der Marke Gas erreicht, der auf der Seite die Aufschrift trug: »Juri Joint Venture – Lieferwagenverleih«, und als er vorbeiging, sah ein untersetzter, breitschultriger Ungar vom Radwechsel auf und lächelte sein zahnlückiges Magyarengrinsen.

»Ein gut gewählter Tag«, sagte er auf russisch. »Die Kundin ist zu Hause und allein. Gestern hat sie zwei gleichzeitig empfangen. Glauben Sie, die drehen Pornovideos?«

Typisches einspuriges magyarisches Denken, meinte Jardine. Es gab ein Dutzend Gründe für Herrenbesuch, von politischer Verschwörung bis zum Schwarzmarkt. Mitschriften ihrer Telefongespräche hatten keinen Hinweis ergeben. Es waren lediglich Daten und Zeiten verabredet worden. Manche Besucher kamen häufiger als andere.

»Ich weiß es nicht«, sagte Jardine laut. »Ich bin hier auch fremd.«

»Froh, daß Sie endlich aufgetaucht sind«, murmelte Szabodo und hielt ihm ein Bündel bedruckter Werbezettel für Juris Autoverleih hin. »Hier, man kann nie wissen, wann man mal einen Lieferwagen mieten muß …«

Als David Jardine sich leicht vorbeugte, um einen Blick auf die Zettel zu werfen, ruhte seine linke Hand eine Sekunde auf dem Bündel, und als er zum Weggehen anhob, nein danke sagend, steckte die Hand wieder in der Hosentasche. Er hatte zwei dünne Papphеftchen eingesteckt. Eins enthielt die Visitenkarte eines Restaurators aus Sankt Petersburg, das zweite den Dienstausweis eines Inspektors der Moskauer Miliz, Dezernat Sitte und Rauschgift.

Die Eingangshalle des Wohnblocks Juri Gagarin war sauber und freundlich. Spiegel an zwei Wänden, links vom Eingang vier Aufzüge und ein Wandgemälde von Oberst Juri Gagarins Raumschiff hinter dem Hausmeistertresen.

Die Hausmeisterin war eine kleine Frau mit den taubenähnlichen glitzernden Augen einer Heroinsüchtigen; doch David Jardine brachte das in Zusammenhang mit der Zigarette, die zwischen ihren Lippen klemmte.

»*Sdrawstwui*«, sagte Jardine und zeigte seinen Dienstausweis von der Miliz.

Die Hausmeisterin nickte, als hätte sie das schon oft erlebt. Rußland war eine Nation, die an Schnüffler, Polizisten und an Klopfen um vier Uhr morgens gewöhnt war. Solche Erinnerungen verschwanden nicht mit Boris Jelzin und dem Beginn der Demokratie, was auch immer das sein mochte.

»Im sechsten Stock steht eine Wohnung leer. Nummer vier ...«

Sie beobachtete ihn mit den verschwommenen, vom Rauch umnebelten Augen.

»Mein Chef möchte, daß ich sie mir mal ansehe. Er wird befördert und hat mich beauftragt, Wohnungen anzuschauen.«

»Ein Polizist?«

»Sicher. Ein ranghoher. Was dagegen?«

Sie hob die Schultern bis zu den Ohren. »Hier wohnen, äh, kultivierte Leute.«

»Wie würde Ihnen eine Sicherheitsinspektion gefallen? Und eine Milizpatrouille rund um die Uhr, um Einbrecher zu erwischen? Vielleicht eine Rauschgiftrazzia ...?«

Die Frau langte hinter sich und tastete an einem Brett mit Dutzenden von Schlüsseln an einzelnen Haken herum, ohne sich umzudrehen, wie eine Blinde.

»Ein Stückchen höher. Rechts.« Es war wie in einer Spielshow.

Schließlich nahm sie einen Schlüssel vom Brett und legte ihn auf den Tresen. Ihr Blick hielt seinen fest. »In diesem Haus gibt es Leute, die dafür sorgen könnten, daß Sie entlassen werden und ab morgen früh Salz schippen müssen. Aber Sie tun ja nur Ihre Pflicht.«

David Jardine sah sie an. Und nahm einen Zehndollarschein aus der

Tasche. Er faltete ihn zusammen und legte ihn auf den Tresen. »Vielen Dank. Rauschgiftermittler verdienen jede Menge Dollar. Fragen Sie mich nicht, warum ...«
Er bedachte sie mit einem wissenden Lächeln.
»Ich hab' schon vergessen, daß ich Sie gesehen habe«, sagte sie und steckte das Geld ein.
Jardine griff nach dem Schlüssel und ging zum Aufzug. Sein Herz schlug schneller als normal.
Der Aufzug hielt im sechsten Stock, und er ging über die Feuertreppe ein Stockwerk tiefer. Er stieß eine schwere Schwingtür auf und fand sich auf einem mit Teppichboden ausgelegten Flur wieder.
Nummer drei hatte eine hellgrüne Tür mit einem quadratischen, holzgerahmten Fenster aus dickem Buntglas etwa in Augenhöhe.
David Jardine sah die Tür an und horchte auf die Geräusche. Der Teppichboden erstickte die meisten, aber aus Nummer vier gegenüber konnte er schwach einen Fernseher hören. Im Aufzugschacht ächzte der Wind. Er fragte sich, ob jetzt schon eine Polizeistreife unterwegs sei, die dem Anruf einer mißtrauischen Hausmeisterin nachging.
Er drückte auf den Türsummer und dachte: Hör mal, Gott, ich weiß, daß es zwischen uns nicht zum besten steht. Vor allem weil du, weil du ja allgegenwärtig bist und bestimmt weißt, was für ein Scheißkerl ich bin. Aber hilf mir jetzt. Das ist fast eine Blasphemie, weil du weißt, was ich vorhabe. Aber falls ich es je gebraucht habe, daß mir das Glück zulächelt, dann jetzt ...
Auf der anderen Seite des Flurs war gedämpftes Gelächter aus dem Fernsehen zu hören.
Die Tür ging auf.
Die Frau war schlank, etwa sechsunddreißig, mit guter Haltung, intelligenten Augen und einem amüsierten Zug um den Mund. Sie trug einen karierten Faltenrock in dezenten Grün- und Rottönen, einen Kaschmirpullover und teure italienische Schuhe.
Ohne Schuhe war sie etwa eins fünfundsechzig.
»Bitte ...?« Was hieß: Was wollen Sie?
»Madame Kolossowa?«
»Das bin ich.«
»Ich bin Michail Sergejewitsch Olenjew.« Jardine lächelte schüchtern. »Ich weiß nicht, ob Arkadi Romanowitsch mich erwähnt hat ...«
Es gelang ihm, rot zu werden und sie ernst zu mustern.

Natalja Kolossowa erwiderte den Blick. Sie beugte sich an ihm vorbei, roch nach einem Shampoo und Haarfestiger, die ihn an eine Geliebte aus seiner Vergangenheit erinnerten. An einen dieser langbeinigen, geschmeidigen Körper, die zweifellos zu vielen Äonen im Fegefeuer beitrugen. Sie sah kurz den Flur entlang. Dann lächelte sie, schob ihn sanft hinein und schloß die Tür. Die Diele hatte einen Parkettboden, nicht ähnlich den gebohnerten Holzböden in Jassenow, nur etwa anderthalb Kilometer entfernt.
»Wie geht es Arkadi Romanowitsch?« fragte sie und ging voraus ins Wohnzimmer, das länger als breit war, aber das große Panoramafenster mit Blick auf ein paar Bäume und den See dahinter vermittelte einen Eindruck von Geräumigkeit. Der Himmel war rauchblau, und die Wohnung war angenehm warm.
»Er hat im Augenblick viel zu tun«, erwiderte Jardine und stützte sich dabei auf abgefangene Post aus Tiflis in Georgien, Hunderte von Kilometern südlich.
»Trotzdem, in Rostow ist es immer noch besser als hier.«
»Ich glaube, er ist in Tiflis.«
Natalja Kolossowa drehte sich um, mit leicht wirbelndem Rock, öffnete ein Zigarettenkästchen aus Zedernholz mit Elfenbeinintarsien und bot ihm eine an. »Das sind Marlboros ...«
»Danke«, sagte Jardine. Wenn sie jetzt nach einem Zippofeuerzeug aus Messing greift, dachte er, springe ich einfach aus dem verdammten Fenster ...
Aber sie griff nach einem Sputnikmodell, und eine schlanke Gasflamme leuchtete auf. Er fragte sich, ob es ein Einzugsgeschenk gewesen sei, das zum Inventar des Wohnblocks Juri Gagarin gehörte.
Jardine beugte sich hinunter und ließ sich Feuer geben. Beide stießen langsam den Rauch aus, und sie sah ihn an, als sie zum Fenster ging.
»Und Sie sollen mir von Arkadi etwas ausrichten?«
»Hm, nicht direkt. Er hat nur so herzlich von Ihnen gesprochen. Und hat gesagt, ich soll Sie besuchen, wenn ich in die Gegend komme ...«
Sie schwieg, schaute hinaus auf den Park. »Und was führt Sie in die Gegend?«
Er wußte, daß sie meinte: Sind Sie aus Jassenowo, vom *Kontora*, beim Büro, beim früheren Büro meines Exmannes?
»Die Universität. Ich bin aus Petrograd. Ich, ich restauriere Gemälde. Ikonen.«

Natalja dachte darüber nach. Sie blickte wieder ins Zimmer, sah ihn an. Ein naheliegender Gedanke ging ihm schwindelerregend schnell durch den Kopf: Als ihr Mann hinausgeworfen wurde, ist diese schlanke und attraktive Natalja beim SWR geblieben, beim KGB oder wie auch immer die sich heutzutage nennen.
Wunderbar, David. Freuen wir uns jetzt allermindestens auf einen diplomatischen Skandal?
»Hat er einen Preis erwähnt?« fragte sie und erwiderte seinen Blick kühl.
Jardine lächelte sein leicht schiefes Lächeln. »Ich glaube, ein Gentleman wie er spricht über so etwas nicht ...«
Sie lachte ironisch. »Sprechen wir über denselben Arkadi?«
Schweigen.
Hatte die Hausmeisterin bei der Miliz angerufen, um ihn überprüfen zu lassen? Oder bei ihrem KGB-Kontaktmann? Wenigstens wußten sie nicht, in welche Wohnung er gegangen war. Und was zum Teufel mache ich hier bei dieser anspruchsvollen, selbstbeherrschten attraktiven Frau?
In einer anderen Wohnung über ihnen hatte ein kleines Kind einen Wutanfall. Er war nur schwach hörbar, wie ein fernes, schrilles Flüstern.
»Vierhundert amerikanische.«
»Okay ...« Er nickte. Es wird warm. Meint sie Rauschgift? Wieviel Kokain bekam man in Moskau für vierhundert Dollar?
Oder ist sie Wahrsagerin? Und will ich meine Zukunft wirklich kennen? Englisch- oder Deutschstunden? Möglich. Als Tochter eines hohen Parteifunktionärs, der jetzt in Ungnade gefallen war, weil er gemeinsame Sache mit der Gruppe gemacht hatte, die gegen die Demokratie geputscht hatte, war sie im exklusiven Maurice-Thorez-Institut erzogen worden.
»Ich möchte nicht taktlos sein, Michail, aber haben Sie soviel Geld bei sich?«
»Ja. Sicher. Selbstverständlich.« Jardine merkte, daß er zwar russisch sprach wie ein Einheimischer, gebildet und doch umgangssprachlich, aber nicht über Nataljas selbstsichere, weltläufige Sprechweise verfügte. Die Frau paßte einfach nicht in seine Vorstellung von einer leicht verbitterten Geschiedenen.
Er nahm die Brieftasche aus der Jacke.
»Haben Sie das Jackett in Jassenowo gekauft?« fragte sie.

»Nein«, log er, und sein Herz setzte einen Schlag aus.
»Mein Mann war Oberst beim ersten Hauptdirektorat«, sagte sie.
»Das tut mir leid. Ist er tot?«
»Wir sind geschieden. Im dortigen Laden für höhere Offiziere gibt es solche italienischen Sachen wie Ihr Jackett.«
Jardine gelang es, das Kompliment mit einer erfreuten Miene zu quittieren.
»Ah«, sagte er. Und zählte vierhundert Dollar ab, in Zwanzigern und Zehnern.
Natalja zog an einer Kordel, und ein Netzvorhang fiel über das Panoramafenster.
»Jetzt kann uns niemand sehen«, sagte sie leise.
»Gut.« Jardine sah sich um und setzte sich in einen bequemen Sessel, versuchte, entspannt auszusehen, als wäre, ganz gleich, was kam, angenehm.
Sie beobachtete ihn leicht amüsiert. »Möchten Sie etwas trinken? Ein Glas echten Champagner ...?«
»Nein danke. Ich fühle mich bestens.«
Natalja bewegte sich ein Stückchen, zeichnete sich gegen den hellen Netzvorhang ab. Sie hielt seinen Blick fest und befeuchtete sich mit der Zunge die Lippen.
»Möchten Sie, daß ich den Rock ausziehe ...?«
Gott segne dich, Ronnie Szabodo. Du hast wieder einmal recht gehabt.
»Warum nicht ...?« sagte Jardine. Plötzlich, zu seiner Überraschung, war er verlegen. Er räusperte sich.
»Oder wenn ich mich so hierhersetze, könntest du hineinschauen wie ein unartiger Junge. Würde dir das gefallen ...?«
Sie trug keine Unterwäsche.
Jardine lächelte. »Sehr hübsch«, sagte er, stand auf und schüttelte das italienische Jackett ab, mit dem entsetzlichen Gefühl, nicht einmal die tollkühne Alice Hanson hätte ihm zu dieser Vorgehensweise geraten, denn es bestand immerhin das Risiko, daß David Arbuthnot Jardine heute abend als Star im Unterhaltungsprogramm des KGB auftreten würde.
Aber so kam es nicht. Und danach, bei einem Glas wirklicher Coca-Cola, nackt bis auf das Hemd, einen Arm um ihre Schulter gelegt, führten er und Natalja Katerinowna Kolossowa ein hochinteressantes Gespräch über Scheidung und darüber, wie stocksauer sie auf ihren

Exmann Nikolai war, denn etliche Monate nachdem er in Ungnade gefallen war, sei er plötzlich wieder zu einem Lieblingssohn des KGB avanciert.
Du meinst den *Sluschba Wneschnij Raswjedki*, hatte Jardine geflüstert, den neuen Auslandsnachrichtendienst. Nein, hatte sie erwidert, während sie seine feuchten Lenden streichelte, das Schwein Nikolai sei von einem Haufen in der Wolle gefärbter alter Holzköpfe vom KGB aufgegabelt worden, Gegner Jelzins, Gegner der Demokratie. Sie habe, versteh mich recht, keineswegs etwas gegen den Revisionismus. Es sei nur so, jetzt, wo er wieder lieb Kind sei, mit einem neuen Job, habe er über ihren Vorschlag, wieder zusammenzuleben, bloß gelacht.
Und es sei viele Monate her, seit er sich auch nur die Mühe gemacht habe, einmal mit ihrer vierzehnjährigen Tochter auszugehen. Was für ein Schwein.
Allerdings, was für ein Schwein, erwiderte Jardine, und Natalja hatte gesagt, er solle lieber duschen und gehen, bevor das Kind nach Hause komme. Sie hatte ihn äußerst sanft gebeten, die kleine Transaktion für sich zu behalten, sonst könne sie die Wohnung verlieren.
Selbstverständlich behalte er es für sich, schwor Jardine. Keine Menschenseele in ganz Rußland werde es je erfahren. Darauf schwöre er jeden Eid.
»Du mußt mich für eine richtige Schlampe halten«, sagte Natalja, als sie die Wohnungstür aufschloß.
Er küßte sie sanft auf die Stirn. »Eine Frau muß überleben«, sagte er. »Ich finde dich sehr nett.«
»Nett? Mach halblang.« Aber sie wirkte erfreut.
»Meine liebe Natalja. In der kurzen Zeit, die wir miteinander verbracht haben, hast du mich sehr glücklich gemacht«, flüsterte Jardine. Und er meinte jedes Wort ernst.
Und als er ging, durch einen Hinterausgang, und in den Sonnenschein trat, fing er an zu pfeifen.
Siehst du, Alice? Er schickte den Gedanken himmelwärts. Das war nicht klug. Aber schau dir das verdammte Ergebnis an.
In der Ferne grollte Donner. Und große Regentropfen, wie Maikäfer, landeten auf den Schultern des italienischen Jacketts.
Der alte Lieferwagen war nirgends zu sehen, und als Jardine eine Bushaltestelle gefunden hatte, goß es in Strömen, und der Himmel war finster.

11. Kapitel
Seufzerbrücke

Etwa um dieselbe Zeit, während David Jardine so intim mit der Exfrau eines KGB-Obersten beschäftigt war, verließ Harry Cardona seine Zelle im dritten Stock, Flügel B, des New Yorker Untersuchungsgefängnisses.

Er wurde dort festgehalten und wartete darauf, daß man ihm den Prozeß wegen Fälscherei machte, im Zusammenhang mit der Schießerei in der 43rd Street, als Elmore Williams Sammy die Nase weggepustet hatte und bei Joe Pearce, dem Leiter des New Yorker Einsatzbüros, in Verschiß geraten war.

Vom dritten Stock führt eine Stahltreppe zur Gemeinschaftslatrine und den Waschräumen. Die sechsgeschossige Treppe verläuft um einen Mittelschacht herum, der etwa dreißig auf fünfundzwanzig Meter mißt. Hohe Gitter und Maschendraht blockieren die Treppenabsätze, um die Inhaftierten daran zu hindern, diesen einfachen Fluchtweg aus der Mülltonne der Gesellschaft zu wählen.

Außerdem ist der gesamte Schacht mit Maschendraht abgesperrt, so daß es alles in allem sehr schwer ist, sich in Flügel B des New Yorker Untersuchungsgefängnisses zu Tode zu stürzen. Mit Ausnahme, wie es schien, der fünfzehn Zentimeter zwischen dem Waschbecken und dem weißgefliesten Waschraumboden.

Die Todesursache waren ein gebrochenes Genick und eine schwere Wirbelsäulenverletzung. Cardona war tot gewesen, als sein Kopf auf dem weißen Marmor aufschlug und aufplatzte wie eine Wassermelone. Der Pathologe konnte die Mordwaffe zwar nie identifizieren, aber der Schlag war mit einem Stück Isoliergummischlauch ausgeführt worden, gefüllt mit Stahlkugeln im Durchmesser von fünf Zentimeter. Schlauch wie Inhalt waren in die Werkstatt zurückgebracht und wieder in den Kisten verstaut worden, ehe der Wärter, der die Leiche fand, den Alarm ausgelöst und den Waschraum verriegelt hatte.

Und es war der Morgen, an dem Elmore Williams, der nach New York City geflogen war, dieses Mal offiziell, vorgehabt hatte, Harry zu verhören, im Versuch, herauszufinden, wer Sammys Mister Big gewesen sein mochte.

»Jetzt werden Sie es nie erfahren«, sagte Sid Longstreet, als Elmore in Washington anrief, um die Nachricht zu vermelden.

Ja, dachte Williams, genau das muß sich wohl jemand dabei gedacht haben. Aber es schien zu bestätigen, daß die Leute, wer auch immer sie sein mochten, die ihn von den Killern auf den Motorrädern hatten umlegen lassen wollen, vermutlich etwas mit Cardona und dem Desaster in New York zu tun hatten.

Der Regen lief David Jardine aus dem Haar den Hals entlang und hatte sein italienisches Wolljackett durchnäßt, als er an dem von Bäumen gesäumten schmalen Park am Boulevardring entlangging, vorbei an dem Stand des Zigeuners auf die Bank zu, auf der die alte Babuschka in Schwarz gesessen hatte.

Der stetige Rhythmus blauer und roter Blinklichter, das grellweiße Licht der Miliz- und Polizeistreifenwagen und eines Notarztwagens, verliehen dem Ort eine Art von Karnevalsatmosphäre. Der große Mann im langen schwarzen Mantel war noch da, hatte unter einer dicht belaubten Platane Schutz vor dem Regen gesucht, hielt aber die Viola stumm in der rechten Hand. Der große graue Mischlingshund lag zu seinen Füßen.

Jardine bahnte sich den Weg durch das Gedrängel aus Obdachlosen und Abendspaziergängern zu dem weißblauen Band, das jetzt genau die Stelle absperrte, an der er sich mit Elena Konstantinowna hatte treffen wollen, in, er sah auf seine Armbanduhr, neunzehn Minuten.

Hinterher fragte er sich, ob er wirklich nichts geahnt hatte, ob er sich im Ernst eingebildet hatte, die Polizeifahrzeuge und der Notarztwagen mit der offenen Hintertür, durch die ein schwarzer PVC-Leichensack zu sehen war, mit offenem Reißverschluß, der auf einer Rollbahre wie eine menschenfressende Pflanze auf seine Beute wartete, hätten sich hier wegen eines anderen Akteurs in den myriadenfachen Tragödien des Lebens versammelt. Ob er nicht gewußt hatte, sowie er den Twerskaja-Boulevard betreten hatte, für wen dieser grimmige Zirkus veranstaltet wurde. Denn im Rückblick kam es ihm so vor, als wäre es ein vor-

hersehbarer Mord gewesen. Der sich deshalb vielleicht hätte vermeiden lassen.
Das Blitzlicht einer Kamera der Spurensicherung beleuchtete kurz ihr Gesicht. Die Augen waren noch nicht stumpf. Sie schien etwas sagen zu wollen, denn ihr Mund stand leicht offen, ihre Miene zeigte … leichte Überraschung. Nur das kleine blaue Loch etwa zwei Zentimeter über dem starrenden linken Auge war ein Hinweis darauf, daß Major Elena Konstantinowna Ratanskaja nicht mehr unter uns war.
Zwei uniformierte Milizoffiziere redeten ruhig mit einem untersetzten Mann in einem zerknitterten Anzug, der wie jeder andere Kriminalpolizist in jeder anderen Großstadt der Welt aussah. Und ein größerer Mann stand dabei, in einem guten Mantel mit Persianerkragen, obwohl der Sommer schon spürbar war.
Als Jardine eben überlegte, ob er sich in die Britische Botschaft zurückziehen solle, drehte sich der große Mann abrupt um, als hätte er über den Verkehrslärm auf beiden Seiten des schmalen Parks und das Gemurmel der Gaffer hinweg einen Zweig knacken hören.
Es war Anatoli Andrejewitsch Dserschinski.
Jetzt werden wir es also wissen, dachte Jardine. Jetzt werden wir es wirklich wissen.
Aber Dserschinski löste den Blick von Jardine und ließ ihn über die Zuschauer schweifen, ehe er sie allesamt ignorierte und sich wieder dem Kriminalpolizisten zuwandte.
Im selben Augenblick tauchte neben David Jardine Euan Liddell auf, ein vierunddreißigjähriger Beamter bei der Moskauer Station, mit diplomatischer Tarnung als erster Sekretär der Handelsabteilung. Liddell war der SIS-Mann, den die Botschaft damit beauftragt hatte, für Jardines Sicherheit zu sorgen, wenn er sich nicht in der Obhut des russischen Nachrichtendiensts befand.
Jardine fragte sich, wie Liddell es so schnell an den Tatort des Mordes geschafft hatte. Denn die junge Frau war, nach ihrem Teint und nach der Starre ihrer Glieder zu urteilen, nicht länger als drei Stunden tot. Und nach den Maßstäben des Auswärtigen Dienstes war das ganz schön schnell.
Er wußte, daß die Station ständig über Funk- und Telefonmitteilungen des SWR und des KGB in Moskau und Umgebung auf dem laufenden gehalten wurde, die für Moskauer SIS-Operationen von Wichtigkeit sein konnten. Diese Informationen wurden sicher verschlüsselt via Sa-

tellit durchgegeben, von der National Security Agency der USA und ihrem kleinen Cousin, der Abhörstelle der britischen Regierung mit Sitz in Cheltenham in Gloucestershire.

Natürlich ist das Gesprächsaufkommen zu groß, als daß alles mitgeschnitten und ausgewertet werden könnte. Deshalb werden bestimmte Schlüsselwörter in die Computer eingegeben, damit möglicherweise interessante Gespräche ausgemacht werden.

Wörter wie »Terrorist«, »Pistole«, »Geheimnis« und »KGB« hätten ein zu weitmaschiges Netz ergeben und wären deshalb ein Eigentor gewesen. Aber eingespeist werden die Namen, vor allem die Spitznamen, beispielsweise der des Leiters der russischen Spionageabwehr, die der führenden Verschwörer beim Schmuggel von Atomsprengköpfen nach Iran, bekannte Codewörter und so weiter. Sowie solche Namen und Begriffe über Funk oder am Telefon erwähnt werden, schneiden die Bänder der amerikanischen und der britischen Abhörzentrale automatisch mit.

Falls Liddell so schlau gewesen wäre, die Namen der SWR-Offiziere, die für Jardines Sicherheit sorgen sollten, in das System einzugeben, wäre die Nachricht von dem Mord an Elena Konstaninowna, nur ein paar Straßen weiter, wann auf seinem Schreibtisch gelandet? Es hätte fünf Tage bis zwei Wochen dauern können. Er mußte es also von einem bezahlten Spitzel erfahren haben, entweder bei der Miliz oder bei der Sicherheitsabteilung des SWR.

Im günstigsten Fall traf beides zu.

»Was führt Sie denn hierher?« erkundigte sich Liddell nicht unfreundlich. »Oder ist es reiner Zufall ...?«

»Ich war bis gegen Mittag mit ihr zusammen.«

»Wie verhalten wir uns also?« fragte Liddell und sah sich um, dem Anschein nach beiläufig.

David Jardine überlegte. Es war deutlich, daß Dserschinski ihn nicht hineinziehen wollte.

»Ich glaube, wir treten den diplomatischen Rückzug an.«

»Gut.« Liddell war ein zuverlässiger und erfahrener Agent. »Wir gehen zusammen. Das Auto wartet auf der anderen Straßenseite, aber die nehmen uns erst mit, wenn wir dieses Drama hinter uns gelassen haben.«

Er faßte Jardine sanft, aber fest am Ellbogen, sie gingen weiter und schoben sich an den Gaffern vorbei. Jardine war darauf gefaßt, jeden

Augenblick einen Zuruf zu hören oder ein Schlägerteam vom SWR oder auch nur ein paar Milizionäre hinter sich, die ihn zum Verhör zurückschleppen wollten.
Ihm fiel auf, daß unter den Leuten, die der Kriminalpolizei gegenüber eine Aussage machten, auch die alte Babuschka war, schwarz gekleidet wie für eine Beerdigung, als hätte sie die ganze Zeit gewußt, wie diese Geschichte enden würde. Vermutlich erzählte sie ihnen, daß sie beobachtet habe, wie die ermordete junge Frau schluchzte, in der Begleitung eines großen Mannes in einem hellbraunen Wolljackett, mit einer Narbe am rechten Wangenknochen.
Die arme Kleine. Hatte versucht, Mütterchen Rußland zu helfen. Und ein paar Scheißkerle hatten dem ein Ende gemacht.
Der VW-Passat des Büros, mit Diplomatennummernschildern, hielt auf der anderen Seite des Twerskaja-Boulevards, in der Nähe der Kreuzung mit der Malaja-Bronaja-Straße. Während des vierminütigen Spaziergangs spürte Jardine, wie sich ihm die Nackenhaare sträubten. Er hatte das an Gewißheit grenzende Gefühl, daß jemand sie diskret beschattete.
Und als sie den Boulevard überquerten, auf dem kaum Verkehr herrschte, auf den VW zu, warteten am Rinnstein zwei schlanke junge Frauen. Eine trug einen Trenchcoat, die andere eine pelzbesetzte grüne Jacke. Jardine sollte sich später daran erinnern, daß das eine Spur zu dick aufgetragene Rouge den aristokratischen Wangenknochen keinen Abbruch tat.
»Hallo, Jungs«, sagte die Blonde, »wo möchtet ihr denn hin?«
»Verpißt euch«, knurrte Liddell.
»Man merkt Ihnen an«, bemerkte Jardine, als das Auto anfuhr, »daß Sie der geborene Diplomat sind.«
»Die verdammten Nutten«, erwiderte Liddell. »In der Stadt wimmelt es von ihnen.«
»Ich bin mir nicht sicher, daß Sie hundertprozentig richtig liegen«, erwiderte Jardine. »Ich glaube eigentlich nicht, daß es Nutten waren.«
Liddell brummte skeptisch. »Und was waren sie dann, David? Etwa von der Heilsarmee?«
»Ich vermute, es ist einfach so ein Gefühl, daß die beiden Herzchen zu einem ernstzunehmenden Überwachungsteam gehören.«
»Sie machen Witze.«
»Wir sind beschattet worden, seit wir den Tatort verlassen haben.«

»Wäre verdammt umständlich für eine Mordermittlung im Anfangsstadium. Glauben Sie mir, weder die Miliz noch der KGB könnten innerhalb von so kurzer Zeit so etwas Raffiniertes auf die Beine bringen.«
Jardine beugte sich vor und schaute in den Seitenspiegel. »Ich glaube nicht, daß das etwas mit der Ermordung der armen jungen Frau zu tun hat. Es könnte jedoch die Fortsetzung derselben Operation sein. Desselben Spiels.«
Der Fahrer des Botschaftswagens und dessen Begleiter hatten das Gespräch mitangehört und machten jetzt verstärkt von ihren Augen Gebrauch. Sie sprachen kein Wort, achteten aber wie alle guten Leibwächter sorgfältig auf alles, damit ihre Schützlinge und sie selbst am Leben blieben.
Liddell kratzte sich die Nase. »David, was haben Sie eigentlich getrieben? Bloß ein Besuch zur Pflege der Beziehungen, und schon gibt es eine Tote.«
Jardine lächelte, reckte sich und legte sich im Kopf Argumente und Gegenargumente dafür zurecht, ob sein Besuch bei Natalja Kolossowa in irgendeinem Zusammenhang mit der Ermordung von Elena Konstantinowna stand. Vielleicht war sie einfach der steigenden Verbrechensrate in Moskau zum Opfer gefallen.
Ja, dachte er. Vielleicht auch nicht.
»Ich weiß gar nicht, was Sie für einen Grund zum Lächeln haben«, murrte Liddell, der begriff, daß seine ganzen mühselig geknüpften Moskauer Kontakte im Eimer wären, wenn sich das hier zu einer Affäre entwickelte, die vom Außenministerium zweifellos als »wenig hilfreich« eingeschätzt worden wäre.
»Das werde ich Ihnen gerade auf die Nase binden ... Oh, über die Freuden des Berufs, wie es in dem Song heißt. Oder ist das ein Song über Nutten? Groß ist der Unterschied ja nicht ...«
»Wunderbar. Der Chef hat gesagt, mit Ihnen hat man bloß Ärger, verpackt in ein Rätsel ... Sir.«
»Hat er das gesagt? Gütiger Gott. Na ja, ein bißchen Ärger hält eine Station auf Trab. Ihr verweichlicht, ihr Friedenstauben im neuen Rußland.« Und David Jardine legte das Kinn auf die Brust. Wußte, daß er gut aufgehoben war.
Als sie zur Bolschoi-Kammeni-Brücke kamen, schien Jardine fast eingeschlafen zu sein. Der Fahrer achtete äußerst aufmerksam auf die Rückspiegel, genau wie der stille junge Mann auf dem Beifahrersitz.

Nach einem gemurmelten Wort zum Beifahrer erklärte der Fahrer: »Sie scheinen abgebogen zu sein.«
»Ja, gut, sie scheinen rausgekriegt zu haben, daß wir zur Botschaft zurückfahren. Das war vermutlich alles, was sie wissen wollten«, sagte Liddell beiläufig. Nicht übel für einen Mann, der eben noch den bloßen Gedanken an eine Beschattung als Blödsinn abgetan hatte.

Jardine rief vom abhörsicheren Bereich der Britischen Botschaft aus General Semskow an. Er sagte, er habe den Vorfall am Twerskaja-Boulevard gesehen und sei stark erschüttert gewesen, als er in dem Opfer Major Elena Konstantinowna Ratanskaja erkannt habe.
Ja, er sei mit Kollegen von der Britischen Botschaft zusammengewesen. Ja, etwa seit Mittag. Ach, noch heute morgen sei die arme junge Frau so bezaubernd gewesen, habe Jardine mit Baklava verwöhnt und einen Stadtspaziergang mit ihm gemacht. Wenn er nur bei ihr geblieben wäre. Er mache sich Vorwürfe. Nein, nein, das dürfen Sie nicht, sagte der General. Überall seien die verdammten Schwarzmarkthändler und die tschetschenische Mafia. Die arme Elena Konstantinowna sei vermutlich nur zur falschen Zeit am falschen Ort gewesen. Die Zugehörigkeit zum Dienst schütze einen nicht vor den Gefahren der in die Höhe schnellenden Verbrechensrate in Moskau.
Als David Jardine äußerte, er denke daran, seinen Besuch, der ohnehin nur noch für den folgenden Tag geplant gewesen sei, vorzeitig zu beenden, da Direktor Rogatschew immer noch wegen der Kokainermittlung in Nowastopol sei, sagte Semskow, selbstverständlich. Er werde den morgigen Tag mit dem Vater der ermordeten jungen Frau verbringen, einem alten Kameraden aus der Zeit in der Washingtoner Botschaft. Was für ein Verlust. Er habe nur für das Kind gelebt.
Deshalb wurde ein zweiter Botschaftssekretär nach Jassenowo geschickt, um David Jardines Sachen abzuholen, seine ramponierte Ledertasche aus Bogotá, seinen hellbraunen Zweireiher mit dem Prinz-von-Wales-Karo von Huntsman in der Savile Row und sein Rasierzeug.
Jardine schickte außerdem einen Brief an Dserschinski, schrieb, er sei völlig niedergeschmettert wegen des Mordes und spreche sein tiefes Beileid über den Verlust einer hervorragenden Kollegin und wahren Patriotin aus. Er wiederholte sein aufrichtiges Bedauern darüber, daß er sie allein zurückgelassen hatte.

Er legte seine Visitenkarte bei, mit Telefon- und Faxnummern, unter denen er über die Firma Tag und Nacht zu erreichen war.
Als diese wichtigsten Aufgaben erledigt waren, ließ sich David Jardine gegen Unterschrift seine persönliche, streng geheime Chiffrier-Computerdiskette aus dem Safe des abhörsicheren Raums aushändigen, und nachdem der diensthabende Beamte, Sergeant Busby, vom Intelligence Corps abgestellt zum SIS, gegengezeichnet hatte, nahm er die Diskette aus dem versiegelten gelben Umschlag und zog sich in eine Ecke zurück, wo er die nächste Stunde damit verbrachte, seinen Bericht an das Century House über die dramatischen Ereignisse des Tages zu verfassen.
Dann verschlüsselte Jardine den Bericht selbst, mit Hilfe seiner Chiffrierdiskette, und Sergeant Busby gab ihn über eine sichere Leitung an den Beamten im Nachtdienst am St. George's Circus in London durch.
In dem Bericht wurde jedoch sein Besuch bei Natalja Kolossowa und das, was sich hinter ihrem Vorhang abgespielt hatte, so angenehm es gewesen war, nicht erwähnt; ebensowenig die Information, die bei der Transaktion herausgekommen war: daß ihr Mann auf irgendeine Weise wieder in den KGB zurückgekehrt war.
Und weil David Jardine von Zeit zu Zeit seinem beträchtlichen Gehalt wie seinem legendären Ruf gerecht wurde, hatten in seinem Hinterkopf winzige Alarmglöckchen angeschlagen. Ferne Geräusche, die andeuteten, vielleicht fange der dritte Akt jetzt bald an.
Er hatte ebenfalls nichts davon erwähnt, daß ihm die ermordete Elena Konstantinowna heimlich ein Streichholzbriefchen mit Mikrofilm zugesteckt hatte, und zum erstenmal, seit er in einem verrückten Impuls wegen Agent 1109 – Granatapfel – Washington verlassen hatte, empfand er wieder jenes Kribbeln, jenen Nervenkitzel, der sein Leben wahrhaft lebenswert machte.
Jardines Intuition sagte ihm, daß Nikolai Kolossow mit hoher Wahrscheinlichkeit der Partner des verbannten Israelis Danny Dawidow war. Und falls er seiner geschiedenen Frau Glauben schenken konnte – und warum hätte sie lügen sollen? –, fiel Oberst Kolossows Rückkehr in die KGB-Herde zeitlich damit zusammen, daß er sich von Dawidow hatte anwerben lassen, um als Komplize an den immer erfolgreicher werdenden Finanzverbrechen des ehemaligen Mossad-Manns mitzuwirken, sie vielleicht überhaupt erst zu ermöglichen.
Und was war, wenn Elenas kostbare Informationen über Staraja Semlja,

Oleg Kusmins zweite Nation, die entschlossen zum Umsturz der Demokratie und zur Rückkehr in die schlimmsten stalinistischen Zeiten war, in irgendeinem Zusammenhang damit standen?
Geh einfach mal von der Annahme aus, David, sagte er zu sich, dieser mächtige Flügel Oleg Kusmins, der zweifellos mit der alten Garde im KGB im Bunde ist, löhnt Oberst Nikolai Kolossow und hat ihm seinen Stolz wiedergegeben.
Und Danny Dawidows Ziel besteht im Angriff auf eine westliche Leitwährung? Damit er sie zerstören kann oder plant er nur, »am Bäumchen zu schütteln«?
David, alter Sportsfreund, nehmen wir mal an, Oleg Kusmins Mann steckt mit Danny zusammen, dem coolen Meisterverbrecher. Ob dieser Mann damit zufrieden sein wird, nur »am Bäumchen zu schütteln«? Oder wird er zur Kettensäge greifen und den ganzen verdammten Obstgarten abholzen: Dollar, Pfund und Yen gleichzeitig krachend zu Fall bringen?
Laß dich auf eine wilde Vermutung ein.
Ja, das wäre ein Einsatz, der David Arbuthnot Jardine an den Vorstandstisch zurückgebracht hätte, mit dem er tatsächlich, wie Steven sich ausgedrückt hätte, aus dem Schneider gewesen wäre.
Wunschdenken? Abwarten, dachte Jardine. Er würde das Ganze mit Ronnie Szabodo hin und her wenden. Ronnie verstand sich gut darauf, Jardine dazu zu bringen, daß er seinen Verstand benutzte.
Und als David Jardine eben damit angefangen hatte, einen Funkspruch an Szabodo zu entwerfen (Kopie an Kate? Nein, im Augenblick noch nicht), in dem er ein vollständiges Dossier über Oleg Kusmin und seinen politischen Hintergrund anforderte, tauchte Sergeant Busby am Schreibtisch auf und tat ostentativ, als sähe er weder den Schirm des Datensichtgeräts an noch Jardines gekritzelte Notizen, obwohl jeder diensthabende SIS-Beamte, der etwas taugte, auf dem Kopf stehende Buchstaben und von hinten nach vorn lesen konnte.
»Ja, Bert?« Jardine hatte auf einer Party gehört, in die er mehr zufällig geraten war, in einer jener geräumigen Kommunalwohnungen mit Blick auf die Themse in Chelsea, wie Busbys Frau ihn Bert nannte. Jardines Bürochauffeur hatte ihn auf einen Drink mit seiner Tochter eingeladen, die eben ihre Verlobung mit einem Postboten bekanntgegeben hatte. Der Bräutigam fuhr jedes Jahr nach Frankreich und beteiligte sich an diesem Radrennen, das sie dort veranstalten.

Wie auch immer, Sergeant Busby war dort gewesen mit einer Frau um die Dreißig, deren Haar zu einer Art Bienenkorb frisiert und gesprayt war, wie es bei jungen Verkäuferinnen in den Sechzigern große Mode gewesen war. Und sie hatte ihn Bert genannt. Schließlich mußte sie es wissen, und seither machte es Jardine Spaß, Sergeant Busby Bert zu nennen.
»Das ist von Fanfare, Major Jardine, Sir.«
Jardine lächelte dünn. Busby wußte ganz genau, daß er das Fallschirmspringerregiment vor vielen Jahren im Rang eines Captain verlassen hatte. Und kein Gentleman machte je im Zivilleben von seiner militärischen Vergangenheit Gebrauch.
»Was zum Teufel ist Fanfare?«
»Das ist in diesem Monat das Deckwort für das Londoner Büro.«
Jardine schüttelte den Kopf. »Verdammt noch mal ...«
Er nahm den gefaxten Funkspruch entgegen, als dringend gekennzeichnet, und während er ihn las, spürte er sein Herz hämmern.
Die Chiffrierung und der Zahlencode sagten ihm, daß der Funkspruch aus Beirut gekommen war. Er war auf besondere Weise und zu einem ganz bestimmten Zeitpunkt durchgegeben worden, was bestätigte, daß der Absender ein Agent der Firma war und den Funkspruch nicht unter Zwang abgeschickt hatte.
Der SIS-Funkverkehrsstelle im Century House war der Codename jedoch unbekannt, und sie hatten den Funkspruch an die Moskauer Station weitergegeben, damit Jardine ihn sofort zur Kenntnis nahm, mit einer schroffen Notiz von Miss Budgen, die ihn ermahnte, er sollte die Decknamen seiner Agenten auf dem laufenden halten.
Bert Busby lungerte weiter am Schreibtisch herum. »Noch etwas, Major?« erkundigte er sich.
»Nein danke, Bert. Eine Tasse Tee würde mir ganz guttun. Können wir uns das leisten, oder sind die Sparmaßnahmen des Finanzministeriums zu einschneidend?«
Busby machte kehrt und marschierte zum anderen Ende des Raums, wo weit und breit kein Teekessel war.
Der unbekannte Codename lautete Mungo, und er hatte Jardines Puls beschleunigt, weil das sein Spitzname, sein absurder Kosename für Alisha gewesen war, vor all den Jahren, als alles soviel unkomplizierter gewesen war.
Er bemühte sich, gelangweilt angesichts einer leidigen Geheimdienst-

pflicht zu wirken, entschlüsselte die Nachricht und entnahm ihr folgendes:

> *Weiß jetzt, Du hast recht gehabt betr. SJ alias RA. Wie blöd Absender gewesen ist. Willst vermutlich nichts davon wissen, könnte niemals* [so las es sich entschlüsselt, aber sie hatte zweifellos ›niemand‹ gemeint] *Dir verübeln. Alles verändert. Absender braucht dringend Kontakt. RA hat Dir nicht die Wahrheit gesagt. Tut mir leid, wenn ich ein – ich buchstabiere – W.A.S.C.H.L.A.P.P.E.N. bin, brauche aber unbedingt Treffen. Bin in Venedig dort, wo am 17., 18., 19. gemeinsam gewesen. Zeit Beirut 5.17. Disziplin vier. Verrückt. Rechne nicht mit Dir, aber Absender wird dort sein.*

Und es war mit Mungo unterzeichnet.

Oh ... Scheiße. Auf so etwas würde nur ein verdammter Vollidiot hereinfallen, Schätzchen. Wofür zum Teufel hältst du mich, dachte David Jardine. Dann fragte er sich, wozu Alice Hanson ihm geraten hätte. Und dann verfaßte er einen Funkspruch an Ronnie Szabodo, der ihn bei seiner Rückkehr nach London erwarten würde. Und dieses Mal schickte er eine Kopie an Katherine Howard, Direktor Sicherheitsabteilung, nur um auf Nummer Sicher zu gehen.

»Bevor Sie eine Tasse Tee für mich auftreiben, Bertie ...«

»Sir ...« Sergeant Busby sah mit unverhohlener Feindseligkeit zu ihm herüber.

»Seien Sie so gut und buchen Sie für mich einen Flug nach Genf, mit Anschluß nach Venedig.«

»Wann möchten Sie fliegen, Major?«

Und als das erledigt war, schlief David Jardine tief und fest im Gästezimmer des Botschafters – Seine Exzellenz war in diplomatischer Mission in Sankt Petersburg – und war annähernd wieder in seiner alten Form, als Euan Liddell ihn um halb acht am nächsten Morgen abholte und zum Flughafen fuhr. Dabei teilte er ihm mit, seine Identität werde sich in Genf in die eines englischen Kunsthändlers namens Alan Congreve verwandeln, stiller Teilhaber des extravaganten und amüsanten Roy Miles, eines der führenden Händler mit russischen Gemälden in England.

Die Flugzeit von Moskau nach Genf beträgt zwei Stunden und vierzig Minuten, von Genf nach Venedig eine weitere Stunde, und als die riesigen, pannensicheren Reifen der DC-9 der Swissair nur noch zehn Zentimeter von der Landebahn in Venedig entfernt waren, hatte sich David Jardine auf der engen, aber sauberen Toilette gewaschen und rasiert und den Anzug von Huntsman angezogen, ein cremefarbenes, bei Hilditch and Key von der Stange gekauftes Baumwollhemd und eine abgetragene dunkelgrüne Seidenkrawatte mit hellblauen und sandfarbenen Streifen, die er ständig bei den Besprechungen und Konsultationen im SWR-Komplex in Jassenowo getragen hatte. Es war die Krawatte, die er und seine russisch- und paschtusprechenden Kollegen, angeworben von der Firma und von den Special Forces, entworfen hatten, nach vier Monate langen heimlichen Operationen in Afghanistan, wo sie sich erfolgreich als Spetsnas-Kompanie des KGB ausgegeben hatten.

Niemand in Moskau hatte danach gefragt, was die Krawatte zu bedeuten hatte. Aber Jardine hätte es ihnen mit Freuden erzählt, im Geist eines neuen Anfangs. Er war sich sicher, daß Semskow vor Lachen gebrüllt hätte. Und er war sich sicher, daß Dserschinski es nicht komisch gefunden hätte.

Er fragte sich, als er die Zoll- und Paßkontrolle passierte, lässig seinen britischen Paß auf den Namen Congreve vorzeigte, ob er sich so gefährlich, im Grunde unverantwortlich Natalja gegenüber in ihrer Wohnung verhalten hätte, wenn ihn nicht während des Tages Major Elena Ratanskaja unterbewußt so erregt hätte. Mit ihrer schlanken Taille, ihrer kühlen, glatten makellosen Haut. Wie sie die Beine bewegt hatte, während sie ihr verbeultes neues Auto fuhr, die unglaublichen slawischen Blicke, die sie ihm mit gesenktem Kopf und glitzernden Augen zugeworfen hatte, wenn er am wenigsten darauf gefaßt gewesen war. Und der eine Kuß. Es war lange her, daß ihn etwas so Vitales, so Lebendiges und Vielversprechendes berührt hatte.

Er versuchte, sich so an Elena Konstantinowna Ratanskaja zu erinnern, aber er sah ihr Gesicht immer wieder so vor sich, wie er es zum letztenmal gesehen hatte. Friedlich im Tod, aber mit diesem leicht überraschten Ausdruck. Oder war es Bedauern darüber gewesen, daß sie im kalten Augenblick des Abschieds vom Leben so allein gewesen war? Es war durchaus möglich, daß er sie hätte retten können. Wenn er sie nicht allein gelassen hätte. Der Gedanke daran war ihm unerträglich.

Der Flughafen von Venedig hat eine wunderbar chaotische Atmosphäre. Man wird durch einen ziemlich planlosen Ankunftsbereich in Grün und Grau geschleust, vorbei an theatralisch wirkenden militärischen Gestalten in schlammfarbenen Kampfoveralls, mit minzgrünen Halstüchern, keß aufgesetzten Baretten und Neun-Millimeter-Beretta-Maschinenpistolen über der Schulter. Es herrscht ein ständiges Kommen und Gehen von Wassertaxi- und Hotelschnellbootfahrern; überwacht wird das Ganze von einem großen, eindrucksvollen Mann mit Bauchansatz in einer Art Livreejacke, die er aufgeknöpft trägt.

Das alles wirkt wie ein Karneval, eine Opera buffa.

David Jardine grinste, als ihn ein verwegener Schnellbootfahrer bemerkte und sich durch ein Grüppchen von Amerikanern in Burberry-Regenmänteln drängte, die sich lautstark nach dem Hotelboot des Cipriani erkundigten.

»Signor Jardine. Buon giorno, come sta?«

»Grazie, Paolo, molto bene, e Lei?«

»Mi fa male la gamba«, erwiderte Paolo. Sein Bein tue weh. Außerdem habe ihn seine Frau verlassen, und sein Hund habe Flöhe. Nach dieser Zusammenfassung schnaubte er vor Lachen und griff nach Jardines Reisetasche aus weichem Leder.

Soviel, dachte Jardine, zu der Legende von Alan Congreve. Er dachte daran, Paolo, der sich im Lauf der Jahre während ihrer verschiedenen Urlaube in Venedig aufmerksam und gutmütig um Dorothy und ihn gekümmert hatte, zu erzählen, er sei mit Geschäftskollegen hier und sie hätten ein Boot bestellt, aber schließlich überließ er Paolo die Tasche und folgte ihm auf die Pier hinaus und ein paar Stufen hinunter zu einer Mole, wo sein makelloses, poliertes und geöltes, schimmernd lackiertes und marineblau gestrichenes Schnellboot geduldig schaukelte.

Während der Fahrt durch die Kanäle hüllte ein magischer Nebel die abbröckelnden, vorkragenden Fassaden und die geschwungenen mittelalterlichen Fußgängerbrücken ein, die Canaletto so berühmt gemacht hatte. Die Schönheit der Stadt ließ Jardine nie unberührt. Und wider Willen mußte er denken, wenn es nach den Oleg Kusmins dieser Welt gegangen wäre, würde es dieser glorreichen schwimmenden Stadt genauso ergehen wie einem anderen mittelalterlichen Juwel Europas – Dubrovnik, zu Schutt geschossen von der serbischen Armee.

Paolo plauderte unentwegt über die endlose Saga seiner Familie, die direkt aus einem Stück der Commedia dell'arte zu stammen schien.

Man mußte sich geradezu fragen, ob er nicht wenigstens einen Teil davon erfunden habe. Denn die nicht abreißende Folge von Katastrophen schien den Mann gewaltig zu erheitern.
Das zufällige Treffen hatte zur Folge, daß David Jardine dem Schnellbootfahrer sagte, er solle ihn an der Mole für den öffentlichen Verkehr am Markusplatz aussteigen lassen. Es gelang ihm, den Eindruck zu vermitteln, er sei hier, um sich mit einer Freundin zu treffen, und Paolo nahm es fröhlich hin, daß sein Fahrgast nicht in der Stimmung war, Fragen zu beantworten.
Etwa eine Stunde nach der Landung des Flugzeugs kam Jardine auf dem Platz Santa Maria Zobenigo an und mietete sich im Gritti-Palace-Hotel ein, wo er nur als Signor Congreve bekannt war. Bei Familienbesuchen wohnten die Jardines in einem winzigen Hotel auf der Insel Torcello.
Ein Hoteldiener führte ihn in ein komfortables Doppelzimmer mit einem kleinen Wohnraum mit Blick auf den Canal Grande.
Das Licht war rotgolden, und die Kuppel von Santa Maria della Salute glitzerte auf der anderen Seite des breiten Kanals kupfern und in einem ausgebleichten Grün. Jardine hatte das Flügelfenster aufgemacht und zog sich einen Sessel dorthin, sah hinaus, nahm die Magie des Orts in sich auf, sah zu, wie ein Vaporetto an der Haltestelle Salute Passagiere aussteigen ließ, lauschte dem Frieden, der Venedig war.
Er dachte über seine Situation nach und ertappte sich dabei, daß er sich nach den einfachen Verhältnissen zu Zeiten des kalten Krieges sehnte. Damals hatte man im Spionagespiel wenigstens gewußt, wo man stand. Da waren die Sowjets, da waren ihre Satellitenstaaten, da waren ihre Agentennetze innerhalb der westlichen Infrastrukturen, da waren die von ihnen finanzierten terroristischen Vereinigungen. Dazu noch die Iraner und die Chinesen – es war einfach, das zu kapieren. Natürlich war es kompliziert, dagegen zu kämpfen, aber wenigstens kannte jeder den Namen des Spiels.
Aber wo war heutzutage der Feind? Wir haben, überlegte er, eine russische Föderation, die vielleicht, vielleicht aber auch nicht auf dem Weg zu Freiheit und Demokratie ist (und alle kriminellen Elemente freisetzt, die diese Art von Freiheit mit sich bringt). Und diese zweite Nation, über die ihm Elena Geheiminformationen geliefert hatte, geführt von dem geheimnisvollen Oleg Kusmin, war sie unter der Oberfläche der russischen Gesellschaft tatsächlich so tief verwurzelt, daß die

Partei möglicherweise wieder die Macht übernahm? Und dann ohne einen netten Menschen an der Spitze? Und mußte das notwendigerweise bedeuten, daß die Welt zu Zeiten wie unter Stalin und zum atomaren Spiel mit dem Feuer zurückkehrte?
Warten wir's ab, dachte er. Er hatte das Streichholzbriefchen mit dem darin versteckten Mikrofilm als streng geheim deklariertes Päckchen mit der Diplomatenpost an Ronnie Szabodo geschickt, persönlich, mit der Anweisung, einen Ausdruck der Informationen anzufertigen und niemandem zu zeigen, bis Jardine nach London zurückkehrte.
Und falls Oleg Kusmins Netz die ernste Absicht hatte, die Uhr zurückzudrehen, einen zweiten kommunistischen Staat zu errichten, was war dann, wenn Danny Dawidow bei seiner Reihe internationaler Finanzverbrechen tatsächlich so geniale Arbeit leistete, daß Kusmins Mann Kolossow plötzlich auf die Idee kam, seinem Partner, den er bisher unterstützt hatte, die Kehle durchzuschneiden und die Gangart zu wechseln? Wenn er statt schlichter Erpressung und Raub die Finanzlage des Westens so gravierend schädigte, daß Jelzins Streben nach Demokratie und Freiheit nicht mehr mit massiven Kapitalspritzen aus den USA und Europa am Leben erhalten werden konnte?
Er mußte eingedöst sein, denn als es leise an der Tür klopfte, fuhr er erschrocken hoch. Die italienische Zeitung *Corriere della Sera*, die er müßig überflogen hatte, lag halb auf seinen Beinen, halb auf dem Boden.
Jardine nahm die Lesebrille ab und stapfte zur Tür zum Korridor.
»*Si?*« fragte er, Elena Kostantinownas Warnung im Kopf, Staraja Semlja interessiere sich für ihn. Und im Bewußtsein, daß beim letztenmal, als er zu einem Treffen mit Alisha Abdul-Fetteh geflogen war, auf ihn eingestochen worden war, was eine frische Narbe bewies.
Eine leise Stimme erwiderte auf arabisch: »Ich bin's.«
Jardine machte langsam die Tür auf, und da war sie, sah so gut aus wie eh und je, aber er entdeckte dunkle Schatten unter ihren Augen. Sie hatte eine Reisetasche aus Leder und Segeltuch dabei.
»Komm herein«, sagte er kühl, und sie glitt an ihm vorbei wie ein Gespenst.
Jardine schloß die Tür zweimal ab und sah Alisha ausdruckslos an.
Alisha sah zu Boden, unsicher und verlegen. »Ich habe nicht geglaubt, daß du kommst«, sagte sie.
»Dann kennst du mich schlecht.« Er ging zum Fenster und sah hinaus.

»Können wir hier reden ...?« fragte sie leise. Stand immer noch mitten im Wohnzimmer.
»Sag du mir das, Alisha. Du stehst auf der Seite, die blöde Scheißspiele treibt.«
»Niemand weiß es. Niemand weiß, daß ich hier bin, David.«
»Heute heiße ich Alan.« Er schien mit dem Kanal zu sprechen. »Und wie heißt du?«
Und als das Schweigen länger wurde, drehte David Jardine sich um. Sie saß auf der Couch, das Gesicht in den Händen, schluchzte fast lautlos, mit bebenden Schultern.
Schauspielerei, verschon mich damit, dachte Jardine. Er ging ins Schlafzimmer und nahm eine Flasche Stolitschnaja-Wodka aus der kolumbianischen Reisetasche, holte zwei Zahnputzgläser aus dem Bad und kam zurück. Er goß zwei steife Drinks ein, nahm eine Rothmans-Zigarette aus einem Päckchen auf dem Sideboard und zündete sie mit einem Streichholz aus einem Briefchen des Gritti Palace an.
Alisha schluchzte weiter. Es schien echt zu sein, aber ehrlich gesagt, meine Liebe, dachte Jardine, darauf gebe ich einen Affenscheißdreck. Er seufzte, als Alisha weiterweinte, dem Anschein nach um die ganze Menschheit. Jardine setzte sich, machte es sich in einem mit rosa Leinen bezogenen Sessel bequem, trank seinen Wodka, rauchte seine Zigarette, sah sich im Zimmer um und zum Fenster hinüber, auf die Kuppel der Salute-Kirche auf der anderen Seite des Canal Grande.
Es wurde dunkel.
Er hörte das Knarren eines Fahrstuhls, Gäste, glücklich und unschuldig im Wunderland, die Zimmer in der Nähe verließen und loszogen, um Venedig zu genießen.
Gegen zwanzig nach neun, als es im Zimmer finster war, nur schwach erhellt vom Mond und seinem Spiegelbild im Wasser des Kanals, stieß sie schließlich einen langen, bebenden Seufzer aus und sah sich um, vermutlich nach einem Taschentuch, denn sie schniefte, und ihr lief die rosa Nase.
Jardine, der gelegentlich ein totaler Mistkerl sein konnte, denn dafür wurde er bezahlt, saß reglos da und beobachtete die politische Beraterin des libanesischen Außenministers und Geheimagentin von Nachrichtendiensten – Gott allein wußte, von wie vielen –, bis sie ins Bad ging, sich die Nase putzte, pinkelte, die WC-Spülung zog und sich Wasser ins bleiche, verhärmte Gesicht mit den Schatten unter den Augen spritzte.

Sie setzte sich, warf einen Blick auf den Wodka, leerte das Glas mit zwei Schlucken, drehte sich um und sah Jardine an.
»Es muß ein Nervenzusammenbruch sein«, sagte sie.
»Mach weiter«, erwiderte David Jardine, »zieh die nächste Nummer ab ...«
Alisha sah ihn an, dann schüttelte sie den Kopf. »Es tut mir wirklich leid. Ich habe geglaubt, ich könnte zu dir rennen. Es war blöd von mir.«
David Jardine beobachtete sie, schwieg ein paar Augenblicke lang. Sie fing das Päckchen Rothmans auf, das er ihr zuwarf, und zündete sich die Zigarette mit, ja, mit einem der diversen ramponierten Zippos an, die in Mossad-Kreisen die Runde machten.
Schließlich, mit unendlicher Sanftheit in der Stimme, fragte er auf arabisch: »Wo liegt das Problem ...?«
Und sie sagte es ihm, ließ nichts aus. Wie ihr seine Bemerkung, Reuven Arieh habe den Mord an ihrem Vater veranlaßt, nicht aus dem Kopf gegangen sei. Wie Arieh, als sie ihn damit konfrontierte, die Anschuldigung nicht überzeugend bestritten hatte. Sie erzählte ihm von Hassans gefolterter Leiche auf dem Leichenschauhaustisch und von Hauptmann Teufik Rassi, der letztlich ganz in Ordnung gewesen sei und ihr Hassans Brief geschenkt habe, den letzten Nagel in Ariehs Sarg.
Sie erzählte David Jardine von dem Abend, als sie vorgehabt hatte, ihren Mossad-Chef umzubringen, und wie es ihr wegen seiner Trauer um seinen toten Bruder nicht gelungen war.
Und während Alisha Abdul-Fetteh, Agentin Granatapfel, ihm das alles erzählte, es sich von der Seele redete wie im Beichtstuhl, interpretierte Jardine es kalt, versuchte, Fakten von Fiktion zu trennen, und als sie fertig war, stellte er fest, daß er jedes Wort glaubte.
Wie kann sie mir so leid tun, fragte er sich, obwohl im Grunde alles, was sie mir erzählt hat, darauf hinausläuft, daß ihr Leben in den letzten zehn Jahren total vergeudet war – und sie mir im selben Zeitraum genau dasselbe angetan hat? Aber das Mitgefühl schlägt in merkwürdigen Augenblicken zu, und Jardine merkte, daß sein menschliches Empfinden stärker wurde als die Mentalität des Spions, der sich hätte überlegen müssen, wie er die Situation am besten zu seinem Vorteil nutzte. Zum Vorteil der Firma.
»Machen wir einen Spaziergang«, sagte er. Und sie verließen das Gritti

und gingen über winzige Fußgängerbrücken und an stillen Kanälen entlang.
Und im Gehen nahm sie seinen Arm und erzählte ihm alles, was sie über Reuven Arieh wußte, die Nahostoperationen des Mossad und die Geschäfte Danny Dawidows, die Arieh zum Wahnsinn trieben.
Es wurde deutlich, daß David Jardines Interpretation der Ereignisse völlig korrekt war, wenn auch nicht in jeder Einzelheit, aber doch im großen und ganzen.
Eine Geheimgruppe innerhalb des Mossad hatte sich tatsächlich Robert Maxwells Millionen angeeignet. Der Mamounieh war nie konsultiert worden, nicht einmal dann, als die Summen an das Phantastische grenzten. Aber niemand der Beteiligten, weder Nathan Zamir noch Avriam Eitels oder Reuven Arieh, hatte je daran gedacht, auch nur einen Cent für persönliche Zwecke abzuzweigen. Bis Danny Dawidow kam.
Ihre Panik war also echt.
Falls es Dawidow gelang, Israel in sein kriminelles Unternehmen hineinzuziehen, würden etliche der besten Leute im Tel Aviver Institut gehen müssen. Deshalb hatte Reuven Arieh versucht, Jardine dazu zu zwingen, daß er dazu beitrug, dem zum Gangster gewordenen Mossad-Mann das Handwerk zu legen. Weil er es nicht wagte, seinen Herren zu gestehen, wie tiefgreifend der Skandal war.
»Aber warum ich?« fragte David Jardine, der die Demütigung bei jener Beiruter Episode noch nicht verwunden hatte.
»O David.« Sie lachte leise. »Du warst gleichzeitig sein Held und sein *Bête noire*. Er war hell begeistert, als er mich angeworben und dich gelinkt hatte. Steintänzer, hat er immer gesagt ... noch nie hat jemand Steintänzer übertölpelt.«
»Wen?« fragte Jardine.
»Weißt du das nicht? Steintänzer nennt man dich beim Mossad. Sie halten dich für den Besten. In unserer Welt.«
Da lag der Hase im Pfeffer. Reuven Arieh war immer eifersüchtig auf Jardine gewesen. Und obwohl er gejubelt hatte, als er David Jardines Agentin Granatapfel umgedreht, sie sogar verführt hatte, war es Jardine gewesen, an den er sich gewandt hatte, als er in der Klemme steckte, damit er ihm heraushalf. Der gute alte Steintänzer.
David Jardine grinste. »Was für ein grauenhafter Codename.«
»Sie sagen, du seist wie der Kobold im russischen Volksmärchen, der

über die wildesten Strömungen hinweg von Stein zu Stein tanzt, ohne jemals abzustürzen.«
»Schön wär's«, erwiderte Jardine.
Und nach dem Abendessen in einem kleinen Restaurant, wo sie ein wenig *Risotto con funghi* aßen und etwas *Brunello di Montalcino* tranken, gingen der englische Agentenführer und die Libanesin zum Gritti Palace zurück, zogen sich im Mondschein aus, gingen zu Bett ... und schliefen irgendwann ein.

Die Madison Avenue muß eine der eindrucksvollsten Straßen der Metropolen in aller Welt sein, dachte Danny Dawidow. Ob man einen Schaufensterbummel machte, etwas kaufte, etwas aß oder geschäftlich hier war, man bekam das Gefühl, sie sei das Epizentrum der Kapitalbewegungen auf dem Planeten Erde.
An der Avenue, direkt gegenüber einem französischen Nobelbistro namens Le Relais, in der Nähe der 73rd Street, etwa auf der Höhe des Central Park Armoury, gibt es einen wenig repräsentativen Hauseingang. Innen führt eine schlecht beleuchtete Treppe in den ersten Stock, von dem aus ein knarrender Aufzug einen drei Stockwerke weiter hinauf zu Max Eidelmans Antiquariats- und Handschriftenhandlung bringt. Während er und Nikolai Kolossow einer Frau mit üppigen runden Schultern um die Fünfzig durch verstaubte Gänge zwischen Tischen und Bücherstapeln in einen zweiten Raum folgten, dachte Danny Dawidow die ganze Zeit an eine vergessene Ecke in der Universitätsbibliothek von Tel Aviv. Sie gingen vorbei an Erstausgaben von *Das verlorene Paradies* und einer vollständigen Erstausgabe von Hemingways Werken, dann in einen weiteren Raum, wo man von einer mit Bücherregalen gesäumten Wand freien Blick auf die Bücherwand gegenüber hatte. Hier standen drei breite Tische, T-förmig angeordnet, vermutlich ihrerseits kraft Alters Sammlerstücke, auf denen weitere Stapel alter Bücher und verstaubte Aktenordner lagen.
Kolossow waren auf dem Weg vom Aufzug hierher in etlichen Ecken und unter zwei Schreibtischen Luftbefeuchter aus den siebziger Jahren aufgefallen.
An einem Tisch saß auf einem Hocker wie aus der Dickens-Zeit ein kleiner, vogelähnlicher Mann in einer grauen Strickjacke mit Löchern in den Ärmeln, einem gestreiften Hemd mit einem steifen, abknöpfbaren Kragen und einem schwarzen Seidenstrickbinder. Seine dunklen Ho-

sen waren altmodisch geschnitten; das Gurtband saß über seinem leicht vorstehenden Bauch.

Das war Max Eidelman. Sein graues Haar war ungekämmt und schütter. Seine Nase war semitisch, und die Falten zu beiden Seiten seines Mundes, der nach oben geschwungen war und die Nase von den teigigen Wangen trennte, kräuselten sich, als er lächelte und seine Besucher mit erhobener Hand begrüßte.

»Was haben Sie heute für mich, Mr. Bannerman?«

Für Eidelman war Danny Robert Bannerman. Im Lauf der letzten fünfzehn Monate hatte er sorgfältig eine Legende aufgebaut und gepflegt, deren Wahrheitsgehalt der Experte für seltene Bücher und Handschriften bei einem Lügendetektortest erfolgreich bestätigt hätte.

Alles, was Danny ihm zum Schätzen und gelegentlich zum Verkauf gebracht hatte, war hundertprozentig echt gewesen. Dazu hatten ein Originalmanuskript von Henry James gehört, mit Änderungen und Streichungen des Autors, ein Brief von Byron an seinen Verleger, in dem er sich darüber beschwerte, daß in einem seiner Gedichte das Wort »Nebelstreif« zu »Nebelschweif« entstellt worden war, und echte Konföderiertenurkunden aus dem Bürgerkrieg.

Deshalb hielt Eidelman Danny für einen ernsthaften Sammler, bestens beschlagen im Geschäft mit seltenen Manuskripten und Urkunden, aber nicht so von sich eingenommen, als daß er sich für einen Experten gehalten hätte, und einen schlauen Geschäftsmann, der gelegentlich auf einen echten Goldbarren stieß.

Dawidows Kollegen hatte er noch nicht kennengelernt, aber er hatte die beiden bei zwei Auktionen seltener Urkunden zusammen gesehen. Jetzt fiel ihm übrigens wieder ein, daß Dawidow sie einmal, vor etwa einem halben Jahr, einander vorgestellt hatte. Der Mann sammelte seltenes Papier. Seltene Wasserzeichen. Richtig. Ein Spezialgebiet. Aber heikel, denn manchmal waren die Wasserzeichen mehr wert als die Schrift auf dem alten Papier.

»Sie sprechen ein bißchen polnisch, nicht wahr, Mr. Eidelman?« erkundigte sich Danny.

»Ich bin ein bißchen polnisch ...« Der Buchhändler lächelte.

»Ich kann mich nicht mehr daran erinnern, ob Sie meinen guten Freund Mr. Casimir Rudnitsky schon kennengelernt haben?«

»Doch.« Eidelman hielt Kolossow die Hand hin. »Wasserzeichen, nicht wahr?«

»Wasserzeichen«, erwiderte Kolossow auf polnisch. Er ergriff herzlich die Hand des Händlers. »Ich habe eine umfangreiche Sammlung und möchte sie erweitern.«

»Das ist nicht mein Spezialgebiet«, sagte Eidelman, »aber vielleicht kann ich helfen ...?«

»Seit Casimir amerikanischer Staatsbürger geworden ist, konzentriert er sich auf nordamerikanisches Papier, bis zurück zur ersten Papierfabrik in New Amsterdam.«

»Tatsächlich«, der Buchhändler sah plötzlich schulmeisterlich aus, »war die erste Papierfabrik an der Chesapeake Bay, in der Nähe von Baltimore. Aber ich nehme an, Mr. Rudnitsky weiß das.«

Kolossow nickte. »Das habe ich gewußt.« Er wirkte plötzlich unsicher. Als fragte er sich, ob es richtig war, daß er hergekommen war. Dieses Verhalten beschleunigte Eidelmans Herz um ein paar Schläge. So verhielt sich ein Verlierer, und im Vergleich zum Handel mit seltenen Dokumenten wirkte das Kredithaigewerbe wie Sozialarbeit.

»Sprich schon weiter, sag's ihm. Können wir uns setzen ...?« sagte Danny.

»Bitte. *Pashalsta. Siditye, pazhalsta.*« Bitte, setzen Sie sich, meine Herren.

Oh, Gier ist etwas Schreckliches, dachte Dawidow.

Er sah Kolossow an, um ihn zu beruhigen, und merkte, ohne hinzusehen, daß Max Eidelman dasselbe tat.

»Ich kenne Max seit fast zwei Jahren, stimmt's, Max?«

Eidelman nickte ernst. »Fast so lange«, sagte er und dehnte vierzehn Monate und drei Wochen an die äußerste Grenze.

»Du kannst ihm also vertrauen. Ich habe hier gute Geschäfte gemacht, glaub mir«, sagte Danny.

Kolossow begegnete Eidelmans strahlendem, Vertrauen einflößendem Lächeln und nickte.

Im Schweigen war das heisere Geheul eines Feuerwehrautos unten auf der Madison Avenue zu hören, das auf dem Weg in die City leiser wurde.

»Es ist, hm, es ist so, ich hab's nur wegen des Wasserzeichens gekauft, Mr. Eidelman. Die Schrift ist mir so gut wie gar nicht aufgefallen, bis ich nach Hause gekommen bin ...«, sagte Kolossow etwas schüchtern.

Das war die Art von Bemerkung, die entweder das ernsthafte Interesse von Experten weckte oder sie sehr mißtrauisch machte. Aber Robert

Bannerman war für Max eine bekannte Größe und ein ehrlicher Kunde, deshalb war ernsthaftes Interesse mit einer winzigen Spur von Habgier angesagt. Und als Rudnitsky seinen schmalen, ramponierten Notenbehälter aus Leder öffnete und einen Pappumschlag herausnahm, in dem Seidenpapier ein sehr alt aussehendes Blatt Schreibpapier schützte, etwa dreißig auf zwanzig Zentimeter, empfand Max Eidelman lediglich ruhige Spannung.
Es war deutlich, daß diese beiden Kunden glaubten, sie hätten etwas Besonderes. Und als Rudnitsky die Papphülle vorsichtig aufschlug und das Seidenpapier wegzog, begriff der alte Buchhändler, warum. Diese Handschrift, diese Schönschrift erkannte er sofort, und vielen anderen Amerikanern war sie ebenso vertraut. Vermutlich war es die meistgefälschte Handschrift in den USA.
Pity the poor immigrant, hieß es in einem Song von Bob Dylan. Habt Mitleid mit dem armen Einwanderer. Dieser Casimir Rudnitsky hatte auf irgendeiner Auktion des Wasserzeichens wegen etwas gekauft, was selbst für den erfahrenen Sammler dem Anschein nach eine Seite des Entwurfs der Rede in Gettysburg war, mit Verbesserungen und Änderungen versehen, in der unverkennbaren Handschrift von Präsident Abraham Lincoln. Aber im grausamen Licht der Erfahrung hatte Max Eidelman wenig Zweifel, daß sich das Blatt, wie die meisten anderen, als Fälschung entpuppen würde.
Er schaute auf und sah, daß Bannerman breit grinste, erfreut, daß er seinen Freund an die richtige Adresse gebracht hatte.
»Was halten Sie davon?« fragte Bannerman.
Max Eidelman hob die Schultern, sah die beiden Männer aus bleichen, wäßrigen Augen an. »Wo haben Sie das her?«
»Von einer Auktion alter Briefe und Wertsachen aus einem großen alten Haus in Vermont«, sagte Kolossow.
»Eine Auktion des Testamentsvollstreckers«, ergänzte Dawidow.
Im Raum war es so still geworden, daß sie hören konnten, wie die knochige Sekretärin zwei Zimmer weiter eine endlos lange Kolumne von Katalog- oder Karteinummern vor sich hersagte, vielleicht ins Telefon oder auf Band. Danny sah plötzlich die beiden Vietnamesen vor sich, an Bord der *Sumaru*, diskret bewacht von seiner sorgfältig angeheuerten und gutbezahlten Mannschaft.
»Mmm, hmm«, sagte Eidelman, klemmte sich vorsichtig eine Uhrmacherlupe ins linke Auge und musterte die Seite und das Papier. Dann

hob er das Blatt mit einer Plastikpinzette hoch und hielt es gegen eine Schreibtischlampe mit grünem Schirm.
»Mmm, hmm«, äußerte er. Dann drehte er die Seite um, hielt sie verkehrt herum, legte sie schließlich wieder in die Papphülle zurück und nahm die Lupe aus dem Auge.
»Selbstverständlich würde ich etliche Tests durchführen müssen ...«
Selbstverständlich, natürlich, pflichteten Kolossow und Danny Dawidow bei.
»Und ich will Ihnen keine zu großen Hoffnungen machen«, sagte Eidelman. »Natürlich besteht die Chance von eins zu einer Milliarde, daß Sie möglicherweise eine bisher unbekannte Seite aus einem Entwurf für die Rede in Gettysburg erworben haben. Was mich betrifft, ich glaube es nicht.«
»Was ist mit der Handschrift?« fragte Kolossow auf polnisch.
»Oh, Abe Lincoln. Das ist unverkennbar.«
Ein dickes, erfreutes Lächeln von Kolossow alias Rudnitsky.
»Aber solche Sachen erweisen sich meistens als Fälschungen«, meldete sich Danny zu Wort.
»Allerdings«, erwiderte Max Eidelman. »Vermutlich gibt es mehr gefälschte Briefe, als Präsident Lincoln je geschrieben hat. Vermutlich enthält sogar die authentisierte Sammlung im Smithsonian Fälschungen. Aber ich nehme an, Sie sind bei mir an der richtigen Adresse.«
»Mr. Eidelman ist der Guru der Abe-Lincoln-Fälschungen«, erklärte Danny Kolossow stolz.
Eidelman machte ein angemessen bescheidenes Gesicht, wirkte aber gleichzeitig etwas arrogant. Wie Gurus das eben an sich haben. »Das Papier läßt sich nicht fälschen, das Wasserzeichen auch nicht. Die Tinte? Ja, mit guten Kenntnissen in Physik und Chemie. Die Handschrift? Ich habe noch nie erlebt, daß eine gefälschte Handschriftprobe Max Eidelmans Test bestanden hätte.«
Er sah zu ihnen auf, fast unfähig, dem Drang zu widerstehen, das Papier zu berühren, sich sofort an die Arbeit zu machen. Denn trotz seiner Skepsis witterte er, daß er hier mit der Geschichte in Berührung kam.
»Max, genau deshalb habe ich Casimir zu Ihnen gebracht«, sagte Dawidow. »Würden Sie bitte alle Tests durchführen, die Sie brauchen? Bis hin zu einem Echtheitszertifikat, falls die Tests ergeben, daß es eine echte Goldmine ist? Was meinen Sie?«
Max griff nach einer ovalen Nickelbrille, mit der er wie Trotzki aussah.

Er bog sich die Bügel um die Ohren, dann blinzelte er und sah Kolossow direkt in die Augen. Dann nickte er. »Es wird etwa drei Tage dauern. Manchmal läßt sich mit den besseren Fälschungen bei Auktionen ein ganz guter Preis erzielen.« Er sah die beiden verschlagen an. »Wollen Sie es anbieten?«
Zum Verkauf, meinte er.
Bannerman und Rudnitsky wechselten einen Blick. »Im Augenblick nicht«, erwiderte Kolossow.
»Und ich brauche Sie wohl kaum daran zu erinnern«, Danny lächelte, sein Blick war freundlich, aber dennoch zum Frösteln, »äußerste Diskretion.«
»Selbstverständlich.« Eidelman schlug die Papphülle zu und schob sie in eine Schublade, die er abschloß, dann hängte er sich den Schlüssel um den dürren Hals. »Soll ich Ihnen einen Kostenvoranschlag machen?«
»Keine Sorge«, sagte Kolossow. »Ich zahle jeden fairen Preis.«
»Kommen Sie am ... Freitag wieder«, erwiderte Eidelman. »Bis dahin weiß ich es genau.«
Dawidow und Kolossow standen auf, verabschiedeten sich, gingen in Begleitung der Assistentin mit den üppigen Schultern hinaus.
Auf der Madison Avenue liefen sie ein paar Blocks weit in Richtung Central Park South und Broadway.
»Wir machen Fortschritte«, sagte Kolossow. Was für ihn eine lange Rede war. Der große Russe – Russe polnischer Abstammung – hatte sich in den letzten Wochen zwar nicht ganz in sich zurückgezogen, war aber immer ... schweigsamer geworden. Manchmal fragte sich Danny Dawidow, ob sein Verbrechenspartner überhaupt glücklich sei.
Zum Teufel damit, es war keine im Himmel geschlossene Ehe, aber auf alle Fälle hatten sie etliche Operationen wie aus dem Lehrbuch durchgezogen.
Danny ertappte sich in letzter Zeit immer häufiger bei der Frage, ob seine ehemaligen Kollegen beim Mossad die Nachricht verstanden hatten. Ob seine absichtlich hinterlassenen Fußspuren bei seinen gravierenden Finanzverbrechen als die des ehemaligen Obersten Danny Dawidow entschlüsselt worden waren, falls man Fußspuren entschlüsseln konnte. Und ob sie inzwischen den Tag bereuten, an dem sie einen so genialen Operationsleiter aus Israel in die Diaspora verstoßen hatten. Wie auch immer, Schalom, Kumpel, was ihr bis jetzt erlebt habt, war noch gar nichts.

Kolossow hatte etwas gesagt.
»Wie bitte?«
»Vielleicht sollten wir für die Vietnamesen Lösegeld fordern.«
»He, he. Verscheißer bloß die Jungs aus Palermo nicht.« Danny war entsetzt.
Nikolai Kolossow grinste. Es war seit Wochen das erste Mal, daß Danny ihn heiter sah. »Warum nicht?« fragte er.
Danny Dawidow blieb wie angewurzelt auf der Straße stehen und schlug sich mit der Hand gegen den Kopf. Er trat einen Schritt zurück und starrte den ehemaligen KGB-Mann an, hätte dabei fast Norman, den Barmann des Jockey Club, unter dessen blauweißer Markise sie standen, unter ein gelbes Taxi gestoßen.
»Haut bloß ab, außerhalb vom Broadway ist ein Menschenleben billig«, murrte der Barkeeper und ging mit einem wütenden Blick hinein, im unverständlichen Jiddisch der Bronx vor sich hin fluchend.
»Warum *nicht*?« fragte Danny kopfschüttelnd. »Und was ist mit unserer Scheißhaut, Nikita? Der Typ hat keine Witze gemacht, weißt du.« Der Israeli zerrte an seinen Wangen, am Fleisch seiner Hände. »Wir sprechen über Lampenschirme, vielleicht kannst du dir darunter nicht soviel vorstellen wie ich, Kumpel. Verstehst du? Und wieviel würdest du überhaupt für sie verlangen? Wieviel genau?«
»Falls sie diesen Test bestehen, Max Eidelmans Test. Dann muß jeder von beiden vier Millionen wert sein. Ich kenne ein paar tschetschenische Mafiosi in Moskau, die soviel für sie bezahlen würden.«
Kolossow ging weiter. Danny Dawidow beeilte sich, ihn einzuholen.
»Du hast von Lösegeld gesprochen. Jetzt redest du darüber, die beiden zu stehlen. Sie an den zu verkaufen, der am meisten bietet.«
»Warum nicht?«
»Und was ist mit unserer Haut? Mann, mit diesen Typen ist nicht zu spaßen. Und außerdem brauchen wir keine acht Millionen, das ist Trinkgeld für uns, komm schon ...«
Nikolai Kolossow sah auf Danny hinunter. »Ich habe nicht geglaubt, daß du vor irgend jemandem Schiß haben könntest. Weißt du, ein Grund, aus dem ich hier bin, ist der, daß du offenbar nicht einmal gewußt hast, was Angst bedeutet. Deine verrückte Chuzpe ist der Hauptspaß an der Sache.« Er zuckte die Achseln. »Für mich.«
Dawidow sah zu ihm auf. Aus dem Mund dieses Mannes kamen die wenigen Sätze hintereinander der Rede in Gettysburg oder Hamlets

Monolog gleich. Und Spaß war kein Wort, das er mit dem finsteren Moskowiter in Verbindung gebracht hätte. »Ich muß darüber nachdenken«, sagte er.

Sie bogen in den Broadway ein.

Danny sah Kolossow an, der grinste. »Nimmst du mich auf den Arm ...?«

»Natürlich.«

Sie schlenderten weiter, hielten gewohnheitsmäßig nach einem Beschatter Ausschau.

»Weißt du, du bringst mich ganz durcheinander«, sagte der Kleinere. »Und ich hab' gedacht, ich kenn' dich.«

Du kennst mich überhaupt nicht, dachte der Größere. Aber du wirst mich kennenlernen. Jetzt sehr bald ... Und er lächelte. Im Sonnenschein, in der Schlucht zwischen den New Yorker Wolkenkratzern, konnte man die Fältchen um seine Augen deutlich sehen.

Am Morgen desselben Tages war David Jardine gegen halb sieben aufgewacht und hatte festgestellt, daß sich Alisha Abdul-Fetteh im Tiefschlaf an ihn klammerte. Ihre Arme und Beine waren ineinander verschlungen. Sie regte sich, und beide lagen da, während die Geräusche im morgendlichen Venedig einen neuen Tag ankündigten. Und als sie wieder miteinander schliefen, war es, als wären sieben Jahre nie gewesen.

Gegen neun duschten sie und bestellten ein üppiges Frühstück: Haferflocken und Obst, Orangensaft, Eier mit Speck, Toast und Marmelade und viel schwarzen Kaffee.

»Ich habe wirklich nicht geglaubt, daß du kommst«, sagte sie, während sie warmen Toast kaute, so dick mit Butter bestrichen, daß sie ihr über das Kinn lief.

»Geschäft ist Geschäft«, erwiderte Jardine todernst und hielt ihrem verletzten Blick stand, bis sie in seinen Augen sah, daß er lächelte.

Die Libanesin trug Jardines hellblaues Hemd vom Vorabend, aufgeknöpft und mit hochgekrempelten Ärmeln. Sie sah entspannter aus, und die dunklen Schatten unter ihren Augen wurden heller.

»Was also brauchst du, David, um dieses Schwein zu erledigen?«

»Alles, was du weißt, alles, woran du dich erinnern kannst. Die Affäre mit Danny Dawidow, alles über die Männer, mit denen er zu tun hatte, vom israelischen Dienst, vom irakischen, Abu Nidal ... einfach alles.«

»Er hat mir nicht besonders viel erzählt, weißt du.«
Jardine hatte das Gefühl, das könne durchaus wahr sein. Reuven Arieh war ein professioneller Agentenführer, warum hätte er ihr mehr erzählen sollen, als sie wissen mußte? Aber zu den Problemen bei der Führung einer intelligenten, aufmerksamen, intuitiv reagierenden Agentin wie Alisha gehörte, daß sie viel mitbekam, viel mehr, als denjenigen, die sie führten, lieb war.
Im Verlauf so vieler Jahre war das wie Osmose.
»Ich meine wirklich alles, Alisha. Wenn wir die Uhr zurückdrehen wollen.«
»Wäre das nicht schön? Wenn man die Zeit operativ entfernen könnte. Aber laß uns realistisch sein, David. Ich bin hier, nicht damit du mir vergibst, nicht um die Zeit wieder in der Büchse der Pandora zu verschließen. Es ist gefährlich, daß ich hier bin. Also behandle mich bitte nicht wie eine dumme Gans, okay?«
David Jardine fuhr sich mit der Hand über das Kinn und grinste.
»Du hast dich nicht verändert«, sagte er. »Und weshalb sind wir also hier ...?«
»Seid ihr so kultiviert, ihr Briten«, fragte sie, »daß ihr keine Vorstellung von ... Rache habt? Von der Verpflichtung, ein Verbrechen gegen eure Familie zu rächen?« Sie wedelte ihm mit dem gebutterten Toast unter der Nase herum. »Für mich ist Rache eine Pflicht. Natürlich sage ich dir alles. Ich habe selbstverständlich Notizen mitgebracht, Namen, Orte, Daten, Netzcodes, Übermittlungsfrequenzen, alles, was du brauchst, um ihn zu vernichten.«
»Wird er merken, daß du die Unterlagen mitgenommen hast?« fragte Jardine und machte sich sofort an die Arbeit.
»Nein. Ich habe Kopien gemacht. Handschriftlich. Das Spezialpapier, das sie benützen, gibt Aufschluß über den Zeitpunkt jeder Fotokopie.«
Braves Mädchen.
Jardine nahm eine Zigarette aus dem Päckchen. Steckte sie zurück. »Wie hast du Anatoli Dserschinski das Zippo-Feuerzeug zukommen lassen? Wer hat sonst noch eins? Was für eine Verbindung gibt es zwischen Arieh und Dawidow? Wo ist Dawidow? Wer sind seine Komplizen? Und vieles mehr.«
Sie runzelte die Stirn. Dann nickte sie und strich sich das Haar aus dem Gesicht. »Ich kann dir antworten. Bis auf die Frage, wo Danny ist. Sie sind wild darauf, das herauszukriegen.«

»Und was werden sie machen, wenn sie ihn finden?«
Sie aß den Rest Toast und trank einen Schluck Orangensaft. Schließlich tupfte sie sich den Mund mit einer weißen Leinenserviette ab und nickte sachlich. »Sie werden ihn umbringen ...«

Den Rest des Vormittags inklusive Mittagessen – zwei Teller Räucherlachssandwiches auf braunem Brot mit einer Flasche italienischem Chardonnay und Kaffee – verbrachte er mit dem umfassenden und erschöpfenden Verhör Alishas. Um vier Uhr nachmittags wußte David Jardine genau, daß sein nicht unbegründeter Verdacht richtig gewesen war. Reuven Arieh bildete tatsächlich den Mittelpunkt eines Spinnennetzes der Täuschung, das eine auf Geheimhaltung verschworene Gruppe von Mossad-Offizieren ungenehmigt um die Maxwell-Millionen gesponnen hatte. Versteckt hinter dem Rauchvorhang einer Agentenführungsoperation auf unterer Ebene, mit dem Decknamen Malvolio. Nathan Zamir, der ehemalige Direktor für illegale Operationen, hatte einen mächtigen Dienst im Dienst geschaffen, der niemandem Rechenschaft schuldig war und sich selbstverständlich ganz aus eigenen Mitteln finanzierte.
Als Danny vertragsbrüchig geworden war, als sie ihn in die Diaspora verstoßen hatten, als er eine immer deutlicher werdende Spur aus hochkarätigen Finanzverbrechen hinterließ, hatte Arieh den Auftrag bekommen, Danny Dawidow ausfindig zu machen und ihm das Handwerk zu legen, »mit allen Mitteln«, was in der Einsatzterminologie ein Euphemismus für die Ermordung der Person war. Die CIA benützte die Formulierung »mit äußerster Rücksichtslosigkeit«. Das hieß, daß Dawidow so gut wie tot war.
Reuven Ariehs Problem bestand darin, wie Jardine vermutet hatte, daß die Malvolio-Gruppe, in sich illegal und ungenehmigt, einerseits nicht in der Lage war, die beträchtliche Macht des ganzen Mossad einzusetzen, und andererseits Gefahr lief, sich selbst ans Messer zu liefern, falls die schlauen Männer, die den israelischen Geheimdienst leiteten, Wind vom Verbrechen der Gruppe bekamen.
Um zwanzig vor fünf waren sie beide müde. Jardine streckte sich und sagte: »Machen wir einen Spaziergang. Wollen wir einen Blick auf Venedig werfen ...?«
»Ist das nicht zu gefährlich?« fragte sie.
»Gestern nacht haben wir es auch riskiert.«

»Gestern nacht war es mir egal.« Sie senkte den Kopf und sah ihn schüchtern an.
Und Jardine sagte zu ihr, was Hassan gesagt hatte. In ihrem Gewerbe war es nie ungefährlich. Aber vielleicht war es trotzdem ganz schön, sich ein Stück von Venedig anzuschauen.
Also zog Alisha sein blaues Baumwollhemd aus und ließ die Dusche laufen, unter die sie sich gemeinsam stellten. Gegen halb sieben traten sie aus dem Gritti auf den Campo Santa Maria Zogenigo, und falls Alisha die vier Beobachter auffielen – ein Junge und ein Mädchen, die wie Studenten aussahen, ein marokkanischer Perlenverkäufer und ein untersetzter Mitteleuropäer in einer Lederjacke mit grünen Aufschlägen und einem Tiroler Hut –, ließ sie es sich jedenfalls nicht anmerken.
Mehrere winzige Fußgängerbrücken und schmale Kanäle weiter konnte ihr jedoch kaum entgangen sein, daß derselbe untersetzte Mann an einem Stand vor einer winzigen, verdreckten Buchhandlung vor dem Campo Manin, dem Eingang zu einem malerischen kleinen Platz auf dem Weg zur Rialtobrücke, in antiquarischen Büchern blätterte. Als sie eben an der Buchhandlung vorbei waren, sagte Jardine: »Moment mal.« Und er kehrte um, griff nach einem eingestaubten Buch und sah flüchtig hinein.
Es entging ihr nicht, daß er mit einem *»Scuse …«* an dem Mann in der Lederjacke vorbeilangte und das Buch an einen anderen Platz im Stand zurücklegte.
Als er zurückkam, hängte sie sich bei ihm ein und murmelte im Weitergehen: »Aha, alles weitergegeben …«
David Jardine lächelte. »In unserem Zimmer wollte ich es nicht lassen.«
Und als sie in einer schmalen Straße an der Ponte dei Assassini eine Bar gefunden hatten, war es 19.25 Uhr, und Ronnie Szabodo, der gut auf den Mann aufpaßte, der gleichzeitig sein Chef und Protegé war, saß auf dem Dachboden eines feuchten, schmuddeligen Hauses, in dem es von Katzen wimmelte, nicht weit von der Rialtobrücke entfernt, und fotokopierte die Notizen aus dem Verhör Granatapfels, ihre Abschriften aus Reuven Ariehs geheimsten Tagebüchern und die verschiedenen Einzelheiten über Chiffrierungen, Unteragenten und Operationsmethoden im schwärzesten Spionagenetz des Mossad. Das alles versiegelte er in einer Versandtasche des diplomatischen Diensts, die er per Wassertaxi zum britischen Konsulat in einem kleinen Barockpalast am Canal Grande brachte. Dort übergab er das Päckchen der SIS-Beamtin in der

venezianischen Station, einer schmächtigen, gutaussehenden Schottin, die unter David Jardine, als er vor ungefähr zehn Jahren stellvertretender Stationschef in Rom gewesen war, ihre Probezeit absolviert hatte. Sie hieß Kirstie Osborne, und es gab nichts, was sie nicht für den Mann getan hätte, der sie so sorgfältig in das Spionagegeschäft eingeführt und soviel von seinen Detailkenntnissen an sie weitergegeben hatte.
Auf intime Fragen enger Freunde in der Firma hatte sie mit einem entschiedenen Nein geantwortet; zu keiner Zeit sei der große Agentenführer mit dem Ruf eines Roués etwas anderes gewesen als ein perfekter Gentleman und ein angenehmer Begleiter.
Kirstie Osborne quittierte also den Empfang von Szabodos Päckchen und sorgte für seine sichere Reise ins Century House, wo es warten würde, bis es von David Jardine oder Ronnie Szabodo abgeholt wurde – und niemandem sonst. Die Angestellten in der Postzentrale des Century House hegten große Sympathie für Jardine, weil er niemals einen Namen oder ein familiäres Problem vergaß und über eine angenehme Art verfügte, die ihm mühelos die Sympathien aller eintrug, in jeder Station. Und sie hätten das versiegelte Päckchen niemandem ausgehändigt außer ihm selbst.

Gegen zehn Uhr abends, als David Jardine und Alisha Hand in Hand zum Gritti Palace zurückspazierten und sie ihm sagte, wie geläutert sie sich jetzt fühle, nachdem sie Ariehs kostbare Geheimnisse weitergegeben habe, fragte er sie: »Wie bist du mit Reuven verblieben?«
Sie zuckte die Achseln; das alles lag jetzt hinter ihr. »Wir haben uns nicht oft gesehen. Wir mußten uns wegen dieser Geschichte mit Dawidow öfter treffen, damit wir dich nach Beirut locken konnten ...«
»Und was willst du damit sagen?«
»Eines Tages wird er schon merken, daß ich nicht mehr in der Stadt bin. Ich glaube, David, ich werde nach Amerika gehen. Ein neues Leben anfangen. Weit weg von den Intrigen in Beirut. Von dem ganzen Horror.«
»Ich habe geglaubt, du genießt die Intrigen. Ich habe geglaubt, du liebst den Libanon.«
»Das war, bevor ... das hier passiert ist. Ich will einfach weg. Nicht nach New York. Vielleicht nach Santa Barbara. Ein paar Schönheitssalons aufmachen. Ich habe etwas Geld, weißt du.«
Wie überraschend, dachte Jardine.

Sie blieb stehen, als sie auf den Markusplatz kamen. »Weißt du noch, daß wir immer ins Florian gegangen sind. Die heiße Schokolade dort, wow ...«
Jardine mußte immer wieder über die Zähigkeit der Beiruter Libanesen im allgemeinen staunen, und seine unzuverlässige Agentin hatte etwas an sich, was man einfach mögen mußte.
»Möchtest du gern Schokolade trinken?« erkundigte er sich und kam sich wie ein Onkel vor.
»Dazu ist es noch zu früh. Das Institut hat überall Agenten. Außerdem ist die Delegation bestimmt in der Stadt unterwegs.«
Jardine gerann das Blut in den Adern. »Was für eine Delegation?«
»Mein Außenminister hat eine Kulturdelegation hierhergeschickt. Deshalb habe ich Venedig für unser Treffen ausgesucht. Monsieur Chamman« – Chamman war der Außenminister, für den sie arbeitete – »hat gesagt, ich soll sie begleiten und mir ein paar Tage freinehmen. Ich habe jede Menge Resturlaub.« Sie lächelte, amüsiert über sein Unbehagen. »Es wäre vermutlich keine so gute Idee, wenn sie mich mit dir sähen.«
»Nein«, pflichtete Jardine bei, der sich etwas schwach fühlte.
Später, als sie am Fenster standen, über den Canal Grande schauten, dessen Lichter sich im Wasser widerspiegelten, und der Mondschein sein kaltes Licht in das dunkle Zimmer warf, küßte David Jardine sie und drückte sie eng an sich, um ihr nicht in die Augen schauen zu müssen, und sagte ruhig: »Ich habe geglaubt, du wärst verpflichtet, deinen Vater zu rächen ...«
Du Schwein, Jardine, dachte er bei sich.
Sie drückte sich an ihn, hinterließ mit dem Daumennagel Spuren auf seinem Schenkel.
Draußen glitt eine Gondel vorbei, in der auf prunkvollen Kissen drei japanische Touristen saßen, die den Gondoliere mit Blitzlichtern fotografierten, während ein blecherner Kassettenrecorder »O sole mio« spielte.
»Ich möchte, daß du für mich arbeitest.« Er nahm sanft ihre Hand von seinem Gürtel. »Ich möchte, daß du zurückgehst, dich verhältst, als wäre nichts geschehen.« Er hielt sie ein Stück von sich weg und sah ihr in die Augen. »Alisha, es ist beschissen, daß ich dich darum bitten muß. Aber sieh dir an, wie weit du gegangen bist, sieh dir an, wie du angefangen hast, es ihm wirklich heimzuzahlen. Kannst du Santa Barbara nicht noch eine Weile verschieben? Geh zurück. Mach das Schwein fertig. Es

geht nicht nur um diese Geschichte mit Danny Dawidow. Der Mann ist verletzlich. Das sind alle, die Maxwells Geld genommen haben. Bleib innerhalb dieser Gruppe, und was du mir, dem SIS, berichtest, wird sicherstellen, daß dein Vater an jedem Tag jeder Woche gerächt wird.«
Sein Blick hielt ihren unverwandt fest. Die einzige Methode, einen Agenten an sich zu binden, besteht darin, ihm gegenüber ehrlich zu sein. Sag ihm, warum er so wichtig für dich ist. Na ja, sagte Jardine zu sich. Vielleicht habe ich beim zweitenmal Glück.
Sie dachte nach, ließ ihn nicht aus den Augen.
»Zweihunderttausend Pfund. Wenn ich den Libanon verlasse. Falls ich das schaffe.«
So war das also. Alles hatte seinen Preis. Sogar Rache.
Wo in Gottes Namen sollte er soviel Geld auftreiben? Aha. Natürlich. Die Amerikaner.
Und gleichzeitig erhöhte es die Chance, daß David Jardine an den Vorstandstisch zurückkehrte. Aus dem Schneider war.
»Abgemacht«, erwiderte er.
Und später, als sie sich anzog, fragte er: »Willst du bis zum Morgen bleiben?«
»Nein, David.« Alisha befestigte einen Strumpf am Strumpfhaltergürtel. »Ich frühstücke mit der Delegation. Sie fliegen morgen früh zurück.« Sie schlüpfte in ihre Unterwäsche und strich sich das Kleid glatt, warf im Spiegel einen Blick auf ihr Haar. »Sie werden ein Gruppenfoto von uns machen, von der Delegation, er wird es in den Beiruter Zeitungen sehen. Dann weiß er, daß ich in Regierungsgeschäften hier war.«
Sie fuhr sich mit dem Kamm durch das Haar, küßte Jardine sanft auf den Mundwinkel und griff nach ihrer Reisetasche, als er sie zur Tür begleitete. »Immer noch Granatapfel?«
Jardine schüttelte den Kopf. »Nein. Nehmen wir Mungo.«
Sie grinste und war fort.
Ich glaube wirklich, wir sind wieder im Geschäft, dachte Jardine. Erst später merkte er, daß zwei Aschenbecher des Gritti Palace und ein Fön fehlten.

In einem Büro hoch oben im World Trade Center, im vierundzwanzigsten Stock, stand Elmore Williams am Fenster und schaute über die Dächer hinweg auf die Bürotürme und Hotels von Midtown Manhattan.

»Joe, ich will mich klar ausdrücken. Das hier ist verdammt offiziell, und ich hab' meinen niedlichen Arsch die ganze Zeit bedeckt gehalten. Kapiert ...?«
Joe Pearce musterte seine großen Hände, die vor ihm auf dem Schreibtisch lagen. »Und allen meinen Freunden«, sagte er, »die auch deine Freunde werden sollen, sind soeben die Stachel und Zähne gezogen worden ...«
Williams runzelte die Stirn und beobachtete einen Hubschrauber, der zum Dach des UN-Gebäudes auf der East Side flog.
»Was soll das heißen?«
Pearce seufzte. »Das ist von Shakespeare, Elmore. Das heißt, was es heißt.« Er griff nach einem Päckchen Marlboro, widerstand dann der Versuchung. »Klar, ich hab' dich gehört«, fuhr er fort, »was Washington entscheidet, hat für mich immer gegolten. Ich tu', was man mir sagt, wie ich's versprochen hab', als ich die Marke gekriegt hab'. Kommen wir also zur Sache. Ich hab' Anweisung zu kooperieren. Niemand hat gesagt, daß es mir Spaß machen muß.«
Seine Abneigung war überdeutlich.
Williams wandte sich vom Fenster ab. Er steckte die Hände in die Taschen. »Joe, können wir's nicht einfach auf sich beruhen lassen?«
»Zum Teufel, Elmore, was willst du denn auf sich beruhen lassen? Du schneist in New York City rein, leimst mein Büro so, daß wir 'ne teure Operation durchführen, rausgeschmissene Zeit und rausgeschmissenes Geld. Dann wird auf 'nen guten Agenten geschossen. Danach erzählst du mir, lügst mich an, daß es 'ne gottverfluchte offizielle verdeckte Ermittlung wär', und bringst mich ins Schwitzen. Und jetzt die Entwarnung, verdammt noch mal. Weißt du, daß ich seitdem nicht mehr mit dem Rauchen aufgehört hab'?«
Elmore Williams setzte sich auf einen grünen Plastikstuhl gegenüber von Pearces Schreibtisch. Er ließ zu, daß Joe ihn mit einem Blick fixierte, der typisch irisch war und besagte: Ich habe ein Gedächtnis wie ein Elefant. Dann versuchte er, mit dem warmherzigen Mann hinter den vorwurfsvollen Augen zu reden. »Joe, ich entschuldige mich. Der Direktor persönlich hat vor dem ermittelnden Beamten ausgesagt, im Beisein der Rechtsberaterin. Und der Fall ist abgeschlossen. Eure Aktivitäten waren ins Zwielicht geraten, und ich habe ermittelt. Gott sei Dank waren die Unterstellungen totaler Schwachsinn.« Er streckte sich und kippte den Stuhl auf die Hinterbeine, wandte Pearce die

braunen Augen zu. »Wir machen unseren Job, Mann. Das machen wir alle.«
Pearce erwiderte den Blick wie ein sturer Widder, der sich überlegt, ob er angreifen oder den Mist einfach schlucken soll.
»Und«, sagte Elmore Williams, »wir wissen, daß du mit mir genauso umgesprungen wärst, Partner. Denn du hast mich von ganz weit oben vollscheißen wollen.«
Und als sie sich herausfordernd anstarrten, fingen beide Männer an zu grinsen.
Joe Pearce schüttelte langsam den Kopf. »Verdammtes Glück, daß der Boß einen stabilen Regenschirm hat ...«
Und sie fingen an zu lachen. Elmore hievte sich vom Stuhl und hielt Pearce die Hand hin.
Joe Pearce hatte die kühle, trockene Pranke eines Silberrückengorillas. (Im Zoo hatte mal einer Elmores Hand geschüttelt. So was vergißt man nicht.) »Und wieviel hat die kleine Vorstellung den Steuerzahler gekostet?«
»Reg dich ab, Mann, die hätten doch bloß wieder 'ne Straße gebaut oder 'n Krankenhaus.«
Der breitschultrige Ire nahm das Päckchen Marlboro vom Schreibtisch und warf es in den Abfallkorb. »Und wie geht es Martha?«
»Von Tag zu Tag besser. Melanie geht wieder in die Schule. Irgendein berühmter Rockstar hat ihr ein Autogramm auf den Gips gekritzelt; man könnte glauben, ich hätt' ihr auch noch 'nen Gefallen getan.«
Pearce nickte nachdenklich. »In Ordnung. Ich hab' 'ne Theorie darüber, wer versucht hat, dich allezumachen.«
»Dieselben Typen, die Harry Cardona abgemurkst haben?«
Schweigen.
»Joe?«
Joe Pearce warf einen wehmütigen Blick auf das Zigarettenpäckchen im Abfallkorb. »Hast du je was von einem sizilianischen Gangster namens Cagliaro gehört ...?« fragte er.

Und 6692 Kilometer weiter östlich, auf einer kleinen, felsigen Insel im Toskanischen Archipel, der zwischen Italiens Nordwestküste und Korsika liegt, wurden die Früchte des heftigen Kampfes zwischen dem italienischen Staat und der Mafia in einem Gefängnis eingesammelt und

eingesperrt, das über einem alten, befestigten Kloster und tief in die Felsen eingegrabenen Katakomben erbaut worden war.
Das Leben dort war spartanisch, aber angenehm, denn den meisten Häftlingen war noch nicht der Prozeß gemacht worden, und das würde auch noch mehrere Jahre dauern. Nur die engsten Familienangehörigen – Ehefrau, Mutter, Sohn, Tochter, Bruder – bekamen gelegentlich eine Besuchserlaubnis. Und ihre Anwälte. Niemand sonst.
Die Festnahme von Don Giovanni Favorito Noto war unvermeidlich gewesen, und etliche behaupteten, er habe seine Gefangennahme arrangiert, um dem sich enger zusammenziehenden Netz zu entgehen, denn in Sizilien schossen die Spitzel wie Pilze aus dem Boden. Und dem Anschein nach hätte es den Carabinieri und dem Mafia-Abwehrtrupp nicht gerade das Herz gebrochen, wenn er Widerstand gegen die Festnahme geleistet hätte und dabei erschossen worden wäre.
Die Festsetzung des Todesfürsten hatte rund um die Welt Schlagzeilen gemacht. Elmore Williams hatte im CNN einen Bericht darüber gesehen. Und an diesem bestimmten Tag, knapp zwei Wochen seit ihn der Untersuchungsrichter in *Il Buco*, den Bau, geschickt hatte, saß Don Giovanni auf einem hölzernen Küchenstuhl auf einem Schutzwall im ältesten Teil des Klosters und ließ sich von dem Inhaber einer Restaurantkette in Neapel und Manhattan die Haare schneiden.
Er brachte den Mann, der immerhin eine gewisse gesellschaftliche Stellung hatte, ungern in Verlegenheit, aber auf der Isola di Cioccioli, der Schlangeninsel, waren keine kleinen Ganoven inhaftiert, und vom *Capo di tutti capi* wurde verlangt, daß er respektabel aussah.
Zwei Wärter näherten sich. Sie gehörten zu einer Fallschirmjägereinheit der Carabinieri, waren ständig bewaffnet und taten keinen Schritt allein.
»Scuse, Don Giovanni«, sagte der junge Feldwebel mit einem hageren, ernsten, unnachgiebigen Gesicht, *»qui il Suo avvocato, Signor Cagliaro ...«* Ihr Anwalt ist hier.
Und Franco Cagliaro kam heran, war die vielen Steinstufen hinaufgestiegen, ohne außer Atem zu kommen. Er trat an den Wärtern vorbei, ignorierte sie völlig, und verbeugte sich ohne eine Spur von Verlegenheit vor seinem »Herrn« und küßte die hingehaltene Hand, eine alte sizilianische Blasphemie, die bedeutete, die Mafia komme sogar noch vor der Kirche.
»Don Giovanni, möchten Sie, daß ich ein anderes Mal weitermache?« fragte der reiche Restaurantbesitzer, ein gemachter (und nach dem jet-

zigen harten Durchgreifen der Behörden vermutlich ein erledigter) Mann.
Noto winkte ihn weg, und während die Kämme, der Umhang, die Scheren und das feuchte, parfümierte Handtuch hastig eingesammelt wurden und der Mann verschwand, legte Don Giovanni beide Hände auf die Knie und sah hinaus aufs Meer, Richtung Korsika.
Er atmete tief ein, langsam, und aus, ließ sich Zeit.
»Ich verlange von Rechts wegen, unter vier Augen mit meinem Mandanten zu sprechen«, sagte Cagliaro zu den beiden Soldaten. Sie nickten, drehten sich einträchtig um und marschierten im Gleichschritt ab. Cagliaro wartete darauf, daß er angesprochen wurde.
Nach einer Weile, in der er den Schreien der Möwen zu lauschen schien, sagte Noto: »Sie sehen abgespannt aus, Franco. Ein paar Jahre hier würden Sie vielleicht ruhiger machen ...« Und er stieß eine Art schnaubendes Gelächter aus. Ein Gelächter, wie man es von einem Fürsten des Todes erwarten konnte.
Cagliaro lächelte, was heißen sollte, sehen Sie, das amüsiert mich.
Sie sprachen also über dies und das, über die Anklage der Regierung gegen Noto, über die einunddreißig Anklagen wegen Mord und Anstiftung zum Mord, die eingereicht worden waren. Und über die täglichen Aufgaben bei der Leitung von Giovanni Favorito Notos Tausend-Millionen-Dollar-Geschäft, das sich von Palermo über San Francisco nach Argentinien bis auf die Philippinen erstreckte.
Als die Alltagspflichten erledigt waren, entspannte sich Noto wieder. Und in keinem Augenblick kam er auf die Idee, Cagliaro vorzuschlagen, er solle es sich bequem machen.
»Erzählen Sie mir, Franco«, sagte Favorito Noto zu dem Mann, der sich Cagliaro nannte, »von diesen Juden, die die *Banco* ausgeraubt haben. Erzählen Sie es mir noch einmal ...«
»Selbstverständlich, *Padrone*«, erwiderte er, und zum drittenmal in ebensovielen Wochen berichtete er von Danny Dawidows und Nikolai Kolossows Coup, als sie in den wichtigsten Tresorraum der Banco di Calabria eingedrungen waren und echten Reichtum durch gefälschten ersetzt hatten.
Giovanni Favorito Noto hörte geduldig zu, steckte sich von Zeit zu Zeit eine der Erdbeeren, die in einer Schale auf dem Tisch standen, in den Mund, spielte ein wenig mit der fünfundvierziger Kugel aus massivem Platin, die er an einer Silberkette um den Hals trug.

Und als Cagliaro zu Ende erzählt hatte, sah Don Giovanni drei der jungen Wärter von den Fallschirmjägern an, deren Silhouetten sich gegen eine Mauer auf der anderen Seite der steil abfallenden Bucht abzeichneten. Weit unten schlugen Wellen gegen die Felsen.
Eine Weile herrschte Schweigen, dann sagte er: »Und erzählen Sie mir von unseren Vietnamesen. Von Großvater Nghi und seinem Enkel.«
Cagliaro wiederholte also noch einmal, was für einen Handel er mit Dawidow und dem Russen abgeschlossen hatte. Und weil der Nachrichtendienst von Il Grupo ausgezeichnet war, hatte er erfahren, ihre wahren Namen seien nicht die, die sie genannt hatten.
Aber weil die Sicherheitsvorkehrungen der beiden Gangster makellos waren, glaubten Cagliaro und Favorito Noto, sie hießen Bannerman und Rudnitsky.
Wie auch immer, als Cagliaro zum Besuch der beiden in Max Eidelmans Antiquariat kam, hob Giovanni Favorito Noto die Hand. Er fuhr sich mit der Platinkugel über das Kinn. Ein sicheres Zeichen, daß ihm eine Idee gekommen war. Und manche seiner Ideen waren recht originell.
Dann lächelte er.
Cagliaro merkte, daß er gespannt war.
»Don Giovanni ...?« wagte er sich vor.
»Was haben Sie gleich noch gesagt, was passiert, wenn sie unsere Vietnamesen verlieren?«
Cagliaro schenkte Kaffee aus der großen Thermoskanne ein, die der Restaurantbesitzer dagelassen hatte. Er reichte Favorito Noto eine Tasse.
»Ich habe gesagt, ich lasse ihnen die Haut abziehen.« Er stellte die Tasse ab und griff nach dem Zucker. »Ich habe deutlich zum Ausdruck gebracht, daß ich das nicht im übertragenen Sinn meine.«
Favorito Notos Lächeln wurde breiter. Er nickte weise. »Wissen Sie, Franco, diese beschissenen Typen sind einfach zu reich. Wofür halten die sich?«
»Genauso denke ich auch, *Padrone.*«
»Und die wissen, daß Sie es ernst meinen? Daß Sie ihnen die Haut abziehen würden?«
»O ja. Ich würde sie bei lebendigem Leib häuten.«
Dem Mafia-Boß ging durch den Kopf, daß das Cagliaro vermutlich lieber wäre als die sichere Rückkehr der Fälscher.

Giovanni Favorito Noto sah auf das Dach einer kleinen Kapelle, etwa dreihundert Meter von den mit Stacheldraht eingezäunten Wällen entfernt. Dann sah er auf die Armbanduhr. Cagliaro begriff, daß er das wegen der Wärter tat, die Zeit des Schichtwechsels berechnete. Don Giovanni hatte nicht durch Zufall überlebt.
»Sie müssen also vor Angst nicht mal mehr scheißen können.«
»Kann schon sein ...« Cagliaro hatte eine vage Vorahnung, was Don Giovanni gleich vorschlagen würde.
»Nehmen wir mal an, die Vietnamesen verschwinden ... Für wieviel Geld würden Sie sich dazu überreden lassen, den beiden nicht die Haut abzuziehen?«
Cagliaro machte ein so enttäuschtes Gesicht, daß ihm Giovanni Favorito Noto tatsächlich die Hand tätschelte.
»Wieviel?« wiederholte er. »Mmmm?«
»Don Giovanni ...« Cagliaro zuckte die Achseln, weil ihm der Spaß verdorben worden war. »Ich nehme an, alles, was sie haben, damit sie ihre Haut behalten.«
»Ja, aber lassen Sie ihnen bißchen was übrig. Die beiden amüsieren mich irgendwie.«
»Si, Padrone ...« Cagliaro rechnete schnell im Kopf. »Ich nehme an, bei dreihundert Millionen hätten sie noch ein bißchen Kleingeld übrig.«
Don Giovanni Favoritos Lächeln wurde geradezu glückselig. Er nickte und wischte sich mit einer makellos weißen Leinenserviette den Mund ab.
»Dann tun Sie das, Franco. Es bleibt unter uns, aber vielleicht können wir so eine Stange Geld brauchen ...«

Die Frühlingssonne glitzerte auf dem stumpf gewordenen, einst super modernen Glas an den Wänden von Century House in South Lambeth.
Oben im geräumigen Büro von »C«, dem Chef des Secret Intelligence Service, saß Steven McCrae hinter seinem Schreibtisch, einer eindrucksvollen Antiquität, die er in der ersten Euphorie nach seiner Ernennung zum Mann an der Spitze aus seinem Landhaus hatte herbringen lassen. Und er hatte dafür gesorgt, daß alle wußten, der Schreibtisch sei sein Geschenk an das Büro, für den Gebrauch künftiger »Cs«. Den schwachen Versuch des Chefs, sich Unsterblichkeit zu erwerben, hatte David

Jardine das in der Kantine genannt. Und seine einzige Hoffnung, hatte er bei sich gedacht.
»Dieses neue Bauprojekt ist mir sehr wichtig, David.« McCrae stopfte Dunhills Standardmischung in eine alte Meerschaumpfeife.
»Ich habe gar nicht gewußt, daß Sie Pfeife rauchen, Steven«, sagte Jardine, während er durch das geräumige Büro ging, Jagddrucke musterte und gerahmte Fotos von verschiedenen Ereignissen in der Karriere des Chefs.
Da war Steven mit Prinz Charles, Steven mit dem Premierminister, Steven mit den Chefs anderer Geheimdienste, zum Beispiel der CIA und des kolumbianischen Diensts DAS.
Das amüsierte Jardine. Steven McCrae war einmal im Leben in Kolumbien gewesen, drei Tage lang, als er einen Staatssekretär im Außenministerium dorthin begleitete. Wo das Foto von McCrae mit dem Leiter des französischen DGSE gehangen hatte, war eine leere Stelle, was hieß, daß Steven einen Tip bekommen haben mußte, der Mann werde demnächst entlassen.
Ein strahlender Steven neben Margaret Thatcher kam und ging, je nachdem, welchen Besuch der Chef in seinem Büro erwartete.
Man erfuhr beim Betrachten von Sir Steven McCraes Wänden eine Menge über die britische Geheimpolitik.
Jardine blieb stehen, um sich Fotos von McCraes beiden Söhnen anzusehen, einer in seinem letzten Jahr in Marlborough, der jüngere in Eton. Dann ging er weiter. McCrae hielt ein langes Streichholz über den Pfeifenkopf und paffte mannhaft. Aber er hatte viel zuviel Tabak hineingestopft, zu fest, deshalb brannte er nicht.
»Möchten Sie, daß ich Ronnie heraufbitte, damit er Ihnen Unterricht gibt?« fragte Jardine unschuldig und setzte sich schließlich dem Chef gegenüber.
McCrae legte die Meerschaumpfeife auf den Schreibtisch, wedelte das Streichholz aus und warf es in den Weidenpapierkorb.
»David, ich habe Ihren Bericht überflogen.«
Überflogen. Wie aufopfernd von dir, dachte Jardine. Ich hoffe, du hast dich nicht überanstrengt.
»Und ich bin beeindruckt.«
Singt, ihr Engelschöre.
»Wie schön.«
»Nein, wirklich. Es war völlig richtig, daß Sie hingefahren sind.« Was

heißen sollte, es ist bezweifelt worden, ob diese Reise klug war. »Und ich werde die beiden relevanten Punkte dem Minister vortragen, wenn ich heute vormittag mit ihm frühstücke.«
Die *beiden* relevanten Punkte. Aus einem Bericht von neunzehn Seiten. Jardine lächelte höflich, während er sich fragte, ob jemand schon einmal auf den Chef losgegangen sei, wie er da so selbstgefällig hinter seinem Schreibtisch aus dem achtzehnten Jahrhundert aus schimmernder Eiche und verschossenem grünen Leder saß.
»Zufriedenheit ist unser Ziel«, murmelte er milde.
»Außerdem habe ich einen Blick auf Ihre Subskribentenliste geworfen. Ist der Bericht ein Entwurf?«
Subskribenten waren im SIS-Jargon Abteilungen oder Einzelpersonen innerhalb des Dienstes und der Regierung, die für ihre Arbeit ausgewählte Geheiminformationen brauchten, zum Beispiel das Außenministerium, das Finanzministerium, der Security Service und das Verteidigungsministerium. Je heikler die Information, je anfälliger die Quelle war, desto kleiner war die Subskribentenliste – in manchen Fällen war es eine einzige Person. Ein Standardwitz darüber lautete: »Vor dem Lesen aufessen – Verteiler: null.«
»Nein, es ist kein Entwurf, Steven.«
»Und ist er verteilt worden?«
»Ich habe es für höflich gehalten, ihn zunächst Ihnen und dem Planungsdirektor vorzulegen. Weil er Ansichten innerhalb des russischen Diensts enthält, die der augenblicklichen Einschätzung zuwiderlaufen.«
»Ist es eine repräsentative Umfrage unter den Mitarbeitern in Jassenowo?«
Ein dünner Rauchfaden bildete sich über Steven McCraes Papierkorb.
»Von einer ›Umfrage‹ kann überhaupt keine Rede sein. Mein Moskaubericht basiert auf vertraulichen Gesprächen, auf tatsächlichen Geheiminformationen, wenn Sie so wollen, geführt mit einer begrenzten Zahl hoher russischer Geheimdienstoffiziere.«
»Ihr Verteiler ...« McCrae zog an der kalten Pfeife. »Das Kabinettsamt, das Außenministerium, der Geheimdienst des Verteidigungsministeriums, die staatliche Abhörstelle. Gott im Himmel. Es überrascht mich etwas, daß Sie nicht auch noch den Premierminister auf die Liste gesetzt haben.«
Jardine beobachtete, wie der Rauch aus dem Papierkorb quoll.
»Holen Sie das nach. Gute Idee.«

McCrae schlug einen blauen Aktendeckel auf und schlug ein paar der neunzehn Seiten um. Schließlich sah er auf und seufzte, als wäre er ein Rektor, der es mit einem besonders lästigen Jungen zu tun hatte. »Ich meine, hier drin steht ziemlich deutlich, daß der SIS einen großen Fehler macht, wenn er Operationen innerhalb der ehemaligen Sowjetunion einschränkt, den Etat kürzt – ich glaube, Sie haben geschrieben, ›drastisch beschneidet‹, hm? –, aus der Einstellung heraus, nach dem Zusammenbruch des Kommunismus und der Auflösung des Warschauer Pakts stellten Moskau und die Staaten der russischen Föderation keine ernsthafte Gefahr mehr dar.«
»Das ist völlig richtig. Die russische Geheimdienstgemeinde sieht das ganz pragmatisch: Was sie die rot-braune Koalition nennen, wird Jelzin und die sogenannten Demokraten bald stürzen. Spätestens in einem Jahr.« Jardine fuhr sich mit dem Zeigefinger über den Nasenrücken. »Und dann sind die im Besitz des ganzen nuklearen Spielzeugs, das immer noch auf Amerikas Ostküste gerichtet ist und natürlich auch auf das, was wir Großbritannien nennen, so lachhaft das klingt.«
»Das ist ja alles schön und gut, David, aber ist es hilfreich, es zirkulieren zu lassen und den Service so ... in die Pfanne zu hauen?« McCrae lehnte sich im Lederdrehsessel zurück, merkte nichts von den Rauchschwaden, die jetzt den Papierkorb füllten, nicht aufstiegen, was Böses ahnen ließ, sondern um den Rand herumtrieben wie um einen Hexenkessel. »Ich meine, was bringt Sie auf die Idee, Sie wüßten es besser als die Expertenteams, die über solche Dinge entscheiden?« Es lag an der Miene gequälter Zurückhaltung, daß Jardine gute Lust hatte, den Papierkorb in Flammen aufgehen zu lassen, was von jetzt an jederzeit passieren konnte.
»In aller Bescheidenheit und mit ... galaktischem Respekt, Steven, ich bin einer dieser Experten. Obwohl ich rot werde, wenn ich das Wort Experte auch nur in den Mund nehme. Dafür werde ich bezahlt. Meine Informationen aus erster Hand, direkt vom russischen Dienst, bestehen darin, daß die alte Garde, die entmachteten Kommunisten, die russischen Nationalisten und die rot-braune Koalition mitnichten ihr Pulver verschossen haben. Jelzin balanciert auf einem schlüpfrigen Seil. Drei Dinge halten ihn an der Macht – die Unterstützung aus dem Volk, die gelungenen Infiltrationen der Verschwörungen seiner Feinde und das westliche Bündnis.«
David Jardine fühlte sich illoyal, weil er die erschreckenden Informatio-

nen des Mikrofilms, den er von der ermordeten Elena Konstantinowna bekommen hatte, für sich behielt. Es gab wenig Zweifel daran, daß die rot-braune Koalition, als Sammelbegriff für prokommunistische Dissidenten, lediglich eine träge Masse war, nur potentiell explosiv, daß aber der bis jetzt unbekannte militante Flügel Staraja Semlja, geführt von dem geheimnisvollen Oleg Kusmin, genau der Zünder war, den sie brauchte, um Rußland um ein halbes Jahrhundert zurückzuwerfen. Und den Rest der Welt mit ihm.

Nur noch eine Weile, David, dachte er bei sich. Verschieß dein Pulver nicht, ehe du die Amerikaner hinter dich gebracht hast. Nur noch ein paar Tage, und dann gehört dir wieder dein Platz in der Machtzentrale. Eine entsetzliche Denkweise? Ein entsetzliches Verhalten? Selbstverständlich, aber zu David Jardines Tugenden gehörte, daß er genau wußte, was für ein entsetzlicher Mensch er war. Gott wußte, daß der Steuerzahler etliche Male im Verlauf der Jahre von dieser Eigenschaft profitiert hatte.

Steven McCrae schnüffelte wie ein Jagdhund, die Nase in der Luft, die Stirn gerunzelt.

»Ich glaube, Ihr Papierkorb steht in Flammen«, sagte Jardine milde und mit einem gewissen Widerstreben. Und das Gespräch setzte sich fort, als die beiden Männer einen afghanischen Kelim dazu benutzten, die Anfänge einer Feuersbrunst zu ersticken.

»Meiner Einschätzung nach«, sagte McCrae, »auch nach der des Außenministers und des Kabinetts, werden die drei Faktoren zugunsten Jelzins ausreichen, David. Beschränken wir unseren Bericht darauf, geht das? Gott, was für eine Schweinerei.« Die letzte Feststellung bezog sich nicht auf die Weltpolitik, sondern auf die Asche und den Rauch, die jetzt überall im Raum waren.

»Wissen Sie, was General Semskow zu mir gesagt hat?« bemerkte Jardine. »›Welches westliche Bündnis?‹ Angesichts des Gemetzels in Bosnien ist der Westen tatsächlich ein Papiertiger. Das sind grimmige, mächtige Elemente, Steven ...«

Während er auf dem Teppich kniete und den Kelim eng um den Papierkorb wickelte, fühlte sich Jardine an den Erstickungstod der Prinzen im Tower erinnert. Oder an die Hexen in *Macbeth*.

»Und sie verfügen über Programme zur Wiederbelebung des kommunistischen Totalitarismus. Sie haben die Lage in Bosnien beobachtet. Sie halten die europäische Militärmacht für einen Witz. Amerika ist in der

Hand einer Regierung, die bei einem Atomangriff auf Philadelphia – ich zitiere Semskow, Steven – Sanktionen gegen den Import von Stolitschnaja und russischen Puppen fordern würde ... Und was machen wir? Wir schieben Rußland auf die Warmhalteplatte und kürzen unseren Geheimdienstetat drastischer, als es irgend jemand für möglich halten würde. Ich meine, wozu brauchen die einen KGB? Wir haben den verdammten Job selbst übernommen.«
So, jetzt hatte er Steven so gut wie alles erzählt – bis auf den Namen des Mannes.
»Du meine Güte. Ihr alten Krieger. Begreift ihr denn nicht, daß sich die Zukunft von der Vergangenheit unterscheidet? Gott, das ganze Zimmer hätte in Flammen aufgehen können, erinnern Sie mich daran, diese verdammte Pfeife nicht mehr zu rauchen.«
Steven McCrae hustete, weil verbranntes Weidengeflecht und Papierrauch jetzt den ganzen Raum einnebelte, machte ein Fenster auf und holte tief Luft.
»Soviel zu unseren Rauchmeldern«, kommentierte Jardine. »Steven, Sie müssen unbedingt davon Kenntnis nehmen. Es könnte noch schlimmer kommen. Ich habe ein paar Leute auf weitergehende Recherchen angesetzt.« Jardine lächelte, begegnete McCraes Blick. »Ich glaube, wir sollten die Entwicklung im Auge behalten, mmm?«
Jetzt fühlte sich Jardine etwas besser. Viel mehr hätte er nicht tun können. Natürlich einmal davon abgesehen, daß er dem Chef erzählt hätte, was er wußte.
McCrae drückte auf einen Knopf seiner Gegensprechanlage und redete kurz mit der Chefsekretärin. Dann setzte er sich auf den Fenstersims und sah Jardine so freundlich an, daß sich David Jardine einen Augenblick lang fragte, ob das Band, das ihm Reuven Arieh in den Bergen des Libanons vorgespielt hatte, eine Fälschung gewesen sei.
»Treiben Sie es mit Ihrer Stellung als Lieblingssohn nicht zu weit, David«, sagte McCrae milde. »Unsere Freunde bei Hof sind nicht mehr die alten. Jüngere Männer sitzen am Ruder. Hören Sie, nehmen Sie Vernunft an und mildern es ab. Es hat keinen Zweck, gleich die Pferde scheu zu machen. Glauben Sie mir. Vielleicht werden Sie eines Tages auch die Aussicht von hier aus genießen.«
Jardine beobachtete Steven McCrae mit einem Gefühl, das der Faszination nahekam. Den Gerüchten nach bewahrte der Chef eine Machiavelli-Ausgabe in der Schreibtischschublade auf. Einem Untergebenen

gegenüber, den man schon zur Bedeutungslosigkeit verdammt hatte, durchblicken zu lassen, er sei ein möglicher Nachfolger des Fürsten, war das ein Witz oder was?

»Ich werde es nicht abmildern«, sagte er vorsichtig, »aber ich könnte es so umformulieren, daß der Leser sich einbildet, die Schlußfolgerung sei seinem scharfen Intellekt entsprungen.«

Die Tür ging auf, und zwei Sekretärinnen und ein Hausmeister kamen herein, mit Feuerlöschern bewaffnet. Sir Steven wedelte mit der Hand in Richtung Chaos aus afghanischem Läufer, verbrannter Weide und verkohltem Papier. Er und Jardine warteten, bis der Schaden schnell und fachmännisch entfernt worden war. Die Tür schloß sich. Über ihnen dröhnte der Düsenlärm eines Flugzeugs nach dem Start von London. David Jardine wünschte sich, er säße darin. Zu seiner Überraschung ließ sich Steven McCrae glücklich in den Ledersessel fallen, drehte ihn so, daß er Jardines Blick begegnete. »Ausgezeichnet«, kommentierte er. »Genau das ist das A und O beim SIS, David. Wir tischen die Informationen auf. Die anderen können bei der Interpretation einen Festschmaus halten. So überleben wir.«

Ich höre mit Freuden, Sportsfreund, was das A und O beim SIS ist, dachte Jardine. Es hat sich gelohnt, zweiundzwanzig Jahre lang darauf zu warten.

»Verzeihen Sie mir, aber ich fühle mich verpflichtet, diesen Bericht zu den Akten zu nehmen, Steven.« David Jardine heuchelte eine ernste Miene der Sorge um das Büro und um alles, was es verkörperte. »Aus diesem Bericht geht deutlich hervor, daß zumindest einer Ihrer leitenden Mitarbeiter, meine Wenigkeit, der Meinung ist, es könne doch noch zu einer Panne kommen, in der ehemaligen Sowjetunion. Und ich rate Ihnen, möglicherweise ungebeten, ganz deutlich zum Ausdruck zu bringen, daß wir diese Möglichkeit angedeutet haben. Auch wenn kein Schwein etwas davon wissen will.«

Steven McCrae nickte. Er drehte seinen Sessel versuchsweise in die eine und die andere Richtung, als könnte auch er in Flammen aufgehen.

»Ausgezeichnet, David. Danke.« Er warf einen Blick auf die Doubléuhr auf der Schreibtischecke. Das hieß, seine Zeit sei kostbar. »Gibt es noch etwas zu besprechen?«

»Vielleicht sollte ich den Staaten einen Besuch abstatten. Zu einer Konsultation mit Langley.«

Steven McCrae sah sichtlich erleichtert aus. Er schlug den blauen Aktendeckel zu und schob ihn über den Schreibtisch zu Jardine.
»*Vaya con Dios*«, sagte er. Was in diesem besonderen Fall hieß: Gehen Sie mit Gott, aber gehen Sie.
»Danke«, erwiderte David Jardine, stand auf, ging zur Tür, lächelte höflich und ließ den Chef zurück wie den Geist von Hamlets Vater, in einem sich lichtenden Nebel aus grauem Rauch.

Während Jardine den Boden für einen Besuch in Washington bereitete, der sowohl für die amerikanische Wirtschaft als auch für seine stagnierende Karriere von entscheidender Wichtigkeit war, unterzog Max Eidelman das Abe-Lincoln-Manuskript jedem nur vorstellbaren Test, und es hielt allen seinen professionellen und wissenschaftlichen Kriterien stand. Noch wichtiger war, daß seine jahrelange Erfahrung bei der Begutachtung seltener Dokumente inmitten einer Unmenge von Fälschungen ihm sagte, daß er hier ein Blatt des Verfassungsentwurfs vor sich habe, in der Handschrift des berühmtesten Präsidenten überhaupt.
Als Danny Dawidow und Nikolai Kolossow in seine vollgestopfte Buchhandlung in der Madison Avenue zurückkehrten, zeigten sie über diese Neuigkeit Aufregung und Begeisterung. Eidelman schätzte die Handschrift auf etwa zweihunderttausend Dollar und war erfreut, als Rudnitsky, für den er Kolossow hielt, ihm sagte, er habe nicht den Wunsch, sie zu verkaufen, werde aber Max, dem Guru in Sachen Abe Lincoln, ein professionelles Echtheitsgutachten bezahlen.
Als sie wieder draußen waren, sprudelte Danny vor Befriedigung über. »Diese Vietnamesen sind Teufelskerle, Nikky«, sagte er – seit der Russe neulich mehrere zusammenhängende Sätze hintereinander gesprochen hatte, war er wieder dazu übergegangen, ihn Nikky zu nennen –, »wir können es schaffen. Wir kriegen die Chose hin.«
Kolossow nickte. »Das glaube ich auch«, sagte er. Und die Chose, die sie seit zwei Jahren geplant hatten, selbst während sie die acht makellosen und äußerst einträglichen Gaunerstücke an so unterschiedlichen Orten wie Tokio, Thailand, Sankt Petersburg und Palermo hinter sich gebracht hatten, kam endlich in Gang.
Auf dem Flughafen Leonardo da Vinci in Rom gingen drei Männer an Bord des TWA-Flugs 142 nach Miami.
Es handelte sich um Franco Cagliaro und seine beiden Leibwächter.

12. Kapitel
Hot dogs mit Chili

Alan Clair war einer der ältesten Freunde von David Jardine. Sie hatten bei gefährlichen Einsätzen im Spionagespiel zusammengearbeitet, Clair für die CIA, Jardine für den britischen Dienst, seit längerer Zeit, als es beiden lieb war, sich zurückzuerinnern. Sie hatten sich im Klub der Auslandskorrespondenten in Hongkong kennengelernt, in der ersten Woche des Jahres 1968, in der Gesellschaft des mit allen Wassern gewaschenen Korrespondenten Donald Wise für den *Daily Express.* Wise verbrachte ein paar wohlverdiente Tage fern vom Vietnamkrieg, in dem er zu den wenigen Journalisten gehörte, die tatsächlich ins Landesinnere fuhren und vom Schauplatz aus über die Kämpfe berichteten, statt sich am Tresen einer Hotelbar Geschichten aus den Fingern zu saugen.

Jardine operierte als schwarzer Agent, getarnt als Außenmitarbeiter einer internationalen Kinderhilfsorganisation.

Clair benutzte den Namen George Clegg und hatte makellose Referenzen von einem führenden amerikanischen Flugzeughersteller.

Achtundzwanzig Tage später waren sie sich in Saigon über den Weg gelaufen, in der Wohnung eines freiberuflichen Journalisten, Peter Anthony, der im Auftrag von *Reader's Digest* dort war. Anthony war ein großer, liebenswürdiger Bostoner, der eine geräumige Wohnung von einem französischen Arzt mit augenblicklicher Mission in einer französischen Kolonie im Südpazifik gemietet hatte.

Auf der kleinen Cocktailparty waren etwa zehn Leute gewesen. Peter ließ auf der Stereoanlage Chopin laufen, eine angenehme Abwechslung nach den allgegenwärtigen Songs der Doors und von Led Zeppelin, die damals in vielen Bars und Cafés in Saigon gespielt wurden. Jardine, dessen erste schwarze Operation es war, hatte nicht lange gebraucht, bis er merkte, daß fast jeder in der Wohnung seine ganz individuelle Art hatte, ein gewisses ruhiges Selbstvertrauen, an dem ein Agent den anderen erkennt. Er war von einem alten Kriegskorrespondenten, der für eine angesehene Londoner Tageszeitung arbeitete, dorthin mitgenommen worden. Der Mann sollte in Notfällen sein Kontaktmann zum SIS sein. Und als der fünfundzwanzigjährige David Jardine, der sich David Crawford nannte, eben dabei war, den gemeinsamen Nenner aller Anwesenden auf Peter Anthonys entspannter Cocktailparty zu ermitteln, fiel ihm auf, daß ihn Alan Clair mit einem ruhigen Lächeln beobachtete.

Worte waren überflüssig. Sie toasteten sich quer durch das Zimmer zu, auf künftige Freundschaft und pragmatische Zusammenarbeit.

Am selben Abend, bei einem ziemlich alkoholisierten Abendessen in einem vietnamesischen Restaurant in Hoc Mon am Nordrand der Stadt, an dem die meisten Gäste von Anthonys Party teilnahmen, hatte Alan Clair Jardine seine Karte gegeben – eine Kleinigkeit, die seinem zerfurchten und offenbar sturzbesoffenen Mentor am anderen Tischende nicht entging.

Clair erwähnte, er habe einen Flug mit einem USAF-C-134-Transportflugzeug nach Hue organisiert, wo er das vietnamesische Neujahrsfest verbringen wolle. Er sagte Jardine, wo er wohnen werde – im Tran-Phuong-Hotel. »Ein ruhiges kleines Haus, alter französischer Kolonialstil, um einen Hof herum erbaut. Wird von derselben Familie geführt, seit die Japse 1946 abgezogen sind.«

Jardine hatte gesagt, ihm falle kein besonderer Grund für einen Besuch in Hue ein. Und Alan Clair hatte gelächelt und nach einem Moment gesagt, für den Mitarbeiter einer Kinderhilfsorganisation sei ein Besuch dort vermutlich sinnvoll. Wer weiß, hatte er gesagt, vielleicht könnte Ihre Direktion von einer solchen Reise profitieren.

Am nächsten Tag hatte sich Jardine Rat geholt, aus einem instinktiven Gefühl heraus nicht bei seinem Bereichsleiter, sondern bei Dan Richards, dem nur für Notfälle zuständigen grimmigen alten Kriegskorrespondenten.

»Ich würde hinfahren. Wenn jemand von der CIA mir einen Wink gibt«, sagte Richards.

»Gut, ich fahre.«

Richards, der »Bischof«, wie ihn seine Journalistenkollegen nannten, hatte mit dem gewaltigen Löwenkopf genickt. »Aber ich würde die Ladenschwengel nicht um Erlaubnis fragen. Fahren Sie einfach hin.«

Jardine hatte verstanden, daß er die Schreibtischbeamten im Century

House meinte, via Station Hongkong, wo sein Bereichsleiter von der HMS *Tamar* aus arbeitete, im Marinestützpunkt in Kowloon.
Er hatte sich gefragt: Sollte ich in einem anderen Hotel absteigen? Nein, überlegte er. Wenn wir im selben Hotel wohnen, werden die Leute es nicht für merkwürdig halten, wenn wir zusammen etwas trinken und uns in aller Ruhe unterhalten.
Vermutlich dachte David Jardine, als er mit seinem höflichen jungen CIA-Begleiter einen Flur im Flügel D in Langley, Virginia, entlangging, war diese Entscheidung vor fünfundzwanzig Jahren, als er noch grün hinter den Ohren gewesen war, die fruchtbarste seiner Karriere gewesen.
Am 30. Januar 1968 hatte Jardine sich im Tran-Phuong-Hotel eingemietet, wo er bald mit Alan Clair zusammentraf, der ihn zu einem Bier einlud und ihn fragte, ob er einen Hoi Chanh kennenlernen wolle – einen Überläufer vom Vietcong, nach dem Chieu-Hoi-Programm.
Jardine hatte gesagt, durchaus, falls das dem Kinderhilfswerk von Nutzen sein könnte, und Clair hatte ihn zu einem Cao-Dai-Tempel gefahren, in dem Priester den Überläufer versteckten.
Dort hatte der junge Spion Clair Einzelheiten eines Plans erzählt, entstanden im Juli des Vorjahres bei der Beerdigung von General Nguyen Chi Thanh in Hanoi. Der General, militärischer Kommandeur der Heeresleitung Südvietnam, war an Krebs gestorben. Die obersten nordvietnamesischen Kommandanten hatten beschlossen, eine Militäroffensive gegen Klein- und Großstädte im ganzen von Amerika unterstützten Südvietnam zu führen. Hundertsechzigtausend Vietcong und Angehörige der nordvietnamesischen Armee hatten monatelang Truppenübungen durchgeführt. Der Angriff sollte um vier Uhr morgens am Tet-Tag beginnen, was hieß: vierzehn Stunden später.
Als sie den Tempel verließen und in Clairs Peugeot-Lieferwagen mit Vierradantrieb stiegen, schwieg Alan Clair eine Weile, dann fragte er Jardine, was er von der Verläßlichkeit des Überläufers und von seiner Geschichte halte.
»Ich glaube ihm«, erwiderte Jardine, ohne zu zögern.
»Ja, ich auch.« Und ein nachdenklicher Alan Clair hatte Jardine am Hotel abgesetzt und war weitergefahren, nachdem er sich dafür entschuldigt hatte, den Engländer zu einer so weiten Reise eingeladen zu haben und ihn jetzt sich selbst überlassen zu müssen. Aber David Jardine begriff, daß der Mann innerhalb kurzer Zeit eine Menge zu tun hatte. Er

hatte einen neidischen Blick auf das Remington-Gewehr und das Armalite-M-16-Maschinengewehr neben dem Fahrersitz geworfen, dann schüttelte er Clair die Hand, und sie trennten sich, überzeugt davon, sich bald wiederzusehen.

Jardine war direkt zu einem SIS-Kontaktmann gegangen – dem einzigen SIS-Kontaktmann in Hue –, einem ehemaligen Major beim Special Air Service, etwa fünfundfünfzig, der ein Telexbüro für hiesige Geschäftsleute betrieb, Vietnamesen, Franzosen und Australier.

Sie hatten schnell eine Nachricht verschlüsselt, sie dann in einen Nummerncode aus fünfstelligen Zahlen umgewandelt und über eine relativ sichere Funkverbindung an die SIS-Station der Britischen Botschaft in Saigon geschickt, die ihre Echtheit bestätigte und ihre Verläßlichkeit als A 1 einstufte.

Jardine vermutete, Clair tue dasselbe, mit dem Unterschied, daß Amerika Krieg in Vietnam führte, nicht Großbritannien, und obwohl es nicht möglich war, das Unvermeidliche zu verhindern, konnte die Reaktion des Generalstabs auf die dringliche Nachricht des CIA-Beamten vielleicht dem Angriff die Wucht nehmen und eine Katastrophe vereiteln.

Aber 1968 wurden die amerikanischen Militärkommandanten von einer wahren CIA-Informationsflut überschwemmt, und nicht alle hatten sich als zutreffend erwiesen. Aus welchem Grund auch immer, Alan Clairs aufreibende Anstrengungen im Verlauf der nächsten vierzehn Stunden wurden von den Militärs und Politikern nicht besonders ernst genommen, bis auf eine Zusammenfassung von zwei Zeilen, bestimmt für die nächste Intel-Ausstrahlung Ende der Woche, in der vor verstärkten Vietcong-Aktivitäten in Stadtgebieten gewarnt wurde.

Der Rest, wie es dann immer heißt, ist Geschichte. Um vier am nächsten Morgen wurden über hundert südvietnamesische Städte und amerikanische Einrichtungen angegriffen, ohne daß die Verteidiger darauf gefaßt gewesen wären, aber nach einer Woche schwerer Straßenkämpfe kostete der Angriff den Vietcong und die nordvietnamesische Armee das Leben von über vierzigtausend Soldaten, wie später zugegeben wurde. Der politische Wirbel war riesig, und an diesem Punkt wurde der amerikanischen Regierung – was geheim blieb – klar, daß sie diesen Krieg nicht gewinnen konnte.

Hue war schwer getroffen. Dort dauerten die Kämpfe viel länger als im Süden, und die Stadt wurde wochenlang belagert. Das Tran-Phuong-

Hotel wurde zum Kampfschauplatz, erst besetzt vom Vietcong, dann von amerikanischen Marineinfanteristen, danach von südvietnamesischen Überfallkommandos, die von einer Kompanie einer Spezialtruppe des Vietcong, der Dac Cong, vertrieben wurden. Erst dann, fensterlos und in Trümmern, wurde es sich selbst überlassen, ein Haufen aus Backsteinen, Schieferplatten, toten Kämpfern und Patronenhülsen. Der süßliche, widerliche Geruch nach Tod und Kordit hatte sich sogar in Jardines Jeans und seinem zerfetzten, schweißverfleckten Buschhemd festgesetzt.

Am ersten Tet-Tag hatten ihn der Inhaber des Hotels und seine Frau zum französischen Konsulat gebracht, das innerhalb der Stadt noch ein einigermaßen sicherer Zufluchtsort war, und vom Dach aus hatten Jardine, die französischen Diplomaten und die wenigen couragierten Journalisten den verzweifelten Kämpfen um sie herum zugeschaut.

Als die Belagerung endlich vorbei war, hatte David Jardine nach Alan Clair gesucht, aber niemand vom amerikanischen Militär schien etwas von ihm gehört zu haben.

Erst als Jardine im Auftrag des Kinderhilfswerks in Hanoi eintraf, fiel ihm der Amerikaner eines Tages um die Mittagessenszeit auf, als er, ins Gespräch vertieft mit einem Parteifunktionär und Jane Fonda, an der Zentrale der Lao-Dong-Partei vorbeischlenderte.

Zweifellos benutzte der Amerikaner jetzt einen anderen Namen und eine andere Legende, und Jardine hatte ihn ignoriert.

Zwei Jahre später hatten sie illegale Operationen in Berlin durchgeführt und waren einander offiziell vorgestellt und beauftragt worden, zu kooperieren. Sie hatten gegen ein Netz aus sowjetischen Agenten gearbeitet, die den bundesdeutschen Nachrichtendienst in Westberlin infiltriert hatten. Nach dem Einsatz waren beide Männer befördert worden.

Selbst jetzt, über zwanzig Jahre später, hatte sich Clair nicht sehr verändert. Sein dichtes, zerzaustes Haar war zwar nicht mehr rotblond, sein Gesicht hatte mehr Falten, aber die Augen hinter den randlosen Brillengläsern verfügten immer noch über jene eigenartige Mischung aus Härte, Klugheit und vor allem Güte.

»David, komm rein. Wie geht's dir?«

»Ich schlag' mich so durch. Situation normal ...«

Sie schüttelten sich die Hände. Alan Clair musterte das Gesicht seines Freundes. Er nickte, als hätte er wie ein indianischer Medizinmann alles

erfaßt, was sich in David Jardines Welt getan und ihn hierhergeführt hatte.
»Ich hab' gehört, daß du vor ein paar Wochen in der Stadt warst. Warum hast du nicht angerufen, du Ratte?« sagte Clair, während er Jardine eine Dose Budweiser reichte.
»Ich hatte es vor.« Jardine setzte sich auf eine Couch in einer Ecke des Büros, mit einem Fenster zu seiner Linken. An einer Wand hing eine große Weltkarte, an einer anderen Karikaturen aus Zeitungen und Zeitschriften zu politischen Themen. Und auf dem einfachen grauen Metallschreibtisch stand ein Namensschild aus Holz, auf dem in weißen Buchstaben stand: »ALAN T. CLAIR. DIREKTOR. ABTEILUNG FÜR OPERATIONEN.«
Der Direktorposten in der Operationsabteilung war die Spitzenstellung auf dem Gebiet der geheimen CIA-Aktivitäten. Er war außerdem ein Schleudersitz, denn für die CIA, ja, sogar für amerikanische Präsidenten hatten mehr Operationsdirektoren als Sündenböcke herhalten müssen, als das bei jeder anderen Geheimdiensteinrichtung je der Fall gewesen war.
»Außerdem hab' ich gehört, daß du ziemlich überstürzt abgereist bist. Erzähl mir bloß nicht, daß du in deinem Alter noch aktiv mitmischst.«
»Was hätte ich denn sonst machen sollen? Ausschüsse können nervtötend sein.«
Clair zog den Ringverschluß von seiner Bierdose. »Wie war es in Moskau?« Er lächelte, beobachtete Jardine. »Nach Beirut will ich dich lieber gar nicht erst fragen ...«
Es überraschte David Jardine nicht, daß der CIA-Mann von seinem Besuch in Beirut wußte. Die CIA hatte Beobachter auf allen Flughäfen im Nahen Osten. Ob Clair über Alisha und Reuven Ariehs Schachzug Bescheid wußte, hing davon ab, wieviel davon der Mossad nach Langley weitergegeben hatte. In diesem Fall null, vermutete Jardine.
»Moskau war interessant.«
»Du meinst, die sind aus dem Gröbsten raus? Und glaubst du auch, die rote Gefahr gehört der Vergangenheit an?«
»Ich glaube, da könnte noch ein Problem auf uns zukommen.«
Jardine öffnete seine hellbraune Aktentasche, ein abgewetztes und ramponiertes Ding, das schon an zu vielen merkwürdigen Orten gewesen war. Er entnahm ihr einen hellrosa Aktendeckel und ihm ein Schwarz-

weißfoto zwanzig mal fünfundzwanzig. Es war ein Überwachungsfoto von Danny Dawidow, vor fünf Jahren auf Zypern aufgenommen.
Er legte es auf Clairs Schreibtisch. »Schau dir das mal an.«
Alan Clair musterte das Foto, verrückte seine eingeschliffene Brille, um schärfer zu sehen. Nach einer Weile schaute er auf und schüttelte den Kopf.
»Kann nicht behaupten, daß der mir bekannt vorkommt.«
»Er war beim Mossad. Daniel Dawidow. Eingesetzt bei Operationen Stufe vier. Vor allem in Europa und in arabischen Staaten im Mittelmeerraum.«
Clair schob das Foto zurecht und sah es noch einmal an.
»Das ist also Danny Dawidow«, sagte er und nickte.
»Was hast du über ihn gehört?«
»Der Mann ist in Tel Aviv begraben. Aber das stimmt nicht. Das Institut hat ihm eine neue Identität verschafft und ihn aus Israel rausgeworfen.«
Der amerikanische Steuerzahler bekam also etwas für sein Geld.
»Weißt du, warum?«
»Es hat nur geheißen, es sei um Geld gegangen.«
Das liebe ich so an den ältesten und besten Freunden, dachte David Jardine, sie vergessen nie, daß man für eine andere Regierung arbeitet.
»Robert Maxwell, habe ich gehört.«
Kurze Pause. Alan Clair dachte nach. Dann nickte er. »Stimmt. Hab' ich auch gehört.«
»Und schau dir das hier an. Sag mir, wenn es dir bekannt vorkommt.«
Jardine reichte Clair einen Aktendeckel mit der Aufschrift »Geheim«. Es war die Verbrechenschronologie von Danny Dawidows internationalen Coups. Ständig eskalierende Verbrechen. Seine »Fußspuren«.
Clair las den Inhalt schnell durch. Er schlug den Aktendeckel zu und legte ihn auf den Schreibtisch. Jardine steckte ihn in seine Aktentasche zurück. Clair nickte. »Sicher, eine Juristin aus dem Finanzministerium hat etwas Ähnliches in Umlauf gegeben. Sie meint, sie werden hier bei uns zuschlagen, hält es für unausweichlich.«
Halleluja, dachte Jardine. Wenigstens versuche ich nicht, Skeptiker zu überzeugen.
»Al, können wir einen Spaziergang machen?«
Das hatten sie in Berlin immer gesagt, wenn sie einen sicheren Ort im Freien brauchten, ungehört von möglichen Lauschern.
»Du weißt, wann er kommt?« fragte Clair.

»Noch nicht. Aber ich glaube, das Ziel zu kennen. Und es könnte nicht größer sein.«
Alan Clair war ein vielbeschäftigter Mann. Selbst in sogenannten Friedenszeiten führte die CIA Hunderte von verdeckten Operationen durch, mußte Tausende von Agenten führen, von schwarzen Agenten bis zu einflußreichen Persönlichkeiten. Er gab sich große Mühe, weder auf seine Armbanduhr zu schauen noch auf die Wanduhr hinter Jardine.
Er schob den Schreibtischstuhl zurück und griff nach seinem Jackett.
»Für einen alten Freund«, sagte er, »tu' ich alles ...«
Und er machte die Tür auf, streckte die große Pranke aus und führte den Engländer aus dem Büro.
Sie fuhren in Clairs dunkelblauem Oldtimer aus Langley hinaus zum Rock-Creek-Park, wo sie völlig ungestört spazierengingen und fachsimpelten.
David Jardine erzählte seinem Freund alles, was er über Reuven Ariehs illegale, vom Mossad nicht genehmigte Operation mit dem Decknamen Malvolio II wußte, bei der es darum ging, Danny Dawidow zu finden und ihm das Handwerk zu legen, bevor er die Beziehungen zwischen den USA und Israel ruinierte, ganz zu schweigen von der Karriere aller Beteiligten. Er erklärte das Psychogramm, das voraussagte, Dawidow arbeite auf einen letzten Coup hin, bei dem er die amerikanische Wirtschaft erschüttern wolle, indem er den Dollar bedrohe. Und daß er, wenn er seiner bisherigen Linie treu blieb, den Dollar nicht zerstören, sondern lediglich zeigen wolle, daß er kraft seines überlegenen Könnens und seiner Schläue das Schicksal des Dollars in seiner Gewalt habe. Dann werde er aussteigen, mehr als nur steinreich.
»Der Kerl ist verrückt«, erklärte Clair.
»Das hättest du wohl gern«, erwiderte Jardine. »Dawidow ist der geborene Kriminelle, mit dem Vorteil, daß er von einem der besten Geheimdienste der Welt in unserem Gewerbe ausgebildet worden ist.«
»Wie schön für ihn.«
»Wieviel würde die amerikanische Regierung zahlen? Denn das hat er bestimmt bis auf den letzten Cent kalkuliert.«
Alan Clair blieb stehen und sah hinüber zum Verkehr auf dem Harrisburg Pike.
»Weißt du, daß so ein Typ aus dem Auto gestiegen ist und mit einem

AK-47 das Feuer auf die Verkehrsschlange an der Abfahrt nach Langley eröffnet hat?« fragte er gedankenverloren.
»Vor etwa einem Jahr ...?«
»Ja.« Clair kratzte sich am Ohr. »Macht einen irgendwie nachdenklich. Dieses Land scheint alle Arten von Geisteskranken anzuziehen.«
Er warf Jardine einen verschlagenen Blick zu. »Sonst noch etwas?«
David Jardine lauschte dem Verkehr auf dem Highway über der Schlucht. Er zuckte die Achseln. »Ich habe ein Dossier zusammengestellt. Vielleicht können wir in dieser Sache kooperieren. Wir machen uns auch Sorgen, verstehst du.«
»Weil der Dollar die Leitwährung der Welt ist.« Sicher, das begriff Alan Clair ohne weiteres.
Aber Jardine schüttelte den Kopf. »Vielleicht ist Dawidows Ziel nicht der Dollar. Vielleicht ist es das Pfund. Das macht uns Sorgen ...«
Der CIA-Mann nickte nachdenklich. »David«, fragte er, »wie lange kennen wir uns?«
»Viel zu lange, als daß du eine solche Frage stellen solltest.« Jardines Blick begegnete dem wachsamen des Amerikaners.
»Also sage ich noch einmal ... sonst noch etwas? Du bist nicht von so weit hergekommen, um mir zu erzählen, was ich schon weiß.«
Im Schweigen konnten sie einen Specht hören, der einen der hohen Redwoodbäume im Park bearbeitete. Auf der Straße über ihnen schlängelte sich ein Notarztwagen mit heulender Sirene durch den starken Verkehr.
David Jardine nahm eine Winston aus dem Zigarettenpäckchen und bot Clair eine an. Clair schüttelte den Kopf. Jardine steckte sich die Zigarette in den Mund und zündete sie mit dem Zippo-Feuerzeug aus Messing an, die Hände schützend um die Flamme gelegt.
Schließlich stieß er den Rauch aus und sagte: »Wir glauben, es sind zwei. Und möglicherweise werden sie von finsteren Mächten manipuliert.«
Ah ... Alan Clair war, als erinnerte er sich daran, daß im Memo aus dem Finanzministerium gestanden hatte, hinter Dawidows Verbrechen stecke nicht nur ein Mann. Ein größerer Mann war gesehen worden. Aber vom Computer erstellte Phantombilder hatten von Sankt Petersburg bis Bogotá zu keinem Resultat geführt.
»Wer? Was für finstere Mächte? Islamische Fundamentalisten?«

Extremistische Moslems hatten im Lexikoneintrag der CIA über *Bêtes noires* die Kommunisten ersetzt.
»Wir sind uns noch nicht hundertprozentig sicher.«
Alan Clair wußte, daß der interne Ruf seines Freundes nicht mehr so gut wie früher war, so etwas sprach sich herum. Und wer hätte es David verübeln können, wenn er einen Ansatzpunkt suchte, um wieder ins Geschäft zu kommen? Andererseits war Onkel Sams kostbare Währung kein Spielzeug, nicht einmal für gute alte Kumpel.
»Da ist jemand, mit dem wir sprechen sollten«, sagte er. »Ich muß vorher ein paar Telefongespräche führen.«
Und so kam es, daß David Jardine und Alan Clair zweiundvierzig Minuten später im funktionalen, fast spartanischen Büro der Rechtsanwältin des amerikanischen Finanzministeriums saßen, beauftragt mit der Verbindungsarbeit zur ausländischen Polizei und den Nachrichtendiensten – Nancy Lucco.

Auf der anderen Seite von Jackson Heights, dem kolumbianischen Einwandererviertel, das zum Zuständigkeitsbereich des hundertzehnten New Yorker Polizeireviers gehörte, übte jemand Trompete. Die Beerdigungsmelodie, die auf Santanas Befehl während der Belagerung von Alamo für die amerikanischen Verteidiger gespielt worden war. Immer wieder. Bei Tag und Nacht.
Es war ein kalter, einsamer Klang. Elmore Williams hatte sich auf dem Beifahrersitz der nicht als Polizeifahrzeug gekennzeichneten Ford-Limousine so weit zurückgelehnt, daß sein Hinterkopf an der Lehne ruhte. Sein Partner war Tony Carmino, dessen Großvater 1936 von der Insel Ischia nach New York gekommen war. Williams hatte Tony angefordert, weil sie schon bei schwierigen Einsätzen zusammengearbeitet hatten; er wußte, daß er sich auf ihn verlassen konnte, falls es zu einer Schießerei kam. Außerdem gehörte Tony Carmino jetzt zum New Yorker Einsatzbüro, wovon sich Elmore Williams eine weitere Untermauerung seines neuen Anfangs mit Joe Pearces Team erhoffte.
Sie beobachteten eine kleine Bar an der Straßenecke namens Hato Viejo, ein Name, der Kolumbianern vermutlich etwas sagte.
»Er muß sich einfach blicken lassen ...«, sagte Carmino, der sich fast genauso tief wie Williams nach hinten gelehnt hatte.
»Falls nicht, mein Freund, hab' ich wirklich keine Ahnung, an wen wir uns halten sollten.«

Die Trompetenmelodie von Alamo brach ab und fing dann von vorn an, etwa zum siebtenmal.
»Willst du 'nen Hot dog mit Chili?« fragte Elmore seinen Partner.
Carmino regte sich, um die verkrampften Beine zu lockern, und der Kunststoffsitz quietschte. »Gute Idee. Ich hol' sie uns.«
»Quatsch. Ich hab' davon angefangen, Mann.« Und Elmore Williams' Blick suchte die Gegend ab, ehe er die Tür aufstieß und ausstieg.
Im selben Augenblick fuhr von einer Kreuzung weiter oben aus ein Porsche mit heulendem Motor in die Straße ein, dem unmittelbar ein brauner Wagen mit vier Männern darin folgte.
»Scheiße!« fluchten Williams und Carmino gleichzeitig, und Elmore Williams schlüpfte ins Auto zurück.
Der Porsche hielt gegenüber der Bar.
Williams und Tony Carmino beobachteten ihn angespannt.
»Das ist er«, murmelte Williams.
»Das ist Dino, okay ...«
Ein Mann von etwa dreißig mit einem Mahagoniteint stieg locker und schwungvoll aus dem tiefen Sportwagen. Er war überdurchschnittlich groß und hatte die gemeißelten Backenknochen und die schmalen, dunklen Augen der sizilianischen Bergbevölkerung, Nachfahren der Mauren und Kalabrier, die seit Jahrhunderten dort gelebt hatten. Sein lackschwarzes Haar war lang und zu einem Pferdeschwanz gebunden. Er trug ein Jackett aus grauem Fischgrättweed und ein marineblaues Seidenhemd, offen bis zur Taille. In der Frühlingssonne glitzerte eine goldene Halskette.
Drei seiner Leibwächter standen schon auf dem Trottoir, deckten unauffällig die Umgebung ab, dann betrat einer, ein breitschultriger Mann mit dem Schritt einer großen Katze, vor seinem Chef das Hato Viejo.
Der Fahrer der Limousine blieb mit laufendem Motor hinter dem Lenkrad sitzen.
»Weißt du, was?« sagte Elmore Williams.
»Was?«
»Ich hoffe, daß an der Verbindung null dran ist. Ich hoffe, der Typ hat noch nie was von Franco Cagliaro gehört ...«
Ein kolumbianischer Spitzel, der von der Rauschgiftfahndung des hundertzehnten Reviers bezahlt wurde, hatte das Gerücht in Umlauf gebracht, der Mord an Harry Cordona sei von Franco Cagliaro in Auftrag

gegeben worden, genauer gesagt, von Don Giovanni Favorito Notos rechter Hand, seinem *Consejero* und Mann fürs Grobe, Franco Giuseppe Cagliaro.
Recherchen in den Gefängnissen hatten ergeben, daß ein gewisser Dino Trafficante, der wegen Rauschgifthandels und Schutzgelderpressung einsaß, im Knast der Beschützer von Sammy der Nase gewesen war. Sie waren sich nähergekommen, als Sammy die Schuld an einem Disziplinverstoß in den Gefängniswerkstätten auf sich genommen und achtundzwanzig Tage im Schwitzkasten – Einzelhaft bei trockenem Zwieback und Wasser – verbracht hatte, die eigentlich Trafficante hätte verbüßen müssen.
So war es auch zu Trafficantes Angebot an die Nase gekommen: Falls er einen Käufer auftreibe, könne Trafficante bis zu zehn Millionen Dollar Falschgeld beschaffen; für Sammy werde eine stattliche Provision abspringen.
Es war interessant für Elmore Williams, daß Trafficante, bis dahin als Kokaindealer bekannt, Falschgeld anstelle von Drogen angeboten hatte, um sich für erwiesene Dienste zu revanchieren.
Harry Cordona, der gute Kumpel von Sammy der Nase, hatte einen Käufer gefunden – die beiden Secret-Service-Agenten, mit denen Elmore Williams sie zusammengebracht hatte –, mit dem Ergebnis, daß die Aktion beinahe völlig danebengegangen wäre, Williams Sammy erschossen hatte, mit den bekannten Folgen.
Die Frage lautete jetzt: Stammten Trafficantes gefälschte Dollars von Giovanni Favorito Notos *Famiglia* in Palermo? Und falls ja, hatte Cagliaro den Mord an Cardona und vermutlich auch den Anschlag auf Elmore Williams in Auftrag gegeben?
Williams spürte, wie ihm der Schweiß über den Rücken lief. Es war nicht gut, sich mit den Sizilianern anzulegen.
»Wie machen wir's also?« Tony Carmino griff nach der Neun-Millimeter-Glock-Automatik in seinem Schulterhalfter, wo sie mit dem Kolben nach unten steckte, festgehalten von einer Stahlfeder.
Williams überlegte. Er hatte geplant, Trafficante bei einem Verstoß gegen die Verkehrsregeln festzunehmen und einen Computerausdruck über mehrere tausend Dollar für unbezahlte Strafzettel zu präsentieren. So merkwürdig es klang, viele hartgesottene und gewalttätige Verbrecher waren schon lammfromm aufs Revier mitgekommen, weil sie wußten, daß sie keinerlei Bußgeldschulden hatten, und außerdem

wußten, daß ihre teuren Anwälte den Irrtum in ein paar Minuten ausbügeln würden.
Dieses Vorgehen beugte gefährlichen Schußwechseln vor, vor allem dann, wenn der gesuchte Verbrecher bewaffnete Leibwächter hatte. Aber jetzt, kurz vor der Ausführung seines Plans, kamen Elmore Williams Bedenken.
Ihm ging folgendes durch den Kopf: Dino Trafficante war polizeilicher Druck nichts Neues. Falls nicht grob gegen seine Rechte verstoßen und er in ein sicheres Haus gebracht wurde, wo ihm mit Drohungen hart zugesetzt werden konnte, würde der Sizilianer keinen Ton sagen. Plötzlich ging die Erinnerung an den entsetzlichen Augenblick, als die Kugeln dieser Lohnkiller Martha und seine geliebte Tochter Melanie getroffen hatten, wie eine Druckwelle über ihn hinweg. Schock kann manchmal Tage oder Wochen, ja sogar Monate nach dem Anlaß noch nachwirken.
Und schließlich hatte der posttraumatische Streß, wie die Psychiater das nennen, den Sonderagenten Elmore Williams eingeholt. Er setzt verschiedenen Menschen auf verschiedene Weise zu. Tränen, Herzrasen, Schwindel, Depression, asoziales Verhalten.
Im Fall von Elmore packte ihn kalte, schreckliche Wut. Am wütendsten war er auf sich, weil er die Ermittlung gegen die Auftraggeber des geplanten Mordes an ihm und seiner Familie genauso geführt hatte wie in jedem anderen Fall. Er hatte sich hinter der lobenswerten Begründung verkrochen, er sei ein Profi und persönliche Faktoren dürften ihm nicht in die Quere kommen.
So ein beschissener Quatsch …
In dem Schweigen, in dem diese Metamorphose stattgefunden hatte – und genau das war es –, war Elmore Williams reglos sitzengeblieben, hatte die Bar aus zusammengekniffenen Augen beobachtet.
»Chef …?« sagte Tony Carmino. »Jetzt bist du dran. Jerry wartet.«
Jerry MacBeth war der Sergeant der Kriminalpolizei im hundertzehnten Revier, und er sollte Trafficante wegen Falschparkens festnehmen. Und Dino Trafficantes Porsche stand am Bordstein in der Nähe der Kreuzung tatsächlich im Parkverbot.
»Sag Jerry, er kann sich den Rest des Tages freinehmen«, sagte Williams mit so ruhiger Stimme, daß Carmino wußte, es werde böse enden.

Nancy Lucco machte sich kurz Notizen, während David Jardine seine Recherchen über die Betrugsmanöver zusammenfaßte, die den Tätern nach seiner Berechnung um die sechshundert Millionen Dollar eingebracht hatten.

Sonnenstrahlen erwärmten ihr Büro im Washingtoner Gebäude des Secret Service. Sie war froh darüber, daß es im zwanzigsten Stock lag. Unterhalb des zwölften Stocks bekam man wegen der Höhe der anderen Gebäude in diesem Stadtteil selten die Sonne zu sehen.

Sie empfand eine gewisse Befriedigung darüber, daß der britische SIS diese »Fußspuren«-Verbrechen ebenfalls ernst nahm. Nach dem Mangel an Reaktionen auf ihr Memo zu urteilen, in dem sie davor gewarnt hatte, es sei nur eine Frage der Zeit, bis diese Männer in den USA zuschlugen, schien sich niemand bei der amerikanischen Polizei und Justiz besonders dafür zu interessieren.

Und Jardine wußte einen Namen, Danny Dawidow. Das war gut. Ein Profi mit jahrelanger Ausbildung in geheimen Spionageoperationen. Das paßte ins Bild. Sie fragte sich, warum Dawidow vom israelischen Geheimdienst hinausgeworfen worden war, denn weder David Jardine noch der CIA-Mann Alan Clair hatten es für nötig gehalten, ihre israelischen Kollegen in Verlegenheit zu bringen, indem sie die Affäre mit Robert Maxwell an die große Glocke hängten.

»... falls sie nicht schon hier sind«, hatte Jardine eben gesagt.

Nancy legte den Stift weg und sah Jardine an. Der Mann hatte etwas an sich, was irgendwie ... vertraut wirkte. Obwohl er nicht im geringsten dem großen Itakercop ähnelte, von dem sie geglaubt hatte, sie werde den Rest ihres Lebens mit ihm verbringen. Jardine sprach ein nicht unattraktives, leicht altmodisches, aber nicht gar zu britisches Englisch, das unbestreitbar Klasse hatte, und irgend etwas an ihm erinnerte sie an Eddie.

Vielleicht war es die Art, wie er selbstironisch gelächelt hatte, als er etwas sagte, wovon er unbedingt wollte, daß sie es zur Kenntnis nahm.

»Eins ist mir ein Rätsel«, sagte sie.

»Und zwar was?« Jardine begegnete ihrem Blick offen, als gäbe es in seiner Trickkiste nichts, was er ihr nicht gezeigt hätte.

»Wie kommt es, daß Sie soviel wissen – falls nicht«, hier warf sie Clair einen Blick zu, »andere US-Dienste dem Secret-Service Wesentliches über diese eskalierenden internationalen Verbrechen vorenthalten ...?«

»Nicht schuldig«, erwiderte Clair und hob die sauberen Hände.
»Wie also kommt es«, fuhr Anwältin Lucco fort, »daß Sie das alles wissen und wir beim Finanzministerium keine Ahnung davon haben?«
Nicht übel, dachte Jardine. Viele Leute hätten an ihrer Stelle so getan, als erzählte ich ihnen nichts Neues.
»Um Ihnen die Wahrheit zu sagen« – es amüsierte ihn, wie sie die Augen zusammenkniff –, »diese Informationen haben wir durch einen ganz anderen Fall bekommen. Eine politische Geschichte. Ich bitte um Entschuldigung, aber darüber darf ich nicht reden.«
»Wenn Sie das sagen«, erwiderte Nancy ironisch. Und sie erkannte, was an ihm sie an Eddie erinnerte. Dieser Typ war gefährlich.
»Gehen wir mal davon aus, Sie haben recht«, fuhr sie fort. »Wann? Wann Ihrer Meinung nach?«
»Falls sie nicht schon hier sind, könnten sie jetzt jeden Tag kommen ...«
»Und wie ernst ist es? Ihrer Einschätzung nach?«
»Danny will lediglich steinreich werden. Ich habe mir ein paar Zahlen notiert, und ich meine, das amerikanische Finanzministerium würde bis zu zwanzig Milliarden zahlen, um ihn sich vom Hals zu schaffen.«
»Milliarden?« rief Alan Clair.
»Sicher.« Nancy nickte. »Das geben wir manchmal in einer Nacht aus, wenn wir Dollar kaufen, damit der Markt stabil bleibt. Aber danach, David, würden wir ihn uns schnappen, glauben Sie mir, wir würden nicht zulassen, daß er es noch einmal probiert.«
»David glaubt, er hat einen Partner, und bei dem Verbrechen, das Danny Dawidow plant, könnte es Trittbrettfahrer geben, die den Dollar über Nacht ruinieren.«
»Was für Trittbrettfahrer?«
Jardine zuckte die Achseln. »Ich arbeite daran, aber meine Mittel sind leider beschränkt. Heutzutage hat der SIS nicht mehr den Etat dazu ...«
»Verflucht noch mal, aber wir.« Nancy Lucco musterte Jardine gründlich, versuchte herauszubekommen, was er zurückhielt. Sie hatte in so vielen New Yorker Gerichtssälen gearbeitet, daß sie ein Gespür dafür hatte. Und genau das hatte er beabsichtigt.
»Falls Sie recht haben, könnten wir wirklich in der Scheiße sitzen.«
David Jardine erwiderte ihren Blick und entgegnete gleichermaßen ernst: »Bis zum Hals, bis über beide Ohren.«

Im Hato Viejo stand Dino Trafficante am Tresen, trank Bier und blickte auf den hoch oben angebrachten Fernseher. Ein Radrennen wurde gezeigt, mit einem Kommentar auf spanisch. Zwei seiner Leibwächter lehnten an der Wand der engen Bar, beobachteten die anderen Gäste und die beiden kolumbianischen Barkellner.
Die beiden Leibwächter bemerkten Williams und Tony Carmino sofort, als sie hereinkamen. Während Carmino mit seinem dunklen Teint und seinem welligen, schwarzen Haar – er trug außerdem einen Pferdeschwanz, kurz und eng gebunden wie der eines Stierkämpfers – noch als Südamerikaner hätte durchgehen können, paßte Elmore Williams in keiner Weise ins Bild.
Es war unbezweifelbar, daß beide Männer Cops waren. Das sah man schon daran, wie sie sich bewegten: Hier sind zwei Typen, die sich keinen Scheiß bieten lassen; verarscht uns ja nicht, ihr könnt nur verlieren.
Trafficante ignorierte die Neuankömmlinge, sagte etwas Unhörbares zum Barmann, der außerdem sein Schwager war. Trafficante hatte eine Kolumbianerin geheiratet.
Williams lehnte sich direkt neben dem sizilianischen Gangster an den Tresen, nahm das Radrennen nicht zur Kenntnis. Sein Blick nahm alle im Lokal ins Visier.
Selbst Tony Carmino war entsetzt über das nächste, was sein Partner tat.
»He, Kumpel, hast du mal Feuer ...?« Elmore Williams hatte sich Trafficante zugewandt, eine Zigarette im Mund.
Trafficante ignorierte ihn.
O Heiland, dachte Carmino. Gib ihm schon Feuer, gottverflucht noch mal. Er tat, als kratze er sich mit dem rechten Daumen an der Unterlippe, damit er schneller ziehen konnte; denn die beiden Leibwächter hatten jetzt nur noch Augen für Elmore und ihn.
»Hast du mich gehört, Dino, Bruderherz? Ich hab' dich gefragt, ob du verdammt noch mal Feuer für mich hast.« Und Williams schob das Gesicht aggressiv vor, drang in die Privatsphäre des Sizilianers ein. So etwas führt immer zu einer Reaktion; in diesem Fall hatten die beiden Leibwächter wie durch Zauberei plötzlich eine Mini-Uzi beziehungsweise eine Neun-Millimeter-Beretta in den Händen, entsichert und nur Zentimeter von Elmore Williams' Kopf entfernt.
Dino Trafficante sah sich jedoch weiterhin ungerührt das Radrennen an.

»Was ist denn das?« fragte Williams die beiden bewaffneten Mafiosi und sah an den Mündungen der Schußwaffen vorbei, die Unschuld in Person. »Wird hier ein Krimi gedreht oder was?«
Er sah so entspannt aus, daß Tony Carmino sich einen Moment lang fragte, ob Elmore ausgeflippt sei. Seine rechte Hand glitt unter die Jacke und faßte den Pistolenkolben.
»He, du Arschloch. Laß ihn in Ruhe, verpiß dich.« Das kam von dem mit den breiten Schultern und dem Gang eines Pumas.
»Ich will euch mal was sagen, Jungs. Wenn ihr nicht auf mich schießt, pustet mein Partner eurem Boß nicht den Kopf weg, *capisce*?«
Und sofort richtete sich Tony Carminos Neun-Millimeter-Glock, die er unerschütterlich in beiden Händen hielt, auf Dino Trafficantes Hals.
»Was soll der Scheiß ...?« Trafficante wirkte stocksauer darüber, daß er von dem Radrennen im Fernsehen abgelenkt wurde.
Jetzt begriff Carmino. Diese Situation, die Aufstellung der Protagonisten, war ein Stück aus dem Lehrbuch, das sie bei der Agentenausbildung und bei den Auffrischungskursen im Nahkampfstudio übten. Und während seiner Zeit »auf Eis« hatte Elmore das tagtäglich den ganzen Tag lang geübt.
Williams hatte die beiden sizilianischen Leibwächter von der Wand gegenüber weggelockt, in seine Reichweite. Und Tony hatte die Zielperson im Visier, bereit zum Abdrücken.
»Wir sind Bundesagenten«, erklärte er. »Sie sind festgenommen. Lassen Sie die Waffen fallen, und legen Sie sich mit dem Gesicht nach unten auf den Boden.«
Die beiden Sizilianer wechselten amüsierte Blicke, genau wie Williams sich das vorgestellt hatte, und er stürzte sich auf sie. Mit dem rechten und dem linken Arm stieß er gleichzeitig die Mini-Uzi und die Beretta auseinander, nutzte den Schwung seiner großen Hände, um die Köpfe der beiden gegeneinanderzuschlagen, und als ihre Waffen losgingen und die Kugeln durch die Bar flogen, formte Elmore Williams die Finger zu Krallen, packte beide Männer mit seinem »Irrengriff«, wie er ihn nannte, an der Kehle und schlug ihre Köpfe immer wieder gegeneinander. Schon bei seiner ersten Bewegung war Tony Carmino mit einem Satz hinter ihm gewesen; jetzt rammte er die Neun-Millimeter-Glock heftig unter Dino Trafficantes Kinn und drängte den Gangster in die Ecke zwischen Tresen und Wand, während unmittelbar hinter ihm die

Maschinenpistolensalven der beiden Leibwächter allmählich versiegten, weil die Waffen leer waren.
Die Tür zur Straße flog auf, und der dritte Leibwächter stand auf der Schwelle, eine MAC-10-Ingram-Maschinenpistole mit Schalldämpfer schußbereit an der Hüfte. Williams und Tony Carmino schossen gleichzeitig; der Mann sackte auf der Stelle zusammen.
Endlich ließ sich Elmore Williams auf ein Knie fallen, rollte seine zusammengeschlagenen Gegner auf den Bauch und legte ihnen fachmännisch Handschellen an.
Tony Carmino legte Trafficante Handschellen an, mit den Händen auf dem Rücken, filzte ihn und fand eine fünfzehnschüssige Neun-Millimeter-Sig-Sauer-Pistole in einem Halfter auf der rechten Körperseite, mit dem Kolben quer zum Körper, was ihn als Linkshänder kennzeichnete.
»Ihr habt das Recht, die Aussage zu verweigern, ihr Typen mit Scheiße im Hirn«, keuchte Williams, als der Breitschultrige anfing zu stöhnen, die linke Schläfe und das Haar feucht vom Blut. Der zweite lag nur da, vielleicht bewußtlos. Auf der Straße war das anschwellende Geheul näherkommender Sirenen zu hören.
Williams hievte sich auf die Beine, zerrte Trafficante keuchend an der Schulter, drehte ihn um und sah ihm in die Augen. Es war ein Blick, wie ihn Carmino noch nie gesehen hatte, und später bemerkte er, der einstige Großkotz Dino Trafficante sei zusammengezuckt, das sei todsicher. Das hatte bis jetzt noch niemand erlebt.
Trafficante bemühte sich um Fassung, darum, die Fetzen seines Rufs als knallharter Typ im Beisein der anderen kleinen Mafiosi zu retten, die jetzt unter den Tischen hervorkrochen.
»Hätte es was geändert«, er versuchte, sarkastisch zu lächeln, aber seine Nerven spielten ihm einen Streich, »wenn ich Ihnen Feuer gegeben hätte?«
Elmore Williams schien darüber nachzudenken. Dann tätschelte er Trafficante gönnerhaft die Wange.
»Kaum«, sagte er.

Dino Trafficante und seine beiden Leibwächter wurden der Obhut von Sergeant Jerry MacBeth von der New Yorker Kriminalpolizei übergeben. Die sizilianischen Gangster wurden auf das hundertzehnte Revier gebracht und in getrennte Verhörräume gesperrt. Die Tatsache, daß ein gemeinsames Einsatzkommando gebildet worden war, verschaffte Williams, unter der Voraussetzung, daß der zuständige New Yorker Beamte einverstanden war, Zugang zu den Festgenommenen. Der zuständige Beamte war Lieutenant Don Clancy vom Morddezernat, und er stimmte nur widerstrebend zu, denn aus dem Hato Viejo verlautete, die Regierungsagenten hätten mit der ganzen verdammten Geschichte angefangen.

Außerdem hatte er eine Mordermittlung am Hals – der dritte sizilianische Leibwächter war tot –, und es ärgerte ihn, daß Jerry MacBeth, ein guter Kriminalpolizist, jetzt als Leiter der Spurensicherung am Tatort in Washington Heights festsaß.

Clancy hatte darauf bestanden, beim Verhör Dino Trafficantes durch den Secret Service anwesend zu sein. Er lehnte den Hintern gegen ein kaltes Zentralheizungsrohr und beobachtete mit grollender Anerkennung, wie sich Elmore Williams und Tony Carmino an die Arbeit machten.

»Okay, Dino«, sagte Williams, »du fragst dich bestimmt, warum wir dich aufgegabelt haben ...«

Trafficante saß auf einem Stuhl aus Metall und Segeltuch, die Hände immer noch auf dem Rücken mit Handschellen gefesselt, und sah den Sonderagenten wütend an.

Er sagte kein Wort.

Auf dem Weg vom Schauplatz des Durcheinanders zum Revier hatte Williams seinem Partner Carmino erklärt, wie er beim Verhör vorgehen wolle. Tony Carmino sah jetzt eine kalte Logik in der gewaltsamen, chaotischen Festnahme von Dino Trafficante.

»Es ist folgendermaßen. Du warst mit Harry Cardona in Marion.«

»Harry ist kaltgemacht worden, das wissen Sie, nicht wahr?« Das kam von Carmino.

Trafficante erwiderte den Blick mit Verachtung, hatte zu seiner Kaltblütigkeit zurückgefunden.

»Und du warst der Typ, der ihn in den Knast gebracht hat. Weil du ihn mit Falschgeld in Versuchung geführt hast.«

»Das habe ich nicht getan«, erwiderte Trafficante auf italienisch.

»He, laß den Quatsch.« Elmore Williams ging um den Stuhl herum. »Das Geld, das du ihm rübergereicht hast. Das Falschgeld. Zehn Millionen Eier. Weißt du, daß wir darauf deine Fingerabdrücke gefunden haben?«

»Ich hab' das Scheißgeld nie angefaßt.«
»Zwei Samsonite-Koffer, Dino, wir wissen, daß du die aufgemacht hast.«
»Dazu hab' ich nichts zu sagen.«
»Auf drei von den achtundvierzig Bündeln sind deine Fingerabdrücke.«
»Schwachsinn.«
»Kumpel, wir haben den Beweis.« Tony Carmino beugte sich dicht über Trafficante, kam dem Gesicht des Sizilianers ganz nahe.
»Das will mir also jemand anhängen. Na und?«
»Außerdem hab' ich gehört, daß du einen Lohnkiller auf Harry angesetzt hast, als er im New Yorker Staatsgefängnis auf seinen Prozeß gewartet hat. Warum hast du das getan? Hast du Schiß gehabt, daß er dich verpfeift?« Williams holte ein Päckchen Camel Light aus der Tasche.
»Ich will 'nen Scheißanwalt.«
»Was hast du gesagt?«
»Ich hab' ein Recht auf einen Anruf. Ich will meinen Anwalt anrufen.«
»Dino, du bist nicht mal festgenommen.«
Schweigen.
Williams zündete sich eine Zigarette an, warf Trafficante einen Blick zu, dem anzusehen war, er hatte ihm noch nicht verziehen, daß er ihm kein Feuer gegeben hatte.
Clancy übersah geflissentlich das riesige Schild RAUCHEN VERBOTEN über Elmore Williams' Kopf.
Draußen auf dem gummigefliesten Flur mit den hellgrün gestrichenen Wänden hörte man Männerstimmen. Irgendwelche Cops, lachend. Schritte. Schlüsselgeschepper.
Immer noch Schweigen.
»Was soll das heißen?«
»Was?«
»Was soll das heißen, ich bin nicht mal festgenommen ...?«
»Na, hör mal, Dino, wir halten dich hier nicht fest. Im Augenblick nicht. Du kannst aber nicht aufstehen und gehen, weil dir Lieutenant Clancy gleich den Besitz einer versteckten Schußwaffe anlasten wird, ohne Waffenschein oder gesetzlichen Grund ...«
»Macht zwei bis zehn Jahre«, warf Clancy hilfsbereit ein.
»Dazu kommt noch Widerstand gegen die Festnahme und Beihilfe zum Mordversuch an einem Bundesagenten. Zweifach. Wir waren zu zweit.«

»Acht bis lebenslänglich«, trug Clancy bei, der sich freudig an dem Spielchen zu beteiligen schien, ganz gleich, worum es dabei gehen mochte.
»Und Beihilfe zur Fälschung ...« Tony Carmino entspannte sich, lehnte sich gegen die graue Wand.
»Und der Auftragsmord an Harry Cardona.«
Trafficante war nicht die Art von Mensch, der sich in einem Verhörraum des Polizeireviers von Queens unwohl fühlte. Er war hier wie zu Hause.
»Ja, ja, tun Sie nur, was Sie nicht lassen können.« Er zuckte die Achseln. »Falls das hier auf irgendeinen Vorschlag hinausläuft, *mangiari stronza*!« Das war Sizilianisch und hieß: Ihr könnt mich mal.
»Zeig's ihm«, sagte Elmore Williams zu Sonderagent Carmino.
Carmino zog einen Computerausdruck aus der Tasche. Er hielt ihn Trafficante zum Lesen hin. Es war eine Liste von Trafficantes diversen geheimen Bankkonten. Sogar vor der Cosa Nostra geheim.
»Weiß Don Giovanni darüber Bescheid ...?« fragte Tony Carmino leise.
Trafficante hob die Schultern und grinste höhnisch. »Ihr glaubt, die machen sich wegen so was Sorgen? Wir sind erwachsene Männer, *Signore*. Wir behandeln uns nicht gegenseitig wie ... Beamte. Kleine Angestellte.«
»Weiß er darüber Bescheid ...?« Elmore Williams zeigte auf ein paar Buchungen auf dem Auszug einer Bank auf den Cayman-Inseln.
Er hielt den Ausdruck so, daß Trafficante ihn deutlich sehen konnte. »Das ist Geld von der amerikanischen Regierung, Dino. Lauter regelmäßige, belegte, in den Akten vermerkte Dollarzahlungen. Vom Secret Service der Vereinigten Staaten an dich. Schau her, Konto 4088327, bei einer Schweizer Bank.«
Dino Trafficante schwieg weiter. Jetzt war er ein besorgter Mafioso. »Ich hab' nie Geld von der Bundespolizei genommen. Das ist ein Trick. Das sind gottverfluchte Fälschungen.«
»Aber ob die Brüder in Sizilien das auch so sehen? Das frage ich mich. Das ist die große Frage, Dino. Willst du das Risiko eingehen? Du mußt ja ein Herz und eine Seele mit dem *Capo* sein ...«
Das Einsatzkommando hatte Trafficante von Anfang an unter Druck setzen wollen. Die Bankauszüge waren Fälschungen, angefertigt von einem Agenten im New Yorker Einsatzbüro.

Williams hatte begriffen, daß die Gewalt, die Demütigung bei der Festnahme in der Bar und die Tatsache, daß einer seiner Leibwächter steif im Leichenschauhaus lag, zusammengenommen überzeugend auf Dino Trafficante wirken mußten und ihm sagten, daß diese Männer es todernst meinten. Und falls sie wirklich in aller Stille Geld auf sein Schweizer Bankkonto eingezahlt hatten, war sich der Sizilianer nicht sicher, wie Giovanni Favorito Noto oder sein furchterregender *Consigliere* Franco Cagliaro darauf reagieren würden.

Denn eine Durchleuchtung Trafficantes hatte ergeben, daß seine beiden Brüder Aldo und Freddo ermordet worden waren, einer von Cagliaro, der zweite den Gerüchten nach von Noto selbst. Es war an einem schönen Morgen beim Frühstück auf einem Bauernhof in der Nähe von Corleone geschehen, in beiden Fällen ein Kopfschuß, unmittelbar nach dem Todeskuß vom *Capo*, auf beide Wangen.

Es wäre Williams ein Rätsel gewesen, warum der letzte überlebende Trafficante-Bruder immer noch für die Mafia arbeitete, hätte er nicht gewußt, daß die Gier nach Millionen Dollar in bar, die tüchtige Gangster wie Dino in die Arme von Don Giovanni und seiner Sizilianer trieb, schwerer wog als Gedanken an *Vendetta*.

Aber die Trafficantes gehörten innerhalb von Giovanni Favorito Notos Verbrecherfamilie eindeutig nicht zu den Vertrauenswürdigsten, und das machte Dino schwer zu schaffen.

Don Clancy verschränkte die Arme. Es machte Spaß, Profikollegen bei der Arbeit zuzusehen.

Nach fast eineinhalb Stunden erklärte Dino Trafficante, jetzt sei er ihretwegen ein toter Mann. Er wollte wissen, ob das Schutzprogramm für Zeugen auch für ihn gelte.

Elmore Williams versicherte es ihm, und während er die Handschellen aufschloß, stellte Lieutenant Clancy zwei Stühle neben ein Tischchen mit einem Mikrophon und einem kleinen Kassettenrecorder.

»Mann, bin ich heiser«, sagte Trafficante lammfromm. »Ob ich wohl ein Glas Wasser kriegen könnte …?«

»Ja. Natürlich.« Williams warf Tony Carmino einen Blick zu, und Tony ging zur Tür. »Inzwischen erzählst du mir was über den Anschlag auf Sonderagent Williams. Wer hat den befohlen?«

»Ich hab' bloß das Päckchen gepackt«, erwiderte Trafficante.

Ach ja, dachte Williams. Es war immer gut, wenn ein Gangster zu singen anfing. Elmore Williams wußte, daß es häufig vorkam. Man

mußte sich nur über die Vorschriften hinwegsetzen und den Typen eine Scheißangst einjagen.
»Das ist mir klar. Wer hat es befohlen?«
Dino zögerte. Aber Elmore Williams hatte den Bankausdruck, der so wirkungsvoll war wie ein Todesurteil, so hingelegt, daß ihn der Häftling gut sehen konnte.
»Franco Cagliaro. Er hat gesagt, dieser Williams hat die Mafia zum Narren gehalten und hat eine Lektion nötig.«
»Danke, Dino«, sagte Williams sanft.
Und als Trafficante seinem kalten Blick begegnete, ahnte er schon, was der Mann, der ihn geschnappt hatte, gleich sagen würde.
»Wir sind uns nicht vorgestellt worden. Ich bin Sonderagent Elmore Williams. Es ist mir ein Vergnügen, glaub mir ...«

Es war vier Tage her, seit Alan Clair David Jardine ins Finanzministerium gebracht und ihn mit Anwältin Nancy Lucco bekannt gemacht hatte. Nach dem ersten Treffen hatte sich Nancy bei Jardine bedankt und die nächsten zwei Stunden damit verbracht, sich in die geheime SIS-Akte zu vertiefen, die er ihr geliehen hatte. Sie war beeindruckt von der kalten Gründlichkeit des britischen Geheimdienstes. Es war deutlich, daß David Jardine sehr viel mehr über Dawidow und sein Leben wußte, als die ausführlichen Informationen, die er ihr gegeben hatte, enthalten hatten.
Sie hatte einen guten Verstand, und wenn sie gewußt hätte, daß Direktor Farley es für möglich hielt, sie könne in etwa zwölf Jahren eine Kandidatin für seine Stelle werden, wäre Anwältin Lucco angenehm überrascht gewesen. Aber nicht erstaunt.
Nach vier Tagen und drei weiteren Treffen mit dem englischen Agentenführer, der sie so beunruhigend an Eddie Lucco erinnerte, traf sich Nancy Lucco also im Büro der CIA in der alten Vietnamesischen Botschaft, vom Finanzministerium aus schnell zu Fuß zu erreichen, mit Alan Clair und sagte ihm, erstens enthalte ihnen Jardine wesentliches Beweismaterial vor und zweitens sei die amerikanische Währung zu wichtig, als daß ein hergelaufener englischer Spion ein blödes Spielchen damit treiben dürfe, gottverflucht noch mal.
Clair nickte. Er hatte aufmerksam zugehört, während David Jardine Nancy ins Bild setzte, und dem SIS-Mann war kein Vorwurf zu machen. Er hatte jede ihrer Fragen höflich beantwortet und so detailliert,

wie man sich das nur wünschen konnte. Und doch hatte Alan Clair weiterhin das Gefühl, sein alter Freund erzähle der Anwältin vom Finanzministerium nur, wovon er wolle, daß sie es wisse.

Das war die normale Situation bei jedem Austausch zwischen Geheimdienstangehörigen verschiedener Dienste – selbst wenn sie für dieselbe Nation arbeiteten, von ausländischen Organisationen ganz zu schweigen. Aber als er versuchte, Nancy Lucco zu erklären, wie so etwas üblicherweise ablief, wurde sie nur noch energischer und bestand noch nachdrücklicher darauf, Jardine dazu zu zwingen, daß er alles sagte, was er wußte.

»Zum Teufel, Frau Anwältin, was sollen wir denn Ihrer Meinung nach machen? Ihm auf dem Weg zum Henley-Park-Hotel einen Sandsack auf den Kopf hauen und ihn mit Scopolamin vollpumpen?«

»Hören Sie, haben Sie wirklich verdaut, was der Kerl uns erzählt hat? Haben Sie ... sich klargemacht, was hier im Gang ist?«

»Sicher, selbstverständlich habe ich das getan.«

»Mit allem Respekt«, Nancy Lucco holte tief Luft, »ich unterstelle, daß Sie den Fall Danny Dawidow aus der Perspektive der CIA gesehen haben. Mein Dienst muß die amerikanische Währung schützen. Das ist unser Job. Ich habe ein paar Diagramme angefertigt.«

»Mit dem Computer?«

»Auf Millimeterpapier. Die altmodische Methode. Von Dawidows allererstem Betrugsmanöver an.«

»Die Sache mit dem Flugzeugbenzin.«

»Und danach bin ich der Entwicklung aller folgenden Coups nachgegangen. In jedem Land. Jeder Fälschung und Falschinformation, um zum Erfolg zu kommen. Und es ist eine gottverfluchte Erfolgsgeschichte, Mr. Clair.«

»Und was haben Sie herausgefunden ...?«

»Erstens, alle beraubten Organisationen oder, im Fall von Thailand, ein ganzes Land hätte er mühelos völlig ruinieren können. Bis jetzt scheint er rein zufällig gute Laune gehabt zu haben. Sehen Sie sich die Operation gegen Credex in Sankt Petersburg an. Sie hätten Credex weltweit vernichten können. Haben Sie gelesen, daß die thailändische Regierung ihre gesamte Papierwährung zurückrufen und umtauschen mußte, nachdem Dawidow gefälschte thailändische Banknoten im Wert von achthundert Millionen Dollar in Umlauf gebracht hatte?«

»Sicher. Selbstverständlich.« Wenn ich ehrlich sein soll, dachte Clair, habe ich das Ganze vielleicht wirklich nur aus der Geheimdienstperspektive gesehen. Wo liegt schließlich ein militärisches, politisches oder wirtschaftliches Interesse an einem verrückten Israeli, der sich vorgenommen hat, eine Bresche in die bis jetzt unzugänglichen Geldsysteme der Welt zu schlagen? Falls der Kerl sein Geld dazu benutzt hätte, ein feindliches Regime zu unterstützen, zu unserem Nachteil eine Regierung zu stürzen oder technologische Geheimnisse aus den USA zu kaufen, dann hätte das den Gang der Dinge beschleunigt. Aber bis jetzt ist nichts davon passiert.

»Ist Ihnen schon einmal durch den Kopf gegangen, was aus der amerikanischen Wirtschaft würde, wenn jemand überall auf der Welt Abermilliarden perfekt gefälschter Dollarnoten in Umlauf brächte? Vielleicht sogar Billionen.« Nancy lehnte sich im Stuhl zurück und musterte Clair, als wäre er ein potentieller Zeuge der Gegenseite.

»Das würde eine Menge Komplizen erfordern, und dafür haben wir keinerlei Beweise. Und sobald er damit anfängt, Hunderte von Leuten anzuwerben, sickert bei seinen Operationen etwas durch. Dann könnten wir ihn bald aufspüren und ihn unschädlich machen.«

»So wie Sie es mit Saddam Hussein gemacht haben ...?« erkundigte sich Nancy zuckersüß.

Ihre Blicke begegneten sich, und Clair mußte grinsen. Er hob die Hände. »Okay«, sagte er, »ich höre zu ...«

Es war 16.24 Uhr am Siebenundzwanzigsten. Der Nachmittag war immer eine bessere Zeit, überlegte Danny Dawidow, in ein Regierungsgebäude einzudringen, als die tiefe Nacht, ein Fehler, den schon viele gemacht hatten. Darunter vielleicht auch die Watergate-Einbrecher.

Danny und sein Partner Nikolai Kolossow hatten keine Dietriche, keine Nachschlüssel und keine Skimasken nötig, denn an den Hemdtaschen trugen sie in durchsichtige Folien eingesiegelte, mit ihren Fotos versehene Dienstausweise von Angestellten der staatlichen Gravieranstalt. Und sie waren in Begleitung eines regelmäßigen Besuchers im Archiv des amerikanischen Finanzministeriums, in offizieller Mission – James Thompson Fenwick, einer der für die Operation Medusa angeworbenen Agenten, mit dem sie sich an jenem Abend in der Bar in der 6th Street in der Nähe von Washington Harbor getroffen hatten. Der zweite Rekrut saß in einem Büro in der Gravieranstalt in der 14th Street

neben dem Telefon, bereit, für die drei Männer zu bürgen, falls jemand auf die Idee kommen sollte, sie zu überprüfen.
Das Aktenarchiv der Vereinigten Staaten lag auf der Rückseite des Finanzministeriums. Dort wurden Unterlagen über jede je von der amerikanischen Regierung getätigte Transaktion aufbewahrt, darunter auch historische Dokumente, zurück bis zum ersten Zusammentreten des Kongresses.
Akten über das Jahr 1865, das zufällig auch das Jahr war, in dem während des Bürgerkriegs der US Secret Service gegründet worden war, um den Präsidenten und die amerikanische Währung vor Fälschungen zu schützen, wurden in dem von Luftfeuchtigkeit freien Keller im Sektor B-12 aufbewahrt, eingeschlossen in einen langen Trakt, ein Labyrinth aus Regalreihen, auf denen sich beschriftete, eingestaubte Schachteln stapelten, allesamt mit rosa Band verklebt und versiegelt. Derart seltene Dokumente waren natürlich eine Versuchung für Diebe – deshalb war es schwierig, eingelassen zu werden. Aber wenn man erst einmal im Raum war, bestand die einzige Aufsicht normalerweise aus einem Angestellten der Archivabteilung.
Fenwick war dem Aufseher, der sie in B-12 führte, nicht unbekannt, denn er war unter anderem für die Archivkartei der staatlichen Gravieranstalt zuständig.
Deshalb herrschte in dem langen Trakt mit der trockenen Luft eine alltägliche Atmosphäre, langweilig und einschläfernd.
Dawidow und Kolossow mußten, natürlich unter anderen Namen, offiziell in den Akten für 1923 etwas nachsehen. Es ging um eine Bewilligung für den Materialankauf für die Gravieranstalt, denn sie hatten im Lager angeblich altes Material gefunden und glaubten, es könne von einem gewissen Wert für das Museum der Gravieranstalt sein.
Es war kein Zufall, daß die Akten für das Jahr 1865 auf einem Regal direkt gegenüber denen aus dem Jahr 1923 aufbewahrt wurden.
Während Fenwick den Aufseher in ein Gespräch hineinzog, ihn fragte, ob er einen Blick auf das neue Karteisystem werfen dürfe – Dannys Recherchen hatten ergeben, daß dieses System der ganze Stolz dieses Aufsehers war –, machte sich Kolossow, von Danny gedeckt, an die Arbeit.
Sie wußten genau, in welcher Schachtel die Akten über die Einkäufe des Finanzministeriums für das Kriegsministerium vom Monat April waren. Danny und Kolossow hatten mit genauen Nachbildungen geübt, das

rosa Band aufgeschnitten, es entfernt, die Schachtel geöffnet, die Akten für die vierzehnte Woche ausfindig gemacht und – nichts entnommen. Die beiden Ganoven fügten vielmehr etwas hinzu.
Ein paar kleine Änderungen in der Geschichte finanzieller Transaktionen der Vereinigten Staaten, im April 1865.
Als das erledigt war, ersetzte Kolossow das rosa Klebeband und das Siegel mit Nachbildungen, originalgetreu bis hin zum Alter des Bands und der chemischen Zusammensetzung des Siegels, während sich Fenwick am anderen Ende des Gangs über die Leistungsfähigkeit des neuen Karteisystems beeindruckt zeigte. Der Russe, dem Schweiß über die Schläfe lief, sah Danny Dawidow an.
»Sehr, sehr gut«, murmelte der ehemalige Mossad-Mann.
In der versiegelten Schachtel lagen jetzt zwei weitere Dokumente über den Kauf von Goldbarren im Wert von siebzigtausend Dollar von einem Privatbankier in der Ukraine. Die Kaufbestätigung war mit dem Datum 11. April versehen, und die interne Aktennotiz, in der die Lieferung an einen Empfänger bestätigt wurde, von dem es in der Akte nur hieß: »Geheim. Unterwassererforschungsabteilung des Kriegsministeriums«, stammte vom Neunundzwanzigsten des Monats.
Die Akten waren von den Nghis auf jungfräulichem Papier gefälscht worden, hergestellt 1859 in Connecticut. Sie hatten dazu verschiedene Chemikalien und teure Röntgen- und Infrarotgeräte benutzt, die Danny Dawidow und der Russe in Europa gekauft hatten, um nicht das Interesse amerikanischer Ermittler auf sich zu lenken.
Derart altes, unberührtes Papier, weder beschrieben noch bedruckt, war bei der schönen Kunst der wahren Fälschung eine absolute Notwendigkeit.
Danny Dawidow und seinem Partner war jedenfalls mit dem Vergnügen echter Spieler aufgefallen, daß die Farbe der gefälschten Papiere genau derjenigen der Blätter entsprach, zwischen die Kolossow sie eben geschoben hatte.
Zum erstenmal seit Wochen empfand Kolossow ein Prickeln der Erregung. Er nickte und lächelte erfreut. Nur seine Augen blieben kalt.
Denn das Endspiel hatte begonnen.

13. Kapitel
Steintänzer

Elmore Williams und sein Einsatzkommando hatten mit dem Staatsanwalt Tony Faccioponti vereinbart, daß die Anklage gegen Dino Trafficante in den nächsten Wochen unter Verschluß blieb. Sie umfaßte Anstiftung zum Mord an Harry Cordona, Anstiftung zum versuchten Mord an Elmore Williams, seiner Frau Martha und ihrer Tochter Melanie, unerlaubten Schußwaffenbesitz, Kokainhandel und Handel mit Falschgeld. Und falls alles andere vor Gericht nicht standhalten sollte, konnten sie ihn immer noch, wie Elmore Williams bemerkte, wegen Falschparkens drankriegen.

Wie auch immer, Dino Trafficante wurde unter das Schutzprogramm für Zeugen gestellt. Sie brachten ihn in ein sicheres Haus in Westchester County, rund um die Uhr bewacht, und zerlegten den Mann wie eine Artischocke. Dabei erhielten sie mehr Informationen als je zuvor über die Machenschaften der Mafia aus Palermo, Giovanni Favorito Noto und vor allem über Franco Cagliaro. So erfuhren sie auch, daß Cagliaro den *Capo* Don Giovanni dazu überredet hatte, die Dienste zweier vietnamesischer Fälscher, die in Vietnam für die CIA gearbeitet hatten, gegen Geld an einen verrückten wandernden Juden und seinen russischen Handlanger auszuleihen.

Dino wußte sogar, daß es diese beiden gewesen waren, die vor ein paar Monaten in der Banco di Calabria in Palermo zugeschlagen hatten. Das interessierte Elmore zwar, aber zu jenem Zeitpunkt ahnte er nicht, daß sein Schutzengel Nancy Lucco mit dieser Information etwas hätte anfangen können. Er beschäftigte sich also weiterhin damit, den Mann namens Cagliaro zu überführen, denn das war der Gangster gewesen, der Elmore Williams' Tod befohlen hatte. Und deshalb nahm der Secret-Service-Agent den Fall persönlich.

Nancy Lucco zog ein schönes Seidenkleid von Lagerfeld an. Sie hatte lange in der Badewanne gelegen, mit einem herrlichen Grapfruitöl, das sie bei Barney in Manhattan gekauft hatte. Sie duftete am ganzen Körper. Als sie den Kopf schieflegte und winzige Perlenohrringe anlegte, fragte sie sich, wie dieser David Jardine wohl als Ausgehbegleiter sein mochte. Er konnte gefährlich für sie werden, weil er sie an Eddie erinnerte, und es gab wenig Zweifel daran, daß er in der Gesellschaft von Frauen entspannt war und sich wohl fühlte.
Verdammt noch mal, viel zu wohl, dachte sie. Der Mann strahlte Selbstbewußtsein aus – war entspannt, ruhig, selbstironisch. Jardine hatte ausdrucksvolle Augen. Sie sagten Dinge, auf die alles andere an ihm, Worte und Gesten, niemals hätten schließen lassen.
Sie lachte leise, denn Nancy hatte David Jardine mindestens zweimal dabei ertappt, wie er sie auf eine ... wenig neutrale oder geschlechtslose Weise angesehen hatte.
Aber während sie ihr Gesicht im Spiegel musterte, war es Eddie, der sich in Nancys Gedanken breitmachte. Man sollte doch eigentlich hoffen, dachte sie, daß der Schmerz allmählich nachläßt. Aber so war es nicht. Der Heilungsprozeß verlief ganz anders, als sie gedacht hatte. Denn inzwischen hatte sie begriffen: Ihr dämlicher Itakercop war nie weit weg. Wo sie auch war. Was sie auch tat.
Sie holte tief Luft und verließ die Wohnung, um herauszufinden, wozu das Abendessen mit David Jardine führen würde.

Jardine war amüsant und freundlich, erzählte zum Brüllen komische Geschichten über die absurderen und peinlicheren Augenblicke im Spionagealltag. Er sah gut aus in einem Paar naturfarbener Leinenhosen, einem marineblauen Baumwollhemd und einem einfachen, hellbraunen Wolljackett, im Stil Armanis. Mit anderen Worten, er trug nicht die typische Garderobe des englischen Gentleman, in der er bei den vier Besprechungen im Finanzministerium erschienen war.
»Wo möchten Sie essen?« hatte er gefragt, nachdem beide in der runden Bar des Hotels Willard, nicht weit vom Weißen Haus entfernt, zwei Martinis getrunken hatten.
»Das ist mir gleich«, erwiderte Nancy.
»Es ist Ihre Stadt.«
»Sie sind hier auch kein Fremder.«

»Okay. Vertrauen Sie mir.« Und er warf ihr wieder diesen gewissen Blick zu. Amüsiert und doch freundlich, als wollte er sagen: »Ich kann beißen, aber ich werde es lassen.« Und sie winkten ein Taxi heran und fuhren zum Essen in ein hübsches kleines Restaurant in Georgetown. Es hieß Nathan's und hatte eine dazugehörige Bar gleichen Namens. Die Tischdecken waren rot-weiß kariert, und die Weinflaschen auf dem Tisch dienten als Kerzenständer.

Natürlich kannte Nancy das Nathan's, aber sie freute sich darüber, daß sie der Engländer nicht in eines der langweiligen Restaurants geführt hatte mit gestärkter weißer Tischwäsche, poliertem Silber und Kellnern in Smokings.

Sie tranken noch zwei Martinis und bestellten das Essen.

»Und eine Flasche ...« Jardine sah Nancy Lucco an, »mögen Sie lieber Roten oder Weißen, Nancy?«

Sie zuckte die Achseln. »Ich mag beides.«

»Okay, nehmen wir eine Flasche ...«, er zeigte der Kellnerin die Speisekarte, »... von dem hier.«

»Zinfandel. Rot? Kommt sofort.« Die junge Kellnerin machte kehrt und marschierte in die Küche.

»Da war er also«, sagte David Jardine und setzte eine seiner unerhörten Geschichten fort, »auf den Knien und hielt Madame Ceauşescu den Strauß aus Pfingstrosen und Mistelzweigen hin, geklaut aus dem Garten des Botschafters, als die Schlafzimmertür aufging und der alte Tyrann persönlich hereinkam.«

»Ceauşescu?«

»Genau.«

»Heiland ...« Sie schüttelte den Kopf, ziemlich sicher, daß Jardine die Geschichte beim Erzählen erfand.

»Fragen Sie mich, was Ronnie gemacht hat.«

»Was hat er gemacht?«

»Er hat gesagt, hat gestammelt: ›Gott sei Dank, daß Sie gekommen sind.‹«

Jetzt lachten sie beide. »O Mann«, sagte Nancy, »machen Sie halblang ...«

»Nein, wirklich. ›Gott sei Dank, Herr Präsident, daß Sie gekommen sind. Ich habe Madame Ceauşescu eben erklärt, wie tödlich diese Beeren sein können, als mir meine Teilprothese aus dem Mund gefallen ist, ah, da ist sie ja.‹«

»Hören Sie auf … aufhören, David! O je … ich hab' Bauchschmerzen vor Lachen.«
Sie schüttelten sich vor Lachen. Jardine wischte sich die Tränen aus den Augen, und in dem unvermeidlichen, kurzen Moment, in dem sich ihre Blicke begegneten, war seiner warm und … freundlich.
»Was ist es eigentlich für ein Gefühl?« fragte sie ihn.
»Was ist was für ein Gefühl?«
»Einen Job wie Ihren zu haben. Der Traum jedes Schuljungen, der Alptraum aller Liberalen, von jedem Steuerzahler finanziert, ohne daß er es weiß. Von den Journalisten falsch eingeschätzt.«
»Es ist ein Job«, sagte er.
»Es ist kein alltäglicher Job.«
»Wollen Sie die Wahrheit hören?«
Nancy grinste. »Nicht wenn ich hinterher zum Schweigen gebracht werden muß. Ich habe den Film über Watergate gesehen …«
»Manchmal macht es ungeheuer Spaß. Man darf sich wirklich schlecht benehmen, und Sie haben ganz recht, auf Kosten des Steuerzahlers. Es kann aber auch so langweilig werden, daß man sich fragt, warum man je unterschrieben hat. Und manchmal ist es … sehr ernüchternd.«
»Beängstigend?« Sie musterte ihn aufmerksam.
Jardine nickte. »Furchterregend. Wenn man damit konfrontiert wird, was für ein beschissenes Spiel es sein kann. Wenn man Menschen benutzt.« Einen Augenblick lang war er nachdenklich, dann hellte sein Blick sich auf, und er lächelte, sogar mit den Augen. »So. Erzählen Sie mir vom Finanzministerium. Wie sind Sie dorthin gekommen? Sind Sie in Harvard entdeckt worden?«
Nancy Lucco brauchte einen Moment, bevor sie antworten konnte, so gerührt war sie von der Ernsthaftigkeit seiner Erwiderung.
»Ich bin mir sicher, daß Sie mir das erzählen könnten«, sagte sie.
»Ich schwöre, ich kann es nicht. Alan hat mir nur gesagt, daß Sie in Harvard studiert haben. Ihr verstorbener Mann sei ein hochgeschätzter Kriminalpolizist in New York gewesen, im Einsatz umgekommen. Und daß die Leute in der Branche Ihnen vertrauen.«
Während sie weiter miteinander sprachen, fiel David Jardine auf, daß sie ihren toten Mann kaum erwähnte, höchstens ganz kurz. Er war jedoch sensibel genug, um zu begreifen, wie sehr er ihr fehlte. Er mußte ein toller Mann gewesen sein, dachte er. Als sie ihm erzählte, was für ein Kulturschock Washington für sie nach New York und ihrer vollge-

stopften Wohnung in Queens gewesen war, hatte er plötzlich das Gefühl, sie bei einem Mittagessen vor einiger Zeit im Le Palm gesehen zu haben. Er hatte sich gelangweilt und mit dem Versuch die Zeit vertrieben, den Blick einer attraktiven Frau einzufangen, die auf der anderen Seite des Restaurants allein beim Essen saß.

Es hätte Nancy Lucco sein können. So gut war sein Gedächtnis. »Essen Sie manchmal im Le Palm?« fragte er, als die Kellnerin die leeren Teller abräumte.

»Sicher, warum?«

Er merkte, daß das nach plumper Annäherung geklungen hätte. »Ach, es ist mir nur so durch den Kopf gegangen.«

»Ich esse manchmal dort zu Mittag. Es ist nicht leicht für eine Frau, allein zu essen, nicht einmal hier in der Hauptstadt der politischen Korrektheit. Man wird ständig angegafft, von allen möglichen Idioten.« Sie lächelte und ließ den Blick durch den Raum schweifen.

David Jardine überraschte es, daß er in ihrer Gesellschaft so etwas wie Freude empfand. Es lag etwas in der Luft, eine Spannung zwischen ihnen, wie der Dunst, der auf der Oberfläche eines Sees Schwaden bildet.

»Das kann ich mir vorstellen«, sagte er.

Sie beschlossen, auf den Kaffee zu verzichten, und schlenderten hinaus in die warme Luft von Georgetown. David Jardine warf einen Blick auf die Uhr. Es war zehn nach zehn.

»Mögen Sie Jazz ...?« fragte Nancy und wich aus, als ein Rasta auf Rollschuhen an ihnen vorbeisauste.

»Ich liebe Jazz.«

Sie fragte sich, ob er die gleiche Antwort gegeben hätte, wenn sie ihn gefragt hätte, ob er gern ins Kasperletheater gehen würde. Aber nach zehn Minuten in Mr. Smith's Riverside-Jazzklub war unverkennbar, daß David Jardine tatsächlich Jazz liebte. Sein Liebling sei Thelonious Sphere Monk, sagte er ihr. Wenn »Blue Monk« richtig gespielt werde, jage ihm das immer wieder Schauer über den Rücken.

Drei Jack Daniels mit Soda später, als es auf Mitternacht zuging und das Tommy-Sullivan-Trio mitten in einer neunminütigen Improvisation von »Blue Monk« war und Jardine den Kopf im Takt der Musik bewegte, beugte sich Nancy Lucco zu ihm. Als er sie ansah, näherte sich ihr Mund seinem Ohr.

David Jardine empfand ein köstliches Prickeln. Manchmal, Herr, bist du wirklich zu gütig zu deinem alten Sünder.

»David …« flüsterte sie, mit leicht heiserer Stimme und dem Aroma von Bourbon im Atem.
»Mmm-hmmm …?« hauchte er und schnupperte an ihrem Haar.
»Warum zum Kuckuck verschweigen Sie uns etwas?«

Etwa um dieselbe Zeit hatte Nikolai Kolossow in New York City einen Termin bei einem angesehenen und tüchtigen Anwalt, Michael Mitchel, Seniorpartner von Mitchel und Weintraub. Es war spät, denn angeblich war Kolossow eben erst mit dem Flugzeug aus Europa angekommen. Ein Strohmann der beiden Kriminellen hatte die Reise gemacht, mit einem Paß, der jetzt in der Innentasche des Jacketts des ehemaligen KGB-Obersten steckte.
Mitchel war spezialisiert auf Vertrags- und Urheberrecht und Regierungsschulden bei Einzelpersonen. Er hielt Kolossow für einen aus der Ukraine stammenden Amerikaner namens Peter Topolski, einen ehemaligen Kleindarsteller und Statisten, der nach dem Fall der Berliner Mauer und dem Zusammenbruch der UdSSR in die Ukraine zurückgekehrt war.
Dort, so die Geschichte – und sie ließ sich lückenlos überprüfen, weil Kolossow tatsächlich in einer Kleinstadt in der Nähe von Winiza aufgetaucht war, mit korrekter Legende und allen Papieren, dem amerikanischen Paß, dem Mitgliedsausweis der Schauspielergewerkschaft, Familienbriefen, den Geburtsurkunden seiner Mutter und seines Großvaters –, habe Topolski für die Rückgabe der früheren Ländereien der Topolskis an seine wiedergefundenen Verwandten gesorgt. Der Besitz war beträchtlich und umfaßte ein baufälliges großes Haus, erbaut im Stil Palladios, das jetzt ein Unterschlupf für verwilderte Schafe und Ziegen war, mit hundert Tauben im zerstörten Dach.
Zudem hatte es ein kleines Stadthaus in Winiza gegeben und einen Brief von Großvater Topolski in Amerika mit einem Empfehlungsschreiben an einen Anwalt und Notar in Winiza, der die vertraulichsten Familienpapiere sicher aufbewahren werde, bis die »Probleme« vorüber seien. Die Probleme waren, wie sich herausgestellt hatte, durch die bolschewistische Revolution geschaffen worden, und über siebzig Jahre später war es nur unermüdlichen Recherchen und erstaunlichem Glück zu verdanken, daß der Kleindarsteller Peter Topolski die Nachkommen des mit der Sache befaßten Anwalts ausfindig gemacht hatte. Und diese Nachkommen hatten sich wie so viele während der alptraumhaften

Jahre der kommunistischen Diktatur um die eigenen Angelegenheiten gekümmert und die Akten der alten Anwaltskanzlei in Wachspapier eingewickelt und in versiegelten Metallbehältern im Boden vergraben. Bei Wodka und Trinksprüchen, fotografiert von einem Reporterteam der Lokalzeitung, waren die übriggebliebenen Papiere der Familie Topolski dem ältesten überlebenden Mitglied zurückgegeben worden – Peter Andrejewitsch.

Peter hatte die Ländereien, das Stadthaus und die eingefallene Gutsvilla großmütig seiner wiedergefundenen ukrainischen Verwandtschaft überschrieben und war in die USA zurückgekehrt.

Der ursprüngliche Reichtum der Topolskis vor der Revolution stammte aus einer Privatbank, die ein Bogdan Topolski im achtzehnten Jahrhundert gegründet hatte. Mit Niederlassungen in Sankt Petersburg, Schweden, London und New Amsterdam war die Bank früher bekannt gewesen für ihre legendäre Diskretion und ihre Macht: die Kontakte zu den Schiffseignern und Versicherungspionieren in der Neuen Welt.

Mitchels Recherchen hatten ihn davon überzeugt, daß das amerikanische Finanzministerium im Jahr 1865 unter strenger Geheimhaltung, weil es während des Bürgerkriegs war, von der ukrainischen Bank der Familie Topolski Gold im Wert von siebzigtausend Dollar gekauft hatte.

Das Gold hatte mit Obligationen des amerikanischen Finanzministeriums bezahlt werden sollen, und Topolski war beim Anwalt, weil die Zahlung nie geleistet worden war, trotz der Quittung für das ungemünzte Edelmetall, die er Mitchel ausgehändigt hatte.

Der Kaufvertrag, den Peter Topolski im Beisein von zwei Zeugen, Jack Stevenson für Mitchel und einem kleinen, kahl werdenden Mann namens Phillip Messervy für Topolski, Mitchel übergeben hatte, war in Plastikfolie eingeschweißt und trug im Briefkopf das Siegel des Finanzministers der Vereinigten Staaten.

Im Vertrag zwischen der Topolski-Bank in Kiew und dem Finanzministerium der Vereinigten Staaten war eine Rückzahlung der siebzigtausend Dollar zu einem Zinssatz von einem Prozent auf Kalendermonatsbasis vereinbart worden nach Lieferung der Goldbarren. Eine Vereinbarung ohne jegliche Konsequenz, wenn die Obligationen des Finanzministers rechtzeitig gezahlt worden wären.

Aber auch das hätte inzwischen niemanden mehr interessiert, wenn Topolski nicht Briefe über einen Zeitraum von fünfzig Jahren vorgelegt

hätte, aus denen hervorging, daß die amerikanische Regierung das Geld schuldig geblieben war und die schlaue Familie Topolski einfach auf die wachsenden Zinsen gesetzt hatte.
Bis zur Revolution.
Und jetzt, nach dem Zusammenbruch des Kommunismus und nach der Wiedererlangung des Familienbesitzes, war Peter Topolski hier und wollte kassieren.
»Als erstes«, sagte Mitchel, nachdem er im Beisein von Zeugen die Papiere an sich genommen hatte, »muß ich das hier auf Echtheit prüfen lassen. Leider sind viele Fälschungen dieser Art im Umlauf.«
»Wie lang wird das dauern?« fragte Kolossow.
»Nicht lange. Wir haben das As auf dem Gebiet der Fälschung seltener Dokumente hier in New York City.«
»Wenn das so ist«, erwiderte Kolossow, »liegt jetzt alles bei Ihnen ...«
Und die beiden Männer gaben sich die Hand und verabschiedeten sich voneinander.

Sechs nach ein Uhr morgens.
Das Tommy-Sullivan-Trio spielte seit sieben Minuten »Caravan«, es war spät, aber das war ihnen jetzt gleich.
Nancy Lucco und David Jardine rauchten beide. Sie war nicht auf das zerbeulte alte Zippo-Feuerzeug aus Messing aufmerksam geworden. Sie sahen nun nicht mehr wie ein potentielles Liebespaar aus. Eher wie ein Ehepaar, das über das Haushaltsgeld sprach, denn sie lauschten den Worten des anderen gespannter, als es bei so etwas Folgenlosem wie Sex angebracht gewesen wäre.
Nancys unverblümte Frage – »Warum verschweigen Sie uns etwas?« – war genau zu dem Zeitpunkt gekommen, in dem Jardine damit gerechnet hatte, innerhalb der letzten zwei bis drei Tage. Er hatte sein Spiel auf diesen Moment hin geplant. Und er war ein zu erfahrener Agent, als daß er diesen Augenblick ungenutzt hätte verstreichen lassen.
»Weil ich mein Bestes geben will«, hatte er ihr ins Ohr geflüstert, das ganz leicht nach aromatischer Frische roch, nach Klee oder Orangen. »Ich brauche Hilfe von euch. Vielleicht von Alan und Ihrem Direktor. Einfluß auf höchster Ebene.«
Nancy war dicht bei ihm geblieben, Wange an Ohr, vielleicht ein bißchen länger, als für den Wortwechsel nötig gewesen wäre. Aber die Antwort machte sie auf angenehme Weise neugierig. Erstens hatte sie

recht gehabt. Er hielt etwas zurück. Etwas ziemlich Wichtiges, wenn er auf einen Kuhhandel auf Direktorenebene hinauswollte. Auf Regierungsebene. Zweitens, das folgte daraus, würde sie den Dank dafür ernten, es aus ihm herausgeholt zu haben, falls sie diesem David Jardine entgegenkommen konnten.
Und drittens, hatte sie überlegt, als sie sich zurücksetzte und den britischen Agentenführer musterte, falls sie sich geirrt hatte, saß sie in der Patsche, nicht Alan Clair.
»Erklären Sic mir das«, sagte sie.
Jardine hatte ihr gesagt, diese Geschichte mit Danny Dawidow sei ernster, als bisher irgend jemand begriffen habe. Es gebe durchaus die Möglichkeit, daß ein feindlicher ausländischer Geheimdienst sich die Verbrechensserie des verrückten Israelis unter den Nagel gerissen habe. Und daß, sobald Dawidow, das verbrecherische Beinahegenie, den US-Währungsmarkt am Wickel habe, nur um zu zeigen, was für ein hervorragender Spieler er sei – und zweifellos auch, um das Finanzministerium zur Zahlung von ein paar Milliarden zu zwingen –, die finsteren Mächte, deren Spielball Danny Dawidow war, ihn und den Dollar gleichzeitig vernichten könnten.
»Halten Sie es nicht für unverantwortlich, mit solchen Informationen blöde Spielchen zu treiben?« Sie war plötzlich fast nüchtern.
»Ich brauche Zugang zu SIS-Akten und zu den laufenden Ermittlungen aller Abteilungen. Für sich genommen ergeben sie nicht den richtigen Zusammenhang.«
»Gehen Sie mir nicht auf den Geist, David. Sie sind ein Spitzenmann in der Organisation. Für Sie gilt: Bitte, so wird dir gegeben. Machen Sie halblang, ich weiß Bescheid über Ihre geradezu absurden Machtbefugnisse durch Ihre Sicherheitsüberprüfung auf allen Ebenen.«
Jardine hatte ihr erklärt, daß seine Firma streng nach dem Prinzip arbeitete, niemandem mehr zu erzählen, als er unbedingt wissen mußte. Er wahre Geheimnisse, die nicht einmal der Chef je erfahren dürfe, es gebe im Moment heimliche Operationen und Pläne, die niemals in den Akten auftauchen würden. Wenn er an alles Material herankommen wolle, das über die Überbleibsel des alten KGB und deren augenblickliche illegale Auslandsoperationen existiere, ausgeführt von einer Gruppe, die beim russischen Sicherheitsdienst als Sumestnwje Predprijatija bekannt sei, brauche David Jardine eine Intervention auf amerikanischer und britischer Regierungsebene.

Nancy Lucco starrte ihn an. Die Band hatte es endlich geschafft, »Caravan« zu einem Ende zu bringen, zur großen Erleichterung der zwei Dutzend Leute, die noch im Jazzklub ausharrten.
Sporadisches Klatschen.
Er begegnete Nancys Blick, ohne mit der Wimper zu zucken.
»Der KGB ...?« Nancy machte eine wegwerfende Geste. »Ist tot. Der KGB ist einundneunzig oder zweiundneunzig aufgelöst worden.«
»Vielleicht ist er tot, aber er weigert sich, das zur Kenntnis zu nehmen.«
»Sie meinen es ernst.«
»Todernst. Aber Alans Leute wissen das. Wir alle wissen es.« Er drückte seine letzte Winston im vollen Aschenbecher aus und ließ Nancy nicht aus den Augen.
»Danke, meine Damen und Herren. Tommy Sullivan und das Trio möchten Ihnen sagen, daß Sie ein wunderbares Publikum waren. Danke und ... gute Nacht.«
Trommelwirbel und hochnäsiger Applaus.
»Morgen früh um neun«, sagte sie, sternhagelnüchtern, wie Lucco gesagt hätte.
Jardine hob die Hand und verlangte die Rechnung.
Draußen lehnte Nancy sein höfliches Angebot ab, sie nach Hause zu begleiten, und als sie ins Taxi steigen wollte, drehte sie sich um und sah ihn an.
»Scheiße, David Jardine, eben hatte ich angefangen, Sie zu mögen ...« Und sie schüttelte wehmütig den Kopf.
Er grinste. »Ich mag Sie«, sagte er schlicht. »Kommen Sie gut nach Hause.«
Sie zögerten einen Augenblick. Dann nickte sie.
»Ein toller Abend. Voller Überraschungen.« Und sie stieg ein, zog die Tür zu, und das Taxi fuhr weg, die Wisconsin Avenue entlang.
David Jardine machte kehrt und schlenderte in Richtung M Street, die Hände in den Hosentaschen. Er fing an zu pfeifen, und weil er völlig unmusikalisch war, klang es schrecklich. Er machte sich Gedanken über den Funkspruch, den er aus seinem Büro in London erhalten hatte. Ausgerechnet Heather, seine junge und hoffnungsvolle Sekretärin, hatte offenbar eine Ahnung davon, was ihr Chef im Augenblick für wichtig hielt. Denn der Funkspruch teilte ihm Neuigkeiten von der Station in Tel Aviv mit. Der pensionierte Direktor des Mossad für Geheimoperationen, Nathan Zamir, der im Alter von vierundsiebzig

schwerkrank in einem Krankenhaus in Haifa gelegen hatte, sei tot im Bett gefunden worden. Todesursache Ersticken. Die Gerichtsmedizin hatte in den Lungen des Toten winzige Fasern des Kissens gefunden, das ihm wieder unter den Kopf gelegt worden war.
Was Jardine zu schaffen machte, war die Verbindung zwischen dem Mord an Zamir, dem Überfall auf Avvy Eitels in Paris und der Ermordung Elena Konstantinownas in Moskau. Denn falls seine Theorie stimmte, hatten alle drei Opfer zu der illegalen Gruppe innerhalb des Mossad gehört, die das Geld des korrupten Millionärs Robert Maxwell für eigene, geheime Zwecke eingesteckt hatte.

Am nächsten Morgen um 7.10 Uhr klingelte das Telefon neben David Jardines Bett im Henley-Park-Hotel schrill. Jardine fühlte sich ganz schön verkatert, langte hinüber und nahm den Hörer ab.
»Ja?«
»David, hier ist Alan. Deine Besprechung um neun findet nicht im Finanzministerium statt. Sie ist auf acht vorverlegt worden, und vor deinem Hotel wartet ein Wagen. Wir sehen uns in fünfzig Minuten.«
Es war vorauszusehen gewesen, überlegte Jardine, als er die Beine aus dem Bett schwang, daß etliche Leute stocksauer auf ihn waren. Aber ein Spion mußte auch von etwas leben …
Der Wagen war ein Lincoln aus dem Fuhrpark in Langley, der Fahrer ein ungeselliger junger CIA-Agent, der David Jardines freundliches »Guten Morgen« mit einem Brummen quittierte. Er fuhr ihn nach Georgetown, in das sichere, nicht weit von Dumbarton Oaks entfernte Haus, in das Jardine einst den sowjetischen Überläufer und KGB-Obersten Oleg Gordjewski zu dessen erstem Verhör durch die CIA gebracht hatte.
Im Haus, im ersten Stock, warteten Alan Clair, Nancy Lucco, Jim Farley, der Direktor des Secret Service, und Greg Jackson, der Planungsdirektor der CIA.
Niemand lächelte.
Das Zimmer war geräumig und bequem möbliert, mit indianischen Teppichen, großen Sesseln und zwei hölzernen Schaukelstühlen. Auf den Regalen standen zerlesene Bücher, und ein großer Tisch stand da, an dem Platz zum Sitzen war. Die Gemälde an den Wänden waren von Grandma Moses und von einem Maler, an dessen Namen sich Jardine nicht erinnern konnte, der jedoch in den Vereinigten Staaten bekannt

war für seine Darstellungen von Bisonjagden, Custers letztem Gefecht am Little Bighorn und anderen heroischen Themen aus der Geschichte. Jardine bekam den Eindruck, daß seine Kollegen ihn gleichzeitig beobachteten und ignorierten.

Im sicheren Haus hatte ein großer schwarzer CIA-Beamter, den David Jardine von Personenschutzeinsätzen her kannte, ihm die Tür aufgemacht und ihn nach oben geführt. David Jardine wußte, daß er Bob Devine hieß.

Als Devine den Engländer ins Zimmer geleitet hatte, zog er sich zurück und machte die Tür zu.

»David, du kennst Greg.«

»Guten Morgen, Greg.«

Greg Jackson hob grüßend die Hand. Auf seinem Schoß lag eine aufgeschlagene Akte.

»Und das ist Jim Farley, Direktor des Secret Service.«

Farley sah vom Lesen einer ähnlichen Akte auf. »Sehr erfreut, Sie kennenzulernen, Mr. Jardine.«

Jardine nickte. »Gleichfalls ...« Er suchte sich einen bequemen Sessel aus, ignorierte den Platz, den Alan Clair ihm angeboten hatte, schlug die Beine übereinander, war gefaßt und vermittelte das deutliche Signal: Hier ist ein leitender Mitarbeiter des Secret Intelligence Service. Vergeßt das nicht. Er trug einen bequemen sandfarbenen Leinenanzug, den er vor etwa drei Jahren bei Brooks in New York von der Stange gekauft hatte, ein verschossenes blaues Hemd von Armani und eine marineblaue Seidenkrawatte. Dazu die treuen hellbraunen Stiefel, die er sich vor acht Jahren in Peru hatte anfertigen lassen, und am Handgelenk die imitierte Rolex Oyster aus rostfreiem Edelstahl, die immer ganz genau gegangen war, seit er sie für ein paar Dollar in Singapur gekauft hatte.

»Nehmen Sie sich Kaffee. Wenn Sie möchten, können wir ein warmes Frühstück heraufkommen lassen.« Das kam von Clair.

»Nein danke. Kommen Sie zur Sache.«

Direktor Jim Farley nickte. »Natürlich. Darf ich Sie David nennen? David, ich habe um diese Besprechung am Morgen gebeten, weil wirklich keine Zeit zu verlieren ist, falls Ihre Prognose über den Israeli –«

»Den ehemaligen Israeli«, sagte Jardine.

»Okay. Falls Sie recht haben. Sagen Sie uns also, was Sie brauchen. Ich

kann nicht für die CIA sprechen, aber der Secret Service nimmt Ihren Bericht«, er klopfte gegen die Akte auf seinem Schoß, »äußerst ernst.«
David Jardine neigte den Kopf und warf Alan Clair und Greg Jackson einen Blick zu.
Sie sahen ihn an, abwartend.
»Ich glaube, wegen der Informationen aus einer Quelle, die ich geheimhalten muß, sogar vor meinem eigenen Dienst, weil das ein elementarer Bestandteil der Angelegenheit ist, daß ich ausschließlich den SIS bei dieser ... Ermittlung vertreten kann.«
»Damit haben wir keine Schwierigkeiten, oder, Alan?« Jackson sah sich um, als wollte er sagen: Wenn er keine anderen Sorgen hat ...
Alan Clair schüttelte den Kopf. »Keinerlei Schwierigkeiten.«
»David, gestern«, sagte Nancy Lucco – ihm fiel auf, daß sie nicht sagte »gestern abend« –, »haben Sie erwähnt, daß Sie beim Zugang zu bestimmten geschützten SIS-Bereichen unsere Hilfe brauchen könnten. Damit Sie die Sache richtig angehen können.«
Perfekt, dachte Jardine. Bestens formuliert.
»Völlig richtig«, erwiderte er, und er führte genau aus, welche Hilfe die amerikanische Regierung leisten könnte, damit er ihnen als SIS-Vertreter bei einer gemeinsamen Ermittlung helfen könnte. Zusammen, da sei er sich sicher, hätten sie durchaus eine Chance, Danny Dawidow und diejenigen zur Strecke zu bringen, wer auch immer sie sein mochten, die bei seinen exzentrischen kriminellen Operationen als Trittbrettfahrer agierten.
Als er fertig war, machten sich die anderen ein paar Notizen. Dann nickte Jim Farley, und Greg Jackson sagte: »Okay. Wir haben verstanden. David, könnten Sie eine Weile hinausgehen? Bob wird es Ihnen gemütlich machen.«
Also wurde David Arbuthnot Jardine, Direktor für Verbindungen mit ausländischen Diensten im Geheimdienst Ihrer Majestät, äußerst höflich von Bob Devine nach unten geführt. Er stattete dem Waschraum einen Besuch ab, spritzte sich Wasser ins Gesicht, wünschte sich, er hätte gegen seinen Brummschädel ein Alka-Seltzer genommen, und sackte in einen bequemen Sessel. Er griff nach einer *Washington Post* vom Vortag und blätterte darin.
Um zehn nach elf steckte ein lächelnder Alan Clair den Kopf in die Tür, wesentlich entspannter.
»Komm wieder rauf«, sagte er.

Oben hatten die anderen die Kaffeekanne geleert und standen locker plaudernd in einer Ecke. Die frostige Förmlichkeit von vorhin war fast ganz verschwunden.
»David, wir danken Ihnen für Ihre Offenheit«, sagte Jim Farley. »Meine Kollegen von der CIA haben ein paar Telefongespräche geführt. Ich glaube, wir können ins Geschäft kommen ...«
»Gott sei Dank«, erwiderte David Jardine, ehrlich erleichtert. Die anderen wirkten, als wüßten sie das zu schätzen. »Ich muß mich von allen anderen Verpflichtungen zurückziehen und mich auf diese wichtige Operation konzentrieren können. In voller Kooperation mit Ihnen.«
»Nancy hält den Kontakt zu Ihnen, ich habe volles Vertrauen zu ihr. Und ich bin immer für Sie zu sprechen.«
»Das weiß ich zu schätzen, Sir«, sagte Jardine und ergriff Farleys Hand, als sie ihm hingehalten wurde.
»Ich gehe jetzt«, sagte Farley. »Viel Glück, Freunde.«
»Danke.«
Und der Direktor war fort.
»Okay, David. Wir spielen mit«, sagte Greg Jackson. »Sie sind für uns eine bekannte Größe, und Alan hat uns davon überzeugt, daß wir Ihnen – was für gottverfluchte Motive Sie auch haben mögen, wenn Sie nicht einfach was für Ihre Karriere tun wollen –, daß wir Ihnen die Macht geben müssen, die Sie brauchen. Die ... Schlagkraft. Sehe ich das richtig?«
David Jardine lächelte, unbeeindruckt vom Scharfblick des CIA-Mannes.
»In etwa schon«, erwiderte er.

So kam es, daß die Chiffrierangestellten in Langley und im Keller der Botschaft der Vereinigten Staaten am Grosvenor Square in London in den nächsten achtundvierzig Stunden alle Hände voll zu tun hatten. Um 9.41 Uhr am nächsten Morgen bekam der Botschafter der Vereinigten Staaten Besuch vom britischen Staatssekretär im Außenministerium, zur Besprechung einer Angelegenheit, die schon vor Wochen geplant worden war. Als die offizielle Besprechung vorüber war, bat der Botschafter seinen Sekretär, das Zimmer zu verlassen, und trug außerprotokollarisch ein Ersuchen in einer Geheimdienstangelegenheit vor.

Das gleiche Ersuchen wurde vom CIA-Stationschef Ray Burton dem SIS-Vertreter im Kabinettsrat vorgetragen, der alle Geheimdienst- und Sicherheitsfragen zusammenfaßte und direkt dem Premierminister und den führenden Kabinettsmitgliedern Bericht erstattete. Und in Paris, wo beide an einer Konferenz teilnahmen, sprach der amerikanische Außenminister mit seinem britischen Kollegen.

Um fünf an jenem Tag, als Sir Steven McCrae eben zwei Stockwerke nach unten fahren und den Vorsitz im Ausschuß für das neue Gebäude übernehmen wollte, konfrontierte ihn ein Anruf des Ministers im Kabinettsrat auf der sicheren Leitung mit einer Kurzfassung der Angelegenheit, und zwar in einer Form, die dem Chef kaum etwas anderes übrigließ, als zuzustimmen, mit soviel Würde, wie er irgend aufbringen konnte.

»Und Steven«, fuhr der Minister fort, »die Vettern werden in diesem Fall einen stattlichen – sie haben das Wort stattlich benutzt – Beitrag zu Ihrem Operationsetat leisten.«

»Ich begreife nicht, warum sie sich nicht einfach direkt an mein Büro wenden konnten.«

»Vermutlich, weil die Initiative vom amerikanischen Finanzministerium ausgegangen ist, und Sie wissen ja, wie gern die direkt auf Regierungsebene agieren. Vielleicht haben sie aufgeblasene Vorstellungen von ihrer Wichtigkeit, aber der Premier hat deutlich gesagt, daß sie bekommen sollen, was sie wollen.«

»In Ordnung«, erwiderte Steven McCrae verdrossen und warf einen Blick auf die Armbanduhr, weil der Ausschuß für das neue Gebäude wartete.

»Und noch was ...« sagte der Minister, ein Exabsolvent von Wykeham und Dozent in All Souls. Er stand so gut wie allen sehr nahe, auf die es ankam.

»Und zwar was?« McCrae fragte sich, ob das ein guter Einsatz für Marietta wäre; sie verfügte über die Erfahrung.

»Man hat ausdrücklich darum gebeten, daß David Jardine die Operation leitet. Und wir haben unser Okay gegeben. Der Außenminister hat es zugesagt. Ich hoffe, das schafft keine Probleme.«

»Und schenkest mir voll ein ...« erwiderte McCrae, dem vermutlich nicht bewußt war, daß er diese kleine Blasphemie von Jardine gelernt hatte.

Acht Minuten später betrat er Ausschußraum drei im achten Stock des großen Glaskastens, mit Aussicht auf die Dächer und den Kreisverkehr von Elephant and Castle und das Old Vic Theatre. Er war alles andere als entzückt, als dort David Jardine saß, zwischen Kate Howard und Marietta Delice. »Mein Lieber«, er strahlte Jardine an, als er seinen Platz am Kopf des Tisches einnahm, »ich habe geglaubt, Sie statten den Kolonien einen Besuch ab ...«

»Bin für kurze Zeit zurückgeeilt, Chef.« Jardine lächelte zuckersüß.

»Wir müssen miteinander reden«, sagte der Boß und bemühte sich, seinen offensichtlichen Zorn in den Griff zu bekommen.

Nach der Sitzung, die so langweilig war, daß der KKAWG im Vergleich dazu wie die Pulververschwörung war, schob Steven McCrae seine Papiere zusammen, ging mit einem betonten Blick auf Jardine zur Tür und stand vor den drei grauen Aufzugtüren herum.

Als David Jardine herauskam, mit Tim Lewin, dem Personalchef, plaudernd, verließen weitere Ausschußmitglieder den Raum und vermieden den Blickkontakt mit dem Boß, in Gedanken schon im Auto, auf dem Fahrrad oder an einer Bushaltestelle, auf dem Weg nach Hause; denn heute war Freitag, und in der Firma wurde er POET'S DAY genannt, kurz für PISS OF EARLY, TOMORROW'S SATURDAY – verpißt euch zeitig, morgen ist Samstag.

»Sie wollten mich sprechen, Steven ...« sagte Jardine, als er McCrae erreichte.

In seinem Büro, wo David Jardine auffiel, daß der Weidenpapierkorb durch die Standardausführung aus Metall ersetzt worden war, schlüpfte Steven McCrae aus dem teuren, maßgeschneiderten, zweireihigen, grauen Nadelstreifenjackett und sackte in einen der beiden alten, abgenutzten hellbraunen Ledersessel. Er deutete mit einem flüchtigen Nikken auf den zweiten.

Jardine fügte sich klugerweise, maßte sich nicht an, sich seines Jacketts auch zu entledigen.

»Probleme?« erkundigte er sich beflissen.

»David, Sie sind wirklich durch und durch ein Scheißkerl.«

»Das ist Ansichtssache.«

McCrae fixierte das Objekt seines Zorns mit einem Blick, dessen Kälte verunsichernd war.

»Was zum Teufel treiben Sie eigentlich für ein Spielchen?« fragte er mit beunruhigend milder Stimme.

»Ich habe nicht die geringste Ahnung, was Sie meinen, Chef. Klären Sie mich auf.«
»Hören Sie, ich leite eine sehr tüchtige Station in Washington. Glauben Sie, mir wäre entgangen, daß Sie in der letzten Woche mit den Amerikanern unter einer Decke gesteckt haben?«
»Genau darin besteht doch mein Job, Steven. Verbindungen. Ich kann doch wohl kaum in der Britischen Botschaft auf dem Hintern sitzen, oder?«
Die verschnörkelte Louis-Quinze-Uhr aus Doublé auf dem Schreibtisch des Chefs tickte ruhig. Daneben lag seine Meerschaumpfeife. Plötzlich klatschte Regen gegen die sprengstoffsicheren Fenster. Es war wie eine Kriegserklärung.
McCrae sah David Jardine an, ziemlich angespannt.
Jardine begegnete seinem Blick, streckte die Beine aus, schlug die Knöchel übereinander und entspannte sich.
»Mir ist die Bitte vorgetragen worden, bei einer gemeinsamen Ermittlung mit dem amerikanischen Geheimdienst zu kooperieren.« Es war im Century House bestens bekannt, daß Steven McCrae den Begriff CIA noch nie in den Mund genommen hatte, und im Lauf der Jahre waren die listigsten Versuche, ihn dazu zu verlocken, fehlgeschlagen. »Sie wollen, daß wir dabei federführend mitwirken. Sie wollen, daß die Ermittlung auf Direktoratsebene geleitet wird. Und sie verlangen ausdrücklich, daß Sie sie leiten ...«
»Was für eine dankbare Aufgabe.«
»Ja. Wir wissen alle, für wen ...«
»Steven, es ist gut für die Firma.«
McCraes Augen bohrten sich in den Schädel des anderen. Er kann ein ziemlich harter Brocken sein, wenn er es darauf anlegt, dachte Jardine. »Kommen Sie mir nicht mit Schwachsinn, lieber Junge. Was Sie auch getrieben haben mögen, irgendwie ist es Ihnen gelungen, sich Ihr Nest auszupolstern. Schön, reden wir über die Startgebühr.« Sir Steven meinte die Startgebühr beim Pferderennen; er ließ keine Gelegenheit aus, alle Welt daran zu erinnern, daß ihm dank seiner reichen jungen Frau zwei Rennpferde der Mittelklasse gehörten. »Sie verlangen ausdrücklich Sie, aus Gründen, von denen sie behaupten, sowie nachgefragt wird, sie seien ›amerikanische Geheimsache‹. Obwohl völlig klar ist, daß Sie alle Einzelheiten des Falls kennen.«
Jardine zog ein Päckchen Camel Light aus der Tasche, dann zögerte er,

als ein Stirnrunzeln McCraes ihn davor warnte, sich eine Zigarette anzuzünden. »Es geht um den Versuch von Kriminellen, den US-Dollar zu destabilisieren. Ich glaube, daß etliche äußerst üble Russen, die Drahtzieher im prokommunistischen Untergrund, das Vorhaben infiltriert haben. Bis dahin war es ein rein polizeiliches und juristisches Problem. Als die Central Intelligence Agency, die CIA, Steven, mich darum gebeten hat, auszupacken, habe ich gedacht, Moment mal. Ich habe die Gelegenheit, etwas Gutes für das Büro zu tun, und kann eine direkte Beteiligung herausschlagen. Sie haben sogar angeboten, unseren Teil der Operation zu finanzieren.«

Es war einer Beichte nicht unähnlich, dachte Jardine. Er hatte Alice Hansons Diktum gehorcht und die Wahrheit gesagt. Zumindest soviel, wie er dem Chef zumuten wollte.

»Mit anderen Worten, während Sie in Moskau waren, davor in Beirut und eben erst in Washington ... haben Sie alle möglichen Informationen und Daten für sich behalten und daran gearbeitet, das Bild einer Operation der alten KGB-Garde aufzubauen.«

Jardine neigte den Kopf. »Genau. Falls es gestattet ist, Sie darauf hinzuweisen, Steven, das ist genau das, was unsere Aufgabe ist, wir nennen es Geheimoperationen.« Und er fuhr fort, McCrae umfassend über die gesamte Danny-Dawidow-Operation ins Bild zu setzen, ließ lediglich die Identität des KGB-Offiziers aus, von dem er glaubte, er diktiere das Vorgehen.

Im folgenden Schweigen war McCrae überdeutlich anzusehen, wie er alle seine Möglichkeiten durchspielte: die Bitte des Kabinettsrats ignorieren, was sein Vorrecht gewesen wäre, David Jardine fristlos zu entlassen oder seine Zustimmung zum Ersuchen der Amerikaner zu geben, aber unter der Voraussetzung, daß jemand anders Großbritanniens Beitrag zu einer Sache leistete, die durchaus zu einer prestigeträchtigen Operation werden konnte, zur Abwehr eines Angriffs auf die amerikanische Wirtschaft.

Schließlich näherte er sich der Bekanntgabe seiner Entscheidung. »Falls sich tatsächlich jemand den Israeli Dawidow ... unter den Nagel gerissen hat?«

»Unter den Nagel gerissen ist eine treffende Formulierung.«

»Und falls es Oleg Kusmins Staraja-Semlja-Gruppe gelungen sein sollte, einen Mann einzuschleusen ...«

»Oleg wer ...?« Jardine hatte das Gefühl, seine Pläne zerfielen zu Staub.

Das war das As im Ärmel des Chefs. War Ronnie Szabodo mit Elena Konstantinownas Mikrofilm direkt zum Chef gegangen? Und falls ja, wer hätte es ihm verübeln können?
McCrae lächelte, aber nicht seine Augen. »Ob Sie es glauben oder nicht, David, es gibt Geheiminformationen, in die Sie nicht eingeweiht sind. Oleg Kusmin leitet eine geheime und mächtige Gruppe aus Revisionisten, zusammengesetzt aus alten Kommunisten, dem KGB und entmachteten oder unzufriedenen Elementen im Militär und in der russischen Industrie. Sie werden aus Kreisen der Nomenklatura und von der Moskauer Mafia finanziert. Falls Ihre Dawidow-Bande von einem ehemaligen KGB-Obersten infiltriert worden ist, dann ist das ein Geschöpf Kusmins, glauben Sie mir.«
Jardine schlug die Knöchel auseinander und setzte sich aufrechter hin. Er fühlte sich schuldig, weil er arrogant gewesen war und, was schlimmer war, wegen seiner Kurzsichtigkeit. Bilden Sie sich ja nie ein, Sie seien der einzige Spion beim SIS, hatte ihn Ronnie Szabodo vor zwanzig Jahren ermahnt, als ihn der untersetzte Ungar in den geheimen, zum Überleben nötigen Künsten ausgebildet hatte. Sonst nimmt Sie im besten Fall keiner mehr ernst.
»Offen gesagt, Steven, ich habe vor kurzem von Kusmin gehört. Von der Existenz der Staraja Semlja, von ähnlichen Gruppen. Selbstverständlich. Aber ich wollte zusätzliche Informationen abwarten.«
»Selbstverständlich, lieber Junge.« McCrae lächelte sein Krokodillächeln und fuhr fort: »Kusmins Gruppe ist die geheimste, die am besten finanzierte und die gefährlichste für die Zukunft des neuen Rußlands. Falls eine seiner Zellen einen Anschlag auf den Dollar versucht, könnte das Wellen schlagen.« Er stand auf, goß zwei steife Ballantines-Whiskys ein, dann ging er an Jardines Sessel vorbei und reichte ihm ein Glas.
»David, Sie haben den Job. Aber versuchen Sie, uns allen ein bißchen mehr zu vertrauen. Wir stehen auf derselben Seite, wissen Sie ...«
Der Wunsch, McCrae zu schlagen, war so stark, daß David Jardine daran dachte, einen Psychologen zu konsultieren.
»Ich werde die Verbindungsarbeit auf Eis legen müssen.«
»Selbstverständlich.«
»Ich brauche Personal.«
»Sprechen Sie mit Tim. Ich will morgen mittag einen Entwurf Ihrer Pläne auf meinem Schreibtisch haben. Morgen ist nicht mehr Samstag, sondern Tag eins. Sprechen Sie mit der Hausverwaltung über einen

größeren Arbeitsbereich. Am Montag möchte ich dem Kabinettsrat mitteilen können, daß wir in den Startlöchern stehen. Falls jemand Schwierigkeiten macht, kümmere ich mich darum. Noch Fragen?«

Jardine überlegte. Das war nicht der Steven McCrae, den er zu kennen glaubte. Vielleicht lag es am Adrenalin, das durch seine Adern strömte, oder an dem frischen Wind, der durch die staubigen Flure seines Verstands wehte, aber plötzlich empfand er eine Art widerwilligen Respekt vor der Fähigkeit des Mannes, sein Mäntelchen nach dem Wind zu hängen.

»Im Augenblick nicht.« Jardine trank seinen Scotch aus und stand auf. »Ich mache mich an die Arbeit.«

»Sie brauchen einen Decknamen.«

»Ich, hm, ich hab' einen aus dem Computer herausgeholt. Kurz vor der Konferenz.«

»Wie lautet er?«

»Steintänzer«, erwiderte Jardine.

14. Kapitel
Kleiner Mord in der Wall Street

In der Rechtsabteilung des Außenministeriums an der Kreuzung der C Street mit der 23rd Street musterte Anwalt James O'Connell, Leiter der Abteilung für Auslandsverschuldungen, eine Fotokopie des Briefes vom amerikanischen Finanzministerium, abgefaßt in der Handschrift des damaligen Ministers, gegengezeichnet von einem Daniel Bogdanowitsch Topolski und beglaubigt von zwei Schreibern. Historische Recherchen hatten bestätigt, daß einer dieser Schreiber, John Wilkes, am fraglichen Tag im Haus des Ministers in Arlington Dienst getan hatte – am 11. April 1865. Der zweite Zeuge war ein Ukrainer namens Tuminski, R.

Dem Begleitbrief von Michael Mitchel lagen fünf eidesstattliche Echtheitsbestätigungen bei, unterzeichnet und gegengezeichnet von einer Batterie erfahrener Experten, darunter Maximilian Eidelman.

Falls sich dieser Schuldschein als echt erweisen sollte, schrieb O'Connell sauber – sein Beitrag zu der immer dicker werdenden Akte –, ist zur Begleichung des Betrags, den die Vereinigten Staaten angeblich Mr. Topolski und seiner Familie schulden, nicht genug Geld vorhanden.

Es liegt deshalb in unserem Interesse, den Beweis anzutreten, daß es sich beim Original des Schreibens um eine Fälschung handelt, und ich empfehle dringend, besagtes Original in unseren Besitz zu bringen.

Die Jamaica Bay liegt keine fünf Kilometer südöstlich vom Central Park. Dazu gehören die Bucht, eine Reihe von Inseln, und der Ort wird flankiert vom Brooklyn Harbor, dem John-F.-Kennedy-Flughafen, Rockaway Beach und dem alten Marineflugplatz Floyd Bennet.

Die SS *Sumaru* hatte ihre Ladung Papier für die Presse gelöscht, und die vietnamesischen Fälscher genossen eine Runde Poker mit dem Schiffskoch, einem Mongolen namens Chan. Chan war der einzige

Luxus, den sich Kolossow und Danny Dawidow gestattet hatten. Er war einst Schiffskoch für die Offiziersmessen der sowjetischen Marine und vor dem Zusammenbruch der UdSSR Leibkoch des Kommandanten der Militärakademie in Frunse gewesen. Deshalb war die Qualität des Essens im kleinen Salon an Bord der SS *Sumaru* vom Feinsten.

Es war eine halbe Stunde vor Mitternacht, und alle Besatzungsmitglieder waren an Bord. Der Funker lag in seiner Koje, las den *Playboy* und hörte gleichzeitig auf seinem Frequenzscanner die Kanäle der Hafenbehörde und der Küstenwache. Falls das klingt, als erfordere es überdurchschnittliches Können – der Funker, dessen Papiere und dessen Paß ihn als einen Esten namens Reitel auswiesen, hatte im Rang eines Leutnants bei einer Sondereinheit der russischen Marine gedient, bei der fünfunddreißigsten Spetsnats-Einheit. Er hatte Erfahrungen aus Einsatzkommandos auf der Halbinsel Kola und in Afghanistan.

Die Papiere des Obersteuermanns wiesen ihn als Gunduz Ergan aus, türkischer Staatsbürger. Tatsächlich hatte auch er auf einem Schiff des sowjetischen Geheimdienstes gedient, getarnt als Tiefseetrawler, dessen Mission darin bestand, NATO-Kriegsschiffe im Nordatlantik zu überwachen.

Der Ingenieur? Ein dunkelhäutiger Mann, halb Pole, halb Schotte, Stanislav MacFarlane. Aber das stimmte nicht ganz. Er hatte achtzehn Jahre lang als Ingenieursoffizier bei der Schwarzmeerflotte Erfahrungen gesammelt.

Die restliche Besatzung der *Sumaru*, teils Asiaten, teils Europäer, teils Slawen, bestand aus lauter ehemaligen Mitgliedern der sowjetischen Marine oder von Spetsnats-Kommandos. Es waren insgesamt acht, und drei von ihnen hatten zur Elite des neunten KGB-Direktorats gehört, die einzigen Männer, denen erlaubt war, in der Nähe der Herrscher der Sowjetunion Waffen zu tragen, denn sie waren die Leibwächter gewesen.

Fühlte sich Danny Dawidow dadurch sicher? Dadurch, daß er von einer Besatzung aus kampferprobten russischen Illegalen so gut beschützt wurde?

Im Grunde nicht. Denn er wußte nichts davon. Er hatte keine Ahnung davon, daß er, seitdem er vor zwei Jahren Nikolai Kolossow angeworben hatte, der seinerseits die Besatzung angeworben hatte, in jeder Hinsicht unter der Aufsicht der geheimsten, am besten finanzierten und

brutalsten Zelle innerhalb des rot-braunen Bündnisses stand: der Direktion Oleg Kusmin.
Das Ziel? Genau das, was Elena Konstantinowna zu Jardine gesagt hatte. Die Zerstörung der Demokratie in der ehemaligen Sowjetunion und die Rückkehr zur kommunistischen Herrschaft.
Alle diese Informationen waren den neun schwerbewaffneten Mafia-Soldaten aus Giovanni Favorito Notos *Famiglia* unbekannt, als sie an Deck eines kleinen, aber schnellen Schiffs warteten, das sich ruhig und stetig der *Sumaru* näherte, auf der Seite, die nicht vom Mondlicht beschienen war. Die starken Motoren waren professionell gedämpft, eine Technik, die sich auf schnellen, geräuschlosen Fahrten zwischen Florida und Kuba bestens bewährt hatte.
Franco Cagliaro beobachtete, wie die *Sumaru* näher kam. Mit einem leichten Eurolook-B-11-Nachtsichtgerät konnte er die Aufbauten des Trampschiffs und die Bullaugen erkennen. An Deck war niemand; das kleine Schiff schien für die Nacht dichtgemacht zu haben.
Außer Cagliaros beiden Leibwächtern waren sechs der besten Killer Don Giovannis dabei, herbeordert aus New York City, Miami und Palermo. Nach dem total verpfuschten Anschlag auf Elmore Williams hatte Cagliaro beschlossen, nur die Besten einzusetzen, und jeder Mann an Bord hatte Dutzende, was wörtlich zu verstehen war, von Morden und Entführungen auf dem Gewissen.
Bewaffnet waren zwei der sechs Soldaten mit AAI-Nahkampf-Sturmgewehren ohne Kolben. Diese Waffen gaben zwölf Schuß ab, jeweils geladen mit acht Ein-Gramm-Stahlpfeilen. Zwei weitere hatten Neun-Millimeter-Maschinenpistolen mit Schalldämpfer von Heckler & Koch, und von den restlichen beiden trug einer ein 7,62-Millimeter-Scharfschützengewehr mit Schalldämpfer, und der sechste Sizilianer hielt einen zwölfschüssigen Hawk-vierzig-Millimeter-MM-1-Granatwerfer unter dem Arm.
Außerdem war jeder Mann wahlweise mit Pistole oder Revolver, Messer oder Machete bewaffnet.
Cagliaro trug eine kugelsichere schwarze Weste über dem dunkelgrünen Overall, den alle anhatten, damit sie sich schnell gegenseitig erkannten. Er und seine beiden Leibwächter waren, in alter Mafia-Tradition, mit MAC-10-neun-Millimeter-Ingram-Maschinenpistolen bewaffnet.
»Wer ist denn auf diesem gottverfluchten Schiff, *Padrino*?« fragte Vito Menfi. »Die ganze amerikanische Marineinfanterie?«

Die anderen lachten.
»Es schadet nie, ein bißchen dick aufzutragen, *Paesano*. Stellt euch bloß vor, einer von diesen Matrosen hat eine kleine *Pistola*, mmm?«
Sie grinsten.
»Jedenfalls sind diese Typen gründlich. Die haben sich bestimmt was ausgedacht, um ihre Herzchen aus Saigon zu beschützen. Das Spiel heißt Rundumschlag. Wir schlagen hart zu. Der Jude und der andere sind heute nacht an Land. Und wenn sie zurückkommen ...« Cagliaro hob die Schultern, »... ist ihre Besatzung über Bord gegangen, und die beiden Vietnamesen sind verschwunden.«
»Andiano ...«
»Und noch was, die Vietnamesen sind wie kostbares Porzellan. Die werden freiwillig mitkommen. Paßt also gut auf sie auf.« Er lächelte. »Sonst zieh' ich euch die Haut ab ...«
Und auch sie wußten, daß das kein Scherz war.
Im Salon hielt Chan die Karten reglos in der Hand und horchte. Die Nghis sahen ihn an und horchten auch.
Es war ein schwaches, ganz leises Geräusch. Aber es war ungewöhnlich und kam vom eingezogenen Niedergang.
Chan hob die Matratze einer Koje neben ihm und holte ein AKS-Fallschirmjäger-Sturmgewehr darunter hervor. Dann klappte er den Scharnierdeckel eines der Rohre auf, die eine Verständigung innerhalb des Schiffs ermöglichten.
»Ai, ai ...«, hauchte er.
Ein Klickgeräusch kam zurück.
»Gesellschaft ...« flüsterte er.
Und zwei Klickgeräusche dreimal hintereinander antworteten.
Chan fuhr herum, das AKS-Gewehr an der Hüfte, als die Stahltür nach draußen aufging. Es war Ergan, der Obersteuermann. Er schob schnell die Tür zu und sicherte sie mit zwei Eisenstangen.
Er sprang nach rechts und fing ein Remington-Gewehr auf, das ihm Chan quer durch den Salon zugeworfen hatte. Die beiden Vietnamesen wurden von einem Bullauge zum anderen geschoben, während drei Besatzungsmitglieder die eisernen Sturmschutzkappen schlossen.
»Gasmasken«, befahl Ergan und sprach zum erstenmal, seit er auf dem Schiff angeheuert hatte, russisch. Die Nghis wechselten einen Blick.
Chan öffnete eine Kiste und holte vier Gasmasken hervor, von dem Typ, den die US Special Forces benutzten. Und als er dem Enkel Nghi

eine reichte, hörten sie die ersten Schüsse in der Schlacht von Jamaica Bay.

Cagliaro hatte entsetzliche Angst vor dem Sprung vom Schiff auf den Niedergang gehabt. Er war in vielerlei Hinsicht ein tapferer Mann, aber das Wasser und die achtzig Zentimeter breite Kluft zwischen dem Niedergang und dem Deck mit dem schwarzen Brooklynwasser darunter waren ein fast unüberwindliches Hindernis für ihn. Er hatte Joe Messina und Vito Menfi vor sich hergestoßen, packte dann den Ärmel eines Leibwächters und zwang sich, vom relativ sicheren Vorderdeck des Schnellboots abzuspringen. Er rutschte natürlich aus und wurde vom getreuen Messina auf den Niedergang gezogen.

Das war das Geräusch gewesen, das Chan aufgefallen war.

Das sechsköpfige Mafia-Team drängte sich an Cagliaro geräuschlos vorbei, den Niedergang hinauf. Genau in diesem Augenblick, nachdem über eine Dreiviertelstunde lang keine Menschenseele an Deck gewesen war, kam ein Mann aus dem Maschinenraum aus einer Tür unterhalb der Brücke und ging zur Reling.

Die Sizilianer warteten, atmeten kaum.

Der Maschinist lehnte sich auf die Reling und sah auf die Lichter von Brooklyn hinüber. Schwach kam Verkehrslärm herüber.

Dann kam ein zweiter Mann aus der gleichen Tür und fragte den Maschinisten auf englisch, ob er auf dem Niedergang gewesen sei, denn er habe ein Poltern gehört.

Als der Maschinist sich umdrehte und antworten wollte, war eine seiner Gesichtshälften schon verschwunden, wurde über die Bucht geschleudert. *Braaarp*, und der Mann auf der Schwelle wurde zur Seite geschleudert. Ein Blutstrahl schoß ihm aus dem Hals. Und zum zweitenmal spritzte wie in einem Alptraum Blut, aus einem völlig anderen Winkel, als käme es aus seiner Stirn.

Die Mafiosi drängten weiter, jetzt ganz bei der Arbeit. Das konnten sie am besten.

Woher sollten sie wissen, daß andere es noch besser konnten?

Im Salon horchten Chan und Ergan auf das Klicken und die leisen Pfeifgeräusche, die jetzt stetig aus dem Verbindungsrohr kamen. Es war eine Form der Verständigung, die von der fünfunddreißigsten Spetsnats-Einheit im Verlauf von fünf Einsätzen in Afghanistan entwickelt worden war, als es über lange Zeiträume hinweg hinter den Linien der

Mudschaheddin unklug gewesen wäre, zu reden oder auch nur zu flüstern. Bis jetzt war übermittelt worden, bewaffnete Männer seien an Bord, sechs bis zwölf an der Zahl, zwei Besatzungsmitglieder seien tot und Aktion Nummer drei laufe an.
Aktion Nummer drei war viele Male geplant und geprobt worden. Sie sollte einen Angriff abwehren, während die zu schützenden Zielpersonen sicher im stahlumschlossenen Salon waren.

Cagliaro beobachtete, wie sein Team sich teilte und zur Brücke ging, zu den Kabinen und zum Maschinenraum, so die Anweisungen, die auf den Beobachtungen beruhten, die er und die beiden Leibwächter, Messina und Menfi, bei ihren diversen Besuchen auf der *Sumaru* gemacht hatten, als sie vor Antigua in der Karibik vor Anker gelegen hatte.
Die Leibwächter blieben dicht bei ihm. Sie hatten eine andere Aufgabe als die Möchtegernentführer, denn sie waren nur zum Schutz von Franco Cagliaro da.
In der Stille, im dunkelsten Schatten unterhalb des Brückenaufbaus war Cagliaro ruhig. Jetzt, nachdem die geheuerten Mörder und Entführer fort waren, verschwunden in dem kleinen Schiff, beschäftigt mit ihrer tödlichen Arbeit, kam er sich wie immer bei solchen Operationen wie ein Geist vor, wie der schwarze Mann. Als Kind hatte Franco Cagliaro Angst vor der Dunkelheit gehabt. Er hatte nicht schlafen können, wenn nicht seine Mutter oder eine seiner fünf Schwestern im Zimmer waren. Die alte Bäuerin, die für sie arbeitete, hatte ihm grauenhafte Geschichten über Gespenster und Teufel erzählt, und seine Kinderwelt war erfüllt gewesen von Verzweiflungsanfällen wegen all der Dinge, die in jedem Schatten, überall lauern mochten.
Aber jetzt war er, Franco Cagliaro, die furchteinflößende Figur im Dunkeln. Es war ein kathartisches Erlebnis gewesen, als er sich zum erstenmal in das Haus, die Villa eines reichen sizilianischen Gutsbesitzers, geschlichen hatte. Der Mann hatte Don Giovanni erzürnt (durch einen Brief an eine Zeitung in Palermo, in dem er die Cosa Nostra verurteilt hatte). Cagliaro hatte dort gestanden und dem regelmäßigen Atem des Mannes im mittleren Alter und seiner Frau gelauscht, die in einem alten Himmelbett schliefen. Als er in der Dunkelheit dort stand, die Beretta-Maschinenpistole mit Schalldämpfer in der Hand, hatte das Zimmer furchterregend gewirkt. Bis der zweiundzwanzigjährige Jura-

student zum erstenmal begriff, daß er der schwarze Mann war. Was für eine gnädige Erlösung nach all den Jahren, in denen er sich vor der Dunkelheit gefürchtet hatte.

Er hatte sie zuerst in die Beine geschossen. Dann, als sie vor Schmerzen und Grauen schrien, hatte er die Pistole weggelegt und sein Messer gezogen ...

Ja, und jetzt stand er hier, zwanzig Jahre später, hatte immer überlebt. Ein Geschöpf der Nacht. Ein Mann, vor dem alle, wie er vermutete, sogar Don Giovanni, Angst hatten.

Vito Menfi drehte sich unvermittelt um, zeigte nach oben, und als Cagliaro seinem Blick folgte, flog ein Körper durch die Luft, von der Brücke auf das solide Stahldeck. Er schlug polternd auf und blieb reglos liegen. Aus dem grünen Overall strömte Blut.

Scheiße. Einer von uns, registrierte Cagliaro, und im selben Moment begriff er, daß Vito nicht nach oben gezeigt hatte; sein Arm war von der Wucht der Kugel, die ihn zum Umdrehen gezwungen hatte, hochgerissen worden, und er drehte sich weiter, fast anmutig, bis er gegen die Reling prallte, an der er zusammenbrach und hängenblieb wie an Stacheldraht.

»Don Franco!« Joe Messina packte Cagliaro am Ellbogen und schob seinen Körper zwischen den Boß und die Rettungsboote, von denen aus flackernder Beschuß kam. Kugeln krachten um die beiden herum und prallten von stählernen Schiffswänden ab, zersplitterten hölzerne Lukendeckel.

Gemeinsam erwiderten Cagliaro und Messina das Feuer, schossen in kurzen, kontrollierten Salven aus der Hüfte.

Eine gewaltige Explosion auf der anderen Seite der Aufbauten freute Cagliaro, denn es war das Geräusch einer explodierenden Granate, aber Messina schüttelte den Kopf und sah sich zum erstenmal nach dem Niedergang um.

Oleg Kusmins Team aus Spetsnats-Verteidigern brauchte elf Minuten, um den Feind zu eliminieren. Als der letzte Mafia-Angreifer, im Becken verwundet und halb bewußtlos, in eine Kabine gezerrt wurde, zu einem »Verhör auf dem Schlachtfeld«, so der Spetsnats-Euphemismus, drängte Joe Messina, aus einer Oberarmwunde blutend, Cagliaro den Niedergang hinunter. Als der *Capo* vor dem schwarzen Wasser der Jamaica Bay zurückschreckte, hievte er ihn hoch und warf ihn hinüber auf das Schnellboot, dessen Besatzung zwei sizilianische Hafenarbeiter waren.

Noch als das Boot abdrehte, mit aufheulenden Motoren, tauchten zwei Besatzungsmitglieder der *Sumaru* auf dem Dollbord des Trampschiffes auf, bewaffnet mit einem RPG-7-Raketenwerfer.
Cagliaro sah zu, mit vor Entsetzen klappernden Zähnen. Eine dritte Gestalt – das war Ergan – tauchte auf und hielt die Männer davon ab, das Schnellboot in die Luft zu jagen. Selbst in seinem Schock begriff Franco Cagliaro, was seine Haut gerettet hatte: die Verteidiger der *Sumaru* hatten mit Sicherheit nicht aus humanitären Gründen davon abgelassen – sie wollten nur nicht die Aufmerksamkeit der Hafenbehörden auf sich ziehen.
Als das Boot Fahrt aufnahm und in einem Bogen aus schäumender Gischt Richtung Canarsie Wharf glitt, merkte Cagliaro, daß der ihm sonst so treu ergebene Joe ihn kühl musterte.
Es kam nicht in Frage, daß sein treuer Leibwächter, außer ihm der einzige Überlebende des Debakels auf der *Sumaru*, Don Giovanni von dem Fiasko berichtete, mit dem die versuchte Entführung der beiden Vietnamesen geendet hatte.
Als er dem Mann in die Augen sah, war sein Blick so wissend wie der eines Stiers in dem Moment, in dem die Klinge aus Toledostahl eindringt: Dem armen, loyalen Schwein war sein Schicksal bewußt.
»*Amico mio* ...« sagte Cagliaro sanft und schoß ihm achtmal in Herz und Brust.
Die beiden Hafenarbeiter bekreuzigten sich, und einer kam her, um zu helfen. Sie rollten den Leichnam in Ankerketten und warfen ihn über Bord, in zweieinhalb Meter Wasser und sechs Meter Schlamm und Schlick.
Erst als sie dem wasserscheuen Mafia-Anwalt und gescheiterten Entführer auf die Canarsie Wharf in Sicherheit gebracht hatten, tötete er auch sie und ging davon in die Nacht. Diese kleinen Morde halfen ihm dabei, sich weniger feige zu fühlen. Nein, er war der schwarze Mann aus seinen Alpträumen.

Es war 9.55 Uhr an jenem ersten Montagmorgen. David Jardine und Ronnie Szabodo hatten den ganzen Samstag und Sonntag durchgearbeitet, das Wesentliche für die Operation Steintänzer geplant. Sie hatten leitende Sachbearbeiter angeworben – abgeworben wäre das bessere Wort gewesen –, Analytiker, Profis auf dem Gebiet der Falschinformation, Computerexperten, Agentenführer und Operationsplaner, dazu

Personal für Kommunikation, Sekretariatsarbeiten und Sicherheit. Sie hatten ein Dossier angefertigt, geheim für alle bis auf die Mitarbeiter der Operation. Es setzte alle schnell über Danny Dawidows »Fußspuren«-Verbrechen und die Infiltration durch revisionistische Elemente innerhalb des ehemaligen KGB und anderer Gruppen ins Bild.

Sie hatten siebzehn Stunden am Tag gearbeitet und dabei den Kern einer Operationseinheit Stufe drei gebildet. Stufe drei verschaffte ihnen Zugang zu geheimen Akten anderer Sektionen und Abteilungen. Zu Stufe drei gehörte außerdem ein Etat für das Anwerben von Agenten und den Aufbau von Netzen rund um den Erdball. Stattliche Bestechungsgelder standen zur Verfügung, und schwarze, offensive Geheimdienstoperationen, geleitet von bestens getarnten SIS-Agenten, konnten finanziert werden.

Im Konferenzraum der auf Selbstversorgung eingerichteten Bürosuite im Nordostflügel des neunten Stocks hatte Jardine die wichtigsten Leute versammelt: Szabodo, Joss Hurley von der Personalabteilung, Bill Jenkins, Jardines alter Operationsleiter aus den glücklichen Tagen in der Abteilung West acht, Kate Howard und Marietta. Jardine hatte sie angerufen, war zu ihr gefahren, zum Prince of Wales Drive im Londoner Stadtteil Battersea, und hatte sie durch Schmeicheleien dazu überredet, sich seinem Team anzuschließen.

Marietta bekleidete den gleichen Dienstgrad wie Jardine, und er hatte seine ganze rationale, sachliche Argumentationskunst einsetzen müssen, bis sie sich widerwillig bereit erklärte, eine entscheidend wichtige Hauptrolle bei der Operation zu übernehmen.

An einer Wand hing eine Weltkarte mit bunten Fähnchen und Stecknadeln, die zeigten, wo Dawidow zugeschlagen hatte, mit schwarz eingetragenen Zahlen dahinter, die in US-Dollar auswiesen, wie sich bei jedem Diebstahl die Summen erhöht hatten.

Überwachungsfotos von Danny Dawidow hingen an der Wand. Außerdem Fotos, die Jardine im Verlauf seiner wochenlangen, gründlichen Recherchen von ausländischen SIS-Stationen bekommen hatte, Außen- und, wo möglich, auch Innenaufnahmen der Zielobjekte, dazu Bilder des jeweils beteiligten Personals und Hintergrundinformationen über diese Leute und ihre Familien.

Nicht übel, meinte Marietta, die wußte, daß Jardine den Auftrag erst am Freitag abend bekommen hatte.

»Sie haben alle das Dossier gelesen?«

Nicken und zustimmendes Murmeln.
»Gut. Das ist der Führer zu unserem Problem. Jetzt erlauben Sie mir, daß ich Ihnen Nebenpfade und Orte zeige, über die wir nie sprechen werden, außer miteinander.«
Die anderen warteten schweigend. Es war ein behagliches Schweigen. Wie ein Nachhausekommen.
»Im wesentlichen«, fuhr Jardine fort, »gibt es bei dieser Operation zwei Ebenen. Möglicherweise verlaufen sie parallel, vielleicht stellen wir aber auch fest, daß sie sich überlappen.«
Er saß halb auf dem Fenstersims. »Zunächst ist es eine Ermittlung. Kriminalistische Arbeit. Wir brauchen dringend Antwort auf eine Reihe von anscheinend völlig disparaten Fragen. Aus genau welchen Leuten besteht Danny Dawidows Bande? Worin genau besteht ihre augenblickliche kriminelle Aktivität – was tun sie im Augenblick? Wo? Außerdem ... müssen wir über diesen Oleg Kusmin reden, über seine Gruppe. Oder ihre Methoden, denn wir kennen sie nicht. Die Aufgabe lautet also, alles über Oleg Kusmins Flügel herauszubekommen. Über Staraja Semlja. Am besten noch heute.«
»Sollen wir versuchen, jemanden einzuschleusen?« fragte Kate und klopfte sich mit dem Radiergummi an ihrem Bleistift hinter dem Ohr.
»Ich weiß wirklich nicht, ob wir Zeit dazu haben.« Jardine begegnete ihrem Blick, im Bewußtsein, daß sie, wenn seine Vermutungen alle zutrafen, nur noch sehr wenig Zeit hatten, aber das hier war ein hochklassiges Operationsteam, das er noch lange nach der Erledigung der Geschichte mit Danny Dawidow einsetzen wollte.
Sie lächelte und vertiefte sich wieder in die Akte auf ihren Knien.
Ronnie Szabodo schüttelte kaum merklich den Kopf und klopfte sich gegen die Jackentasche, auf der Suche nach seiner Pfeife, die er offenbar neben seiner Teilprothese mit sich herumtrug.
Während die versammelten Meister im Spionagegeschäft sich David Jardines klare Anweisungen anhörten, fiel ein Sonnenstrahl in den Raum und wärmte alle.
So war Jardine, dachte Kate Howard. Er zauberte ein bißchen Magie in das Leben der Menschen. Selbst mit denjenigen, die im Century House festsaßen, sprach er, als wüßten auch sie, wie es war, wenn in der Beiruter Wohnung einer schönen Agentin auf einen eingestochen oder wenn man vom Vietcong entführt wurde.
Dann war sie wütend auf sich, weil sie so ... liebevoll über diese

Riesenratte dachte. Sie nahm ihre Brille mit dem verbogenen Gestell ab und polierte an ihrem Rock die Gläser.
»Wie eng arbeiten wir mit der CIA zusammen?« fragte Marietta.
»So eng wir wollen. Es ist, wie im Dossier steht, eine Gemeinschaftsaktion. Aber wir diktieren das Ausmaß der Nähe. Wir sollten zunächst versuchen, einen unabhängigen Beitrag zu leisten.«
Zum Beispiel, dachte er, können wir jetzt den Namen Nikolai Kolossow beisteuern. Das sollte eigentlich alle bei Laune halten. Alan und Nancy würden natürlich erraten, daß er genau das verschwiegen hatte, damit er die Bedingungen für seine Beteiligung selbst aushandeln konnte. Aber Geheiminformationen waren eine Währung, eine Tauschhandelsware wie jede andere, und zumindest Alan würde das verstehen.
Er lächelte und winkte Heather herein, die zögernd die Tür aufgemacht hatte und den Kopf hereinsteckte. Sie schob ein Wägelchen herein mit einer riesigen Teekanne und einer Kanne Kaffee und jeder Menge von diesen verdammten Croissants. Er fragte sich, ob sie an dem Laden an der Waterloo Station beteiligt sei. »Marietta«, fuhr er fort, »leitet die Ermittlungsebene. Ronnie ist für Aktionen zuständig. Bill, Sie sorgen dafür, daß alles läuft wie ein Schweizer Uhrwerk, was bei Ihnen ja immer der Fall ist ...« Bill strahlte vor Freude. »Kate, Sie und ich müssen über ein Sicherheitsgenie reden, das etwas von elektronischer Fälschung und Infiltration versteht. Und Joss, wir brauchen etliche von Ihren allerbesten schwarzen Agenten. Regelmäßige Mitarbeiter, die noch nie in der Nähe des Glaskastens waren. Männer und Frauen mit voller Bezahlung, die Erfahrung haben und wissen, was das Wort dringend bedeutet. Für sofortige Ermittlungen auf unfreundlichem Territorium.«
Weil sie das alle nicht zum erstenmal machten und weil sie alle schon zusammengearbeitet hatten, dauerte es nicht viel länger als vierundzwanzig Stunden, bis die erste Information auf David Jardines Scnreibtisch lag. Sie kam von Ronnie Szabodo und betraf den Tod von Elena Konstantinowna Ratanskaja.
»Ich begreife das nicht«, sagte der Ungar. »Bei den Tschetschenen heißt es, sie sei von den Israelis ermordet worden. Im Ermittlungsbüro der Moskauer Miliz wird kolportiert« – Ronnie benützte liebend gern solche Wörter, von denen er meinte, sie entsprächen dem Oberschichtsenglisch, die aber durch seine Aussprache so ruiniert wurden, daß sie

fast poetischen Überschwang erlangten –, »die Mafia habe sie zum Schweigen gebracht, und in Jassenowo wird geklatscht, sie sei vom SIS umgebracht worden.«
»Von wem?« fragte Jardine ungläubig.
»Von uns«, erwiderte Szabodo schlicht.
»Sind die bloß inkompetent, oder will da jemand die Tatsachen vernebeln?« fragte sich Jardine laut.
Ronnie Szabodo holte tief Luft und schlug ein schmales, eselsohriges Notizbuch auf. Als wollte er seinem Gedächtnis auf die Sprünge helfen. Reine Schauspielerei. Es war eindeutig, daß er unbedingt eine brandheiße Neuigkeit loswerden wollte, die er zweifellos von seinem illegalen Spionagenetz innerhalb der tonangebenden Kreise in Moskau und der kriminellen Bruderschaft erfahren hatte.
David Jardine ignorierte ihn, weigerte sich, das Spielchen mitzumachen, und wandte sich wieder dem eindrucksvollen Stapel aus Akten und neuesten Informationen über die beiden Ebenen der Operation Steintänzer zu.
»Der Staatsanwaltschaft sind Beweise dafür zugespielt worden«, bemerkte Szabodo beiläufig, als er zum Fenster ging und über die Dächer von Lambeth und das Südufer der Themse hinweg auf die City schaute, »daß sie schwarz gearbeitet hat.«
»Als was?« fragte Jardine. Aber im Grunde kannte er die Antwort schon.
»Als Callgirl.«
O nein – kann dieses Geschäft denn niemandem auch nur eine Spur Würde lassen?
»Weiter.«
»Den neuesten Ermittlungen zufolge hat sie zwei- bis dreimal im Monat gearbeitet. Keine Ausländer. Nur Russen. Mafia-Bosse, ein paar bekannte Politiker aus der Nomenklatura der alten Garde. Ehemalige KGB-Mitarbeiter. Generäle und Obristen. Vor allem ein ganz bestimmter, so wird erzählt ...«
David Jardine sah Szabodo an. Sie kannten sich so lange, daß es kaum nötig war, sich mit Worten zu verständigen. Er nickte. »Oleg Kusmin?«
»Wie kommt es, David, daß plötzlich alle Welt den Namen im Munde führt, den vorher kein Mensch gehört hat?«
»Das stimmt nicht ganz, Ronnie. Unser Generaldirektor führt ihn im Mund. Und jetzt gilt das auch für Ihre jederzeit abstreitbaren Informan-

ten innerhalb der Moskauer Staatsanwaltschaft.« David Jardine lehnte sich zurück und streckte das schmerzende Rückgrat, die Folge von zu vielen unsanften Fallschirmlandungen und Überlebenskämpfen auf Hinterhöfen des kalten Krieges. »Aber ist das denn nicht immer so? Plötzlich taucht ein Wort, das man vorher nie gehört hat, überall auf. Mir ist es einmal mit dem Wort Dithyrambe so gegangen. Wenige Stunden nachdem ich es zum erstenmal gesehen habe, ist es sogar als Werbeaufschrift an einem Bus aufgetaucht.«

»Was bedeutet es?«

»Himmel, ich habe keine Ahnung.«

»Ich glaube nicht, David, daß Sie den Namen Oleg Kusmin als Werbeaufschrift an einem Bus entdecken werden.«

Draußen fuhr tatsächlich ein roter Londoner Bus am Glaskasten vorbei, einer, dem im Oberstock das Dach fehlte, damit die Touristen den Regen wie die Tauben genießen können. Eine Band im Jazzstil von New Orleans schmetterte »South Rampart Street Parade«. Das Schlagzeug und die schmissigen Klarinettenklänge drangen in Jardines Unterbewußtsein vor. Aber er war weit weg, wieder in dem kleinen Café in der Nähe des Stanislawski-Theaters, aß Baklava und beobachtete Elena Konstantinownas Blick, ihren gesenkten Kopf, während sie davon erzählte, wie auf sie geschossen worden war. In einem Männerklo in einem Moskauer Jazzklub.

»Was denken Sie?« wollte Szabodo wissen.

»Wie furchtbar traurig, Ronnie. Das habe ich gedacht.«

»Offenbar war sie, wurden ihre ... Einsätze –«

»Rendezvous.«

»Verabredet von ...« Der Ungar konsultierte wieder sein Notizbuch.

»Ronnie, es reicht. Bitte.«

»Ich wollte nur sagen –«

»Natalja Kolossowa. Wohnung fünfhundertdrei im Block Juri Gagarin, Uliza Samorodinka, olympisches Dorf.« David Jardine begegnete Szabodos verletztem Blick.

»Woher wissen Sie das?« fragte er.

»Genau wie immer wieder dieselben Namen auftauchen, ist das auch bei den Akteuren im selben Spiel. Ich glaube, Jung hat es ›Synchronizität‹ genannt.«

»Warum besorge ich Ihnen dann kein Ouija-Brett, und Sie sitzen hier und lösen das ganze verdammte Rätsel, Sir?«

David Jardine schwieg. Dann lächelte er. »Kommen Sie schon, rücken Sie damit heraus ...«
Ronnie Szabodo bückte sich und warf einen Blick auf die Pendule von Thomas Mudge. Es war zehn vor drei. »Der Ermittler war in ihrer Wohnung. Sie war fort. Madame Kolossowa mitsamt dem Kind, Sie wissen doch noch, daß sie eine Tochter hatte, die noch in der Schule war?«
»Ja.« Er erinnerte sich sehr gut daran.
»Natalja hat am letzten Donnerstag morgens in der Schule angerufen. Hat gesagt, sie verreise, ihre Mutter sei gestorben. Nehme das Kind mit.« Szabodo breitete die Arme aus und zuckte die Achseln. »Ihre Mutter ist vor acht Jahren gestorben.«
»Soll das heißen, sie ist verschwunden?«
»Es sieht danach aus. Irgendwelche Theorien?«
Jardine zog eine Schublade auf und nahm ein Päckchen Chesterfield heraus.
»Sie wechseln aber gern die Marke«, bemerkte Szabodo.
»Um Nikolai unter Druck zu setzen? Wo er auch sein mag ...?«
»Aber sie sind geschieden. Sie haben gesagt, sie hält ihn für ein Schwein.«
»Die Leute sagen nicht immer die Wahrheit, Ronnie. Außerdem, vielleicht liebt er das Kind. Seine Tochter. Vielleicht wird sie dazu benützt, ein bißchen Druck auszuüben.«
»Und was bedeutet das für uns?«
Jardine nahm eine Zigarette aus dem Päckchen. Steckte sie dann wieder zurück. »Es bedeutet, daß Kolossow sich der Aktion gegen den Dollar nähert und daß jemand will, daß er sich bestens konzentriert.«
Ronnie Szabodo runzelte die Stirn. Dann begriff er.
»Oleg Kusmin«, schlug er vor. Jardine nickte und legte das Zigarettenpäckchen weg.
»Zeit, nach Westen aufzubrechen, junger Mann ...« Mehr sagte er nicht, als er seinen Paß aus der Schublade nahm.

Auf Ersuchen des Anwalts James O'Connell im Außenministerium hatte sich der New Yorker Rechtsanwalt Mitchel gegen eine beglaubigte Quittung der Regierung vom Original des Schuldscheins des amerikanischen Finanzministeriums getrennt. Außerdem erhob er die Forderung, seinem Mandanten siebzigtausend Dollar für am 27. April 1865

gelieferte Goldbarren zu bezahlen, zu einem monatlichen Zinssatz von fünf Prozent, mit Zinseszins.
Das amerikanische Finanzministerium ließ in seinen Archiven nach Papieren für den fraglichen Zeitraum suchen, und tatsächlich tauchten zwei Dokumente auf, die den Kauf der Goldbarren von der ukrainischen Familie Topolski bestätigten.
Es war jedoch keinerlei Zahlungsbeleg aufzufinden und, was besorgniserregend war, keinerlei Hinweis darauf, wohin das Gold, für das das Finanzministerium eine Quittung ausgestellt hatte, geliefert worden war.
Fast hundertdreißig Jahre später, nach etwa achtundvierzigtausend Tagen bei einem Monatssatz von fünf Prozent mit Zinseszins, gab es jedenfalls in den Vereinigten Staaten, Fort Knox, Las Vegas und den Millionen von Koffern oder Schuhschachteln unter den Betten von alten Damen nicht annähernd genug Geld, um die Schulden der amerikanischen Regierung bei Daniel Bogdanowitsch Topolski und seiner Familie in der Ukraine zurückzuzahlen.
Falls man die Sache theoretisch betrachten wollte, belief sich die Summe auf etwa 90 000 000 000 000 000 000 000 000 000 Dollar, wie ein Rechengenie überschlug. Genau gesagt, auf mehr Geld, als auf der ganzen Welt vorhanden war.
Es gab keinen Hinweis darauf, wofür das Gold bestimmt gewesen war, und eine gründliche Suche in den Tagebüchern und Privatpapieren des Präsidenten sowie in allen erhaltenden Regierungspapieren aus der Zeit führte zu nichts.
Bis auf das Wort »Sperling«.
Es war vom Labor beim Einsatz von Ultraviolettstrahlen entdeckt worden, lediglich als Abdruck auf der Rückseite des Briefes, in dem der Finanzminister den Kauf bestätigt hatte. Chemische Tests hatten dann gezeigt, daß es ursprünglich auf ein anderes Blatt Papier geschrieben worden war, vermutlich mit Bleistift, und der Abdruck sich abgezeichnet hatte.
Und es gab kryptische Anspielungen auf »Sperling« in drei Tagebucheinträgen Abraham Lincolns, des sechzehnten Präsidenten der Vereinigten Staaten, abgefaßt in der verschlüsselten Form, die er für persönlich heikle Einträge benützt hatte. Das Wort tauchte nur in einem Zeitraum von drei Wochen vor dem Datum des Kaufvertrages auf, zum letztenmal zwei Tage davor.
Keiner dieser Tagebucheinträge war der Öffentlichkeit zugänglich ge-

wesen; sie hatten hinter Schloß und Riegel im Keller der Smithsonian Institution in Washington gelegen.
Alle Papiere waren vom Finanzministerium untersucht worden, und trotz der Skepsis von Anwalt O'Connell und seiner dortigen Kollegen hatten Teams aus amerikanischen Fälschungsexperten, Wissenschaftlern, Schriftsachverständigen und Historikern keinen Makel an dem Papier, der Tinte, der Handschrift oder auch nur an der Unterschrift des Zeugen für die amerikanische Regierung entdeckt, John Carradine Wilkes, ein junger Schreiber, der ironischerweise im Dienst des amerikanischen Finanzministeriums gestanden hatte.
Schließlich hielt die Rechtsabteilung des Finanzministeriums eine Konferenz auf höchster Ebene ab, und die Angelegenheit war so weit gediehen, daß ein »stattlicher« Vergleich in Betracht gezogen wurde, als Nancy Lucco beim Lesen eines internen Berichts über die Arbeit des Secret-Service-Labors für Fälschungsanalyse in der Connecticut Avenue von dem Schuldschein erfuhr und um ein Gespräch mit O'Connell vom Außenministerium bat. James O'Connell erzählte Nancy von Mitchels erster Kontaktaufnahme. Sie kannten den Anwalt beide als zähen Brocken, schlau und gerissen, wußten aber auch, daß er im Grunde korrekt und zuverlässig war. Wenn Mitchel dafür gebürgt hatte, der Inhaber des Schuldscheins sei tatsächlich Ukrainer, habe das Besitzrecht an dem Schuldschein und sei autorisiert, die Familie Topolski zu vertreten, dann stimmte das vermutlich.
Wenn der Topolski in den USA nicht auf einer direkten Gegenüberstellung bestand, sondern die ganzen Verhandlungen von Mitchel führen ließ, war er so vorsichtig, wie es dem Fall angemessen war.
Nancy Lucco kam in merkwürdig gehobener Stimmung aus O'Connells Büro zurück. Sie wußte nicht genau, warum. Vielleicht lag es an ihrem Instinkt als Anwältin, denn sie verfügte über einen vorzüglichen juristischen Verstand, wie Richter Almeda erkannt hatte. Vielleicht lag es auch an der Ausbildung in Kriminalistik und Beobachtung, die sie auf Wunsch des Direktors nach ihrem Eintritt in den Service durchlaufen hatte. Wie auch immer, als sie in ihr Büro zurückkam, rief Nancy Toni und verlangte die Steintänzer-Akte.
Sie saß noch spätabends am Schreibtisch, während ein Hausmeister um sie herum saubermachte, las immer wieder die Kopie des Schuldscheins und die Akte, die David Jardine mit einem kurzen, handschriftlichen Brief mit der Diplomatenpost geschickt hatte, um sie »schnell ins Bild

zu setzen«, wie er sich ausgedrückt hatte. Daß der Name des bis dahin unbekannten KGB-Mannes genannt wurde, der im Verdacht stand, heimlich die Kontrolle über Dawidows Aktivitäten übernommen zu haben, überraschte Nancy nicht. Sie hatte damit gerechnet, daß der Verehrer von Thelonius Monk mit der Narbe im Gesicht ein bißchen gepokert hatte.

Ein Foto, das der Akte beilag, war etwa sechs Jahre alt, nach der Größe und dem Alter der Tochter zu urteilen, die jetzt vierzehn war. Die Informationen auf neunzehn Seiten waren umfassend und deutlich. Sie konnte David Jardine auf jeder Seite förmlich hören, und sie mußte zugeben, daß der Mann sein Handwerk beherrschte. Als sie die Steintänzer-Akte zum zweitenmal gelesen hatte, wußte sie mehr über Danny Dawidow und Oberst Nikolai Kolossow, als beiden lieb gewesen wäre. Es war eine Art Nervenkitzel, in die Ergebnisse einer teuren und riskanten Sammelaktion von Geheiminformationen eingeweiht zu werden.

Allmählich begriff sie, was alles zu Jardines Job gehörte. Und sie lernte ihn schätzen, auf streng beruflicher Ebene.

Warum sitze ich also hier, wenn ich zu Hause sein und mit hochgelegten Füßen und Lockenwicklern im Haar *Vanity Fair* lesen könnte, fragte sie sich.

Ich will dir sagen, warum, Nancy. Weil wir einerseits mit einer unerhörten Forderung an die Vereinigten Staaten, ihre Regierung und ihr Volk konfrontiert sind und mit einem Vergleich, bei dem es vermutlich um tausend Millionen Dollar gehen wird, unter Wahrung der Diskretion, auf Dauer und weltweit – denn wer weiß, wozu der alte Abe das Gold brauchte? –, und das fragliche Papier scheint keine Fälschung zu sein. Und andererseits sind wir mit Danny Dawidow und Nikolai Kolossow konfrontiert, die im Lauf der letzten Jahre im großen Stil Banken und Regierungseinrichtungen ausgeraubt haben – darunter auch die Regierung von Thailand –, mit so verschiedenen, so ... makellosen Fälschungen, daß ihre Qualität zu einem Erkennungszeichen geworden ist.

Nancy Lucco lehnte sich zurück und lächelte. »Sperling« in unsichtbarer Schrift. Was für ein Einfall. Hut ab, meine Herren. Jetzt wollen wir mal sehen, ob euch der US Secret Service am Arsch kriegen kann, bevor Mr. Jardine und der britische MI6 auch nur in eure Nähe kommen.

In diesem Augenblick klopfte der Nachtdienstleiter der Kommunikationszentrale und kam in ihr Büro. »Eben ist ein geheimes Memo von der Londoner Botschaft gekommen. Machen Sie Überstunden?«

»Nein«, antwortete sie ohne ein Lächeln. »Ich lebe nach kalifornischer Zeit ...«

Der Nachtdienstleiter dachte darüber nach, dann zuckte er die Achseln. »Klar doch«, sagte er und ging unbeeindruckt hinaus.

Die Nachricht kam vom SIS, persönlich ausgehändigt an »Gentleman« Jack Dempsey, der Attaché des Secret Service bei der Amerikanischen Botschaft in London. Sie lautete:

Endspiel Steintänzer steht unmittelbar bevor. Achten Sie auf phantasievolle, besondere Einfälle. Meiner Einschätzung nach wird es lediglich der Hebel sein, um das Ziel zu erreichen, also Vorsicht bei Eingaben in das Datensystem des Finanzministeriums; das könnte ein Trojanisches Pferd für ein Virus sein. Treffe morgen in Washington ein.

Unterschrieben war schlicht mit »David«.

Okay, ich soll also ein schlechtes Gewissen bekommen, dachte Nancy Lucco ironisch und las seine Unterschrift noch einmal. In ihr lag ruhige Stärke.

Und sie begriff, daß jetzt keine Zeit für Spielchen war, sie mußten zusammenarbeiten, falls das der Zeitdruck überhaupt noch zuließ.

Nancy griff zum Telefonhörer und wählte Elmore Williams' New Yorker Nummer – er wohnte in einem gemieteten Zweizimmerapartment in einer Nebenstraße der 8. Avenue, in der Nähe der Waverley Street –, und während sie dem V-Agenten kryptische Anweisungen gab, verfaßte sie hastig ein Memo an die Informationsabteilung des Geheimdiensts und bat darum, Fotos von Oberst Nikolai Kolossow aus der CIA-Kartei der KGB-Mitglieder zu beschaffen. Außerdem alle verfügbaren biographischen Einzelheiten, wenn sie schon einmal dabei seien.

Und sie ordnete an, die Anfrage solle nicht in Zusammenhang mit der Ermittlung gegen Danny Dawidow gebracht werden.

In New York hatte Elmore Williams auf dem Bett gelegen und, während er versuchte, Schlaf nachzuholen, mit halbem Auge ferngesehen. In der Nacht davor war er um 1.20 Uhr angerufen worden.

Es war die Mordkommission der New Yorker Polizei gewesen, die eben auf der Canarsie Wharf zwei italienische Hafenarbeiter gefunden hatte. Beide waren erschossen worden, danach hatte man ihnen die Kehle durchgeschnitten und die Zunge durch den blutigen Schlitz gezogen. Das war in der Branche als »sizilianische Krawatte« bekannt.

Der Lieutenant, von dem der Anruf kam, hatte gehört, daß Williams zu einem Einsatzkommando aus Polizei und Secret Service gehörte, das nach Sizilianern suchte, die einen Mord an Elmore und seiner Familie in Auftrag gegeben hatten. Das war so üblich bei der New Yorker Polizei; wer einmal Mitglied in ihren Reihen gewesen war, hatte sich ihren Respekt und ihr Engagement verdient. Williams hatte sich nicht einmal die Mühe gemacht, den Anrufer zu fragen, woher er seine geheime Telefonnummer habe.

Er hatte sich eilig angezogen und war zur Canarsie Wharf gefahren, wo die Spurensicherung noch bei der Arbeit war. Dr. Henry Grace, immer zur Stelle bei Verbrechen wie diesen, beugte sich über zwei grausige Bündel ausgelöschten Menschenlebens. Eine Suche in den Taschen der Opfer hatte nichts ergeben, bis auf die Schlüssel eines zehn Meter langen Schnellboots, das vertäut an einer Pier lag, nicht mehr als fünfzig Meter entfernt von dem baufälligen Lagerschuppen, in dem die Leichen gefunden worden waren.

Lieutenant Ray Donnelly von der Mordkommission, der Kriminalpolizist, der angerufen hatte, sagte Williams, bei einer vorläufigen Durchsuchung des Schiffes, dessen Motoren noch lauwarm waren, habe man frische Holzsplitter entdeckt und elf Einschußlöcher, drei in der Windschutzscheibe, vier im Heck und sechs im Rumpf.

»Scheißsizilianer«, hatte Donnelly bemerkt.

»Scheißcrackschieber«, hatte Elmore Williams ihn verbessert.

Er hatte etliche gute Freunde bei der Mafia-Bekämpfungstruppe.

Die Nacht war frostig gewesen, und er hatte den Mantelkragen hochgeschlagen.

Es mußte also eine Schießerei stattgefunden haben, vermutlich mit einem anderen Schnellboot. Wahrscheinlich ein Streit um Kokain. Das war in New York City an der Tagesordnung. Ein Nachtwächter auf der Canarsie Wharf und ein Hilfspolizist auf dem Heimweg von der U-Bahn-Streife, in der Nähe der U-Bahn-Station Playland auf den Rockaways, hatten mehrere Schüsse gehört und gemeldet. Vielleicht

hatte dann der Mann, der die Schüsse an Bord abgegeben hatte – wer war dabei verwundet worden? –, aus irgendeinem Grund die beiden Hafenarbeiter, die das Boot steuerten, umgebracht. Oder er war über Bord gefallen, und die beiden sizilianischen Hafenarbeiter waren von unbekannten Tätern erschossen worden, als sie das Schiff vertäut hatten und durch die baufällige Werft gegangen waren.
Nach einer kurzen Besprechung mit Donnelly und der Hafenpolizei hatte Williams ihnen beigepflichtet, sie könnten heute nicht mehr viel tun. Er war zu der Wohnung in der Nähe der Waverley Street zurückgefahren und hatte einen Bericht geschrieben, den er unter dem Teppich ablegte. Dann duschte er ausgiebig und sackte auf das Bett, um ein bißchen Schlaf nachzuholen.
Er war erst zwanzig Minuten wach und schaute mit halbem Auge auf den Fernseher, als Nancy Lucco anrief.
Was zum Geier, hatte er sich gefragt, soll eine Geheimnummer, wenn alle Welt anrufen kann, wann sie will?
Und was wollte Nancy?
Daß dieser hundemüde Sonderagent sich wieder auf die Straße schleppte, ein gewissenhaftes Observationsteam aus Joe Pearces New Yorker Einsatzteam zusammentrommelte und sowohl statisch als auch mobil das Haus und die Kanzlei eines Michael Mitchel, Rechtsanwalt, überwachte. Besonderes Augenmerk sollte er auf Kontakte mit einem Mann namens Topolski oder mit jedermann legen, der den Verdächtigen auf zwei Fotos ähnelte, die morgen per Fax an das Einsatzbüro durchgegeben werden würden.
Phantastisch. Situation normal.

David Jardine hatte ein Taxi von seiner Wohnung in der Tite Street nach Heathrow genommen, um die Concorde am frühen Morgen zu erreichen. Deshalb war es eine gewisse Überraschung für ihn, als er in die exklusive, rundum verglaste Concorde-Lounge kam, vor der das schlanke und nicht gerade große Überschallflugzeug parkte, in einem der Ledersessel Ronnie Szabodo anzutreffen, der frisch gepreßten Orangensaft trank und den *Daily Telegraph* (was sonst?) las.
»Reisen Sie heute mit uns?« murmelte Jardine, als er sich neben den Ungarn setzte.
»Lesen Sie das hier«, erwiderte Szabodo, zog zwei zusammengefaltete Blätter aus der Innentasche und reichte sie ihm.

Während David Jardine las, spürte er, wie ihm wegen einer zu späten Vorahnung leichte Schamröte ins Gesicht stieg.
Natürlich …
Das erste Blatt enthielt ein paar kurze Absätze, verfaßt in Mariettas unverkennbarem, unverblümtem Stil. Deshalb war der Inhalt überdeutlich.
Denn Marietta hatte ihren bewundernswerten Verstand auf etwas so Naheliegendes gelenkt, daß sich Jardine zum erstenmal im Verlauf der letzten Wochen, in denen er eben wieder geglaubt hatte, er sei Herr der Lage, richtig blöd vorkam. Sie hatte ihr hervorragendes Gedächtnis und ihre unvergleichlichen Kontakte dazu benutzt, die Vergangenheit eines gewissen Yussef Abdul-Fetteh zu durchleuchten, ermordeter Zeitungsherausgeber und Alishas Vater.
Das zweite Blatt Papier ließ keinen Zweifel offen, denn es stammte aus einer streng geheimen Mossad-Akte, die vor vielen Jahren aus Golda Meïrs Büro gestohlen worden war. Yussef Abdul-Fetteh war ein bestens getarnter Mossad-Agent gewesen, der im selben Monat desselben Jahres, in dem die Syrer einen anderen Mossad-Infiltrator, Eli Cohen, wegen Spionage gehängt hatten, von Marokko aus in den Libanon gekommen war.
Abdul-Fetteh war ein marokkanischer Jude, der 1937 im Alter von zehn Jahren mit seinen Eltern nach Israel gekommen war. Er war Mitglied der Hagana gewesen, mit achtzehn vom Mossad angeworben, in die USA geschickt und über Marokko nach Beirut eingeschleust worden, wo er an der amerikanischen Universität studierte und im Juni 1961 einen Abschluß in Englisch und Nahostgeschichte machte.
»Soll ich in dieser Sache irgend etwas unternehmen …?« fragte Szabodo ruhig und beobachtete, wie das Gepäck in das Flugzeug draußen verladen wurde.
»Im Augenblick nicht. Danke.«
Und Ronnie Szabodo faltete die Zeitung zusammen und ging. Gott allein wußte, mit welchen Tricks er überhaupt in die Abfluglounge vorgedrungen war.
David Jardine stieß einen langen Seufzer aus und sah hinaus auf die Startbahn und eine abhebende 747.
Es paßte so gut ins Bild. Alisha war das Kind eines Israelis.
Eines sehr tapferen Israelis. In Mariettas knapp gehaltenem Brief stand, er sei ein Gemäßigter gewesen, ganz auf der Seite der Tauben in der

Knesset, und habe als Journalist häufig darauf gedrängt, den Palästinensern Land, Autonomie und Selbstachtung zuzugestehen, im Austausch dafür sollte die PLO Israels Existenzberechtigung anerkennen.
Wenn ein solcher Mann, dachte Jardine, etwas von der extremistischen Gruppe erfahren hätte, die sich ungenehmigt die Millionen Robert Maxwells für die eigenen, geheimen Pläne angeeignet hatte, dann wäre es so gut wie unvermeidlich gewesen, ihn zum Schweigen zu bringen.
Und das erklärte, und dabei lief sogar David Jardine ein Schauer über den Rücken, warum Reuven Arieh, einer der Rädelsführer der Gruppe, dafür gesorgt hatte, daß der Mann von den Drusen in Beirut ermordet wurde.
Das darauf folgende Blutbad war lediglich ein Nebenprodukt gewesen.
Jardine seufzte. Je mehr er über Alisha wußte, die jetzt als Agentin Mungo fungierte (keineswegs regelmäßig, wie ihm aufgefallen war), desto rätselhafter wurde ihm die Frau. Hatte sie zum Beispiel von Anfang an gewußt, daß ihr Vater ein Infiltrationsagent des Mossad war, oder hatte sie nur erfahren – vermutlich von Arieh, dazu war er zweifellos fähig –, ihr geliebter Vater sei ein israelischer Held gewesen?
Er griff nach seiner alten Lederreisetasche aus Kolumbien und schloß sich der Gruppe von Passagieren an, die gleich an Bord des BA-01-Flugs nach New York gehen würde. Etliche erkannte er. James Brown – der am härtesten arbeitende Mann im Showbusineß –, Sir David Frost, ins Gespräch vertieft mit einem amerikanischen Senator, an dessen Namen sich Jardine nicht erinnern konnte, und der Tennisstar Agassi.
Ein Bodensteward näherte sich ihm. »Mr. Jardine?«
»Das bin ich«, erwiderte er und lächelte sein ehrlichstes Lächeln, das besagte: Ich habe nichts zu verbergen.
»Telefon für Sie. Sie können den Anruf gleich hier in der Zelle entgegennehmen.«
In der Zelle nahm Jardine den Hörer ab, als das Telefon diskret klingelte.
»Ja?«
»Es ist schwer, Sie aufzuspüren.« Nancys Stimme.
»Das hoffe ich«, erwiderte er, erfreut, von ihr zu hören.
»Danke für Ihren Brief.«
»Wir stehen auf derselben Seite, stimmt's?«
Kurze Pause.
»David, ich hab' so ein blödes Gefühl. Bleiben Sie doch in New York City, ich fliege hin.«

Jardine dachte darüber nach. Bei der Art von Betrugsmanövern, die Danny Dawidow durchgeführt hatte, war New York, die Finanzmetropole, ein besserer Ort, den Dollar anzugreifen, als Washington.
»Abgemacht«, sagte er. »Mein Büro sagt Ihnen, wo Sie mich erreichen können.«
»Ich treffe mich auf dem Flughafen mit Ihnen«, sagte sie. »Die Zeit hat Flügel und so weiter.«
Er lächelte. »Ich kann es kaum erwarten.«
»Benehmen Sie sich.«
Und die beiden legten auf. Und vielleicht dachten sie nicht nur an den Fall, während sie – es war zehn nach drei Uhr morgens – in ihrer Wohnung in Georgetown ein paar Sachen packte und er sich in die Passagierschlange einreihte, die am Tresen vorbei in den verglasten Finger ging, der zur Concorde führte.
Er warf einen Blick auf die Morgenzeitungen. Der Dollar erlitt eine Schlappe auf den Finanzmärkten in Tokio, aber das war den schwierigen Wochen nach der Veröffentlichung der amerikanischen Handelsbilanz zuzuschreiben und dem Kampf des Landes, die Bundesreserven im Licht der Staatsverschuldung glaubhaft darzustellen, die auf dem Papier den Grundregeln der Solvenz hohnsprach.
Jardine faltete die Zeitung zusammen und verdöste fast den ganzen dreieinhalbstündigen Flug. Dann, zweitausend Meter über dem Atlantik, bei einer Geschwindigkeit von fünftausendvierhundert Stundenkilometern, wachte er plötzlich mit einem Ruck auf, wachgerüttelt von dem Gefühl, alles werde ganz furchtbar danebengehen. Seine Haut fühlte sich kalt an, sein Puls raste. Das war sein Instinkt, den er niemals ignorierte …

Trotz der Beinahekatastrophe beim Versuch, die beiden vietnamesischen Fälscher zu entführen, war Danny Dawidow ein glücklicher Mann. Während er die Finanzzeitungen las und die internationalen Wirtschaftsmagazine durchblätterte, stieß er überall auf die heimtückisch ausgestreuten Gerüchte, das amerikanische Haushaltsdefizit sei doppelt so hoch, wie die Regierung zugebe. Er bekam das Gefühl, die Millionen aus ihrem illegal erworbenen Reichtum sinnvoll ausgegeben zu haben. Im Lauf der letzten beiden Jahre waren sie in aller Ruhe als Hacker in die sicheren Computernetze acht großer Organisationen eingedrungen, und jeder Raubzug war ein wichtiges Element bei der

Errichtung des Gebäudes gewesen, das jetzt für das amerikanische Finanzministerium eine tödlich ernste, unmittelbar bevorstehende Bedrohung der Stabilität des mächtigen Dollars darstellte.
Wie unmittelbar das bevorstand, wußten im Augenblick nur die beiden Gangster und nur ganz wenige ihrer gesichtslosen, unbekannten Helfershelfer, angeworbene Agenten der Operation Medusa.
Die Mannschaft der SS *Sumaru* aus ehemaligen KGB-Mitgliedern hatte sich der toten Mafia-Killer mittels eines für solche Fälle vorhandenen Plans entledigt, bei dem der Schiffskoch und äußerst scharfe Metallsägen eine wichtige Rolle spielten sowie ein Tank Schwefelsäure, der Teil einer Lieferung für Lagos, Nigeria, war. Der einzige (kurzfristig) Überlebende, der nach einer Injektion Morphium zum Lindern des Wundschmerzes und einer Spritze Scopolamin, einem Wahrheitsserum, scharf verhört worden war, hatte naturgemäß als letzter dran glauben müssen.
Die *Sumaru* hatte im Morgengrauen die Jamaica Bay verlassen und bei stetigen elf Knoten Fahrt aufgenommen Richtung westafrikanischer Küste durch den Atlantik.
Die Ergebnisse aus dem Verhör des unglücklichen Sizilianers waren Dawidow auf sicherem Weg übermittelt worden. Der arme Mann hatte nur gewußt, daß sie zwei Vietnamesen entführen sollten, die an Bord festgehalten wurden, ohne ihnen ein Haar zu krümmen, die gesamte Schiffsmannschaft töten und, ohne Fragen zu stellen, zu ihrem kriminellen Alltag zurückkehren sollten.
Er kannte den Namen des *Capo* nicht, der ihnen diesen Auftrag erteilt hatte, aber es war bekannt, daß seine beiden Leibwächter für Don Giovanni Favorito Noto arbeiteten. Falls der Mann die Wahrheit gesagt hatte, dachte Danny Dawidow, hieß das, daß Franco Cagliaro hinter dem unerhörten Überfall steckte.
Mit der Zeit würde ihn die Strafe schon ereilen, entschied Dawidow, während er in der geräumigen, geschmackvollen Wohnung in der Park Avenue saß, gemietet auf den Namen Robert Bannerman, eine Rolle, die er als Sammler seltener Handschriften und Urkunden spielte.
Die Identität Robert Bannermans hatte Danny schon 1983 allmählich aufgebaut, etliche Jahre ehe ihn die Buchhaltung des Mossad erwischt hatte, und genau wie Elmore Williams den meisten Leuten in Washington als Joe Marcus bekannt war, hatten sich die kosmopolitischen Bewohner des Hauses in der Park Avenue 509 an das unregelmäßige

Kommen und Gehen von Mr. Bannerman gewöhnt. In der Wohnung hätten ein Hausmädchen, ein Einbrecher oder ein neugieriger Fremder einen Führerschein vorgefunden, einen Paß, Rundschreiben vom Lions Club, Korrespondenz mit Geschäftskollegen und Angehörigen, eine Verbindungs-Anstecknadel, Entlassungspapiere und vier Medaillen aus der Dienstzeit bei der amerikanischen Küstengarde ... kurz gesagt, einwandfreie Beweise dafür, daß ein gutsituierter amerikanischer Bürger hier wohnte.

Es hatte einen echten Robert Bannerman gegeben, der am 14. Mai 1983 bei einem Bordellbesuch auf Zypern gestorben war. Damals leitete Danny Dawidow eine Operation des Mossad, die eine Killerzelle aus Jasir Arafats persönlicher Sondereinheit aufspüren und eliminieren sollte, die ein verdeckt auf einem Segelboot im Hafen von Famagusta arbeitendes Mossad-Team ermordet hatte. Danny hatte den Bordellbesitzer für Informationen über seine Kunden bezahlt, beim Versuch, einen rothaarigen Antisemiten aus Manchester ausfindig zu machen.

Es war ein zufälliges Nebenprodukt von Dawidows Suche gewesen, daß der Amerikaner Robert Bannerman an einem Herzinfarkt gestorben war. Ausgelöst durch Sauerstoffmangel unter und zwischen den zu üppigen Brüsten einer athletischen serbischen Hure mit den Proportionen eines Sumoringers. Daraufhin hatte der Bordellbesitzer Danny gebeten, die Leiche diskret verschwinden zu lassen, eine Gefälligkeit gegenüber dem Zuhälter.

Danny war in das Hotelzimmer des Toten im Lhedra Palace am Metaxis-Platz gegangen, hatte seine Sachen an sich genommen und ausgecheckt. Was in der Brieftasche des Toten steckte – Reisepapiere und ein paar Briefe –, hatte das Herz des Mossad-Manns frohlocken lassen. Denn Robert Bannerman hatte keine lebenden Angehörigen bis auf eine Schwester, mit der er schon lange zerstritten war, wenige Freunde und war freiberuflich mäßig erfolgreich als Verfasser von Reiseartikeln für eine Reihe von Zeitungen gewesen.

Dawidow hatte die Leiche in einem tiefen Bergspalt in den Vorbergen des Troodos abgeladen, und durch sein Geschick in den Künsten der Täuschung hatte er die Reisen des verstorbenen Robert Bannerman durch Europa und den Nahen Osten fortgesetzt, hatte zunehmend weniger Reiseartikel abgeliefert und war bei seinen wenigen Bekannten allmählich in Vergessenheit geraten.

Deshalb fühlte sich Danny einigermaßen sicher in der Wohnung in der Park Avenue. Und obwohl er ständig den – in seiner Branche empfehlenswerten – paranoiden Verdacht hegte, er könne jeden Augenblick denunziert werden, war das im Augenblick nicht der Grund seiner außergewöhnlichen Erregung und Anspannung.
Er wartete auf einen sehr seltenen und ganz besonderen Gast. Auf seinen Chef für Operationen. Die beiden Männer kannten sich nur als der Maure und der Nomade. Sie hatten sich in den letzten beiden Jahren nur siebenmal getroffen, aber sie hatten auf wöchentlicher, manchmal täglicher Basis über Satellit, verschlüsselt und durch Funksignale Kontakt miteinander gehabt.
Der geplante Besuch war der erste und einzige des Nomaden in Bannermans Wohnung. Danny hielt das jetzt für ein annehmbares Risiko, weil er die Absicht hatte, ab dem folgenden Tag nie wieder dort zu sein.

Nancy Lucco wartete auf Jardine, als er um 8.29 Uhr mit der Concorde eintraf. Die Paßkontrolle auf dem John-F.-Kennedy-Flughafen arbeitete flott, und mit seinem Diplomatenpaß wurde David Jardine durchgewinkt. Neunzehn Minuten nach der Landung traf er sich in der Ankunftshalle mit Nancy Lucco.
Sie stiegen in eine Lincoln-Limousine des Secret Service, mit Chauffeur, und fuhren Richtung Queens und zur Brücke nach Manhattan Midtown. Nancy setzte Jardine über die Ereignisse ins Bild. Sie berichtete ihm von der ukrainischen Goldaffäre, die ganz andere Proportionen angenommen hatte, seit vor zwei Tagen anscheinend echte Papiere im Archiv des amerikanischen Finanzministeriums entdeckt worden waren, die den Anspruch stützten, und sie reichte Jardine einen Aktendeckel, der Berichte über seltsame Ereignisse innerhalb der letzten achtundvierzig Stunden enthielt und außerdem eine Kurzfassung von Glossen aus den Politik- und Wirtschaftsteilen seriöser Zeitungen rund um die Welt.
Im Kern liefen alle Kommentare darauf hinaus, das amerikanische Haushaltsdefizit sei etwa doppelt so hoch, wie die Regierung im Jahresbericht des Präsidenten zugegeben hatte.
»Und sehen Sie sich das hier an ...« sagte Nancy.
Sie zeigte ihm an die acht Ausschnitte aus Zeitungen wie dem Londoner *Daily Telegraph*, der *Financial Times*, dem *Wall Street Journal*, *France Soir* und dem italienischen *Corriere della sera*, allesamt innerhalb der

letzten drei Wochen veröffentlicht und zunächst als Artikel aus der Saugurkenzeit abgetan. Im wesentlichen war davon die Rede, die USA verfügten nicht über ausreichende Goldreserven in Form von ungemünztem Edelmetall im Gegenwert zu den im Umlauf befindlichen Dollarnoten und könnten deshalb ihren finanziellen Verpflichtungen gegenüber internationalen Handelspartnern nicht nachkommen.
Jardine las die Artikel gründlich. Dann nahm er die Lesebrille ab, lehnte sich zurück und dachte angestrengt nach.
»Das Problem dabei ist«, bemerkte er, »sobald man erst einmal aufmerksam geworden ist, bekommt man jede Menge Zeug zu lesen, was reiner Zufall sein könnte.«
»David, wir reden hier über die Integrität des Dollars. Diese Artikel, die überall auftauchen, machen allmählich einen ... abgestimmten Eindruck. Falls wir uns einig sind, daß Danny Dawidow vorhat, unser Bäumchen zu schütteln, wie Sie das einmal ausgedrückt haben, wäre das kein dummer Anfang für seine Aktion ...«
Jardine runzelte die Stirn. Er nickte. »Vielleicht wäre es vernünftig, einzuräumen, daß Sie recht haben könnten.«
Sie sah ihn an. »Mein Gott, sind Sie überheblich oder was?«
»Ich bin durch und durch ein Scheißkerl«, erwiderte er. Und grinste.
Nancy Lucco konnte einem befriedigten Lächeln nicht widerstehen, als sie ihm zwei gelbe Umschläge reichte, die vier Überwachungsfotos von Oberst Nikolai Kolossow und drei von Danny Dawidow enthielten. »Vielleicht können die Ihnen ein bißchen weiterhelfen.«
»Sehen Sie?« sagte er, ohne rot zu werden. »Die gegenseitige Kooperation klappt vorzüglich.« Dann, während er die Fotos musterte, gab sie ihm einen grünen Aktendeckel mit der Aufschrift: »Streng geheim. Interne Verschlußsache des Finanzministeriums.« Das war die Akte über Mitchels Klage wegen der nie beglichenen Schulden des Finanzministeriums bei Topolski.
Jardine pfiff, als er zu der unglaublichen Summe kam, die gefordert wurde.
»Achten Sie auf etwas Phantasievolles, hat in Ihrem Memo von gestern abend gestanden.«
Er neigte den Kopf. »Und auf etwas Besonderes. Das hier paßt wirklich ins Bild.« Er schüttelte staunend den Kopf. »Wenn man Bescheid weiß, ist es wie eine Visitenkarte.« Er las weiter, überflog schnell die Berichte und Notizen, machte gelegentlich eine Pause. Dann drehte er sich

um und sah Nancy über die Brille hinweg an. »Wer genau ist dieser Mitchel?«

Nancy sagte es ihm.

Dann fügte sie so beiläufig wie irgend möglich hinzu: »Ich habe vermutlich gegen irgendeinen Zusatzartikel zur Verfassung verstoßen, aber gestern nacht habe ich angeordnet, daß er rund um die Uhr überwacht wird.«

Sein respektvoller Blick tat ihr gut, das mußte sie zugeben. Er wedelte mit den beiden Fotos herum. »Und Sie haben den Beschattern zweifellos Kopien dieser Fotos geliefert ...«

»Geliefert ...« Sie runzelte die Stirn. »Ich habe unser New Yorker Einsatzbüro mit jeder Menge Kopien versorgt, falls Sie das meinen.«

David Jardine beschäftigte sich weiter mit den diversen Unterlagen, die sie ihm gegeben hatte.

»Haben Sie je von einem ehemaligen KGB-General namens Oleg Kusmin gehört?« erkundigte er sich sanft.

Eine offene Kutsche, gezogen von einem leicht räudigen Pferd, klapperte durch das Überwachungsgebiet zwischen der 42nd und 41st Street, gegenüber der New York Public Library.

Elmore Williams, stellvertretender Einsatzleiter für Sonderagenten, saß einen Meter vom Fenster entfernt im neunzehnten Stock eines Bürogebäudes, direkt gegenüber von Michael Mitchels luxuriöser Kanzlei und einen Stock höher, so daß er nach unten in die Büros schauen konnte. Neben ihm waren zehn Monitore angebracht, die ein alles andere als begeisterter Joe Pearce im Verlauf des Morgens hatte anschließen lassen. Sie stammten aus seinem Vorrat an Überwachungsgeräten im Lager des Einsatzbüros.

Joe hatte einen größeren Etat und mehr Agenten als die meisten Einsatzleiter, ausgenommen Miami, Los Angeles und Washington. Aber es war eine Achtzehn-Millionen-Stadt, und das New Yorker Einsatzbüro war immer überlastet.

Trotzdem hatte er widerwillig vierzig Agenten für Williams abgestellt, die Rechtsanwalt Michael Mitchels Kanzlei in der Fifth Avenue und seine etwa fünf Block westlich vom Central Park gelegene Wohnung in der 67th Street überwachen sollten.

Elmore Williams hatte nicht erklärt, daß Nancy Lucco die Überwachung angefordert hatte, denn als Mitglied der Rechtsabteilung hatte sie keine Befehlsgewalt. Aber erstens mochte Elmore sie, zweitens traute er ihrem Urteil, und falls es hart auf hart gekommen wäre, hätte sie drittens Direktor Farley dazu gebracht, daß er den Befehl dazu gab, und dadurch den durchdringenden Blick des Chefs auf den ganzen Schlamassel gelenkt.

Deshalb hatte Joe Pearce den Eindruck, die Überwachung Mitchels gehöre zu Elmore Williams' Auftrag, nach den Rädelsführern des Mordversuchs an Williams und seiner Familie zu fahnden, eine Folge des katastrophalen Coups gegen die Fälscherbande lange vor Ostern, bei dem Sammy die Nase ins Jenseits befördert worden war.

Elmore wußte, daß er das Überwachungsteam früher oder später ins Vertrauen ziehen mußte. Er wartete nur auf den richtigen Augenblick.

Zusätzlich zur Videoüberwachung in der Fifth Avenue verfügte Williams' Team über vier Zivilstreifen und drei Motorräder, elf Pflastermaler und eine Einsatzleitung.

Er hatte das Team in drei Sektionen aufgegliedert; eine vor der Wohnung, eine vor der Kanzlei und eine, die Mitchel folgte, wohin er auch fuhr. Die Einsatzleitung bestand aus drei Sonderagenten, Experten für Kommunikation und Lauschangriffe, die ständigen Kontakt zu den Sektionen hielten und Williams Bericht erstatteten. Falls nötig, waren sie mobil, und ihre Basis war derselbe Raum im neunzehnten Stock des Bürogebäudes, aus dem Elmore Williams durch ein starkes Fernglas in das Büro des Anwalts schaute.

Tony Carmino war Williams' Stellvertreter, und er behielt die Videomonitore im Auge, die verschiedene Ansichten der Straße und der Nebenstraße zeigten, den Eingang des Gebäudes in der Fifth Avenue, die Halle im Erdgeschoß, die vier Fahrstühle, die bis in den achtzehnten Stock führten, den Flur im achtzehnten Stock und Nahaufnahmen aus Mitchels Kanzleisuite von der Public Library aus.

Alle Kameras verfügten über Zoom und Weitwinkel. Fotos von Kolossow und Dawidow waren mit Reißzwecken an der Wand neben den Videogeräten befestigt.

»Was haben diese Typen denn angestellt?« fragte Carmino, eine schlaue Frage, die bewies, daß er keinen Augenblick lang geglaubt hatte, das hier habe etwas mit dem Mordversuch oder dem Anwalt und Vollstrekker des sizilianischen Gangsters, Franco Cagliaro, zu tun.

Das war Williams' Chance, die Sache zu erklären.

»Es geht um ein Riesenbetrugsmanöver«, erwiderte er beiläufig. »Das Finanzministerium soll erpreßt werden.«
»Geht es um viel Geld?« Carmino war kein bißchen neugierig. So etwas machten sie jeden Tag.
»Nach dem letzten, was ich gehört hab' ... um etwa zwanzig Milliarden Dollar.«
Benommenes Schweigen.
Die beiden Männer und die Frau von der Einsatzleitung wechselten Blicke.
»Entschuldigung«, sagte Tony Carmino und musterte die Bildschirme gründlicher.
Elmore Williams lächelte. Das hatte er ganz gut hingekriegt.

In der Wall Street erwachte die Börse zu geschäftigem Leben. Der Dollar wurde von vielen Seiten attackiert, und was noch schlimmer war, Computerviren vermasselten schlichte Instruktionen, die amerikanische Währung zu kaufen, und fügten den Anweisungen zum Verkauf die eine oder andere Null hinzu.
Die Atmosphäre war hektisch, und mehrere Händler überlegten, ob sie die Transaktionen nicht verschieben sollten, bis das internationale Kommunikationssystem repariert war.

Joe Pearce goß aus der Thermosflasche auf seinem Schreibtisch drei Tassen Kaffee ein. Er war tief in Gedanken, denn Nancy Lucco und der Engländer, irgendein Spion, hatten ihn eben über Steintänzer ins Bild gesetzt und nichts Wesentliches ausgelassen.
»Möchte jemand Zucker?« fragte er.
»Ohne alles«, erwiderte Jardine, der einen verschlüsselten Funkspruch las. Die SIS-Außenstation in New York hatte ihn eben von einem Boten im Einsatzbüro abgeben lassen.
Sein Steintänzerteam informierte ihn darüber, daß Alisha Abdul-Fetteh und Reuven Arieh mit verschiedenen Flugzeugen Beirut verlassen hatten, aber am Vortag zusammen auf dem Flughafen in Rom gesehen worden waren.
»Nur Milch, Joe«, sagte Nancy.
»Bitte schön.« Der große Ire verteilte die Tassen. Als er sich beiden gegenübersetzte, sah er Nancy an. »Haben Sie gehört, was an der Börse los ist?«

»Heute? Nein.«
»Sie spielt verrückt. Der Dow Jones ist total abgesackt.«
Er meinte den Dow-Jones-Index, ein Barometer für den amerikanischen Aktienmarkt. Und dann erklärte er das mit den Computerfehlern und dem Chaos, das sie verursachten.
Jardine sah Nancy Lucco an. »Das Trojanische Pferd«, sagte er.
»Trojanisches Pferd ...?« Sie starrte ihn an. »Worüber zum Teufel reden Sie?«
Er nickte langsam und schlug die Akte über die Forderung von Mitchel/Topolski zu. »Dieser Goldkauf des amerikanischen Finanzministeriums. Eigentlich ganz harmlos.«
»Harmlos?«
»Nancy, selbst wenn der Schuldschein echt wäre, muß Mitchel klar sein, daß es Jahre dauern würde, bis ein Vergleich ausgehandelt wäre. Und in welcher Höhe? Sagen wir mal, maximal zehn Millionen Dollar. Das könnte die Bank nicht sprengen, selbst wenn es ein Zug auf Danny Dawidows Schachbrett wäre.«
Nancy und Joe Pearce sahen ihn an. Er trank einen Schluck Kaffee. Pearce wartete darauf, daß der Tommyspion den kleinen Finger abspreizte und »köööstlich« sagte. Aber statt dessen bemerkte David Jardine: »Falls er den Schuldschein nicht als Trojanisches Pferd benützt hat.«
»In welcher Hinsicht?« fragte Pearce.
»Ich an seiner Stelle«, erwiderte Jardine, »hätte ein kleines ... Rätsel eingebaut.«
»Ein Rätsel«, sagte Nancy Lucco ironisch.
»Sicher«, sagte Pearce, »er ist meines Vaters Sohn und doch nicht mein Bruder, Sie kennen doch solche Spielchen.«
David Jardine blinzelte, dann grinste er. »Genau. Ein Denkspiel. Nancy, fehlt irgend etwas in dem Kurzbericht über den Schuldschein?«
»Äh ...« Nimm Vernunft an, Nancy, dachte sie, das ist nicht der richtige Augenblick, Spielchen zu treiben. »Kommt ›Sperling‹ darin vor?«
»Sperling?« Jardine reckte den Hals und schlug einen der Aktendeckel auf, die sie ihm gegeben hatte. Dann schlug er ihn wieder zu. Er sah auf. »Nein. Das wird nicht erwähnt.«
Nancy Lucco erzählte David Jardine und Pearce also von dem Wort »Sperling«, das in drei Tagebucheinträgen des sechzehnten Präsidenten aufgetaucht war, in seiner Form von Kurzschrift. Und daß niemand

beim Finanzministerium und keiner der Geheimschriftanalytiker etwas habe damit anfangen können.
»Ich meine, falls die Kaufbestätigung des Finanzministers echt ist, hat er das Wort ›Sperling‹ auf ein anderes Blatt Papier geschrieben, und der Abdruck hat sich abgezeichnet.«
»Oder wir sollen das glauben«, sagte Pearce.
Jardine begegnete seinem Blick. »Ich bin Ihrer Meinung. Was hat also irgendein Schlaumeier, ich meine irgendein intelligenter Ermittler, gemacht? Vermutlich mit dem Computer herumgespielt. Zweifellos war das einer der besten Köpfe im Finanzministerium. Lassen Sie mich raten. Er oder sie hat die Buchstaben S. P. E. R. L. I. N. G in die sicheren Computersysteme des Finanzministeriums eingegeben, es mit den Buchstaben in jeder möglichen Kombination versucht, andere Buchstaben und Zahlen dazwischengeschoben, darüber und darunter. Die Buchstaben in Zahlen umgewandelt, die Zahlen in binäre Codes, sie vermutlich multipliziert und nach allem, was ich weiß, in asiatischen Schriftzeichen wiedergegeben. Alles im Versuch, aus dem armen alten Sperling irgendein Ergebnis herauszuholen.«
Er musterte Nancy geduldig. »Sagen Sie mir, ob ich mich irre.«
Sie schüttelte den Kopf. »Sie irren sich nicht: Denn der Schlaumeier war ich.«
»Falls es ein Trojanisches Pferd ist, liebe Anwältin Schlaumeier, und wenn ich Danny Dawidow wäre, dann wäre eine der vielen tausend möglichen Abwandlungen ein kleiner elektronischer Soldat. Im Gegensatz zu Odysseus bräuchte ich nur einen Soldaten in meinem Trojanischen Pferd. Denn er würde mir Zugang in die Festung verschaffen.«
»Ein Schlüsselcode«, hauchte Joe Pearce.
»Ein Schlüsselcode. Zu der riesigen elektronischen Festung, in der alle Geheimnisse lagern und die Leitungen für alle geheimen Übermittlungen und auch Transaktionen, das über alle Maßen geheime Zugangssystem zwischen dem Finanzministerium, ausländischen Finanzministerien und anderen ausländischen Ministerien, zwischen dem Finanzministerium und der Börse, zu jedem großen Bank-, Handels- und Wirtschaftssystem in der zivilisierten und weniger zivilisierten, der freien und weniger freien Welt.« David Jardine lächelte und zog ein Päckchen Winston aus der Tasche.
»Darf ich ...?« fragte er höflich.
»Nur zu«, erwiderte Nancy.

»Ich hab' dreiundsiebzig aufgehört, bis auf einen kurzen Rückfall«, sagte Joe Pearce und schob Jardine über den Tisch hinweg ein Gasfeuerzeug zu.
Jardine zündete sich die Zigarette an und wartete.
»Warum sind die nicht darauf gekommen?« warf Nancy wütend ein.
»Ich glaube, weil es eine andere Art von Verbrechen war«, sagte Jardine.
»Ja, er hat recht. Man besorgt sich ein paar Gangster, die diesem Mitchel einen Schuldschein vorlegen, und die Typen in der Direktion sagen, was soll dieser alte Hut mit einem Schuldschein vom Finanzministerium. Dann können sie keinen Fehler daran entdecken und sagen, entweder ist er echt, dann wehren wir uns ein paar Jahre lang und kommen schließlich zu einem Vergleich. Oder es ist eine phantastische Fälschung, und dann piesacken und beschatten wir die Gegenseite und zapfen alle an, bis sie vom Karussell fallen.« Das war Joe Pearce.
Er sah sehnsüchtig auf David Jardines Zigarette, während der Engländer inhalierte. »Aber niemand, der diesem Steintänzerpaar nicht gewachsen ist, würde je etwas von einem Raubzug mit einem Trojanischen Pferd ahnen ...«
Nancy Lucco seufzte.
»Vielleicht sollten wir eine Armee von Agenten auf diesen Mitchel ansetzen«, sagte Pearce. »Außerdem Lauschangriffe in jeder Form. Ich meine, der Mann muß sich doch mit diesem Peter Topolski in Verbindung setzen, stimmt's?«
David Jardine entdeckte etwas Hochinteressantes an seinem linken Stiefel, als Nancy schluckte und zu Joe Pearce sagte: »Joe, genau das tut Elmore Williams im Augenblick.«
Schweigen.
Pearce stellte die Kaffeetasse ab und dachte einen Augenblick lang nach.
»Nett«, sagte er nur. »Richtig nett.«
Dann wandte er sich Jardine zu und streckte die Hand aus. »Geben Sie mir so einen Scheißglimmstengel ...«

Der Chefredakteur der *New York Times* diskutierte mit seinem Wirtschaftsredakteur und dem Chef vom Dienst gerade den Aufmacher des nächsten Tages, bei dem es selbstverständlich um die Vorfälle in der Wall Street ging.
»Wie wäre es mit«, schlug Tom Ringwald, der Chef vom Dienst, vor, ›Schluckauf in der Wall Street‹?«

»Im Gegensatz zu ›Crash in der Wall Street‹. Das gefällt mir«, sagte der Wirtschaftsredakteur John Bird, »es klingt verantwortungsbewußt.«
»Und was ist, wenn es schlimmer wird?« wollte der Chefredakteur Harry Gershwin wissen.
»Wir haben es schließlich nicht angezettelt«, erwiderte Renshaw.
»Darauf geb' ich einen Scheiß. Wir sind Berichterstatter, keine Manipulatoren. Sagt, was los ist.« Er griff nach seinen Magentabletten.
Ringwald und Bird runzelten die Stirn und dachten angestrengt nach.
»Vielleicht ... ›Wall Street im Wanken‹«, schlug Bird vor.
»Schon besser.«
In diesem Augenblick kam Jean Andrews, stellvertretende Ressortleiterin Politik, herein.
»Jean, später«, sagte Gershwin. »Titelseitenkonferenz.«
»Ich glaube, Sie sollten das lesen.« Sie sah sich im Zimmer um. »Sie alle.« Und sie reichte dem Chef einen Brief.
Er war auf DIN-A4-Papier getippt und trug den Briefkopf der staatlichen Gravieranstalt am Raoul Wallenberg Place in Washington mit Datum vom Vortag.
»Er ist persönlich abgegeben worden.«
»Beim Portier?« fragte Renshaw.
»Sicher.«
»Dann haben wir ein Foto«, sagte Bird. Eine Sicherheitskamera hat jeden aufgenommen, der in die Eingangshalle kam.
»Es war ein Junge, jemand hat ihm einen Fünfer gegeben«, bemerkte Jean Andrews.
Aber Gershwin hörte das nicht, denn er las den Brief:

> Liebe Miss Andrews,
> ich bin viele Jahre lang ein treuer Diener der Regierung gewesen. Sowohl hier in der Anstalt, wo wir die Dollarscheine und Obligationen des Finanzministeriums drucken, als auch früher in Fort Knox, wo wir, wie Sie zweifellos wissen, Goldbarren von Stockwerk zu Stockwerk verlagern, um Transaktionen mit ausländischen Regierungen und Großbanken abzudecken.
> Ich weiß nicht, wie ich mich ausdrücken soll. Mir zittern beim Tippen die Hände. Aber im Verlauf der beiden letzten Monate haben drei gute Kollegen von mir Selbstmord begangen, weil

sich etwas Entsetzliches abspielt. Weil unser System von Grund auf verdorben ist.

Wissen Sie, die Gerüchte, daß das Finanzministerium nicht genug Geld zur Deckung unserer Schulden hat, sind wahr. Aber es ist noch schlimmer. *Wir haben nicht genug Goldreserven zur Deckung der Dollarnoten im Umlauf.*

Die drei Freunde, die ich erwähnt habe, haben sich umgebracht, weil sie mit der Lüge nicht leben konnten. Eine Menge des Goldes in Fort Knox ist Feengold. Das Finanzministerium hat unter strengster Geheimhaltung Tausende von Bleibarren herstellen lassen, die dann vergoldet, nach Fort Knox gebracht und mit dem ungemünzten Edelmetall gelagert worden sind.

Als Nation sind wir nicht nur bankrott. Wir sind korrupt.

Bitte, ermitteln Sie, und berichten Sie so furchtlos, wie Sie das immer tun.

Unterschrieben war mit »Ein Patriot«, und an das Blatt geklammert waren drei Zeitungsausschnitte, zwei aus Kentucky, wo Fort Knox lag, und einer aus Wheeling in West Virginia. Die Artikel berichteten von drei plötzlichen Todesfällen, zwei bei Autounfällen, einer durch Ertrinken beim Schwimmen im Kentucky River.

»Was halten Sie davon?« fragte Jean Andrews, die ihre Stelle als stellvertretende Ressortleiterin für Politik verabscheute und sich immer gewünscht hatte, Reporterin für Topmeldungen zu sein und schreien zu können: »Stoppt den Druck der Titelseite!«

»Es wird Sie vielleicht überraschen, aber wir bekommen eine Unmenge von solchen Briefen. Die meisten sind von Irren. Ich würde mich nicht allzusehr darüber aufregen«, erwiderte Gershwin und lächelte wie eine Schlange. Also ging Jean Andrews. Aber Gershwin behielt den Brief. Er wandte sich seinem Chef vom Dienst zu. »Tom, überprüfen Sie diese Todesfälle. Johnny, sprechen Sie mit Ihren Kontaktpersonen beim Finanzministerium. Ich will um Mitternacht ein Dementi aus dem Weißen Haus haben. Wir drucken es direkt neben dem Wall-Street-Artikel ab.«

Im Handels- und Bankverkehr auf der ganzen Welt sind Banktratten ein übliches Zahlungsmittel. Genau wie Dawidow und Kolossow sie dazu benützt hatten, sich Zugang zu den bestgesicherten Tresorräumen der

Banco di Calabria zu verschaffen, sind schon ganze Schiffahrtslinien und Getreideernten mit Tratten großer internationaler Bankunternehmen bezahlt worden.

Im Fall der Vereinigten Staaten stellt das Finanzministerium Obligationen über verschiedene Nennwerte aus, von hunderttausend bis zu einer Milliarde Dollar. Sie werden in begrenzten Auflagen gedruckt, und die Seriennummern werden bei jeder Auflage verändert. Wenn zum Beispiel hundert Obligationen über eine Milliarde Dollar ausgestellt werden, könnten sie die Seriennummern von 2556378 bis 2556478 haben. Und falls eine Nachfrage aus dem Ausland käme, ob eine Obligation des Finanzministeriums mit der Seriennummer 2556415 zu einer Seriengruppe für Obligationen über eine Milliarde Dollar gehöre, würde die Antwort ja lauten.

Um sie vor Fälschungen zu schützen, werden Obligationen des Finanzministeriums von der Verwaltung registriert. Inhaberformulare bestätigen, daß der Inhaber einen Besitzanspruch auf die Obligationen mit der entsprechenden Registrier- und Seriennummer des Formulars hat. Das registrierte Inhaberformular ist ein eindrucksvolles Dokument, und es ist äußerst schwierig, die Registrier- und Seriennummer so zu ändern, daß sie einer anderen Seriengruppe zugeordnet werden kann.

Wer ernsthafte Fälschungsabsichten hat, würde vermutlich in das Goldene Dreieck reisen, in das Grenzgebiet zwischen Thailand und China oder nach Vietnam, wo, wie Pablo Envigado und Danny Dawidow aus eigener Erfahrung wußten, immer noch die besten Fälscher zu finden sind.

Solche Fälschungen kommen vor. Es ist noch nicht lange her, daß es in England einem Amerikaner fast gelungen wäre, sich von einer Großbank fünfhundert Millionen Dollar zu leihen, mit einer registrierten Inhaberobligation über siebenhunderttausend Dollar als Sicherheit, mit exakter Registriernummer, die in Thailand in eine registrierte Inhaberobligation über siebenhundert Millionen Dollar umgeändert worden war. Sogar das amerikanische Finanzministerium hatte die Echtheit zunächst bestätigt.

Als deshalb am Tag der Konfusion in der Wall Street ein elektronisch gesicherter, geschützter Computer des amerikanischen Finanzministeriums einen Code an alle Finanzministerien in Europa und im Nahen Osten übermittelte, alle Geschäfte mit Obligationen des amerikani-

schen Finanzministeriums und mit Inhaberformularen bis auf weiteres ruhen zu lassen, wurde das äußerst ernst genommen.
Und das Ergebnis war ein weiterer schwerer Schlag für den US-Dollar.

David Jardine und Nancy Lucco hatten neben Joe Pearces Büro im New Yorker Einsatzbüro eine Operationszentrale eingerichtet. Sie hatten Fernseher, mit denen sie die wichtigsten Nachrichtensender empfangen konnten, Telefon-, Fax- und Satellitenverbindung mit dem US Secret Service in Washington, der Operationszentrale des Finanzministeriums, der CIA in Langley, dem Sicherheitsstab für Kommunikation bei der National Security Agency und mit dem Verbindungsteam aus SIS und Beamten des britischen Finanz- und Außenministeriums in Whitehall.
Drei der intelligentesten Agenten Pearces arbeiteten mit Jardine und Nancy zusammen. Sie hatten eine große schwarze Tafel an die Wand gestellt und waren damit beschäftigt, die Ereignisse graphisch darzustellen.
»Schlechte Nachrichten?« fragte Nancy, als Jardine mit nachdenklicher Miene den Hörer auflegte. Er hatte eben mit Marietta gesprochen, die aus London angerufen hatte.
»Sagen wir mal ... interessant«, erwiderte er mit dem schüchternen Lächeln, von dem sie allmählich begriff, daß es hieß, er habe nicht die Absicht, darüber zu sprechen.
Der britische Geheimdienstmann goß sich aus einer Thermoskanne lauwarmen Kaffee ein und verdaute die neueste Entwicklung. Vor nur drei Stunden war Oberstleutnant Anatoli Dserschinski tot in seiner Wohnung im olympischen Dorf aufgefunden worden. Todesursache: Alkohol und eine Überdosis Kokain. Seine Frau und seine Kinder waren seit ein paar Tagen bei seiner Schwiegermutter.
David Jardine wurde klar, daß damit der potentielle Skandal wegen der veruntreuten Millionen Maxwells so gut wie unter den Teppich gekehrt war. Ausgenommen Reuven Arieh und Danny.
Und Alisha. Die bei jenem letzten Mal in Venedig beteuert hatte, ihr werde nie viel erzählt.
»Nancy, für Sie, das Finanzministerium.« Ein Agent wartete, bis Nancy Lucco den Hörer abnahm, dann stellte er die sichere Leitung durch.
»Nancy Lucco«, sagte sie und hörte zu.
David Jardine war auf der Leitung nach Whitehall, sprach mit dem

Mann vom britischen Finanzministerium, der die Aktiengeschäfte an der Börse beobachtete. Es war klar, daß ein weltweiter Angriff auf den US-Dollar geführt wurde. Dabei wurden alle Register gezogen – auch das der Falschinformationen, das der ehemalige KGB so gut beherrscht hatte.

»Danke, Richard«, sagte er und legte den Hörer auf. Er lockerte sich die Krawatte und öffnete den obersten Hemdknopf.

Nancy legte auf und schüttelte den Kopf.

»Was ist denn jetzt?«

Und Nancy Lucco berichtete ihm von dem anonymen Brief an die *New York Times* und an das Ersuchen des Chefredakteurs an das Weiße Haus, die Unterstellung mit den Bleibarren zu dementieren.

»Was halten Sie davon? Zufall oder was?« fragte sie.

»Klingt nach Danny.«

Nancy machte ein gequältes Gesicht. »David, vielleicht schaffen die es ja.«

»Warten wir's ab. Hören Sie, heute haben die offensichtlich ihren großen Tag. Sie haben nicht damit gerechnet. Ich auch nicht. Aber so war es geplant, also legen wir Danny Dawidow das Handwerk.«

Sogar die abgebrühten Agenten warfen Blicke auf diesen Tommy.

»Okay, ich höre zu«, sagte Nancy.

David Jardine klopfte mit seinem Stift gegen den Schreibtisch. Ein Telefon klingelte, ein Agent nahm den Hörer ab, sprach leise hinein und legte den Hörer wieder auf.

»Ich glaube, daß Dawidow einen Zugangscode benutzt, den er aufgeschnappt hat, als er Ihre Leute dazu überlistet hat, alle Abwandlungen des Worts ›Sperling‹ in Ihren Computer einzugeben. So ist es ihm gelungen, in das Sicherheitsprogramm des Finanzministeriums einzudringen und einen Code durchzugeben, der alle Geschäfte mit Obligationen des Finanzministeriums für den Augenblick stoppt.«

»Ich versuche, Ihnen zu folgen ...« Nancy war skeptisch.

»Offenbar greift er auf mehreren Fronten an. Aber wir sollten uns der Reihe nach um sie kümmern. Sie haben doch sicher ein Kommunikationsersatzsystem, habe ich recht?«

»Schön wär's«, erwiderte Nancy. »Ist das, was Sie vorschlagen wollen, wirklich Ihr Ernst?«

»Bitten Sie das Finanz- und das Außenministerium, alle Systeme abzuschalten, in die das Wort ›Sperling‹ eingegeben worden ist. Das Trojani-

sche Pferd, das Danny Dawidows kleinen elektrischen Soldaten hereingelassen hat.«
Nancy unterdrückte ein Lachen. Vielleicht würde sie gleich hysterisch. »Chaos«, sagte sie, »das wäre das Chaos.«
Aber in dem folgenden Schweigen machte niemand einen anderen Vorschlag. Sie zuckte die Achseln. »Okay, gehen wir mal davon aus, ich kann die Regierung der Vereinigten Staaten dazu überreden, etwa zwölf Prozent ihrer sicheren Computersysteme abzuschalten ...
»Und dann auf andere Systeme umzuschalten.« Er merkte, daß eine Agentin, eine attraktive junge Frau namens Maggie Prosperus, mitstenografierte. »Und die Abteilung für Kommunikationssicherheit bei der NSA soll auf der Lauer liegen und jeden Versuch verhindern, mit dem Wort ›Sperling‹ in einer oder mehreren Abwandlungen wieder einzudringen.«
»Und jedesmal, wenn er das macht«, Maggie Prosperus hatte begriffen, »sollen sie diesen Zugang auch sperren ...«
»Genau«, erwiderte Jardine. Seine Hand steckte in der Tasche seines Jacketts, das über seiner Stuhllehne hing. Er ertappte sich dabei, daß er mit dem Zippo-Feuerzeug aus Messing spielte, als hätte es magische Kräfte. Gott wußte, daß er sie hätte brauchen können. Er begegnete Maggies nachdenklichem Blick. »Können wir es versuchen?«
»Klar«, sagte Maggie Prosperus. Sie warf Nancy einen Blick zu, und Nancy zuckte die Achseln, als wollte sie sagen: Was zum Teufel soll's?
»Wir sprechen mit der NSA und unserem Stab für elektronische Sicherheit.« Maggie wandte sich ab und griff nach dem Hörer eines grünen Telefons.

Elmore Williams streckte sich und gähnte, und als er wieder in Mitchels Büro schaute, diktierte der Mann immer noch einer klapperdürren Sekretärin mit dicken Brillengläsern.
»Der Mann hat vielleicht einen langweiligen Job«, bemerkte er.
»Wie geht's Martha?« erkundigte sich Tony Carmino, der in aller Ruhe die aufgereihten Videoüberwachungsmonitore im Auge behielt.
»Sie erholt sich. Jede Menge Kampfgeist, aber diese vier Scheißkugeln haben sie ganz schön geschlaucht. Sie ist runter auf sechsundvierzig Kilo.«
»Das tut mir leid. Aber weißt du ...«
Er meinte, sie hätte tot sein können.

»Sicher, sicher. Ich weiß.«
Und während beide Männer wieder den eigenen Gedanken nachgingen, kam die Stimme von Marty Socorro ganz deutlich über den Agentenfunk.
»Sagt mal, ist das nicht der Typ ...? Hier ist eins vier, ich bin an der Ecke Dreiundsechzigste und Dritte.«
Williams und Tony Carmino sahen sich an. Sonderagent Marty Socorro gehörte zu der Abteilung, die Mitchels Wohnung überwachte.
»Welcher?« fragte Carmino angespannt.
»Stein«, kam die Antwort. Der Funk verzerrte Socorros Stimme leicht. »Du mußt es wissen, Kumpel, schließlich hast du die Fahndungsfotos ...«
Schweigen. Sie warteten.
Dann hörten sie eine Folge kryptischer Befehle und Antworten, während der Einsatzleiter vor Ort seine Videokamera, versteckt im Handy eines Lieferanten auf einem Motorrad, in Position brachte.
Wieder Martys Stimme. »Okay, ich gehe jetzt vor dem Verdächtigen her, bleibe stehen, um die Straße zu überqueren. Und ... sehe ihn mir gründlich aus der Nähe an.«
Elmore Williams ertappte sich dabei, wie er im Takt zu einem stummen Rhythmus gegen das Fernrohrstativ klopfte. Vermutlich war das sein Herz.
Die gedämpfte Stimme von Agent Socorro. »Donnerwetter, guter Fang, wiederhole, Befund positiv. Übernehmen, ich muß weiter ...«
Und in diesem Augenblick tauchte auf einem der zehn Videoschirme, dem zweiten von rechts in der unteren Reihe, der ehemalige KGB-Oberst Nikolai Kolossow auf und sah genauso aus wie auf dem Schwarzweißfoto vierzig mal fünfzig, das nur einen halben Meter entfernt an der Wand hing.
»Stein ...« hauchte Williams. Er hatte Kolossow »Stein« und Dawidow »Tänzer« getauft. Die Namen schienen zu passen.
Elmore Williams grinste und sang: »Wild thing, Ah thinks Ah loveyah ...«
»Foxtrott, hier ist John Belushi«, sagte Tony Carmino in das Mikrophon. Sein Spitzname war John Belushi, weil er dem Star der *Blues Brothers* so ähnelte. Er trug sogar einen schwarzen Filzhut. »Zehn neun neun.«

Zehn neun neun hieß schlicht und einfach: Beschattet die Zielperson, und wenn ihr sie verliert, ist euer Arsch ab.
Zwei Videokameras, eine auf dem Motorrad, die zweite in einem in der Hand getragenen Diplomatenkoffer, gelang es gemeinsam, Kolossow im Blickfeld zu behalten. Die anderen zehn Agenten folgten zu Fuß in zwei gelben New Yorker Taxis, verließen ständig die unmittelbare Umgebung und kamen wieder zurück.
Kolossows Schritt war flott und zielstrebig. Er ging Richtung Süden. Dann nach Westen, zur Madison Avenue, und eine Weile vermuteten Elmore Williams und Tony Carmino, der Russe wolle endlich doch noch in Mitchels Kanzlei.
Die zweite Abteilung wurde von Mitchels Kanzlei abgezogen und achthundert Meter weiter nach Norden geschickt, um mit Socorros Team zusammenzuarbeiten.
So kam es, daß Nikolai Kolossow von zwanzig erfahrenen Secret-Service-Agenten überwacht wurde, die nach allem möglichen aussahen, von Geschäftsleuten über Touristen bis zu schäbigen Stadtstreichern und Lieferanten.
Kolossow schien in Gedanken vertieft. Er kam eben aus der Wohnung Robert Bannermans, die er gewissenhaft überprüft hatte, um sicherzustellen, daß Danny keine Spur seiner wahren Identität und von der Operation Medusa hinterlassen hatte.
Eins mußte man dem Juden lassen, dachte Kolossow, er hatte es wirklich geschafft, diesen Tag wahr werden zu lassen. Von dem Augenblick an, an dem Danny ihm am Schwimmbecken im olympischen Dorf in Moskau, in der Nähe des Mitschurinski-Prospekts, über den Weg gelaufen war, hatte der Mann alles gehalten, was er versprochen hatte. Angefangen bei dem Betrugsmanöver mit dem Flugzeugbenzin über Sankt Petersburg, einem wahren Meisterstück, bis zu Palermo, einem mit unerhörter Chuzpe durchgezogenen Raubzug, und jetzt waren sie am Ziel. Nach dem, was er in Bannermans Wohnung im CNN gesehen hatte, griffen alle Attacken des schlauen kleinen ehemaligen Mossad-Agenten auf den Dollar.
Und er dachte an den blöden Mafia-Angriff auf die *Sumaru*. Das mußte einfach Cagliaro gewesen sein. Er hoffte, daß der Scheißkerl in dem Fiasko umgekommen war. Falls nicht, würde ihn Staraja Semlja eines Tages schon an den Hammelbeinen kriegen.
Kein Problem.

Danny Dawidow ... was für ihn geplant war, schien ein Jammer zu sein. Kolossow hatte den Kleinen mit der Zeit ins Herz geschlossen. Er lächelte vor sich hin, als er sich an die Nacht erinnerte, in der sie sich gemeinsam betrunken hatten. Ein wirklich sympathischer Kerl.
»Was soll das heißen, er lächelt?« fragte Elmore Williams ins Mikrophon, während er beobachtete, wie auf vier Überwachungsmonitoren die Bilder wie betrunkene Vollidioten über die Madison Avenue schwankten, im erfolglosen Vesuch, Kolossow ins Bild zu bringen.
»Er lächelt. Gott weiß, warum«, erwiderte Marty Socorro.

Im Oval Office des Weißen Hauses saß der Präsident hinter seinem Schreibtisch, las das *Wall Street Journal*, und bei den Akten lag eine Kopie des anonymen Briefs an die stellvertretende Ressortleiterin für Politik bei der *New York Times.*
Anwesend waren sein Stabschef, der Außenminister, der Finanzminister und der Direktor der CIA.
»Mir kommt es so vor«, sagte der Präsident, »als ob diese Leute, wer sie auch sein mögen, ein ganz außergewöhnliches Spektakel für ihr Geld geboten kriegen.« Sein durchdringender Blick ruhte auf seinen ranghohen Mitarbeitern.
»Mr. President«, fing der Chef der CIA an, »mein Direktor für Operationen sagt mir, der Hauptverdächtige sei ein ehemaliger israelischer Geheimdienstmitarbeiter, der vor ein paar Jahren vom Mossad hinausgeworfen worden ist. Hat sich mit einem Sowjet, einem ehemaligen Sowjet, zusammengetan, um, ich zitiere, an unserem Bäumchen zu schütteln. Um den Dollar zu erschüttern.«
»Zu welchem Zweck, Douglas?« fragte der Präsident fast zu leise.
»Erpressung, Sir«, sagte der Finanzminister.
»Erpressung?« Der Präsident wandte sich wieder Douglas Sherridan zu. »Und wozu habe ich Ihre Leute und das FBI ...?«
»Mr. President«, sagte der Finanzminister, »ein Angriff auf die Währung fällt in erster Linie in den Zuständigkeitsbereich des Secret Service.«
»Ach, wirklich«, sagte der Präsident schneidend. Es war eine bekannte Tatsache, daß er nicht gerade ein Fan des Secret Service war. »Und was unternehmen die dagegen? Sagen Sie bitte nicht, sie tun, was sie können.«

Der Minister hob die Hände und lächelte dünn. »Im Augenblick leitet ein ranghoher Beamter eine große Operation in New York, Sir. Die Täter werden auf Schritt und Tritt beobachtet, und« – er sah sich um, vermutlich, um sich zu vergewissern, daß niemand von CNN sich unter einem Sessel versteckt hatte – »wir rechnen mit baldigen Festnahmen.«

»So bald, daß Wall Street gerettet werden kann?« Der Präsident spielte an einem Monitor auf seinem Schreibtisch herum, der mehr Daten lieferte, als es das Orakel je geschafft hatte. »Ich sehe, daß der Dollar auf dem Londoner Markt auf null Komma vier zwei abgerutscht ist ...«

»Falls meine Informationen korrekt sind, Sir«, wagte sich Douglas Sherridan, der Chef der CIA, vor, »besteht das Ziel nicht darin, die Währung dauerhaft zu schwächen. Sondern darin, uns eine solche Angst einzujagen, daß wir in der richtigen Stimmung für Verhandlungen sind.«

Der Präsident nickte, kaum fähig, seinen Zorn zu zügeln. Genau gesagt, er nickte mehrmals. »Stimmt das? Ist das Ihr Ernst?«

»Sir, falls ich mir den Vorschlag erlauben dürfte ...« sagte der Stabschef des Weißen Hauses.

Der Präsident wandte sich ihm zu. Sein finsterer Blick hatte sich nur leicht aufgehellt. »Sprechen Sie weiter.«

»Ich denke an eine Rede an die Nation. Nur, damit die Leute wissen, was los ist«, sagte der Stabschef.

»Ja. Auf die Idee bin ich auch schon gekommen. Veranlassen Sie das. Und ich will alles wissen. Alles, verstanden?«

In diesem Augenblick klopfte der Direktor des US Secret Service, Jim Farley, an die Tür und kam herein. Er begegnete dem frostigen Blick des Präsidenten mit einem höflichen Lächeln.

»Schlechte Nachrichten«, sagte er ernst. »Als wir den Brief über die Goldbarren bekommen haben, habe ich eine Überprüfung des ungemünzten Edelmetalls in Fort Knox angeordnet. Wir haben drei Barren aus Blei gefunden, fachmännisch mit zehn Millimetern vierundzwanzigkarätigem Gold überzogen.«

»Meine Herren«, sagte der Präsident, »es ist ausgeschlossen, daß ich mit einer solchen Sauerei vor die Nation trete.« Er stand auf und bog den schmerzenden Rücken durch. »Bringen Sie das in Ordnung, sonst haben wir alle am Montag keinen Job mehr. Und keine Währung, die auch nur einen Furz wert ist.«

Danny Dawidow warf einen Blick auf seine Armbanduhr. Es war zehn nach drei, und der Schweiß lief ihm über den Rücken, trotz der Klimaanlage im Zimmer.
Er saß an einem Schreibtisch mit drei Computerterminals darauf, und auf beiden Seiten, ein Stück nach vorn geschoben, standen Tische mit jeweils vier Bildschirmen. Ihr monochromes Flackern spiegelte sich auf seinem schwitzenden Gesicht wider, während seine Finger über eine der drei Tastaturen rasten. Er wirkte leicht geistesgestört, über sein elektronisches Imperium gebeugt, während er Pfeile der Vernichtung in das Herz der amerikanischen Wirtschaft abschoß.
Ein schneller Blick auf einen Monitor sagte ihm, daß drei Dollar jetzt nur noch ein englisches Pfund Sterling wert waren.
Er gestattete sich, sich zurückzulehnen und ein Glas Wasser zu trinken. Der Nomade, sein Generaldirektor für Operationen, mußte eben jetzt die nächste Fälschung seiner vorzüglichen Vietnamesen an Ort und Stelle bringen.
Während das Adrenalin wie Crackkokain durch seine Adern strömte, konnte Danny hören, wie zwei seiner Leibwächter sich bewegten, vor der verschlossenen Tür, vermutlich vor Langeweile von Sinnen. Ohne zu ahnen, daß sie bei einem der größten Erpressungscoups ihrer Zeit dabei waren.
Des größten Coups aller Zeiten.
Der Geschichte.
Und mit einem Lächeln verschaffte sich Danny Dawidow Zugang zu der gesicherten Leitung von der New Yorker Börse nach Tokio. David Jardine hatte recht gehabt: »Sperling« war ein Trojanisches Pferd gewesen, und als das Außen- und das Finanzministerium alle möglichen Abwandlungen, darunter auch binäre Umstellungen, eingegeben hatten, war ihnen Danny direkt auf der Spur gewesen, hatte einen Zugangscode nach dem anderen aufgeschnappt, während die Programmanalytiker mit ihrem elektronischen Spielzeug spielten, in der vermeintlichen Sicherheit des amerikanischen Finanzministeriums, des Secret Service und des Außenministeriums.
Sie hatten sich gründlich geirrt.

Im Rückblick überraschte es die Chronisten im Century House und in Langley, daß an einem einzigen Tag so vieles hatte geschehen können. Die Tatsache, daß der verstoßene Israeli das jahrelang geplant hatte,

minderte ihre widerwillige Bewunderung für die Art und Weise nicht, auf die es ihm gelungen war, Wall Street und das internationale Vertrauen in den Dollar derart wirkungsvoll zu erschüttern.
Um 15.26 Uhr spuckte ein Faxgerät in der internationalen Nachrichtenredaktion von CNN ein erstaunliches Dokument aus. Es erwies sich als Kopie eines Briefes vom Außenminister an den Präsidenten.
Der Text war Dynamit, und zu dem Fax gehörte ein zweites Blatt, auf dem nur stand: »Das Original liegt auf Ihrem Empfangstresen.« Und tatsächlich, da war es, in einem gelben Umschlag mit der Aufschrift: »An den Nachrichtenredakteur.«
Der Brief lautete:

Lieber Mr. President,
ich glaube nicht, daß wir die Sache mit den ungenügenden Goldreserven noch viel länger unter Verschluß halten können. Ich glaube, daß der Secret Service mindestens tausend der Bleibarren in Fort Knox entdeckt hat.
Um das Land vor internationaler Schande zu retten und um den totalen Zusammenbruch unserer Wirtschaft zu verhindern, rate ich Ihnen dringend, sich mir anzuschließen, damit wir noch heute zurücktreten und uns der Anklage stellen können, die ein Bundesgeschworenengericht zweifellos gegen uns erheben wird.

Mit besten Grüßen
John

David Jardine und Nancy Lucco saßen in ihrer behelfsmäßigen Operationszentrale und sahen auf einem Bildschirm die CNN-Nachrichten. Don Gether, der Moderator, drehte einen Sprecher des Außenministeriums durch die Mangel, der die Echtheit des Briefs über die Bleibarren vehement abstritt.
Maggie Prosperus legte den Telefonhörer auf und wandte sich den beiden zu, schob sich eine lose Haarsträhne aus der Stirn.
»Die NSA hat sich mit dem Außen- und dem Finanzministerium abgesprochen«, sagte sie. »Das Programm ›Stoppt Sperling‹ läuft schon, während wir reden.«
»Das war gut, Maggie. Wie haben Sie das so schnell geschafft?«
Maggie lächelte. David Jardine erkannte die Symptome äußerster Erschöpfung, denn obwohl die Agentin erst seit etwa acht Stunden im

Dienst war, forderte die Nervenanspannung dessen, was sie geleistet hatte, ihren Tribut.

»Sie hatten tatsächlich einen Computerwegweiser, der alles verzeichnete, was sie im Zusammenhang mit ›Sperling‹ gemacht haben«, sagte sie.

»Maggie, Sie sind großartig«, sagte Jardine. »Wollen Sie sich jetzt nicht ausruhen?«

»Sir, ich möchte gern bleiben, bis wir merken, ob es etwas nützt. Falls das okay ist.«

Nancy stand auf und schenkte schwarzen Kaffee nach. »Natürlich können Sie bleiben.« Und sie wandte sich Jardine zu. »Und Sie hören damit auf, meine Leute herumzukommandieren, Sie Tommy.«

Und als sie alle lachten, klingelte das rote Telefon. Ein Agent nahm ab. Jimmy Petrovsky. Er hörte zu, dann legte er die Hand auf die Sprechmuschel. Die anderen beobachteten ihn, fragten sich zweifellos, was zum Teufel jetzt wieder los sei.

»Sie haben Kolossow eingekreist, zweiunddreißig Mann stark, Richtung Süden auf der Fifth Avenue«, erklärte er. Und der Freudenschrei lockte Joe Pearce aus seinem Büro, wo er sich um die restlichen New Yorker Probleme des Secret Service kümmerte, nicht gerade wenige.

Als er die Fifth Avenue entlangging, Richtung Empire State Building, heiterten Nikolai Kolossow die Leitartikel der Zeitungen an den Kiosken auf: »Dollar erreicht neues Tief« und »Außenminister drängt den Präsidenten zum Rücktritt«.

Er dachte immer noch an Danny Dawidow, auf dem Dachboden eines schmuddeligen Gebäudes gegenüber dem Prince-George-Hotel in der 27th East Street. Der Mann war einer der besten Agenten, mit denen er je zusammengearbeitet hatte. Methodisch, gründlich und phantasievoll. Er mußte ein schwerer Verlust für den Mossad gewesen sein.

Dawidows Fähigkeiten waren vermutlich fast genial, daran gab es keinen Zweifel. Und sein Genie war sein Untergang. Denn als er an Kolossow herangetreten war, damals im olympischen Dorf, während sie um die beiden kleinen Seen von Samorodinka herumspazierten, hatte sich Nikolai Kolossow tatsächlich verraten, verstoßen und verschmäht gefühlt.

Er war einer der drei stellvertretenden Direktoren von Dienst A im ersten Hauptdirektorat des KGB gewesen, wie es damals geheißen hatte, ehe es von Jelzin aufgelöst und in den russischen Nachrichtendienst umgewandelt worden war. Die Weisen in Jassenowo hatten signalisiert, er stehe auf der Beförderungsliste, was ihn in ein paar Jahren zum Anwärter für den Posten des Direktors gemacht und auf die oberste Sprosse der Nomenklatura befördert hätte. Er wäre unter den Privilegierten gewesen, die Grundstücke in der Nähe Moskaus besaßen, wo sie mit zweckentfremdeten Geldern Sommerhäuser bauen konnten, die in den besten Läden, reserviert für die Parteigrößen und wichtige ausländische Gäste, einkaufen durften und alle weiteren Vorteile genossen, die dazugehörten.

Dann war der tödliche grüne Blick des Neids auf ihn gerichtet worden, und seine Feinde im KGB hatten in seiner ganzen Vergangenheit herumgestochert, im Versuch, etwas zu finden, womit sie ihn anschwärzen konnten.

Es war seine Adoption gewesen, durch seinen Vater, den General und Helden des Großen Vaterländischen Kriegs. Denn Nikolai Iwanowitsch Kolossow war geborener Pole, Sohn einer guten Familie aus Gutsbesitzern und Kavallerieoffizieren. Und genau wie David Jardine vermutet hatte, war das drei Monate alte Kind aus den noch schwelenden Trümmern eines einst schönen Guts geborgen worden, das direkt auf dem Weg der zweiundsechzigsten Armee der siegreichen Roten Armee lag, auf dem Vormarsch unter General Wladimir Iwanowitsch Tschuikow.

Deshalb habe Kolossow seine Nationalität beim Ausfüllen des Bewerbungsformulars nicht wahrheitsgemäß als »russisch« angegeben, erklärte ein neidischer Kommissar aus der Sektion S, der Sicherheitsabteilung des EHD.

Ihm war mitgeteilt worden, für ihn gebe es keine Zukunft, und weil die Umwandlung des KGB schon drohte, war ihm nahegelegt worden, freiwillig zu kündigen, zwei Jahre bevor er das Anrecht auf die Hälfte der Pension gehabt hätte.

Deshalb hatte Danny Dawidow mit seinem zukünftigen Partner eine unkluge Wahl getroffen. Denn Nikolai Kolossow hatte eigene Vorstellungen von seiner Rehabilitierung. Und weil er selbst nicht im geringsten exzentrisch oder unausgeglichen war, hatte er die Freundschaft seiner Frau Natalja mit dem unbelehrbaren kommunistischen Betonkopf aus dem alten militärisch-industriellen Komplex, Oleg Kusmin, dazu

benutzt, Kusmin den Plan des verrückten Juden zu erklären, das amerikanische Finanzministerium so zu »erschrecken«, daß es ein paar Milliarden Dollar herausrückte.
Kusmin hatte zugehört. Oberst Nikolai Kolossow war heimlich wieder in den KGB aufgenommen worden, und seine Befehle waren einfach. Mach gemeinsame Sache mit diesem Dawidow, bis er sein Ziel erreicht. Und wenn er es geschafft hat, daß der Dollar auf der Kippe steht, direkt am Abgrund ... dann bring Dawidow um, und stoß den Dollar hinunter.
Das war vor zwei Jahren gewesen, und Kolossow hatte ein ziemlich schlechtes Gefühl, als er sich seinem Opfer näherte. Der kleine Scheißer war wirklich ganz sympathisch. Aber die Zukunft der Partei, der Zusammenbruch von Boris Jelzins Machtbasis, dem Yankeedollar, war tausendmal wichtiger als das Leben eines ganz netten Juden.
Außerdem hielten die Schweine seine geliebte Tochter auf einem U-Boot-Stützpunkt in der Nähe von Murmansk fest. Das war vermutlich Nataljas Idee gewesen. Diese Schlampe.

Während Kolossow die 27th East Street erreichte und an seinem eigentlichen Ziel vorbeiging, um zu prüfen, ob er überwacht wurde, sahen Jardine und Nancy Lucco, wie auf den Videoschirmen eine Saga im Stil von *Krieg der Sterne* lief: Streng geheime, bisher geschützte Computerleitungen wurden abgeschaltet, tauchten ab wie U-Boote. Und innerhalb weniger Augenblicke waren sie befreit von dem kleinen elektronischen Soldaten aus Dawidows Trojanischem Pferd.
Und tatsächlich dauerte es nicht lange, bis der Jäger nach seiner Beute suchte. Eine Folge von Kennwörtern und Codezahlen sorgte für so viel Zugang, daß bewiesen war, der Hacker, wer auch immer er sein mochte, meinte es ernst und verstand sich auf sein Geschäft. Dann wurde der gelöschte Zugangscode eingegeben. Und der Bildschirm signalisierte: ZUGANG VERWEIGERT.
Also versuchte es der Hacker mit einem anderen Weg in das Labyrinth. Und jedesmal tauchte die Nachricht ZUGANG VERWEIGERT wieder auf, bis jeder Schirm ihn damit verhöhnte.
»Gut gemacht, Maggie«, sagte Jardine, gewaltig erleichtert und lächelnd. »Gute Arbeit.«
Maggie Prosperus strahlte. David Jardine hatte die Gabe, Menschen das Gefühl zu geben, sie seien etwas Besonderes, aber die Kleine hatte wirk-

lich so schnell begriffen, daß sie vermutlich den US-Dollar davor bewahrt hatte, noch tiefer abzusacken.
»Und wo ist Kolossow jetzt?« fragte Jardine, als er und Nancy auf den Flur hinaustraten. Ein großer, gutaussehender Mann stand ihm gegenüber, mit dunkler Haut. Er war nicht viel kleiner als David Jardine, mochte also etwa eins fünfundachtzig sein.
»Sie sind der englische Spion ...?« fragte Elmore Williams und musterte ihn von Kopf bis Fuß wie ein Pferdehändler.
»Sie brauchen nicht weiterzusuchen«, erwiderte Jardine.
»David, das ist Elmore Williams. Er und sein Team beschatten Kolossow.« Jardine fiel auf, daß Nancy ihren Leuten gegenüber einen Beschützerinstinkt hatte.
Williams sprach mit Jardine, hielt seinem Blick mit offener, sorgloser Miene stand. »Wir haben den Kerl in einem Sandsteinhaus in der Nähe vom Madison Square Park. Sie wissen, wo das ist?«
Jardine nickte. »Sicher.«
»Ich habe ein zweiunddreißig Mann starkes Team auf ihn angesetzt, er kann nicht mal scheißen, ohne daß wir's merken.«
»So ist es genau richtig«, sagte Jardine. »Kein Anzeichen von dem anderen?«
»Tänzer haben wir noch nicht gesehen. Aber wenn wir uns lange genug an den Arsch von dem anderen klemmen und die beiden wirklich unzertrennlich sind, finden wir den auch.«
»Und warum ist Kolossow – Stein – in das Sandsteinhaus gegangen?«
»Fragen Sie mich was Leichteres, Mann. Wir haben damit gerechnet, daß er in das Büro von Ziel Nummer eins geht. Von Michael Mitchel.«
David Jardine wandte sich Nancy zu. »Kann ich dabei helfen, ohne was zu verpfuschen?«
Nancy Lucco zuckte die Achseln. »Ich bin mir nicht sicher. Probieren Sie's doch aus.«
Jardine wandte sich Elmore Williams zu. »Es war richtig, daß Sie Stein dort nicht gestellt haben. Das könnte der Ort sein, von dem aus sie operieren. Haben Sie etwas dagegen, wenn wir mal einen Blick darauf werfen?«
Williams zuckte die Achseln. »Fühlen Sie sich bei mir wie zu Hause.« Und die drei gingen auf die Straße hinunter und stiegen in eine Zivil-

streife, einen Oldtimer zur perfekten Tarnung, gefahren von einem jungen Sonderagenten. Sie hatten volle Funkverbindung mit dem Überwachungsteam, und ein kleiner Videomonitor zeigte den Hauseingang in der 27th Street.
Als sie über die Schlaglöcher in den Avenues im Süden von Manhattan holperten und die Autofederung protestierte, klingelte das Telefon. Williams nahm ab, drückte auf einen Knopf und knurrte. Dann reichte er Nancy den Hörer.
Sie sprach und hörte zu. Sagte ein paarmal »Hm« und »Ja«. Als sie Elmore Williams den Hörer zurückgab, sah sie so erleichtert aus wie noch nie, seit sie sich auf dem Flughafen mit David Jardine getroffen hatte.
»Sie glauben, es könnte funktionieren«, sagte sie. »Die Börse und das Finanzministerium jaulen wegen der Abschaltung, aber es hat nicht lange gedauert, und es sieht so aus, als hätte die NSA den Scheißkerl aussperren können.«

Im Gebäude an der 27th Street ging der Aufzug nur bis zum siebzehnten Stock, und man konnte die letzten drei Stockwerke nur durch ein Treppenhaus erreichen, durch dessen schmutzige Fenster man auf Dächer, Lüftungsrohre von Klimaanlagen und tote Tauben sah.
Danny Dawidows Horst war im obersten Stock. Ein Lagerraum unter dem Dach war zu einem Büro umgewandelt worden. Die Fenster waren schwarz gestrichen und von innen mit Brettern vernagelt worden. Hier hatte der Meisterdompteur des amerikanischen Dollars seine Schaltzentrale.
Draußen war ein Flur, gegenüber vom Aufzugsschacht, in dem es häufig knarrte und ächzte, während unten Leute kamen und gingen.
Es gab einen Waschraum und eine kleine Küche, dazu ein kleineres Zimmer auf der anderen Seite des Aufzugschachts. Dort hielten sich die vier Leibwächter auf, die zu Dannys Operationsstruktur gehörten, kochten Kaffee und wechselten sich ab bei der Bewachung der Tür und des Treppenhauses.
Im Kontrollzentrum – Dawidow hatte darauf bestanden, es so zu nennen – saß der Israeli mit Schweißperlen auf den Schläfen und dem Kinn, während seine Finger wütend über die Tasten flogen.
Nikolai Kolossow setzte sich auf eine Packkiste und beobachtete seinen Partner emotionslos.

»Hast du Probleme?« fragte er auf russisch.
»Nichts, was wir nicht in den Griff kriegen können ...« erwiderte Danny. »Irgendein Mistkerl kommt sich schlau vor, das ist alles.«
Kolossow beobachtete die Bildschirme, während Dawidow schnell und professionell in eine Reihe geschützter Computerprogramme der Regierung und einiger Banken eindrang. Aber jedesmal tauchte schließlich die Nachricht auf ZUGANG VERWEIGERT.
Dawidows Finger flogen noch schneller. Schweiß verfleckte sein blaues Denimhemd unter den Achselhöhlen und auf dem Rücken. Er war jetzt weit weg, vollständig auf seine Arbeit konzentriert.
Die Preisfrage, mein kleiner jüdischer Freund, dachte Kolossow, lautet jetzt also: Wirst du es schaffen? Und er wünschte es seinem Freund, denn das war Danny Dawidow für ihn geworden, er wünschte ihm mit aller Kraft Erfolg.
»Hast du unsere Bedingungen genannt?« fragte er.
»Was?«
Er hatte den Kleinen noch nie gereizt erlebt. »Hast du der Regierung unsere Bedingungen gestellt?«
Danny nickte scharf. »Sicher. Vor zehn Minuten.«

Im Oval Office plauderte der Präsident mit seiner Tochter und zwei ihrer Schulfreunde, die vor ein paar Monaten aus Sarajevo evakuiert worden waren. Beide hatten Cousins in Amerika, und weil der eine Kroate und der andere ein Moslem war, war das damals eine symbolische Geste gewesen. Jetzt war dieser Augenblick einer der wenigen glücklichen an jenem grauenhaften Tag.
Es klopfte an der Tür, und Alan Clair kam herein, begleitet von Jim Farley.
Der Präsident tätschelte den Kindern die Schultern und ging zu einem Fenster hinüber, schaute hinaus auf die Rasenflächen des Weißen Hauses.
»Ich glaube, wir haben ihn erwischt, Mr. President«, sagte Farley ruhig. »Er versucht wie wahnsinnig, wieder in die umgeschalteten Systeme einzudringen.«
»Gute Arbeit.« Der Präsident war nicht so leicht zu beruhigen. »Wissen Sie, wie viele Wochen es dauern wird, die Glaubwürdigkeit unserer Währung wiederherzustellen?«
»Wenigstens haben wir noch eine Währung, Sir«, sagte Alan Clair.

Der Präsident drehte sich um und sah den CIA-Mann an. »Ich will wissen, wie sie es geschafft haben, daß es so weit gekommen ist. Das darf nie wieder passieren.«

»Nein, Sir«, erwiderte Clair ernst. Und dachte, das sei unfair, im Grunde sei es ein Problem des Secret Service. Oder hatte er nur ein schlechtes Gewissen, weil er David Jardine nicht mehr Aufmerksamkeit geschenkt hatte, früher?

»Und Jim?«

»Sir?« Eine angenehme Überraschung nach: »Mr. Farley«.

»Ich will wirklich wissen, wie diese Barren nach Fort Knox gekommen sind.«

»Ja, Sir. Wir arbeiten daran.«

»Wenn sich der Staub gelegt hat«, bemerkte der Präsident leise, »werde ich todsicher etliche Leute in den Hintern treten, meine Herren.« Und damit drehte er sich um, lächelte den Waisen zu und ging zu ihnen hinüber. Die Krise war abgewendet.

Jim Farley hielt immer noch den gefaxten Forderungsbrief in der Hand, der im Augenblick seines Eintreffens eindrucksvoll gewesen war, denn er kam aus einem Faxgerät des Finanzministeriums, aus dem Vorzimmer des Ministers. Aber jetzt klang er eine Spur jämmerlich:

> *An den Präsidenten der Vereinigten Staaten*
> Sir,
> wie Ihnen bekannt sein dürfte, bin ich im Begriff, die amerikanische Wirtschaft schnell zu destabilisieren. Wenn Sie diese Zeilen erhalten, wird der Dollar im Vergleich zum britischen Pfund noch dreißig Cent wert sein. Morgen werden Sie für £ 1 $ 13,70 brauchen, Mitte der Woche vielleicht $ 50.
> Wenn Sie diesen Abrutsch aufhalten wollen, brauchen Sie nur zu veranlassen, daß zwanzig Milliarden Dollar auf ein elektronisches Konto eingezahlt werden.
> Antworten Sie über ein sicheres Programm Ihres Finanzministeriums mit Ja, und ich höre sofort auf.
>
> *Sperling*

Farley machte sich nicht erst die Mühe, das Fax dem Chef zu zeigen. Er zerknüllte die Forderung, den Zenit in Danny Dawidows Karriere als internationaler Großverbrecher, und ging mit Clair hinaus.

Im Horst unter dem Dach, dem umgewandelten Lagerraum, beobachtete Nikolai Kolossow emotionslos, wie ein Bildschirm nach dem anderen die Nachricht vermeldete: ZUGANG VERWEIGERT. Sie schienen Danny zu verspotten.

Die Makarow an seinem Gürtel mit dem aufgeschraubten Schalldämpfer schien kaum nötig zu sein. Es würde keine Gelegenheit geben, die amerikanische Wirtschaft in den Abgrund zu stoßen. Die Gegenseite war schlauer gewesen, in den letzten Augenblicken der elften Stunde. Jemand hatte Danny Dawidows unerhörtesten Plan erraten.

Der KGB-Oberst wußte, daß er Danny aus Sicherheitsgründen töten sollte. Das war in seinem Dienst das übliche Verfahren. Es wäre korrekt und klug gewesen. Aber was wußte Dawidow wirklich? Was hätte er je erzählen können? Er hatte keine Ahnung, daß er in den letzten beiden Jahren unter der Aufsicht der Jelzin-Gegner gestanden hatte.

Außerdem war es niemanden gelungen, Kolossow so zum Lachen zu bringen wie Danny Dawidow, mit seinen absurden Geschichten über seine frühe Ehe mit einer unersättlichen Sexsportlerin oder seinen todernst vorgetragenen Witzeleien in Augenblicken äußerster Gefahr.

Der polnische Russe seufzte. Vielleicht wurde er alt, aber es hatte so viele Morde gegeben.

Er wartete noch eine Weile. Es tat fast weh, mit anzusehen, wie Dawidow vor seinen Augen zu altern schien. Die Szene hatte etwas Würdeloses.

»Ich glaub', ich geh' mal Luft schnappen«, sagte der Russe, ging zur Tür, schloß auf und ging hinaus.

Einer der vier Leibwächter Danny Dawidows, denen er vertraute, sah auf, als Kolossow aus dem Kontrollraum der Operation Medusa kam. Der KGB-Mann zeigte auf das kleine Zimmer, in dem sich die anderen entspannten, und deutete mit einem Kopfrucken an, es sei Zeit zum Gehen.

Die fünf schlichen leise weg, gingen lautlos durch das klamme Treppenhaus hinunter, unbemerkt von dem verzweifelten Mann mit der unterbrochenen Leitung zum unerhörten Reichtum.

Kolossow trennte sich von seinen Männern und ordnete an, daß sie sich aufteilten, damit sie keine Aufmerksamkeit auf sich lenkten. Er nahm im vierzehnten Stock den Fahrstuhl, und als er auf die Straße trat, fühlte er sich seltsam leer. Die letzten beiden Jahre waren aufregend gewesen. Als er sich von dem Gebäude entfernte, fiel ihm auf der anderen

Straßenseite jemand auf, der ihn beobachtete. Jetzt hatte sie kein Rouge auf den aristokratischen Wangenknochen. Sie sah gut aus. Und als sie seinem Blick begegnete, empfand er zum erstenmal seit Jahren sekundenlang wahre Angst. Denn sie schien einen zum Tode Verurteilen anzusehen. Und in ihrem Blick lag kein Mitleid.
Vermutlich rettete ihm der Mann mit der teigigen Haut das Leben, der einen schwarzen Filzhut trug und neben ihm auftauchte.
»Oberst Nikolai Kolossow? Ich bin vom amerikanischen Secret Service, bitte lassen Sie ihre Waffe stecken, sonst töten meine Männer Sie.«
Kolossow ließ zu, daß ihm die Arme festgehalten wurden. Er merkte, daß er jetzt von etwa zehn Männern umringt war. Und als er auf die andere Straßenseite schaute, war die junge Frau aus Sankt Petersburg nicht mehr da.

Als Kolossow abgeführt wurde, hielt der Oldtimer mit David Jardine, Elmore Williams und Nancy Lucco neben dem Gebäude der New York Life Insurance. Ein ständiger Kommentar eines Sonderagenten aus der Operationszentrale hatte ihnen mitgeteilt, wie Schlag auf Schlag Danny Dawidows Griff nach der Sonne vereitelt worden war.
Sie hatten auch gehört, daß Kolossow festgenommen worden war, aber sie ahnten nichts von der finsteren Gegenwart der Beobachter Oleg Kusmins, die wie Gespenster um alle herumgestrichen waren, die etwas mit der Operation Medusa zu tun hatten. Sie sollten auch nie etwas davon erfahren.
»Er ist dort oben. Im obersten Stock.« Marty Socorro tauchte auf, als sie aus dem Oldtimer stiegen.
Williams schob seinen Funkkopfhörer zurecht und sah Nancy an. »Ich kann wirklich nicht zulassen, daß Sie oder unser Gast dort hineingehen«, sagte er ohne viel Hoffnung auf Erfolg.
»Quatsch mit Soße«, sagte Nancy Lucco.
»Genau«, fügte David Jardine hinzu.
Und die drei gingen die Straße entlang, auf der es jetzt von Agenten und verdeckt ermittelnden Polizisten aus dem zuständigen Polizeirevier nur so wimmelte.
Als sie sich dem Eingang gegenüber dem Prince-George-Hotel näherten, sträubten sich Jardines Nackenhaare. Er sah sich um, wachsam und auf Ärger gefaßt.
In einem grünen Mustang am Straßenrand neben dem Hoteleingang

saß beunruhigenderweise ein Mann, den David Jardine erkannte. Es überraschte ihn nicht wirklich, ihn hier anzutreffen, während sich die Geschichte, die für ihn mit einer Falle in Beirut begonnen hatte, ihrem Ende näherte. Der Mann benutzte verschiedene Namen, wie das die Leute in diesem Geschäft taten, das sie ruhig und ohne Aufsehen im Schatten der Weltereignisse betrieben. Er trug ein dunkelblaues Hemd, keine Krawatte und einen sandfarbenen Regenmantel. Er ignorierte die heimliche Aktivität auf der Straße, obwohl sie ihm aufgefallen sein mußte. Er war der augenblickliche Direktor des Mossad für Geheimoperationen, und er wäre vermutlich entsetzt gewesen, wenn er erfahren hätte, daß diese Tatsache für Jardine kein Geheimnis war.
Der Mann saß dort, kalt wie Eis, und David Jardine empfand eine frostige Vorahnung, wie dieses Problem gelöst werden würde, von genau den Leuten, vor deren Entdeckung der Wahrheit Reuven Arieh und seiner Clique, von der jetzt die meisten tot waren, so gegraut hatte. Der echte, quicklebendige, allgegenwärtige, dreidimensionale, legale und voll autorisierte Mossad. Die Männer an der Spitze, von denen sie sich alle eingebildet hatten, sie könnten sie ignorieren. Nathan Zamir, Avvy Eitels, Anatoli Dserschinski. Alle ... erledigt.
Jardine staunte darüber, wie äußerst entschlossen und brutal ein Dienst sein konnte, der daran gewöhnt war, für die Existenz seines Volks zu kämpfen. Diesen Leuten war es ernst mit dem Überleben.
Die drei nahmen den Aufzug, so hoch er fuhr, und als sie ausstiegen, nachdem sich das Metallgitter quietschend geöffnet hatte, überraschte ihn ihr Anblick im Grunde nicht.
Alisha Abdul-Fetteh wartete höflich, bis Nancy, Wiliams und Jardine die Fahrstuhlkabine verlassen hatten. Jardine war der letzte, und als er herauskam, begegneten sich einen Moment lang ihre Blicke. Unwillkürlich schoß ihm die Erinnerung daran in den Kopf, wie sie in Ekstase den Kopf zurückgeworfen hatte, mit schweißglänzender Haut, das Haar über dem Gesicht. Da waren sie schon aneinander vorbeigegangen.
Während das Brummen des Aufzugs leiser wurde, behielt David Jardine die Hand in der leeren Jackentasche. Er wußte jetzt, mit dem kalten Gefühl, über alle Maßen benutzt und manipuliert worden zu sein, was sie finden würden.
Die brutale Unausweichlichkeit raubte ihm einen Augenblick lang den Atem.
Es war still im Nervenzentrum der Operation Medusa.

Er sah wie ein Schuljunge aus, erschöpft über der Tastatur zusammengesackt.
Die Kugeln hatten kein Blutbad angerichtet, denn der Mossad benutzte gern zweiundzwanziger Patronen mit reduzierter Ladung und stumpfnasigen Kugeln, damit sie im Körper des Ziels steckenblieben. In diesem Fall war das Ziel der Träumerkopf von Danny Dawidow gewesen, dreiundvierzig Jahre alt.
Eine Kugel war ausgetreten. Sie lag verformt auf dem Schreibtisch neben dem leblosen Gesicht mit noch offenen Augen.
Aus einem Ohr war Blut getropft und bildete eine feuchte Lache neben einem Notizbuch, in dem der fallende Wert des Dollar verzeichnet worden war.
Und auf jedem Monitorschirm erschien die gleiche Nachricht:
ZUGANG VERWEIGERT
Armes Schwein, dachte Jardine. Und er widerstand dem unerwarteten Wunsch, die Schulter des Mannes zu berühren oder sein Haar. Vor Momenten noch so lebendig, so erfüllt von seinen seltsamen Träumen. Gott im Himmel, was in aller Welt hätte er mit zwanzig Milliarden Dollar angefangen?
Und Kolossow. Er fragte sich, was die Amerikaner mit ihm machen würden. Ihn vor Gericht stellen? Wo waren die Beweise?
Er wandte sich Nancy zu, die dastand und den toten Verbrecher anstarrte. Er merkte, daß niemand auch nur ein Wort gesagt hatte. Ihre Wangen waren naß von Tränen. Ihn rührte ihr Mitleid, und er konnte nicht wissen, daß die Tränen dem großen Itakercop galten, Eddie Lucco, der, wie sie eben begriffen hatte, so ausgesehen haben mußte.
»Hier ist noch einer«, sagte Elmore Williams, so sachlich, als sammelte er heruntergefallene Teller ein.
Und auf dem Boden, hinter dem Schreibtisch des armen Danny, lag der Mann, an den sich David Jardine immer so erinnern würde, wie er bei ihrer ersten Begegnung auf einer Beiruter Straße ausgesehen hatte, in Bettlerlumpen gehüllt, mit überraschend gesunden Zähnen. »Steigen Sie ein«, hatte er gesagt. »Ich parke in der zweiten Reihe.«
Sein Gesichtsausdruck zeigte Überraschung. Das beraubte ihn der letzten Würde.
»In dem stecken vier Kugeln«, bemerkte Williams lakonisch, bückte sich und sah das Blut und das Haar an. »Bißchen ... übertrieben.« Dann richtete er sich auf und sah Jardine direkt in die Augen.

»Ist das Nikolai Kolossow?«
»Das glaube ich nicht«, erwiderte Jardine.
»Erkennen Sie ihn?« Elmore war ein guter Cop, dachte David Jardine.
»Salim Jaddeh«, erwiderte er ausdruckslos und begegnete dem Blick des Secret-Service-Mannes. »Araber. Er ist uns bekannt ...«
Und Elmore Williams wußte, daß er nicht mehr zu hören bekommen würde.
»Gehen wir«, sagte er.
Draußen trafen uniformierte Polizisten vom vierzehnten Revier ein, zogen Rollen mit Plastikband aus den Kofferräumen, um den Bereich abzuriegeln, der offiziell nur der Tatort eines weiteren Mordfalls war.
Als David Jardine mit Nancy und Elmore Williams aus dem Haus kam, sah er sich instinktiv nach dem grünen Mustang um. Er war noch da. Die Beifahrertür stand offen, und Alisha warf einen kurzen Blick zurück, ehe sie einstieg.
Die Tür ging zu, und der Mustang fuhr an.
Nancy beobachtete ihn.
»Jemand, den Sie kennen ...?« fragte sie.
David Jardine sah dem verschwindenden Auto nach.
»Ich bin mir nicht sicher«, erwiderte er.

Danksagung

Für ihre Geduld und die vielen wertvollen Ratschläge möchte ich den folgenden Personen danken: Oleg Gordjewski, ehemaliger Oberst beim ersten Hauptdirektorat des KGB und unschätzbarer Agent des britischen Geheimdiensts, der bei seinem Kampf, Rußland vom totalitären Alptraum zu befreien, alles riskiert hat. Tom Beattie, C. M. G., ehemaliger Mitarbeiter des britischen auswärtigen Dienstes, und Clair E. George, amerikanischer Patriot, dem es nicht gedankt wurde, daß er die Schuld an den Fehlern seiner Herren auf sich nahm. Sid Telford, ehemaliger Mitarbeiter des amerikanischen Außenministeriums, sowie dem verstorbenen Wolfgang Lotz, Held des Mossad, der die meisten Leute bis zum Ende getäuscht hat. Mein Dank gilt auch all den Mitgliedern der amerikanischen, britischen und israelischen Geheimdienste, die namenlos bleiben müssen.

Nicht vergessen werde ich die vielen gastfreundlichen Menschen in Beirut, die sich inmitten ihres Kampfes um die Rückkehr zur Normalität Zeit dafür genommen haben, einem einfachen Geschichtenerzähler zu helfen.